"中西叙事传统比较研究"
编撰人员名单

总 主 编：傅修延

副总主编：陈 茜 肖惠荣

本卷撰写人员：张开焱 历 伟

本卷外文审校：王文惠

中西叙事传统比较研究

总主编 傅修延

神话卷

张开焱 等著

北京大学出版社
PEKING UNIVERSITY PRESS

图书在版编目(CIP)数据

中西叙事传统比较研究.神话卷/傅修延总主编;张开焱等著.--北京:北京大学出版社,2024.11.
ISBN 978-7-301-35558-9

Ⅰ.I0-03

中国国家版本馆CIP数据核字第2024KH5959号

书　　　名	中西叙事传统比较研究·神话卷
	ZHONGXI XUSHI CHUANTONG BIJIAO YANJIU·SHENHUA JUAN
著作责任者	傅修延　总主编　张开焱　等著
组稿编辑	张　冰
责任编辑	张凤珠　刘　虹
标准书号	ISBN 978-7-301-35558-9
出版发行	北京大学出版社
地　　　址	北京市海淀区成府路205号　100871
网　　　址	http://www.pup.cn　新浪微博:@北京大学出版社
电子邮箱	编辑部 pupwaiwen@pup.cn　总编室 zpup@pup.cn
电　　　话	邮购部 010-62752015　发行部 010-62750672　编辑部 010-62759634
印刷者	涿州市星河印刷有限公司
经销者	新华书店
	720毫米×1020毫米　16开本　32.75印张　548千字
	2024年11月第1版　2024年11月第1次印刷
定　　　价	178.00元

未经许可,不得以任何方式复制或抄袭本书之部分或全部内容。
版权所有,侵权必究
举报电话:010-62752024　电子邮箱:fd@pup.cn
图书如有印装质量问题,请与出版部联系,电话:010-62756370

中西叙事传统比较研究·神话卷

内容简介

　　神话作为人类不同族群早期最重要的文化样式和集体精神产物,其叙事构成和特征,不仅与该族群特定的集体心理、思维方式、符号构造方式和文化特征有着密切联系,而且对特定族群的后世集体心理、思维方式、符号构造方式、文学和文化特征有着深远影响。

　　本书汇集多学科知识与视角,分十章从神话文本存在形态、讲述者类型、话语组织向度、形象的角色化程度、行动元类型与故事模式、创世神话的时空优势意识、神秘数字的组织作用等方面,对中西上古神话叙事特征和传统进行比较研究,得出中国上古神话叙事具有空间优势型特征,西方神话叙事具有时间优势型特征的结论。在此基础上,作者从思维、语言、以经济生产方式为基础的社会生活等方面对导致中西神话叙事和思维特征时空类型差异的深层原因进行深层次探讨,并勾勒出其各自对后世叙事传统的深远影响。本书既吸纳、转化西方叙事理论,又独立提出一些叙事概念、范畴与命题组成本书的基本理论框架,在理论上具有相当的创新性。

总序
叙事传统有文明维系之功

傅修延

"中西叙事传统比较研究"(共七卷)为国家社科基金重大项目"中西叙事传统比较研究"的成果结晶,2016年该研究获立项资助(批准号:16ZDA195),2018年获滚动资助,2022年以"优秀"等级结项(证书号:2022&J020),2023年获国家出版基金资助。除了这套七卷本研究成果,本研究还有一批成果以论文形式发表于《中国社会科学》《文学评论》《文学遗产》《外国文学评论》和 Neohelicon 等国内外权威刊物。2021年前期成果《中国叙事学》被译成英文在施普林格出版社出版,2022年阶段性成果《听觉叙事研究》列入国家社科基金中华学术外译项目推荐书目,2023年《听觉叙事研究》英译本获准立项。此外,成果中还有两篇论文获得江西省社会科学优秀成果一等奖(2019年和2021年),两部专著获得教育部高等学校科学研究优秀成果奖(人文社会科学)二等奖(2020年)。

以下介绍本研究的缘起、目的、内容、学术价值和观点创新。

一、缘起

叙事学(亦称叙述学)在当今中国热闹非凡,受全球学术气候影响,一股势头强劲的叙事学热潮如今正席卷中国。翻开人文社会科学领域的报刊与书目,以"叙事"或"叙述"为标题或关键词的著述俯拾皆是;高等学校每年生产与叙事学有关的本科、硕士和博士学位论文的数量近年来呈节节攀升之势。在CNKI数据库中分别检索,从2012年8月3日至2022年8月3日这十年中,篇名中包含"叙事"与"叙述"的学术论文,前者检索结果总数为50658条,年均5065.8篇;后者检索结果总数为5378条,年均537.8篇。除了使用频率大幅提高之外,"叙事"的所指泛化也已达到令人叹为观止的地步,在一些人笔下该词已与"创作""历史"甚至"文化"同义。

但是,迄今为止国内的叙事学研究,还不能说完全摆脱了对西方叙事学的学习和模仿——"叙事学"对国人来说毕竟是一个舶来名词,学科意义上的叙事学(Narratology)诞生于20世纪60年代的法国,迄今为止这门学科的主导权还在西方。以笔者的亲身经历为例,中外文艺理论学会叙事学分会近二十年来几乎每两年就举办一次叙事学国际会议,西方知名的叙事学家大多都曾来华参加此会。这种在中国举办的国际会议本应成为东道主学者展示自己成果的绝好机会,但由于谦让和其他原因,多数人在会上扮演的还是聆听者的角色。相比之下,西方学者大多信心满满、侃侃而谈,他们仿佛是叙事学的传教士,乐此不疲地向中国听众传经送宝。这种情况并非不可理解,处于后发位置的中国学者确实应当虚心向先行一步的西方学者学习。但西方学界素有无视中国学术的习惯,一些西方学者罔顾华夏为故事大国和中华民族有数千年叙事经验之事实,试图在不了解也不想了解中国的情况下总结出置之四海而皆准的叙事理论,这当然是极其荒唐的,也是不可能做到的。在西方一些大牌教授心目中,中国文学无法与欧美文学并驾齐驱。法国结构主义叙事学当年在归纳"叙事语法"上陷于困境,视野狭窄是其原因之一。

以上便是本研究起步时的学术语境。总而言之,如同许多兴起于西方的学科一样,西方学者创立的叙事学主要植根于西方的叙事实践,他们的理论依据很少越出西欧与北美的范围,在此情况下,中国学者应当向世界展示自己的叙事传统,并在一个更为广阔的时空背景下描述中西叙事传统各自的形成轨迹以及相互之间的冲突与激荡。所以本研究内含的真正问题是:西方话语逻辑能否建构出具有普适性的叙事理论?全球化进程下的叙事学研究难道还能继续无视中国的叙事传统?对中西叙事传统作比较研究是否有利于叙事学成长为更具广泛基础、更具歌德和马克思憧憬的"世界文学"意味的学科?

提出问题是为了解决问题,相关问题实际上又内含了一种面向中国学者的召唤：我们在中西交流中不应该总是扮演聆听者的角色，中西叙事传统比较这样的研究任务目前只有中国学者才能承担。近代以来"西风压倒东风"局面产生的一大文化落差，是谢天振先生称之为"语言差"的现象：操汉语的国人在掌握西语并理解相关文化方面，比母语为西语的人掌握汉语和理解中国文化要来得容易，这种"语言差"使得中国拥有一大批精通西语并理解相关文化的专家学者，而在西方则没有同样多的精通汉语并能理解博大精深的中国文化的同行。[①] 与"语言差"一道产生的还有谢天振所说的"时间差"：国人全面深入地认识西方、了解西方已有一百多年历史，而西方人开始迫切地想要了解中国，也就是最近这短短的二十至三十年时间。[②] "语言差"与"时间差"使得"彼知我"远远不如"我知彼"，诚然，在中华国力急剧腾升的当下，西方学者现在并不是不想了解中国，而是他们中的大多数尚不具备跨越语言鸿沟的能力。可以设想，如果韦勒克、热奈特等西方学者也能够轻松阅读和理解中国的叙事作品，相信其旁征博引之中一定会有许多东方材料。相形之下，如今风华正茂的中国学者大多受过系统的西语训练，许多人还有长期在欧美学习与工作的经历，这就使得我们这边的学术研究具有一种左右逢源的比较优势。

二、目的

本研究致力于为"讲好中国故事"提供学术助力，任何"接地气"的讲述方式都离不开本土叙事传统的滋养。

传统的一大意义在于其形成于过去又不断作用于当下，为了讲好当下的中国故事，需要回过头来认真观察自己的叙事传统，从中汲取有益的经验与养分。同时还要将其与西方的叙事传统作比较参照，此即王国维所云"欲完全知此土之哲学，势不可不研究彼土之哲学"，他甚至还说"异日发明光大我国之学术者，必在兼通世界学术之人"。[③] 20 世纪初学界就有"列强进化，多赖稗官；大陆竞争，亦由说部"[④]的认识，小说固然不可能

[①] 谢天振：《中国文学走出去：问题与实质》，《中国比较文学》2014 年第 1 期。
[②] 同上。
[③] 王国维：《奏定经学科大学文学科大学章程书后》，载方麟选编：《王国维文存》，南京：江苏人民出版社，2014 年，第 50—55 页。
[④] 陶曾佑：《论小说之势力及其影响》，载郭绍虞主编：《中国历代文论选》(下)，北京：中华书局，1963 年，第 420—421 页。

独力承担疗世救民的使命,但这说明叙事中蕴含的巨大能量已为今人所觉察。面对当今世界范围内各种思想文化激烈交锋的新形势,中央要求哲学社会科学发挥作用以"提高我国在国际上的话语权",本研究正是对这一号召的学术响应。

叙事诸要素包括行动、时间、空间和人物等,讲述者对叙事要素的不同倚重导致不同的"路径依赖"。以古代的史传叙事为例,如果说《左传》是"依时而述",《国语》是"依地而述",那么《世本》及后来的《史记》就是以时空为背景形成"依人而述",这种以人物为主反映行动在时空中连续演进的纪传史体,最终成为皇皇"二十六史"一以贯之的定式。又如,史官文化先行使得后来的各类叙事多以"述史"为导语:"奉天承运"的皇帝圣旨多祖述尧舜汤武,共和以后的政治文告亦往往从前人的贡献起笔,四大古典小说更是用"自从盘古开天地,三皇五帝到如今"之类的表述作开篇。今天为民众喜闻乐见的各种故事讲述,仍在一定程度上沿袭着这种模式——用前人之事来为自己的讲述"鸣锣开道",容易获得某种"合法性"与"正统性"。再如,中国自古就有以重器纪事的习惯,商周青铜器有不少是铭事之作。将叙事功能赋予陈放在显著位置上的贵重器物,一是有利于将事件牢固地记录下来,二是时时提醒在生之人这一事件的存在,三是昭告冥冥之中的神灵和先人。青铜时代开启了这种叙事传统,以后每逢有重大事件发生,便会出现相应的勒石铭金之作,人神共鉴的叙事意味在形形色色的碑碣文、钟鼎文和摩崖文中不绝如缕。到了无神论时代,这一传统仍然保留了下来,无论是人民英雄纪念碑还是为特定事件铸造的警世钟和回归鼎之类,都有告慰在天之灵的成分。世代相传的故事及其讲述方式凝聚着我们祖先的聪明智慧,只有弄明白自己从何处来,才可能想清楚今后向何处去。

人类学认为孤立地研究一个民族的神话没有意义,只有将多个民族的神话相互参照发明,才能见出神话后面的意义与规律。古埃及象形文长期未被破译,载有三种文字对照(古希腊文、古埃及象形文与埃及纸草书)的罗塞塔碑出土之后,学者通过反复比对,终于发现了理解这种文字的重要线索。同样的道理,要想真正懂得中华民族的叙事传统,不能只做自己一方的研究,还需要将其与域外的叙事传统相互映发。例如,中国古代小说的"缀段性"被胡适看作"散漫"和"没有结构"①，这种源于亚里士多德《诗学》的判断现在看来相当武断，因为如今美国的电视连续剧基本上都是每集叙述一个相对独立的小故事，以此连缀全剧，看到这一点，就会发现我们的"缀段性"叙事传统并不像某些人说的那样不合理，西方叙事到头来与我们的章回体叙事殊途同归。再如，一般人不会想到古代小说家中也会出现形式探索的先驱，而如果以西方的"元叙述"理论为参照，便可看出明清之际董说的《西游补》是一部最早的"元小说"，因为这部小说确切无疑地用荒诞无稽的讲述揭穿了叙事的虚妄，说明我们的古人早就洞悉了叙事这门艺术的本质。有了这种认识，就会发现张竹坡、毛氏父子为代表的小说评点已有归纳叙事规则的迹象，鲁迅《中国小说史略》中更有总结中国叙事经验的自觉意识。

中美双方的比较文学学者首次聚会时，美方代表团团长、普林斯顿大学教授厄尔·迈纳在闭幕式上用"灯塔下面是黑暗的"这句谚语，说明比较文学研究的意义：只研究自己国家的文学是远远不够的，需要另一座"灯塔"来照亮。本研究坚持以对中国传统的讨论为主线，西方传统则是以副线和参照对象的方式存在。这种"以西映中"的主副线交织，或许会比不具立场的"平行研究"更具现实意义，因为比较中西双方的叙事传统，根本目的还是深化对自己一方的认识——研究者都不是生活在真空之中，不存在什么立场超然的比较研究。只有把自己与他人放在一起，客观地比较彼此的长短、多寡与有无，才能发现自己过去看不到的盲区，更深入地理解自己"从何而来"及"因何如此"。

本研究还有一个重要目的，就是纠正20世纪初年以来低估本土叙事的偏见。众所周知，欧美小说的大量输入与中国小说的现代换型之间存在着某种因果关系，但在效仿西方小说模式的同时，一种认为中国小说统统不如西洋小说的论调在学界占了上风。胡适声称："这一千年的（中国）

---

① "《儒林外史》虽开一种新体，但仍是没有结构的；从山东汶上县说到南京，从夏总甲说到丁言志；说到杜慎卿，已忘了娄公子；说到凤四老爹，已忘了张铁臂了。后来这一派的小说，也没有一部有结构布置的。所以这一千年的小说里，差不多都是没有布局的。内中比较出色的，如《金瓶梅》，如《红楼梦》，虽然拿一家的历史做布局，不致十分散漫，但结构仍旧是很松的；今年偷一个潘五儿，明年偷一个王六儿；这里开一个菊花诗社，那里开一个秋海棠诗社；今回老太太做生日，下回薛姑娘做生日，……翻来覆去，实在有点讨厌。"胡适：《五十年来中国之文学》，载胡适：《胡适古典文学研究论集》（上册），上海：上海古籍出版社，2013年，第128—129页。

小说里，差不多都是没有布局的。"①陈寅恪也说："至于吾国小说，则其结构远不如西洋小说之精密。"②这种对西方叙事作品的钦羡，在相当长时期内遮蔽了国人对自身叙事传统的关注。

如果以大范围和长时段的眼光回望历史并与西方作比较，便会认识到没有什么置之四海而皆准的叙事标准。中西叙事各有不同的内涵、渊源与历史，高峰与低谷呈现的时间亦有错落，其形态与模式自然会千差万别，不能简单地对它们作高低优劣之判断。《红楼梦》问世之时，英国的菲尔丁等小说家还未完全突破西班牙流浪汉小说的形式桎梏，就连艺术价值远低于《红楼梦》的《好逑传》（清代章回体小说）也曾获得歌德的高度称赞。我们不能因取石他山而看低自己，更不能一味趋从别人而将本土传统视为"他者"。西方叙事传统虽有古希腊罗马文学这样辉煌的开端，但西罗马的灭亡导致西方文化坠入长达千年的困顿，所以西方叙事学家经常引述的作品大多是18世纪以后的小说，出现频率较高的总是那么十几部，其中一些用我们叙事大国的眼光来看可能还不够经典。

相比之下，中国叙事传统如崇山峻岭般逶迤绵延数千年，不同时代的不同文体都对故事讲述艺术做出了贡献，且不说史传、传奇、杂剧和章回体小说等人所共知的叙事高峰，即使过去只从抒情角度看待的诗词歌赋——包括《诗经》、楚辞、汉赋、乐府和唐诗、宋词等在内，其中亦有无数包含叙事成分的佳作，它们合在一起构成了一座储藏量极为丰富的宝库。作为这笔无价遗产的继承人，中国的叙事学家有条件做出超越国际同行的理论贡献。

三、内容

中国和西方均有自己引以为豪的叙事传统，本研究秉持"中西互衬"和"以西映中"的方针，对中西叙事传统展开全方位的比较研究。具体来说，本研究突破以小说为叙事学主业的路径依赖，将对象扩大到包括作为初始叙事的神话、民间种种涉事行为与载事器物、戏剧与相关演事类型、

---

① 胡适：《五十年来中国之文学》，载胡适《胡适古典文学研究论集》（上册），上海：上海古籍出版社，2013年，第128页。
② 陈寅恪：《论再生缘》，载陈寅恪《寒柳堂集》，北京：生活·读书·新知三联书店，2001年，第67—68页。

含事咏事的诗歌韵文以及小说与前小说、类小说等。扩大研究范围的理据在于,如果完全依赖以语言文字为载体的叙事文本,无视汇入中西叙事传统这两条历史长河的八方来水,对它们所作的比较研究就无法达到应有的深度与广度。选择以上对象作中西比较,是因为它们与叙事传统的形成有着不容忽视的强关联:神话是人类最早的讲故事行为,在叙事史上的凿空作用自不待言;民间叙事作为"在野的权威"和"地方性知识",对叙事传统的形成有一种潜移默化的影响;戏剧在很长时期内一直是大众接受故事的主要来源,其在社会各阶层的传播远超别的叙事形态;诗歌的叙事成分经常被其抒情外衣所遮蔽,因此有必要彰显其"讲故事"的属性;小说及其前身一直是叙事传统最重要的体现者,更需要在前人工作的基础上予以深化和推进。此外,本研究还包括叙事理论及关键词以及叙事思想等方面的中西比较。以下为各卷的主要内容:

1.《中西叙事传统比较研究·关键词卷》

本卷旨在梳理中西叙事理论关键词的概念内涵与渊源演进,考察其知识谱系、理论意义及文化意味,将学界对中西叙事理论的认知与理解推向深入。一是勾勒中西叙事理论各自的发展轮廓,从共时性角度比较其形态特征;二是对中西叙事理论的研究领域进行分类,主要从真实观念、文本思想、情节意识、人物认知、修辞理念及阅读观念等方面开展比较研究,以求深化关于中西叙事传统的认识与理解;三是持以西映中的方法论立场,对中西叙事理论中的若干关键词进行比较研究,彰显中国叙事理论话语的体系结构、实践效用与文化意义;四是构建中国特色的叙事理论话语体系的基本原则、主要方法与实际意义。

2.《中西叙事传统比较研究·叙事思想卷》

本卷集中探讨中西叙事思想几个比较重要的方面。一是文学叙事思想,一方面讨论了中西古代小说的主要差异,认为西方小说比中国小说更接近现实,西方文学侧重叙事要素本身的呈现,中国文学侧重叙事要素之间的关系,中国小说重视要素的密度,西方小说重视要素的细度;另一方面讨论了中西小说的虚构观,认为中国小说围绕"奇"做文章,西方小说强调"摹仿"与"再现"。二是历史叙事思想,分析中西历史不同的发展轨迹、叙事观念,指出中国史传文的高度发达及文学叙事中的"慕史"倾向对文学叙事具有重要的影响。三是叙事伦理思想,从故事伦理与叙事伦理两个方面,分析中西叙事伦理不同的主题、价值取向、文化规约、叙事方式。

四是身体叙事,从理论与实践两个方面分析了中西身体叙事思想的异同。

3. 《中西叙事传统比较研究·神话卷》

本卷对作为文化源头的中西(古希腊、希伯来)神话叙事传统进行系统的比较研究,分十章从神话文本的存在形态、讲述者类型、话语组织向度、形象的角色化程度、行动元类型与故事模式、创世神话的时空优势意识、神秘数字的组织作用等方面,对中西上古神话叙事特征和传统进行比较研究,得出中国上古神话叙事具有空间优势型特征,西方神话叙事具有时间优势型特征的结论。在此基础上,从思维、语言、以经济生产方式为基础的社会生活等方面对导致中西神话叙事和思维特征时空类型差异的深层原因进行深层次探讨,勾勒出其各自对后世叙事传统的深远影响。

4. 《中西叙事传统比较研究·小说卷》

本卷立足于中国古代小说叙事本位,通过互衬来凸显中西小说各自的叙事特征,借此彰显中西小说叙事传统之差异。主要内容:一是频见于西方叙事学视界而治中国小说者用力不足之比较叙事研究,如中西小说的功能性叙事、评论性叙事、反讽性叙事以及小说叙事中的人物观念等,通过以西映中式的比照,在比较中呈现中国古代小说的叙事面貌,彰显中西小说同中有异的叙事特征;二是多见于中国小说叙事场而西方叙事学少有关注的博物叙事、空白叙事,分析中西小说此类叙事传统的文化成因及其价值;三是常见于中国古代小说叙事领域而难见于西方小说之缺类比较研究,如中国古代小说的插图叙事,意在揭示中国小说叙事之个性。

5. 《中西叙事传统比较研究·戏剧卷》

本卷考察中西戏剧自萌芽至现代转型期间所出现的林林总总的演事形态,以见中西戏剧叙事传统之异同。主要内容:一是梳理中西戏剧叙事传统的形成与发展,主要以中国戏剧叙事传统为主,西方戏剧叙事传统为辅,沉潜到戏剧史的各个阶段,沿波讨源,考察戏剧叙事的演进脉络;二是采用中西对读的方式,专题比较中西戏剧角色叙事、叙述者、剧体叙事、伦理道德叙事等之异同,彰显中西戏剧同中有异的叙事形态与特色;三是突破戏剧文本叙事的单向研究,引入戏剧形态学的视野与方法,挖掘中西戏剧舞台的"演事"传统,揭示中国戏剧以表演为中心的叙事传统,形成角色叙事、听觉叙事、博艺叙事、行走表演叙事等与西方戏剧迥异的表演叙事方式,深化对中国戏剧演剧形态的认识;四是深入中西戏剧动态、开放的戏剧文化场域,从戏剧创编、演剧场合、故事传统等方面,考察中西戏剧叙事传统形成的机制与文化原因,发掘出戏剧叙事的多元方式。

6.《中西叙事传统比较研究·诗歌卷》

本卷将中西诗歌叙事传统置于异质文化及冲突融合的语境中进行比较,由此彰显中国诗歌叙事传统的特色。主要内容:一是分析不同的思维方式如何影响中西诗歌叙事传统,如形象/感性思维与抽象/理性思维的差异,直接关系到诗歌意象的选择、事件的叙述、情感的表达乃至风格的偏好;二是比较中西诗歌叙事的口头传统,如"重述"与"程式"是诗歌口头传统的鲜明遗痕,主题作为一种固定的观念群则起到了引导故事情节发展的作用;三是比较中西诗歌的叙事范式,如"诗史"范式与"史诗"范式、"感事"范式与"述事"范式、"家园"范式与"远游"范式等;四是探讨中西诗歌的叙述者、隐含作者、内心独白叙事、听觉叙事等,它们是叙事主体想象力扩张的重要标志;五是从《诗经》叙事性层面觇探中国诗歌叙事传统的特质。

7.《中西叙事传统比较研究·民间卷》

本卷以叙事载体为分类依据,区分出口传、文字、非语言文字三个大类,对其内涵、特征以及在中西叙事传统中的发生发展进行梳理和比较。主要内容:一是中西民间口传叙事传统比较研究。民间故事、口头诗歌、民歌、谣谶是口传叙事当中的主要形态,从源流、叙事特征、叙事模式以及与文人叙事的关系等方面,对这四种具体的叙事形态进行比较。二是中西民间文字叙事传统比较研究。主要研究以文字为载体的中西民间叙事形态,其中以私修家谱叙事最具代表性,着力从源流、叙事体例、叙事话语等方面进行比较研究。三是中西民间非语言文字叙事传统比较研究。中西陶绘瓷绘等民间艺术中有着丰富的叙事元素,本卷着重研究蕴含在以陶瓷图绘为代表的图像艺术中的叙事现象。上述三大类研究涵盖了中西民间叙事的主要形态,能多维度透析中西民间叙事传统及其价值。

四、学术价值

叙事学兴起之初,西方一些学者效仿语言学模式总结过各种各样的"叙事语法",但这些尝试最终都归于失败,原因主要在于"取样"范围过小。要想让一门理论具备普遍适用性,创立者须有包容五湖四海的胸襟。但西方叙事学主要表现为对欧美叙事规律的归纳和总结,验之于西方之外的叙事实践则未必全都有效。一些傲慢的西方学者甚至把一切非西方的学问看作"地方性知识",中国的叙事经典因此难入其法眼。事实上如果真有所谓"普遍性知识"的话,那么它也是由形形色色的"地方性知识"汇聚而成的——无论是西方还是东方的叙事学,统统属于"地方性知识"的范畴,单凭哪一方的经验材料都不可能搭建起"置之四海而皆准"的叙事学理论大厦。进入21世纪后,由于中国学者的努力,这种情况已经有所改善,但在归纳一般的叙事规律时,一些不懂汉语的西方学者依旧背对东方,他们甚至觉察不到自己的理论体系中缺少东方支柱。所以中国学者在探索普遍的叙事规律时,不能像西方学者那样只盯着西方的叙事作品,而应同时"兼顾"或者说更着重于自己身边的本土资源。这种融会中西的理论归纳与后经典叙事学兼收并蓄的精神一脉相承,可以让诞生于西方的叙事学接上东方的"地气",成长为更具广泛基础、更有"世界文学"意味的理论学科。通过深入比较中西叙事传统,我们有可能实现对叙事规律的总体归纳,实现对叙事各层面各种可能性的全面总结。这种理论上的归纳和总结告诉人们,中西叙事实践中还有许多可能性尚待实现,还有不少"缺项"和"弱项"可以互补与强化;只有补足这些"缺项"和"弱项"的叙事学才能真正发挥理论指导实践的作用。

  本研究的另一学术价值,是为中西叙事传统的比较研究确定一套常用的概念体系,这对建设有别于西方的中国话语体系也有重要意义。福柯指出,只有话语创新和范式转换才有可能实现真正意义上的"创始",本丛书朝此目标迈出的一大步,表现为对以下四个关键性概念作了专门论述。其一为"叙事",此前对叙事的认识多从语义出发而未深入本质,本研究将其还原为讲故事行为,指出叙事最初是一种诉诸听觉的信息传播,万变不离其宗,不管传媒变革为后世的叙事行为增添了多少手段,从本质上说它们都未摆脱对原初"讲"故事行为的模仿。只有紧紧抓住"讲故事"这条主线,才有可能穿透既有的学科门类壁垒,使叙事传统的脉络、谱系与内在关联性复归清晰。其二为"叙事传统",本研究首次对这一概念作了界定,将其定义为世代相传的故事讲述方式——包括叙事在内的所有活动都会受惯性支配。人们一旦习惯了某种路径,便会对其产生难以自拔的依赖,惯性力量导致"路径依赖"不断自我强化,对故事的讲述习惯就是这样逐步发展成叙事传统的。其三为"中国叙事传统",影响了一代又一代的叙事,成为中国叙事传统的显性特征。笔者一贯主张研究中国叙事学须扣紧叙事传统这条主线,为此倾注了半生心血——在前期成果奠定的学术基础上,本研究通过扩大调查范围与提前考察时代,将中国叙事传统的面貌描摹得更为全面和清晰。其四为"西方叙事传统",本研究对西方叙事传统作了系统考辨,指出古希腊罗马文学之所以在西方叙事史上产生巨大深远的影响,原因在于它为未来的故事讲述奠定了方法论基础,后古典时期的叙事进程则表现为将前人辟出的小径踩踏成大道;在生产方式的影响下,西方人讲述的故事多涉及旅途奔波、远方异域以及萍水相逢的陌生人,这使得流浪汉叙事成为其叙事传统的显性特征。

本研究还为叙事学及相关领域开辟出新的文献资料来源。叙事如罗兰·巴特所言,存在于一切时代与一切地方;鲁迅曾说:为官方所不屑的稗官野史和私人笔记,从某种意义上说要比费帑无数、工程浩大的钦定"正史"更为真实。本研究专设"民间卷"这一分卷,把以往不受关注的民间谱牒等纳入叙事研究的视野,分卷作者通过实地调研和网络搜索等手段,从中国国家图书馆和世界数字图书馆等处收集到中西私修家谱近百套。引入这些私人性质的记述材料后,中西叙事传统的面貌呈现得更为清晰。

尤为值得一提的是,本研究还将目光投向语言文字之外的陶瓷图像,陶瓷器物上的人物故事图因具有"以图传文、以图演文、以图补文"的功能,加之万年不腐带来的高保真特性,可以作为文字文献的重要补充。瓷器为中国的物质符号,瓷都景德镇就在丛书大多数作者的家乡江西,本研究充分利用了这一本土优势。此外,分卷作者这几年遍访国内外博物馆、研究所、展览会、古玩店与拍卖行等,通过现场拍摄、网站搜索及向私人收藏家购买等多种途径,收集到中西陶瓷图片8000余幅,其中包括中国外销瓷和"中国风"瓷上的1500幅图像,它们构成16至19世纪中西文化交流的重要文献。众所周知,景德镇生产的瓷器最早在全球范围广泛流通,许多欧洲人知道中国文化,最初便是通过景德镇外销瓷上的人物故事图。为了将陶瓷图像与其他材质的图像进行比对研究,分卷作者还收集了大量漆器、金银器、玉雕、木雕、竹雕、砖石雕、象牙雕、木版年画、壁画、糕模等民间器物上的图像,并对其进行了分类整理,建成了一座非语言文字的民间器物图像数据库。

五、观点创新

第一,中西叙事的不同源于各自的语言观、形式观乃至相关观念下发展的文化,而归根结底是因为中西文化在视觉和听觉上各有倚重。

既然是对中西叙事传统作比较研究,就要找出两者差异的根源所在。本研究认为,在听觉模糊性与视觉明朗性背景下形成的两种冲动,不仅深刻影响了中西文化各自的语言表述,而且渗透到中西文化中人对事物的认识之中。以故事中事件的展开方式为例,趋向明朗的西式结构观(源自亚里士多德)要求保持事件之间的显性和紧密的连接,顺次展开的事件序列之中不能有任何不连续的地方,这是因为视觉文化对一切都要作毫无遮掩的核查与测度;相反,趋向隐晦的中式结构观则没有这种刻板的要求,事件之间的连接可以像"草蛇灰线"那样虚虚实实、断断续续,这也恰好符合听觉信息的非线性传播性质。所以西式结构观一味关心代表连贯性的"连",而中式结构观中除了"连"之外还有"断"。受西式结构观影响的胡适等人不喜欢明清小说中的"穿插",金圣叹、毛氏父子等却把"穿插"理解为"间隔",指出其功能在于避免因"文字太长"而令人觉得"累缀",借用古人常用的譬喻"横云断山"与"横桥锁溪",正是因为"横云"隔断了逶迤绵延的山岭,"横桥"锁住了奔腾不息的溪水,山岭与溪水才更显得"错综尽变"和气象万千。

用文化差异来解释叙事并不新鲜,从感觉倚重角度入手却是首次。本丛书作者多年来致力于探讨中国叙事传统的发生与形成,一直念兹在兹地思考为什么它会是今天所见的这种样貌,接触到麦克卢汉的"中国人是听觉人"之论后,感到他的猜测与我们此前的认识多有契合,中国传统叙事的尚简、贵无、趋晦、从散等特点,只有与听觉的模糊性联系起来,才能理得顺并说得通。将"媒介即信息"(感知途径影响信息传播)这一思路引入研究,许多与中国叙事传统有关的问题就可获得更为贯通周详、更具理论深度的解答。

第二,生产方式对叙事传统亦有影响,新形势下的中国叙事应与时俱进。

不同的生产方式形成了中西不同的叙事传统。西方人历史上大多为海洋与游牧民族,他们习惯于在草原、大海与港湾之间穿行,其讲述的故事因而更多涉及远方、远行与远征。古希腊神话和荷马史诗中的英雄多有外出历险、漂洋过海和遇见形形色色的陌生人的经历,《奥德赛》甚至以奥德修斯九死一生的还乡为主线。中世纪的骑士文学、《神曲》《十日谈》《巨人传》、西班牙流浪汉小说与《堂·吉诃德》等都离不开四处游历、上天入地、朝拜圣地和流浪跋涉;18世纪欧洲小说中的鲁滨孙、格列佛、汤姆·琼斯等仍在风尘仆仆地到处旅行;19世纪以来西方叙事作品虽说跳出了流浪汉小说的窠臼,但拜伦、歌德、雨果、狄更斯、马克·吐温、罗曼·罗兰、乔伊斯、毛姆和塞林格等人的作品还是喜欢以闯荡、放逐、游历或踟蹰为主题。

相比之下,农耕文化导致国人更为留恋身边的土地、家园与熟人社会。出门在外必然造成有违人性的骨肉分离,人们因而更愿意遵循"父母在,不远游"和"一动不如一静"的古训。在安土重迁意识的影响下,离乡背井的出游成了有违家族伦理的负面行为,远方异域和陌生人的故事自然也就没有多少讲述价值。当然我们古代也有《西游记》与《镜花缘》这样的作品,但它们提供的恰恰是反证:唐僧师徒名义上出国到了西天,沿途的风土人情却与中华故土大同小异;唐敖和多九公实际上也未真正出境,他们看到的奇形怪状之人基本上还是《山海经》中怪诞想象的延续。这些都说明,抒写路上的风景确实不是我们古人的强项。由于叙事传统的惯性作用,我们这边直到晚近仍然热衷于讲述熟人熟事,以异域远方为背景的叙事作品堪称凤毛麟角,人们习惯欣赏的仍是国门之内的"这边风景"(王蒙有部反映国门内故事的长篇小说就叫《这边风景》)。

古代叙事较少涉及出游、远征与冒险,表面看来似乎说明国人缺乏勇气与冒险精神,但实际上这是顺应时势的一种大智慧。古代中国人主要是农民,男耕女织的田园生活能维持基本的衣食自给,这种无须外求的生活导致我们的祖先缺乏对异域的向往与好奇。中国能够一步一步地发展到今天这个规模,很大程度上是因为前人选择了稳扎稳打的发展模式,葛剑雄就说:"……中国……没有像有些文明古国那样大起大落,它们往往大规模扩张,却很快分裂、消失了,而中国一直存在下来。"[①]不过放眼未来发展,形成于农耕时代的中国叙事传统亟待变革。全球化已是当前世界的大势所趋,一个国家如果没有大批视野宏阔、胸怀天下的国民,不可能创造出良好的外部发展环境,而一国之民拥有何种视野与胸怀,是否对外部世界抱有强烈的好奇心与浓厚的兴趣,又与国民经常倾听什么样的故事有密切关系,如梁启超就说叙事变革可以带来人心与人格的变

---

① 葛剑雄讲述、孙永娟整理:《儒家思想与中国疆域的形成》(下),《文史知识》2008年第12期,第140页。

革——"欲新一国之民,不可不先新一国之小说"①。中国文化要想真正"走出去",一方面要摒弃"外面的世界不是我的世界"的心理,另一方面要更多讲述中华儿女志在四方的故事。

第三,中华文明垂千年而不毁,与中国叙事传统的群体维系功能有关。

中华文明之所以在世界古文明中硕果仅存,中华民族这一人数最多的群体之所以存续至今而未分裂,与我们叙事传统的维系功能大有关系。本研究之阶段性成果《人类为什么要讲故事——从群体维系角度看叙事的功能与本质》等认为,与灵长类动物的彼此梳毛一样,人类祖先通过"八卦"或曰讲故事建立起来的相互信赖与合作,促进了群体的形成、维系和扩大,最终使人类从各种竞争中脱颖而出成为"万物的灵长"。世界上没有哪个民族不会讲故事,但不是所有的民族都能把自己的故事讲好,许多民族都曾以自己为主导发展成规模极大的群体,后来却因内部噪声太多而走向四分五裂。与此形成鲜明对照,中华民族作为一个群体,其发展历程虽然也是人数越聚越多,圈子越画越大,但这个圈子并没有像其他圈子那样因为不断扩大而崩裂,这与我们祖先善于用故事激发群体感有关。

中国故事关乎"中国",这一名称从一开始就预示了"中国"不会永远只指西周京畿一带黄河边上的小地方,秦汉以来中原以外地区不断"中国化"的事实,让我们看到中心对边缘、中央对地方具有难以抗拒的感召力与凝聚力。还要看到汉语中"中国"之"国"是与"家"并称,这一表述的潜在意思是邦国即家园,国家对国人来说是像家一样可以安顿身心的温暖地方。由于中华民族内部存在着"剪不断,理还乱"的亲缘关系,中国历史上很少发生主体民族对少数民族的无故征伐与屠戮,因而也就没有世界上一些民族间那种不共戴天的深仇大恨。见于史书、小说和民间传说中的"七擒孟获"之类的故事,反映的是以仁德感召为主的攻心战略,唐太宗李世民更主张对夷夏"爱之如一"②。"中国"之名的向心性和中华民族的内部融通,无疑对中国故事的讲述产生了深刻影响。《三国演义》因为讲

---

① 梁启超:《论小说与群治之关系》,载梁启超:《饮冰室合集·2·文集10—19》(即第二册),北京:中华书局,1989年,第6页。

② 司马光编著,胡三省音注:《资治通鉴》(全二十册),卷一百九十八·唐纪十四,北京:中华书局,1956年,第6247页。

述魏蜀吴三国鼎立的故事,所以开篇时要说"天下大势,分久必合,合久必分"①,但小说结束时叙述者又把话说了回来:"自此三国归于晋帝司马炎,为一统之基矣。此所谓'天下大势,合久必分,分久必合'者也。"②用"分久必合"作为小说的曲终奏雅,说明作者认识到"合"才是中国历史的大势所趋。

不独《三国演义》,古往今来所有的中国故事,不管是历史的还是文学的,官方的还是民间的,只要涉及分合话题,都在讲述"合"是长久"分"为短暂,"合"是正道"分"为歧路,"合"是福祉"分"为祸殃。中国历史上不是没有出现过分裂,而是这种分裂总会被更为长久的大一统局面所取代;中华民族内部也不是没有出现过噪声,而是这些噪声总会被更为强大的和谐之声所压倒。历史经验告诉国人,分裂战乱导致生灵涂炭,海晏河清才能安居乐业,因此家国团圆在我们这里是最为人喜闻乐见的故事结局。一般情况下老百姓不会像上层人士那样关心政治,而统一却是从上到下的全民意志,有分裂言行者无一例外被视为千秋罪人,这一叙事传统从古到今没有变化。

总之,一时代有一时代之学术,没有走向全面复兴的时代大潮,没有历史创伤的痊愈和文化自信的恢复,就不会有本研究的应运而生。

是为序。

2023 年 8 月于豫章城外梅岭山居

---

① 罗贯中:《三国演义》(上),北京:人民文学出版社,1953 年,第 1 页。
② 同上书,第 990 页。

本卷序

田兆元

20世纪前期，中国的神话研究名家辈出，开拓进取，成就突出。但是，那个时代没有所谓神话研究专家一说，那时的神话研究都是大师的副业。神话研究要么是史学大师的顺手一挥，要么是文学家的个人爱好，总之，在他们的学术事业中，神话学并不占很大的比重。史学家如郭沫若、顾颉刚，文学家如鲁迅、茅盾、闻一多等。茅盾甚至表示神话研究是自己年轻时候所好的不急之务，是嗜痂之癖。他们都有很重要的神话研究贡献，但是他们又真的不是神话学研究专家，神话学研究只是他们宏大的学术事业的一个支点。

到了20世纪后期，中国的神话学研究开始专业化，有了专门从事神话学研究的专家群体。有一部分人，终身从事的研究都是神话学，比如袁珂先生。这时的神话学研究出现了鸿篇巨制，其研究规模比20世纪前期大多了。20世纪前期的神话学著作，除了少数历史学家的神话学相关著作，专著很少有超过十万字篇幅的。这可以看出，中国神话学创始时期，虽然说很有热度，专家学人广泛参与，但是相对简易，而专门化推进了神话研究的深度。

随着神话学研究的学术影响力逐渐扩大，神话学的专门研究开始分出不同的派系，除了文学、史学、哲学、宗教学、民俗学、人类学这样不同门类的研究者出现了价值取向的不同，就是一个学科内部，也有了不同的派系。比如文学内部，有的搞古典文学的神话研究，有的搞民间文学的神话研究，有的搞语言学的神话研究，而搞外国文学的神话研究的，一般都是比较文学视角的研究。这种热络的程度，可以说是前所未有的。与此同时，中国的神话研究出现了令人惊讶的研究机构——神话研究院、神话研究所、神话研究室，或者神话研究中心。单是神话研究院，国内就出现了三四家。而神话学的研究理论，从西方神话学学说的引进，到自主神话学理论的建构，体现出中国神话学研究开始走向成熟。

中国神话学研究更突出的表现，是逐渐突破学科的束缚，开始参与比较大的文化事业。学术的建构与社会文化的建构开始结合起来。如神话学研究参与中华文明探源工程，神话学研究参与文旅融合事业，神话学叙事开始参与促进中华民族文化自信的壮举，等等。神话学研究参与到现实文化的建构中，也就再次超出了专业研究的界限。

当神话学研究越出学科之限，也就再现了20世纪前期神话学研究快速发展的局面。只是这个时期的神话学研究要比20世纪前期神话学研究的阵势强大多了。历史学、文学、民俗学、人类学等学科的学者，加入神话学研究阵营，但他们并不只限于神话研究。张开焱先生就是在这样的背景下开始神话学研究的。他成名于叙事学研究，早在20世纪末就在学术界产生了较大的影响。这一群体不像20世纪前期的神话学研究者，仅仅是偶一涉猎，而是倾注较大精力，做出很多成绩。张开焱先生已经在创世神话研究、中国早期神话研究方面取得了不俗的成绩。现在这部《中西叙事传统比较研究·神话卷》专著是他在神话学方面的最新成果。

该书是张先生近年比较神话研究新成果的集成，在神话叙事学领域颇多创新，体现出文艺理论学科研究神话的鲜明特色。本书有很多的创新观点，比较突出的有：

一、本书对于早期中西神话叙事的不同特点，提出杉木型与灌木型两种不同的叙事模式，并予以阐述，较好体现了中西早期神话两种不同的叙事模式，有力揭示了中西神话不同的叙事特点，是作者学术功力的体现，可以成为考察研究中西神话叙事的一种视角，是本书重要的学术贡献之一。

二、本书对于神话的叙事传承区分了"叙事者"与"讲述者"的不同，前者更多指称纸传叙事文本的陈述主体，后者更适用于口传叙事作品的主体。这样重视神话叙事者的不同身份是有意义的，改变了过去研究者偏于神话文本本身的研究而忽视神话叙事主体研究的缺陷，为神话研究走向深入提供了新的路径。作者在这方面投入很大的精力，挖掘中西神话讲述者的资源，尤其是西方口头传统资源，为神话叙事研究提供了有益的思考和理论借鉴。

三、本书将神话学的叙事理论与史诗的叙事理论、民间故事的叙事理论结合起来，开拓了神话学的研究视野与空间。过去学术界神话研究、史诗研究和民间故事研究三者之间是有很大区隔的，其研究方法和理论是不兼容的。作者大胆打破这种界限，为神话学研究带来了活力。比如将普罗普的民间童话研究思路引进到神话研究中，令人耳目一新。同时，这种思路也给史诗和民间故事研究以新的启发。

四、作者对于中西神话叙事模式的分析比较，重视理论与实践的结合。本书尤其重视通过神话文本的分析得出结论。因此，本书内容扎实，不做凿空之论。比如本书讲述西方神话突出时间性、中国神话突出空间性问题的时候，引用了大量的中西神话文本进行讨论，是一种实事求是的态度。在实证性的文本讨论基础上，作者介入到哲学层面。如本书通过中国空间优势型创世神话的分析，转到中国的哲学思维方面，如"五行"思维模式；而对西方时间优势型神话的分析引发出两分法的思维模式讨论，足以见出本书的理论思考。

本书的创新之处很多，以上是略举数端。

阅读张开焱先生的著作，也引发了我的一些思考。神话学研究，是不是就是文学神话研究、历史神话研究，抑或人类学、民俗学神话研究，有没有一个在此基础之上的神话学研究呢？其实这是一个很大的问题。如果说有历史哲学、艺术哲学、政治哲学等分支，那一定还有一个基本的哲学主干的学科支撑。神话学需要在各学科分类的基础上，提出一些基本的观念，形成共识。学界本来已经有了一些探索，但是目前看来远远不够。神话是人类文明起源意义上的重要的文化遗产，是一种神圣叙事，是现实秩序的文化支撑系统，神话的未来性更为本质，这样一些观点为神话学界基本认同。神话在当下如何表现？这是热点。神话是不是与文学、史学、哲学并行的一种人文类型？如果不是，为什么那么多学科的学者要研究神话？我阅读张开焱先生的著作，感觉不是文学本身可以框限的。所以，神话学一定有超越文史哲本身的东西。这是我们一直的思考，也是读了张开焱先生著作后更加突出的感受。

　　张开焱先生似乎要通过本书,给自己的神话学研究做一个总结,以后将转到叙事学研究上去。我倒是觉得神话学研究还可以并行不悖,毕竟神话学是叙事学中最重要的门类。我甚至建议张先生关注更多活态的神话,关注叙事波澜壮阔的那些神话,可以发现更多的叙事学的新问题。

　　本书是在作者长期思考,在其大量学术成果基础上写成的。本书理论与实践结合,重视中西神话叙事比较中的异同,给人启示颇多。该书的出版,对于中国比较神话学的研究有重要参考意义。在本书即将付梓之际,特表祝贺,祝张开焱先生在叙事学神话学研究方面取得更多的成就!

目 录

绪论 中西神话叙事传统比较研究现状和本书设想 …………… 1
  第一节 国外有关研究成果概观 ……………………………… 2
  第二节 国内学者中国神话叙事研究成果概观 …………… 21
  第三节 本书研究任务设计 …………………………………… 39

第一章 中西神话初文本、前文本与续文本 ………………… 51
  第一节 神话的初文本、前文本与续文本 ………………… 53
  第二节 中国神话初文本与前文本的灌木丛形态 ……… 62
  第三节 希伯来神话杉木型初文本与灌木型前文本 …… 69
  第四节 希腊神话杉木型初文本与灌木型前文本 ……… 82
  第五节 中西神话续文本形态的特征 ……………………… 97

第二章 神话讲述者及类型划分的理论框架 ……………… 112
  第一节 文本内叙述者还是跨界讲述者？ ……………… 113
  第二节 神话讲述者类型划分的理论框架 ……………… 121

第三章 社会生产结构视角中中西神话讲述者类型（上） … 133
  第一节 性别视角中中西神话三种阿尼姆斯讲述者 …… 133
  第二节 族群视角中中西神话讲述者的特征 …………… 145
  第三节 经济生产视角中中国神话农夫型讲述者 ……… 149
  第四节 经济生产视角中希伯来神话牧人型讲述者 …… 159

第五节　经济生产视角中希腊神话水手型讲述者……………… 167

第四章　社会生产结构视角中中西神话讲述者类型（下）……… 178
　　第一节　社会意识生产中的神话讲述者类型与流变…………… 178
　　第二节　上古中西巫术与巫师的演化路径比较………………… 186
　　第三节　社会意识生产结构中中希三种神话讲述者类型……… 193

第五章　中西神话叙事话语构形时空特征比较…………………… 202
　　第一节　关于神话叙事话语构形的理论讨论…………………… 203
　　第二节　两希和北欧神话话语组织的时间优势型特征………… 208
　　第三节　中国神话叙事话语的空间优势型特征………………… 225

第六章　中西神话叙事的形象构造特征比较……………………… 243
　　第一节　中国上古神话形象构造的空间优势型特征…………… 245
　　第二节　两希神话形象构造的时间优势型特征………………… 261

第七章　中西神话行动元结构与故事类型比较…………………… 274
　　第一节　原生性行动元三极鼎立结构…………………………… 274
　　第二节　行动元结构与故事类型和组织规则…………………… 277
　　第三节　希伯来神话行动元结构特征和故事组织规则………… 284
　　第四节　希腊神话的行动元结构特征和故事组织规则………… 290
　　第五节　中国神话行动元结构与故事组织规则………………… 301

第八章　中西神话创世叙事内含的时空优势意识………………… 315
　　第一节　中国神话创世叙事内含的空间优势型意识…………… 315
　　第二节　中国神话空间优势型时空观的哲学转换……………… 322
　　第三节　希伯来神话创世叙事内含的时间优势型意识………… 329
　　第四节　希腊神话创世叙事内含的时间优势意识……………… 344

第九章　中西神话圣数叙事比较…………………………………… 361
　　第一节　中西文化元编码数及其生成模式……………………… 362
　　第二节　中西神话叙事中数字"二"的组织作用………………… 375

第三节　中西神话叙事中数字"三"的组织作用……………… 381
　　第四节　中西神话叙事中数字"五"和"七"的组织作用………… 390

第十章　中西神话叙事优势时空类型差异原因探讨……………… 398
　　第一节　神话叙事特征与先民神话时空思维特征……………… 398
　　第二节　古汉语与两希语言的时空优势差异…………………… 402
　　第三节　中西神话思维时空优势类型的选择…………………… 423
　　第四节　经济生产方式和聚落方式对时空思维的潜在影响…… 432

结语　中西神话叙事优势时空类型与民族叙事传统……………… 451
附录1　本书前期发表的论文……………………………………… 472
附录2　本书主要参考文献………………………………………… 474
后　　记……………………………………………………………… 490

绪论
中西神话叙事传统比较研究现状和本书设想

本书基本目标是在比较神话学视野中，对作为民族文化和文学源头的中国与西方上古神话叙事传统进行比较性研究，并为各民族上古神话对后世叙事传统潜在和显在影响提供一个溯源性理解角度。本书研究对象中，西方上古神话以"两希"（希腊和希伯来）神话为主要对象，适度顾及罗马和北欧神话。中国上古神话则基本以见于秦汉及以前资料的神话为对象。汉以后记载的神话资料，以及近现代记载的各少数民族神话资料，只作为参照，而不作为研究的依据。

中西神话叙事传统比较研究，一个基本的任务是中西神话叙事构成特征的研究，这具有基础性的意义，也是本书的重点。我理解的神话叙事传统，指的是在神话发展过程中，可以被代相传承的基本叙事模式和特征以及与之相符的神话叙事思维。希尔斯（Edward Shils）《论传统》（*Tradition*）一书界定"传统"时说，"它的涵义仅只是世代相传的东西"，他在《传统的涵义》一节中，特别归纳了传统的两个方面，即传统是"代代相传的事物"，而且"相传事物"具有"统一性"。这就是说，传统这个概念的本意强调的是事物在发展过程中那些可以代相传承的规则和特征，应该说这是传统的核心。传统当然在其继承中也会有变化，适应历史发展的需要，传统中一些过时的元素会被慢慢汰滤掉，一些新的元素也会慢慢进入其中。但传统中有一些基本的东西会一以贯之地存在，这也正是一种传统最基本的内核。基于这个认知，我们尽管也会研究中西神话叙事传统的流变，但更会将重点放到中西神话叙事构成中那些代相承传特征的研究上面。

要完成这个任务,其前提要完成两个工作:一是清理中外学者已有的有关中西神话叙事特征和传统的成果,看看他们已经做了一些什么工作,取得了怎样的成绩,本书在他们成果的基础上还能做什么;二是要确定本书的研究理念和基本工作模式。后者尤其重要。由于中国和西方上古神话在存在方式和叙事形态上的巨大差异,只有寻找到对它们进行比较研究的合适理念和模式,这个工作才可以展开和完成。而现有的神话叙事学几乎都不能提供一个比较性研究中西神话叙事传统问题的具有系统性的合适模式和理念。这话说得更明白一些,西方以故事为核心的神话叙事理论很难充分彰显中国神话叙事的特征,有效完成对中国神话叙事问题的描述和研究。因此,这意味着本书虽然会借用现有西方神话叙事学的某些观念和方法,但很难完全依据它们来完成。本书作者意识到,要完成中西神话叙事传统比较研究的任务,必须根据需要,选择甚至提出一些理念和模式来完成这个任务。

"神话叙事"(mythical/mythological narrative)作为学界频繁使用的术语,有学者认为神话学界在使用时大多在字面意义上做"神话"与"叙事"的定义糅合,并未对该术语做严格的学理厘定。这大约源于人们认为神话天然是一种人类原初性叙事类型,不需要对这个概念做出特别的界定。本书将"神话"作为一种人类原初性叙事类型,认为"神话叙事"犹如"历史叙事""小说叙事""电影叙事"等一样,是从一种特定叙事类型角度的命名。这个词包含两层意思:一是作为偏正结构复合词,指"神话的叙事";一是作为复合结构名词,指"神话叙事的……"。本书分别在这两种意义上使用这个概念。在此界定基础上,我们对中外学者关于神话叙事理论及中西神话叙事比较研究的相关成果进行一个概要性清理,以为本书研究廓清基本的学术背景。

第一节 国外有关研究成果概观

我们首先对海外有关中国神话叙事的研究概况做一简介,然后重点对西方学界关于神话叙事概念及理论生成谱系进行宏观梳理,并综论在该领域影响力深远的学术成果,力图勾勒、辨析西方神话叙事批评传统的生成线索、发展状况和经验教训,进而为中国神话叙事研究提供参照。

一百多年来,海外学者中国神话研究的成果较为可观,中外学者都有不少论文或著作。其中,俄国学者李福清(B. Riftin)的《中国各民族神话研究外文论著目录——1839—1990(包括跨境民族神话)》[*A Bibliography of Foreign-Language Studies of the Mythology of All the Nations of China (1839—1990) (Including Those Beyond China's Borders)*]①,中国学者贺学君、蔡大成与日本学者樱井龙彦合编的《中日学者中国神话研究论著目录总汇》,郭恒的《英语世界的中国神话研究》汇集资料最多最全面。三书综合起来,大体反映了迄今国外对中国神话传说研究的概貌,具有很好的资料价值。李福清的《中国各民族神话研究外文论著目录——1839—1990(包括跨境民族神话)》广搜全世界十五种语言中有关中国神话研究的成果编成目录,是目前所见搜集范围最为广泛全面的资料汇编。日本向来是中国神话研究的重镇,中国学者贺学君、蔡大成与日本学者樱井龙彦合编的《中日学者中国神话研究论著目录总汇》,收录1882年至1998年间中日两国学者发表的有关中国神话研究的论文论著目录,其中对日本学界中国神话研究成果的收集是迄今最全的②。英语世界对中国神话研究的历史也有一百多年,郭恒在多年收集和研究基础上,出版了她的博士论文《英语世界的中国神话研究》,该书是国内第一部对一百多年来英语世界中国神话研究成果进行较全面清理的著作,不仅提供了大量资料,还对这些成果的内容进行了介绍和评析。③综合笔者自己的相关阅读和这三本书提供的资料,大多数海外成果以文化学、人类学、民族学、民俗学、宗教神话学为研究视角。英国当代研究中国神话的学者比埃尔总结海外学者的中国神话研究时,归纳出星象研究、民族学研究、神话即宗教仪式研究和原因论研究等四种基本方法和视角。④从三书提供的资料看,从叙事学角度对中国上古神话进行形式分析的研究较难见到,在此基础上对中西上古神话叙事特征和传统进行较系统的比较研究的成果,自然更是稀见。出现这种现象最根本的原因还

---

① [俄]李福清(B. Riftin):《中国各民族神话研究外文论著目录——1839—1990(包括跨境民族神话)》,北京:北京图书馆出版社,2007年。
② 贺学君、蔡大成、[日]樱井龙彦:《中日学者中国神话研究论著目录总汇》,北京:中国社会科学出版社,2012年。
③ 郭恒:《英语世界的中国神话研究》,北京:中国社会科学出版社,2020年。
④ 同上书,第16页。

在于国外学者对中国上古神话的印象是简短、散漫、故事性弱,很难从形态学角度对其叙事形式展开分析。或者说,他们还没有找到适合中国上古神话叙事特征的研究方法和角度。

西方学者在进行比较神话学研究时,较少以中国神话作为主要对象,有关神话的一些重要理论,如神话—原型理论、结构神话学、神话与民间传说的类型学研究(ATU 分类法)等,较少涉及中国神话。国外学者中,日本学者对中国古代神话进行研究的人最多,一些有名的神话学者如高木敏雄、白吉鸟库、大林太良、伊藤清司、小南一郎等的学术著作,都对中国神话有较多涉猎。高木敏雄 1905 年出版的《比较神话学》,是日本第一部比较神话学的著作,比较分析各族神话,里面有较多对中国古代神话故事如尧舜的故事、黄帝与蚩尤、盘古创世故事的分析研究;大林太良的《神话学入门》、伊藤清司的《中国古代文化与日本》等,也都有对中国古代神话故事的较多引用和分析;小南一郎的《中国的神话传说与古小说》更以研究中国神话与小说为主要目标。不过,这些著作主要不是从神话叙事研究的视角切入。另,这些著作对先秦神话涉猎都相对有限。如小南一郎的《中国的神话传说与古小说》除了第一章研究的神话中西王母属于先秦文献所见人物外,其余都是汉代及以后时代的神话传说故事。① 另一个需要提及的是,诸书对于引入其中的中国神话故事的分析,多与 A—T 分类法的类型学分析相关,故事的形态学和结构性分析则均未见到。高木敏雄《比较神话学》、大林太良《神话学入门》、伊藤清司《中国古代文化与日本》,也都有比较研究视野,但主要的比较对象,不是中西神话,也不是叙事传统,他们更关注的是日本神话与中国和其他民族神话主题和题材异同的比较。

西方学者近两个世纪(尤其是 20 世纪以来)对神话的叙事问题给予了较高程度的关注,并形成了多种路径的神话叙事分析理论,在这个过程中,他们对西方神话传说,尤其是两希及北欧神话传说叙事问题的研究,积累了丰富的成果。这些成果尽管大都与中西神话叙事比较研究没有直接相关性,但对于我们了解西方神话叙事的一些特征则有明显价值。因此,在此对这方面的成果进行一个概要性清理,有助于作为本书研究的参照和研究模式的选择。

---

① 见[日]小南一郎:《中国的神话传说与古小说》,孙昌武译,北京:中华书局,1993 年。

一、西方神话叙事理论生成与谱系概观

不言而喻,术语概念的源起一定晚于批评实践及传统的塑型,而西方学界关于"神话叙事"的批评实践又可谓同神话学与叙事学两门学科的生成、发展和交融密不可分。这个意义上看,从理论生成的视角分别探寻并简单梳理神话学与叙事学的学科历史便颇为重要。首先来看神话批评。即便不乏争议,我们仍可将维柯(Giambattista Vico)《新科学》(*New Science*)对"建立一种科学的语文学进而解释神话的尝试"视为现代神话学之发轫。① 其后,西方神话学在格林兄弟之后获得了文类意义上的稳定范畴。② 然而,与其他文类的区分并未使神话研究走向封闭;相反,人类学、宗教学乃至语言学等人文社会科学在不同的发展阶段及理论倾向中都注重在神话研究中汲取文本资源与理论灵感。经由麦克斯·缪勒(Friedrich Max Muller)、涂尔干(Émile Durkheim)、荣格(Carl Gustav Jung)等学者的批评建构,神话研究迎来了形式主义、结构主义两大理论流派的洗礼,并最终在20世纪形成了斯特伦斯基(Ivan Strenski)所谓"四种神话理论"交迭更替的基本格局。③

另一方面,我们知道,即便西方关于叙事、叙事技巧及其功能形态的论述可以从柏拉图、亚里士多德上溯至前苏格拉底时期,但叙事学作为一门知识学科仍旧非常年轻。尽管1966年出版的《交际》(*Communication*)杂志第8期通过一系列关联文章已然将叙事学的"基本理论和方法公诸于众";④目前学界仍公认将"叙事学"(narratologie/narratology)一词的诞生标志定为托多罗夫(Tzvetan Todorov)1969年《〈十日谈〉的语法》一书的出版。⑤ 此后,叙事理论与结构主义语言学、符号学的进一步交融,在经历了经典叙事学与后经典叙事学等几次理论的代际更迭后,最终发展出重新向叙事形式和结构批评回转的学理趋势。

---

① Xander Kirke, *Hans Blumenberg: Myth and Significance in Modern Politics*. London: Palgrave Pivot Cham, 2018, p.58.亦可参维柯:《新科学》,朱光潜译,北京:商务印书馆,2012年,第320—321页。
② 刘魁立:《西方神话论文集》,上海:上海译文出版社,1994年,第5页。
③ [美]伊万·斯特伦斯基:《二十世纪的四种神话理论——卡西尔、伊利亚德、列维—斯特劳斯与马林诺夫斯基》,李创同、张经纬译,北京:生活·读书·新知三联书店,2012年,第3—5页。
④ 申丹:《叙述学与小说文体学研究·前言》,北京:北京大学出版社,1998年,第3页。
⑤ 参看罗钢:《叙事学导论·引言》,昆明:云南人民出版社,1994年,第1页。

因而,在神话学与叙事学长时段的融会、渗透、发展过程中,我们不难指认出一种从"起源研究"向"结构与功能研究"转移的发展态势。① 而这种理论转折情态的发端则须追溯至神话及民间故事研究的芬兰学派上。芬兰学派(Finnish School)起源于1880年代,以安蒂·阿尔奈(Antti Aarne)及其《民间故事类型索引》(Verzeichnis der Märchentypen,1910)为代表,后为美国学者斯蒂·汤普森(Stith Thompson)翻译并扩充为《民间故事类型索引》(The Types of the Folktale: A Classification and Bibliography)。芬兰学派在对以威廉·曼恩哈特(Wilhelm Mannhardt)为首的"神话研究自然学派"(nature mythologists/naturists)的浪漫主义方法论的反拨过程中提出"按照单个情节的异文"并以民族志的历史编纂学方法进行采集与比较的思路,②继而在"类"和"型"之后引出"亚类",最终设计出学界常用的"AT分类法"。尽管存在对异文情节变形关系的割裂以及西方中心论等时代局限,③总体而言,"AT分类法"(后发展为ATU分类法)仍旧是20世纪西方神话及民间故事类型研究领域极具影响力的研究范式,不仅在出版后一再扩充,④更影响了后起的民族神话、民间故事选编工作,这点从艾伯华(Wolfram Eberhard)与丁乃通编撰中国神话与民间故事时对"AT分类法"的倚重上可见一斑。⑤

然而,真正奠定西方神话叙事基本理论框架的是俄国批评家弗拉基米尔·雅可夫列维齐·普罗普(В. Я. Пропп)。1928年,正是在开山之作《故事形态学》(Морфология сказки)中,普罗普奠定了神话叙事研究的一般性原则与基本框架——"历史研究"与"形式批评"的创造性结合。他选取《俄罗斯民间故事大全》中前100个故事对它们的叙事构成要素和组合

---

① Alan Dundes, *Sacred Narrative: Readings in the Theory of Myth*, Berkeley: University of California Press, 1984, pp. 2-3.

② Lee Haring, "The Types of International Folktales: A Classification and Bibliography", in *Marvels & Tales*, Volume 20, Number 1, 2006, pp. 103-105.

③ Antti Aarne, *The Types of the Folktale: A Classification and Bibliography*, Stith Thompson Trans., Bloomington & Indianapolis: Indiana University Press, 1961, "Preface", p. 2.

④ Stith Thompson, *Motif-Index of Folk-Literature: A Classification of Narrative Elements in Folktales, Ballads, Myths, Fables, Mediaeval Romances, Exempla, Fabliaux, Jest-books and Local Legends*, Bloomington & Indianapolis: Indiana University Press, 1955.

⑤ [德]艾伯华:《中国民间故事类型》(修订版),王燕生、周祖生译,北京:商务印书馆,2017年,第xvii页;[美]丁乃通:《中国民间故事类型索引》,郑建威、李倞、商孟可、白丁译,李广成校,北京:中国民间文艺出版社,1986年,第1—4页。

模式进行描述,提出了神话叙事的"角色"和"功能"两个核心元素,并从两者相互关系角度对它们进行描述。在他的描述中,角色指的是故事中担任特定功能(行动)的主体,功能指的是与特定角色相关的行动单位。这意味着要对角色进行描述,必须从功能角度进行。反过来,功能又是角色得以存在的基础,没有功能和故事,就不会有角色的区别。他这样定义两者的关系:"功能指的是从其对于行动过程意义角度定义的角色行为。"[①]在此基础上,普罗普进一步发展出"功能项"与"叙事程序"两组概念,指出神奇故事共计有 31 个形态稳定的功能项,它们按照较为固定的程序组织。尤其值得注意的是,在分析神奇故事"叙事功能项"的派生形式时,他提出了西方神奇故事结构上的"三重化叙事"特征问题,这对后世神话叙事研究影响甚大。尽管在回应列维—斯特劳斯关于其功能结构批评"无法适用神话文本"时承认"本书没有做",[②]但实际上普罗普关于神奇故事的叙事分析对神话叙事研究指明了一条生机勃勃的道路。在他的第二部重要专著《神奇故事的历史根源》(Исторические корни волшебной сказки)一书中,普罗普在对神奇故事形式化分析的基础上,力图对其历史根源进行追溯。这显然是一份艰难的工作,但普罗普仍然做出了许多有启示性的贡献。例如,他将俄罗斯民间童话中老巫婆形象的起源追溯到遥远的母权社会向男权社会过渡的历史过程中。指出老巫婆原本是母系社会受人崇敬的首领形象,只是到了男权社会文化中,她才被贬低和丑化为令人恐惧厌恶的怪物。普罗普为了力避对民间故事与历史关系的镜像式反映论认知,特别指出"故事与社会制度与宗教仪式"的关联包括"对应""重解""反用"等多种方式,[③]这就很好地解释了同样的历史生活在民间故事中出现不同形式的现象。普罗普甚至预见了后世神话叙事研究"表演学派"的兴起——指出了神话叙事研究应包括从叙事到戏剧化的多方位动作呈示。此外,普罗普的研究也偶尔涉及希腊神话与中国神话叙事意象与结构异同的分析,这对本书的研究也有一定启发。

西方神话叙事理论生成史中另一位奠基性人物是乔治·杜梅齐尔

---

① [俄]弗拉基米尔·雅可夫列维齐·普罗普:《故事形态学》,贾放译,北京:中华书局,2006年,第 18 页、第 188 页。
② 同上书,第 195—196 页。
③ [俄]弗拉基米尔·雅可夫列维齐·普罗普:《神奇故事的历史根源》,贾放译,北京:中华书局,2006 年,第 11—13 页。

(Georges Dumézil)。杜梅齐尔理论上师承了法国学派涂尔干"比较人类学"的方法和路径,对印欧神话叙事渊源进行对比研究。他在传统社会学与人类学功能论的基础上提出了全新的比较神话学批评框架,提出了"社会功能层次与神话叙事层次的关联对应"之关键命题,进而在神话研究领域引发了"杜梅齐尔革命"。① 在实操层面,杜梅齐尔从印欧神话文本中相继提取出"永生神话叙事"、"醉酒神话叙事"与"濒死神灵主题"等,②为神话叙事主题批评提供了富有启发性的批评理路。此外,基于对罗马祭司团神话文本的细读研究,杜梅齐尔初步提出了罗马—日耳曼神话"朱庇特—马尔斯—奎里努斯"(Jupiter-Mars-Quirinus)的三元叙事模式,并认为这一神话中的三元模式对应于罗马社会生活结构中相应的三种社会等级。③ 尽管杜梅齐尔对希腊神话文本分析相对较少,但他还是能够将该"三元结构"扩展至古希腊神话的"赫拉—雅典娜—阿佛洛狄特"(Hera-Athene-Aphrodite)文本批评中去,并最终在其皇皇巨著《神话与史诗》(*Mythe et Épopée*)中塑定并以"术士""国王""武士"三类形象④演绎了极为重要的神话叙事理论框架——"印欧神话叙事的三元结构理论"。通过辨析我们不难看出,语言与意识形态的亲缘性研究是杜梅齐尔"三元结构叙事理论"的基石。但是,杜梅齐尔的"语言与社会阶层对应"理论并不能清晰地解释印欧语系后发语族内部的神话叙事与意识形态之间的错位。此外,尽管如其所言,三元结构"在近乎所有神话叙事形态中都能寻获",⑤但其神话叙事研究在文本选取方面似乎存在削足适履的"选择性"倾向。而且,他也明确表示,这种三元结构只适合印欧神话,不适合中国神话与社会结构分析。但他的这个限定却被打破,日本、韩国和中国,均有学者将其三元结构理论用于分析各自民族的神话,证明他们自己民族

---

① C. Scott Littleton, *New Comparative Mythology: Anthropological Assessment of the Theories of Georges Dumezil*, Berkeley: University of California Press, 1966, p. 4.

② Ibid., pp. 43-45.

③ Georges Dumézil, *La religion romaine archaïque: Avec un appendice sur la religion des Etrusques*, Paris: Payot, 1966, pp. 291-376. See also, Georges Dumezil, *Archaic Roman Religion*, Philip Krapp Trans., Baltimore: Johns Hopkins University Press, 1970, pp. 141-148.

④ Georges Dumézil, *Mythe et Épopée II*, Paris: Gallimard, 1971, pp. 8-12. See also, Georges Dumezil, *The Destiny of the Warrior*, Alf Hiltebeitel Trans., Chicago: University of Chicago Press, 1970, pp. 40-46.

⑤ C. Scott Littleton, *New Comparative Mythology: Anthropological Assessment of the Theories of Georges Dumezil*, Berkeley: University of California Press, 1966, p. 66.

神话和社会中也存在具有内在对应性的三元结构。例如中国学者傅光宇受杜梅齐尔理论启发，撰有《三元——中国神话结构》一书，试图证明杜梅齐尔的三等级神结构理论也适用于中国神话与社会的关系研究。① 这一研究既富启发性也面临挑战。尽管杜梅齐尔多次表示，他并不认为古印欧人的三元结构是人类心理的普遍特征，但他的理论提示了神话叙事结构与社会结构之间的相关性甚至对应性，对非印欧民族学者很有启示性和诱惑力。他的神话叙事结构批评中人类学视角与比较方法的创设及比较神话学定义②都是其不可磨灭的理论功绩。尽管杜梅齐尔的"比较神话叙事理论"诞生之后遭到美英学界的忽略，但20世纪50年代以来"印欧比较神话研究"的复兴却与他的神话叙事理论休戚相关。

如果说杜梅齐尔代表了20世纪上半叶神话叙事理论建构"欧陆学派"的主导势力，诺思罗普·弗莱（Northrop Frye）则可谓是其后神话叙事理论"英美传统"的代言人。尽管弗莱不断否认贴在自己身上的"神话批评学派"标签，③他仍旧是20世纪60年代以来神话叙事批评方面最具影响力的学者之一。众所周知，弗莱神话叙事批评的理论源头与荣格原型理论及弗雷泽巫术仪式理论有千丝万缕的联系，④这种学理关联在弗莱研究威廉·布莱克诗风的《威严的对称》（*Fearful Symmetry*）一书中即不乏体现。⑤ 但使弗莱扬名学界的"神话原型批评"主要还体现在他对杜梅齐尔神话叙事理论扬弃⑥之后的《批评的解剖》（*Anatomy of Criticism: Four Essays*）这部杰作中。尽管书中并未直接使用"神话叙事"一词，但弗莱从构词角度敏锐地将"mythos"引作"情节/叙事"并拉伸出"叙事结构"概念来与"主题"概念并立⑦，此举实际立定了神话叙事结

---

① 详见傅光宇：《三元——中国神话结构》，昆明：云南人民出版社、云南大学出版社，2014年。
② C. Scott Littleton, *New Comparative Mythology: Anthropological Assessment of the Theories of Georges Dumezil*, Berkeley: University of California Press, 1966, p.32.
③ [加]诺思洛普·弗莱：《诺思洛普·弗莱文论选集》，吴持哲编，北京：中国社会科学出版社，1997年，第30页、第147页。
④ 同上书，第165—167页。
⑤ Northrop Frye, *Fearful Symmetry: A Study of William Blake*, Princeton: Princeton University Press, 1947, pp.230-233.
⑥ C. Scott Littleton, *New Comparative Mythology: Anthropological Assessment of the Theories of Georges Dumezil*, Berkeley: University of California Press, 1966, pp.187-188.
⑦ Northrop Frye, *Anatomy of Criticism: Four Essays*, Princeton: Princeton University Press, 1957, p.52.

构批评的"概念框架"。随着原型批评模式在文类和文本两个层面的流转与推展,弗莱不断提出神话叙事的关键概念,诸如叙事文类与"神话的位移"①"叙事的脱嵌"与"观看"联觉的获取等。② 此外,在具体神话叙事文本的例证过程中,弗莱对西方神话叙事传统中的"探险神话"③、英雄的"下界叙事"④、神话与传奇故事中的"超时间性"乃至西方神话传统中的空间意象如"花园""荒原"及物件意象如"玫瑰"⑤等都做出了不少创造性的归纳与批评。

另一方面,除开神话研究本体论上"神话即是形式因"及"神话的社会功能论"⑥两个向度的理论贡献外,弗莱在建构神话叙事原型结构理论框架时,还将批评视域扩展至东西神话叙事比较,并对中国诗歌叙事模式也有涉及。总体来看,弗莱的"神话叙事原型批评模式"不乏"普遍主义陷阱"与"神学本体论基础"等弊病⑦,且在铺展至文本操演过程中,将神话叙事的逻辑框架建基于"总体释义"概念之上,颇有神秘主义倾向。随着20世纪70年代结构主义叙事理论的兴盛及批评实践中"细读"法对弗莱"远观"(stand back)法的超越⑧,"神话—原型"理论似有"走下坡路"之势。但无论如何,从西方神话叙事理论生成传统的多个意义上看,弗莱及其神话叙事研究仍具有不可磨灭的指导性功绩。

从西方神话叙事理论生成谱系的其余侧面查看,还有几位杰出的理论家与成果值得一提。首先是与弗莱活跃程度大致相当的约瑟夫·坎贝尔(Joseph Campbell)及其名作《千面英雄》(*The Hero With A Thousand Faces*)。坎贝尔的"单一神话"理论在学理成因上同弗莱一般对弗洛伊德、荣格及弗雷泽的"原型"理论,乃至米尔恰·伊利亚德(Mircae Eliade)

---

① Northrop Frye, *Anatomy of Criticism: Four Essays*, Princeton: Princeton University Press, 1957, p.136.
② Ibid., p.267.
③ [加]诺思洛普·弗莱:《诺思洛普·弗莱文论选集》,吴持哲编,北京:中国社会科学出版社,1997年,第30页、第91—92页。
④ [加]诺思罗普·弗莱:《批评的解剖》,陈慧、袁宪军、吴伟仁译,天津:百花文艺出版社,2006年,第478页。
⑤ 同上书,第217页、第212页、第204页。
⑥ [加]诺思洛普·弗莱:《诺思洛普·弗莱文论选集》,吴持哲编,北京:中国社会科学出版社,1997年,第241页、第351页。
⑦ 王宁等编:《弗莱研究:中国与西方》,北京:中国社会科学出版社,1996年,第47—48页。
⑧ 叶舒宪编选:《神话—原型批评》(增订版),西安:陕西师范大学出版社,2011年,第24页。

的"原初整体观"①多有借鉴。并且,尽管不乏"学理性缺失"及"普世主义"等诟病②,坎贝尔仍旧在综合应用人类学、宗教学以及比较神话学理论以推进神话叙事类型批评方面颇有建树。尤其在石器时代神话考古成果叙事转化研究、仪式叙事结构分析③及"英雄叙事模式"研究方面④为后世神话叙事批评提供了绝佳的实操案例。其次,俄国形式主义与法国结构主义在叙事学上的交汇与折冲也促成了列维—斯特劳斯、托多罗夫、布雷蒙(C. Bremond)以及格雷马斯(Algirdas Julien Greimas)与罗兰·巴尔特等学者的神话叙事理论,尽管神话叙事批评在上述学者各自叙事学理论体系建构过程中并非核心,但对形态各异的神话文本的结构与功能分析仍旧得到了较为普遍的观照及侧重。譬如,斯特劳斯发表于1955年的《神话的结构研究》,在结构主义语言学的基础上提出并划分了神话叙事的层次与单位——"深层结构"与"神话素"等概念,可谓影响深远。⑤而格雷马斯1963年发表于《人类》杂志(l'Homme)第3期,后收入《论意义》的《比较神话学》一文则提出了"神话叙事"与"仪式叙事"的符号学分析规则。⑥ 不言而喻,这些神话叙事理论的关键概念与前述理论家的相关成果最终划定了学理概念范围并构型了西方神话叙事的总体理论框架,进而为其后的神话叙事批评搭设好了理论舞台。

二、批评实践举隅:以"两希传统"为中心

我们知道,因为神话文本的零散与短促,叙事学很快将批评重心转向短篇乃至长篇小说,并越出文学文本范畴。⑦ 尽管批评重心转移,神话叙事理论框架搭建之后,西方学界对希腊—罗马神话文本及辞典选编工作

---

① Alan Dundes, *Sacred Narrative: Readings in the Theory of Myth*, Berkeley: University of California Press, 1984, p.145.
② Ibid., p.256.
③ Joseph Campbell, *The Masks of God: Oriental Mythology*, London: Viking Penguin Ine., 1962, pp.170-216.
④ [美]约瑟夫·坎贝尔:《千面英雄》,张承谟译,上海:上海文艺出版社,2000年,第325—376页。
⑤ Claude Lévi-Strauss, "The Structural Study of Myth" in *The Journal of American Folklore*, 1955, Vol. 68, No. 270, pp.428-444.
⑥ Algirdas Julien Greimas, *On Meaning: Selected Writings in Semiotic Theory*, F. H. Collins Trans., Minneapolis: University of Minnesota Press, 1987, pp.12-16.
⑦ Wallace Martin, *Recent Theories of Narrative*, Ithaca and London: Cornell University Press, 1986, p.82.

的方法论与理论范式仍旧得到了及时的更新,凸显了神话叙事理论影响之下的向"功能结构""叙事模式"与"文化比较"三类模式的挪移态势。这种转向通过对比神话叙事理论框架搭建前后的希腊—罗马神话编撰样态可见一斑:不论是皮埃尔·考梅林(Pierre Commelin)的《希腊罗马神话新编》,[①]抑或是奥托·泽曼(Otto Seemann)《希腊罗马神话》[②]在体例上同麦克·肯尼迪(Mike Dixon-Kennedy)及威廉·汉森(William Hansen)等学者选编的希腊—罗马神话可谓已有渊壤之别:前者对史诗神话叙事因素的注重[③]与后者对神话功能母题与原型意象的注重,[④]已然明显带有结构主义叙事学影响的痕迹。

神话文本按新范式的搜集与选编固然是学科研究深化的基础,但西方神话叙事理论介入神话文本真正意义上的专门性研究当推1989年理查德·马丁(Richard P. Martin)出版的《英雄的语言:〈伊利亚特〉中的话语与行动》一书。值得一提的是,该书同时也是西方学界(后)结构主义批评大规模介入古典神话叙事研究的标志——"神话与诗学"书系的开山之作。书中,在将神话叙事定义为"言说—行动的耦合"之后,马丁对宙斯及奥林波斯众神的"谕令叙事"与英雄在行动与情节中的"命令叙事"的异同展开分析,[⑤]精辟地疏证了荷马的程序诗学与"阿喀琉斯语式"——阿喀琉斯行动与言说时制造的重复性叙事张力,包括顿呼叙事——之间的动态关联。[⑥] 这种将史诗人物叙事模式类型化并与情节功能比对的归纳手法对学界后发的神话叙事研究颇有影响。此外,马丁还指证了荷马《伊利亚特》的叙事行为与神话情节中叙事者"言说—行动"的同构性,这一论断

[①] Pierre Commelin, *Nouvelle mythologie grecque et romaine*, Paris: Garnier frères, 1888, p. 2.

[②] Otto Seemann, *Mythologie der Griechen und Römer*, New York: Harper & Brothers, 1892, p. iii.

[③] Mike Dixon-Kennedy, *Encyclopedia of Greco-Roman Mythology*, Santa Barbara: ABC-Clio Inc., 1998, p. xi.

[④] William Hansen, *Handbook of Classical Mythology*, Santa Barbara: ABC-Clio Inc., 2004, pp. vii-xi. See also, William Hansen, *The Book of Greek & Roman Folktales, Legends & Myths*, Princeton: Princeton University Press, 2017, pp. vii-xxi.

[⑤] Richard P. Martin, *The Language of Heroes: Speech and Performance in the Iliad*, Ithaca and London: Cornell University Press, 1989, pp. 48-65.

[⑥] Ibid., pp. 156-158.

可谓鞭辟入里。① 纵观整部《伊利亚特》，人物的叙事过程确实同样可以视同为荷马对听众（读者）的"劝勉""命令"及"制造权威"的过程。此外，作为"神话与诗学"书系的后继之作，洛德（Albert Bates Lord）在荷马史诗的口述传统批评、《奥德修纪》与《贝奥武甫》叙事对比研究等方面也不乏成果，尤其在游吟诗人"定式文本"与北欧神话叙事"程序结构"研究方面用力最深。② 而巴科（Egbert J. Bakker）与卡尔·莱克（Karl Reichl）则在马丁、洛德成果基础上对口述传统与神话叙事的关联研究做出了深化。前者对荷马史诗中神话叙事的句法与语态做出剖析，基于对诗行"叙事轨迹"的长时段追踪进而提出了"荷马式框架"的概念。③ 后者则将荷马式神话叙事框架挪用至近东神话文本，在神话比较叙事层面提出了不少令人耳目一新的论断。④

步入 21 世纪后，西方神话叙事研究在古希腊—罗马传统批评领域进入了专题化程度极高的新阶段，产生了数量丰实的成果。其中，罗杰·武达德（Roger D. Woodard）选编的《剑桥希腊神话指南》(*The Cambridge Companion to Greek Mythology*)一书考察范围上自公元前 8 世纪下抵公元早期，内容遍布口头诗歌传统及散文编撰活动中的希腊神话叙事，并集中论述了各类叙事文本在形式和互文两个层次上的繁复表现。⑤ 该书注重详略的同时尤其侧重神话叙事的"延续性"与"变异性"，关注了诸如萨福、阿尔凯奥斯（Alcaeus）及品达抒情诗中的古希腊神话叙事因子，希腊神话"爱神之死"主题与"仪式替换"叙事在萨福诗歌中的沿用等论题。⑥ 此外，作者通过令人信服的诗行语义对读得出了"古典诗歌正是莱斯博斯

---

① Richard P. Martin, *The Language of Heroes: Speech and Performance in the Iliad*, Ithaca and London: Cornell University Press, 1989, p. 238.

② Albert Bates Lord, *Epic Singers and Oral Tradition*, Ithaca and London: Cornell University Press, 1989, p. 185、p. 151.

③ Egbert J. Bakker, *Poetry in Speech: Orality and Homeric Discourse*, Ithaca and London: Cornell University Press, 1997, pp. 86-100.

④ Karl Reichl, *Singing the Past: Turkic and Medieval Heroic Poetry*, Ithaca and London: Cornell University Press, 2000, p. v.

⑤ Roger D. Woodard, *The Cambridge Companion to Greek Mythology*, Cambridge: Cambridge University Press, 2009, "Introduction", p. 1.

⑥ Gregory Nagy, "Lyric and Greek Myth" in *The Cambridge Companion to Greek Mythology*, Roger D. Woodard ed., Cambridge: Cambridge University Press, 2009, "Introduction", p. 32.

(Lesbos)神话与仪式总和的抒情表达"此一有启示性的结论。① 在列举"抒情诗神话"与"史诗神话"两类概念后,作者对"秘索思"(mythos)与"神话叙事"做出了学理区分,指出"就秘索思的积极意义而言,于荷马式诗歌中并非所有的神话叙事(muthoi)都是神话(myth)"这一关键论断。② 此外,在观照《奥德修纪》对希腊神话"灵魂之旅叙事"的挪用与创造性改写的基础上③,该书还对希腊神话叙事传统另一不可忽略的肇发性源头——赫西俄德与希腊神话传统的关联涉笔颇多。除了关涉学界较为熟稔的《神谱》及《工作与时日》两个文本中的神话叙事模式外,武达德更涉及了被忽略的《赫拉克勒斯之盾》这一文本的叙事模式。④ 并且,武达德对赫梯天空神与赫西俄德神话叙事中天空神的对比研究及"下界叙事"主题⑤研究也颇具启发性。综合看来,其"赫西俄德神话叙事受益于近东神话传统"的结论应该是牢靠的。

另一方面,莱顿大学继"神话与诗学"书系之后推出的"记忆女神"书系则更进一步促动了西方神话叙事研究在古典时期的深化。其中,保罗·穆加特罗伊德(Paul Murgatroyd)《奥维德〈飨宴〉中的神话及传奇叙事》一书对《飨宴》叙事过程中的"时间""空间"与"处所"结构类型做出了极具启发性的论析。⑥ 在此基础上,在古典神话叙事领域享有盛名的专家永格(Irene J. F. De Jong)跟进推出的《古希腊文学中的空间》一书则增补了古典哀歌文本中的空间叙事模式分析。⑦ 同样是永格,2014 年又出版了《叙事学与古典学:实用指南》,该书如其所言可谓"在古典叙事研

---

① Gregory Nagy, "Lyric and Greek Myth" in *The Cambridge Companion to Greek Mythology*, Roger D. Woodard ed., Cambridge: Cambridge University Press, 2009, "Introduction", p. 24.

② Gregory Nagy, "Homer and Greek Myth" in *The Cambridge Companion to Greek Mythology*, Roger D. Woodard ed., Cambridge: Cambridge University Press, 2009, "Introduction", p. 61.

③ Ibid, pp. 74-78.

④ Roger D. Woodard, "Hesiod and Greek Myth" in *The Cambridge Companion to Greek Mythology*, Cambridge: Cambridge University Press, 2009, "Introduction", p. 84.

⑤ Martin M. Winkler, "Greek Myth on the Screen" in *The Cambridge Companion to Greek Mythology*, Roger D. Woodard ed., Cambridge: Cambridge University Press, 2009, "Introduction", pp. 471-474.

⑥ Paul Murgatroyd, *Mythical and Legendary Narrative in Ovid's Fasti*, Leiden: Brill, 2005, pp. 6-23.

⑦ Irene J. F. De Jong, *Space in Ancient Greek Literature: Studies in Ancient Greek Narrative*, Leiden: Brill, 2012, pp. 39-44.

究领域"做出了实用性理论增补,①成为后续神话叙事研究介入古典文本时的必备书目。此外值得一提的是,《古希腊文学中的风格问题》作为该书系的第4卷,能够将批评触手伸向希罗多德、修昔底德、色诺芬乃至鲍桑尼阿斯(Pausanias)等人的神话叙事研究,②极大地拓展了西方古典神话叙事批评的文本内涵及容量,并为后续相关研究打通了多条阐释路径。

另外,安娜·莱芙特拉图(Anna Lefteratou)2018年出版的《神话叙事:希腊小说中勇武与忠贞的女主角》(*Mythological Narratives: The Bold and Faithful Heroines of the Greek Novel*)作为西方古希腊神话叙事批评的最新成果,在前人理论基础上,综合借用前述各类神话叙事研究框架,并应用至希腊古典小说的叙事分析之中,取得了不小的影响。尤其在分析了古希腊悲剧对希腊神话叙事模式的化用之后,该书探讨了古典小说在吸收神话叙事模式时的适配问题,并做出"神话叙事为希腊古典小说提供了叙事框架"的精辟论断。③ 论述过程中,莱芙特拉图借鉴了托多罗夫的"叙事语法"概念,④并衍生出"基于神话叙事的小说语法"这一方法论,进而分析了希腊古典小说对神话叙事模式的几类"改写"。譬如,"掳囚与逃脱叙事""忠贞考验情节"⑤、"濒死叙事"及"边地旅行"等神话叙事模式在古典小说叙事中的沿袭与变异,⑥在文本比对的基础上提出了不少有益的见解。此外,尤其值得注意的是,莱芙特拉图借用了查尔斯·西格尔(Charles Segal)在荣格、弗雷泽"单一神话"及斯特劳斯"神话素"概念基础上发展出来的"神话宏文本"概念⑦,颇具慧眼地扩张了神话叙事与文化批评的交织维度,将非书面文本乃至仪式同样纳入"神话宏文

---

① Irene J. F. De Jong, *Narratology and Classics: A Practical Guide*, Oxford: Oxford University Press, 2014, "Preface".

② Koen De Temmerman, *Characterization in Ancient Greek Literature*, Leiden: Brill, 2005, pp. v-vii.

③ Anna Lefteratou, *Mythological Narratives: The Bold and Faithful Heroines of the Greek Novel*, Berlin and Boston: De Gruyter, 2018, pp. 6-7.

④ Tzvetan Todorov, "La grammaire du récit" in *Language*, Vol. 3 (12), 1968, pp. 94-102.

⑤ Anna Lefteratou, *Mythological Narratives: The Bold and Faithful Heroines of the Greek Novel*, Berlin and Boston: De Gruyter, 2018, p. 6.

⑥ Ibid., p. 310.

⑦ Charles Segal, "Greek Myth as Semiotic and Structural System and the Problem of Tragedy" in *Arethusa*, 16 (1/2), 1983, pp. 173-198. See also, Anna Lefteratou, *Mythological Narratives: The Bold and Faithful Heroines of the Greek Novel*, Berlin and Boston: De Gruyter, 2018, p. 17, see also, p. 310.

本"之中,这一点对我们研究神话叙事同样不乏启发。

  长期以来,由于在古希伯来神话典籍及《圣经》(The Bible)"叙事"的性质上西方学界出于宗教传统及意识形态原因未能达致统一,加诸《圣经》诠释学、经文版本学等高等批评较为严苛的技术门槛限制,相较而言,在西方人文学界同样影响深远的另一大神话叙事主流——古希伯来与《圣经》叙事传统并未产出同古希腊—罗马神话叙事研究那般数量宏大的硕果。但是作为西方文明文化基因图谱中不可或缺的关键拼图,古希伯来神话尤其是《圣经》叙事研究,定然在神话叙事各类理论话语塑型与确立过程中得到了程度相当的重视。譬如,弗莱在《批评的解剖》中已不乏篇幅涉及《圣经》叙事模式研究①,而这种"《圣经》文本的大量引用"②逐渐引出了新的专题并在1982年和1988年先后形成了《伟大的代码——圣经与文学》及《神力的语言——"圣经与文学"研究续编》这两部奠定西方《圣经》叙事结构批评理论框架的扛鼎之作。

  尽管弗莱在《伟大的代码》《导论》部分自谦该书并非《圣经》学术专著,仅是个人的阅读心得,③但该书对《圣经》叙事词语结构与隐喻关系的纵剖式论析,对世界洪水神话的类比研究,以及对四福音书中的神话叙事因素及"U形叙事结构"的翔实批评,④乃至对《新约》类型学意义上与《旧约》的互文批评都可谓展现了弗莱建构博大精深的《圣经》叙事批评体系的学术野心。如弗莱所言,《圣经》叙事作为一种想象性(建构性)的叙事框架对西方文学的塑型性影响一直持续到18世纪。笔者以为,弗莱《圣经》叙事批评体系的杰出之处更在于,他并未将批评视域局促于《圣经》叙事结构批评本身,而能够在上游及下游搜寻更大的思想框架和文本例证来充实"《圣经》叙事框架"的理论自洽性。⑤ 而《神力的语言》作为《伟大的代码》之续篇则在《圣经》语言、意象和表现模式的分析格局之外,"拓展

---

  ① [加]诺思罗普·弗莱:《批评的解剖》,陈慧、袁宪军、吴伟仁译,天津:百花文艺出版社,2006年,第82—83页、第484页。
  ② 同上书,第199页。
  ③ Northrop Frye, *The Great Code: The Bible and Literature*, New York: Harcourt Brace Jovanovich, 1982, p. xi.
  ④ Ibid., pp. 169-172.
  ⑤ [加拿大]诺思洛普·弗莱:《伟大的代码——圣经与文学》,郝振益、樊振帼、何成洲译,北京:北京大学出版社,1998年,第113—114页。

出了意识形态分析与文化批评的若干层面"①,探讨了《圣经》叙事结构作为"整体规范性"对西方文学"想象力整体"的建构性影响。② 此外,弗莱对《圣经·诗篇》"从功能上作为《圣经》叙事不可或缺的组成部分"③的重视也值得我们注意。另一方面,弗莱对"宣讲叙事""主题静止状态""死亡之舞"主题与"道"的互文关系之辩驳,④乃至"高山""花园""洞穴""熔炉"四类叙事原型与变体的精妙论析⑤都为后世《圣经》叙事主题及原型批评奠定了扎实的理论基础及难得的文本例证。总而论之,诚如叶舒宪所指出的,弗莱的《圣经》叙事结构批评对我们重审作为文学文本的《圣经》,以及重审宗教与文学、文学与意识形态的关系等多个层面而言都意义非凡。⑥

当然,论及西方《圣经》叙事研究,在西方学界颇具影响力的"圣经文学研究社团"及其叙事研究方面的批评成果不得不提。其中布兰特(Jo-Ann A. Brant)和希亚(Chris Shea)编撰的《古典小说:基督教与犹太教叙事的母体》对古希腊—罗马神话叙事因子在古典小说及犹太—基督教神话叙事,如经文故事、伪经传统之间的动态流转做出了文本涉及面极广的探析。尤其米科沃斯基(Chaim Milikowsky)对犹太教外经文本(Midrash)叙事真实性问题的探讨,因指出了犹太圣典叙事制造的"既真又假"的二重性问题而引人深思。⑦ 而雷莫(Andy Reimer)对"空荡墓穴"主题在"福音书"及古希腊小说中的原型式复现做出了有益的探讨,且进

---

① 叶舒宪:《神话与意识形态——〈神力的语言〉中译本序》,载[加]诺思洛普·弗莱:《神力的语言——"圣经与文学"研究续编》,吴持哲译,中译本序言,北京:社会科学文献出版社,2004年,第2页。

② Northrop Frye, *Words with Power: Being a Second Study of "The Bible and Literature"*, Toronto: University of Toronto Press, 2008, p.14.

③ Ibid., p.97.

④ [加]诺思洛普·弗莱:《神力的语言——"圣经与文学"研究续编》,吴持哲译,北京:社会科学文献出版社,2004年,第93—101页。

⑤ 同上书,第158—302页。

⑥ 叶舒宪:《文学与人类学——知识全球化时代的文学研究》,北京:社会科学文献出版社,2003年,第150—154页。

⑦ Chaim Milikowsky, "Midrash as Fiction and Midrash as History: What Did the Rabbis Mean?" in Jo-Ann A. Brant, Charles W. Hedrick & Chris Shea ed., *Ancient Fiction: The Matrix of Early Christian and Jewish Narrative*, Atlanta: Society of Biblical Literature, 2005, pp.119-121.

一步将该主题引申至莎翁《罗密欧与朱丽叶》中的"空荡墓室"叙事。①

此外,"圣经叙事主题研究"书系作为莱顿大学《圣经》研究中心的"主打产品"同样影响深远。其中,《男人与女人的创生:犹太及基督传统中的圣经叙事阐释》作为书系的"头阵先锋",在近东与犹太神话传统"创生叙事"的形态与表征、创世神话的拉比主义研究、创世纪中的"女性类型学"等专题做出了有益的探索与尝试。尤其伯默(Jan N. Bremmer)《潘多拉与希腊夏娃》一文,勾连赫西俄德与荷马诗歌中的创生叙事,探究了性别身份在创生叙事中的建构性作用,颇有新意。② 同书系的《夏娃之子:犹太及基督传统中的圣经叙事的重述与阐释》一书作为前书续篇,则主要将批评重心置于梳理夏娃子嗣形象如该隐、亚伯、赛斯(Seth)在犹太教及拉比教义中的源起及变异情况。须指出,入选该书的学者皆能通过古希腊、古希伯来文本的精密校勘与释正得出批评结论。其中,波尔修斯(Marcel Poorthuis)深入爬梳了"后经文传统"中的神话叙事,尤其关注犹太经典批评传统中夏娃的"恶魔子嗣"主题,拓宽了《圣经》叙事研究的批评视角。③

当然,《圣经》神话叙事批评的中世纪时段同样不乏成果。譬如,卡罗林·戴克(Carolynn Dyke)的《真相的虚构:叙事及戏剧化寓意的意义结构》探究了神话叙事研究中较被忽略的"寓意"主题,该书能够切入《玫瑰传奇》《神曲》《天路历程》及"道德剧"等弗莱称为"神话的位移"的衍生文本,进而对《圣经》神话叙事传统的中世纪时段线索做出了有益的梳理。在涉及具体文本分析时,戴克不乏"通过叙事在寓意世界与经验写实之间的摆荡……班扬塑造了三个叙事者"此类颇发人深省的论断。④ 同时,费

---

① Andy Reimer, "A Biography of a Motif: The Empty Tomb in the Gospels, the Greek Novels, and Shakespeare's Romeo and Juliet" in Jo-Ann A. Brant, Charles W. Hedrick & Chris Shea ed., *Ancient Fiction: The Matrix of Early Christian and Jewish Narrative*, Atlanta: Society of Biblical Literature, 2005, pp. 299-304.

② Jan N. Bremmer, "Pandora or the Creation of Greek Eve" in Gerard P. Luttikhuizen ed., *The Creation of Man and Woman: Interpretations of the Biblical Narratives in Jewish and Christian Traditions*, Leiden: Brill, 2000, pp. 20-35.

③ Marcel Poorthuis, "Eve's Demonic Offspring: A Jewish Motif in German Literature" in Gerard P. Luttikhuizen ed., *Eve's Children: The Biblical Stories Retold and Interpreted in Jewish and Christian Traditions*, Leiden: Brill, 2000, pp. 57-74.

④ Carolynn Dyke, *The Fiction of Truth: Structures of Meaning in Narrative and Dramatic Allegory*, Ithaca and London: Cornell University Press, 1985, pp. 160-161.

许拜恩(Michael Fishbane)的《〈圣经〉与拉比神话生成》则从《圣经》神话叙事、拉比神话及其生成以及犹太教神圣叙事在中世纪的源流发展三个专题围拢题旨,在古犹太经文"亚威"(Yahweh)降服无序并赋予世界秩序的"神圣决斗"情节上做出了有益的起源论析。① 此外,斯奈德温德(William M. Schniedewind)的《圣典成书:古代以色列的文本化研究》则在古希腊、古以色列宗教文化史的背景上透析了《圣经》的成书史以及叙事权力从口述传统到经文转写的流变史,尤其在关于希西家(Hezekiah)与《圣经》文学发端的思想史论述一节,斯奈德温德遭用考古学视角介入论题,更在论述中佐以大量出土文物作为文本实例,②可谓在《圣经》的生成及文本化研究方面为后续批评提供了坚实的考古学基础。

三、西方神话叙事理论的转向、影响与意义

通过对西方神话叙事理论建构谱系学上的梳理与溯源,以及对神话叙事理论在古希腊—罗马神话及古希伯来—《圣经》神话两大体系批评实践的扼要呈现,我们不难勾勒出西方神话叙事批评传统的基本面貌。应该说,"神话叙事"并非仅仅指向"神话"作为神圣叙事在范型上与"叙事"的简单拼合,而是在神话作为历史、神话与仪典以及与口述传统的关联等本体论层面有较严格的学理界限,③并且该概念在西方批评传统中的发展同西方神话研究及叙事研究的专业化进程休戚相关,形式主义、结构主义乃至后结构主义研究的众多学者的各类理论话语在两大学科之间的交互穿插最终衍生出了神话叙事的基本逻辑框架。但正如叙事学及神话学至今仍在"生长变异",神话叙事的批评实践意义同样远远大于概念共识的意义。并且,随着女性主义、新历史主义、"仪式—表演学派"④——不妨以洛德(Albert B. Lord)的《故事的歌手》(*The Singer of Tales*)为典范⑤——以及图像叙事研究等新型批评话语的兴盛,神话叙事研究同样

---

① Michael Fishbane, *Biblical Myth and Rabbinic Mythmaking*, N. Y. : Oxford University Press, USA, 2005, pp. 63-69.

② William M. Schniedewind, *How the Bible Became a Book: The Textualization of Ancient Israel*, Cambridge: Cambridge University Press, 2004, pp. 65-84.

③ Alan Dundes, *Sacred Narrative: Readings in the Theory of Myth*, Berkeley: University of California Press, 1984, pp. 56-68.

④ Ibid., pp. 101-102.

⑤ Albert B. Lord, *The Singer of Tales*, New York: Atheneum, 1971, "Preface".

延伸出了女性主义神话叙事及"图像转向"和"文化转向"等新的发展趋势与学理路径。①

同时,以罗兰·巴尔特的《神话学》、布鲁门格的《神话研究》以及卡西尔的《国家的神话》为标志,神话叙事研究在溢出叙事学研究范畴后还向意识形态及政治现实批判领域渗透。须指出,这种跨学科视角虽则扩张了神话叙事的批评视域及文本体量,也捕获了非凡的现实影响力,但概念内涵与外延在无序扩张的同时也可能产生消解神话叙事学理机制及边界的"副作用",这种"副作用"典型地体现在当今学界"神话"及"神话叙事"概念的(有意的)误用、误读上②,其剧烈程度被称为学科史意义的"去神话化"。在此情势下,西方神话叙事批评界近年来借用文学人类学、考古学及微观史学理路向区域神话叙事批评及民俗批评的"回归"趋势便尤为引人侧目。譬如劳德夫尔(Catharina Raudvere)对古代斯堪的纳维亚神话文本仪典叙事的精湛论析③便引发了学界对日耳曼及凯尔特神话叙事新一轮的研究热潮。当然,这种"理论的回归"同西方叙事学在学理本体论意义上向神话文本的回归及文学创作"弗莱式"地向神话叙事的回转不无关联。另一方面,比较人类学、比较叙事学在研究主题上的歧变发展也一定程度地破拆了西方学者的"神话叙事批评西方中心论",在促成《印度神话的图像叙事与想象》这类最新成果的同时,④也续接了杜梅齐尔和格雷马斯等神话叙事理论开创者的跨文化比较"初衷"。⑤

西方神话叙事批评的理论生成与流变在不同而具体的理论流派及历史时期中都有着复杂的表征,相应的批评实践与学术成果同样异彩纷呈、不断衍化。总而言之,神话叙事作为西方神话学与叙事学交融建构的新型理论话语,既有着极其悠远的理论谱系源起,也不乏文本实践的理论效

---

① 王倩:《20世纪希腊神话研究史略》,西安:陕西师范大学出版社,2011年,第250—251页。

② Christopher Collins, *Homeland Mythology: Biblical Narratives in American Culture*, University Park: The Pennsylvania State University Press, 2007, pp.217-218.

③ Catharina Raudvere, Jens Peter Schjodt, *More than Mythology: Narratives, Ritual Practices and Regional Distribution in Pre-Christian Scandinavian Religions*, Lund: Nordic Academic Press, 2012, pp.7-11.

④ Roma Chatterji, *Graphic Narratives and the Mythological Imagination in India*, London and New York: Routledge, 2020, "Preface".

⑤ Algirdas J. Greimas, *Of Gods and Men——Studies in Lithuanian Mythology*, Bloomington: Indiana University Press, 1992, pp.3-5.

能和批评生产力。其理论生成、发展过程中的多学科交叉背景也确实使神话叙事在批评实践中具备极强的理论弹性,因而神话叙事近年来愈发兴盛便不足为奇。当然,就中国研究者而言,西方"神话叙事理论"生成史中时时透露的"物理学钦羡"①和"普世主义"②乃至"神秘主义"特征仍须我们抱持国族立场予以辨识扬弃,进而如钟敬文先生所言"再酿就自己的香蜜,健壮自己的肌体"③。

第二节 国内学者中国神话叙事研究成果概观

改革开放以来,中国学界中国神话研究的成果渐多,但从叙事角度切入的成果则比较有限。一些学者在研究神话问题的论文论著中,使用了"神话叙事"这个概念,但假如不用"神话叙事"这个概念,似乎对其基本内容也没有什么影响。这意味着这些成果尚未真正从叙事学角度切入对叙事问题的研究。导致这个局面的原因很多,其中之一,大约在于大多数中国学者只注意到今见中国神话文本典籍资料的散漫、简短、粗糙状态不利于叙事形态的分析,而未能认识到这种散漫、碎片化形态本身也有叙事学意义。另一个原因,大约与没有找到基于中国神话叙事特征的理论模式有关。理论的创造本来就是中国学者的弱项,在神话叙事研究方面尤其显现出来。中国神话因为其形态的独特性,如果拿建基于时间性之上的西方叙事学模式进行分析,则可用资料十分有限,解释力也十分有限。因此,要对中国神话叙事特征和传统进行合适研究的前提之一,就是要找到适合中国神话叙事特征的理论模式,而这对许多中国学者显然是一个不易应对的挑战。

本节将对改革开放以来中国学者有关中国神话叙事研究的三条主要路径及其成果进行简要回顾,以作为进一步研究的基础和参照。

尽管伊万·斯特伦斯基在《二十世纪的四种神话理论》中评析了在他

---

① 傅修延:《从西方叙事学到中国叙事学》,载《中国比较文学》,2014 年第 4 期,第 4 页。
② Alan Dundes, *Sacred Narrative: Readings in the Theory of Myth*, Berkeley: University of California Press, 1984, p. 72, see also, p. 244.
③ 钟敬文:《外国民俗文化研究名著译丛·总序》,载[俄]弗拉基米尔·雅可夫列维齐·普罗普:《故事形态学》,贾放译,北京:中华书局,2006 年,第 10 页。

看来20世纪最有影响的四种神话理论(卡西尔、伊利亚德、列维—斯特劳斯和马林诺夫斯基)①,但从神话叙事角度看,20世纪最有影响的神话叙事理论可以分为三大块,一是建基于荣格、弗雷泽和弗莱理论的神话叙事问题的原型研究;一是建基于阿尔奈—汤普森分类法(简称AT分类法,2004年法国学者乌瑟尔出版《世界故事类型索引》,对AT分类法有进一步补充和发展,故合称为ATU分类法)的神话和民间故事的类型学—母题学研究;三是建基于普罗普、斯特劳斯、格雷马斯等的形式—结构论神话叙事理论研究。这三种路径的研究都不只关涉神话叙事问题,但神话叙事问题显然是它们关注的重要方面。中国近半个世纪的神话叙事研究,主要是沿着这三种路径展开的,我们也以此来概要性清理中国学术界神话叙事研究的主要成果。

一、神话叙事的原型分析路径

荣格分析心理学将集体无意识认定为人类心理结构的基础,又将神话认定为人类集体无意识的最早外化形式,并将神话与原型等同,认定人类文学都是原始神话的反复复写,这一观点将神话看成人类所有文学叙事乃至精神活动的源头和基础。而弗雷泽的文化人类学又对神话结构与原始巫术仪式结构的内在相关性和同一性进行了深入揭示,在此基础上,建立了对文学乃至超文学的其他叙事类型的神话—仪式分析理论。由加拿大学者诺思罗普·弗莱等创立的原型批评理论,以各民族(主要是西方)古代神话作为基础,概括出了一个庞大的故事原型系统,并揭示了它们对人类后世文学(主要是印欧文学)深层的决定性影响关系。在这个基础上,弗莱还专门就《圣经》神话传说系统对欧洲文学的原型意义进行过深入系统研究,《伟大的代码——圣经与文学》一书有力地揭示了西方文学原型构成与《圣经》神话故事的内在联系。在这个路径上展开研究的重要成果还有德国学者埃利希·诺伊曼(Erich Neumann),他的名著《大母神——原型分析》(*The Great Mother: An Analysis of the Archetype*),从原型结构、基本特征、变形特征三个方面,探讨从人类原始神话到当代文化、心理与生活现象中女性(母神)的原型意象。尽管这部书不是以神

---

① 参看[美]伊万·斯特伦斯基:《二十世纪的四种神话理论——卡西尔、伊利亚德、列维—斯特劳斯与马林诺夫斯基》,李创同、张经纬译,北京:生活·读书·新知三联书店,2012年。

话的故事原型分析为主要对象,但对于女性主义神话学关于女性形象和故事原型的分析,提供了重要的理论基础。与这一领域相关的另一重要学者是约瑟夫·坎贝尔,在《千面英雄》这部广有影响的名著中,他以西方民族古代神话传说为主要标本,致力于研究其千千万万的表层神话故事和英雄人物之后潜藏着的"元神话""元故事""元英雄",并概括出一个有较大表述力的元神话故事结构,对于人们认识环地中海各民族古代神话故事的深层结构具有较大的启示作用。

  中国学者中,从故事原型这一路径研究中国神话最值得关注的是叶舒宪的相关成果。20 世纪 80 年代,他最早组织编译了《神话—原型批评》一书,将国外学者有关神话—原型理论的重要论文或论著章节译介给中国学术界,后来他又对这部书的选文进行进一步充实并再版。[①] 该书在 80 年代给中国神话学界和文学界进行原型研究的学者以极大启发。他自己也沿着原型分析的思路撰写了许多神话学研究论文论著,其中,《中国神话哲学》(1992)、《英雄与太阳——中国上古史诗的原型重构》(1991)、《熊图腾:中华祖先神话探源》(2007)等是这方面的代表作。《中国神话哲学》从原型理论角度通过对中国古代众多神话的重构性组织和分析,揭示了这些神话形象和故事结构的深层是一个以太阳运行的时间和节律为依据的原型时空结构,所有的神话片段在深层都和这个原型性时空结构的某个环节相关。[②] 他并据此复原性重构了中国上古多个创世神话,尤其是夏人创世神话。《英雄与太阳——中国上古史诗的原型重构》以苏美尔(Sumer)大史诗《吉尔伽美什》(*The Epic of Gilgamesh*)主人公的故事为参照,对有关后羿的各种神话传说碎片进行整合,重构了后羿的故事结构,以揭示后羿故事与《吉尔伽美什》之间英雄主体和核心故事情节的类同性,从而证明两者都指向了一个共同的故事原型模式,那就是太阳英雄从生到死的原型模式。叶舒宪甚至猜测后羿神话故事与吉尔伽美什的故事之间,有一种传播学上的渊源关系,这表明那时候他多少受了泛巴比伦主义观点的影响。[③]

---

 ① 参见叶舒宪编选:《神话—原型批评》(增订版),西安:陕西师范大学出版社,2012 年。
 ② 参见叶舒宪:《中国神话哲学》,北京:中国社会科学出版社,1992 年。
 ③ 参见叶舒宪:《英雄与太阳——中国上古史诗的原型重构》,上海:上海社会科学院出版社,1991 年。

在《熊图腾：中华祖先神话探源》(2007)中，叶舒宪在原型理论基础上，运用自己独创的"四重证据法"从（考古）器物叙事、图像叙事、典籍文字叙事、口传叙事四个方面论证中国从距今8000年的远古到当代文化中，有一种延续几千年的神熊崇拜文化传统。而熊在中国古代北方文化中象征的是女神生命死而复活的永恒循环，这种生命的永恒循环模式构成了中国文化的深层原型结构，神话人物和故事都是这种深层原型结构的表层显现形式。在这个认知基础上，他分析了中国古代神话中与神熊崇拜相关的伏羲、黄帝、鲧、禹、启等故事，揭示这些故事都指向生命生而复死这个永恒的深层叙事原型结构。在这个基础上，叶舒宪还将视野扩大到日本、朝鲜、北美和西伯利亚等地的熊神崇拜文化传统中，得出一个结论，所有这些神熊崇拜文化"相当明确地提示出中国北方史前女神宗教与北美、西伯利亚、日本北海道和韩国的动物图腾——熊神崇拜之间的文化关联"①。这就更在跨国比较的文化视野中揭示了中国上古那些神帝神话深层故事原型的超国族共同性。

在这个方向还需提及的一个著名学者是萧兵。萧兵先生在中国古代神话研究领域成就卓著。他对中国神话的研究渗透了比较神话学和比较文化学的视野，将文献学、人类学、民俗学、文字学、比较神话学、比较文化学等方法和学术视角相结合，从环太平洋多民族古代神话传说比较和相互印证的角度研究中国古代神话传说，取得不俗成绩。其《中国文化的精英——太阳英雄神话比较研究》一书是这方面的代表作。他在与环太平洋多民族古代神话传说的比较中，将中国古代神话中的神性英雄分为若干类型，并对每一种类型的特征和核心故事构成关目进行详细分析，最后揭示，所有这些英雄故事的深层，都指向太阳运行的原型模式，他们的神话都属于太阳英雄神话。② 这一成果洞见和启示颇多。

沿着原型理论研究中国神话叙事的学者在中国还有不少，吕微的《神话何为——神圣叙事的传承与阐释》一书将母题学、类型学和原型理论相结合，分析了世界性洪水神话的中国形式，鲧禹洪水神话的基本母题、类型和原型，提出了"功能性母题"和"原型的类型化"两个核心概念作为神

---

① 叶舒宪：《熊图腾：中华祖先神话探源》，上海：上海文艺出版社、上海锦绣文章出版社，2007年，第89页。
② 参见萧兵：《中国文化的精英——太阳英雄神话比较研究》，上海：上海文艺出版社，1989年。

话叙事研究的基础,将神话表层叙事与深层结构分析结合,并在对具体案例的研究中证明这两个概念的有效性,在神话的类型—母题学和原型理论分析方面具有创新意义。他认为,"民间文学表层叙事的结构(母题—类型)亦是由其深层象征的结构(原型)所制约的。……而另一方面的问题是:民间文学的传承与变异不仅在作品的叙事(母题类型)浅层面发生,同时也会在象征(原型)的深层面发生。由此,我们就可以将表层叙事结构甚不相同的故事通过其深层象征结构的类同而联系在一起,并考虑文学创作在叙事和象征两个层面上的守旧与翻新"[①]。这一研究思路的新意在于试图将神话表层的类型—母题分析与神话的深层原型分析结合,并参照结构神话学的基本理念,将两者的互动和变化都考虑在内了。

神话原型叙事分析路径上,值得一提的是傅修延先生的《元叙事与太阳神话》一文,在该文中他表达了一个基本认知:"元叙事可定义为关于太阳运行的最初叙事"[②],它对人类的认知发育影响深远,"太阳在先民视觉上的从东到西以及在夜间想象中的从西到东,为叙事提供了深层结构与基本冲突。这种周而复始运动所导致的循环论,启发了叙事思维中的'以圆为贵',以循环为内核的易学经典对后世叙事亦有挚乳之功。讨论循环论不能不涉及对太阳神话有深入研究的西方学者弗莱,但他有时失之偏激,以其为镜有助于我们合理界定元叙事在叙事发展史上的作用。……构建中的中国叙事学应有独属于自己的思路和体系,元叙事无疑应在其中占据重要位置。中华民族的共祖炎帝与黄帝实际上都是光明之神,炎黄子孙理当特别重视对元叙事的发掘与研究"[③]。太阳神话是一切神话的终极原型,这个研究理念和叶舒宪、萧兵等学者的理念基本是一致的,且对中国后世各类叙事研究提出了一个有意义的元模式假设。当然,这个元叙事设想也会面临一些困难,19世纪由麦克斯·缪勒比较神话学研究提出的太阳神话模式的普遍性从20世纪初开始遭到西方学术界的质疑。吕微在谈到神话叙事分析时特别表示,"我们不会绝对到认为所有的民间故事讲述的都是一种原型——比如关于太阳的神话"[④]。

[①] 吕微:《神话何为——神圣叙事的传承与阐释》,北京:社会科学文献出版社,2001年,第3页。

[②] 参见傅修延:《中国叙事学》第一章《元叙事与太阳神话》,北京:北京大学出版社,2015年,第3页。

[③] 同上。

[④] 吕微:《神话何为——神圣叙事的传承与阐释》,北京:社会科学文献出版社,2001年,第3页。

这个提示是合适的。但如果不绝对化,我们会认为太阳神话依然是中国神话重要的元神话模式之一。

神话原型研究,对神话深层叙事结构原型的发现贡献甚巨,但不足也是明显的,即对表层叙事形式和元素的丰富性、多样性注意不够,未能给予很好揭示。

二、神话叙事的类型学分析路径

中国当代神话叙事研究的第二条路径是芬兰学派发端的故事类型学分析模式。芬兰学者阿尔奈首创、继而由美国学者汤普森充实和完成的民间故事类型学著作《世界民间故事分类学》一书,第一次以欧洲、非洲、美洲和亚洲部分地区、民族的神话与民间传说为对象,对其故事的基本类型构成进行了系统分类(简称 AT 分类系统)①。后汤普森又在持续研究的基础上,提出故事母题(motif)的概念,并于 1960 年出版了《民间文学母题索引》(*Motif-Index of Folk-Literature*)一书,从类型学角度对民间故事构成进行更细致的分类。② 在他工作的基础上,2004 年法国学者乌瑟尔(Hans-Jörg Uther)出版了《世界故事类型索引:分类与书目》(*The Types of International Folktales:A Classification and Bibliography*)一书(全三卷),对 AT 分类系统进行了完善,从而形成了故事类型学的 ATU(Aarne-Thompson-Uther)分类体系。这个体系将故事类型索引从世界模型的建构转向对区域文化需求的重视,已经产生广泛的国际影响,也影响到中国近十多年神话与民间故事研究。

中国学界从故事类型学角度对包括神话在内的民间文学进行研究,发端自 20 世纪 20 年代。顾颉刚先生《孟姜女故事的转变》(1924)是中国民间故事类型学研究的发轫之作。"自此为始,十余年间,类型研究竟形成为一种风气。"③1931 年钟敬文发表《中国的地方传说》《中国民谭型式》(即《中国民间故事型式》)等文,归纳了 45 个中国民间故事类型。尽管这

---

① 参看[美]斯蒂·汤普森:《世界民间故事分类学》,郑海等译,上海:上海文艺出版社,1991 年。
② Stith Thompson:*Motif-Index of Folk-Literature:A Classification of Narrative Elements in Folktales,Ballads,Myths,Fables,Mediaeval Romances,Exempla,Fabliaux,Jest-books and Local Legends*,Bloomington:Indiana Universit Press,1955.
③ 刘魁立《中国民间故事的类型研究与形态研究》,载刘魁立等著《民间叙事的生命树》,北京:中国社会出版社,2010 年,第 36 页。

与后来其他学者的归纳和分类数目相比十分有限,但却具有开拓性的意义,并且引起了日本学术界的注意。德国学者艾伯华(Wolfram Eberhard)于1937年出版了《中国民间故事类型》(*Typen Chinesis ther Volksmärchen*)(1999年中译本出版),该书的思路是中国民间故事具有自己的独特性,所以他在AT分类法的总体模式前提下,比较注意中国民间故事本身的特征,将其区分为正格故事类型215个、滑稽故事类型31个,共246个。① 因为艾伯华当时研究的对象还主要是中国南方地区的一些神话传说和民间故事,其范围和例证也较有限,所以归纳出的类型也比较有限,但这是国外学者第一次对中国包括神话在内的民间故事进行类型学的研究,是具有开拓意义的工作,值得特别肯定。而且,尤其难得的是,艾伯华不仅仅依傍AT分类法系统,而且注意从中国神话和民间故事自身的构成特征,重新对其进行分类和命名,值得肯定。20世纪70年代,在中国政府组织的大规模民间文化搜集工作成果基础上,加上对国外各大图书馆相关资料进行广泛搜集,美籍华人丁乃通教授于1978年出版了《中国民间故事索引》,他基本按照AT分类法对中国民间故事进行了系统的分类,该书概括出中国民间故事的843个类型与次类型,其中263个是中国独有的,其余是与阿尔奈—汤普森系统相同。② 20世纪80年代他又在搜集到的更多材料基础上,对该书做了内容更丰富的修订。丁乃通的成果获得了广泛重视,他搜集的材料比艾伯华的广泛全面得多,这一点连艾伯华本人也相当肯定。学术界在肯定丁乃通成果的学术价值的同时,也意识到他的成果存在囿于AT分类法系统而忽略中国民间故事独特性的缺陷。

在民间故事类型学研究方面,另一个需要提及的是台湾学者金荣华先生,他长期在中国民间故事研究领域耕耘,取得了令人瞩目的成就。金先生先后出版《六朝志怪小说情节单元分类索引》(1984)、《民间故事论集》(1997)、《中国民间故事与故事分类》(2003)、《禅宗公案与民间故事——民间故事论集》(2005)、《民间故事类型索引》(2007)等书。其著作

---

① [德]艾伯华:《中国民间故事类型》(修订版),王燕生、周祖生译,北京:商务印书馆,2017年。
② [美]丁乃通:《中国民间故事类型索引》,郑建威、李倞、商孟可、白丁译,李广成校,北京:中国民间文艺出版社,1986年。

中,于 2003 年出版的《中国民间故事与故事分类》一书较有代表性。① 该书大的分类基本按照 AT 分类法模式结构,但大类下面的具体亚类和子类则较多结合中国民间故事的特征进行归纳,一定程度上体现了中国民间故事的某些独特特点。当然,总体分类上仍然采用 AT 分类法。

丁乃通、金荣华二人参照 AT 分类法对中国民间故事类型进行的分析,在一些学者看来,其明显的缺陷就是遮蔽了中国本土民间故事的特殊性。正是对这个本土特殊性的强调和认知,激发了国内一些学者按照中国民间故事本身的构成和特征进行命名和分类的追求。在这方面取得引人注目成绩的是中国社科院资深研究员祁连休先生。他在大量阅读中国民间故事的基础上,花了十多年的功夫,完全按照中国民间故事自身的特征和构成,自创命名和分类原则,系统编制并出版了关于中国民间故事类型分类的专著《中国古代民间故事类型研究》(全三册)②,该书以百万字的篇幅,阐述了中国古代民间故事类型的发展趋势、亚型以及民间故事与民间传说的互换现象等,研究了各个朝代的民间故事类型。既有理论阐释,又有具体类型梳理,资料收罗宏富,论述精辟独到。该书一经出版就产生了较大的学术反响,获得广泛好评,被行业内学者评价为"无论是在资料的丰富性还是在故事类型概括的广泛性上,《中国古代民间故事类型研究》都可以称得上是中国民间故事学界一部具有首创意义的学术专著。它紧紧依靠中国故事自身的特点,通过大量翔实的资料,全面归纳了古代民间故事的类型,并以各个故事类型的传承演变为线索,梳理和描绘了中国古代故事的全貌"③。当然,祁连休这部巨著完全抛开国际学术界通用的 AT 分类法,另起炉灶的研究模式,也引发了关于民间故事分类模式的普遍性和特殊性之间关系的讨论。④ 完全按照国际通行的 AT 分类法对中国民间故事进行分类研究,则中国故事和文化的特殊性难免不被遮蔽;而完全抛开国际通行的 AT 分类法,用经验的方式对中国民间故事进行分类、命名和清理,其成果如何与国际同行交流接轨,也存在明显困难。如何处理故事类型模式的普遍性和特殊性,仍然需要探讨。要特别指出

---

① 金荣华:《中国民间故事集成类型索引》,台北:台湾中国口传文学学会,2000 年。
② 祁连休:《中国古代民间故事类型研究》(修订本),石家庄:河北教育出版社,2007 年。
③ 杨利慧:《中国古代民间故事类型研究》,《民间文化论坛》,2014 年第 3 期。
④ 陈连山:《普遍性与特殊性之争:确定中国民间故事类型的两种思路》,《河南教育学院学报》,2008 年第 6 期,第 17—19 页。

的是,这种困难,不仅在民间故事研究领域中存在,中国古代神话叙事研究领域中同样存在,所以,祁连休先生巨著提出的这个问题对神话叙事研究具有特别的意义。

另外,在这个方向特别要提及著名学者刘守华先生的比较故事学成果。被誉为中国比较故事学创立者的刘守华先生,20世纪90年代在大量掌握和清理中外民间故事,并对其中一些进行故事学分析的基础上,出版了《比较故事学》(1995)(修订后改名为《比较故事学论考》),系统梳理了国外各种与比较故事学相关的理论流派,确认以AT分类法为基础建构比较故事学体系的基本立场,并对比较故事学研究的理论基础、对象、途径、方法等,进行了深入讨论。刘守华先生的比较故事学理论与他的相关案例研究,已经在国内外学术界产生了广泛的影响,刘守华先生也被视为中国学界这个领域的开创者。

需要特别介绍的是刘守华先生的一个观点,他将神话、传说、民间故事做了明确区分,而将故事学研究的对象确认为民间故事。这也是不少中外民间文学学者共同的认知。尽管这一区分在理论上有相当的理由,但神话与传说的关系中外仍然有不少歧见,也有学者将具有神性的英雄传说在不太严格的意义上划到神话范围内。实际上不少学者将神话作为更广泛的"民间文学"概念进行研究,所以本书仍然将类型学作为中国神话研究的路径之一。

从实际情况看,中国神话研究领域中不乏使用AT分类法以及与之相关的母题分类法对神话故事进行研究的学者和成果,如王宪昭、陈建宪、杨利慧、萧兵、吕微、胡万川等在这个领域都取得了不俗成绩。陈建宪教授先后出版《神祇与英雄——中国古代神话的母题》[1]《神话解读》[2]二书,是国内较早运用母题分析方法对神话进行个案研究的学者之一。王宪昭教授对母题分析方法一直情有独钟,发表如《论母题学在神话研究中的应用》等多篇论文,专题探讨母题学在神话分析中的重要作用。先后出版《中国少数民族口传文化母题研究》《中国民族神话母题研究》《中国各民族人类起源神话母题概览》《中国少数民族人类起源神话研究》等著作。

---

[1] 陈建宪:《神祇与英雄——中国古代神话的母题》,北京:生活·读书·新知三联书店,1994年。

[2] 陈建宪:《神话解读》,武汉:湖北教育出版社,1997年。

最值得注意的是《中国神话母题 W 编目》一书①，该书是国内第一部全面提取和梳理中国各民族神话母题的大型神话学工具书，是我国目前神话综合研究的实用性工具书和基础性理论成果。它依据目前世界神话学、民间故事学研究领域中通用的"母题分类法"，结合中国神话的实际情况，对中国神话母题进行新的逻辑分类和编目，并通过神话类型的界定、细分，将"母题"作为神话中具有典型含义并能在文化传承中独立存在的基本单位，能够较为稳定地反映一个民族的集体意识，带有某些文化标识的性质。他将各民族神话母题分为十个大的类型，每个类型又分为若干具有逻辑关系的模块，对相关中国神话母题进行合理的展示。这一大型工具书，对于中国学者了解包括少数民族神话在内的中国神话母题的丰富构成，具有重要价值。在此基础上，王宪昭等为了适应数字化时代学术研究的需要，还组织建立了一个关于中国神话母题目录的大型数据库，给海内外学者了解中国神话母题的丰富构成提供了十分方便的查询工具和途径。

在神话母题学研究方面较有成就的另一位学者是杨利慧教授。她长期从事神话研究，出版了《神话与神话学》（2009）等著作，在母题学方面，出版了《中国神话母题索引》（与张成福合著，2013）一书，该书借鉴国际通行的汤普森母题索引的编排结构及大林太良神话分类法，从"诸神起源母题""宇宙起源母题""人类起源母题""文化起源母题""动植物起源母题"等方面对中国广大地区和多民族中流传的神话里反复出现的主要母题进行抽绎和编排，建立分类比较系统。②

此外，萧兵《中国文化的精英——太阳英雄神话比较研究》一书，兼用类型学、原型分析和比较方法，对中国上古太阳英雄神话故事类型的构成进行了十分有启发性的分析。③ 吕微在《神话何为——神圣叙事的传承与阐释》（2001）中，运用母题学、原型理论和社会学相结合的分析方法，对鲧、禹等中国上古神话进行研究并独开生面④。台湾学者胡万川的著作《真实与想像——神话传说探微》⑤（2010）中，采用母题学模式分析中国

---

① 王宪昭：《中国神话母题 W 编目》，北京：中国社会科学出版社，2013 年。
② 杨利慧、张成福：《中国神话母题索引》，西安：陕西师范大学出版社，2013 年。
③ 参看萧兵：《中国文化的精英——太阳英雄神话比较研究》，上海：上海文艺出版社，1989 年。
④ 参看吕微：《神话何为——神圣叙事的传承与阐释》，北京：社会科学文献出版社，2001 年。
⑤ 参看胡万川：《真实与想像——神话传说探微》，新竹："国立"清华大学出版社，2004 年。

上古神话，其中尤其典型的是对鲧、禹捞泥造陆故事进行详细的母题学分析，显示出相当的专业性。另田兆元、孙正国等不少学者都有从故事母题与类型角度分析中国古代神话和民间故事的论文或论著，或者在论文论著中局部使用类型学和母题学的分类研究方法。

类型学—母题学分类研究方法最大的特点是细致扎实，不足是对神话、传说和民间故事的话语形态、故事形态和组织规则的覆盖力有限。

三、神话叙事的形式—结构分析方法

神话叙事研究的第三条路径是由俄国学者普罗普创立，法国学者列维—斯特劳斯、格雷马斯、托多罗夫等人继承和发展的形式—结构叙事分析模式。这一派的部分学者运用现代语言学模式，致力于神话与民间传说叙事构成的结构性分析，在20世纪中后期产生了巨大的影响。在形式—结构叙事学中，神话与民间传说具有标本的意义，它是这个叙事分析学派得以产生的基础性研究对象之一。这个学派的奠基人普罗普和斯特劳斯，都是在对神话与民间传说的分析中建立自己叙事理论的，其后的格雷马斯等重要学者，其叙事理论研究的主要对象之一，也是古代神话和民间传说。

中国学者中，运用形式—结构叙事学模式对中国古代神话与民间传说进行系统研究的成果较少。在这方面值得特别介绍的是著名学者刘魁立的主张和成果。刘魁立先生的研究严格说来还不属于神话叙事研究，他的目标是民间故事的类型学研究。但刘魁立有两个与一般民间故事类型学研究者不一样的地方：一是他追求理论创新，不希望只从类型这个层面按照已有的AT分类法或艾伯华分类法对中国民间故事进行分类，而是希望在自己理论创新的基础上完成这种分类；二是他认为AT分类法基本是一种对民间故事的历时性研究，即按照一个主题故事在时间过程中发展变异出的不同文本来给故事分类。时间性即历时性是这种分类模式的基础。而刘魁立认为，应该将历时性和共时性原则结合对故事进行研究，先将一个主题故事的原文本和在流传过程中产生的不同亚文本都搜集起来，对它们之间的构成形态进行研究。他说的故事的构成形态，指的是故事文本的表层构成要素及其之间的组织关系，以及表层形态指向的共同深层组织规则和故事结构。这就是普罗普开创的民间故事共时性研究模式。他认为，只有找到同一主题故事不同文本表层形态共同的构成要素及其深层组织规则和结构,才能发现从原文本到流传过程中产生的各种亚文本之间的变化及其规律。这种研究理念正是普罗普的。

普罗普明确表示,对于民间故事只有首先对其形态构成进行研究,弄清其构成要素和组织规则,才能在此基础上对其发展变化过程进行研究。刘魁立先生有在苏联长期学习的经历,对苏联民间文学主要的理论成果十分熟悉,他也是将普罗普两部著作中译的组织者。他将共时性和历时性结合、将故事类型学的研究建基于形态学分析思想,对于中国民间故事研究提出了一个有理论高度的主张。要实践他这个主张对于中国许多从事故事类型学研究的学者显然有相当难度,但也是创新之途。施爱东在对他的采访中谈到将共时与历时结合的难度时,他说,"学术传统是一种积累的过程,如果谁都是只顺应潮流(引者按:指的是民间故事研究领域以 AT 分类法为基础的历时性研究),不做开拓的努力,恐怕永远也无法让我们的学术传统得到发展进步"①。这显示出他对理论创新的强烈追求,也是极有价值的认识。

由于担任多种社会职务,承担多种文化建设方面的项目,刘魁立在民间故事方面实践自己学术追求的成果并不算多。但他在这个领域发表的不多的论文每一篇都显示出一种极为严谨、精细、专业的特征,并且都在努力实践自己的学术理念。其中尤其是《民间叙事的生命树——浙江当代"狗耕田"故事类型文本的形态结构分析》一文,在探索民间故事历时研究与共时研究相结合方面极具价值,获得日本著名故事类型学学者稻田浩二的高度赞赏,稻田还就该文的基本方法、观念和核心内容与刘魁立反复研讨对话。该文"对浙江省当代流传和出版的'狗耕田'故事类型的全部二十八个文本,运用类型学方法,进行了共时性的比较研究,对这些文本的形态结构进行了梳理和归纳,并对这些文本形态结构的规律有所总结。经过分析认为,在一个类型下可以划分出若干类型变体,同时在同一类型中可以划分出中心母题、母题链等一些重要单元,并且通过具体分析,就类型、类型变体、母题等的性能和机制问题,作出了若干理论性的推

---

① 刘魁立、施爱东:《刘魁立先生访谈录》,载刘魁立等《民间叙事的生命树》,北京:中国社会出版社,2010 年,第 70 页。

断"①。这一文本在国内故事类型学界也有广泛影响,三十年来,反复被学术界作为范文提出。

在民间故事形态学研究方面,香港中文大学李扬的博士论文《中国民间故事形态研究》(1995)是具有代表性的成果。该论文运用普罗普的分析模式,随机选择了50个中国古代民间故事,从功能论、序列论、角色论三个方面对它们进行了较为形式化的分析,迄今为止,这是运用形式—结构叙事分析方法分析中国古代民间传说叙事结构最为细密的理论成果。② 从今天的角度看,这一成果也许在理论上创新性不够,但在中国民间文学研究领域,这是第一部运用故事形态学理论对中国几十个民间故事进行系统研究的成果,难能可贵。

上述刘魁立和李扬的故事形态学研究对象,都不是或主要不是中国上古神话,而是中国古代民间故事。在李扬博士论文提交之前一年,笔者出版了《神话叙事学》(1994)一书,该书在以形式—结构叙事学模式为主导的前提下,结合人类学、文化学、精神分析学、宗教符号学等多种学科知识,从角色创生、神格构成、行为动力系统、角色模式、功能组合模式与文化选择等几个方面对中外神话的叙事构成要素及其组织规则和文化内涵进行了理论上的描述和分析。有学者谓这是中国神话叙事学界"具有开拓性的贡献"。③ 从结构叙事学严格的形态分析要求角度看,笔者此书尚不符合要求。同时笔者在该书序言部分也明确表示不准备完全按照结构叙事学理论展开神话叙事的研究,这一是意识到结构叙事学本身的理论局限,二是意识到中国上古神话构成形态并不符合进行严格结构分析的要求。但从神话叙事形态入手,仍然是研究神话的重要路径。

此外,尽管偶见以形式—结构叙事学模式分析中国古代神话的论文,但系统性专著难得见到。这方面论文基本都是运用西方学者已有模式进行操作的,在具体对象分析上或有发现,但整体理论上则难见创新。

为何对中国上古神话进行客观精细的叙事形态学分析的成果稀少?笔者认为这与两个原因相关:第一个原因是就理论的难度而言,对神话进

---

① 刘魁立等:《民间叙事的生命树——浙江当代"狗耕田"故事类型文本的形态结构分析》,载刘魁立等:《民间叙事的生命树》,北京:中国社会出版社,2010年,第1页。
② 参看李扬:《中国民间故事形态研究》,北京:中国社会科学出版社,2015年。
③ 孙正国:《张开焱神话学思想的内在发展逻辑》,《长江大学学报》,2015年1期,第10页。

行叙事形态学的分析是三种模式中理论难度最大的。尽管形式—结构叙事学传入中国已经四十多年了,也受到了国内学者的热烈追捧并给予了很高评价,但真正运用这一模式对中国古代神话叙事形态进行描述的成果却寥寥无几,甚至运用形式—结构叙事学模式对后世叙事文学进行分析的著作也并不多见(论文尚有一些)。这种情形在20世纪80年代后期推崇形式—结构主义研究的时代就有学者特别指出过,直到现在仍然未有改观。原因之一,大约是中国学者长期接受的学术训练和研究模式中,定性分析的习惯更为强大(笔者也一样存在这个问题),而用具有科学精神的模式对对象进行深入精细的描述和定量分析的意识和能力较为薄弱,甚至有些瞧不起过分精细客观理性的描述方式。这是妨碍中国学者运用形式—结构叙事学模式对叙事文学进行研究的很重要的原因。正因为这样,李扬博士那种分析就难能可贵。原因之二则和中国古代神话形态构成本身有关。中国古代神话文本大都太过零碎、散漫、短小、简单,没有丰满的外在话语和故事形态,也不很适合用形式—结构叙事学进行严密系统的叙事形态学描述,笔者当年撰写《神话叙事学》一书时,对此有强烈的感受。李扬博士的博士论文,所选择的50个民间故事,基本都不是先秦神话。迄今我们尚未看到一部纯从形式—结构叙事学角度研究中国上古神话的著作,这绝非偶然,也不仅仅是中国学者不习惯细致精密的描述模式的原因。中国上古神话传说没有丰满的故事形态和外在形式特征,客观对象不大适合用这种模式进行精密系统的研究也是很重要的原因。

四、三条研究路径的共同点和效度问题

上述三条路径并未全面概括尽中国当代神话叙事分析的所有成果,不少学者的中国或中西神话叙事研究成果不能归入这三条路径,很多学者的神话叙事分析没有鲜明的方法论特征,也无法归类,因此这个描述必定是挂一漏万的。本处只是对过去几十年中国神话叙事研究最有影响的三条路径的重要学术成果的描述,并不具有穷尽性的覆盖效度。

上述三条路径的研究,各有不同的理念、模式和方法,最终成果也相去甚远,但有如下特点是值得特别注意的:

首先,正如西方神话学在19世纪诞生之初,麦克斯·缪勒等人就已经明确确认的那样,一切神话学都是比较神话学,都是在比较视野中产生

和存在的。上述中国学者的成果不管是否明确地标明"比较研究"的视角,实际上都潜含这种视角。从西方原型理论、AT母题分类系统、神话结构分析系统的成果看,它们都具有跨民族的性质,即大都不是仅以某一个民族的神话和民间传说为标本,而是以多民族神话与民间传说为标本,因此,实际上渗透了比较分析的视角。这种比较分析视角的成果,以求同性取向为主导,即认为人类原始神话和民间传说,有某些共同的构成和规则存在并且可以把握。受其影响而展开三条路径研究的中国学者的相关成果,也内在地渗透了比较研究的视角,即总是内在地与这些西方学者的成果相联系,并与其他民族,尤其是欧洲诸民族的神话与民间故事或显在或潜在比较的格局中形成。它们要么强调中国与其他民族神话传说在故事结构和特征上的同一性,要么强调差异性。不管是强调同一性还是强调差异性,都意味着这些成果是在比较研究的格局中存在的。

笔者本来要在上述三种路径的概述之外,另外增加关于国内比较神话叙事研究路径主要成果的概述,但考虑到上述原因,最后还是放弃了。

其次,上面描述的这三条路径的成果中,不少学者的研究对象主要包括神话在内的民间传说,而不只是神话。主要以中国神话为研究对象进行叙事学研究的成果中,叶舒宪、萧兵、杨利慧、王宪昭、张开焱、陈建宪、吕微等相对纯粹,其余大都是将神话与民间故事混杂在一起作为一个统一的对象予以讨论。

再次,上述所有成果中,主要讨论的对象是神话与民间传说的故事构成,而对其文本叙事话语的形态和特征较少予以特别注意。这样做的原因,就在于神话学和民间文学研究领域中的一个基本共识,神话与民间传说的核心是故事。同一个故事,可以在不同的语言系统中流传,也可以用不同的语言讲述,其核心构成不变,这就意味着叙事话语对于神话与民间传说是无关紧要的要素,可以不予特别关注。但这种观点中隐含的一个基本盲区学者们则较少关注,即语言既在深层意义上,也在显层意义上对神话的讲述有很大的影响。语言对其他叙事文类的重要性在神话中一点也没有减弱,甚至在麦克斯·缪勒这样的学者那里这种关联性被认为是根本性的,他的观点众所周知,人类神话是语言发展到某一阶段的"疾病性"产物。他的观点也许不对,但强调语言与神话的内在关系则是值得重视的。在诺思罗普·弗莱那里,对神话的语言层面也给予了充分的重视,在《批评的解剖》这部著作中,他强调作品的原型分析,语言是十分重要的一个层面,很多原型语词存在于叙事作品的话语层面,它们内含着远比一般语言丰富复杂的语义,也具有远超一般语词的表达能力。而在《伟大的代码——圣经与文学》一书中,他分析《圣经》原型构成,第一个层面就是"语词"。事实上,神话语言层面的重要性,还远不只是弗莱重视的原型语词成分,它对神话的形成和特征具有更基础性的意义。关于这一点,我们将在以后的专章分析中讨论。

最后,我们发现,这三种研究模式中的神话—原型分析和结构分析,都注意通过表层故事构成的分析,把握深层故事结构。结构叙事学在这一点上显而易见,并突出地体现在对"叙事语法"的重视上。奠定这种分析模式的普罗普,他面对众多民间故事,不仅关注每一个故事文本显层讲了什么和如何讲这些问题,而且关注千千万万显层各不相同的民间故事文本下面,是否具有共同的构成要素和组织规则(功能序列、角色类型、功能组合程序)。托多罗夫和布雷蒙则分别提出"叙事语法"和"故事逻辑"的概念,都在强调透过纷繁复杂的表层故事构成要素去把握深层的故事规则。列维—斯特劳斯更是直接按照表层—深层的分析模式分析神话文本。格雷马斯的工作模式基本一样,他不仅将普罗普的成果进一步简化和压缩(六个行动元、二十种核心功能、三种基本组合模式等等),以更好地把握千千万万神话与民间故事规则,更提出了著名的"深层—表层—显层"三层次文本理论,将神话放置于这种模式中加以研究。弗莱的原型理论对深层叙事结构的关注更是情有独钟。尽管这种理论在一定程度上关注到文本表层构成,但其目标是通过文本的表层构成分析去揭示其共同的深层原型。与之有同样倾向的约瑟夫·坎贝尔(Joseph Campbell),在《千面英雄》中表达了一个基本的认知,人类无数神话故事,在终极层面都指向一个共同的"元神话",都是讲述一个"元英雄"从接受召唤和指令出发,经历各种境遇,最后成功归来的生命历程。三种分析模式中,只有ATU分类法对于深层故事结构未予关注。中国学者萧兵、刘魁立、叶舒宪、吕微等,都注重从神话或民间故事表层形态中寻找深层故事组织规则。

在对中国学者沿着这三条路径进行的研究做了上述概括之后,要特别关注西方神话叙事分析理论对于中国神话与民间文学表述的效度问题。对这个问题的不同意见甚至争论贯穿百年,尤其是近四十年中国神话与民间故事的研究过程中。几乎所有这一领域的重要学者,都以直接或间接的方式参与了这个讨论过程。中国学者在这个问题上的意见尖锐对立。相当一部分学者认为上述三大路径的西方理论和方法具有世界范围内的有效性,因此,完全或基本能覆盖中国神话与民间传说。如果这样,中国学者的主要任务,基本就是在这三条路径上按照西方学者提出的理论模式和方法研究中国神话与民间传说。最后得出的结论,也必是中国神话传说与其他民族尤其是印欧民族的神话传说具有基本一致的故事类型、结构或原型。但近三十年来,越来越多的中国学者对这种理念和研究结论的合适性与有效性提出质疑。这个质疑的依据就是中国古代神话与民间故事在西方学者这三大理论路径的成果并没有获得突出关注。如果它们确实具有世界意义的普适性和覆盖力,那它们逻辑上应该以人类各民族古代神话和民间叙事作品为对象,但实际上,它们主要建基于对以印欧和环地中海诸民族为主的古代神话和传说的研究,也只是一种"地方性"神话的理论概括,中国古代神话与民间传说特殊的构成要素和特征基本没有进入这些学者和其理论成果的视野。确实,中国古代神话传说,在这种理论中能否获得充分表达是一个需要慎重对待和检讨的问题。

笔者认为,这种认识的合理性值得我们重视。例如,这三种研究路径都有一个共同的前提,那就是以神话故事作为研究的核心对象,能进入它们视野中的神话,必然是神性故事的对象。但如果以此作为神话传说的当然的研究路径则中国大量(如《山海经》《神异经》等)不具有故事性或只具有弱故事性但却具有明显神性的叙事文本或文本片段就都无法进入其研究视野。所以,中国学者在比较研究视野中,对中国古代神话与民间传说的构成特征给予特殊关注,自有道理。但如果只强调民族的特殊性和差异性,则神话传说中跨民族的共同性部分被完全忽略也不合适。因此,在比较研究视野中,基于中西神话与民间文学叙事特征本身,寻找其同中有异、异中有同的构成,恐怕是比较合适的立场。这种立场既不主张绝对的求同,以两者之间的一方遮蔽另一方,也不主张绝对的求异,使中西民族古代神话与民间传说之间相同或相近的成分被无视和遮蔽。

与此相关,上述三条路径中国学者的成果中相当多是以中国古代民间故事传说为研究对象,而不是以中国古代神话为研究对象。这种对象选择方面的差异十分重要。从故事分析角度讲,中国后世民间传说在故事构成方面的复杂和丰满程度,远非上古神话可以比拟,这导致适合分析民间故事的理论模式,未必适合分析上古神话。例如,像李扬博士那样,遴选50个故事素比较丰富的民间故事为对象,对其功能、序列、角色构成进行精细描述,若用之于分析中国古代神话就会遇到很大的困难。这个困难首先在于今文本所见中国上古神话中,很难选择出50个有较为丰富故事素的文本,也就是说,在案例的选择上首先就存在困难。李扬选取的基本是中国后世的民间故事而不是早期神话,这个取材上的选择不是偶然和随意的,它正说明在中国神话叙事研究问题上,严格运用结构神话叙事学的观念与方法遇到的困难。同样重要的是,中国上古神话文本构成上许多重要的叙事性要素和特征,在这种建基于故事性分析的框架中,会被完全过滤和无视。

一些研究中国古代神话叙事问题的学者,仅仅从现存的西方神话学、故事学、叙事学中借来某些模式进行操作,这就存在两个问题:一是理论上无创新,二是操作模式与研究对象可能存在一定的隔膜和错位。这不是说西方已有这些理论完全不能分析中国神话,但可能符合度较低。例如,《古希腊文学的叙述者、叙述对象和叙述》(*Narrators, Narratees, and Narratives in Ancient Greek Literature*)一书的作者谈到自己这部以古希腊神话、史诗、戏剧、小说为主要对象的著作的研究目标时特别强调,"'古希腊叙事研究'系列将探讨叙事学为我们定义的主要手段的形式和功能,如叙述者和他的受叙者、时间、聚焦、人物塑造、描述、言语和情节"[①]。这个设想对于研究希腊上古神话史诗和戏剧是合适的,因为它们有丰满的故事形态和复杂的叙事技巧运用可以进行分析。但如果用之于分析中国上古神话,则基本无法进行,最后得出的结论必然是,中国上古神话基本不具有叙事学研究的可能性。这当然是我们无法接受的结论,也未能揭示中国神话叙事的特点所在。所以,完全从西方叙事学中选取成套的模式来对中西神话叙事问题进行比较分析,肯定是行不通的。如果强制性那样做,中国神话有别于这些理论的那些要素必定会被过滤和遮蔽,而这些要素可能是最具有中国特色的,或者说对理解中国神话特别重要的。如何借鉴西方已有理论,在此基础上,结合中国神话的实际构成状态,有针对性地提出一些叙事分析范畴,以适应分析中国神话叙事的构成,是一个想在这个领域有所建树的叙事研究者必须解决的问题。而这

---

① Irene J. F. De Jong, René Nünlist & Angus Bowie, *Narrators, Narratees, and Narratives in Ancient Greek Literature——Studies in Ancient Greek Narrative*, Leiden: Brill Academic Publishers, 2004, p. 7.

个问题的解决,既取决于研究者的理论素养和理论创新能力,还取决于研究者对于中国古代神话的全面了解和独到体悟。

第三节 本书研究任务设计

一、本书研究的基本目标和思路

笔者设想本书的研究目标和工作模式是这样的:

就研究目标而言,本书的重心是中国神话的叙事问题研究。希望在比较神话学的视野中,对中国神话那些比较持久存在的叙事特征进行基本描述和分析,这种长期存在的特征构成了中国神话叙事传统核心的内涵。而要了解中国上古神话叙事传统,则需要在与异族神话传统对比中展开。神话学这门学科自19世纪建立以来,就一直有一个基本的认知:一切神话研究都显在或潜在地渗透了比较视角。但由于西方神话的叙事特征和传统,已被西方甚至被中国学者无数成果所揭示,而研究中国神话的叙事特征和传统的成果则相对较少,故本书主要的目标,确定为在比较视野中研究中国上古神话叙事传统,强调以西映中,以中为主。因此,本书的目标,主要不在于西方上古神话叙事问题的研究(当然这也是任务之一),而在于以西方神话叙事特征和传统为参照,观照中国上古神话叙事特征和传统,我们的重心在中国。

因为这个目标,就涉及已有理论模式的效度和选择问题。19世纪以来,西方比较神话学领域出现过两个重要学者,一是19世纪麦克斯·缪勒的比较神话学,二是20世纪杜梅齐尔的比较神话学,两人的理论尽管各有特色,但有一个共同点,就是二者基本都是以印欧语言和神话为主要研究对象建立的。东亚尤其是中国上古神话,很少进入他们的视野。尽管缪勒(Friedrich Max Muller)在《宗教学导论》中偶涉中国语言和神话(他将中国语言和神话归之于更广大的图兰语中描述),但在笔者看来,多不得中国神话要领。相比之下,日本学者高木敏雄1904年出版的《比较神话学》就更关注东方神话一些。该书较多地以东方(如印度、中国、日本等)神话为研究对象,对中国神话有较多涉猎,难能可贵。但这部书尚未形成有特色的分析模式和方法,对神话叙事的许多方面都未曾涉及。因此本书也不拟借用其基本模式。日本学者大林太良20世纪中叶撰写了一部《神话学入门》，多涉神话比较视角，但过于简单（"入门"的书名已经交代了其特点），且基本是采用类型—母题学视角来分析神话构成，对神话叙事的形态特征基本未加注意。中国学者尽管如前所述，有一些研究神话叙事问题的著作，但以原型理论和类型学模式为主，使用形态学模式（如李扬）分析的又基本不以神话而是以后世民间故事为对象，且完全按普罗普的形态学模式描述中国民间故事，虽然难能可贵，但中国早期神话形态的特征很难在这种模式中获得恰当展现。最关键的问题，当然是中国早期神话文本的零碎、散漫和篇制短小，故事素较少，没有丰满的外在形态，与形式—结构叙事学研究对象所需要的丰满外在形态和丰富的故事素有较大差异，完全沿用其理论很难奏效。但形式—结构叙事分析模式对神话外在形态的重视，却有十分重要的意义。

这一简单分析，意味着本书要完成中西神话叙事传统比较分析的任务，不可能完全借用已有任何一种理论模式。因此，本书作者决定采取如下原则完成这个任务：

首先，以中国上古神话叙事特征和传统中可以和西方进行比较的方面作为主要研究对象，而不以某些已经设定的系统的理论分析模式作为框套，将中西神话塞进这种模式中逼迫它们交出答案。更不使用对于分析西方神话叙事问题有效而对于分析中国神话叙事问题无效或效度不高的一些理论模式展开分析。本书采用一种实用主义态度，有利于完成分析中西（尤其是中国）神话叙事传统这个目标的理论就拿来使用，不利于完成这种分析的理论就放置一边；如有必要，就自己提出一些范畴进行分析。挪威学者托利弗·伯曼（Thorlief Boman）在《希伯来与希腊思想比较》（*Das Hebräische Denken im Vergleich mit dem griechischen*）一书中也特别交代，"本书中没有孤立地使用一种方法。我们的目的是，通过与希腊思想的比较，揭示希伯来思想的特点，为了达到这个目的我们每次都要运用看起来最适合于相关材料的方法。"[①]这也是本书的基本原则之一。

其次，中西神话叙事传统分析比较的目的，主要不在于见出谁高谁低，谁优谁劣，谁强谁弱（当然如果必要我们也会实事求是地对研究对象

[①] ［挪威］托利弗·伯曼：《希伯来与希腊思想比较》，吴勇立译，上海：上海书店出版社，2007年，第12页。

的某些方面进行相关判断），更在于见出两者之间有什么共同之处和不同之处，尤其是不同之处。因此求异性比较是本书更加在意的一个角度。中国上古神话既然与西方有那么明显不同的叙事特征，在理论上对这些差异进行厘清就成为重要的任务。而中西神话叙事比较，正有助于厘清这些差异性特征和传统。

鉴于以上考虑，本书将主要致力于从以下几个方面对中西神话长期存在的叙事特征——这也是叙事传统的核心构成——进行比较：

A. 中西神话（语言文本的）初文本、前文本、续文本各有怎样的形态；

B. 中西神话讲述者各有怎样的类型特征；

C. 中西神话显层叙事话语各有怎样的优势时空向度；

D. 中西神话显层叙述对象组织各有怎样的优势时空向度；

E. 中西神话各有怎样的行动者结构和故事模式；

F. 中西神话显层叙事中哪些神圣数字起着重要作用；

G. 中西神话创世叙事显现了怎样的优势时空意识；

H. 中西神话叙事中体现出的优势时空意识和神话思维产生的原因是什么；

I. 中西（尤其是中国）神话叙事优势型时空思维传统对各自后世叙事文学有怎样的影响。

最后这个问题当然是一个大课题，不是本书的任务，我们只在"结语"部分略加勾勒。

这是本书设计的主要内容。这些研究内容的设定，并不设想以一种严密的神话叙事理论系统为框架对中西神话叙事问题进行系统的探讨，因为中国上古神话本身的特征，使得套用任何一种既有的神话理论系统对它展开全面研究都会遇到困难，因此本书选择以专题形式进行中西神话叙事比较研究。我们将中国神话的叙事特征作为研究对象，而那些中国神话中不存在而只在西方神话中存在甚至是很突出的叙事特征，我们一般会忽略。这种选择必然意味着本书研究不能全面体现西方神话叙事的优势和特征，而只能展现它与中国上古神话叙事可以形成比较关系的那些部分的特征。

当然，我们说本书不追求在一种较为严密的理论框架中对中西神话叙事传统进行比较研究，并不意味着本书各章之间是毫无内在逻辑的。事实上，本书各章之间的内在逻辑是明显存在的。第一章从宏观历史流变角度清理中西神话前文本、初文本、续文本演变过程中的特征和异同，是具有总体性的鸟瞰；第二章到第七章，主要是基于但又超越文本叙事构成而设计的，其基本框架是借用形式—结构叙事学某些理论，结合其他学派学者的理论而成，即将讲（叙）述者—讲（叙）述话语—讲（叙）述对象关系框架的模式扩大，综合融入人类学、文化学、社会学、原型理论、文献学等学科视野，分别对中西神话叙事的相关构成进行研究。基本按照谁在讲述（神话讲述者类型）——通过怎样的话语讲述（神话叙事话语的组织和构形特征）——讲述的对象是谁（形象组织特征的差异）——讲述对象有怎样的行动元类型和故事模式（故事组织规则和类型）等问题来组织本书主要内容。这几章设计参照了结构叙事学叙述者—叙述话语—故事（行动主体和行动规则）三层次的模式，但又超越了结构叙事学过于形式化的分析，而在其中融入了语言学、人类学、哲学、社会学、心理学、历史学、文献学等多种视角，从而形成既吸纳形式—结构神话叙事学的某些元素又超越它们的研究模式，而不只是纯粹的形式分析。同时，虽然第一至第八章各章具体研究的对象不一样，但主要的章节中有一个重要的问题贯穿其间，就是中西三个民族上古神话叙事潜含的时空向度和模式差异问题。鉴于神秘数字在中西上古文化和神话叙事中的特殊作用，所以第九章对此专门进行比较性研究。这一章从形态分析角度看，似乎与前面几章逻辑上关联不紧密，但在一个更高层面上，它们却具有内在相关性。本书特别重视卡西尔在《神话思维》（*Mythical Thought*）一书中提出的神话研究的三个范畴，即空间、时间和数。因为这三个范畴不仅是神话叙事的基本问题，也是文化世界组织的基本问题。卡西尔是哲学家，他从哲学的高度对神话进行研究的这三个范畴，是覆盖神话叙事组织与文化世界组织的基本范畴，也是展示神话叙事的文化意义的基本范畴，因此值得特别重视。这也是本书第九章设置的基本原因。最后第十章，则在前九章中西神话叙事优势时空特征研究的基础上，追问之所以如此的原因。从三个民族不同的语言特征、神话思维特征和历史原因等角度探讨各自神话叙事中体现出的时空模式异同（主要是差异）的深层原因。

  为何在主要章节中，我们会特别关注中西神话叙事中体现出的时空意识的异同？这是因为，本书作者一直将神话作为人类不同族群早期最重要的文化样式和集体精神产物看待，认为上古各族群神话的叙事构成和特征，与这个族群特定的集体心理、思维方式、符号构造方式和文化特征有直接或间接的关系,并且相信这种特征对特定族群后世集体心理、思维方式、符号构造方式、文学和文化特征有深远的影响。这种认知也体现了本书研究的更为广泛的文化与学术意义所在。因此,找到一个能够覆盖特定族群的神话叙事特征、集体思维特征、文化特征的基本研究范畴就至关重要。经过反复思考和斟酌,本书作者确认,这个基本范畴就是神话叙事的时空特征与模式问题。卡西尔在《神话思维》一书中,将时间和空间问题作为神话思维的基础性概念来讨论早期神话所体现的先民的思维特征。列维—布留尔(Lucien Lévy-Bruhl)在《原始思维》(*La Mentalité primitive*)中也列专章讨论原始人思维中的时间和空间问题。不难发现,时间与空间这一对概念,不仅是思维科学、哲学、文化学的基础性概念,也可以是神话叙事学的基础性范畴,由此切入对中西神话叙事问题的比较,可能是合适的。它不仅使得本书成果有一个基本的理论视角,更能揭示中西神话叙事问题与民族思维、文化符号、文化心理和文学叙事世界构造之间的内在关联性。

因此,本书选择时空问题这个整体性的研究视角,对于分析中西神话叙事特征应该有较大的覆盖面及更广泛的意义。

二、几个重要概念的厘定

在结束绪论之前,还要厘清与本书相关的一些重要概念的核心内含。

1. 中西上古神话

这里指的是古代中国与西方。早就有学者说到"中西……比较"一类的提法存在问题,因为西方就地理而言,是由许多国家和民族构成的;就社会制度和意识形态而言,则包括更广的地域,如韩日印澳新等许多国家,都属于西方概念范围。而实际上,这些国家和民族之间差异不小。所以要作比较课题,最好比较中国和某个西方国家、民族的文学、文化或什么的。这个说法对研究现代中国和西方文化与文学差异的学者确实是一个提醒。但就本书而言,"中西神话叙事传统比较"这个题目还是能成立的。这是因为现代西方所有国家的文化源头,都是古代希腊文化。即使是罗马神话,相当程度上也是希腊神话的借用和转化。西方文化发展到罗马时期,可以加上希伯来文化,也许还可以加上北欧文化。但北欧神话的起源远晚于古代希腊,且与希腊神话无论叙事特征还是精神特征,都极其相近。因此,本书中所谓西方神话,主要是两希神话。

当然,也要对本书中的"中国"这个概念做点辨析。现代中国与古代中国的概念有很大区别,现代中国是一个包含有五十多个民族的社会共同体,而本书研究的是作为文化源头的中西古代神话叙事传统,这个源头意义上的古代中国,与现代中国在族群、地域和文化的构成上是不一样的,它主要由古代在黄河和长江流域生活的上古华夏族团和苗蛮族团为主的族群构成。因此,本书研究的中国古代神话,主要是以华夏族团和苗蛮族团为核心的古代神话。

"上古"这个概念在本书中,指的是各民族文化奠基的那个时段。"上古神话"指的是这个时段的神话。在中国指汉以前的神话,在欧洲指古希腊及以前时期的神话。在希伯来,指希伯来人编订完成希伯来犹太教《圣经》[犹太教圣经原名《塔纳赫》(Tanakh),基督教称为《旧约》]及以前时期的神话。

关于"神话"究竟该如何厘定,中外学者已经有很多成果,迄今见仁见智,难以统一。这里涉及相互关联的两个问题,有必要再稍加讨论:

一是如何定义神话?二是神话、传说和民间故事(含童话等)三者的关系是怎样的?这两个问题各自独立,又互有关联,而且每一个都充满歧见。本书并不展开对这些问题的详细探讨,只是略加清理,并在此基础上做一个符合本书目标的选择。

首先,什么是"神话"(mythos)呢?

在《二十世纪的四种神话理论》(*Four Theories of Myth in Twentieth-Century History*)一书中,作者伊万·斯特伦斯基(Ivan Strenski)列举了20世纪最有影响的四位神话学大家卡西尔、伊利亚德、列维—斯特劳斯以及马林诺夫斯基的不同神话观后说,"我们在文献中面对的'神话'观点杂乱无章,而且在讨论中对神话究竟是什么也没有某种共识"[①]。斯特伦斯基看到了不同神话学家对神话理解的差异性,但也过分夸大了这种差异性问题,忽略了他们著作中所选的全部神话案例实际上都潜含一些基本相同相近的认知,即神话是原始社会或早期阶级社会先民对世界和人类特定认知的集体性符号形式,它在特定社会特定人群中承担着特定社会功能,它讲述的主要内容是神、神性英雄或神性事物的

[①] [美]伊万·斯特伦斯基:《二十世纪的四种神话理论——卡西尔、伊利亚德、列维—斯特劳斯与马林诺夫斯基》,李创同、张经纬译,北京:生活·读书·新知三联书店,2012年,第10页。

故事,这是他们对神话的基础性认知。

《口述与神话》(*Before Literature*：*The Nature of Narrative Without the Written Word*)的作者谈到古希腊神话时指出 mythos 这个概念所指范围的宽泛性对我们是一个提醒:"我至少可以告诉你,古希腊语单词 mythos 的意思是'言语、思想、故事、神话,任何通过口头传递的东西'。"①这意味着古代希腊 mythos 一词似乎成了一切口耳相传的语言性作品的总称。所以,笔者特别说明,本书使用 mythos 这个概念,首先选择的是"神话"的口头性这个义项。

简·布雷默(Jan N. Bremmer)在《希腊神话解读》(*Interpretation of Greek Mythology*)一书中也直接将 mythos 作为"神话"的同义词,或者说取了这个概念的"神话"义项而排除掉了其他义项。他认同性引用著名希腊语专家和神话学家瓦尔特·伯克特(Walter Burkert)对 mythos 的一个定义:"神话是一种非**主流的**传统故事,部分提及具有集体重要性的事物"②,然后着重讨论了这个定义中的三个核心元素,即传统性(神话源远流长)、集体性(神话是集体的作品)、故事性(故事是神话的核心构成)。这当然也不是对神话(mythos)的万全界定,但将这个概念最核心的几个要素凸显出来了,也许还应该加上 mythos 这个概念各义项的共同特征:口传性。同时,瓦尔特·伯克特说神话是"非主流叙事"的判断也值得检讨。在上古,神话在任何民族毫无疑问是最主流和主要的叙事。只是到了后世,它在文化表层才成为非主流叙事。

弗莱在《批评的解剖》(*Anatomy of Criticism：Four Essays*)中对神话的界定比较简单,他对"神"的界定是以"凡人"为参照的。他说:"如果主人公在性质上超过凡人及凡人的环境,他便是个神祇;关于他的故事叫神话,即通常意义上关于神的故事。"③因此,我们可以在上面关于神话定义的基础上再加上一条:超凡性。

该如何界定神话,也是阿兰·邓迪斯(Alan Dundes)主编的《西方神

---

① Sheila J. Nayar, *Before Literature：The Nature of Narrative Without the Written Word*, London and New York：Routledge, 2020, p. 24.
② Jan N. Bremmer Edited, *Interpretations of Greek Mythology*, London and New York：Routledge,1988,p1.
③ [加]诺思罗普·弗莱:《批评的解剖》,陈慧、袁宪军、吴伟仁译,天津:百花文艺出版社,2006年,第45页。

话学读本》(Sacred Narrative:Readings in the Theory of Myth)重点讨论的问题。全书收集不同学者撰写的 22 篇论文,有 7 篇是专论什么是神话的。但 7 篇论文各有不同的角度,因为角度不同,所以观点也不一样。邓迪斯为该书写的《导言》一开始给出一个"神话"的定义:"神话是关于世界和人怎样产生并成为今天这个样子的神圣的叙事性解释。……其中决定性的形容词'神圣的'把神话与其他叙事性形式,如民间故事这一通常是世俗的和虚构的叙事形式区别开来。"①

邓迪斯以"神圣性"作为神话的关键性要素,值得重视,但并未得到该书全部作者的认同。如 G. S. 柯克《论神话的界说》一文对此前一些著名学者和流派关于神话的界定做了分析性简评之后说:"到目前为止,所有已提出的理论肯定会轻易被反面例证所驳倒。"②对于邓迪斯关于神话是"神圣性的叙事"这个关键性的定义,他也不以为然:"我认为加上这一限制性条件并无益处。的确,许多传统故事在涉及神祇或精灵时是'神圣的'……但其他一些故事一开始就与神祇基本上没有关系,而且不带有神圣的或禁忌的意味。把赫拉克勒斯的众多故事当作神圣故事丝毫于事无补,哪怕他曾遭到赫拉的迫害或得到雅典娜的帮助。"③他在文章中列举了不同民族一些具体的神话案例后说:"尽管大量不同文化中的许多神话涉及神祇和其他神圣之物,或者涉及创世时期,但不是所有神话在任何基本方面都是如此,因此将'神圣'这一属性视为首要的属性则是误导。"④

他认为,"没有一个神话定义能轻而易举地揽括所有这些可能的功用,因为这些功用彼此重叠交错却并不一致。"⑤但他也不排除"神话"这个概念的有用性,认为"肯定存在一种概括性的和具有普遍意义的神话属性,……人们至少会同意神话是传说,是故事。这就是这个词的希腊语含义。"⑥因此,他对"神话"给出一个底线界定:"对于广义上的神话来讲,'传统的口头故事'的说法是唯一可靠的基础。"⑦关于故事,他说"一般说

---

① [美]阿兰·邓迪斯编:《西方神话学读本·导言》,朝戈金等译,刘魁立主编,桂林:广西师范大学出版社,2006 年,第 1 页。
② 同上书,第 69 页。
③ 同上书,第 70—71 页。
④ 同上书,第 71 页。
⑤ 同上书,第 72 页。
⑥ 同上书,第 69 页。
⑦ 同上书,第 71 页。

来故事被认为是个具有戏剧化结局的戏剧性结构"①。西方大多数学者都强调神话的故事性,如弗莱从构词角度突出"mythos"一词内含的"情节/叙事"义项,并引申出"叙事结构"概念,②柯克也将故事性作为神话的基本规定性。这主要是基于西方神话的概括,中国上古大量的神话片段都不是这种"戏剧化结局的戏剧性结构"的故事,它们还是神话。其实,柯克自己也意识到赫西俄德《工作与时日》中有关人类五个时代的介绍不具有故事性,但仍是神话。他强调神话的传统性("具有代代相传的吸引力"),可能是较少异议的,但不是神话的特殊规定。民间故事和历史故事,许多都"具有代代相传的吸引力",即传统性,但它们还不是神话。

在邓迪斯这本书中,其他多篇论文的作者都从不同角度对神话问题进行了讨论,想在他们的讨论中找到对神话完全一致的定义肯定会失望。

对神话定义的歧异性来自两个基本方面,即神话的历史多样性和神话理论的多样性。从神话的历史角度看,不同民族古代神话构成本身就丰富复杂,多种多样。从理论角度讲,至少三百年来各种各样的人文社会科学学科都用不同方法从不同角度切入神话研究,对神话做出与自己学科、方法和角度相关的规定。这两个方面共同导致统一的"神话"定义的困难。因此,本书从自身目标的角度,在众多有关神话的界定中突出神话的集体性、传统性、口传性、超凡性(与神圣性有某种关联,但不完全相同)、叙事性等特征。结合中国神话的实际情况,本书不强调故事性。中国古代有许多神话文本或文本碎片,但大多没有故事性或故事性较弱。如果以故事性为标准,这些都无法算作神话了。但事实上,它们确实是中国的"神话",是华夏先民关于神或神性事物的叙述话语与文本,如果将其排斥于神话之外,那很不合理。

所以,结合中国神话的实际,我们将"神话"界定为:人类早期以口传性为基础的、具有集体性、超凡性的关于神、神性英雄和神性事物的叙事文本。这种叙事文本,可以有较强故事性,也可以故事性较弱甚至基本没有故事性。

---

① [美]阿兰·邓迪斯编:《西方神话学读本·导言》,朝戈金等译,刘魁立主编,桂林:广西师范大学出版社,2006年,第70页。

② Northrop Frye, *Anatomy of Criticism: Four Essays*, Princeton: Princeton University Press, 1957, p.52.

2. 叙事(narrative/narration)

这个概念在西方指讲故事的行为,内含着强烈的时间性。因为故事的基础就是时间,是在时间过程中产生、发展和结束的。通过话语讲述故事,也是一种在时间过程中发生和完成的行为。故事的时间性,也决定讲述行为和话语的时间性特征。然而中国上古很多带有叙事性的文本(包括神话文本)都不具有故事性或只有弱故事性,但按照中国古代叙事的概念,它们依然是叙事作品。因为中国古代"叙事"原本是"序事",这两个词在古人那里是同一个意思。"序事"这个概念,不必然含有"讲故事"的义项,而主要指在空间中组织陈放、安排对象的义项。中国古代关于"序事"这个概念的资料很多,杨义先生在《中国叙事学》一书中进行了简要的清理。为避免繁琐的征引,本处只综述他对中国古代"序事"("叙事")概念内含演变研究的基本见解。杨义指出,中国古代《周礼·春官宗伯》中早有"序其事"的说法,后人的各种注解,都强调"序事"与"叙事""绪事"有同义性,都指的是有秩序地陈放或陈述对象。"在古中国文字中,'叙'与'序'相通,叙事常常称作'序事'。"①但这种秩序,不仅指时间的秩序,还指空间的秩序,甚至其本义首先指空间的秩序——

> "序"的原义,本来指空间,序字从"广",《说文解字》解释:"广,因厂(山石之崖岩)为屋也。"因此序也就指隔开正堂东西夹室的墙了,这就是《大戴礼·王言》所述:"曾子惧,退负序而立。"清人孔广森补注:"序,东西墙也。……墙是用来隔开空间,或者说是用来分割空间单元位置和次序的,而由"序"变成"叙"的过程中,空间的分割转换为时间的分割和顺序安排了。②

同时,"序"又和"绪"语义上具有相通性,都具有秩序、条理之意。所以,序事、叙事、绪事,有语义上的相通性。中国古人将在一本书或一篇文章前面所写简要的介绍性、评价性文字,称作"序言",又作"绪言"或"叙言",都是一样的意思,都用"序"的原义。刘知己《史通》专设《叙事》篇讨论各种叙事文类以后,"叙事"就作为一个文类概念出现。

从中国古代"叙事"概念发展演变角度讲,有几点需要特别提示:一是

---

① 杨义:《中国叙事学》,北京:人民出版社,1997年,第10页。
② 同上书,第11页。

这个概念内含着秩序、条理之意。二是这个概念的本意是有关空间秩序和条理的，叙(序)事，本义指的是事物在空间中组织和陈放的秩序、规则、条理。在此基础上，才发展出事物在时间过程中组合的秩序、条理和规则之意，因此，空间性是中国"叙事"概念的原始语义，这一点特别重要。三是需要特别指出，即使到了中国古代社会晚期，"叙事"的概念始终没有汰滤掉空间性的内涵，从后世各种文集中归为"叙事"的那些文类作品，既有时间性的，也有空间性(如主题性)的，甚至空间性的还居于主导地位。而在中国上古神话时代，"叙事"概念的主要含义是"序事"，即在空间中有秩序、有条理地陈放、陈述对象的活动和行为及其结果。因此，本书使用的"叙事"概念，不仅是使用它在西方"narrative/narration"以时间性为基础"讲故事"的语义，也兼有它在中国古代"叙(序)事"的以空间性为基础的语义。对于后者而言，我特别强调它"在特定空间中有秩序和条理地安排、陈放、叙述事物"的意涵。

所以，本书的"叙事"概念，是含有"序事"这个概念内涵的。这对于本书研究的对象尤为重要。因为本书研究的中国神话叙事形态与西方神话叙事形态相比较最突出的特征之一，就是中国上古神话文本空间性"序事"的特征十分突出，而两希神话叙事文本，尤其是希腊神话叙事文本时间性"叙事"特征十分突出，它们分别呈现出明显的空间优势特征和和时间优势特征。这两种特征，都可以在中西结合的"叙事"概念中获得平等的表达。

3. 神话叙事传统

这个概念首先指的是神话本身形成、发展、演变过程中形成的一些具有延续性的叙事元素、特征、模式、规则、思维特征等，这是神话叙事传统这个概念的基础和核心构成。这个概念的另一重意涵是神话作为人类各民族文化的源头，是各民族叙事传统中最早的一环，对各民族以后的各种叙事形式和内容的形成、发展和演变具有潜在的原型和规定作用。在这个意义上，神话就是民族和人类叙事传统之源；研究神话叙事，也就是研究叙事传统的源头。本书主要在第一重意涵角度研究中西神话叙事传统，即研究中国和两希为主的西方神话在其前文本—初文本—续文本中具有长期影响和被传承的那些基本叙事特征，而兼及第二重意涵，即这种叙事传统对后世叙事的影响。

4. 时空优势类型

这是本书有特殊重要意义的一个概念。时间和空间本是事物存在不可分割的两个方面,自然空间是事物存在的静止状态,由有长宽高体积的对象构成,它涉及方位、场合、形状、环境等因素。块状性、静态性、并置性、复叠性、可逆性、可易位性,是事物在空间中的存在特征。自然时间是事物存在的运动状态,由过去—现在—将来的线性过程构成。线链性、过程性、动态性、不可逆性,是事物在时间中存在的特征。人类社会生活和文化现象包括叙事现象,也存在时间和空间两个因素和维度。在直接或比喻意义上,分别具有上述空间和时间属性和特征的对象,我们就可以称为空间性或时间性对象。当然,实际上在人类文化和叙事现象中,时间与空间的关系、属性和特征,往往要比事物的自然时空关系、属性和特征复杂得多,但总体上,两者之间的可比照性是明显存在的。

  在这个基础上我们来说叙事时空问题。叙事时空指的是叙事符号组织构造的时空形态。它一般包括两个层面:叙事话语组构的时空向度和形象(故事)组构的时空形态。但在本书,笔者还要增加两个层面:一是形象组织深层的叙事原型时空组织形态;二是体现在文本叙事组织深层的叙事思维时空特征。加上前二个层面,一共涉及四个层面。最后一个层面几乎没有人注意到和讨论过,但恰是文本前三个层面何以如此的最深层依据。这意味着,所有叙事文本各层面组织的时空形态,都与其创作者无意识的时空思维特征有一种最深的联系。因此,只探讨叙事文本话语与形象层面的时空组织形态是远远不够的。本书将在这个最深层面进行一些探讨,希望能对"叙事时空"这个概念的外延和内涵有所拓展和深化。

  关于时间空间的自然、社会、文化、心理、符号等多方面的属性和特征的论析,学术界已经有很多成果论及,为节省篇幅,本处将所有的摘引都省略,而直接对之做出陈述。我们界定对本书具有特殊意义的两个概念:空间优势型和时间优势型。这两个概念指的是在一种文化和叙事文本中,空间属性和特征或时间属性和特征为主导的现象。在此基础上,本书将空间性特征特别突出的文化或神话叙事类型称之为空间优势型,而将时间性特征特别突出的文化或神话叙事类型称之为时间优势型。之所以特别使用"优势"这个概念,一方面固然是为了突出主导性的特征,但另一方面也表达了本书作者的一个基本认知,无论自然、社会、文化还是心理现象中,没有纯粹的空间性存在或时间性存在,所有的存在都同时兼具时间性和空间性,只不过有的侧重时间一维,有的侧重空间一维而已。

第一章
中西神话初文本、前文本与续文本

"传统"的概念,内含着历时性的意涵。这意味着要对中西神话叙事传统进行比较研究,自然要历时地去考察中西神话叙事传统形成、发展和变异的过程。但普罗普在《故事形态学》中对民间故事研究表达了一个观点:"研究所有种类故事的结构,是故事的历史研究最必要的前提条件。形式规律性的研究是历史规律性研究的先决条件。"[1]显然,在普罗普看来,要对故事的历史起源和发展过程进行研究,首先要对故事文本的基本结构进行研究。这就涉及 20 世纪肇始以来人文学科研究长期争论的一个基本方法论问题:共时性研究优先,还是历时性研究优先?

普罗普以来的结构叙事学认为,要对神话叙事问题进行研究,首要的是对文本结构的共时性进行分析,只有厘清了文本有怎样的共时结构,才能考察这种结构从何而来,在发展过程中出现了怎样的变化。因此,神话文本的叙事结构研究,是历时性起源和发展研究的基础和前提。如果按照这样的观点,要对作为民族文化源头的中西神话叙事传统进行比较研究,前提是要对中西神话文本的叙事结构进行比较性描述,然后才能讨论各自叙事结构在历史进程中形成、发展和变异的过程及其规律。

应该说,普罗普这个观点是有道理的。如果我们对一个民族神话内在的故事结构或叙事特征没有基本把握,仅仅从时间进程角度研究它的

---

[1] [俄]弗拉基米尔·雅可夫列维齐·普罗普:《故事形态学》,贾放译,北京:中华书局,2006年,第13页。

起源、发展和变化,最多只能描述某些具体神话作品外在形态要素的起源、发展和改变过程,而对其内在结构则缺乏必要的把握。但同时,在涉及神话这个对象时,只强调共时优先的原则可能是不够的。因为,神话不像后起的大多数小说、史传和其他叙事文本,是一次性形成、被记录下来并因此少有变化的,它是在漫长的口传历史过程中生成、发展和变异的。因此,对古代神话的研究,如只从共时性视角切入,首先面临一个问题:选择古代神话哪一个阶段的文本进行叙事结构的描述?如何保证这个阶段的神话文本叙事结构与此前、此后的神话文本是一致的?它是否有足够的代表性?如从原型理论角度看,这不是一个问题,因为这个理论相信神话的内在结构是超时间和恒定不变的。但20世纪40年代以后兴起的帕里—洛德(Parry-Lord)的口头诗学理论和60年代以后兴起的鲍曼(Richard Bauman)等人的民间文学表演理论,已经对这种恒定不变的观点提出了严峻的挑战。帕里—洛德正是在对民间史诗演唱的田野考察中发现,包括神话在内的民间文学,在其传述过程中,每一个传述者都会在特定表演情景中对原有故事进行一定程度的修改增删,以满足特定传述情境的需要。与之相关,表演学派的学者们看到要寻找神话千古不变的叙事结构可能认为是一件困难的事情。当然,这并不意味着神话没有某种相对恒定的要素,只是不能将这种见解绝对化,同时还要看到神话在历史进程中不断在发生变化。

因而"神话叙事传统"这个概念,恰恰强调了互相对立统一的两个方面:一是强调了在时间进程中某些稳定的因素,如某些神话叙事的结构、原型、方式、规则、类型、特征等代代相传相继;二是强调了变异性,在时间进程中,神话叙事的结构、形态、方式、规则、传统等不断改变,不断汰旧更新,不断发展,这两个方面构成了"传统"概念的核心内涵。

本章将从神话流变的历史进程角度对中西神话进行讨论。为了讨论的方便,我将提出关于神话文本的三个概念,以区别神话文本在流变过程中的三个时段或者说三种状态,并对它们之间的状态和变化进行清理。这三个概念分别是:初文本、前文本、续文本。它们的内涵我将在第一节分别讨论。

第一节　神话的初文本、前文本与续文本

要对神话的历时性状态进行研究,才能总结出这个过程中潜藏的特征和传统为何。而要有效研究神话的历时性状态,一个前提是必须建立一些基本的分时范畴。有神话学者提出了前神话、神话、后神话的概念,这三个概念确切意涵未见界定。但这三个概念内含了对神话发展过程的认知和理解,神话是在时间过程中发展变化的。传统就在这种变化过程中形成、继承和改变。由于这三个概念本身存在理解上的歧义性,所以,本书不使用它们为主概念,而重新提出关于神话的三个替代性概念:神话前文本、神话初文本、神话续文本。下面分别对它们进行一个基本界定:

一、神话初文本

从顺序角度讲,应该按神话前文本—神话初文本—神话续文本的顺序讨论神话文本问题才合适。但事实上,"前文本"和"续文本",都是以"初文本"为坐标辨识的。就如"前现代""后现代"都是以"现代"为坐标辨识的一样。因此,我们先讨论神话的"初文本"这个概念。

神话初文本,在本书指人类各民族最早用可视符号(图像或文字)记载下来且获得一定权威性和影响力的神话文本。从其表现形式看,基本可分为图传文本和字传文本两大类。人类各民族发明了图像(绘画、雕塑、建筑等)之后,最早将口传神话中的人物或故事通过图像方式表达出来从而形成了图传初文本。而最早将这种口传神话用文字记录下来,则形成了字传初文本。从现在了解的资料看,人类图传文本的出现要早于字传文本。例如,无论是中国、欧洲还是非洲、西亚、美洲等,都发现了距今一万年以前的带有神性的壁画、岩画、石雕、陶塑等图传文本,但迄今发现的最早神话字传文本也不早过五千年。因此,研究各族群神话叙事传统,早期图像文本是一个重要方面。但完全可以推想的是,先民将具有神性的图像描绘或雕塑出来时,一定是已经有了神性的观念或神话故事已经以口传的方式存在,只是在图像中它们获得了可视的呈现而已。因此,语传文本(包括口传文本和字传文本)是产生图传文本的基础。按照索绪尔的观点,语言是人类符号的主样式,其表意的清晰性、准确性、表达力、

自由性和连续性及其时空容量,都是其他符号无法比拟的,且其他符号样式的所指意义都要由语言确认和阐释。所以,在各种可视符号构成的神话初文本中,语传文本的神话是最重要的,它在各种初文本神话中具有核心地位,也是研究者最需重视的。考察一个民族初文本神话,从媒介角度讲,应以文字典籍记载的神话为主,而辅之以各种图像符号的神话故事或神性人物。这个观点也许在不同学者那里会有争议,因此只作为本书的一个观点和依据。

讨论神话初文本当然要面对三个问题:

一是初文本的确认以口传文本为依据还是以字传文本为依据?笔者主张应该以字传文本为依据。口传文本的可变异性太大。从共时性角度讲,同一个神话文本,在不同地域和具体讲述者那里会很不一样。从历时性角度讲,同一个神话,在不同时段人们的口传中也很不一样。口传文本在共时和历时过程中出现的这种差异性,西方口传诗学理论和表演理论都有很深入的实证性研究,在此就不赘述。因此,在口传文本中很难确定初文本。口传文本就像无边原野上的沙丘,在时间风沙的吹拂下永远都在改变着形态。人们能看见的永远都是当下的沙丘,而不是过去和未来的形态。

二是一个民族神话的初文本(最早形诸文字的文本)可能不止一个,而有多个,如同一神话同一故事有两个或两个以上文本,如何确认哪一个是神话的初文本呢?或者,可以将它们都确认为神话初文本?这里就涉及一个标准问题。本书提出一个判断标准,那就是权威性程度。在当时或后世具有较高权威性的文本,就可以确认为神话初文本。这个权威性有多种方式认定。从宗教学角度而言,就是某种宗教确认为最权威的神话文本。犹太教《圣经》[犹太人原先称为《塔纳赫》(Tanakh)]就是典型,它原初有两个被确认为正典的文本,即詹尼亚希伯来《圣经》(24篇)和亚历山大七十子希腊文《圣经》(39篇),它们分别由一批犹太教拉比和长老们共同确定,因而被赋予了最高的权威性。犹太文的24篇《圣经》与希腊文《圣经》(后在基督教《圣经》中称为《旧约》)中相应篇目基本相同(前者有2篇在后者那里被拆分成4篇),希腊文《圣经》中另有13篇是犹太文《圣经》中没有的。尽管基督教不同分支以后出现了很多不同的《圣经》文本,但都是在这两个初文本基础上衍生的。

有的神话传说初文本的权威性不一定完全是由宗教力量确定的,而是由多种因素共同作用而形成的。如赫西俄德的《神谱》和荷马史诗就是这样的。赫西俄德《神谱》和荷马史诗,在希腊获得权威性,既有宗教的原因(雅典为核心的许多城邦信奉奥林波斯神教),也有政制性原因(在希腊许多重要的政治场合都要诵读赫西俄德《神谱》和荷马史诗片段),还有传播性原因(雅典在希腊各城邦具有重要地位,尤其是其神话史诗具有重要地位,被广泛传播到希腊各地。每年一次从各地到雅典参加酒神节戏剧竞赛的作品,其人物和题材基本取材于赫西俄德《神谱》和荷马史诗)。而有的民族神话初文本确认难度大一些,如中国上古神话。中国上古神话本身没有一个被历代认定的统一而权威的文本,它们多分散、碎片化地存在于很多古代典籍中。同时,中国上古也没有任何一种宗教有着巨大的权威性,更未指定任何文本为正典。最后,自从周人主宰华夏后,其所建立的政权排斥神话,废黜了神话的神圣性。到春秋时代,儒家更将这种原则变成了文化禁令("子不语怪力乱神"),神话就只有在主流文化之外的领域存在和流传。在宗教、政权和文化多个领域的压制下,神话很难确定一个具有权威性和影响力的初文本。有鉴于此,本书对中国神话初文本采取的认定办法,就是大体以年代为界,即先秦(某些特殊情况下延及汉代)以符号(文字、图像和器物)方式存在的神话,我都界定为初文本。这种选择的不得已是显而易见的,这也意味着中国上古某个神话或故事的初文本可能不止一个,而有多个,且可能互有出入甚至互相矛盾。尽管这是一个棘手的事情,但也有重要的文学和文化意义,因为它客观地显示出中国上古神话早期存在的基本形态特征。

  三是与初文本相关的概念"定文本"问题。所谓"定文本"在此指的是某个民族在古代以特定的、具有权威性的方式确定的神话文本。如前所述,这种权威性的确认方式在不同民族不大一样。如希腊荷马两大史诗,据一些学者研究,其各部分大约在公元前8世纪之前就以许多独立的短歌形式在希腊各地流传,大约在公元前8—前7世纪之间由某个盲诗人(荷马)将其汇集统合,组编成完整的两大巨型史诗。其后大约在公元前6世纪中叶皮西特拉图(Pisistratus)执政雅典时被用文字记录下来,一直到公元前3世纪前后,由亚历山大里亚的学者们(主要有三位学者)集合众多相关文本,经过选择、整合、编辑、校订而成,从而成为荷马史诗的定文本。一般认为,亚历山大里亚学者们最后编订的荷马史诗文本具有较高权威性,那以后的许多手抄本基本没有大幅度偏移它。而希伯来《旧约》具有极高权威性的两个定文本(詹尼亚希伯来语文本和七十子希腊语文本)则是通过宗教人士集体选择、编辑认定的。它们被确定以后的各种手抄本基本未有太大偏离。这种定文本主要是通过宗教的权威性实现的（希腊语文本权威性的形成也有埃及托勒密王朝加持的影响）。而日本《古事记》《日本书纪》则是天皇通过政治力量组织人力搜集、选择编定的，确认其权威性的主要是王朝的政治力量。

相比之下，现见汉以前所有中国上古神话传说均没有一个汇集众多神话、确定不变、具有极大权威性的定文本，这在世界各民族上古神话中较为少见。出现这种情况的原因学者研究认为多与周人重人事而不信鬼神，故而对神话传说不重视甚至压制有关。没有定文本固然显示上古周人对神话传说不重视，但也给神话传说本然形态的呈现和续文本的发展衍生留下了巨大的空间。中国上古许多重要的大神和神性英雄，在先秦就有多种不同文本同在，在后世更衍生出许多不同的故事传说续文本，且身份地位变化很大，这也正与没有一个权威的神话初文本有关。

二、神话前文本

"神话前文本"这个概念包含三个方面的内涵：

首先，神话前文本指的是某一民族神话初文本之前，在口传时代和状态下存在的神话文本。按照卡西尔这类神话哲学家的看法，神话是伴随人类语言而产生的古老文化样式；而人类语言的起源，按照语言学家们的观点，至少距今有五万年(有语言学家说十万年)以上了。因此神话的源头可以追溯多远，实在不可预测。即使按照麦克斯·缪勒的"语病论"学说，神话产生的时代也是很早的。可以断定的是，在人类文字出现之前（现今可确认的最早人类文字出现的时间不超过六千年)，人类神话已经产生，并通过口耳相传的方式在人类各族群中长期流传。直到不同族群文字出现以后才载之典籍，形成神话初文本，获得定型性呈现。因此，口传文本是初文本的来源。当然，人类符号除了语言外，还有图像(绘画与雕塑等)，早期口传神话的某些对象也可以通过图像呈现，迄今世界各地发现的早期岩画、壁画、石雕、泥塑等，最远的可以确认超三万年了。这些图像中有某些成分与神话相关或具有某些神异性，但图像文本的神性对象究竟是谁和讲述怎样的故事，既来自于史前口传神话文本，也需要语言神话作为背景才能获得理解和解释。所以，研究早期神话，固然要重视图像中的神话,但最关键和具有基础性的,还是通过语言表达的神话。人类神话前文本存在于口耳相传的交流方式中,它可能部分转化为图像,但主要以口耳相传的语言方式存在。因此,在本书这里,史前神性图像,是作为口传神话文本的不同形式对待的,它们都是神话初文本的前文本。

其次,本书的神话前文本概念还指某一特定族群的神话传播学意义上的来源性神话。例如,本书研究的希腊神话、希伯来神话,它们都有更加遥远而复杂的异族异域来源。这一点,弗雷泽的文化人类学、麦克斯·缪勒的比较神话学已经有最早的揭示,20世纪的神话学家们对此有更深入的研究。就是中国上古神话,也有比较复杂的地域神话前文本来源,这些值得特别注意。

最后,由于神话前文本主要以口传方式存在和传播,因此,一个神话或神话人物的异文本必定很多,它们之间往往具有并置性和交叠性的复杂特征。

三、神话续文本

"神话续文本"这个概念指的是,一个族群的初文本神话产生之后,它在后世流传过程中形成的神话文本。神话续文本有如下特征:

首先,神话续文本产生的时间跨度十分漫长。一个民族的神话初文本确定后,会在后世长期流传,甚至一直到晚近的时代。无论中国还是西方,这种情形都是普遍的。例如,荷马史诗直到20世纪还在欧洲一些民间诗人那里演唱,在这种演唱中,总会有某些改变如添加或删减,从而形成特定演唱者的荷马史诗。这种情形,帕里和洛德在20世纪中叶通过对南欧若干民间诗人演唱的史诗文本的对比调查,得出了可靠的结论。①中国古代初文本神话,如鲧禹神话、伏羲神话、炎黄神话、西王母神话、盘古神话等,也都在后世反复流传,并产生许多续文本神话。例如,伏羲女娲结为夫妻的神话,在战国中叶最早载之于文献(见《楚帛书·甲篇》);在这里,他们只生了"四神",而且未见"四神"生了其他神,他们是绝嗣的。但在后世流传过程中,这个神话不断产生变异性续文本。在汉代,因为统治者集团是楚人,所以楚人神祖伏羲变成了汉代所有区域族群百王百神的神祖,三皇之首;同时,其形象也有改变。在《楚帛书》时代,伏羲乃是一

---

① 参看[美]阿尔伯特·贝茨·洛德:《故事的歌手》,尹虎彬译,北京:中华书局,2004年。

只神熊的形象("天熊"伏羲),到汉代,涂山氏女娲的形象在《吴越春秋》中是一只九尾灵狐。而在东汉墓穴壁画中,伏羲女娲都成了人首蛇(龙)身的形象。到晋代皇普谧《帝王世纪》中,他们又都是风(凤)姓,意味着他们有凤鸟的形象。与此同时,他们的故事在不同时代也在不断变异。先秦《楚帛书》中,他们不是同一氏族,自然不是兄妹,但后世神话中他们成了兄妹。在《楚帛书》中,他们的结合没有任何考验情节,但到后来,他们的结合产生了许多考验情节,如绕山跑、滚石磨等。更晚近的某些地域神话中,他们的故事又和盘古故事混淆,和女娲绕山跑、滚石磨结婚的不是伏羲而是盘古。这些续文本如果仔细统计,几乎不可胜数。完全可以预料,如果没有报纸电媒的出现,还会产生许许多多伏羲女娲续文本。

其次,续文本神话与初文本神话之间的关系是复杂多样和充满变异性的。一个神话在后世流传过程中会产生多种续文本,很多时候,续文本神话对于初文本神话的符合程度,在不同民族大不一样。这与初文本神话的权威性、神圣性有关。那些初文本神话权威性和神圣性很高的民族,续文本对初文本神话的变异性幅度就相对较小,而初文本神话权威性和神圣性不高的民族,则续文本变化往往较大。比较两希神话与华夏上古神话的续文本,这个特征显示得十分清楚,这个问题我们留待后面具体展开讨论,此处只是提及。尽管两希神话的上古初文本具有极大的权威性和神圣性,但其在后世的流传过程中,仍然会产生一定变异。帕里、洛德这样的学者,在对当代南欧许多演唱荷马和其他史诗的歌手进行录音文本研究的基础上,发现演唱者出于特定情境的需要或者记忆的偏误,在实际的表演中,对初文本神话都可能作出一定程度的改变,从而导致不同的续文本神话产生。希伯来神话也存在这种情形。例如从《圣经》神话中,就衍生出《次经》和《伪经》中的某些神性传说文本。即使《圣经》文本本身,在后世基督教不同的教派中如天主教、东正教、新教等,也常进行取舍选择,从而形成不一样的文本。还有一种情形就是《圣经》文本在传抄和翻译成为各种不同语言的过程中,出于语言的差异和传抄者、翻译者的特别理解和取舍,都会形成与原文本有一定区别的译本。这一点,美国学者巴特·埃尔曼有深入的研究。[①] 但有一点需要注意的是,这种续文本和

---

① 参阅[美]巴特·埃尔曼:《错引耶稣——〈圣经〉传抄、更改的内幕》一书,黄恩邻译,北京:生活·读书·新知三联书店,2013年。

初文本的区别大都有限度,初文本的基本构成在续文本中会继承下来。这是因为初文本具有权威性甚至神圣性。任何续文本偏离过远,都无法得到人们广泛承认。希腊化时代编定的《旧约》(*The Old Testament*)成为犹太教确认的圣典,也成为后世僧侣和教众们讲述《旧约》故事的权威文本。但即使这样,这个初文本中的神话在后世流传过程中也会出于各种原因产生出一些有某些差异的续文本神话。

神话初文本与续文本之间变化最大的是中国古代神话。上古一个神祇原本只有一点故事记载,但到后世衍生出许多故事,且多不是沿着初文本故事线性发展下来的,而是从其根部另发新枝,另编故事,从而形成灌木型文本丛。导致这种结果的原因是,中国上古神话初文本都不具有最高的神圣性和权威性,没有一部或多部类似赫西俄德《神谱》、荷马史诗那样具有权威性的初文本存在,更没有希伯来文《圣经》或七十子希腊文《圣经》那样具有极大权威性和神圣性的初文本存在,这就给后世的人们讲述有关远古神话故事时提供了较大的改变、衍生的便利和空间。中国先秦时代尽管初文本神话不多,神话人物和故事也不算丰富,但在后世史官型文人的续文本和民间讲述者那里产生的续文本还是比较丰富的,而且在后世流传过程中,这些神话都有较大发展和变化,有的几乎面目全非。这是和两希上古神话在后世流传过程中产生的续文本很不一样的地方。

本书研究的中国和两希上古神话,以初文本为主,但从神话叙事传统形成和发展角度看,当然会涉及神话文本的历史流变过程,因此,既涉及初文本的来源即前文本,也必然涉及初文本在流传过程中的存在状态即续文本。神话叙事传统正是在前文本—初文本—续文本的延续中形成、发展和演变的。

四、神话文本形态的杉木型与灌木型

我们将提出两个比较直观地描述两类神话文本类型的概念:杉木型与灌木型。所谓杉木型神话文本,指的是由一根高大的主干支撑和延伸的文本。所有的枝丫都围绕这根高大主干生长,并且构成高大主干的有机部分。灌木型文本则相反,众多细小低矮的枝丫繁茂并置地生长,构成一个树丛。这个树丛的众多灌木,可能是从同一个根茎中生长出来的,也可能是从不同根茎中生长出来的。它们彼此并置而不是先后连接。

这多少有点类似德勒兹(G. Deleuze)和加塔利(F. Guattari)在《资本

主义与精神分裂(卷2):千高原》(*Capitalisme et Schizophrénie 2. Mille Plateaux*)中谈到书的内容结构时提出的"书—根"和"根茎"两种结构形态。该书认为"根是'世界—树'的形象",①有些书"作为精神实在"其结构正是"树或根的形象",它们总体结构上"有着垂直的轴(*axe*)和环绕的叶"②。他说的"直根"或"树"是一回事,指的是那种从一个起点线性生长出来,具有内在同源性、统一性、中心性和有机性的树形结构文本,因此,也可称之为"根—树型"文本。而"根茎"形态的文本则完全不同,它们并不是沿着树干线性地生长的,而是不断从根部延伸出新枝的形态。"根茎"文本是无中心、无统一性、无同源性、并置性的组织形态:"从有待构成的多元体中减去独一无二者;在 n−1 的维度上写作。这样的体系可以被称为根茎(*rhizome*)。"③德勒兹对于"根茎"型组织的主要特征做过概括,这些概括充满具象性,用比较理论性的语言表述,那就是"根茎型"结构的文本是没有固定形态和组织原则的,它是对既有原则的破坏和解构,是在既有原则之上在 n−1 维度上写作所形成的"多元体"。④ 如果要在众多互不相属的文本中寻找某种关联性,那大约是它们都是从某些文本中原核(根)生发出来的。由此他提出建立"根茎学"的主张,他说"根茎学=精神分裂"⑤。德勒兹说的"根茎型"文本,指的是从一个基块生发出众多"根权"的文本,这些根权各不相干,互相并立,四面延伸,与"根—树型"文本沿着一个主干生长、开枝散叶的形态完全不同。它是无中心、非集中、并置的。不难看出,德勒兹是从解构性角度谈论书的两种组织原则和形态的。无中心性、非同源性、非预定性、离散性、逃逸性、随机性、破碎性和无意识化等,是他"根茎学"的基本主张。

从本书角度讲,德勒兹"根—树型"和"根茎型"两种文本组织形态,和本书所说的"杉树型"与"灌木型"文本组织形态有某些类似性。但本书所说"灌木型"文本与"根茎型"文本的区别在于,前者包括了"根茎型"那样同根蘖生的众多文本,也包括非同根性的众多文本。它们的共同性在

---

① [法]德勒兹(G. Deleuze)、加塔利(F. Guattari):《资本主义与精神分裂(卷2):千高原》,姜宇辉译,上海:上海书店出版社,2010 年,第 4 页。
② 同上。
③ 同上书,第 6 页。
④ 同上书,第 27 页。
⑤ 同上书,第 29 页。

于,这些同根或非同根的众多续文本,都不高大,互相并立。从时代精神特征角度而言,还须区别,本书研究的是中西民族早期神话的文本形态,它们的讲述主体原初并没有有意识地追求创造"杉木型"或"灌木型"神话文本形态,它们是自然形成的。而德勒兹的"根茎型"文本,是在后现代解构思潮背景下有意识追求的产物。

由此回到本章主题。

一个民族某个神话的初文本可能是一个文本,也可能是多个文本,原因比较复杂。其中很重要的原因之一是不同民族早期对神话记录的完整性程度和重视程度。像埃及、印度、希伯来、希腊等民族,进入文字记载的某个时期对神话都比较重视,因此,都有个体或群体对此前众多歧异性口传神话传说进行系统搜集、整理甚至再创造,从而形成比较系统完整的神话谱系和神话传说故事文本,并获得相当权威性。埃及的《亡灵书》(Going Forth by Day),印度的《吠陀》(Veda)、《往世书》(Puranas)和两大史诗,希伯来的《旧约》,希腊的《神谱》和荷马史诗,北欧的《埃达》(Eddukv Aedi),日本的《古事记》《日本书纪》等,都属于这种文本,并且它们成为这些民族最神圣的经典。但有的民族,进入文字记录时代,并没有人对前文本神话进行系统搜集、整理和记录,口传时代的前文本神话,在文明时代早期,主要以碎片的方式嵌入各种其他文献中,中国上古神话初文本的存在形态就是一个典型代表。

因此,许多民族在文明早期最后形成了比较统一的神话初文本,但有的民族,神话传说的初文本则是零碎分散地存在于各种典籍之中的。我们可以分别用前面提出的两种文本类型概念来指称这两类神话初文本,将前者比喻性地称之为杉木型初文本,而将后者称之为灌木型初文本。所谓杉木型初文本,指的是初文本的神系和故事有一个主干,这个主干高大粗壮,许多神话人物和故事都以这个主干为中心或者与这个主干有直接联系,要么归入这个主干,要么从这个主干生发。而灌木型初文本则一是每个文本都篇幅较短,二是很多小树木并列茂盛地生长,互相没有线性接续关联,且其中基本没有一棵树能长得特别高大粗壮。

总体来看,中国上古神话传说初文本基本属于灌木型形态,短小的文本或文本片段很多,互不相属的居多,某些文本之间似乎有内容上的横向关联,但远不那么紧密。而两希与北欧神话初文本,则基本是杉木型的,主要神话传说都有一个主干,大部分枝杈都从这个主干生发,或者与这个主干关联密切。那些不与这个主干相关联的枝丫，很难得到发展，生长成为参天大树。这一初文本特征在几个民族神话内部都非常明显。

本书研究的中国和两希上古神话，以初文本为主，但从历史流变过程，从神话叙事传统形成和发展角度看，当然会涉及初文本的来源即前文本，也必然涉及初文本在流传过程中的存在状态即续文本。神话叙事传统正是在前文本—初文本—续文本的延续中形成、发展和演变的。

第二节　中国神话初文本与前文本的灌木丛形态

在比较神话学的视野中，中国上古神话初文本在形态上有怎样的特征？最显而易见的一个特征是，中国神话初文本形态杂多、短小、零碎、散漫。学者向柏松用"箭垛型"比喻这种形态，我则用灌木丛比喻这种形态。这种形态的特征是，一丛丛聚成一堆，它们有的有共同根系（前文本），有的没有共同根系，但不管有没有共同根系，枝干很多，都长不高。

一、案例：女娲神话初文本的灌木丛形态

例如下面女娲神话的众多文本，就像一丛有共同根系的灌木丛，来源相同，但又各自独立。

    有神十人，名曰女娲之肠，化为神，处栗广之野，横道而处。①
    女娲有体，孰制匠之？②
    启棘宾商，《九辩》《九歌》。何勤子屠母，而死分竟坠？③
    禹行功，见涂山之女，禹未之遇而巡省南土。涂山氏之女乃令其妾待禹于涂山之阳，女乃作歌，歌曰："候人兮猗"，实始作为南音。④
    禹娶涂山氏之子．谓之女娲．是生启。⑤

---

① 袁珂校注：《山海经校注》，上海：上海古籍出版社，1980年，第389页。
② （汉）王逸：《楚辞章句》，黄灵庚点校，上海：上海古籍出版社，2017年，第77页。
③ 同上书，第73页。
④ 陈奇猷校释：《吕氏春秋校释》，上海：学林出版社，1984年，第334—335页。
⑤ 雷学淇校辑本：《世本·帝系》，（汉）宋衷注、（清）秦嘉谟等辑：《世本八种》，北京：中华书局，2008年，第8页。

禹纳涂山氏女.曰娇.是为攸女。①

禹三十未娶,行到涂山,恐时之暮,失其度制。乃辞云:"吾娶也,必有应矣。"乃有白狐九尾造于禹,禹曰:"白者,吾之服也。其九尾者,王之证也。"涂山之歌曰:"绥绥白狐,九尾痝痝。我家嘉夷,来宾为王。成家成室,我造彼昌。"天人之际,于兹则行,明矣哉! 禹因娶涂山,谓之女娇,取辛壬癸甲。禹行十月,女娇生子启。启生,不见父,昼夕呱呱啼泣。②

禹治水时,自化为熊,以通环辕之山,涂山氏见之而惭,遂化为石,时方孕启。禹曰:'归我子!'于是石破北方而启生。③

女娲作笙簧.④

往古之时,四极废,九州裂,天不兼覆,地不周载,火爁炎而不灭,水浩洋而不息,猛兽食颛民,鸷鸟攫老弱。于是女娲炼五色石以补苍天,断鳌足以立四极,杀黑龙以济冀州,积芦灰以止淫水。苍天补,四极正,淫水涸,冀州平,狡虫死,颛民生。背方州,抱圆天,和春阳夏,杀秋约冬,枕方寝绳,阴阳之所壅沈不通者,窍理之,逆气戾物伤民厚积者,绝止之。……⑤

天地亦物也。物有不足,故昔者女娲氏练五色石以补其阙,断鳌之足以立四极。其后共工氏与颛顼争为帝,怒而触不周之山,折天柱,绝地维;故天倾西北,日月辰星就焉;地不满东南,故百川水潦归焉。⑥

儒书言:"共工与颛顼争为天子不胜,怒而触不周之山,使天柱折,地维绝。女娲销炼五色石以补苍天,断鳌足以立四极。天不足西北,故日月移焉;地不足东南,故百川注焉。⑦

---

① 张澍稡集补注本:《世本·帝系篇》,(汉)宋衷注、(清)秦嘉谟等辑:《世本八种》,北京:中华书局,2008年,第91页。
② (汉)赵晔撰:《吴越春秋》,(元)徐天祜音注、苗麓校点,辛正审订,南京:江苏古籍出版社,1999年,第96—97页。
③ (宋)朱熹集注:《楚辞集注》,上海:上海古籍出版社,1979年,第60页。
④ 张澍稡集补注本:《世本·作篇》,(汉)宋衷注、(清)秦嘉谟等辑:《世本八种》,北京:中华书局,2008年,第7页。
⑤ 何宁撰:《淮南子集释》(上),北京:中华书局,1998年,第479—480页。
⑥ 杨伯峻撰:《列子集释》,北京:中华书局,1979年,第150—151页。
⑦ (汉)王充:《论衡·谈天篇》,见黄晖撰:《论衡校释》(全四册)北京:中华书局,1990年,第469—470页。

俗说:天地开辟,未有人民,女娲抟黄土作人,务剧力不暇供,乃引絚于泥中,举以为人。①

女娲祷祠神祈而为女媒,因置婚姻。行媒始行明矣。②

娲古之神圣女,化万物者也。③

黄帝生阴阳,上骈生耳目,桑林生臂手,此女娲所以七十化也。(高诱注:黄帝,古天神也。始造人之时,化生阴阳。上骈、桑林皆神名。女娲,王天下者也。七十变造化。此言造化治世,非一人之功也。)④

这每一个文本或文本片段篇幅都不长,而且一个文本和另一个文本之间既有某些关联,但在话语和故事上又不具有前后接续的线链意义上的严密统一性,而是各自独立的。这种形态,正是灌木丛的形态。它们聚集在一个区域生长,互相交集但又各自独立。一方面,它们有一个共同的主题,都是关于涂山氏女娲的故事,但另一方面,这些故事又不具有严格的先后时间关系和因果关系。

二、华夏上古神话初文本的灌木丛形态

上面的例证是以涂山氏女娲一个神话人物为核心的众多文本片段构成的灌木型集群。如果我们将中国上古一些重要的神话人物的资料统计起来,将发现关于他们的文本都具有这种灌木型集群特征。中国秦汉以前的神话文本,至少有好几个大的灌木丛,如鲧禹启为核心的夏人神话文本丛,帝俊(舜、喾)与后羿为核心的商人神话文本丛,炎黄二帝为核心的周人神话文本丛,伏羲女娲为核心的楚人神话文本丛,东皇太一为核心的楚蛮族团神话文本丛,太昊少昊为核心的东夷族团神话文本丛,廪君为核心的巴人神话文本丛,蚕丛、鱼凫、开明为核心的蜀人神话文本丛……,它们各自构成一个集群,早期互不相属,因而总体上呈现出多神系文本丛集状态。而每一个神话丛内都有若干篇幅不大、互无时间连续性和故事关联性的神话文本,围绕各自的神话主体构成一个丛集。此外,更有无数独

---

① (汉)应劭撰:《风俗通义校注》,王利器校注,北京:中华书局,1981年,第601页。
② 同上书,第599页。
③ (汉)许慎撰:《说文解字》,(宋)徐铉校定,北京:中华书局,2013年,第260页。
④ 见何宁撰:《淮南子集释》(下),北京:中华书局,1998年,第1186页。

立的神祇或神物,它们和任何其他的神祇都没有关联,只有一两个短小的文本或话语片段讲述到它们(如《山海经》和《神异经》中有许多这样的文本片段)。这些文本片段和它们所讲述的神祇就像山上一棵棵分散独立的小灌木长在那里。

在这些灌木丛型神话文本和人物中,某些神话人物在某个时段会获得较多生长机会,使其从众多灌木丛型神话人物中脱颖而出,长出高度有限的神话树干。这里特别典型的是帝俊(舜、喾)神系、鲧禹神系、炎黄神系和伏羲神系。这几个神系在某些时期都获得了一定的发育和生长,成长为一个较大的神系。但不管是哪个神系,他们都没有生长成参天杉木,顶多只长成一棵主干稍高一些的灌木而已。而且,也没有一个文本将他们统合的诸神关系和故事如《神谱》那样给予完整的叙述,只有不同的短小文本分别讲到他们与不同神祇的统属或血缘关系。多种神系并立的局面依然存在。每一个神系的主神和他统属的属神或裔神,都由各自独立的众多文本片段叙述出来。对这些神系进行统合的工作,汉代司马迁《史记·五帝本纪》和晋代皇甫谧《帝王世纪》算是比较突出的成果,但仍然未能完全统合先秦诸神或神帝,构成万神一系的神谱。

与神系的灌木型特征相关,中国上古诸神的故事也呈灌木型形态。几乎所有神话文本或文本片段讲述的故事长度都很有限,三言两语就将一个故事讲完,几乎找不到一个神的故事叙述超过一页篇幅。而且这个神的故事与其他神的故事之间,大都没有交集,这使得从故事长度角度讲,中国上古神话故事也呈现出一种灌木型形态。这与两希神话传说故事长度形成截然有别的形态差异。

因此,可以得出一个基本判断,就初文本形态讲,中国上古神话文本和它们叙述的神话主体及其故事,总体上看,主要呈现为一种灌木丛型特征。从时间和空间向度讲,这是一种空间优势型文本的构成形态。并置性、交错性,是灌木丛型神话文本的基本特征,而这正是空间优势型特征。

三、华夏上古神话前文本的灌木丛形态

从华夏上古神话初文本角度推断神话前文本形态,可能是怎样的呢?一般讲来,口传时代的神话都是多文本的,这是由口传性质决定的。同时,中国上古是多地域、多族群同存并在的,即使某个时段某个地域族群从众多地域族群中崛起,成为众多地域族群的统领,但其他地域族群核心

的意识形态形式即神话依然存在。这是因为,血缘族群是中国古代社会最基本的社会组织基础,所有族群都有关于自己祖先和地域的特殊神话,先秦没有任何一个族群有力量消灭所有地域族群政权而归于一统,自然也就没有可能消灭所有族群的祖宗神话和地域神话而归于一个神话系统。这一基本历史特征也使得任何神话初文本的神话前文本和神系必然是多文本和多神系的。也就是说,中国神话初文本来源的史前根系本来就是分散的,它们并不指向同一棵树干,而是在各自根系基础上生长出的神话灌木。

那么,在这种满地神话灌木根系的土地里,是否会有某些灌木的根系发达一些?这些发达的根系可能使其吸收更多的养分,从而使生长于其上的灌木比较高大一些吗?这是完全可能也是存在的。因为一些神话前文本人物可能与某些强大的族群相关,这些人物在前文本阶段可能形成相对丰富一些的神话元素和故事,在它们基础之上,可能生长出一个较为茂盛的灌木丛来。上面列举的女娲神话的各种初文本就属于这种情况。通过这些初文本灌木丛,我们可以反推其前文本有可能存在一个比较发达的神话根系。上述这些有关女娲(涂山氏)的神话初文本碎片,分别散落在十多部秦汉文献中,它们有可能是从一个比较完整的前文本神话生长出来的多株灌木,这些灌木构成一个丛集。如果将它们集中统合起来,适度疏通,也许能呈现出前文本中女娲神话的概貌:

涂山氏即女娲,最早是一位南方的女山神,在夏人神话中成为大地神禹的妻子。禹也早听说这位女神的大名,一直想见而不得。后来涂山氏女娲听说禹南巡要从自己山前的路边经过,就自己(或派侍女)等在路边,待禹经过时,唱起情歌,向禹大胆表达自己的爱慕求偶之意。禹也觉得自己到了应该婚配有后的年纪,所以接受了涂山氏女娲,和她在邰桑那个圣地举行了神圣的婚媾。她和禹结合生了儿子光明天神启,她协助禹完成了许多创世工作。人类是她用泥土创造的。她先是用黄泥巴搓捏人,后来累了,就干脆用一根绳子在泥土里抽打,每溅起一块泥土就变成了一个人。她还给人类制定了男女结合的婚姻规则,并制作了最早乐器笙簧,这种乐器内含着歌颂人类男女婚媾多子、传宗接代的寓意。后来(大约是共工撞断天柱不周山)发生了宇宙大灾难,天柱折断,支撑着大地四方的四根柱子也断了,因此天塌地陷,天因为破损无法完满地覆盖和保护大地,九州大地因为坼裂而无法承载万物。暴雨倾盆、洪水浩荡、天火不灭。这场灾难给人类造成了极大危害,一些神性恶兽猛禽也乘机出来危害人类,使得人类几乎无路可逃。女娲于是炼五色石补填了塌陷的天空,阻断了天降大雨。她砍断了一只神鳌的四足作为柱子在原始大水中重新撑起大地四方,又杀掉了制造大洪水的恶龙(黑龙,有说即共工),还聚集芦灰阻挡了遍地大水。她还杀死了危害人类的猛禽恶兽,平息了宇宙大灾难,拯救了人类,使人类得以重新安定地生活。后来,大约是涂山氏女娲和禹发生了矛盾冲突(暗含了长江流域的南方苗蛮族团和北方黄河流域的华夏族团的冲突),女娲要离开禹,和禹分道扬镳。在这场冲突中,他们的儿子天神启站在父亲一边,将涂山氏女娲杀死并屠剥分尸,将其尸块抛撒四方(屈原《天问》:"启棘宾商,《九辩》《九歌》。何勤子屠母,而死分竟坠?"),女娲的身体各部分,化作了众神万物,世界完成了最后的创造。

涂山氏女娲后来在《楚帛书》创世神话中,被整合进楚人神话中,成为创世天神伏羲的妻子。①

很显然,这是夏人创世神话的一部分,上述那些关于涂山氏和女娲的初文本碎片,都是从上面这个涂山氏女娲神话前文本梗概中生长出来的不同植株,或者说是这个前文本神话遗落的碎片。这并不是个例,中国古代有若干大神(不是所有大神)如舜(俊)、羿、鲧、禹等,他们的神话在今见初文本中,都以多种碎片性文本的方式存在和呈现,但某些碎片性神话今文本后面,也许存在某个相对完整的神话前文本,通过对初文本碎片性记载的辨识,有可能还原出它们大体完整的前文本故事梗概。只是中国先秦没有类似希腊赫西俄德或荷马这样的诗人,所以,没有人将这些神或神性英雄的故事较为完整地整合记录下来。不同的人在不同的文献中为了不同的目标而对曾经可能存在的较为完整的前文本进行了不同取舍,将其部分片段嵌入自己的文本之中,从而导致这些神话在初文本中呈现出碎片化即灌木丛化状态。上面列举的女娲神话的初文本状态较有代表性。因此,要了解这些神话人物前文本的故事概貌,必须对这些碎片进行还原性整合。笔者此前出版的另一部学术著作《世界祖宗型神话——中国上古创世神话源流与叙事类型研究》,已经根据夏商楚部分神祇或神性

---

① 对有关女娲资料的详细研究和整理,笔者已经发表多文,均收录于专著《世界祖宗型神话——中国上古创世神话源流与叙事类型研究》一书(北京:中国社会科学出版社,2016年),可参看该书第十一章《女娲在夏人创世神话中的作用和地位》,第383—421页。

英雄的初文本碎片,对其前文本的故事概貌进行了还原。①

　　但同时也要特别指出,笔者说中国上古神话中的某些人物,在前文本中很可能有一个较为完整的故事,并不意味着他们只有这一种文本,而不存在其他多种文本。前文本的任何神话人物必定都是多文本的。而且,这种有较为完整丰富前文本故事的神祇也是少数,大多数都难说有什么完整丰富的故事。《山海经》中几乎每一座山、每一条水都有一个神,他们很多只被简单介绍了样貌和特征,没有什么故事。中国上古大多数神话人物都没有多少故事和行动,他们只是被简单地介绍过形貌。这使我们感到,他们在前文本中并未获得充分发育,因此,它们是分散独立的存在。相比那些可能有较为完整的神话故事的前文本,这种没有完整故事的前文本更多见。

　　因此,我们可以对中国上古神话初文本的前文本形态做出一个基本判断,某些神话在前文本阶段可能故事性连续性强一些,但大多数前文本发育不充分、零碎、分散,各自独立,互不相属。这意味着中国上古神话初文本中存在的空间性优势特征,在前文本中一样存在,或者说前者根本上来源于后者。

　　中国上古之所以没有出现一个万神一系的杉木型神谱,原因很多,其中之一就是上古中国是一个由众多基于不同血缘宗亲的族群构成的社会。每一个族群都有自己的祖宗神,并且这个祖宗神往往是最高天神——创世神。因而一个族群强大时,可能以自己的祖宗神为最高神,将其他族群的祖宗神编入自己族群的神谱,使其成为自己神祖的裔神或属神。这种社会意识层面的统合工作,为的是证明自己族群统治的合法性和优越性,同时也给其他被统治族群一个存在的位置。而中国古代社会又是不断变化的,不同地域族群此伏彼起,一个阶段的强势族群在另一个阶段成为弱势族群,或者反过来,一个时段弱势的族群可能在另一个时段成为强势族群。这就导致一方面任何时期强势族群的神系虽然居于主导地位,但同时又有多种神系并立;另一方面前一阶段的强势神系在后面的阶段可能被整合进另外的强势族群神系中,其最高大神成为后面神系的裔神或属神,从而形成顾颉刚先生说的"层累的中国上古

---

① 参见张开焱:《世界祖宗型神话——中国上古创世神话源流与叙事类型研究》,北京:中国社会科学出版社,2016年。

史"现象。

　　这里最典型的一个例证是夏人神祖和商人神祖地位的变化。如果夏代真存在,那我们在先秦文献中看到的鲧、禹、启、女娲等应该是夏人的祖先神。在夏人居于强势族群的时代,其他各族神祖应该都是他们的属神或裔神。但在后世我们看到,在《尚书》中,鲧禹之前有了尧舜,再后面的炎黄神系和《楚帛书》伏羲神系中,他们之前有了更多神君神族。商人神祖帝夋(俊、舜、喾)在不同时代不同神系中地位的不断变化也是一个典型例证,他是我们目前能从可靠的文献和甲骨文中看到的商人最早神祖也是最高天神。在他作为最高天神的时候,夏人鲧、禹都成为他的属神或裔神,后起的黄帝(帝鸿)也曾经是他的属神和裔神。但到后面不同族群制造的神君圣祖系统中,商人神祖的地位不断变化,越来越低,到晋代葛洪《枕中书》盘古为首神的神系中终至于寂寂无闻。笔者曾撰写两文,分别对商人神祖在不同时期不同神系中地位的变化和《楚帛书》中楚人伏羲神系的层累性进行过大体清理,这些清理揭示了中国上古神系层累性的普遍性。有意者可参看。[①] 应该说,神话层累性是世界性的现象,所有古老国家或民族的神系都具有层累性。区别只在于中国上古众多族群并立,导致神系众多,且没有一个神系获得官方或文化层面认定的长期权威性,从而导致多神系并立、变动频繁的现象。

第三节　希伯来神话杉木型初文本与灌木型前文本

　　与希伯来神话传说相关的最重要著作是犹太教《圣经》(*Bible*),即基督教《旧约》(*The Old Testament*),此外,基督教《新约》(*The New Testament*)以及《次经》(*Apocrypha*)和《伪经》(*Pseudepigrapha*)部分篇章或内容都有某些神话性。但从神话的原始性角度讲,《旧约》最为重要。而《旧约》中,"摩西五经",即《创世记》(*Genesis*)、《出埃及记》(*Exodus*)、《利未记》(*Leviticus*)、《民数记》(*Numbers*)、《申命记》(*Deuteronomy*)等篇中又有

[①] 详见张开焱:《商人神祖在古代神系中的地位流变——中国古代神系层累性的一个案例》(《文学遗产》2023年第6期)、《中国上古神系的层累性特征——以楚帛书创世神话神系为例》(《中南民族大学学报》,2021年第11期)。

希伯来人最重要的神话和始祖传说。当然,《旧约》其他各篇也有许多神性故事,如先知书和《约伯记》(Job)等几篇中都有不少神性故事。现在能看到的希伯来《圣经》中的神话传说,大体是一个有时间先后的系统,其杉木型特征是明显的。但其前文本一样是多源且呈灌木形态的。

一、犹太教《圣经》神话初文本叙事的杉木型特征

犹太教《圣经》(即基督教的《旧约》)的初文本形成于什么时候?这个问题尽管已经有很多研究成果,但仍有一些问题尚存歧见。正如弗莱所说,"圣经是经历了漫长而复杂的编写过程的产物"。[①] 这个漫长而复杂过程的某些环节和状态并不清晰,研究者只有在多种参照中做出推测。不同学者的推测可能不一致。不过,经过众多学者的研究,我们已经能知道,《旧约》的主要材料大体是由公元前1200年至前300年间希伯来的历代祖先、先知和文士们积累下来的,希伯来人在这些材料基础上编选、厘定出《圣经》正典,前后经历了五百多年的历史。从今天的角度回顾犹太教《圣经》成书的历史和版本,将发现多个《圣经》版本。这些版本,都源于公元前500年到公元100年间形成的两个《圣经》版本,即詹尼亚希伯来文《圣经》和七十子希腊文《圣经》。

希伯来文《圣经》,比较著名的一个说法是,它是公元1世纪由犹太拉比约阿南·本·撒该为首的詹尼亚拉比们组成的议会在前人几百年间工作的基础上最后选择、厘定的文本。它用希伯来文和埃兰文写成,一共24篇。但是否有詹尼亚会议,希伯来文《圣经》是否是詹尼亚会议所认定,研究《圣经》的部分学者有不同观点。无论如何,我们知道它的成书经历过一个漫长的过程。这部书分为律法书、先知书和圣书三大部分,其中任一部分都不是一个人在一个有限的时段里完成的,而是众多不知名的人在一个漫长时段完成的。《圣经》正典被确认和整合的几百年间,正如著名外国文学学者朱维之介绍的那样,是持各种不同认知和见解的代表"争吵"的几百年:"他们认为《圣经》是正典,应当是神圣的,纯粹是上帝启示的记录;世俗的作品则是不洁的,谁去摸了它就会受污染,一定要去洗涤干净。究竟哪几篇是神圣的,哪几篇是世俗的呢?见仁见智,很难决

---

① [加拿大]诺思洛普·弗莱:《伟大的代码——圣经与文学》,郝振益、樊振帼、何成洲译,北京:北京大学出版社,1998年,第8页。

定,从公元前六世纪起到公元前一世纪,争吵了五百年才最后决定。"①仅犹太《圣经》最重要的部分,即"摩西五经",现在权威的认知是,它最终的定稿融合了不同时期的四个稿本的内容。1878年,德国学者韦尔豪森(Julius Wellhausen)对有关五经的不同意见进行认真研究分析之后,提出了一个关于五经的"底本学说"。这个底本学说认为,现见"摩西五经"实际上是融合了四个不同的底本而形成的,他将这四个底本名之为J、E、P、D,它们都在最终确定的犹太教《圣经》正典中留下了自己的印迹。

J指Jahveh,即神的名字(中译为亚威或耶畏,基督教称为耶和华)。现见犹太教五经正典中,有的地方直称神的名字为"Jahveh",有的地方则从不称呼名字,而称"Elohim"(艾洛欣,中译为"上帝"或"神"),显然来自另一个文本。希伯来语中,Elohim意思是"神"。故这部分内容以首字母E简称为E本。而直称神名字的部分内容则称为J本。希伯来文五经中,有时候将它们崇拜的对象称为Jahveh,有时候则称为Elohim,这种差异显示了对最高崇拜对象的不同处理原则(称名和不称名)。《圣经》版本学学者的研究认为,"J是五经中最古老的来源,可能要追溯到公元前9世纪,以色列分裂为南部犹太国和北部以色列国之后。那时,南部犹太王国由大卫的子孙统治,北部以色列王国的统治者则已经不是大卫的后裔了。J注重神应许以色列部族统一于一位王之下,借以强调君主制,并隐含对北部王国分离的批判"②。因此,J本最可能是南部犹太国整理和撰写的,而E本则多半是北部以色列国在公元前8世纪前后整理和撰写的。其后以色列国被亚述所灭,可能一些北部祭司、先知一类的人携带E本进入犹太国,因此E本的部分内容被揉进南部的J本,从而使五经出现内在的差异。研究者们基于五经中一些内容的差异对这一推断提出了比较有力的证明,其中,关于以色列人获得示剑城故事的叙述就是典型的案例。J本讲述示剑城是雅各(以色列)的儿子们违背信义、用阴谋诡计和血腥屠杀的丑恶方式获得的(《创世记》34),而示剑正是后来北国的都城。但在E本五经中,这些丑事都被回避掩盖,只说示剑是雅各买下的,而将

---

① 朱维之:《圣经文学十二讲——圣经、次经、伪经、死海古卷》,北京:人民文学出版社,1989年,第43页。
② [美国]斯蒂芬·米勒、[美国]罗伯特·休伯:《圣经的历史——〈圣经〉成书过程及历史影响》,黄剑波、艾菊红译,北京:中央编译出版社,2008年,第44页。

雅各儿子们所有恶行都抹去了(《创世记》33)。这种遮蔽正能说明 E 本是北国整理和编撰的。有关证据还有许多,限于篇幅不举例介绍。北部以色列国被亚述灭掉后,一部分祭司或文士将 E 本带到南部的犹太国,在那里,它被整合到南部的 J 本中,因而在其中许多地方留下了自己的印痕。

而 P 代表祭司一词,指由祭司们搜集、整理和编撰的五经版本。这个版本中,有大量关于祭司和祭祀仪式、会幕等的规定和相关叙述,如规定在希伯来祭司的地位最高,远比先知高,规定祭司只能由亚伦的后人担任,其他人都不能担任,并且其中包含了大量关于祭祀仪式的规定和精细具体的知识,等等。这些在 J 和 E 本中都没有或者分量很少。如关于谁能担任祭司,J 本和 E 本都没有特别的规定,而是认为亚伦的后人和利未人都能担任。所以,研究者认为很可能在公元前 6 世纪犹太人灭国、犹太精英被掳掠到巴比伦后,祭司们就开始将相关知识和主张整合进五经之中(也有学者认为犹太人从巴比伦回耶路撒冷后,祭司们才开始将有关知识和主张整合进五经之中),最后由波斯统治者委派的犹太祭司以斯拉(Ezra)完成。

D 则指五经中最后一经《申命记》。公元前 621 年,人们在圣殿里发现一本律法书,这部律法书可能包含了后来犹太教正典《申命记》中的大部分内容。据《列王纪》22:8 记载,《申命记》当时还曾经给约西亚王读过,可证此经主要部分在灭国之前就有;那以后,也许祭司或先知们对《申命记》其余部分进行了某些补充或改写。一般认为,J、E、D 三个版本的整合,在灭国之前基本完成,而 P 本整合进五经,则是灭国之后的巴比伦之因阶段和重回耶路撒冷时期。也就是说,P 本是最后整合进五经正典之中。不过,P 本并没有改变五经的基本构成,只是在其中增加了突出祭司立场和利益的内容。五经中最后完成的是 D 本《申命记》。有学者认为《申命记》形成后,希伯来人曾经根据其中的法典对前四经的许多内容进行了重新改写,有关情况我们在后面还将涉及。

犹太人经历巴比伦之因。公元前 538 年后,在波斯统治者的允许下,犹太人先后分三批回到故国,重建自己的圣殿(史称第二圣殿)。为了保证一神教神学的统治地位,犹太文士和祭司们开始对此前历代先祖、先知和文士们流传下来的神话、传说、宗教、历史、法律等资料,按照一神论犹太教观点进行整理、加工、增删、编纂,陆续形成一篇篇犹太教正典。这些正典分为律法书、先知书和圣书三大部分。最早成书纳入《圣经》者为律法书，即"摩西五经"，因为此部分被认为是上帝的直接启示，在巴比伦之囚以前即有 J、E、D 三个版本并已经开始被整合。到巴比伦之囚和重回耶路撒冷后，祭司本五经的一些内容又整合进去，所以它已经比较成熟了。最后由犹太祭司以斯拉奉波斯王之命主持，大约在公元前 444 年编定，这是最早被确认为犹太教《圣经》的第一批正典。此后经过两百余年，到约公元前 190 年，"先知书"8 卷被纳入正典，这些文献记载了先知的言论与历史。犹太《圣经》第三部分"圣书"11 篇纳入《圣经》最晚，约于 1 世纪后期罗马人统治期间完成。这就是犹太教《圣经》24 篇正典形成的基本过程。这部正典用希伯来文和埃兰文写就，成为希伯来文《圣经》的权威文本。从本书角度，我们可以认定为犹太教《圣经》初文本。

犹太教《圣经》还有另一个影响广泛的初文本，即用希腊文写就的《圣经》，又称为七十子希腊文《圣经》。这是泛希腊化时期一批犹太教长老和祭司们在亚历山大里亚经过聚会讨论、鉴定、选择、编修的结果。大约公元前 250 年，应埃及王托勒密二世的邀请，犹太大祭司以利沙（Eleazar）从犹太十二支派中各选出六位译经长老，各自携带《圣经》经卷去埃及亚历山大里亚城，确定《圣经》的基本篇目。他们对各种不同的经卷篇目进行反复清理、讨论、鉴定后，最后确定 39 篇为《圣经》正典，并用希腊文写就，这就是有名的七十子（本有七十二人参与，但后世往往用整数七十称之）译本《圣经》。希腊文《圣经》比希伯来文《圣经》多出 13 篇（希伯来文《圣经》24 篇正典中有两篇在希腊文《圣经》中被分为上、下两卷，所以相比之下，希腊文《圣经》只比希伯来文《圣经》多出 13 篇），其余篇目和内容基本相同。由这个区别就形成了以后多种版本的希伯来《圣经》。为节省篇幅，这个过程本处不详加介绍，国内外学者已经有不少相关著作，有意者可参阅。①

---

① 可参看[美国]斯蒂芬·米勒、[美国]罗伯特·休伯：《圣经的历史——〈圣经〉成书过程及历史影响》(黄剑波、艾菊红译，北京：中央编译出版社，2008 年)、[英]约翰·德雷恩：《旧约概论》(许一新译，北京：北京大学出版社，2004 年)、朱维之：《圣经文学十二讲——圣经、次经、伪经、死海古卷》(北京：人民文学出版社，1989 年)、黄陵渝《犹太教》(北京：中国社会科学出版社，2008 年)、杨真《基督教史纲》(上)(北京：生活·读书·新知三联书店，1979 年)、游斌《希伯来圣经导论》(上海：上海三联书店，2015 年)、游斌《希伯来圣经的文本、历史与思想世界》(北京：宗教文化出版社，2007 年)、王立新《古代以色列历史文献、历史框架、历史观念研究》(北京：北京大学出版社，2004 年)等书。

因此，如果将最早载之典籍并得到权威认定的文本称为初文本，那我们发现，犹太教《圣经》的两个初文本是到公元前500—公元100年间才确定的。不管是以希伯来文《圣经》还是希腊文《圣经》为蓝本，我们都发现一个基本特征，就是编入这两部《圣经》中的主要经卷内容之间，都有明显的时间接续关系，即从耶和华创造世界、创造人类的叙事开始，一直到希伯来人最后失国、沦为奴隶和被放回故乡重建国家的神话和历史过程，无论是詹尼亚希伯来文《圣经》还是七十子希腊文《圣经》，这个时间的顺序都是十分清晰的，主要的篇章，都基本在时间的顺序中被编组（《诗篇·智慧书》除外），主要的人物和故事，都基本按照这个时间顺序发生和结束。因此，犹太教《圣经》初文本的内容，像一棵以时间的顺序为躯干的笔直高大的杉树，它的故事、人物，上帝的教谕、诫命，都是在这个时间躯干的不同部位发生的。时间在《圣经》初文本中，具有基础性的组织作用。

二、犹太教《圣经》前文本神话故事来源的并置性

但如果我们追溯犹太教《圣经》的来源，即它的前文本时，将会发现，无论希伯来文还是希腊文《圣经》各篇，都不是一人一地一时写成的系统经书，而是从历代犹太教众多作品中挑选出来组编而成的，甚至还有对更早时代希伯来祖先们留下的资料进行的重新加工改造。各卷作者与成书年代均不相同，其成书有一个漫长的历史过程，其故事内容来源也具有多源性质。仅就其中最重要的一个部分"摩西五经"而言，就是多个时代多人完成的。犹太教或基督教信众都相信"摩西五经"是摩西写的，但《圣经》研究者们基本否定了这种说法。如果摩西是真实存在的、带领希伯来人出埃及的历史人物，他大约生活于公元前15世纪，肯定不可能是"摩西五经"的真正作者。一般认为，"摩西五经"中最后一经《申命记》形成最晚，但中国学者游斌在大量参阅西方有关学者的研究之后，认为"摩西五经"中最早确定的正典是《申命记》（它排在五经的最后一篇），然后希伯来人以之为依据，重新审核、修撰、改写前四经，最后才确定了前四经的内容——

> 与申命法典之形成大致同时的，是以色列雏形之民族史诗的完成，即从亚伯拉罕故事到大卫之死的民族记忆，大致来说，它包括今天五经中所谓的J典与E典，以及历史书中的大部分内容。公元前

550年左右，申命法典被插入到上述民族史诗的中间，从约书亚到列王的故事也被重新按照申命法典的精神加以改编。这样，从亚伯拉罕到摩西的故事就与以色列人进入迦南之地的历史分割开来，成为一个独立的篇章。并与申命法典一起，形成了一个初步的正典框架即JED。

大致同时，在《以西结书》40—48章中所反映的重建运动的推动下，将祭祀规条以先知启示的方式进行改编的"圣洁法典"（Holiness Code）即《利未记》19—26章亦得以完成。此后，从约公元前550年至约公元前450年，以第二圣殿的崇拜实践为基础，关于祭祀、祭司与圣所、圣殿的法典即通常所讲的P典也开始成型。并在加上一些谱系传说、祭祀制度之起源的内容后，作为补充和注释插入到JED之中，形成了一个整体的《摩西五经》。①

这意味着，"摩西五经"成书的过程也是复杂而漫长的，是从巴比伦之囚结束到公元1世纪前后先后完成的。但这是从形诸文献角度讲的，如果从"摩西五经"讲述的从亚伯兰开始的那些故事或律法条文考察，它们至少应该是从公元前1200年就开始慢慢由一些先知和拉比进行口头讲述，到公元前6世纪前后用文字记载下来的（也有学者认为希伯来人早期曾经在苏美尔人统治的两河流域生活过，应该很早就有文字，那以后他们就可能开始将他们的祖先传说和宗教信仰记载下来。但现在人们并未看到巴比伦之囚以前希伯来人的字传文本，故这一推断理论上可能成立，而实际上无法证实），因此"摩西五经"是建立在这些口传或字传文本基础上的。但一个很重要的问题是，公元前6世纪以前犹太人口传或文传的神话和始祖传说，和公元前6世纪以后犹太人从巴比伦回到故土，最后审查、编订并纳入《圣经》正典中的那些经卷内容是一样的吗？答案应该是否定的。

从希伯来《圣经》角度看，希伯来人的历史大体可以分为四段。第一段是从人类始祖亚当到希伯来远祖亚伯兰的故事，这是从人类始祖诞生到希伯来本族远祖诞生的人物和故事，这个时期基本是神话时期；第二段是从希伯来远祖亚伯兰开始到以撒、雅各、约瑟的故事，这是摩西率领希

---

① 游斌：《希伯来圣经的文本、历史与思想世界》，北京：宗教文化出版社，2007年，第5页。

伯来人离开埃及之前的人物和故事,这个时期基本是传说时期,这些远祖存在的真实性和故事的真实性都难被证实;第三段是从约书亚开始到各位士师、先知的阶段,这个阶段的故事和人物是神话传说与历史真实并存的阶段;第四段是从扫罗开始的列王以及巴比伦之囚和其后希伯来人重回故地、重建圣殿和故国的阶段,这个阶段以真实历史为主,兼有部分神性传说。希伯来《圣经》的审核编定发生在第四个阶段。这个阶段,希伯来人已经确立了耶和华信仰。但摩西之前的希伯来先祖乃至第一个阶段的人类多族先祖们有耶和华信仰吗?甚至,他们知道耶和华这个神吗?

马克斯·韦伯(Max Weber)在《古犹太教》(Das antike Judentum)中,谈到在犹太人中建立耶和华崇拜的是摩西,他说摩西带领以色列人出埃及的过程中,耶和华在红海显示出的神迹(如让红海海底露出,让以色列人安全从海底走到对岸,然后又将追赶的埃及军队淹死,等等),使以色列人认识了一个从所未知的神耶和华。他说"此一事件的特异性在于:这个奇迹是由一个以色列**此前并不认识的神**所造就的,这个神并且因此而借着庄重的契约(berith),在摩西创立耶和华崇拜之际,被接纳为同盟之神(Bund-esgott)"①。在此之前,"他并不是居住在民众之中的神,一个熟悉的神,而是在此之前并不认识的神,一个'来自远方的神'"②。

如果韦伯这个说法是对的,则意味着,希伯来人知道和崇拜耶和华,是从摩西带领族人离开埃及过红海,尤其是在西奈山立约开始的。弗洛伊德(Sigmund Freud)在《摩西与一神教》(Moses and Monotheism)中,也认为犹太人的耶和华崇拜是从摩西开始的。但我们知道,在《旧约》的故事时间表中,人类始祖是耶和华造的,大洪水的遗民挪亚就是崇拜耶和华的。耶和华所以要救挪亚,就是因为他是一个"义人"(因信称义,义人即信仰耶和华的人)。至于希伯来民族最早的祖先亚伯拉罕就更是崇拜耶和华这位大神。耶和华也给亚伯拉罕以后历代希伯来人祖先如以撒、约瑟、雅各等许多指令和应许。如果希伯来人是在离开埃及的过程中才第一次知道和认识耶和华并建立对他的崇拜的,那以前那些故事中耶和华创世以及希伯来历代祖先与耶和华交往的故事是从哪里来的呢?是从摩

---

① [德]韦伯:《古犹太教》,康乐、简惠美译,桂林:广西师范大学出版社,2007年,第162—163页。
② 同上书,第177页。

西之前的祖祖辈辈口传下来的吗？这个问题学术界有不同意见。一些学者认为，逻辑上应该不是。它们更可能是摩西带领希伯来人建立了耶和华崇拜之后，后世编写这些经卷的希伯来人追加改造编织的。游斌在《希伯来圣经的文本、历史与思想世界》一书中谈及希伯来《圣经》成书史，介绍了西方学者有关研究后说："无论如何，由于缺乏可以提供确切信息的材料，所以坦白地说，我们不清楚摩西是从哪里得到上帝'耶和华'这个专有名词。但是，有一点是肯定的，从摩西时代开始，耶和华就成为以色列人崇拜的中心。"①

从现在可以看到的资料以及《旧约》中的有关叙述，在摩西为希伯来人建立耶和华宗教之前，希伯来人崇拜过多种神或偶像，如巴力（Baal）神、亚斯塔禄（Astaroth）神、金牛神等等，直到摩西在带领希伯来人离开埃及到西亚的过程中，希伯来民众和各部落长老还曾经多次怨恨和反抗摩西，甚至谋划将摩西用石头砸死。如果希伯来人在此前很熟悉并一直信奉耶和华，他们断不敢这样对待耶和华在人间的先知型人物。这只能说，这个时候，希伯来人还没有建立对这位陌生的耶和华神的崇拜和信仰，乃至在西奈山下，当摩西到山上与耶和华立约，接受圣谕诫命时，山下的希伯来百姓还在亚伦的带领下，铸造了一只金牛，并将它当成带领希伯来人出埃及的神膜拜。这一情节意味着，在这个时候，他们并没有对耶和华坚定的崇拜和信仰，甚至对耶和华是陌生的。而且，这一情节还透露出，那时的希伯来人其实一直是崇拜金牛神的，所以他们才认为是这位神将自己带出埃及的。希伯来人这一行为大大激怒了摩西，他愤怒地摔碎刻有上帝十诫的两块石板，并令利未人当场斩杀三千多希伯来人，这才使希伯来民众在恐惧中接受摩西的上帝。但这以后，只要出现困难和危险，就有人对摩西口出怨言，乃至耶和华有时不得不以击杀他们其中某些人的暴戾方式来惩戒这些"强项"的以色列人。

因此，我们比较有理由认为，希伯来人在摩西之前，可能并不认识更不崇拜这个叫耶和华的神。弗洛伊德在《摩西与一神教》一书中，认为摩西可能是埃及第十八王朝法老埃赫那顿（Ikhnaton）的一个叫图特摩斯（Thothmes）的臣子，埃赫那顿废除了此前埃及人长期崇拜的多神教，而建立了以阿顿神为唯一崇拜对象的一神教。弗洛伊德认为，"在人类历史

---

① 游斌：《希伯来圣经的文本、历史与思想世界》，北京：宗教文化出版社，2007年，第62页。

上,这是一神教宗教的第一次出现,而且也许是最纯正的一次"①,但埃赫那顿死后,他的继承人废除了一神教,恢复了传统的多神教。而一位叫图特摩斯(弗洛伊德说 Tho thmes 的尾词 mose 即读为摩西)的官吏则是一神教的坚定信仰者。他在埃及找不到接受自己信仰的信众,于是就到当时还在埃及居住的犹太人中寻找自己信仰的寄植者,他让犹太人接受了一神教信仰,并带领他们离开埃及,回到西亚。以耶和华为最高和唯一信仰的一神教就是这样成为犹太人宗教的。

弗洛伊德的推测是否正确,容有异见,但现在人们大体能肯定的是,以耶和华为唯一信仰的一神教是摩西创立的。在摩西之前,希伯来人是否信仰耶和华并无可靠材料证明,他们多半并不知道这个神。但即使到了列王时代,希伯来人对于耶和华为独一神的信仰也不都那么坚定。据《列王纪 上》叙述,所罗门王晚年娶了包括埃及公主在内的西亚北非许多国家和族群的女性为妃,这些王妃将各自的宗教信仰带入宫中,得到所罗门的认可。所罗门为这些异教的神建立"邱坛",即在山丘上建立神坛予以祭拜。从希伯来宗教角度看,这些都是邪教邪神,所以《列王纪 上》说耶和华因此很愤怒,对他说:"你既行了这事,不遵守我所吩咐你守的约和律例,我必将你的国夺回,赐给你的臣子。"②在所罗门之后分裂的北方以色列国王耶罗波安及以后多代国王,更是引导国民公开信奉金牛神及巴力神等。这意味着,直到很晚近的时候,耶和华信仰在希伯来人那里也不是那么坚定。

于是,问题就来了,如果在摩西之前希伯来人并不熟悉更不崇拜和信仰耶和华,那么,"摩西五经"《创世记》一卷中,耶和华创世神话和亚当,尤其是亚伯拉罕开始的人类和希伯来人远祖们与耶和华的交往故事是从哪里来的?他们在摩西之前真地存在吗?如果真地存在,那意味着希伯来人早就崇拜和信仰耶和华了,如何会到摩西带领希伯来人离开埃及时还对这个耶和华那么陌生,那么没有敬畏感和坚定的信仰?最可能的解释是,耶和华创世神话、亚当夏娃神话、大洪水神话,以及亚伯拉罕到约瑟的

---

① [奥]弗洛伊德:《摩西与一神教》,李展开译,北京:生活·读书·新知三联书店,1989年,第49页。
② 《圣经》,中国基督教三自爱国运动委员会、中国基督教协会,南京:南京爱德印刷有限公司,2016年,第332页。

神性传说和与耶和华交往的故事,真地都是在摩西为希伯来人确立了耶和华信仰之后,希伯来人才借鉴周边民族神话,对本民族传说和历史资料进行改造编写的。而这些本民族的传说和历史资料,原初并不是古今一体、有内在逻辑性和时间统一性的,它们多半是各种独立的资料碎片,到摩西确立一神教之后,尤其是大卫立国之后几百年间,按照一神教的宗旨,慢慢被整理、改编甚至重写的。这个过程中,必定将各种不符合一神教的资料删除、否弃、改造、重组和重写。这个过程,既是对符合一神教的资料加以突出的过程,也是对不符合一神教的资料进行压抑删除遮蔽的过程。

因此,这里也发生了中国20世纪杰出史学家顾颉刚先生"层累的中国上古史"命题所指出的现象,越是后出的人物,位置越前越早。顾颉刚先生这个命题针对的是中国上古三代传说中历史人物的关系,但其实具有世界性意义。笔者从神话学角度将这个命题转化为"层累地发生的上古神史",[①]这个命题指的是,我们现在看到的各民族神话初文本中的神话人物或传说之间的代际关系或时间关系,往往是越后出的越靠前,地位越高,越先出的越没有地位,甚至完全被遮蔽。出现这种现象的原因,其实正是受"一切历史都是当代史"规律支配的结果。一个民族编织自己的神话和传说历史时,总是要以编织者的时代立场和观念来对往古神话传说进行改造重构,这个改造包括所有方面,如不同人物的代际关系、信仰、故事的先后等等,甚至完全可能将自己这个时代虚构的故事放置于遥远的过去时代。对于希伯来《圣经》中摩西之前的希伯来远古历代祖先和耶和华交往的故事,我们当作如是看。

《希伯来圣经的文本、历史与思想世界》的作者游斌也有类似认识,他在谈到大卫建立的王朝在西亚具有较高地位和较广泛影响时说:"我们可以看到希伯来宗教的历史神学的一个显著特点:历史越往后发展,它就越往前来追溯历史的起源。因此,《创世记》2—11章作为以色列人的史前史,到王朝时期才接纳到希伯来宗教的历史叙事之中,并初步成型。"[②]在

[①] 见张开焱:《中国上古创世神话类型研究》(《中国社会科学报》2020年1月6日)、《中国上古神系的层累性特征——以楚帛书创世神话神系为例》(《中南民族大学学报》2021年第11期)、《商人神祖在古代神系中的地位流变——中国古代神系层累性的一个案例》(《文学遗产》,2023年第6期)等文。

[②] 游斌:《希伯来圣经的文本、历史与思想世界》,北京:宗教文化出版社,2007年,第171页。

论及王国时期希伯来人对于自己历史构成的叙述时,作者再次指出:"所以,我们在以色列的历史学(historiography)看到一个有趣的现象:以色列历史越是发展到晚期,它对历史的追溯就越往前。可以说,这是一个历史视野不断扩充、深化的过程。"①作者结合中外学者的研究成果判断,《出埃及记》《约书亚记》《申命记》等篇成书的时代,当在大卫和所罗门时代,而《创世记》一篇则更在此后成书。他由此勾勒出希伯来《旧约》"摩西五经"(加《约书亚记》为六经)中的历史观扩展过程:

  1.《出埃及记》到《约书亚记》,从出埃及到征服迦南。摩西传统(Mosaic Tradition)
  2.(扩大到《创世记》第二章开始)亚伯拉罕、以撒、雅各、约瑟的故事。先祖叙事(Patriarchs Period)
  3.(继续追溯到)创世、伊甸、洪水故事等。远古历史(Primeval History)。

  这种从当下追溯到起源的过程,就是对民族历史不断扩大、拓宽视野的过程。因此,这里就发生了一个变相的"层累发生的历史"现象,即以当下历史为前提,不断往前追溯,最后追溯到世界和人类起源。这个追溯的过程,就是用当下的宗教信仰改造过去历史的过程。从文本实际产生的过程看,是先有当下的叙事文本,再整理出往古先祖的历史叙事,最后整理出世界和人类起源的神话叙事。后出现的被置放于最早的位置,先出现的则被置于后面的位置。这种不断往前往远古追溯和扩大历史时间的过程中,有没有一个终极性核心力量或理念统率所有文本的叙事?作者说,这个终极性的核心观念就是耶和华崇拜:"在希伯来圣经的叙事中,耶和华是整合大历史的终极力量。"②这就意味着,从耶和华创世开始,一直到约瑟进入埃及、摩西带领希伯来人离开埃及的所有故事中有关耶和华的一切言行和故事,可能都是大卫和所罗门时代的人们甚至更晚的巴比伦之囚以后的希伯来人不断追加的。
  那么,这种追加产生的往古神话和神性历史人物与其故事的来源在哪里?都是以希伯来人自己的历史经历或信仰为资料吗?学者们的研究

---

① 游斌:《希伯来圣经的文本、历史与思想世界》,北京:宗教文化出版社,2007年,第177页。
② 同上书,第175页。

已经很清楚地揭示并非如此。它们很多来自非希伯来人的周边国家和民族。例如耶和华从黑暗的原始大水世界开始创造世界的创世神话，就很明显受了远早于它的两河流域从苏美尔到亚述以及埃及的多个原始大水为起源的创世神话影响。《旧约·创世记》的创世神话，一开始就说神在黑暗的水面行走，这意味着世界原初是一片混沌黑暗的原始大水。而苏美尔、亚述和埃及创世神话中，世界原初就是一片黑暗的原始大水。大洪水神话和挪亚方舟（Noah's Ark）神话，更明显借自苏美尔—阿卡德神话。考古学家从两河流域挖掘出的记载苏美尔神话和史诗的泥版中，对大洪水神话和吉尤苏德拉（一个神话中称之为乌特纳比斯提牟）方舟遗民型神话都有明确记载。同时，埃及神话也很可能对犹太教神话有深远影响，例如犹太教崇拜的唯一的神耶和华，很可能来自埃及国王埃赫那顿（Ikhnaton）崇拜的太阳神阿顿。①而耶和华创世第一天以光区分昼夜晨昏的故事里，就明显吸纳了波斯拜火教以火光为世界本源的宗教教义（"摩西五经"中《创世记》神话最早正是波斯人统治西亚时期写就的）。希伯来神话传说的多元源头当然远不止上面这些例证。学者们已经列举了很多例证，如《圣经》中约瑟到埃及法老卫士长波提乏家里做管家被波提乏妻子勾引，勾引不成反诬其调戏的故事，就多半来自更早的埃及两兄弟故事中嫂嫂勾引丈夫弟弟不成反诬其调戏自己的故事；著名的《约伯记》中约伯受难最后一切失而复得的故事，就明显是改造周边多个民族流传的约伯故事的结果。②

另外，犹太人开始认真编订、清理典籍，挑选和审定犹太教正典的工作是在巴比伦之囚后，其统治者是波斯人，犹太人的波斯大臣尼希米派巴比伦的犹太学士以斯拉向犹太人宣读律法书，即"摩西五经"，为犹太教确认了第一部神圣经典。犹太人是在波斯统治者的支持下开始编订和审定犹太教圣典的，他们的宗教中很多思想深受波斯宗教的影响。有学者指出，"波斯教关于末日审判论、天堂地狱论和善恶论等神学理论，对犹太教的发展有着重大的影响。"③而在希腊人统治期间，希腊的哲学和神学对

---

① 参见[奥]弗洛伊德：《摩西与一神教》，李展开译，北京：生活·读书·新知三联书店，1989年。
② 参看[美国]斯蒂芬·米勒、[美国]罗伯特·休伯：《圣经的历史——〈圣经〉成书过程及历史影响》，黄剑波、艾菊红译，北京：中央编译出版社，2008年。
③ 张永春、阴玺、冯晖：《合不上的圣经——伊甸园的美梦和罪恶》，长春：长春出版社，1995年，第20—21页。

犹太教也有深刻影响,这些影响体现在希伯来《圣经》内容的许多方面。

因此,犹太教神话传说《圣经》的初文本是在很多前文本基础上产生的,这些前文本神话传说有不同的源头,它们之间是并立零散的,即空间性的存在。但所有这些最后都指向并成就了希伯来《圣经》初文本,这些原本互不相属的前文本最后在《圣经》初文本中汇合并获得了有机性。因此,灌木丛型前文本最后都成了杉木型初文本的来源,与初文本建立了统一的时间联系,获得了统一的时间性,成为杉木型初文本伸向不同方向的根系。

从神话文本的时空特征角度考察,希伯来《圣经》的初文本毫无疑问是时间优势型文本,它的前文本本来具有空间并置性(神话资源来自不同地区和时代),但因为最后都指向和成就了《圣经》初文本并成为这个初文本的有机部分,因此使它们自己也获得了时间性特征。

第四节　希腊神话杉木型初文本与灌木型前文本

希腊神话也是这样。我们现在看到的希腊神话初文本,主要是由赫西俄德的《神谱》、荷马的《伊利亚特》和《奥德赛》两大史诗、三大悲剧作家剧作构成的神话和英雄谱系。另外,大约赫西俄德《神谱》前后,希腊还有一个重要的神谱即俄耳甫斯教神谱,这个神谱的初文本今天已经无法见到,人们能见到的是大约在公元前5世纪到公元2世纪之间的多个版本的俄耳甫斯教神谱的二手资料。这些二手资料中肯定随着时代的发展增加了一些新的内容,但研究者们认为,它们应该保留了早期俄耳甫斯教的基本教义和主要神祇。另外,晚至3世纪罗德岛的阿波罗尼俄斯(Apollonius)的史诗《阿尔戈英雄纪》(*Argonautica*)尽管到希腊化时代才出现,但所叙述的神话和英雄故事来源应该与荷马史诗一样,都是迈锡尼文明时期流传下来的。一般认为,赫西俄德《神谱》成书时代约在公元前7世纪前后,荷马史诗成书年代约在公元前8世纪前后,略早于前者。①

---

① 有关赫西俄德是否是《神谱》的作者,荷马是否是《伊利亚特》和《奥德赛》的作者,以及两者生活的时代,有众多不同的说法和研究。本书采用的是大多数学者认定的年代。同时,因为我们关注的中心是神话和史诗文本,所以这几个文本的作者究竟是谁,甚至荷马是否是真实存在的人的问题,都不太重要。本书只在与初文本形成有关的时候才会关注这个问题。

今见《神谱》和荷马史诗,都是具有比较严谨完整的神系或故事结构的史诗作品。从时间性角度讲,奥林波斯神系为主干的希腊神话和荷马史诗杉木型初文本链的时间优势型特征十分突出。

一、希腊神话初文本故事的杉木型特征

希腊神话初文本形态的杉木型特征十分明显。这主要体现在两个方面:一是诸神有一个清晰而庞大的世系,二是主要的神话人物有丰富漫长的故事链。

从诸神世系角度讲,赫西俄德《神谱》的最大功劳,是在众多前文本神话和史诗的基础之上,统合出了一个庞大的、以奥林波斯神系为中心的希腊诸神和英雄的谱系。这是一个从混沌之神卡俄斯开始的神系,即使不是所有希腊神和神性英雄都在这个谱系中出现,但绝大多数主要神和神性英雄都在这个谱系中存在了。在这个从混沌神开始的生殖世系深层,暗含着希腊人的创世神话;这个神系中的每一个神,都代表或主宰着世界的一个方面。一个完整的生殖链和生殖网,就暗含着一个完整的世界体系构造。这是一个在时间过程中出现、生成和延展的神系,主干和支脉都很清晰。其时间的线性特征十分明显。所以这个神系毫无疑问是一个杉木型神系。与这个神系相关,希腊那些主要的史诗和英雄故事都与之相连;这些神性英雄,要么是《神谱》神系中某个神的儿女,要么被这个《神谱》神系中某个或某些神主导或支配,从而成为这个杉木型主干中旁逸出的一个枝丫。

赫西俄德《神谱》具有以奥林波斯神系为核心的杉木型初文本形态特征,并同时体现在荷马两大史诗中。荷马两大史诗体量巨大,故事情节丰富曲折,但它们的事件、人物和故事都深受奥林波斯神系影响。尽管研究者已经指出荷马史诗中的某些神祇与赫西俄德《神谱》不同,但主要神祇基本是一样的。一些主要人物,要么是神的子裔,要么其行为、事件、命运受奥林波斯神系主宰,其中尤以《伊利亚特》(*Iliad*)最为典型。这部巨型史诗故事的源头,是在奥林波斯神系之一的海神忒提斯(Thetis)与英雄帕琉斯(Peleus)的婚礼上,由三个女神争夺不和女神恶意留下的金苹果开始的。这个争夺导致人间少年帕里斯(Paris)被动介入,由此导致以后一系列的事件和故事。而这些事件和故事的每一个环节,要么是诸神中的某些亲自介入,要么是人间半人半神的英雄受神的指令或护佑深度介入。奥林波斯诸神成为这场战争起因、发展和结局的决定性力量。不仅《伊利亚特》如此，就是《奥德赛》(*Odyssey*)中奥德修斯(Odysseus)历经千难万险回到故乡的故事，也是在奥林波斯神系诸神如波塞冬(Poseidon)和雅典娜(Athene)等的操纵或介入下发生和完成的。而且今文本中，这两部史诗之间的故事关系也有一种明显的关联性，即奥德修斯既是特洛伊战争的主要参与者，更是《奥德赛》的主人公，而且，奥德修斯是在特洛伊战争结束后率领自己王国的舰队启程回故乡的，这就在两部史诗的时间之间建立了一种线链关系。

希腊神话初文本的杉木型形态，还体现在神话和史诗的故事链中。希腊神话中那些主要的神和神性英雄，无论是伊阿宋(Iason)的故事，还是赫拉克勒斯(Heracles)的故事，抑或俄底浦斯(Odipous)的故事，各自都有丰富的故事链，这些故事在时间维度上依序延续，构成一根根粗壮的杉木型主干。三大悲剧作家的剧作都具有这种特征。亚里士多德在《诗学》中，总结出希腊悲剧的六大要素，其中首要的是故事情节的完整统一。这个原则是建立在对希腊神话史诗和悲剧故事研究基础之上的。

因此，无论赫西俄德、荷马，还是三大悲剧作家的神话文本都具有一种明显的杉木型特征，这不仅是说这些文本的绝大多数人物在总体上都与奥林波斯神系有直接或间接的血缘世代关联，更是说，这些单个文本的故事素也很丰富，故事链条比较完整。

二、希腊神话前文本的灌木型来源

但我们要特别注意的是，赫西俄德和荷马的杉木型初文本都是建立在众多并置性前文本基础之上的。它们是对众多并置性前文本整合的结果。这些并置性前文本在哪里？麦克斯·缪勒在《比较神话学》中曾说，要寻找更丰富的希腊神话，要到希腊历史著作中去寻找。希腊历史之父希罗多德的《历史》等著作中确有若干被历史化的神话片段。它们也部分与赫西俄德、荷马神系有关，但《历史》中这些神话初文本肯定并非希腊前文本神话的主要部分。近百年来，尤其是近半个世纪以来，西方学者对于希腊神话的多源性已经有丰富的研究成果，如瓦尔特·布克特(Walter Burkert)、玛丽·巴赫瓦罗娃(Marie Bachvarova)、马丁·贝尔纳(Martin Bernal)、亚当·尼科尔森(Adam Nicolson)等均有专著对希腊神话史诗与亚非神话和文化关联进行研究，这些成果都从不同角度深入揭示了希腊神话史诗的东方来源。另外,希腊神话与爱琴文明、与希腊人从北方带来的原生文化的关联,也都得到了不同学者的关注。综合相关研究,赫西俄德神系和荷马史诗初文本神话的前文本来源主要应该有下面几个方面的构成——

(一)希腊神话传说前文本的本土资源

首先,在《神谱》和荷马史诗的奥林波斯神系之外,希腊原本还存在众多的神系。根据有关研究资料,在公元前8—前6世纪,希腊有三种主要宗教受到不同城邦崇拜,即雅典一带流传的奥林波斯教、色雷斯一带流传的俄耳甫斯教(Orphiques)、厄琉息斯一带流传的厄琉息斯秘仪(Eleusinian Mysteries)。奥林波斯宗教以宙斯、雅典娜和阿波罗为主要崇拜对象。俄耳甫斯宗教本以可能曾是真实存在的一个音乐家俄耳甫斯为崇拜对象,但他被高度神话化了,而且在这种宗教中又发展出一个神系,包括许多神祇,如创世之神、时间之神克洛诺斯(Cronos)以及酒神狄俄尼索斯(Dionysus)等。厄琉息斯秘仪则主要以德墨忒尔(Demeter)—帕尔赛福涅(Parsephone)为崇拜对象。此外,一些城邦还有自己崇拜的神祇,他们与上面三种神系可能有某些联系,也可能没有关系。因此,在赫西俄德《神谱》之前及同时,希腊有多种神系并存。尽管在赫西俄德《神谱》写出之后,俄耳甫斯教和厄琉息斯教仍然存在,并且俄耳甫斯教还在不断增加新神,但另一方面他们的许多神祇都慢慢被统合到奥林波斯神系之中去了。德墨忒尔成了宙斯的姐姐和曾经的妻子之一,帕尔赛福涅则成了宙斯的女儿、地狱神哈得斯(Hades)的妻子。俄耳甫斯教诸神也都以不同方式与奥林波斯神系混合。俄耳甫斯教神谱究竟比赫西俄德《神谱》先出还是后出,有不同意见。有观点认为俄耳甫斯教最早可能出现于公元前1000年前后,也有认为其略晚于赫西俄德《神谱》形成的时代。中国研究俄耳甫斯神教的学者吴雅凌在《俄耳甫斯教辑语》(*Les Fragments orphiques*)一书中,介绍西方学者对俄耳甫斯教神谱的有关成果之后,总结说,"学者们由此得出如下结论:早在公元前5世纪左右就存在着某一俄耳甫斯神谱叙事传统。在接下来的时代里,这一传统随着信仰和知识氛围的变迁而产生出不同的版本。"[①]如果是这样,那么,俄耳甫斯教神谱形成的年代应该比赫西俄德奥林波斯神系形成的年代稍晚。但这个神谱的某些神产

[①] 吴雅凌编译:《俄耳甫斯教辑语》,北京:华夏出版社,2006年,第41页。

生的时间可能比奥林波斯神系早。例如这个神的教主俄耳甫斯作为一个可能实有而被神化的半神半人的英雄产生年代较早,然后被统合进奥林波斯神系之中。根据公元前3世纪罗德岛人阿波罗尼俄斯以伊阿宋带领的众英雄远征以获取金羊毛为主要题材的四卷本长篇史诗《阿尔戈英雄纪》的叙述,阿尔戈斯号英雄群体中,第一个被叙述的就是俄耳甫斯,他甚至排在希腊大英雄赫拉克勒斯之前。阿尔戈斯号船英雄远征的故事,一般认为大约是迈锡尼时期流传下来的,可见其来源之早。而在赫西俄德《神谱》中,伊阿宋远征科尔喀斯求取金羊毛并娶得美狄亚的故事,是到最后才简要提及的[①]。因此,尽管在古代希腊,一直有多种神系存在,但奥林波斯神系一枝独秀,成为最主要的神系,它不断吸纳其他神系的神祇到自身之中,形成以宙斯为主神的万神同源的杉木型神系。

另外,赫西俄德《神谱》叙述的主要是雅利安希腊人的神系,而在此前,希腊本土还存在着其他神系。例如,根据希罗多德的《历史》记载,在欧洲北方的印欧人入主希腊半岛之前,希腊土著人是皮拉斯基人(Pelasgians),他们有自己的神系。皮拉斯基人来自哪里一直有众多说法,很多年来,主导性的观点认为这些人来自西亚北非等地(有异议)。在印欧希腊人到达之前他们是希腊地区的主要居民,后来被北方来的希腊人征服,并与他们融合。

而皮拉斯基人有自己的神话系统。根据阿波罗尼俄斯(Apollonius)的长篇史诗《阿尔戈英雄纪》(Argonautica)的叙述,皮拉斯基人的原始母神是欧律诺梅(Eurynome),她曾是"统治冰雪覆盖的奥林波斯山的"女神,但后来她的父神奥菲翁"因克洛诺斯勇武的手臂而交出自己的特权,而欧律诺梅则把特权交给了瑞亚,他们都被投入了吞噬万物的俄刻阿诺斯"[②]。这折射的历史事实是,皮拉斯基人被后来入侵的印欧人所征服,其神话中的最高大神自然也被雅利安希腊人的大神废黜。虽然这个神话是到希腊化时期才被记录的,但可以推断来源应该很早,欧律诺梅是皮拉斯基人居统治地位时的最高大母神。神话作为早期人类社会意识形态,其神系,尤其是最高大神地位的变化必然折射着特定历史力量的变化。

---

① [古希腊]赫西俄德:《工作与时日 神谱》,张竹明、蒋平译,北京:商务印书馆,1991年,第56页。
② [古希腊]阿波罗尼俄斯:《阿尔戈英雄纪译文》,罗逍然译笺,北京:华夏出版社,2011年,第20页。

神话中欧律诺梅和她父亲奥菲翁被后起的印欧希腊人的天神克洛诺斯打败和废黜，折射的就是皮拉斯基人被印欧希腊人打败的历史事实。而到了更晚的时候，随着民族融合工作的完成，皮拉斯基人大母神的地位也相应地改变。在赫西俄德的《神谱》中，欧律诺墨被雅利安人的最高大神所废黜的故事消失得无影无踪。欧律诺墨变成了大洋河流之神俄刻阿诺斯与海洋女始祖神忒提斯的女儿，为宙斯的第三位妻子，与宙斯生了著名的美惠三女神（"大洋神之女、长相漂亮的欧律诺墨为宙斯生了脸蛋可爱的美惠三女神"①）。曾经比雅利安希腊人奥林波斯宙斯神系更早出的母神，在赫西俄德《神谱》初文本神系中，变成了宙斯的妻子，被统合进雅利安希腊人的新神系中。

　　这里存在一种情形需要特别交代，赫西俄德《神谱》的目标只是叙述诸神谱系，并没有展开叙述在他的时代已经形成（他应该已经知道）的每一个神或神性英雄的全部故事和传说。他只是将这些神祇和神性英雄编织进一个完整的神系中。他有时挑选某些他认为最重要或者最精彩的故事片段略加介绍。而这些被挑选出来的故事片段，各自属于许多体量更庞大、故事过程展开得更充分的神话或英雄传说前文本的一部分，最典型的案例之一就是伊阿宋率领希腊英雄远征科尔喀斯求取金羊毛并带走美狄亚的故事，《阿尔戈英雄纪》用四卷本叙述的故事，在赫西俄德《神谱》中只在最后概述了寥寥数行。

　　荷马史诗存在丰富的前文本来源。有关研究揭示，在我们今天看到的荷马两大史诗的初文本之前，两大史诗中的许多故事是作为独立的片段在公元8世纪之前流传的，也就是这些故事前文本之间是一种并置关系。但在流传过程中，这些独立的故事片段在游吟诗人的吟诵过程中慢慢被拼接组合，最后形成了完整的史诗作品。因此，完整的荷马史诗今文本，是在众多独立的故事片段前文本基础上拼接组合而成的。这使我们联想到中国古代许多小说如《水浒传》形成的历史过程。在施耐庵写作《水浒传》之前，这部小说中的许多人物及其故事已经独立地存在于民间口传中了。施耐庵用特定的构思将这些此前存在的众多独立的故事单元统合到自己的小说中了。

---

① ［古希腊］赫西俄德：《工作与时日 神谱》，张竹明、蒋平译，北京：商务印书馆，1991年，第52页。

（二）希腊神话传说前文本的迈锡尼和克里特资源

赫西俄德和荷马杉木型神话初文本的第二个重要来源是迈锡尼（Mycenaean）和克里特（Crete）神话传说前文本。

无论是赫西俄德神系还是荷马神话史诗中，都留下了前希腊的爱琴海文明神话的前文本踪迹。研究者认为，赫西俄德的宙斯神系中，关于米诺斯、弥诺陶洛斯、坦塔罗斯神族、提坦神族的神话等，都应该来自前希腊的克里特和迈锡尼文明。例如坦塔罗斯（Tantalus）神系就被研究者认为是比奥林波斯神系更古老的神系，这个神系具体情况不是很清楚，阿特拉斯（Atlas）、坦塔罗斯、尼奥柏（Niobe）和他们的儿女们都属于这个神系，他们应属于迈锡尼时期的神。但在奥林波斯神系中，阿特拉斯被宙斯罚到天边永远用肩膀扛住天，坦塔罗斯被描述为宙斯之子，因为狂妄自大，欺骗宙斯众神，被宙斯打入地狱，受着永恒的惩罚。他的女儿尼奥柏生的14个儿女都被阿波罗和阿尔忒密斯射死。这些迈锡尼文化时期的神族，在《神谱》中被整合进奥林波斯神系中，成了被宙斯神族惩罚的神的祖神或者儿孙神。研究者一般认为，荷马史诗和赫西俄德《神谱》记载的许多神话和英雄传说，大都在前12世纪进入希腊半岛的印欧人时代之前就基本形成；而荷马史诗故事，如特洛亚战争故事，并非前12世纪后进入希腊半岛的印欧人创造的，它们应该是此前希腊的迈锡尼时期产生和开始传唱的，荷马这个盲诗人如果真存在，多半只是对他之前已经广泛传唱的故事进行整理并加以再创造而已。有的学者甚至认为这个认知太保守，"荷马出现的时间比上文所述的还要早1000年。……那是在公元前2000年左右，那时的希腊文明，是两个迥异的世界相融合的产物——一个是黑海北部和西部地区欧亚草原上崇尚武力的半游牧文明，另一个是地中海东部城市和地区里服从政权的发达开化的城市文明。希腊文明——亦即欧洲文明的源头——就是在上述两个世界的碰撞和融合中产生的。而荷马就是那段历史的印记。"①

奥林波斯神系自身的构成显示它还吸纳了之前本土的某些神系。

另外，像俄底浦斯的故事、阿尔戈斯号船上英雄的故事、赫拉克勒斯的故事等，研究者们认为都是迈锡尼时代产生的。同时，在希腊神话初文

---

① [英]亚当·尼科尔森：《荷马3000年：被神化的历史和真实的文明·前言》，吴果锦译，南京：江苏凤凰文艺出版社，2016年，第3页。

本中,我们还看到许多被称为"仙""怪""魔""巨人"的神性人物,他们中许多是前希腊时代的神话人物,进入希腊神话中被做了贬低和丑化处理,成为希腊以宙斯为首的奥林波斯神族否定或贬低的对象。这些都是产生赫西俄德和荷马史诗的前文本资源。同时,从现在看到的资料判断,公元前12世纪后陆续迁徙到希腊并创造了后来繁盛文明的印欧人,也带来了他们更早游牧祖先在遥远时期的神话观念和元素,如天空崇拜的宗教信仰——奥林波斯神系主神宙斯应与雅利安人这种天空崇拜相关。①

希腊神话的克里特资源问题也受到不少学者重视。自从伊文斯(Sir Arthur John Evans)等在克里特岛考古发现了至少在公元前1700年前的宏伟王宫的建筑遗迹、许多器物残片、文字、一些神像和人物绘画等文物后,人们已能判断那里曾存在一个发达灿烂的文明。因为神话的口传性质,现在已经无法具体了解当时的克里特神话。但人们在后世希腊神话中,仍然能找到它的某些遗存。唐纳德·A.麦肯齐曾谈到克里特米诺斯王,"根据传说,米诺斯为宙斯与凡间女子欧罗巴——腓尼基国王阿革诺耳(Agenor)的女儿所生的孩子"②。他说宙斯和欧罗巴生了三个儿子,其中之一就是米诺斯。"人们猜测,米诺斯是被他的父亲宙斯授命才登上王位的,当时,宙斯来到他在艾达山的山洞将人们聚集到一起宣布了他的圣谕。"③这些传说和猜测证实了希腊神话和克里特文化与神话的关系。当然,这个关系在后到的印欧希腊人这里被做了重组,曾经远比希腊奥林波斯神系早得多的神话中,克里特岛国王米诺斯在后起的希腊神话中变成了希腊天神的儿子。但不管这个神话的层累性如何,它揭示了希腊神话传说的来源之一是克里特神话和文化。

(三)希腊神话传说前文本的亚非资源

赫西俄德和荷马史诗前文本资源的第三个来源,是环地中海民族和国家,尤其是亚非民族和国家的神话传说。有关希腊神话和文化的亚非来源问题,近百年来,已经有许多研究成果,现在主流的观点是,早期的近

---

① 参看麦克斯·缪勒:《比较神话学》,金泽译,上海:上海文艺出版社,1989年;[英]麦克斯·缪勒:《宗教学导论》,陈观胜、李培茱译,上海:上海人民出版社,1989年;麦克斯·缪勒:《宗教的起源与发展》,金泽译、陈观胜校,上海:上海人民出版社,1989年。上述著作对此有比较深入揭示,可参看。

② [英]唐纳德·A.麦肯齐:《克里特岛迷宫:希腊罗马神话起源之谜》,北京:新世界出版社,2006年,第125页。

③ 同上书,第126页。

东、中东和北非神话与文化是希腊神话和文化的重要来源。

英国学者马丁·贝尔纳(Martin Bernal)的名著《黑色雅典娜:古典文明的亚非之根》(*Black Athena: The Afroasiatic Roots of Classical Civilization*)专门以此为研究对象。他的研究揭示,包括神话在内的古代希腊文化,很重要的来源之一就是西亚北非文化,如古代巴比伦(Babylon)、腓尼基(Phoenicia)、赫梯(Hittite)、波斯(Persia)、埃及(Egypt)等民族和国家的神话和文化,因此,他认为欧洲主流的希腊学家那种希腊文化主要是本土产生的观点是"不可信"的。他说:"我开始遵从少数学者的意见,他们认为希腊神话和黎凡特闪米特神话之间存在细致的相似性。从这里出发,我在两个方向上继续探索,首先我将相似性拓展到语言,尤其是词汇,其次我开始相信,埃及影响如果不比闪米特影响更重要的话,也是同等重要。因此,我开始寻找证据,以验证古希腊人的断言,即他们的宗教、数学和哲学是以埃及为基础的。"①在《黑色雅典娜:古典文明的亚非之根》第二卷中,他列举了丰富例证,证明包括神话在内的希腊文化的根源之一就在古代西亚和北非,这个地区先发文明对古代希腊神话和文化具有根源之一的意义。

已经有许多研究成果揭示,奥林波斯神系中的不少神祇就其来源而言其实未必属于希腊本土,而来自近东一带。如阿佛洛狄特、狄俄尼索斯这些重要大神,都来自近东或者中东,甚至雅典娜这个雅典的保护神,也很可能来自中东,她的勇武善战和足智多谋与苏美尔—阿卡德著名的战争女神印娜娜十分相像。美国学者迈克尔·格兰特(Michael Grant)在《希腊罗马神话》(*Myths of the Greeks and Romans*)一书中,研究赫西俄德《神谱》从卡俄斯到宙斯的生殖世系隐含的创世神话时,特别指出,像混沌中生出天地神、克洛诺斯重创其父乌兰诺斯并夺取宇宙统治权、克洛诺斯吞下石头的故事等,与古代亚述、叙利亚、土耳其、赫梯等中东和近东民族神话中的相关故事极其相似。他说"他们的相似之处如此惊人",不能不让人推断两者之间有渊源关系,"也许这位希腊诗人的迈锡尼先驱直接承认第十四世纪或十三世纪的赫尔利人或赫梯人。然而也有可能这种关联是在五六百年后建立的——赫西俄德和他的同时代人在黎

---

① [英]马丁·贝尔纳:《黑色雅典娜:古典文明的亚非之根》第一卷《编造古希腊:1785—1985》,《中译本序》,郝田虎、程英译,南京:南京大学出版社,2020年,第2页。

凡特学到了这些故事"①。简·布雷默(Jan N. Bremmer)在《希腊神话解读》(*Interpretations of Greek Mythology*)一书中特别谈到希腊神话传统的东方来源。他列举了许多希腊神话史诗中的神与英雄的欧亚来源,指出赫西俄德《神谱》中部分人物和故事"来自东方"。② 例如海伦的神话,"在吠陀和拉脱维亚神话已被证明具有密切的相似性。在斯巴达,海伦被尊为在青春期和母亲时期监督女孩生活的女神"③。对希腊与希伯来语言有深入研究的托利弗·伯曼在《希腊和希伯来思想研究》中也说到,赫西俄德《工作与时日》中关于人类从黄金时代梯级进入较坏和更坏的过程的描述,与中东和近东神话对人类历史的描述基本是一致的,他由此推断这很可能是赫西俄德受了东方神话影响的结果。他说:"赫西俄德的父亲是来自小亚细亚的移民,因此东方的影响是很可能发生的。"④

从近东、中东和埃及等早发文化中寻找希腊神话传说来源的著作还有不少,中国研究希腊神话历史起源的学者王以欣在《神话与历史:古希腊英雄故事的历史和文化内涵》一书中,开列和介绍了20世纪后期若干西方学者这一主题最重要的著作,这些研究成果都揭示了荷马史诗、赫西俄德神话中的神和英雄及其故事的东方来源:"神话学者们的研究还发现,希腊神话中有很多主题和母题是东方舶来品,近东神话对希腊的影响是毋庸置疑的。"⑤

如果将初(定)文本确认为是最早记载于文字且有较高权威性的文本,我们还将发现,希腊神话与史诗初文本并不都是由希腊人完成的,有的是由希腊之外的亚非地区的人完成的。这里最典型的例证就是荷马史诗。英国荷马研究专家亚当·尼科尔森(Adam Nicolson)在《荷马3000年:被神话的历史和真实的文明》(*The Mighty Dead:Why Homer Matters*)(以下简称《荷马3000年》)一书中,对几百年来欧洲学术界有关荷马史诗文本的研究和讨论中的一些重要观点做了回顾和介绍,基本的

---

① Michael Grant, *Myths of the Greeks and Romans*, New York: Plume, 1995, p.100.

② Jan N. Bremmer Edited, *Interpretations of Greek Mythology*, London and New York: Routledge, 1987, p.3.

③ Ibid., p.2.

④ [挪威]托利弗·伯曼:《希伯来与希腊思想比较》,吴勇立译,上海:上海书店出版社,2007年,第162页。

⑤ 参看王以欣:《神话与历史:古希腊英雄故事的历史和文化内涵》的《绪论》部分,北京:商务印书馆,2006年,第19页。

观点是,荷马史诗是众多"荷马"创作的结果。在该书第四章《探寻荷马》的《"单荷马"和"多荷马"之争》一节,对荷马史诗文本发现的历史做了比较详细的追溯。他说12世纪以来欧洲各国图书馆所有荷马史诗版本,"追本溯源,它们都源自东部说希腊语的拜占庭帝国的学术传统"①,"最早的完整本的《奥德赛》成稿于公元10世纪末,……最早的《荷马史诗》完整手稿,是维罗伊森于1788年在意大利威尼斯的圣马可图书馆里重新找到的《伊利亚特》。"②据作者介绍,1788年法国贵族让—巴普蒂斯特·加斯帕尔·德安西·德·维罗伊森在巴黎出版了有史以来最重要的印刷版的希腊文《伊利亚特》。这是他十年前受开明的法国国王指派,到威尼斯小广场上的圣马可图书馆里"寻宝"的结果。他在这里发现了一部公元10世纪中叶由一位君士坦丁堡的抄写员抄写于654张羊皮纸上的《伊利亚特》(后世称之为"甲抄本"),而这个"甲抄本"抄写的原本《伊利亚特》似乎出自公元2世纪埃及亚历山大港的学者们之手,这就将荷马史诗的初文本出现时间前推到公元2世纪前后了。后来,人们曾在撒哈拉沙漠的一个女性坟墓中发现了莎草纸的《伊利亚特》前二卷,抄写时间约在公元150年前后,其文本内容与"甲抄本"大体相同。

　　据此,作者断言,托勒密时代亚历山大港的那批学者们"制作"(整理和写就)的荷马史诗,被后世视为"无可争辩的优秀的荷马文本"③。也就是说,近两千年来人们看到的荷马史诗初文本是在公元2—3世纪由亚历山大图书馆的一批学者"制作"定稿的。但《荷马3000年》的作者告诉我们,这个定文本是他们搜集了他们时代所有的荷马文本的前提下,按照他们的标准对这些文本进行了净化、简化的结果。"他们从古代世界、从过往船只上精心收集而来的、庞大的文献资料,就是一个复杂的文本库,是一个网状的河道;他们想把它净化、简化,想把此前的众多荷马融合为一。"④亚当·尼科尔森指出,一般认为,荷马史诗在公元前8世纪前后形成,但他认为还应该将这个年代上推1000年以上,即荷马史诗产生于公

---

① [英]亚当·尼科尔森:《荷马3000年:被神话的历史和真实的文明》,吴果锦译,南京:江苏凤凰文艺出版社,2016年,第65页。
② 同上。
③ 同上书,第69页。
④ 同上书,第77页。

元前两千年左右。① 到托勒密时代亚历山大港的学者们"制造"出我们现在看到的荷马史诗定文本之前,荷马史诗已经通过人们口头或文字在各地流传了至少1000年。在这1000年或2000年之间,应该有许许多多荷马史诗的文本,即使这些文本主要的事件、人物和故事情节大体相同,但具体的叙事话语和许多场景细节必然有许多不同。因此,在前文本时代,荷马史诗必定是个复数。对此,《荷马3000年》的作者写道:

> 在亚历山大港的编纂本面世之前,荷马并不是一个古代丰碑式的、标杆式的存在,而是多个纷扰不断、喋喋不休的声音。古代的学者们所引用的荷马诗句,有的并未出现在亚历山大港的编纂本中。有时候,某张莎草纸记录的《荷马史诗》文本与后世所熟知的某些诗句很不相同。不同的希腊城邦有其各自不同的荷马,克里特岛、雅典……均是如此。在编纂工作开始的时候,亚历山大港的学者们已经知道多个荷马版本,如伯罗奔尼撒半岛的阿哥斯古城(Argos),位于黑海海滨、现属土耳其的锡诺普(Sinope),还有希腊西部的马萨里亚。……与柏拉图相比,亚里士多德手里的荷马就大不相同。②

作者进一步指出,亚里士多德的学生亚历山大征服欧亚非建立庞大帝国的过程中,所到之处,都在传播荷马史诗,同时荷马史诗在不同地方也会吸纳不同地方的一些元素,从而出现不同的荷马史诗,"那时的荷马不是一个人,也不是一首诗,而是一种闪烁变幻、屈伸多变的事物,每到一处都吸收容纳了当地的元素"。因而必定形成"不同的版本",所以,"亚历山大港版本之前的荷马,是多种多样的"。是亚历山大港的学者们为了迎合罗马世界的"得体"和"正确性",对多种多样的荷马版本进行了净化和修剪性处理,从而形成了后世"甲抄本"中的荷马史诗。③

因此,荷马史诗的定文本应该是公元前2世纪前后由亚历山大里亚城的一些学者最后完成的,它们是以丰富的资源作为前文本材料的。这些前文本来源多方,其存在形态也多种多样。但有一点十分重要,亚历山大港学者们的文本"制造"成功之后,就获得了极高的权威性。由碎片到

---

① [英]亚当·尼科尔森:《荷马3000年:被神话的历史和真实的文明》,吴果锦译,南京:江苏凤凰文艺出版社,2016年,第3页。
② 同上书,第77—78页。
③ 同上书,第78页。

有机,由多样到统一,这是希腊神话史诗前文本到初文本变化过程中明显呈现的特征之一。因此,如果我们说以赫西俄德《神谱》和荷马史诗为代表的希腊神话史诗的初文本是一种杉木型文本的话,那么,其前文本来源则一样是多样而复杂和灌木型的。亚当·尼科尔森在《荷马3000年》中介绍说,"美国休斯敦大学古典文学教授、哈佛大学'荷马史诗多文本研究项目'主任凯西·杜伊(Casey Dué)曾这样说过,'越往前追溯,荷马文本的形式就越是多样,也越"混乱"。'荷马并不是整齐有序的。若是怀着探根寻源的希望去研究荷马,最终只会迷失在其纷乱的枝丫里。"①如果我们将希腊神话史诗初文本比喻为杉木型文本的话,那其多种多样的前文本则是通向四面八方的根系,它们一方面是在时间过程中不断地变化的,另一方面在总体形态上也具明显空间性即并置性特征,用本书的比喻表示,即荷马史诗的前文本也带有灌木型特征。但当这些通往四面八方的根系最后都汇集到杉木型初文本中后,它们在总体上又都获得了时间型的性质。

关于希腊神话传说前文本的东方来源,也需要面对一种否定的观点。一些西方学者也承认希腊神话史诗中许多故事和人物与古代印度、埃及、叙利亚、苏美尔—巴比伦、波斯、赫梯等古代东方国家和民族神话故事和人物的相似性,但他们认为这并非前者是后者来源的铁证。基于相同和相似的生活、环境,可能产生相同或相近的欲望、感知和想象,从而产生相近的神话人物和故事。他们认为,希腊和中东近东的神话和文化,是平行发展的两种神话和文化,说不上谁是谁的来源。瓦尔特·布克特(Walter Burkert)在《东方神话与希腊神话:平行之处的相遇》("Oriental and Greek Mythology: The Meeting of Parallels")一文中就明确表达了这种认知。他否定了"东方"这个概念存在的合理性,说"'东方人'一词本身就非常值得怀疑。这是一个对应'西方人'的种族中心主义观点,并倾向于掩盖这样一个事实,即在欧洲东部或东南部或多或少存在着截然不同的文明"②。他特别举到一个例证,那就是希腊第一号大英雄赫拉克勒斯曾

---

① [英]亚当·尼科尔森:《荷马3000年:被神话的历史和真实的文明》,吴果锦译,南京:江苏凤凰文艺出版社,2016年,第79页。
② Walter Burkert, "Oriental and Greek Mythology: The Meeting of Parallels", Jan N. Bremmer Edited, *Interpretations of Greek Mythology*, London and New York: Routledge, 1987, pp. 12—13.

经被不同的研究者将其看作是古代希腊人对西亚或埃及许多地方许多不同神或英雄的移植。正是这种将很不相同的神或英雄看成赫拉克勒斯的神话来源的研究，从反面说明没有任何一种说法具有可靠性。"因此，真正的问题不是缺乏，而是相互关系过剩。几个相邻文明的一大群神圣人物的神话和图像中的相似之处或语言组似乎是'家族相似性'，但没有一条明确的线将一个元素与另一个元素联系起来，什么也没有。没有一个'赫拉克勒斯神话'可以像一个密封的包裹一样，在特定的时间和地点传递给新的拥有者。交流是广泛而模糊的。"①

瓦尔特·布克特这个批评的意义在于，它促使人们更确切细致地去研究古代希腊与亚非各国之间神话传播影响的具体源流、渠道、过程和结果，值得重视。但如果由此完全否定显而易见的古代与亚非多地域和多民族神话文化对希腊的广泛影响，那可能就简单片面了。

三、北欧神话杉木型初文本的前文本并置性

顺便讨论一下西方另一个神话系统，即北欧神话系统中《埃达》（*Eddukv Aedi*）的初文本和前文本形态问题。

集中在诗集《埃达》（亦称《老埃达》，*Eddukv Aedi*）中的冰岛神话文本，由35首叙事诗构成（《埃达》最初有多少首诗歌，学术界一直略有歧见，中译本《埃达》38首诗中，研究者认为，有3首明显是基督教传入北欧之后加进去的，原来的诗歌应该是35首）。这部经典的初文本来自冰岛人13世纪抄写于小牛皮上的文本《雷吉乌斯经典》（"雷吉乌斯"为拉丁语，意为"王者之书"，约成篇于1270年），尽管小牛皮上的诗歌篇目中有某些缺失或残损，但在其他文献中能找到或获得补充。它们都是13世纪以前的作品。这35首诗歌中，有神话诗14首（其中1首教谕诗），英雄史诗21首（叙事诗18首、教谕诗3首）。13首关于神族的叙事诗，叙述了世界、诸神和人类从哪里来，由哪些部分构成，各部分主要有哪些神话人物，他们的过去、现在和将来是怎样的。在第一首诗《女占卜者的预言》中对

---

① Walter Burkert, "Oriental and Greek Mythology: The Meeting of Parallels", Jan N. Bremmer Edited, *Interpretations of Greek Mythology*, London and New York: Routledge, 1987, p.17.

这些都有概要的预叙。① 以后各首诗则分别展开对这个完整过程和结构各部分的叙述。一般认为，《埃达》叙述的以奥丁(Oden)为主神的神系相比赫西俄德《神谱》所叙希腊神系更加严谨和完整，甚至是目前所见古代各族神话中最完整系统的。研究成果显示，目前能证实的诗歌《埃达》的初文本形成时间是在13世纪前。17世纪丹麦主教斯汶逊得到这袋写在小牛皮上的诗歌，然后将它献给了丹麦国王，1971年丹麦政府将这袋小牛皮文本隆重交给冰岛政府。除掉明显是后来加入的3首带有基督教特征的诗歌，我们今天见到的《埃达》中的35首诗歌应该来自那袋小牛皮上书写的作品，这就是北欧神话《埃达》的初文本也是定文本。这个初文本，就其所叙述的神话故事在时间顺序中的完整性和系统性形态而言，是典型的杉木型文本。

那么，《埃达》的前文本形态是怎样的呢？从研究者的介绍看，它叙述的神话一样有丰富的来源。首先，创造诗歌《埃达》的冰岛人，是7世纪以后才慢慢从丹麦等地迁徙过去的，他们创造的《埃达》神话中，有许多北欧神话元素，也有更早的希腊神话元素，还有某些基督教神话的元素，这些都是诗歌《埃达》产生的前文本元素。《埃达》中的35首诗歌，并非一人一时一地完成，而是若干位民间诗人在不同时间和地点写成的，并且在民间流传许久。在流传过程中，它也必然会被传唱者有意无意地局部改变，一直到被冰岛历史学家塞蒙恩德发现的那袋小牛皮上书写的文本里，才最后固定下来。

对于北欧神话的前文本，西方学者已有的研究基本能揭示其丰富的来源。斯科特·利特尔顿(C. Scott Littleton)在杜梅齐尔有关日耳曼和北欧神话研究著作《古代北方人之神》(*Gods of the Ancient Northmen*)一书英译本的长篇《引言》中，介绍了多位学者对奥丁(Oden)为首的北欧神话来源的有关研究成果，这些学者的成果尽管互有出入甚至抵牾，但综合看都揭示《老埃达》讲述的北欧神话丰富的前文本来源。如路德维希·乌兰认为，瑞典人崇拜弗雷(Frej)为主神，而挪威人则崇拜托尔(Tor)。他认为奥丁神是后来从萨克森兰传入斯堪的纳维亚的，在那里他主要在宫廷社会的成员中扎根。威廉·曼—哈德(Wilhelm Mann-Hardt)认为，北

---

① 可参看冰岛神话史诗《埃达》第一首《女占卜者的预言》，石琴娥、斯文译，南京：译林出版社，2000年，第1—25页。

欧两组神（Aesir 和 Vanir）之间的斗争，代表了披着神话外衣的历史。华纳神族（Vanir）的尼奥尔德（Njord）、弗雷和弗雷娅（Freja）属于一个更早期的欧洲—斯堪的纳维亚植物宗教，而奥丁和雷神托尔为首的好战的阿萨神族（Aesir）则是后来入侵者神话的神祇。因此，这两群神之间的斗争代表了土著、定居的农业人口与外来迁徙入侵者的实际斗争。马尔堡语言学家卡尔·赫尔姆（Karl Helm）追溯了在斯堪的纳维亚被称为奥丁的神的"进化"过程：他从欧洲大陆的恶魔沃德，到荒野狩猎和亡灵的领袖，到乌丹（Wodan）的战神和魔法之神，最后变为奥丁，即斯堪的纳维亚的诗人和国王之神而结束。而杜梅齐尔在《神话与日耳曼的上帝》中，则揭示了奥丁、托尔和弗雷等组成的三元神的结构其实来源遥远，远在中世纪欧洲各族远祖印欧人原始神话的三等级结构之中。奥丁和希腊神话的乌拉诺斯、雷神托尔和印度吠陀神话的神王因陀罗之间，有明显的结构性相似关系。[①] 他的意思是，这种神话的思维结构和组织结构，其来源远在遥远的印欧人远祖那里。

因此，冰岛的、挪威的、瑞典的、丹麦的、日耳曼的、希腊的、罗马的基督教神话资源，以及遥远印欧远祖的多种前文本元素，都是《老埃达》产生的基础。这些前文本元素来自四面八方，本也是并置性的，但汇集到奥丁神系中，形成了一个杉木型神系和故事结构，其众水汇川的特征十分明显。

第五节　中西神话续文本形态的特征

世界各民族神话发展史上，神话和英雄传说初文本是在长期口传基础之上形成的，这些初文本形成后，也将在后世继续流传，并不断产生多种多样的续文本。这些续文本分别以两种渠道存在：一种是官方或泛官方或宗教性组织的文献中，一种是民间口头传播中。所有进入文明阶段的民族，其早期神话和英雄传说基本会以这两种方式存在。我们要讨论的是，一个神话初文本在后世流传过程中会有怎样的形态和特征，为什么

[①] Georges Dumezil, *Gods of the Ancient Northmen*, "Introduction", Part I, by C. Scott Littleton, Berkeley: University of California Press, 1977, pp. 23—25.

会是这样的形态和特征?

本书的主要目标在于研究中西上古时期神话叙事构成特征和传统,主要涉及的是其前文本和初文本,应该可以不研究它们在后世流传过程中的续文本问题。因为进入理性文明社会,神话的流传和衍生过程,已经缺乏那种各民族童年时代神话思维的主导和相应社会文化环境,其产生的续文本必然与初文本和前文本有很大不同。但从神话叙事传统的角度考察,这些续文本仍然有意无意地显示了不同民族神话某些长期存在的特征,而这也就是传统,所以还是值得我们进行概要性清理。

我们还是分中国和两希神话分别讨论。

一、中国神话续文本的灌木丛形态

中国神话在先秦形成的灌木型初文本,在后世通过官方或泛官方改造的文献和民间口头讲述的方式流传。前者具有历史化和泛历史化特征,也就是先秦神话初文本中的人物,在后世官方或泛官方文献中,被改造为历史人物记载和讲述。而在民间口传形式中,这些神话人物或英雄人物则较多地保留了神话或神性色彩。但不管哪种传播方式,有一个选择是共同的,就是被后世官方或泛官方记载,或民间讲述的神话和神性人物,大都是先秦各族群神话中的神祖。先秦许多一般的神话人物在后世都没有得到记载和传播的机会。其中,被后世突出传播的有舜神话、王母神话、后羿神话、鲧禹神话、炎黄神话、伏羲女娲神话等。而一些在先秦比较著名的神话人物,在后世则慢慢被忘却或放弃了。如楚国《九歌》中东皇太一为首的神系、帝俊神系、二昊神系、颛顼、重黎、烛龙等重要神话人物,在后世神话中基本没有获得传播的机会,也没有产生多少续文本。大量的神话续文本都环绕着前面几个重要的神祖衍生。例如,第二节中列举的有关女娲的那些初文本,在后世依然在不断衍生和变化。下面罗列几则续文本以显示其衍生特征:

首先,在大约形成于战国中晚期的《楚帛书》神话中,夏禹的妻子涂山氏女娲,变成了伏羲的妻子:

曰故(中)(天)(大)㞧(熊)雹虘(雹戏)出。

自而霆尻于骰囗。

又(厥)囗囗儳儳,㕣杲囗女(如)。

梦梦（夢）墨墨（墨），亡章弼弼（弼）。
㫃㫃（每＝晦）水（水）□，
风雨是於（於）。
乃取（娶）𠧢（且）𦳕□子之子曰女皇（皇），是生子四。①

这本是一个创世神话，但《楚帛书·甲篇》叙述到伏羲娶女娲生四个神子后，女娲就再也没有出现在后面的创世活动中。所以，我们只摘引上面这一节。到汉代，尤其是东汉，有关女娲或伏羲女娲的文字和图像就开始多起来，图像中最著名的就是人首蛇身的伏羲女娲交缠一起的形象了。而文字文本则多种多样，下面摘录几种文本片段：

归美山，山石红丹，赫若采绘；峨峨秀上，切霄邻景，名曰女娲石。②

女娲氏亦风姓。蛇身人首。有神圣之德。代宓牺立。号曰女希氏。无革造。惟作笙簧。当其末年也，诸侯有共工氏。任智刑，以强霸而不王。以水乘木。乃与祝融战，不胜而怒。乃头触不周山。崩。天柱折，地维缺。女娲乃炼五色石以补天，断鳌足以立四极，聚芦灰以止滔水，以济冀州。按其事出《淮南子》也。天是地平天成，不改旧物。女娲氏没，神农氏作。③

昔宇宙初开之时，只有女娲兄妹二人在昆仑山，而天下未有人民，议以为夫妇，又自羞耻。兄即与其妹上昆仑山，咒曰："天若遣我兄妹二人为夫妻而烟悉合；若不使，烟散。"于是烟即合。其妹即来就兄，乃结草为扇以障其面。今时人取妇执扇，象其事也。④

上面这些只是有关伏羲女娲的多种续文本中的一部分，其实，中国汉

---

① 饶宗颐、曾宪通：《楚地出土文献三种研究》，北京：中华书局，1993年，第230—235页。
② 王歆之：《南康记》，袁珂、周明：《中国神话资料萃编》，成都：四川社会科学院出版社，1985年，第10页。
③ （唐）司马贞：《补〈史记·三皇本纪〉》，景印文渊阁四库全书·史部一·正史类，台北：商务印书馆，1986年，第964页。
④ （唐）李冗、（唐）张读撰：《独异志 宣室志》，张永钦、侯志明点校，北京：中华书局，1983年，第79页。

族和许多少数民族还有多种伏羲女娲兄妹造人造物、或者伏羲女娲兄妹在葫芦里躲过大洪水然后结成夫妻使人类再传的神话传说,这些神话传说故事性越来越强。仫佬族一则传说讲到,伏羲女娲是兄妹,他们有两个心地歹毒、想吃雷公肉的哥哥,哥哥以母亲为诱饵抓住了雷公,将他锁在铁笼子中。两个哥哥外出,叮嘱伏羲女娲兄妹,一定不要给雷公水喝。兄妹答应了。但后来两个少年经不住雷公哀求,给了他一点儿木瓜渣舔舔,不想雷公舔舔木瓜渣就神力大增,从铁笼中飞走,临走拔下嘴里一颗牙齿,让伏羲兄妹种着。兄妹按照吩咐将雷公的牙齿种在地里,那牙齿长出一棵葫芦藤,藤上长出一个大葫芦。他们按照雷公走时告诉他们的办法,将葫芦瓢子掏出来。不久雷公发动大洪水,伏羲兄妹躲进大葫芦中。大洪水将满世界都湮没了,人类都被淹死了,只有伏羲兄妹躲在大葫芦中得以逃脱。洪水退去后,伏羲兄妹走出葫芦,看到人类都灭绝了,十分悲伤。在一只金龟的撮合下,他们结为夫妻。后来女娲生下一个肉坨坨,伏羲生气地用石头将这个肉坨坨砸得稀烂,将其撒在大地上,结果这些肉坨坨的碎片变成了无数人类。① 这个传说故事在汉族等多个民族神话中都有不同亚文本,汉族有些地方的神话还加上了女娲绕山跑、滚石磨等考验性关目,但最后的结局都是兄妹二人成亲,成为再生人类之祖。到近代,伏羲女娲神话传说在一些地方还发生了人物置换现象,例如河南一些地方的民间传说,将伏羲置换为盘古,盘古和女娲成了兄妹,他们通过从山上滚石磨的行为验证了天意,结为夫妻,使人类得以再传。

女娲神话在后世续文本众多,民间还有女娲娘娘的故事,在这些故事中,她成了送子观音一类的女神。女娲在一些传说中还变成了九天玄女,经常下凡给某个英雄授予神符兵书或特别厉害的兵器,使她帮助的英雄获得成功,这种故事中,她又变成了类似雅典娜的女战神。

不仅女娲神话在后世生出许多续文本,伏羲、炎帝、黄帝、西王母等先秦神话人物在后世都生出许多神话续文本,如果加以搜寻统计,这些续文本数量必然十分可观。如果以女娲神话的续文本为例,我们能从中看到中国上古神话续文本哪些特征呢?

首先是这些续文本都是围绕着一个中心神话人物衍生的,但不同续文本的故事之间并无有机性和一致性。它们延续了神话前文本和初文本

---

① 见陶阳、钟秀编:《中国神话》(上册),北京:商务印书馆,2008年,第472—474页。

的那种灌木丛形态，以这个神话人物之名，在不同时代和环境中根据不同需要衍生出一个故事。用德勒兹和加塔利的"根—茎"形态比喻，就是说几乎所有的伏羲女娲传说，都不是在初文本已经形成的树干上继续发展，从而长出一个更高大的神话树，而是各自从根茎中冒出一根根新枝，它们都长不太高，但蓬勃众多，从而形成一个丛状形态。不同时代不同地方的人从同一个神话人物那里衍生出很不相同的故事，它们之间基本没有线链关系，大多不是前后接续编织，由此在灌木丛中产生一棵高大有机的续文本杉木型神话故事树，而是各自再从根部衍生一枝，依然保持着灌木的特征。

其次，与此相关的是，大多数续文本故事体量仍然比较短小有限。上面列举的这些女娲神话的续文本故事，大都篇幅短小，有的只有一句话或者几句话。较长一些的故事是比较晚近在唐李冗《独异志》神话基础上继续衍生的。直到李冗那里，这个故事还体量很小，故事素有限。由此也可以看到，尽管总体上看，围绕某一个神话人物产生的众多续文本仍然是灌木形态，但其中有某些正在从低矮的灌木中慢慢长高。它体现出越到晚近，神话讲述者们的故事编织能力越强的特征。

最后，这些神话续文本围绕的对象基本是上古神史中某个族群的神祖或神母及其后裔，这种现象具有普遍性。秦以后两千多年间，上古众多神人或人神中，几乎只有某些族团神祖如禹、伏羲、女娲、炎帝、黄帝、舜、西王母等有限几个大神才在后世获得了延续衍生的机会，围绕他/她们产生了众多续文本。这种现象具有十分深刻的文化意义。先秦神话初文本中的神话人物，哪些能成为后世流传衍生的对象，其实是一个不断选择的结果。这种汰选的结果有一个特征是明显的，那就是在秦以后衍生出的众多神话或神史续文本的主角，都是某些族团的神祖神母，并且在后世有关神话或神史续文本中，他/她们大都已经超越了原初所在族群的限制，而升华成为整个中华各族甚至人类的神祖神母。这种身份的转化，正与秦以后中国各族融合统一的历史进程保持着整体上的一致性，也和秦以后中国文化中人类意识的增强保持着一致性。

二、两希神话续文本的杉木型特征

两希神话在其流传过程中也存在一个续文本问题，但和中国神话续文本的特征有较大差异。下面简单讨论。

(一) 希伯来《旧约》神话续文本的杉木型特征

希伯来《圣经》中的神话,尤其是集中在"摩西五经"中的神话,无论希伯来文初文本还是希腊文初文本都大体差不多,它们都有一个自古及今由时间一以贯之的系统,它们都是本书所说的杉木型文本。如前所说,这个杉木型文本其实是摩西确立一神教,尤其是大卫王以后几百年间多代希伯来人根据一神教教义对前辈传下来的已有各种神话传说和历史资料的选择、重组和重写的结果。这个过程,既是对符合一神教教义的资料加以突出的过程,也是对不符合一神教资料进行压抑、遮蔽的过程。从而使得原初在故事时间和教义两个层面不一致的材料成为具有一致性的权威文本。那么,希伯来神话传说在后世的流传衍生情况如何呢?是否还保持着这种杉木型文本的特征?

因为希伯来《圣经》的权威性主要是由具有权威性的宗教群体和教会确认的,即使是政治人物介入,也要通过宗教群体和组织完成。所以,宗教人士群体和教会组织对《圣经》正典的认定就具有权威性。从这个角度看,詹尼亚会议确认的希伯来文《圣经》、亚历山大里亚七十子确定的希腊文《圣经》两个初文本分别具有极大的权威性,这两个文本总体结构和故事各呈杉木型形态。尽管这两个文本中希腊语文本和希伯来语(部分埃兰语)文本的篇目不大一样,但希伯来语文本《圣经》24篇都在希腊语文本中,基本表述没有多少差别。希腊语七十子文本多出希伯来语的篇目则被排除在希伯来语《圣经》正典外,大部分篇目后被编入《次经》(Apocrypha)(个别篇目未被编入《次经》。同时,也有少数篇目如《以斯拉》(上、下)等是七十子本没有的,而来自其他资料。《次经》的篇目一般被认为有15篇,但不同版本篇目也有差别)。《次经》各篇主要是公元前300年至公元前200年期间创作的,时间较晚。从内涵的统一性角度看,《次经》中的一神教信仰与两个正典文本完全一致。而从故事层面看,《次经》主要篇目的故事从时间的线链维度看,基本能补充或接续希伯来《圣经》的主要内容。因此,与正典保持着大体的一致性,在内容关系上呈现杉木型形态。从神话角度看,《次经》诸篇神话性并不强,因此,不是本章考察的重点。

至于《次经》之外的《伪经》(Pseudepigrapha)各篇,主要是由巴勒斯坦地区和亚历山大里亚城犹太教的信奉者们编写的,时间大约在公元前200年至公元200年间。《伪经》比《次经》编写的时间更晚。《伪经》各篇,内涵上一样延续了耶畏一神教的信仰,某些篇目如《约伯遗命》《亚当和夏娃的生平》《摩西升天记》等的故事情节,都是接续希伯来《圣经》相关神话传说人物的故事衍生编织的。如约写于公元1世纪的《亚当和夏娃的生平》,描述二人被上帝逐出伊甸园之后,苦修忏悔。亚当和夏娃分别在约旦河和底格里斯河站了40天和18天,以忏悔自己的罪过。后夏娃还是被撒旦引诱到亚当那里。先后生了该隐、亚伯和塞特。夏娃生亚伯时就预感到他会被哥哥该隐杀死。后亚当生病时极其痛苦,夏娃和塞特到伊甸园门前向上帝呼吁,祈求上帝帮助解除亚当的痛苦。后米勒天使长出面宣告凡人必死,但将来人会复活,并且进入黄金时代。① 不难看出,这都是在《圣经·创世记》神话基础上衍生发展的,总体上是从《圣经》杉木型文本故事主干上衍生出的小枝丫,没有从根本上抛弃或改变《圣经》杉木型结构特征。

《圣经》在欧洲流传历史中,由于不同宗教教派的原因,出现了各种不同的版本,这些版本选择的篇目有一定差别,但希伯来文《圣经》24篇都是必选篇目,被所有《圣经》版本确认为正典。区别主要在于有的版本将《次经》的部分篇目甚至全部篇目选入《圣经》,有的则没有。这些差异,都不改《圣经》故事层面的杉木型结构特征。

为什么相隔许多世纪的人们书写的续文本仍然会严格遵守《圣经》初文本叙述,不曾走样或走样有限?这是因为无论是希伯来文《圣经》还是希腊文《圣经》初文本(尤其是神话传说性最强的"摩西五经"),都是经过当时最权威的神学家们反复讨论、商榷之后审定的,已经成为犹太教和后来基督教的圣典,被其信众广泛接受和尊崇,以后的人们对它们的研究和传习都以准确地阅读、抄写、传播为基本前提和要求。而且从信仰角度讲,这也成了教徒们的基本责任和使命。当然,这并不意味着《圣经》在传播过程中没有偏误和改变,美国学者巴特·埃尔曼(Bart D. Ehrman)从年轻时候起就沉迷于基督教《圣经》研究,他在其著作《错引耶稣——〈圣经〉传抄、更改的内幕》(*Misquoting Jesus: The Story Behind Who Changed the Bible and Why*)一书中,谈到《圣经》在流传过程中必然发生各种更改情形。例如从希腊文翻译到其他文字的过程中,必然发生一些

---

① 参照朱维之:《圣经文学十二讲——圣经、次经、伪经、死海古卷》,北京:人民文学出版社,1989年,第64页。

对原典有意无意的偏误，在传抄过程中也可能发生有意无意的偏误，乃至神学人士出于宗教神学的动机也会有意做出一些改动。① 这部书尽管研究的对象是《新约》，但这些变动的原因对于希伯来《圣经》（即《旧约》）也必然存在。因此，可以想象《旧约》在其转译、传抄和解释中，都可能发生某些偏移。尽管如此，《圣经》学者仍然有充分的证据认定，无论《旧约》还是《新约》文本，自从其被审定而形成权威的初文本后，在其传播过程中产生的各种文本，并未出现根本性的变动，某些局部性和个别性的偏误或衍生，就如杉木型文本主干上长出的细小枝丫一样，不改其初文本的基本形态。

因为我们是从原初神话角度来讨论其流变过程中产生的续文本的，对于后世，尤其是文艺复兴以后作家艺术家有意借用《圣经》题材创作的有关文艺作品如弥尔顿的《失乐园》之类，基本不予讨论。尽管某种意义上它们还是《圣经》的续文本，但作者已经不是真正相信他所选择的人物和故事的真实性，他们只不过借用《圣经》中古代神话故事或人物，对其进行改编以传达自己特定的创作意图。我们讨论的神话续文本，其作者应该像古代人那样，基本相信自己编写的续文本故事和人物可能真实存在，也就是他仍然保持着原初的神话信仰和心态。

（二）希腊神话续文本杉木型特征

希腊神话传说在后世传播所产生的续文本值得讨论。对这些续文本首先我们区分一个大致的时段，那就是中世纪之前。因为进入中世纪之后，希腊罗马神话被视为异教神话，被基督教打压，因而失去了在欧洲大规模传播和衍生续文本的机会。到文艺复兴以后人们重新对希腊神话传说和题材进行再利用和改造（例如古典主义戏剧中大量使用古代希腊神话传说题材进行创作）而创作的众多文本，那已经不是神话形态中的作品了，不在我们讨论之列。因此，我们讨论的荷马史诗和赫西俄德《神谱》等初文本神话传说的续文本，基本只是指他们之后希腊和罗马人对于这些初文本神话传说故事和人物的利用、再创作所产生的新文本。我们的任务不是全面地清理和列举这些续文本有哪些，而是研究这些续文本可能有怎样的形态特征。

---

① 参阅[美]巴特·埃尔曼：《错引耶稣——〈圣经〉传抄、更改的内幕》一书，黄恩邻译，北京：生活·读书·新知三联书店，2013年。

相当意义上古希腊悲剧作家的许多悲剧都是从荷马和赫西俄德神话初文本中的故事或人物衍生和扩展出来的，所以，可以当作是荷马史诗和赫西俄德神话的续文本看待。例如，关于普罗米修斯因为违背了宙斯的禁令盗火给人类而遭受宙斯惩罚的故事，在赫西俄德《神谱》中提及，但并未充分展开，而埃斯库罗斯（Aeschylus）的悲剧《普罗米修斯》（*Prometheus*），则将这个过程和原因做了十分细致深入的铺陈，也增加了许多《神谱》中没有的情节。这可以看成是《神谱》这个初文本中有关普罗米修斯故事的续文本。古希腊相当一部分悲剧都取材于赫西俄德《神谱》或荷马史诗中的某些人物或题材，但都对原题材和故事做了较大幅度的铺陈展开，也都会增加原作没有的一些人物和故事。

希腊化时期，也有许多从希腊神话传说的初文本中衍生出来的一些故事获得独立发展，成为体量庞大的史诗或故事传说。例如，关于伊阿宋带领的阿尔戈斯（Argos）号英雄们远征科尔喀斯，取回金羊毛的故事，在《神谱》中只是简要提及，但在欧里庇得斯（Euripides）的悲剧《美狄亚》（*Medea*）中则做了大幅度展开和铺陈，在公元前3世纪罗德岛（Rhodes）的诗人阿波罗尼俄斯（Apollonius）四卷本史诗《阿尔戈英雄纪》（*Argonautica*）中则有更加详细的展开。这些作品的展开形式中，都添加了《神谱》中不具有的丰富故事元素和曲折情节，它们对《神谱》中的简要叙述而言，是它的续文本，是它的衍生和发展形式。

要特别讨论一个案例，那就是公元6世纪以后俄耳甫斯神系对赫西俄德奥林波斯神系的利用和改造。尽管俄耳甫斯神教起源遥远，与赫西俄德《神谱》所叙述的奥林波斯神系可能是大体同时的，但很可能因其主张受到雅典等城邦的排斥压抑，变成民间（地下）性宗教。研究者指出，它在公元前5—前4世纪"逐渐变得名声不佳，……似乎俄耳甫斯教对雅典城邦来说成了'邪教'。……看来，早在雅典民主时期，俄耳甫斯诗教已经成了如今所谓的民间（地下）宗教"①。其神谱的较早版本一直未能找到，后世人们能看到的只是这个神谱的"二手资料"，即通过其他资料发现这个神谱的某些部分，并由此去推测其初文本。研究者现在能大体确认比较可靠的"二手资料"有三个文本。一是从公元前5世纪后期阿里斯托芬（Aristophanes）在其戏剧《鸟》（*The Bird*）中以讽喻口吻谈及的以纽克斯

---

① 吴雅凌编译：《俄耳甫斯教辑语》，北京：华夏出版社，2006年，第10页。

(Nuit)为首神的一个神系片段,这个神系片段被认为具有俄耳甫斯教特征,它在当时和稍后如柏拉图等人的著作中也被提及,可以证实这一神教神谱在当时广为人知。这些"二手资料"使研究者相信,"在公元前5—公元前4世纪时,古希腊(尤其在雅典)流传着某个俄耳甫斯的神谱叙事"①。研究者将这个神谱叙事称为俄耳甫斯神谱的"古版本"。这一古版本神谱的存在,也得到当代考古学证明。1962年人们发现了一个名为德尔维尼的以纽克斯为首神的俄耳甫斯神教手抄本神谱,大约出自公元前4世纪,这个手抄本神谱证明了"古版本"的存在。到公元1—2世纪,又出现了两个版本的神谱,一是被称为"二十四叙事圣辞"(Discours sacrés en vingt-quatre rhapsodies)的神谱,二是 Hiéronymos 和 Hellanikos 神谱。这三个神谱版本都是"二手资料",能在多大程度上符合原初俄耳甫斯神谱无法判断,但带有俄耳甫斯教明显的特征是肯定的。

从本节角度讲,这三个版本的俄耳甫斯神谱,我们都可以将其视为曾经存在的俄耳甫斯神谱初文本的续文本看待,这三个续文本中的主要创世大神大体如下:

古版本:纽克斯(Nuit)—卵(Oeuf,混沌)—爱若斯(Eros,一译作厄洛斯)—乌兰诺斯与该亚(Ouranos & Gaia)

"圣辞"版本:时间之神克罗诺斯(Chronos)—纽克斯(Nuit)—爱若斯与法那斯(Eros—Phanès)—乌兰诺斯与该亚(Ouranos & Gaia)—克洛诺斯与该亚(Kronos & Rhèa)—宙斯和德墨特尔(Zeus & Déméter)—狄俄尼索斯(Dionysos)

Hiéronymos 和 Hellanikos 版本:水+土(Eau+Terre)—时间之神克罗诺斯(Chronos)—后面和上一"圣辞"版本神系大体差不多②

熟悉赫西俄德《神谱》的人一眼就能看出,这三个版本的俄耳甫斯神谱与赫西俄德《神谱》大多数神都是一样的,但诸神位置却很不同。在第一个古版本神系中,带有时间特征的纽克斯是原初大神,混沌神(卵)则成了她的儿子。而爱若斯(Eros,亦译作厄洛斯)、乌兰诺斯、该亚等,则都成了这个原始母神的后裔。而在赫西俄德《神谱》中,纽克斯与爱若斯、该亚

---

① 吴雅凌编译:《俄耳甫斯教辑语》,北京:华夏出版社,2006年,第38页。
② 同上书,第40页。本书作者将原文的表格形式做了转换。

都是混沌神卡俄斯所生的第一代神祇。俄耳甫斯神谱第二个版本中,在纽克斯之前又增加了一个时间神克罗诺斯(Chronos,亦译作赫洛诺斯,有别于赫西俄德《神谱》中的 Cronos 即克洛诺斯),其他诸神大都与赫西俄德《神谱》人物相同,只是位置有了改变。第三个版本则主要是在第二个版本神谱基础之上,又增加了两个最初的创世元素水和土,其余与第二个版本神系差不多。第三个版本很明显受了古代希腊毕达哥拉斯学派关于宇宙四元素哲学观的影响,所以,在第二个版本的首神之上,加上了水和土两个元素。如果去除这两个哲学宇宙论的元素,则这三个版本的神系都有一个共同的特征,即都是以俄耳甫斯神系大神为首神,然后将赫西俄德《神谱》中的多个原初大神都作为自己首神的神裔处理了。我们在这里看到了另一种形式的层累性。

我们这里需要特别讨论罗马时代的神话史诗与希腊神话史诗的文本关系。不少罗马神话史诗文本,都可以看成希腊神话史诗的续文本,如奥维德(Publius Ovidius Naso)的《变形记》(*Metamorphosis*)、维吉尔(Virgil)的《埃涅阿斯纪》(*The Aeneid*)等。这些续文本一个基本特征,都是在希腊原有神话与英雄传说基础上,继续衍生扩展出新的故事情节。在这个意义上,它们都是从故事情节的角度对希腊神话初文本作时间性向度延伸扩展的续文本。也就是说,它们在总体上仍然与希腊神系保持着一体化的关联,并且在具体故事情节上继续延伸发展。不仅是奥维德《变形记》、维吉尔《埃涅阿斯纪》如此,就是奥维德《岁时记》(*Fasti*)中记载的一些神话也是如此。

罗马神话诸神在一个特殊意义上可以看成希腊神话的翻版。罗马诸神有自己的独特起源,但早期这些神祇基本没有故事。原因是罗马人需要神祇是为了给祭祀活动提供一些神性观念,而并不在意他们有没有故事。只是到了罗马后期,在向希腊神话学习的过程中,罗马人才开始为他们的神编织一些故事,这些故事很大一部分是希腊神话转化过来的。罗马诸神甚至按照希腊诸神的神系及其职能做了大幅度的调整,那些主要神祇大都对应于希腊奥林波斯神系相同神性的神,如朱庇特(Jupiter)对应天神宙斯(Zeus),朱诺(Juno)对应天后赫拉(Hera),尼普顿(Neptune)对应海神波塞顿(Poseidon),克瑞斯(Ceres)对应农业女神德墨忒尔(Demeter),……等等。这样,罗马原来本土的主要大神,似乎都成了希腊主要大神的变名而已。而且,罗马十二神的主要故事,也基本是从与希腊相对应的神的故事中转化过来的。在这个意义上,可以将罗马神系看成希腊神谱的续文本产物或者是翻版之一。

从帕里—洛德等的口头诗学理论看,所有神话传说在后世流传过程中,表演者(讲述者、吟唱者、表演者等)都会根据特定情境和自己的意图进行一定的改写和衍生性发挥,由此形成既根植于初文本又一定程度上偏离了初文本的新的续文本。20世纪上半叶,美国学者帕里和他的学生洛德专门对南欧一些地方民间史诗吟唱者进行了现场调查,他们录制了大量的录音资料。对这些现场调查和录音资料的研究,使他们深信,神话史诗的演唱者们都有一套固定的诗歌演唱程序和模式(包括语音结构模式),他们会将演唱对象按照这套模式进行组织和处理。同时在演唱过程中,演唱者一定会根据特定情境、兴趣、独特的理解以及对特定效果的追求等因素增加、减少或改变一些什么,因而必然对前文本有一定程度的偏移和改编,从而局部衍生出新的续文本。这个理论比起此前从文化人类学、结构神话学等视角静态理解、研究神话传说的理论有明显的进步,它既可以让我们理解赫西俄德《神谱》和荷马史诗在漫长的前文本时代必然会是不断改变的,同时也使我们了解到,这些神话与史诗的初文本产生后,在不同演唱者具体的演唱过程中,会不断产生改变和偏移现象,从而不断产生新的续文本。美国著名文化史学家威尔·杜兰特(Will Durant)在《世界文明史:希腊的生活》(*The Story of Civilization*:*The Life of Greece*)中,曾经特别谈到,即使在希腊文化的全盛期和希腊化时期,希腊人出于自己的宗教信仰,也在不断编织新的神话故事,不断制造新的神话续文本。

但另一方面,从赫西俄德《神谱》和荷马史诗角度讲,也应该看到,尽管后世可能无数具体表演者在特定表演环境中对他们的初文本有一定程度的偏移,由此可能衍生出某些偏离初文本的续文本,但从古代希腊悲剧开始,所有根源于赫西俄德《神谱》和荷马史诗的续文本,都只在局部衍生、改变和发展着初文本中的某个或某些人物的某些故事,尚未发生过对于初文本神话和神系的整体颠覆性事件。简·布雷默在谈及希腊神话的流动性和传承性的辩证关系时指出,希腊神话"是一个开放式系统",不断容纳许多"即兴式"创作,"流畅和自由的回应改变了对世界的体验"[①]

[①] Jan N. Bremmer Edited, *Interpretation of Greek Mythology*, London and New york: Routledge, 1987, p.3-4.

杜兰特在他的名著《世界文明史》第二卷《希腊的生活》中，特别讲到希腊人不断在创造新的神话。但另一方面，已经成为传统并获得权威性的如荷马和赫西俄德的神话与史诗文本，在后世依然有巨大的影响，成为衡量新创神话和史诗真实性和合法性的标本。所以，简·布雷默在谈到希腊神话史诗的流动性时，特别指出，那些即兴的新作品要接受权威的检验，这个检验标准就是已经获得权威性的荷马、赫西俄德等的神话史诗文本："另一方面，是神圣古代诗人的权威保证了故事的真实性。那是在希腊化时代，卡利马科斯（公元612年）不得不写道：'不唱未经证实的歌'。"[①] 他说的"未经证实的歌"，不是指用事实证明诗歌所叙述的人物和事件是真实存在的，而是指已经获得权威性和神圣性的古希腊荷马、赫西俄德等人创造的初文本的神话和史诗人物与故事，并以此为准而确认的人物与故事。

这种现象就像中国宋以后一直到20世纪70年代在乡镇还存在的说书人一样，他们说书都有一个文字书写的初文本（话本）为底本。在说书过程中，出于某些特定的原因和需要，说书人都会对这个初文本进行某些局部改变和演绎（压缩、拉长、改变、添加、衍生等），从而导致一个续文本的产生。但他们临场产生的续文本都不会从根本上抛弃和颠覆初文本，这也是需要特别注意的。因此，对于口头诗学理论和表演学派的相关观点，可以重视它的启发性，但也要谨慎地区分不同情形。如果一种初文本有高度的权威性，则后面的续文本偏离它的幅度会受到较为明显的限制和压抑。同时，人们也会反复不断地回到权威的初文本，并以此对各种续文本的合适性进行判断取舍。所以大多数对赫西俄德—荷马神话传说初文本进行改写和衍生的续文本，都是在承认和接受初文本中奥林波斯神系和人物前提下的局部变异与发展，而不是整体颠覆和改变。这是因为，赫西俄德和荷马神话与史诗初文本在希腊和希腊化时代获得了权威的地位，任何一个后来者，要大幅度偏离或颠覆他们的权威文本都很难成功。

如果说稍有例外，那就是俄耳甫斯神谱在后世流传的续文本。上面列举的俄耳甫斯三个续文本中，奥林波斯神系中的诸神位置都有一定程度甚至很大程度的改变，因为我们不知道俄耳甫斯神谱初文本的情况如

---

① Jan N. Bremmer Edited, *Interpretation of Greek Mythology*, London and New york: Routledge, 1987, p.4.

何,所以也没有办法准确判断这个改变究竟是基于更早的俄耳甫斯神谱的初文本,还是在后世大幅度改造和利用了奥林波斯神系。因此,我们将其作为一个特例提出来。希罗多德曾说,希腊神话系统是由赫西俄德—荷马提供的,那意味着什么呢?除了意味着他们塑造的奥林波斯神系在希腊神话世界具有主导地位,不断吸纳其他神话元素从而形成和保证自己的主导地位外,还意味着在其发展中对其他异己性神话系统保持强大的压制和排斥力量。如上所介绍,俄耳甫斯神系在公元前5—前4世纪在雅典就被压制排斥,被视为"邪教",它连一份统一的神谱初文本都没有流传下来。后世人们只能从各种"二手"资料中去辑录、搜寻才获得部分神谱片段。这恰恰从另一个角度提示,一个民族或群体主导性神系形成、发展、强大和保持,实际上与对其他异己性神系的压抑、排斥有内在的关系。正如中国研究俄耳甫斯神话的学者吴雅凌所说:"荷马、赫西俄德的诗教是政制性宗教,俄耳甫斯秘教则似乎像如今所谓的'民间'宗教。……既然是民间性且秘传的宗教,原始文献在历史中大量失传,就是可想而知的事情。"[①]希腊神话在后世发展过程中,赫西俄德—荷马的神系始终保持着杉木型形态,正与此相关。

(三)中希神话续文本形态特征的差异

中国和两希神话传说初文本在后世续文本发展过程中有什么突出的特征吗?笔者觉得,三个民族神话传说续文本如下特征是明显的:

首先,中国神话续文本基本是围绕某些上古神话中的重要大神衍生的,在这个衍生过程中,这些神在上古神话初文本中的故事和神性在续文本中不一定被重视,不同时代的人们会根据当时的文化环境做出较大改变,甚至完全另编,上面列举的女娲神话传说在前文本、初文本和续文本中很不相同的形态就是最好的例证。其次,这些续文本与初文本之间在故事情节上,往往不是接续性延伸和展开的,而是另起炉灶再编一些故事。这类似于德勒兹说的从神话的"根茎"处重生一枝,而不是从已有神话的"树干"上继续生长。这个原因之一,在于中国上古没有一个神话的权威文本作为范本起制约作用,后世的续编者拥有相当大的自由度去重新创造和发挥。这使得神话传说的多种续文本往往和初文本形成并置或交叉形态。再次,这些续文本中有些故事在慢慢增加其故事素和故事长

[①] 吴雅凌编译:《俄耳甫斯教祷歌·出版说明》,北京:华夏出版社,2006年,第2页。

度,只是总体上故事素仍然不太丰富,故事链长度仍然有限,因此,仍然显出灌木型特征。

希伯来《圣经》因为成为宗教圣典,所以获得特别认真的对待,它的初文本在后世流传过程中衍生的续文本较少,尽管存在像美国学者巴特·埃尔曼《错引耶稣——〈圣经〉传抄、更改的内幕》一书所说的情况,在其转译、传播过程中存在某些有意无意的错译、插入、更改等情况,但所有过大、过于明显的改变都会被讨论、审核、纠正,从而保证最大限度地忠实于圣典初文本。这使得希伯来《圣经》的续文本偏移初文本的幅度较为有限,其初文本的杉木型特征仍然得以保留。

希腊神话传说初文本在后世的续文本最为丰富多彩,而且有大幅度的展开和衍生。杜兰特说希腊人一直在编新的神话故事,确实如此。但这些展开和衍生的神话人物和故事,大都是在继承和接续赫西俄德和荷马史诗为主的基础上展开的,而且其续文本故事素与行动素十分丰富。所以,就文本形态而言,其杉木型特征依然保持并且被强化。

第二章
神话讲述者及类型划分的理论框架

迄今叙事学对神话传说叙述主体的研究理论主要来自形式—结构叙事学，即将叙述者看成罗兰·巴尔特（Roland Barthes）所说的个人性的"纸头上的生命"，[1]而没有检讨将这个概念移用到神话叙事问题研究可能存在某些不恰当。这种不恰当，至少包括两方面：一、神话是口耳相传为主的作品，而不是纸传阅读为主的作品，其产生远早于字媒出现的时代。而在口传这种形式中，作者—现场表演者（讲述者）—文本叙述者很难截然三分。二、与此相关，神话是集体性作品，不是个人性作品。用基于字传和纸传的社会叙事作品叙述主体分析个体化命称，是否能有效命名和指称口传的集体性神话讲述主体的构成和特征？是否能找到一种视角和类型划分方式，能更有效地对神话讲述者的集体性和跨界性特征进行呈现？本章将对上述问题进行简要讨论，然后在此认知基础上从社会生产视角对神话讲述者类型进行重新划分，以提供能更贴切而深入分析神话集体性讲述主体的基本类型理论。在此基础上，对中国和两希神话集体性讲述者类型特征进行探讨。

---

[1] 罗兰·巴尔特：《叙事作品结构分析导论》，载张寅德编选：《叙述学研究》，北京：中国社会科学出版社，1989年，第29页。

第一节　文本内叙述者还是跨界讲述者？

　　叙事学对叙述主体已经有一个固定的称谓：Narrator（叙述者），在这个称谓基础上衍生了从不同角度划分的众多个体性叙述者类型，如第一人称叙述者—第二人称叙述者—第三人称叙述者、全知型叙述者—限知型叙述者、同叙述者—异叙述者、主叙述者—次叙述者……等等众多类型。不管多少类型，他们都是文本内个体性叙述者，这是共同特征。用这些叙述者类型分析某些叙事形态比较发达的神话文本的个体性特征，如赫西俄德的《神谱》、荷马的史诗等，也能有一定效度，所以才有永格（Irene J. F. De Jong）等编撰的《古希腊文学中的叙述者、受叙者和叙事》（*Narrators, Narratees, and Narratives in Ancient Greek Literature*）一类著作，以"什么构成了叙事，什么样的叙述者呈现了这些叙事"①作为主要研究任务。该书作者们完全运用当代叙事学个体性叙述者的理论，研究包含古代希腊神话史诗在内的文学作品，这能够解释古希腊神话史诗与当代叙事学叙述者理论相同的某些要素和特征，但对神话史诗文本叙述主体的集体性和口传性特征则难以有力呈现。更重要的是，包括中国在内的更为广大的人类各民族古代故事形态远没有古代希腊神话史诗那么发达成熟，要用当代叙事学的叙述者理论研究这些作品，其效度就相当有限了。

　　因此，结合古代华夏和众多民族上古神话史诗的实际状态，探寻一种能反映神话叙述主体集体性和口传性特征的叙述主体类型系统，就成为一件有学术价值的工作。本章以此为目标，希望从社会生产结构角度对上古神话集体性叙述者的基本类型和特征进行一个分类尝试。因为这基本是一个没有前人切入的角度和工作，所以，本处的尝试可能是粗糙的，希望抛砖引玉，能引发学界有兴趣的同仁关注，以深化对这个问题的研究。

---

① Irene J. F. De Jong, Rene Nünlist & Angus Bowie, *Narrators, Narratees, and Narratives in Ancient Greek Literature——Studies in Ancient Greek Narrative*, Leiden: Brill Academic Publishers, 2004, p.12.

一、叙述者与讲述者

在英语中，narrator（叙述者）之外，还有一个词 teller（讲述者），这个词在叙事学中偶有学者使用，使用频率较低，一般是作为文本内"叙述者"的另一种称谓。但这个概念也许更适合作为神话陈述主体的命名，因为这个词强调了一种超出文本范围的面对面的话语交流行为。神话在漫长的前文字时代，以口耳相传的方式存在和发展，即使到了文字时代，它的传播也仍以讲述（telling）这种口传方式为主。讲述是神话传说最典型的发送形式，故而"讲述者"（teller）可能比"叙述者"（narrator）更适合作为神话传说陈述主体的命名。事实上，研究民间故事表演问题的理查德·鲍曼（Richard Bauman）已将民间故事的口头表演者称之为"故事讲述者"了："任何人都是潜在的故事讲述家，不必经过特殊的训练就可以成为讲述者。"①

"叙述者"和"讲述者"这两个名称尽管都可以指称叙事作品的陈述主体，但从各自本义而言，前者更多地指称纸传叙事作品的陈述主体，后者更适用于命名口传叙事作品的主体。当代叙事学中的"叙述者"，正如罗兰·巴尔特（Roland Barthes）所规定的那样，只是一个"纸上的生命"，即它是文本范围内的符号性存在。所以，巴尔特断言，"一部叙事作品的（实际的）作者绝对不可能与这部叙事作品的叙述者混为一谈"。② 他们的区别是，作者是文本外的存在，叙述者是文本内的存在。巴尔特对叙述者和作者之间的这个界定，已经被叙事学界普遍接受，文本内的话语和故事发送者与文本外的写作者，是两个不同界域中的存在，不可混淆。

但在神话传说这类叙事作品中，这个界定可能面临挑战。这是因为，神话传说在漫长的历史进程中主要以口传形式存在。而口传的讲述者并不仅仅是一个先在文本的简单复述者，他也是一个临场的创作者，他一定会根据特定表演（讲述）场景的需要和特定的表演程式而对神话原文本进行一定程度增删修改的处理。这种必然出现的情形，20 世纪 40 年代以

---

① ［美］瑞查德·鲍曼（Richard Bauman）：《作为表演的口头艺术》，杨利慧、安德明译，桂林：广西师范大学出版社，2008 年，第 35 页。

② 罗兰·巴尔特：《叙事作品结构分析导论》，载张寅德编选：《叙述学研究》，北京：中国社会科学出版社，1989 年出版，第 29 页。

后兴起的帕里—洛德(Parry-Lord)的口头诗学理论和60年代以后兴起的鲍曼(Richard Bauman)等人的民间文学表演理论,已经有非常实证的研究。阿尔伯特·洛德(Albert B. Lord)在考察20世纪上半叶南斯拉夫一带众多史诗歌手演唱情形的基础上发现,"非常真实的意义上,每一次表演都是单独的歌;每一次表演都是独一无二的,每一次表演都带有歌手的标记。……故事歌手既属于传统,也是个体的创造者。"①由此,他表达了一个有名的观点:"在这一过程中,口头学习、口头创作、口头传递几乎是重合在一起的;它们看上去是同一过程中的不同侧面。"②

洛德在具体的考察中发现,史诗歌手在具体的表演中,会根据现场听众的评价、要求和兴趣而对原文本做出一定的,甚至是极大的增删和改变。洛德记录了同一位歌手演唱的同一个叙事的不同异文,以及不同歌手演唱的同一个叙事的不同异文,发现它们长短不一,有的能相差几千诗行。如此巨大的差异,使得每一个歌手的每一次史诗演唱,都必然是集讲述、表演和创造于一身的人。在洛德看来,现代这些民间歌手演唱史诗的情形和规律,是荷马时代演唱史诗的诗人们共有的。他正是通过对当代民间歌手演唱史诗的研究,推断荷马时代史诗形成的过程和规律。而鲍曼则特别分析了口头文学研究中以文本信息为核心的传统研究存在的问题,指出"它们都倾向于将口头艺术看作是'以文本为中心的'(text-centered)。……对于这些方法的支持者来说,文本自身成了分析的基本单位和讨论的出发点。这严重地限制了我们建构一个有意义的框架,以便将口头艺术理解为表演、理解为特定情境下人类交流的一种样式和一种言说方式的努力"③。鲍曼提出一个"新生的文本结构"的概念,这个概念指的是,具体的讲述者在特定情景中根据需要对原文本进行的增删扩缩所形成的新文本结构,这种文本,既非"完全创新的"也非"完全固定不变的文本"④。

这意味着,在特定表演场合,讲述者既是神话的众多(集体)作者之一,也是故事的叙述者,或者说,这两者之间的界限在神话传说的讲述这

---

① [美]阿尔伯特·贝茨·洛德:《故事的歌手》,尹虎彬译,北京:中华书局,2004年,第5页。
② 同上书,第7页。
③ [美]瑞查德·鲍曼(Richard Bauman):《作为表演的口头艺术》,杨利慧、安德明译,桂林:广西师范大学出版社,2008年,第7页。
④ 同上书,第44页。

种场合很难像巴尔特所说的那样截然区分。巴尔特对"叙述者"的界定，潜在的对象是纸传叙事文本，主要通过阅读方式传播。在这种传播形式中，文本外的作者与文本内的叙述者、文本外的读者与文本内的受述者之间的区别是明显的。而神话传说主要是口传文本，在特定的讲述场合，作者与叙述者、听众与受述者，很难截然区分。这一重要特征，大多数当代叙事学家们一直没有强烈意识，乃至中国和西方学者都用当代叙事学"叙述者"（巴尔特所谓"纸头上的生命"）这一概念来研究神话传说的讲述主体。这当然不是不可以，但却忽略了神话传说的传播特征和讲述主体的跨界特征。

与神话讲述主体跨界性相关的是神话创作者的集体性，即它不像文明时代一部叙事作品（越往现代越是）由一个个体性作者一次性创造，而是由众多不知名的作者在讲述活动的历史中代相增删扩缩修改累积而成。这意味着一个神话的创造主体必然是集体性的。即使一部神话作品最后可能由某一个作者整理完成（如赫西俄德《神谱》或荷马史诗），但他改变不了这部神话作品集体创作的本质属性。

由此我们来讨论这种特征会给神话发送主体问题带来的理论困惑。在具体的口传场景中，讲述者是作者吗？既不是又是。说不是是因为他讲述的不完全是他创造的，而是有先在文本作为基础。说是是因为他又确实在讲述中对原文本增加或改变了一些东西，就是说他"创作"了一些东西，并且这些"创作"往往就是从他嘴里对听众讲述的时候发生的，他是这部神话作品许多无名作者之一。古代神话传说就是在这样的情景和过程中不断传承和改变的。那么他是叙述者吗？他是。他在场向听众讲述一个自己参与创造并正在创造着的神话传说故事，他当然是叙述者；但他又不只是巴尔特所说的"纸头上的生命"，因为他是表演现场的神话讲述者，现场的这个讲述者兼容了文本内那个符号性叙述主体但又超越了这个主体。同时，这个领有叙述功能的讲述者，在临场讲述过程中根据现场表演需要和自己的即兴意向对神话原文本进行某些修改、增扩或删减，他在进行强化或弱化的"创造"，这些"创造"是在讲述的当下产生和完成的。所以，讲述者是表演现场兼具创作者、表演者和叙述者三种身份于一身的主体。这样一个跨界性主体，用巴尔特界定的"纸头上的生命"的"叙述者"来命名，并不能完全表达其全部特征，用"讲述者"这个概念可能更准确、更合适。而"讲述者"这个概念，可能穿越文本和现实的区隔，既可以包括文本内那个话语与故事的发送者,也可以包括现实中那个在特定场合的讲述性表演者,还可以包括在表演过程中对既有神话文本进行临场增删修改的作者。

本雅明有一篇论文《讲故事的人》,主要是讨论口传叙事主体的。[①]这个讲故事的人,即故事讲述者,指特定场合以口耳相传的方式向别人讲故事的主体,是现实生活中的存在,同时也是故事讲述行为的主体。所以,本章也使用"讲述者"这个概念指称早期神话传说这样的作品陈述主体。这当然不是说本书不研究神话的书面形式,而是说这些书面形式是以口传形式作为底本的,在根本上携带口传性特征,并且载入书写文本时,其口传时期的一系列精神和艺术特征都依然保留着。

例如,《尚书·尧典》讲述尧舜故事一开始就有"粤若稽古"这样的首词,《楚帛书·甲篇》创世神话一开始就有"曰若"这样的首词,这与后世通俗说书人开场说"话说远古时期""话说"是一样的意思,其讲述者语气特征十分明显。赫西俄德《神谱》开始也说"让我们从赫利孔的缪斯开始歌唱吧"[②];《伊利亚特》一开始,诗人就请求缪斯女神:"女神啊,请歌唱佩琉斯之子阿基琉斯的致命的愤怒"[③];《奥德赛》第一句就是:"请为我叙说,缪斯啊,那位机敏的英雄……"[④];另一部大史诗阿波罗尼俄斯的《阿尔戈英雄纪》第一页也说"现在我要来歌唱英雄们的谱系和姓名"[⑤],这里"歌唱""叙说"并不是在比喻意义上使用的,而是在直指意义上使用的,古代希腊诗人们就是直接通过口头吟唱和叙说的方式讲述神与英雄故事的。即使到了中世纪,神话与英雄传说也主要还是以口传方式存在,如遍布北欧各国的讲述英雄故事的"萨迦"(Saga),就是口传形式为主的作品。"萨迦"在古日耳曼语中的本意就是"说""唱"的意思。对此,《萨迦》一书的翻译者石琴娥说:"'萨迦'这个名词是从动词衍生而来,源出于古日耳曼语,其本意是'说'和'讲',也就是讲故事的意思。公元十三世纪前后冰岛人

---

① 参看[德]瓦尔特·本雅明:《讲故事的人——尼古拉·列斯科夫作品随想录》,张耀平译,载《本雅明文选》,陈永国、马海良编,北京:中国社会科学出版社,1999年。
② [古希腊]赫西俄德:《工作与时日 神谱》,张竹明、蒋平译,北京:商务印书馆,1991年,第26页。
③ [古希腊]荷马:《荷马史诗 伊利亚特》《罗念生全集》第五卷),罗念生、王焕生译,上海:上海人民出版社,2007年,第5页。
④ [古希腊]荷马:《奥德赛》,王焕生译,北京:人民文学出版社,1997年,第1页。
⑤ [古希腊]阿波罗尼俄斯:《阿尔戈英雄纪译文》,罗道然译笺,北京:华夏出版社,2011年,第1页。

和挪威人用散文把过去叙述祖先们英雄业绩的口头文学记载下来,加工整理就成了《萨迦》。"①中国到中古时期将在勾栏瓦舍讲故事的行为称为"说书""说话",将它们的主体称为"说书人""说话人",都是在强调现场讲述的特征。而这种"说书""说话"的祖源,就是先秦甚或更早的"成相"活动。所谓"成相"的"成",指用诵读的方式演唱一个押韵性故事文本的行为,而"相"则指的是一种用熟皮制成的小鼓,用于演唱时拍打形成节奏,辅助演唱。现在看到的荀子《成相》是先秦用文字记载下来的最早的诵唱文,篇首"请成相",翻译成现代话即"请让我拍着小鼓唱一唱",其集创作者、表演者与讲述者于一体的特征十分明显。从荀子《成相》成熟的边叙边议、叙议结合的形式看,这种形式显然不是他创造的,而是来源于更早的时代,甚至可以追踪到上古神话时代。

因此本章用"讲述者"这样的概念来指称中西神话叙述主体可能比"叙述者"概念更合适。这个讲述者,既是他所讲述神话的集体性创造主体之一,也是表演现场的讲述主体,还是他讲述的神话文本的发送主体,它是融合了这三者的一个跨界性临场主体。对讲述者这种跨界性特征的认知,有助于我们突破当代叙事学对于神话叙述者认知的障蔽,而更逼近神话讲述主体特征的把握。

本章将从集体性角度探讨神话讲述者视角和类型的划分,以更合适深入地理解和分析神话叙事的主体特征。

二、神话讲述者类型划分的理论资源

关于神话讲述者划分,已有一些理论资源能直接或间接地提供参照启示。

首先是巴赫金(М. М. БАХТИН)话语理论的"说话者"概念。巴赫金在《马克思主义与语言哲学》一文中,重点研究了语言交流的具体活动状态,建立了超语言学理论。说话者和对话者是超语言学理论一对重要的概念。巴赫金说:"实际上话语是一个两面性的行为。……它作为一个话语,正是说话者与听话者相互关系的产物。……话语,是连结我和别人之间的桥梁。如果它一头系在我这里,那么另一头就系在对话者那里。

---

① [冰岛]佚名:《萨迦·译序》,石琴娥、斯文译,南京:译林出版社,2003年,第1页。

话语是说话者与对话者之间共同的领地。"①巴赫金还特别指出,所有的对话行为,都是在特定具体的社会与文化语境中发生和展开的。因为这种特征,所以说话者和对话者既内在于话语之中,又超出话语之外。巴赫金对话理论,是他所有文学理论的基础,也渗透在他的叙事体裁话语理论之中。"说话者"这一概念,有助于我们将叙述主体从形式—结构叙事学纯符号性的文本内解放出来,而在超文本意义上理解它。对应于超语言学中"说话者"这一角色的,在叙事学中对应的该是"讲述者"而不是"叙述者",因为"叙述者"这一角色已经被经典叙事学和英美小说理论锁定在文本内了。

本雅明更直接提供了"故事讲述者"的概念。他在《讲故事的人》一文中,专门探讨传统故事讲述者的类型和这种讲述者在近现代消失的历史原因。他从社会基本经济生产方式主体角度划分故事讲述者,将讲述者划分为农夫型和水手型两大类。农夫型讲述者,指从事农业生产的故事讲述者。水手型讲述者,指从事大海商贸活动的故事讲述者。本雅明还特别指出,这两类讲述者讲述的故事是大不相同的,他们讲述的故事,都与自己的经济生产方式和由此决定的生活方式密切相关。②本雅明对故事讲述者的划分,有三点特别值得我们注意:一是他是从社会的经济生产角度划分的,这意味着从事不同经济生产的主体和故事讲述者是很不一样的;二是与此相关,故事讲述者因此具有某种由其所在的经济生产方式所决定的集体性特征;三是这个讲述者是从故事内容角度来确定讲述者的,一个讲述者的特性,是由他讲述的故事内容和特征确定的。

女性主义理论家苏珊·S.兰瑟(Susan Sniader Lanser)在其代表作《虚构的权威——女性作家与叙述声音》(*Fictions of Authority:Women Writers and Narrative Voice*)中,对叙述者声音进行了超越结构主义和英美小说理论家的划分,她将"声音"直接当成讲述者的标志,她说,"在叙事诗学(即"叙事学")里,'声音'这一术语……至关重要。它指叙事中的

---

① [俄]М. М. БАХТИН:《生活话语与艺术话语 文艺学中的形式方法 马克思主义与语言哲学》,载钱中文主编《巴赫金全集》第二卷《周边集》,李辉凡、张捷、张杰、华昶等译,石家庄:河北教育出版社,1998年,第436页。

② 参看[德]瓦尔特·本雅明:《讲故事的人——尼古拉·列斯科夫作品随想录》,张耀平译,载《本雅明文选》,陈永国、马海良编,北京:中国社会科学出版社,1999年,第291—315页。

讲述者(teller),以区别于叙事中的作者和非叙述性人物"[①]。兰瑟将小说中的"声音"(有明显特征的讲述者)区分为个人型、作者型、集体型三大类,其中,"集体型"声音这个概念,就突破了经典叙事学和英美小说理论只将叙述者及其声音限制在个体性的观点。

为神话—原型批评理论家提供心理学基础的荣格(Carl Gustav Jung)提出了"集体的人"的概念。他将原始神话看作原始人的"集体表象",是原始人集体无意识的表达。荣格特别指出,"原始意象或者原型是一种形象(无论这形象是魔鬼,是一个人还是一个过程),它在历史进程中不断发生并且显现于创造性幻想得到自由表现的任何地方。因此,它本质上是一种神话形象"。[②] 原始神话的讲述者,在双重意义上是"集体的人":从神话作为民族集体无意识最早的表达形式而言,它的创造者在精神特征上必然是"集体的人"。而从传播方式角度讲,神话是一个民族或多个民族在漫长历史过程中无数人口耳相传的作品,从传播主体角度讲,任何神话讲述者必然是"集体的人"。这种"集体的人"不仅存在于原始神话中,还存在于现代个体性作家心理深处。荣格将现代作家区分为心理型作家和幻觉型作家。心理型作家表达的是自己能意识到的心理内容;而幻觉型作家表达的是作家不能意识到、但不由自主被其控制的集体无意识。他将幻觉型作家称之为"集体的人",即代表人类集体无意识发言的人。"作为艺术家他却是更高意义上的人即'集体的人',是一个负荷并造就人类无意识精神生活的人。"[③]

综上,迄今对叙事(讲述)主体类型的划分中,主要有两种基本的取向:一种执着于个体性,一种注重集体性。相比较而言,个体型叙述者的理论发展已经十分充分了。英美小说理论到形式—结构叙事学和后结构叙事学,对叙事主体的研究都是集中在个体型叙述者基础之上的,可以说这个角度的研究取得了最为丰富的成果,研究的也最为透彻细致。尽管不能说已有的个人型叙述者研究成果已经穷尽了这个角度研究的所有可能性,但空间已经十分有限了。而集体型叙述者的研究则要逊色得多,成

[①] [美]苏珊·S.兰瑟:《虚构的权威——女性作家与叙述声音》,黄必康译,北京:北京大学出版社,2002年,第3页。

[②] [瑞士]荣格:《心理学与文学》,冯川、苏克译,北京:生活·读书·新知三联书店,1987年,第120页。

[③] 同上书,第141页。

果寥寥无几。即使是上面介绍的本雅明、荣格等,基本也只是提出了个别概念,但并未有深入的研究成果。而神话的集体性跨界叙述者则基本是一片广阔的处女地,尚待拓荒。

划分神话讲述者类型,可能存在多种视角,我的视角是社会学的,即从神话与社会生产结构关联的视角切入和展开。

第二节　神话讲述者类型划分的理论框架

本书从社会学视角对神话讲述者进行划分和研究,前提是要确定一个社会学理论框架。本章选择的是马克思主义的社会生产理论,在此基础上借用当代某些可与之相融的相关理论作为本章的理论基础。

一、历史唯物主义的社会生产结构论

本雅明对故事讲述者的划分视角是社会学的,他的理论基础是马克思主义历史唯物主义,不过他借用的还只是马克思主义创始人在中期如《政治经济学批判·序言》中表述的那个以经济生产为基础来描述整体社会结构的经典理论。但到晚年,马克思、恩格斯对历史唯物主义理论的表述有了很大的修正,这个修正一直没有得到我们的重视,但其实对于我们理解人类社会,尤其是人类艺术生产主体的特征有极大意义。在1884年出版的《家庭、私有制和国家的起源》这篇长文的首版《序言》中,恩格斯对全文的基本思想做了这样的概括:

> 根据唯物主义观点,历史中的决定性因素,归根结底是直接生活的生产和再生产。但是,生产本身又有两种。一方面是生活资料即食物、衣服、住房以及为此所必需的工具的生产;另一方面是人自身的生产,即种的繁衍。一定历史时代和一定地区内的人们生活于其下的社会制度,受着两种生产的制约:一方面受劳动的发展阶段的制约,另一方面受家庭的发展阶段的制约。①

---

① 中共中央、马克思恩格斯列宁斯大林著作编译局:《马克思恩格斯选集》第四卷,北京:人民出版社,2012年,第13页。

根据这个历史唯物主义的表述,在人类历史进程中有基础性作用的生产有两种:一种是物质生产(经济生产),一种是人自身的生产("种的繁衍",我称之为种群生产)。人类其他社会活动都是建立在这两种生产基础之上并受其影响和制约的。这就与中期那个只强调经济生产基础作用的社会结构理论大不相同。而且,恩格斯在这篇重要论文首版序言一开篇就明确说到这篇论文在某种意义上是为已经逝世的马克思"实现遗愿",表达了马克思和他对历史唯物主义的"最新思考"(这也成了他们的最终思考)。恩格斯说他写这篇论文是"稍稍补偿我的亡友未能完成的工作"①。马克思、恩格斯所以到晚年对历史唯物主义有这样的思考,是因为他们晚年阅读了大量人类学著作,关注到以前未曾关注或关注得不多的一些领域和问题,所以,才萌生了在新的知识视野基础上重新表述历史唯物主义的念头。这个念头在马克思那里没有实现,他只留下了大量的人类学笔记和核心观点,是恩格斯将这个遗愿完成了。因此,两种生产基础论,是马克思、恩格斯对于历史唯物主义的最终表述。这意味着,我们从社会存在基础的角度考察一个社会的精神生产方式,只考察经济生产方式那是片面了。而且,我们必须看到,从人类终极目标是作为种群的人的自我完善和全面发展这一角度讲,种群生产对于人类社会具有更基础的地位,经济生产在终极的意义上,也是为这一目标服务的。在这个意义上,种群生产相比经济生产更具有基础意义。

我们可以对马克思主义创始人最终表述的这个历史唯物主义理论中两种生产的层次稍加调整,得出一个社会生产结构的分层模式,即将社会结构从生产理论角度区分为"种群生产—经济生产—权力关系(政权)生产—社会意识生产"四个层面。由于社会意识生产直接表达社会权力关系生产的要求并受其直接影响甚至决定,所以,在本文中我们将权力关系生产略去,而按三层次讨论。

二、种群生产视角中神话讲述者类型划分

所谓种群生产,是笔者对恩格斯"人自身的生产"做更学术化处理的一个概念,指的是人为了自己个体和群体的生存、延续、发展而进行的生

---

① 中共中央、马克思恩格斯列宁斯大林著作编译局:《马克思恩格斯选集》第四卷,北京:人民出版社,2012年,第13页。

命生产活动以及由此产生的一系列社会组织和社会关系。种群生产主要涉及两性关系、家庭关系、氏族、家族和宗族关系,由这种关系泛化的民族关系、种族关系,以及人族(人类)关系。其中,两性关系和氏族、家族及宗族关系是基础性的。种群生产伴生出与此相关的血缘或泛血缘关系为基础的社会制度和社会意识结构。

从种群生产角度考察,人类经历过母系社会和男权社会两种家庭模式,相当意义上,母系社会主要是一种以女性标记世系的群居性或多偶性社会,即人类学所谓群居杂交和普那路亚大家庭社会。这是一种民知有母不知有父的社会。而男权社会则是从群居社会走向对偶婚制并过度到一夫一妻或一夫多妻制家庭。理论上讲,两种社会都可能产生神话,但进入文明社会早期,是父权制家庭组成的社会,这个社会产生的神话,必然是从男性角度讲述的神话。今天我们能看到的几个古老的文明民族早期的神话,都是男权社会的神话,这几个古老文明民族更早的母系社会神话是怎样的,我们已经无法充分了解。这是因为在男权社会早期,母系社会神话大多会被删除、改造和扭曲,其女性主体的地位会被取消,女性精神特征会被改变。普罗普在《神奇故事的历史根源》一书中讲到,后世神奇故事中,许多形象其实来源久远,是母系社会传过来的,只是在男权社会被做了妖魔化、贬低化处理。他举的一个典型例子是俄罗斯神奇故事中那种孤独怪癖、神通广大、面目丑陋、害人食人、独身无夫的老妖婆形象,其实是母系社会女首领的神性形象在男权社会被妖魔化、贬低化处理的结果。① 而在母系社会,她的形象肯定要正面得多。母系社会的神话,进入父系社会后,都会被男性讲述者根据男性的立场和态度进行重新处理,重新讲述。大多数情况下,删除、遮蔽、贬低化、妖魔化改写,都是必然的处理原则。我们现在看到的几个古老民族的神话,都是男权社会的神话,这种神话中,对母系社会的神话都会做如上的处理。

但有些父系社会的神话,对女性神话还没有那么极端地删除、遮蔽、贬低化和妖魔化改写,女性的历史地位和作用相对获得了保留。尽管中国和西方史前母系社会阶段的神话我们今天已经遥不可见,但中国一些少数民族进入父系社会较晚,他们的神话中还保留有母系社会神话的明

---

① 参看[俄]弗拉基米尔·雅可夫列维奇·普罗普:《神奇故事的历史根源》第三章《神秘的树林》,贾放译,北京:中华书局,2006年,第49—131页。

显特征。例如中国满族创世神话就是一个例子。

满族创世神话《阿布凯赫赫创造天地人》和《天宫神魔大战》中,创世天神叫阿布凯赫赫,是一个女天神,也是创世天母,她带领众多女天神创造了宇宙、天地和人类。但后来世界遇到了厄难,这厄难是由她的师弟耶路哩带领地底下的恶鬼恶妖,加上从扫帚星(彗星)上来的几位天魔造成的。阿布凯赫赫带领众多女天神和耶路哩及其恶魔的队伍展开激烈的战斗,胜负互有,但最后她们还是被耶路哩和恶魔们用诡计封冻在冰山中无法动弹了。阿布凯赫赫的师弟、男天神阿布凯巴图于是带领众天神又和耶路哩及其部下展开了激烈战斗,最后打败了耶路哩及其部下,解救了被冰封的阿布凯赫赫以及众多女神。因为这场战争中的表现,阿布凯赫赫知道自己的时代过去了,于是将天宫交给阿布凯巴图管理,自己带着众女神跟着她们的师傅老三星到第二层天修炼去了。①

《阿布凯赫赫创造天地人》和《天宫神魔大战》基本将创世活动分为两个阶段,一个是初创阶段,二是再创阶段。初创阶段,宇宙、天地、人类是由女天神即天母带领众多女神创造的。后来发生了争夺宇宙领导权的战争,在这场战争中,女天神的敌人是男性恶魔。她们被男性恶魔打败。最后又是另一群男天神打败了这些男性恶魔,解救了被冰封的女天神们。但天宫的掌管权力也因此转移到男天神群体了。"天宫从此由女性神天母掌管变为由男性神天神掌管,这是天空历史的一个大变动。"②这是用神话方式解释人类社会由女性主宰到男性主宰历史过程的。这种神话尽管是男性创造的,但在这个神话中,女天神首创世界的功劳还是得到了肯定。这样一个神话的讲述者,尽管也是男性,但是一个明显带有女性特征的男性,或者说这个讲述者的男性立场并不以绝对否定女性、贬低女性为前提。因此,在不同民族男性时代创造的神话中,对女性历史地位的态度和处理也不尽相同,女性特征在男性神话中的存在程度也不一样,这会体现在神话的讲述者特征中。

当然,更重要的是,父系社会有与母系社会完全不一样的家庭和社会结构、社会生活,必然催生出父系社会独有的神话。因此,从集体性讲述

---

① 可参看满族神话《阿布凯赫赫创造天地人》和《天宫神魔大战》,载陶阳、钟秀编《中国神话》(上册),北京:商务印书馆,2008年,第140—180页。

② 陶阳、钟秀编:《中国神话》(上册),北京:商务印书馆,2008年,第178页。

者角度考察男权社会早期神话,我们可以说,不管男权社会中不同民族神话有多少差别,但有一点是共同的,那就是,这个社会的神话是男性讲述者讲述男性为主体的故事,表达的是男性对人类与世界的经验与想象。一如母系社会的神话,应该是女性讲述者讲述的以女性为主体的神话一样(上面介绍的满族创世神话中初次创世是由女天神们完成的神话,也许是满族在母系时代创造和流传下来的),那种神话,表达的是女性主体对世界的经验和想象。需要说明的是,这里说的男性、女性,不是从生理学角度对讲述者的判断(很多时候我们也很难判断一个神话讲述者的生物学特征),而是从集体无意识的精神特征角度进行的判断。从这个角度讨论神话讲述主体的特征,我们可以说,母系社会(不论任何氏族)所有神话故事都有一个集体无意识的女性讲述者,而男权社会(不论任何民族)神话故事中都有一个集体无意识的男性讲述者。笔者借用荣格的阿尼玛(anima)和阿尼姆斯(animus))两个原型名称,分别指代神话中的集体无意识女性讲述者和男性讲述者。需要特别说明,本处使用这两个概念和荣格的本意是有差别的。

阿尼玛和阿尼姆斯,是荣格在描述人类集体无意识构成时,对其中两种性别原型的命名。他认为,从深层无意识角度讲,人类千百万年的两性关系和生活经验都在男性和女性心理中积淀了一些关于异性的原型,他将所有男性集体无意识中的女性原型,都以阿尼玛命之,所有女性集体无意识中的男性原型,他都以阿尼姆斯命之。[①] 所有男性和女性,都同时天生地继承了阿尼玛和阿尼姆斯原型;在后天的生活实践中,这两个原型获得显现的机会在不同男性和女性身上各不一样,从而形成了特定个体不同的性别气质和人格特征。但笔者要特别说明,本书在这里借用这两个概念,并不完全在荣格原义上使用它们,而只是想用它们指代人类神话讲述者的集体无意识性别特征。在本书中,阿尼玛纯粹是女性的代称,而阿尼姆斯,纯粹是男性的代称。那么,如何判断讲述者集体性精神性别特征呢?故事讲述者精神性别形象判断的依据是什么?本章主要是从神话讲

---

① 荣格在多篇论文中谈及阿尼玛和阿尼姆斯原型两个概念及其内涵和表现,可参看[瑞士]卡尔·古斯塔夫·荣格:《荣格文集》第五卷《原型与集体无意识》一书(徐德林译,北京:国际文化出版公司,2011年)。但他的表述比较缺乏概括的明晰性,美国学者C.S.霍尔、V.J.诺德贝著《荣格心理学入门》(冯川译、陈维政校,北京:生活·读书·新知三联书店,1987年)这部介绍性小册子对这两个概念有较好概括,可参看该书第52—56页。

述者角度讲述两性故事,这些故事显示讲述者是从对两性关系的认识和态度这个角度判断的。

如果我们从种群生产方式角度考察神话史诗的讲述者,可以从古代人类家庭主角的性别特征角度来考察。例如,母系社会家庭女性占有很高的地位,其神话讲述主体很可能是女性;但在父权制社会的家庭中,男性占有主导性地位,神话讲述主角就成了男性。不同社会不同神话讲述者的精神特征当然会有相应差异,讲述的内容、角度、故事类型也会不同。当代女性主义叙事学关注的正是这个视角中的部分领域。

但种群生产不只涉及两性关系和家庭,因为以两性和血缘关系为基础的家庭是社会的基础,并且和更大的社会共同体如家族、宗族、民族、种族,甚至人类等都有一种内在的关联,这种关联就在于这些更大的社会共同体都是以血缘和泛血缘关系为纽带的。而这些关系,从远古延伸到当代,一直深刻地影响着人类社会关系和社会生活以及社会共同体的组织与运作,当然也必然影响着叙事活动。不少叙事活动的讲述者、讲述视角、故事与人物类型都与这个层面相关。因此,我们可以从族群角度,粗略地将人类神话讲述者类型划分为族群(家族、宗族、民族等)型讲述者和人类型讲述者两大类。

三、经济生产视角中神话讲述者类型划分

从社会经济生产角度划分讲述者类型也是可能的且具有特殊洞见。人类社会迄今历时或共时地存在过几种基本经济生产方式,它们分别在不同的时代和空间中主导着特定社会,这种基本经济生产方式会造成一些主导性、群体性的生活方式和社会关系,也会形成主导性的生产者身份,如本雅明所说的水手型和农夫型生产者。但他的分类显然过于简单。如果说人类所有叙事作品都直接或间接地讲述着特定生产方式中生活的人们的所见所闻、所知所想,那相同或相近的生产方式和以此为基础的社会生活必然成为其故事讲述者讲述的共同内容,这些内容的相近和相同,意味着一个超越所有讲述个体、人们都未曾意识到的集体型讲述者的存在。

普罗普在研究神奇故事的起源时,有一个基本的判断,他认为神奇故事产生的历史阶段,基本是前农业社会阶段,即狩猎和游牧阶段。而到了农业社会,这些神奇故事产生的历史基础就不复存在了。但这个观点显

然是简单了,农业社会一样在产生许多神奇故事。而且,普罗普还没有涉及游牧和海洋商贸为主要生产方式的社会;如果我们将这些社会都考虑在内,就不难发现,它们都可能产生包括神话在内的神奇故事。问题也许不在于它们各自能不能产生神奇故事,而在于产生怎样的神奇故事。从社会经济生产方式而言,我们发现,大量的神奇故事,都产生在狩猎、游牧、农业和古代商贸活动之中。

本雅明的著名论文《讲故事的人》,专门讨论了传统的以口传为主的故事讲述者在现代社会的命运及其原因。在他看来,传统的建立在口传基础之上的故事讲述者,在现代社会基本消失了,这个根本的原因自然是因为与社会科学技术发展密切相关的传播方式的改变。字媒和电媒的出现,终结了口媒为主的讲述主体,即故事讲述者。而在口媒时代,故事讲述者无处不在。本雅明告诉我们,这些故事讲述者讲述的故事,基本和自己由特定生产方式决定的生活经验与经历相关,因此从事不同职业的人讲的故事大不相同。他在众多讲故事人的类型中,特别提出两种类型,即水手型和农夫型:

> 德国有句话:"远行者必会讲故事。"在人们的想象中,讲故事的人就是从远方归来的人。但他们同样喜欢听守在家里、安安分分过日子,了解当地掌故传说的人讲故事。如果要通过他们在旧日的典型来刻画这两种类型,那么一个可由作为当地住户的农夫代表,另一个则是商船上的水手。实际上,可以说每一个生活圈子都会产生其讲故事的人的群体。①

本雅明这里将讲故事的人分为农夫型和水手型,分别对应于两种经济生产方式,即农业经济方式和海洋商贸经济方式,这种划分建基于他所讨论的德国或欧洲当时的社会生产方式。如果我们将全人类不同民族和国家讲故事的人和故事作为考察对象,将发现,在口传时代,几乎所有经济生产方式都会产生与之相关联的讲故事的人和独特的故事。我们至少可以区分出采集、渔猎、游牧、农业、商贸几种大的经济活动类型,这每一类经济生产方式的从业者都会产生自己讲故事的人和故事。例如,人类

---

① [德]瓦尔特·本雅明:《本雅明文选》,陈永国、马海良编,北京:中国社会科学出版社,1999年,第292页。

史前大量的图像叙事和图腾叙事与狩猎活动相关,部分与游牧活动相关,少部分与农业活动相关。所以,若从经济活动类型角度划分故事讲述者类型,我们大体可以划分出采集型讲述者、猎手型讲述者、牧人型讲述者、农夫型讲述者和水手(商贸)型讲述者五种类型。在这个前提下,从社会主导性经济生产方式角度观察中国和两希古代神话讲述者类型,将发现中国神话的讲述者主要是农夫型的,而希伯来神话讲述者主要是牧人型的,希腊神话的讲述者则主要是水手型的。这分别与三个民族主导性经济生产方式相关。

  这倒不是说,农业经济为主的古代中国先民就不从事游牧和商贸活动,也不意味着两希民族古代就没有农业经济活动,这只是就其长期的、主要的、对其精神世界产生深远影响的主要经济活动方式而言的。例如,赫西俄德就是一个农夫,他的《工作与时日》还专门劝导弟弟好好从事农作。但整个希腊主导性的经济活动是商贸,而且种植业、手工业等,都与商贸活动建立了密切协同关系。所以,雅典为代表的希腊主导性经济活动,还是海洋商贸活动。又如古代希伯来人,在他们定居迦南以后,也部分从事农业,但漫长的岁月中,他们主导性的经济生产方式还是游牧。弗里德里克·詹姆逊有一个认知是对的,每一个社会的经济生产方式都是多种生产方式并存的复合型结构,处于这种结构中心的是主导性的生产方式,它决定着一个社会的基本性质。所以,从主导性经济生产方式中的生产主体角度确认古代社会神话讲述者,大体是合适的。

四、社会意识结构生产视角中神话讲述者类型划分

  任何社会,都有社会的精神系统生产活动,由此产生特定的社会意识结构。任何社会都有特定的意识结构,这个意识结构是多层次的。精神分析社会学家弗洛姆(Erich Fromm)《在幻想锁链的彼岸——我所理解的马克思和弗洛伊德》(*Beyond the Chains of Illusion——My Encounter with Marx & Freud*)中,将马克思主义社会论视角和精神分析学视角结合起来对社会意识结构进行的研究颇具启发性。他将社会意识结构划分为社会(显)意识和社会无意识两个部分;社会(显)意识是指社会成员都能意识到的部分,是社会希望其成员都意识到的部分;社会无意识则是指社会成员意识不到(或不愿意意识到)但构成一个社会成员意识基础的部分。他说:"每一个社会都能决定哪些思想和感情能达到意识的水平,哪

些则只能继续存在于无意识的层次。"①弗洛姆这里的划分和对社会意识的理解显然还不够全面，而且他对社会意识结构各层次的内容和它们之间的关系和演变规则也缺乏深入实际的考察。但他将社会论视角和精神分析视角相结合而对社会意识进行分层划分的思路则是可取的。

我借鉴这一思路，但对社会意识结构的划分和每一层面内容的界定与他有很大不同。社会意识指一个社会成员群体性表现出来的对社会的感受、情感、认知、想象、意愿等精神内容。无论从逻辑还是事实上，任何阶级社会的社会群体都必然是分层结构，有统治者群体，有非统治者群体，还有被统治者群体。他们对社会的意识必然有较大差异，由此形成特定社会具有内在矛盾性和冲突性的社会意识结构。我将社会意识结构划分为社会显意识（社会统治者群体的意识，它们是一个社会主导性的社会意识）、社会前意识（社会统治者群体可以容忍的社会意识）、社会无意识（社会统治者群体排斥压抑的社会意识）三个部分。可以说，包括早期阶级社会的任何阶级社会的社会意识结构，都是这样由三层次社会意识构成的。

阿尔都塞（Louis Althusser）谈到意识形态时，有一个重要思想，即任何社会的意识形态都会"唤问"自己的主体（承担和实践者），这意味着一个社会的主体是同质的，即其精神世界都是由社会统治阶级的意识形态构成的。但从我的社会意识结构三层次理论角度看，这样的说法简单化了。一个社会社会意识结构的每一个层面都会"招募"承担自己的主体，从而形成复合型社会主体结构。叙事正是不同社会意识主体表达自己的重要方式。现代所有的社会主体，在叙事这种表达方式中，都会意识到自己是一个独特的叙述个体，但未必都能意识到实际上自己又是特定社会意识招募的集体性叙述主体，他们都成了这种社会意识的代言人、表达者，或者与之相关。所以，不管叙述者是否意识到，所有被特定社会意识招募的讲述个体后面，都有一个集体性讲述主体存在。这种叙述主体的集体性特征，只要我们回顾近现代中国文学中那些主要的文学现象就能清醒地意识到。

本章没有使用学术界流行的"社会意识形态"的概念，而使用"社会意

---

① ［德］埃里希·弗洛姆：《在幻想锁链的彼岸——我所理解的马克思和弗洛伊德》，张燕译，长沙：湖南人民出版社，1986年，第93页。

识结构"的概念。两者的区别何在？本人撰有专文讨论这个问题①，简要地说，因为"意识形态"这个概念自其提出以来的二百多年间，不同学者已经赋予了十分不同甚至完全对立的内涵，在这个基础上再使用这个歧义纷呈的概念作为学术研究的核心范畴，如果不做深入细致的语义分析和厘定，必会导致分析哲学所指出的"聋子的对话"的无效状态。同时，从理论的逻辑展开角度考察，一个作为核心范畴使用的概念，必须有逻辑地衍生出二级、三级概念群的内在潜能，而"意识形态"在被使用的二百多年间，没有发展出有内在逻辑性的二级、三级概念群，可见其不具有这样的潜能。鉴于上述原因，本章大多数地方都将这个概念悬搁，而采用"社会意识结构"这个概念来描述人类社会精神系统的构成，并结合精神分析学提出社会显意识、社会前意识、社会无意识三个二级概念，以细分性描述"意识形态"这个概念无法清晰地描述的人类社会观念系统的复杂而多层构成，以及它们之间的复杂关系。这个分层多少吸纳了弗洛姆的"社会意识"和"社会无意识"分层的概念，但远远超越了他的思想。因为在弗洛姆的论述中，只将社会区分为社会意识和无意识两个部分，并未对社会意识各层之间的复杂交流、演变机制和逻辑做深入研究，我在自己的论文中对此做了大体的勾勒，并将在后续研究中进行更细致的表述。本处因目标所限，暂不展开。本章也只需要以"社会意识结构"的概念来满足描述古代神话集体性讲述主体之用。

这当然不是说本书完全不使用"意识形态"这个概念，在不太能产生歧义性理解的地方，本书也还会偶尔使用这个概念来一般性地指称整个社会观念系统，但在需要对社会精神结构系统内部的构成和变化规律进行描述和分析时，我们一般不使用这个概念，因为这种时候这个概念的效度就十分有限。

从社会意识结构生产角度划分叙事作品的叙述主体，不仅古代，近现代仍然有效。阿尔都塞（Louis Althusser）说，"所有意识形态都通过主体这个范畴发挥的功能，把具体的个人唤问为具体的主体。"②他在其有关

---

① 参见张开焱：《话题疲劳与问题转换——从文学与意识形态关系研究转向文学与社会意识结构关系研究》，载钱中文主编：《理论创新时代：中国当代文论与审美文化的转型》，知识产权出版社，2009年，第276—279页。

② [法]路易·阿尔都塞：《论再生产》，吴子枫译，西安：西北大学出版社，2019年，第488页。

论意识形态国家机器的著作中,反复强调"意识形态把个人唤问为主体"这个命题,可见这是他关于主体的核心思想。他特别指出,主体的所有思想都不来源于个人自身,而来源于从家庭开始的所有意识形态国家机器的灌输,"这个主体的各种观念就是从这些机器里产生出来的"①。

本章将阿尔都塞的"意识形态"替换为"社会意识结构",尽管阿尔都塞关于主体与意识形态关系的论述有特殊的洞见,但却是将复杂的问题简单化了。在他的论述中,多次引述马克思的相关论述和观点,认定意识形态就是社会的统治集团的观念系统。但其实马克思主义创始人的思想中对社会精神构造的表述是复杂的,他们谈到任何社会中居统治地位的思想都是统治阶级的思想,这就意味着他们并不认为统治阶级的思想是一个社会唯一的思想。因为逻辑上有统治阶级的思想也就必然有被统治阶级的思想,有居于统治地位的思想就必然有处于被统治地位的思想,双方都以对方的存在为前提。尤其是近现代资本主义社会,资产阶级有自己的社会意识,无产阶级也有自己的社会意识,马克思主义就是资本主义社会无产阶级社会意识的典型代表。这就意味着阶级社会的意识是立体结构,而不是单层构成。

事实上,人类任何一个社会共同体中的社会意识结构都是多层和复杂的,阿尔都塞只强调了统治阶级的意识(意识形态),却回避或抹杀了被统治阶级意识和非被统治阶级存在的必然性和重要性,所以,他将社会主体都看成统治阶级意识形态"唤问"的主体就是片面的。任何社会,社会意识结构三层面都会"唤问"自己的主体即承担者,并将自己的要求体现在其主体的实践活动之中。由此必然产生社会显意识主体、社会前意识主体、社会无意识主体,混合型、分裂型(对话型)或超越型社会意识主体等多种主体类型。任何社会的主体必定是一个复合型结构,且充满内在的冲突。

所以,马克思主义创始人的思想潜含着一个基本认知,即一个社会的意识是立体结构,而不是单层构成。阿尔都塞只强调了统治阶级的意识(意识形态),却回避或抹杀了被统治阶级意识存在的重要性。所以,他将社会主体都看成统治阶级意识形态"唤问"的主体就是片面的。任何社会,其社会意识结构都是复杂的,越到现代社会越是如此。

---

① [法]路易·阿尔都塞:《论再生产》,吴子枫译,西安:西北大学出版社,2019年,第482页。

叙事活动作为社会意识生产活动,其主体必然与社会意识结构生产的主体密切相关,这种活动的主体即讲述者总会有意无意地成为特定社会意识的承载者,将特定社会意识转化为叙事话语和故事。古代神话讲述者正是这种社会意识结构不同层面的特定主体。我们可以从社会意识结构三层次角度,将神话的集体性讲述者划分为社会显意识讲述者、社会前意识讲述者、社会无意识讲述者三种类型。我们也可以从不同神话讲述主体对待社会显意识的立场和态度,将神话讲述者划分为接受(认同)型讲述者、逆抗型讲述者、调和(混合)型讲述者、冷讽型讲述者、超逸型讲述者等类型。还可以从原始社会的社会意识生产者巫师与巫术在不同阶段和不同社会的演化路径角度划分神话集体性讲述者的类型。本书同时从这两种角度对作为社会意识生产主体的神话讲述者类型进行划分和描述,以展示不同视角的潜在视域和洞见。

第三章
社会生产结构视角中
中西神话讲述者类型(上)

我们将以上章关于社会生产结构与神话讲述者划分的理论,分别从社会种群生产方式、经济生产方式、社会意识生产方式三个层面,对中国和两希神话讲述者类型和特征进行比较性描述和分析,这个描述和分析希图解释三个民族基本生产方式的差异是如何影响到各自神话讲述者类型和特征,并进而影响到神话讲述的话语与故事特征的。

本章将从种群与经济生产方式视角讨论中国和两希三个民族各自神话叙述者的异同。

第一节　性别视角中中西神话三种阿尼姆斯讲述者

本节我们从种群生产视角研究中西神话讲述者的精神性别特征。这一视角又可以细分为相互关联的两个分视角,即性别视角和族群视角。

从性别视角对神话叙事者进行分类,我们以荣格提出的一对性别原型阿尼玛(anima)和阿尼姆斯(animus)命名神话的精神性别讲述者,并对其特征和产生的原因进行描述。

我们发现,今见中国和两希三个民族早期神话不管有多少差别,其讲述者都是一个阿尼姆斯型主体。这个集体无意识讲述主体讲述的神话世界有如下特征:A.神话世界的主角是男性,主要的故事也是男性的故事;B.女性在这个阿尼姆斯讲述的世界中处于配角地位;C.男性的原则和价值观念成为这个世界的基本法则和价值观念。不管中国与两希古代神话有多少差别,无意识层面的讲述者和他们讲述的故事,都具有如上基本特征。

尽管如此,中国和两希神话这个阿尼姆斯型讲述者的男性化程度还是有很大区别,我们可以将他们区分为超强阿尼姆斯型、较强阿尼姆斯型、较弱阿尼姆斯型三种类型。如果以三个民族神话中最具有典型性的神祇形象命名,这三种类型分别对应于希伯来神话中的耶和华、希腊神话中的宙斯、中国神话中的颛顼。

一、希伯来神话中的超强阿尼姆斯型讲述者

在三个民族中,男性化程度最高的当属希伯来神话的讲述者,他是一种超强阿尼姆斯型讲述者,我们将其命之为耶和华型。这样命名,是因为耶和华这位希伯来人的圣帝是一个超强的男权主义者,《旧约》神话传说的讲述者讲述的故事中,都有意无意地体现了男性对世界的绝对主宰地位。

首先,这个超强阿尼姆斯型神话讲述者讲述的神话是一神教神话,这个神话世界中,只有一个唯一的神耶和华,他是一个男神。他创造了世界的一切,控制着世界的一切。

这个讲述者还讲述了耶和华创造人类的经过。人类从肉体到精神,都是他创造和赋予的。这意味着,人类的创造和女性完全无关。这种违背生物学基本事实的神话连女性对于人类生育的权力也剥夺了,这样做无非是在强调男性是世界一切的创造者和主宰者。这只要比较一下希伯来人创造的神话与苏美尔人创造的神话就会有强烈印象。在苏美尔人类起源神话中,人类是天神安启和她的海洋母亲宁马赫共同创造的。宁马赫用海底的泥土发酵创造了人类的形体,安启向泥人鼻孔里吹气给了人类生命和灵魂,并主管人类的命运。尽管这个神话强调了男性在赋予人类以生命过程中的更为重要的作用,但毕竟没有否认人类的身体来自女性创造这个事实。希伯来祖先曾经在两河流域的乌尔生活过几百年,其文化深受苏美尔文化的影响,但苏美尔神话中男性的相对主导性地位与希伯来神话中男性的绝对主导地位,是两者之间很大的不同。在《创世记》的讲述者那里,不仅人类的灵肉都是一个男神创造的,就是人类的女性也是男性的一部分。人类最早的女性夏娃是耶和华用人类男始祖亚当的两根肋骨创造出来的,这一故事关目暗含的基本认知是,女性就是男性

的一部分,是从属于男性的,当然也必须绝对服从男性。所以,耶和华将人类始祖赶出伊甸园时诅咒夏娃说:"我必多多加增你怀胎的苦楚,你生产儿女必多受苦楚。你必恋慕你丈夫,你丈夫必管辖你。"①这就从根本上将男性对于女性的主宰和控制赋予了神性的合法性。

其次,《旧约》讲述者讲述的几乎所有神话与传说,都是男性为主角的故事,这是一个男性主宰和生活的世界,女性在这些故事中只是配角,甚至配角也不是,她们没有一个人有自己独立的故事和生活。我们发现,无论中国、希腊、罗马还是北欧神话中,女神都多多少少存在,并且都有一定司职,有的司职和能力甚至还是男神无可替代的。但希伯来只有一个唯一的神,这个神是一个男性神。这个世界完全和女性无关。不仅神界如此,就是受神控制和影响的人类界,也没有一个女性具有重要意义和地位。在人类各族群古代神话中,像这样将极端男权主义贯彻到底的神话讲述者,希伯来几乎是唯一的。

又其次,《旧约》的讲述者不仅讲述的故事完全是男性为主角的故事,而且所讲述的至上神的性格和精神特征也充满强烈的男性特征。正如弗洛伊德《摩西与一神教》(*Moses and Monotheism*)、白德库克(C. R. Badcock)《人类文明演进之谜——文化的精神分析》(*The Psychoanalysis of Culture*)等书指出,《旧约》中的至上神耶和华是一个专横暴戾、说一不二的惩罚性天神。只有信仰膜拜他、匍匐在他跟前唯命是从的人才能得到他的赐福和恩典,而对于冒渎和不信仰他的民众他则毫不怜惜、必施惩罚,由此滥杀无数。他用大洪水毁灭过除挪亚一家外所有人类和地球上的生物,他因为所多玛(Sodom)和蛾摩拉(Gomorrah)人不善待和信奉他而将两城人民一概烧尽。他多次将希伯来人中不信奉他的人无情击杀:将埃及所有家庭的长子全部击杀,将追赶摩西率领的希伯来人的几十万埃及军队尽数葬身红海海底……可以说,在几个古代文明民族宗教神话中,最充满杀气的天神就是耶和华。但《旧约》的讲述者是站在完全肯定的立场讲述耶和华这些杀戮行为的。耶和华这种惩罚型上帝的特征,正是一个专横暴戾的父亲形象。弗洛伊德从精神分析学角度说耶和华的形象,是希伯来民族内心"原始父亲"的形象,这个判断应该极有道理。《旧

---

① 《圣经》之《旧约》,中国基督教三自爱国运动委员会、中国基督教协会,南京:南京爱德印刷有限公司,2016年,第3页。

约》神话传说的讲述者,是完全肯定并坚定信仰这样一个原始父亲和他的一切作为的讲述主体,他是一个极端男性化的超强阿尼姆斯形象。

最后,《旧约》讲述者的男性特征,不仅体现在耶和华身上,也体现在他讲述的其他故事主角身上。《旧约》中所有故事的主角,都是男性,女性在任何一个神话传说中,都只是配角,甚至是毫不重要的配角。在伊甸园中,人类始祖母夏娃的形象是否定性的。她不仅是耶和华从男性始祖身上取下的肋骨做成的,而且还是引诱男性堕落的罪魁祸首。这就成了女性永恒的原罪。在她被赶出伊甸园时,耶和华对她的诅咒也明确否定了女性的独立性和权利,她必须服从她的丈夫,为他生儿育女,遭受生育之苦,蛇还要经常咬她的脚后跟。整个一部希伯来《圣经》讲述者的讲述中,女性都是被贬低者和边缘性的存在。

希伯来超强阿尼姆斯讲述者形象在基督教《新约》中才有改变。《新约》中的上帝形象与《旧约》中的上帝形象相比有极大的改变,《旧约》中那个专横、暴戾、狭隘、嗜杀的惩罚型上帝转化成了一个宽容、慈爱、接纳、和平的护佑型上帝。而从精神分析学角度看,护佑型上帝是带有母性特征的上帝,惩罚型上帝是更具有父性特征的上帝。这种转化意味着,《新约》讲述者超强阿尼姆斯形象已经大大弱化,他具有更多母性的护佑型特征。这种转变,也体现在中世纪基督教神话对圣母玛利亚的崇拜中。在《新约》中,玛利亚原不过是个人间普通的女子,但在基督教发展过程中,她渐成慈爱的圣母,受人崇拜。对玛利亚的神圣化,是基督教弱化和平衡犹太教神话极度男性化的举措。但就神话原始性而言,《旧约》中的上帝才更具有标志性,因此《旧约》中的那个超级阿尼姆斯型讲述者对希伯来神话才更具有代表性。

在西方各族上古神话中,北欧《老埃达》中的神话讲述者,也是一个类似于《旧约》中的超强男性化讲述者,尽管这个男性讲述者没有《旧约》讲述者那么极端,但其讲述的神话世界体现出的对劫掠、暴力、杀戮的高度认同,还是充分显现出其高度男性化的特征。

二、希腊神话中的较强阿尼姆斯型讲述者

相比希伯来神话中极端的男性化讲述者而言,希腊神话讲述者的男性化特征没有那么极端,他只能算是一个较强阿尼姆斯型讲述者。

在希腊神话阿尼姆斯型讲述者讲述的世界里,一方面,男性仍然是这个世界的主角。赫西俄德《神谱》中,神界三代神王均为男性,世界最后还是由宙斯三兄弟三分,他们控制着宇宙空间的一切地方。在荷马史诗中,男性英雄仍然是故事的主角,女性神和人类成员总体上处于从属地位。另一方面,希腊神话传说的讲述者讲述的世界,也不仅仅只有男性是主角,女性成为主角的也不少。例如古希腊著名悲剧《美狄亚》(Medea)、《安提戈涅》(Antigone)、《安德洛玛克》(Andromache)、《特洛亚妇女》(The Trojan Women)等,均是以女性作为故事主角的。而且,这些悲剧,要么充满对女性的悲悯情怀,要么渗透了对女性的敬重之情。在赫西俄德的奥林波斯神系中,该亚、赫拉、雅典娜、阿佛洛狄特、阿尔忒密斯等,也都是重要的角色。而且,在厄琉息斯秘仪神话中,女神德墨忒尔和帕尔赛福涅甚至是人们崇拜的最高对象。而在古代希腊雅典因受到排斥而处于边缘化地位的俄耳甫斯神谱中,女性的地位更要高许多。在俄耳甫斯神系的古版本中,世界原初的创世大神纽克斯就是一个女神。因此,希腊神话传说的讲述者,仍然是一个阿尼姆斯型讲述者,但从其精神特征角度考察,这个阿尼姆斯型讲述者还不是希伯来那种极端的男性中心主义者。

希腊神话讲述者讲述的世界中,总体上看,男性还是主宰者。但男性的主宰不是绝对的,男性神和英雄在很多事情上需要女性的合作才能完成,例如创造人类就是这样。普罗米修斯用泥土造出了人类的身躯,但赋予人类生命、灵魂和智慧的则是雅典娜。智慧女神雅典娜朝人类鼻孔里吹了一口气,人类才获得生命和灵性。对比一下希伯来神话中人类创造的故事就十分清楚了。在后者这里,给人类赋形和赋灵的都是一个神,一个男神。但在希腊神话这里,是男女两个神分别给人类赋形和赋灵的。而且,在这里,甚至更突出了女神的重要性,因为生命和灵魂才对人类具有最高的意义,那正来自女神的赋予。希腊普罗米修斯泥土造人神话应该来自更早的苏美尔—阿卡德造人神话。如前所述,在这个神话中,最高天神安启和他的母亲宁马赫共同创造了人类。人类的身躯是宁马赫用海底的泥巴造成的,而人类的生命和灵魂则是男神、最高天神安启赋予的。安启因此成为主宰人类生命、灵魂和命运的神。这意味着,苏美尔—阿卡德造人神话中,男女都有功劳,但男性的功劳和权力更大。苏美尔—阿卡德泥土造人神话在希伯来和希腊人那里得到完全不同的改造。在希伯来神话中,人类赋形赋灵都由一个男神完成,男性才是人类唯一的来源和主宰。而在希腊神话中,赋形赋灵分别由男女双神完成,而且更重要的赋灵关目是由女神雅典娜完成的,这就赋予了女性更高的权力和地位。这是一个可以将三个民族神话讲述者的性别、地位、意识进行比较的典型案例,在这个案例中,希腊神话讲述者对女性地位和权力的认知最强烈。

更重要的是,希腊神话讲述者讲述的神话中,女性神有相当高的地位和权力。一些重要的女神都有自己独立的司职,在她们主管的领域,甚至最高的男神如宙斯都无可奈何。例如古老的命运三女神、复仇三女神等的权力和司职,是最高男性天神宙斯都无法控制的。在自己独立的权力领域,她们是主宰者。而这也是希伯来神话传说中没有的。最能显示这个特征之一的,是有关阿伽门农的儿子俄瑞斯忒斯杀母而被审判的故事。这个故事在当代女权主义者看来,是西方文化史上第一次明确确立男性对女性权力的标志性事件。但如果和希伯来神话中的无数审判对比,将很容易发现,这个审判并不算那么极端的男权主义。首先,希腊神话中在这场审判之前,杀母的俄瑞斯忒斯已经被复仇女神逼得疯狂了;其次,组织和主持审判的是女神雅典娜;再其次,审判官中有男神也有女神,而且他们势均力敌;最后,决定审判结果的是女神雅典娜的一票。尽管雅典娜投票认定俄瑞斯忒斯无罪是站在了男性的立场,但她毕竟是一个女神。并且审判结束后,复仇女神依然不依不饶,保持着自己报复俄瑞斯忒斯的权力。是雅典娜最后以在雅典建一座祭祀复仇女神(改名慈善女神)庙这样的方式作为交换,才使复仇女神放弃了对俄瑞斯忒斯的惩罚。很明显,在这场审判中,尽管男性最后获得了胜利,但女性的权力和地位仍然获得了相当的尊重和体现。这个故事的讲述者,并不像当代女权主义批评家认为的那样,是极端的男权主义者。如果对比希伯来神话,这一点就更清楚。在希伯来神话中,人类之间发生的无数次纠纷,都由耶和华独断对错,女性从未在这些审判中作为判决者出现过,更不要说为女性权力说话了。

我们还要注意俄耳甫斯神教讲述者更加突出的女性意识。在俄耳甫斯教神谱的"古版本"中,创世首神是夜女神纽克斯。而在公元2—3世纪传下来的87首俄耳甫斯神教教徒们举行秘仪时唱的祷歌中,被信徒们歌颂最多的是女神。[①] 这意味着,女性在俄耳甫斯神教祷歌中获得了更高的地位。

---

① 详参吴雅凌编译:《俄耳甫斯教祷歌》,北京:华夏出版社,2006年。

最后，希腊奥林波斯神话讲述者讲述的神话中，最高天神的性质与希伯来也有明确的区别。宙斯尽管也是一个惩罚性特征很突出的天神，但他除了因为觉得人类太过堕落而用大洪水消灭过人类外，并没有更多的、大规模消灭人类的惩罚性行为。他也惩罚过许多天神和英雄，但也赦免和饶恕他们。他没有耶和华那样说一不二，不可违拗，他的话经常被违拗，不少时候，他也容忍对他的违拗行为。他没有耶和华那样突出的暴戾和充满暴力感。

综上可知，希腊神话传说的讲述主体还不是一个极端男权主义者，相比希伯来神话中的讲述主体，他要温和许多。

三、中国神话中的较弱阿尼姆斯型讲述者

与两希神话讲述者一样，中国上古神话的讲述者仍然是阿尼姆斯型的，但这是一个更弱化了的男性讲述者，且这个男性讲述者内带相当多的女性因子。

首先，这个讲述者讲述的中国上古神话中的神与英雄的世界，主角还是男性，是男性们的生活和故事构成了这个世界的基本风景。讲述者们对于这个世界的主角和基本图景构成，也没有表现出任何的质疑和批判意识。女神在中国上古神话中地位不高，尽管女娲、西王母这样有名的女神具有极大的神力和较高的地位，另如羲和、常羲、嫦娥等，也有一定独立性，但这样的女神太少。中国上古神话的世界里，男性依然是主角，这个世界依然是由男性神和英雄的生活构成的。如果相比两希神话传说，我们会发现，就女性神和英雄在神话表层中的地位而言，中国神话介于希伯来和希腊之间。希伯来神话传说中，女性几乎毫无地位，也没有在任何事件中扮演主角。而希腊神话中，女神的地位要高得多。很多女神有自己专门的司职，有相当大的权力和能力，她们中的许多也有自己独立的作为和故事。而中国神话中的女性，则处于两者之间。像女娲、西王母这样有独立司职和权力的女神尽管凤毛麟角，但总比完全没有女神的希伯来神话要强一些。当然，比起许多女神都有自己独立的司职和权力的希腊神话，中国神话中女神的地位普遍要低许多。由此判断，中国神话的阿尼姆斯型讲述者的男性化程度似乎介于两希神话之间。

但中国阿尼姆斯型讲述者讲述的男神们有一个特点大异于两希神话，那就是两希（尤其是希伯来）神话中的至上男神主要是以惩罚型为主要特征的神,而中国神话中男性天神是以护佑型、帮助型特征为主的神。这体现在几乎所有男性神身上。无论是神话化历史人物伏羲神农、炎黄俊喾,还是后羿尧舜禹,他们在人类面临灾难的时候,都挺身而出,帮助人类战胜和解除灾难。或者他们通过自己的实践和努力,为人类创造了很多文明成果。如伏羲创造了天地世界,与女娲结为夫妻,生育了人类。他仰观俯察天地万物,发明创造了占卜八卦,使人类能通过它们预知凶吉祸福;他创造了文字结束了"结绳记事"的方式,使人类的生活和历史获得清晰记载与呈现;他教会人类结绳为网,捕鸟打猎;他还发明了琴瑟,创作了乐曲,使人类有了最早的音乐。又如神农氏,帮助人类发明了农业,学会播种和耕耘,学会驯服牛并用它耕地,学会了利用火;他还通过亲尝百草之毒性药性的方式,帮助人类发现了可以治病的草药和医学。再如黄帝,为人类发明了制陶技术,制造了车,创造了许多著名的乐曲。他的史官仓颉发明了文字。当天下纷乱,炎帝德不配位,诸侯纷纷请他出来重整世界时,他又出面振武修兵,率领诸侯打败炎帝,又打败危害天下的蚩尤,使天下重获安定。更不要说尧、舜、羿、禹等等男性神祇了,他们都在世界巨大灾难发生、人类遭受困厄时,或指令臣下或自己亲身投入,为人类消除灾难,使人类恢复和平安定的生活。

一个最典型的可比性极强的案例,是两希天神都用洪水消灭了人类,但中国神话中,当洪水肆虐危害人类时,尧先指令鲧治水九年,舜接着指令禹治理洪水,直到彻底战胜水患。这是对人类态度完全不同的神。两希神的惩罚性特征十分突出,而中国神的护佑型特征引人注目。古代中国那个阿尼姆斯讲述者醉心于讲述诸男神护佑和帮助人类的故事,大不同于两希神话中那个阿尼姆斯讲述者,后者醉心讲述的是神对人类的惩罚和祸害的故事。在中国神话讲述者眼中,危害人类的是恶神,护佑帮助人类的是善神。按照中国神话讲述者的这个伦理标准,两希的耶和华和宙斯都是恶神。因此,可以对中国和两希(尤其是希伯来)神话中的男性大神做一个这样性质的判断,那就是,中国神话的男性大神基本是护佑型的,而两希神话中的男性大神基本是惩罚型的,这一点希伯来神话的耶和华最为突出。

如果说母亲对儿女更慈爱护佑和帮助,父亲对儿女则更严厉专横且以惩罚为主要特征,那么,我们发现,中国神话那个阿尼姆斯讲述者其实内在地具有相当的母性特征。这倒有点儿像荣格说的双性同体的讲述者,这个讲述者形式上还是一个父性主体,但已经被相当母性化了。文化学者白德库克(C. R. Badcock)在《人类文明演进之谜——文化的精神分析》一书中坚持认为,农业最早是女性发明的,是一种本质上具有母性特征的经济生产方式。他从精神分析学角度分析,农业文化中神祇的护佑型特征正是母性的,这甚至体现在男性神身上。例如,他在比较游牧民族一神教和农业民族一神教特征时,特别谈到农业民族埃及法老埃赫那顿(Ikhnaton)崇拜的阿顿(Aten)神的特征,他说阿顿神:"他仁爱亲切,慈祥护佑,以善意待人;他是赐予生命的日轮,是白昼的光明;他没有霹雳,不喜欢严惩人类,只愿庇护。"[①]而这种特征使阿顿神内在地带有母性特征。农业民族的中国神祇也正具有同样的护佑型特征。我们看到中国古代那些主要的肯定性大神,几乎都是护佑型的,即内在地具有母性特征。

顺便说一句,白德库克认为,基督教慈爱、护佑型上帝的来源,可能是耶稣受了埃及文化影响的结果。《新约》讲述,为了逃避杀害,耶稣在两岁时,父母带他逃到埃及,直到12岁才重回迦南。农业文明的埃及文化是温和宽容的,耶稣童年到少年在这种文化熏陶下形成的温和宽容心态,是后来他创造慈爱、宽容的基督教上帝的文化和心理基础。这个分析很可能有一定道理。

中国上古这个阿尼姆斯讲述者讲述的男神们,本身大部分都带有女性基因,他们早期很多都可能是由女性转化过来的。笔者曾经对鲧和颛顼早期的女性基因有专门的研究,并由此论及其他一些古老的天神都兼有阴阳二性特征[②],而按照龚维英的研究,中国上古大多数男神如尧舜鲧禹、炎帝黄帝、神农后稷等等,原初都是由女神转化过来的。[③] 这意味着,尽管进入男权社会后,中国神话中女神少了,并且地位下降了,但大多数男神都内在携带着女性基因,带有一定程度双性同体的特征。

这使我们想到一个很有名的中国古代大神:颛顼。他在炎黄神系中,是地位仅次于黄帝的一个大神。这个神就其来源而言,是双性同体形象

---

① [英]C. R. 白德库克:《人类文明演进之谜——文化的精神分析》,顾蓓晔、林在勇译,顾晓鸣校,杭州:浙江人民出版社,1992年,186页。
② 参看张开焱:《鲧的原初性别:女神还是男神?——屈诗释读与夏人神话还原性重构之四》(载《东方丛刊》,2008年第1期)、《颛顼的双性同体特征及其文化意义——屈诗释读与夏人神话还原性重构研究》(载《江淮论坛》,2008年第1期)等文。
③ 参看龚维英:《女神的失落》,开封:河南大学出版社,1993年。

的源头。

一直以来,几乎没有人怀疑过颛顼的性别:他是一个男神,而且是一个大男子主义者。"帝颛顼之法,妇人不辟男子于路者,拂于四达之衢。"①这条严重的性别歧视法规足以显示颛顼神的男性特征。但如果颛顼只是男神,下面这两条资料便令人困惑不解:

> 有鱼偏枯,名曰鱼妇。颛顼死即复苏。风道北来,天乃大水泉,蛇乃化为鱼,是为鱼妇。颛顼死即复苏。②

> 昔高阳氏,有同产而为夫妇,帝放之崆峒之野,相抱而死。神鸟以不死草覆之,七年,男女同体而生,二头,四手足。是为蒙双氏。③

《山海经·大荒西经》中颛顼与鱼妇那条资料有许多学者解释过,但都无一能通,原因是他们都囿于颛顼是男神的成见。如果他们抛弃这个成见,从颛顼神的资料本身出发,将会窥见这则神话的真意:颛顼乃是"鱼妇",一个亦男亦女、男女同体的神。证明这一点的,还有上引"蒙双氏"那条资料。"高阳氏",据王逸《楚辞章句》,乃指颛顼帝。在他主管的国度,有"蒙双氏"这种阴阳同体的人,这其实是将双性同体的精神特征外在化了。此外,几乎有关颛顼的所有资料,都内含着一个特征,那就是颛顼是一个融阴阳对立于一体特征的神。为不偏离主题,这里不详加论析,笔者曾专门撰写一篇分析颛顼原初乃双性同体神祇的论文,现将该文核心观点简介于此:

深入分析现有颛顼的资料,将发现包括颛顼的命称在内的所有资料都具有一种内在的二元一体特征,这种二元一体的特征根源于颛顼原初就是一个双性同体的神祇,他既是男神也是女神,是男女合体的神,在后世,他是内含着明显女性特征的男神。他作为先秦两汉时期五方十神体系中主管北方的主神,也具有双性同体的特征,后世道教神话系统中的变体北方龟蛇(雌雄)合体真武大帝形象,也继承了他双性同体的特征。④

---

① 何宁撰:《淮南子集释》(中),北京:中华书局,1998年,第780页。
② 袁珂校注:《山海经校注》,上海:上海古籍出版社,1980年,第416页。
③ (晋)干宝:《搜神记全译》,黄涤明译注,贵阳:贵州人民出版社,1991年,第381页。
④ 张开焱:《颛顼的双性同体特征及其文化意义——屈诗释读与夏人神话还原性重构研究》,《江淮论坛》,2008年第1期,第159—164页。

基于以上认知,不妨将中国神话那种男性为主但内含着明显女性特征的集体性讲述者命之为颛顼型讲述者,以区别于希伯来超强男性特征的耶和华型和希腊较强男性特征的宙斯型讲述者。用荣格心理学的概念表述,中国古代神话颛顼型讲述者就是内含着阿尼玛特征的阿尼姆斯型讲述者。

中国神话这个集体无意识的颛顼型讲述者为何在父性的形象内透出母性的特征?这应该与两个原因相关:一是中国古代社会从母系社会到父系社会,在聚落方式和文化观念上,有很强的继承性;二是中国古代社会最主要的经济生产方式农业对于男神的女性气质具有重要的意义。考古学证明,在中国黄河流域和长江流域,至少在距今六千年之前,就进入以农业为主要经济生产方式的社会了。而农业是在采集业基础上发展起来的,它是女性发明的,并且在远古社会女性往往还是农业生产的主体,一如游牧是狩猎基础上发展出来的经济生产方式,那是男性为主体的。从文化精神分析角度看,农业本质上是具有母性特征的生产方式,即使生产主体以后转化为男性,但这种温和、低烈度、没有攻击性的生产方式具有的内在母性,也会无意识地内化在男性从业者心理和精神特征之中。农业生产方式,生产主体在耕耘播种收割的行为中释放了力比多攻击欲,从而达到相对平和状态。因此,农业民族的神尽管大都外在身份上是男性,但精神上却带有母性的护佑型、慈爱性特征。这是中国上古神话阿尼姆斯型讲述者内含女性基因的重要原因。

而游牧是狩猎基础上发展出来的经济生产方式,狩猎是充满男性攻击性的生产方式,也是发泄男性攻击欲的方式。但游牧要求生产主体抑制对于动物的攻击欲望,而要抑制这种欲望,就必须有一个具有强大的控制能力和惩罚能力的超自然神性力量以绝对道德律令的方式存在,希伯来那个以惩罚性为特征的上帝形象产生的心理和社会基础就在这里。古代希腊以商贸为主要经济生产方式,他们环地中海的商贸活动,时刻面临在大海上与恶劣天气、与随处可遇的强大的劫夺者和对手的搏斗。同时他们也会攻击和掠夺他人。这样的生活,需要的是男性强烈的攻击性、占有欲和强大的对抗能力与战斗力,这都不是女性的强项而是男性的强项,希腊天神正具有这样的特征。

另外,在三个古代民族中,只有华夏先民保留着原始母系氏族社会就遵循的血缘优先的聚落原则。因为血缘优先,所以,尽管到了男权社会男性具有主导地位,但女性血缘依然获得较高程度重视。夏人情况尚待证据,商人情况在这个方面比较清楚。商王都有自己的宗庙,但王后也入宗庙,商王对每一代祖先都是男女配祭的。商人的社会生活中,女性有较高地位,商王武丁的妻子妇好是有名的大将军,甲骨文多次记载她率军出征。而且她有自己的独立封地,并不总是从商王而居。甚至有学者研究,早期商王的传承方式,很可能是按照父族母族轮替的方式进行的,以后才转为兄终弟及并进而转为父子传承制。

  这种女性有相对权力和比较独立地位的特征也表现在商人神话中。商人神话中有"东母""西母",甲骨文中多有商人祭祀这两位母神的记载。所谓"东母""西母"究竟为何神,向有争议,但他们都是女神无疑。商人日月大母神羲和和常羲,都较有独立性,并不只是男性天神的附庸。现有资料透露,羲和可能和其丈夫天神帝俊发生过激烈冲突,这种冲突使得羲和让她的十个太阳儿子并出天空,导致宇宙大灾难,也导致帝俊命令他的另一个儿子神羿讨伐羲和,射杀九日。叶舒宪教授由此羿射九日的神话断定是帝俊神族发生了"内讧",笔者对此也有专文研究。① 而神羿的妻子嫦娥也并不是一个男性简单的附庸,因为羿溺于田猎,冷落了她,她便偷食后羿的不死之药离他而去,飞升月宫,永远分离。商人的巫卜书称为《归藏》,以坤卦为首卦,坤者,地也,母也。"归藏"一名,就强调了母性大地(坤)为尊、万物归藏于大地的意识。尽管到了《周易》那里,首卦改为乾卦,强调父性天空为尊,但整个《周易》贯穿的一个基本意识是天地和合、阴阳交泰才化生万物,并不是像希伯来那样极端地崇男贬女、崇天抑地。商人就连祭祀神祇的礼器鼎,也以象征女性的元编码数字"二"为基础的四足方鼎为代表(《易经》以偶数为女性的象征数字,以奇数为男性的象征数字)。② 郭沫若等历史学家在考察了商代文化与社会中存在的明显母系社会元素后,曾经认定,商代去母系社会不远。这一判断是否符合历史真实尚可讨论,但商人神话和文化中弥漫着明显的母性因子则是显而易见的。

---

  ① 参见张开焱:《宇宙灾难与拯救:羿射九日与胤侯征羲和的神话底本——商人创世神话研究之四》,《中国文学研究》,2013年第3期。
  ② 详论可参看张开焱:《夏商创世神话的宇宙圣数与中国文化元编码刍议》,《民族文学研究》,2016年第2期。

汤因比在《历史研究》中曾经指出,人类有六个古老的民族进入文明时代后仍然保留着原始社会血缘为核心的聚落方式和社会组织原则,中国就是其中之一。因为中国上古父系社会继承了母系社会血缘为核心的组织原则和聚落方式,所以早期华夏社会生活中,女性仍然有较高社会地位,也因为中国源远流长的农业生产方式,使得中国文化渗透了一种女性的精神气质。乃至先秦时代,老子以"道"为宇宙和人生之根本,却将道之源设定为阴性:"谷神不死,是谓玄牝,玄牝之门,是谓天地根。绵绵若存,用之不勤。"[①]所谓"玄牝之门"即雌性阴门,在老子哲学中,这是天地之根本,道之所出。国内外都有一些研究中国哲学和文化的学者,注意到中国哲学和文化内含的女性气质,甚至他们发现中国古代人的生活中,女性在家庭中实际上拥有远超过男性的对子女的影响力,从而使其在家庭中具有较高的地位。文学上最典型的一个例证,就是《红楼梦》中贾母在贾府至高无上的地位。

所以,中国早期神话讲述者尽管主导性精神性别特征还是阿尼姆斯型,但这个男性讲述者并未带着极端卑女崇男的集体无意识,他反倒是有一些女性化,或者说在男性的精神符号中混含着明显的女性因子。

第二节 族群视角中中西神话讲述者的特征

以上我们从种群生产的性别视角对中国和两希神话讲述者的特征进行了分别论析。但种群生产还有族别视角。本章主要采用性别论视角,对族别论视角中的神话讲述者类型做一个简要勾勒,以保证内容的完整性。

这里的"族",基础是家族、宗族,扩大是民族、种族,最高是人族(人类,区别于动物),这些关系都是建立在血缘和泛血缘关系基础之上的。各民族上古都有大量族别性讲述者讲述的神话传说。我们可以从族别视角将神话传说讲述主体区分为家族或宗族型讲述者、民族或种族型讲述者、人族(人类)型讲述者三种主要类型。

[①] (魏)王弼注、楼宇烈校释:《老子道德经注校释》,北京:中华书局,2008年,第16页。

一、中国神话讲述者的族属特征

中国上古神性宗族谱牒《世本·帝系》的讲述者就是一个族群型讲述者。《世本》大约出现于战国末期或秦汉之际,其《帝系》篇所讲述的就是远古三皇五帝到夏商周历代君王乃至春秋战国各国国君的世系。① 其实,在此之前,《尚书》《山海经》以及先秦其他多种典籍中,不同族群的讲述者,早就讲述了多个神君圣祖的谱系如鲧禹神系、帝俊神系、炎黄神系、伏羲神系、二昊神系、东皇太一神系等,这些神系最早的创造者和讲述者都具有特定族属特征。那以后的二十四史,正如梁启超所说,也无非是历代帝王和巨室大家的家族史。因此,中国历代史官在这个意义上其实都是一种家族和宗族历史讲述者。

因为中国上古神系大都是不同族群讲述的,不同族群常以自己族群的神祖为首神和主神来组织自己的神系。在这个神系中,不仅有自己族群的神祇,也有异族的神祇进入其中,从而构成一种融合了多个族群神祇的混合性神系。这种神系有一个共同特征,那就是具有层累性。这里所谓层累性,化用了顾颉刚先生"层累地形成的中国上古史"这个命题的本意。意思是,后起的族群总会以自己族群的神祖或主神为源头,组建一个包含了此前和同时存在的其他多个族群的神祖的神系;在这个神系中,其他先起族群的神祖都会处于相对低的位置,而后起族群的神祖则会处在相对高的位置。因此,中国上古神史也是层累地形成的。

这种情形在中国上古多个神系中都有突出体现。笔者曾经专门清理过商人神祖"夋"(帝俊)在不同时代不同族群神系中地位的变化历史,这个案例能有力地证明"层累的中国上古神史"命题的正确性。在商人甲骨文和金文中,有大量祭祀这位神祖"夋"(帝俊)的记载,可见其是商人神系中的神祖和主神。后世《山海经》中有关帝俊的神话片段应该是商人神祖神话遗落的碎片。在这些神话片段中,帝俊是创世神,是许多族群神祖的父神,包括之前在中原居统治地位的夏人族群的神祖鲧禹,都成为其属

---

① 《世本》一书成于什么年代,学术界有不同意见,多认为成于战国末年到西汉初年。司马迁写作《史记》曾参考该书。但因为该书后世淹失,至清代方有若干学人先后考稽各种典籍所引《世本》资料片段,清理汇集出不同版本的《世本》。中华书局有《世本八种》(2008年)出版,可参看。一般认为,清人所辑录整理的《世本》,明显受汉及以后形成的三皇五帝谱系影响,故所辑录整理出的关于上古神帝谱系未必完全符合《世本》原貌。

神。但在后来《尚书》历史化的尧舜神系中,帝俊历史化的人物帝舜之上出现了一个更早更高的圣君尧,帝俊的妻子羲和则历史化为帝尧属下的四个天文历法官。在更晚的炎黄神系中,他成了黄帝的七世孙。在《楚帛书·甲篇》记载的楚人创世神系中,帝俊(夋)的位置很后,楚人神祖伏羲成了创世神祖。伏羲带领他和女娲生的四神子、禹、契等完成世界创造后,帝俊才出现:"千又百年,日月夋生。"而在清华楚简《容成氏》中,在尧舜之前又出现了22位古帝……。总之,越往后出现的不同族群编织的神系中,商人神祖帝俊的地位越低。①

这就更不要说上古诗歌中那些叙述和歌颂商周历代神祖的微型史诗讲述者的族属特征了。如《玄鸟》《商颂》《长发》等的讲述者,以明显崇敬和骄傲的语调叙述商人多位神祖的业绩,其身份显然是商人后裔。而《生民》《公牛》《大明》《皇矣》等诗歌的讲述者们,以同样崇敬和骄傲的语调叙述周人历代远祖开创周人基业的伟大历史,他们也分明是周族后裔。这些讲述者的族属特征都很明显。

因为本书多个地方都会涉及这个问题,所以这里只是做一些简要介绍,不深入展开。总之,中国上古多个神帝系统,都是特定族群讲述者以自己族群神祖为首神或主神组织的,因而具有明显的层累性特征。

二、西方神话讲述者的族属特征

不只中国上古神话的讲述者具有明显的族属特征,西方各族神话史诗的讲述者一样都有比较明显的族属特征。

希伯来《旧约》神话传说讲述者的族属特征十分明显。一部《旧约》几乎可以说是希伯来人的族群史。尽管《旧约》各篇实际的作者可能有别,仅"摩西五经"就糅和了JEPD四种底本的内容,②其他各篇实际的作者更是杂多。但不管哪个底本和多少人参与了《旧约》各篇的创作,他们都有一个共同的立场,这个立场就是从希伯来民族的角度讲述希伯来历代祖先与神的关系,讲述希伯来人的历史,成功或失败,以及希伯来人与周边

---

① 详见张开焱:《商人神祖在古代神系中的地位流变——中国古代神系层累性的一个案例》,《文学遗产》,2023年6期。
② 有关"摩西五经"糅和四种版本的研究成果很多,可参看美国学者[美]斯蒂芬·米勒、[美国]罗伯特·休伯:《圣经的历史:〈圣经〉成书过程及历史影响》一书(黄剑波、艾菊红 译,北京:中央编译出版社,2008年)有关章节。

其他各族群的关系。

希腊神话史诗讲述者同样带有鲜明的希腊人族属特征。无论赫西俄德《神谱》还是荷马史诗或是阿波罗尼俄斯(Apollonius)的史诗《阿尔戈英雄纪》(Argonautica)等,这些讲述者讲述的主角都是以奥林波斯神系为核心的希腊诸神以及希腊神性英雄。

即使是中世纪出现的很多神性史诗,也显示出明显的族属特征。一个典型案例是北欧《萨迦》(Saga)讲述者的族属特征。《萨迦》曾经是中世纪北欧最重要的口传文学形式,流传到今天的尚有一百五十多部。其中"史传萨迦"和"神话萨迦"两大类最为重要。"史传萨迦"讲述的是中世纪北欧一些重要家族的历史及家族重要人物的故事。而"神话萨迦"则带有某些神话色彩,主要讲述的是某些家族神性英雄人物之间的交往、纠葛、杀戮、复仇的故事。如"神话萨迦"中最有代表性的作品《伏尔松传》,讲述的就是伏尔松家族、纠奇家族和阿提拉家族之间的恩怨与仇杀故事。① 在互相仇杀的故事中,有一个观念被突出表达,那就是家族血缘关系、兄弟姐妹的亲情关系比夫妇关系远为重要。这是典型的氏族社会的伦理价值观。这反过来也确证《伏尔松传》的讲述主体是一个家族型讲述者。不只是北欧史诗的讲述者有明显的族属特征,其他民族中世纪史诗一样显示出这种族属特征。如《尼伯龙根之歌》《罗兰之歌》《贝奥武甫》等史诗的讲述者,分别和日耳曼、法兰西、盎格鲁—撒克逊等民族有明显的关系。

在各族上古神话传说中,有超族群的人类型讲述者出现吗？应该说,整体上没有,局部上存在。某些神话故事如宇宙和人类诞生与劫难神话、人神关系神话等,各民族神话讲述者讲述的神话大都涉及,且不少有相同与相近的故事结构或主题。这些都能透出族群型神话讲述者的人类意识。但这样的故事在各民族神话中只占少数,大多数都带有较明显的族属特征。

在各民族神话讲述者中,有较多人类意识的大约是希腊神话史诗的讲述者。这尤其体现在希腊神话史诗讲述者对待异域异族的某些相对友好的讲述中。在荷马和阿波罗尼俄斯等人的巨型史诗讲述者那里,异域异族并不总是被敌视或贬低化讲述,无论是阿尔戈斯号船上英雄远征科

---

① 详见[冰岛]佚名:《萨迦》之《伏尔松萨迦》,石琴娥、斯文译,南京:译林出版社,2003年。

尔喀斯的路上遇到的异族异域人，还是奥德修斯在大海上流浪十年遇到的许多异域异族人或神，都有不少是友好的。即使是特洛亚战争，希腊联军也是师出有名，先礼后兵，有理有节。《伊利亚特》讲述者对希腊人的敌族特洛亚人的讲述仍然相对客观，甚至对其统帅赫克托尔不乏钦敬之意，而对自己的统帅和英雄如阿伽门农和阿喀琉斯反倒表现出明确的批评意识。同时，《伊利亚特》讲述者口中的希腊诸神，也并不都是希腊联军的支持者，阿瑞斯、波塞冬、阿佛罗狄忒这些大神反倒是特洛亚的支持者，最高大神宙斯则取中立态度。希腊神话所具备的较丰富的人类意识，与这个民族的海洋商贸活动有内在关联。这个问题后面还要讨论。相比希伯来《旧约》中上帝对希伯来族和异族的态度，这差别就十分明显了。希腊神话讲述者在一定程度上具备超族群的人类意识。希伯来神话传说中，直到《新约》有关耶稣的传说，人类意识才有了极大的增强。

希伯来《旧约》讲述者也有某些人类意识，但比较有限。倒是《新约》表达了比较丰富的人类意识，但那里面的神话已经不具有原初性。

第三节　经济生产视角中中国神话农夫型讲述者

人类神话的集体无意识讲述者，还潜在地和特定经济生产主体相关，所以，本雅明从这个角度来划分故事讲述者。从经济生产主体角度，我们可以将中国和两希神话的讲述者大体划分为农夫型讲述者（中国）、水手型讲述者（希腊）和牧人型讲述者（希伯来）。这三种类型的神话讲述者有怎样的特征和差别？我们依然奉行从讲述结果中反推讲述者特征的原则，从基本经济生产角度对三个民族神话讲述者特征进行描述。

本节我们首先对中国上古神话讲述者特征做一个简要勾勒。

从经济生产主体角度考察，中国上古神话传说的讲述者，是一个农夫型讲述者，他讲述的神或神性英雄，都直接或间接带有农业社会的特征。

一、土地崇拜意识强烈的讲述者

首先，这是一个有强烈土地崇拜意识的讲述者。

对于农业社会，开疆拓土、扩大族群生存空间具有至关重要的意义。尽管土地空间对于任何族群都有重要意义，但农业民族更为重视。海洋商贸民族主要的商贸活动展开场所多不在自己的国土上,游牧民族虽然相对重视土地空间的占有,但他们逐水草而居,迁徙无定的特征更明显。所以,从事这两种生产方式的族群,对于土地空间的重视都远不如农业民族。正因如此,中国古代神话传说中,被歌颂的各族群英雄祖先们多是在开疆拓土方面建立了丰功伟绩的人就不足为怪了。

最典型的是夏人神祖禹,被人歌颂的是他为人们治理洪水、移山刊木、主名山川、创造九州大地的英雄业绩。"洪水芒芒,禹敷下土方。外大国是疆,幅陨既长"[1],连商人在歌颂自己祖先业绩的小型史诗中,也首先要叙述禹在茫茫洪水中敷土造地,将疆域扩大到遥远外国的功业。神话历史化的《尚书·禹贡》篇,在开始概述"禹别九州,随山濬川,任土作贡"[2]后,不厌其烦地详细介绍禹所创造和界定的九州山水地理,这种对土地的强烈兴趣很少在其他民族神性文献中看到。

至于商人叙述自己英雄祖先的几首微型史诗中,几乎都是歌颂和叙述不同英雄祖先如何拓展疆域的行为。《商颂·玄鸟》歌颂商族英雄神祖说,商人神祖契是鸟天神的儿子,受命降生人间,拥有广阔国土("宅殷土芒芒")。武汤又得神帝之命,通过征伐扩大和巩固了商人广大的四方疆域,拥有九州大地:"古帝命武汤,正域彼四方。方命厥后,奄有九有。"[3]而武丁及其孙子,更是通过征战使得"邦畿千里",开拓疆域到无边无际的四海之滨:"肇域彼四海。"又如《商颂·长发》,叙述历代先祖如何英武神明,使商人疆域步步扩大。从玄王契"受小国是达,受大国是达"(从受封小国到大国,一路顺遂),到"相土烈烈。海外有截"(相土威武,拓疆广大至海外),终至于武王,讨伐夏之盟族和桀:"九有有截"[4](九州整齐,归汤武统领)。

周人叙述英雄祖先业绩的微型史诗讲述者,一样体现出强烈的土地崇拜意识。这些微型史诗主要执着于历代祖先如何定居岐山、开疆拓土,最后拥有天下九州的事迹。例如《绵》,叙述的是周人远祖古公亶父如何

---

[1] (汉)毛亨传、(汉)郑玄笺、(唐)孔颖达疏:《毛诗正义》(下),北京:北京大学出版社,1999年,第1452页。

[2] (汉)孔安国传、(唐)孔颖达正义:《尚书正义》,上海:上海古籍出版社,2007年,第189页。

[3] (汉)毛亨传、(汉)郑玄笺、(唐)孔颖达疏:《毛诗正义》(下),北京:北京大学出版社,1999年,第1445页。

[4] 同上书,第1459页。

率领族人四处迁徙,最后定居周原的历史事件。又如《公刘》,叙述周人远祖公刘如何率领族人在豳地落脚定居,建立最早邦国的历史。还如《皇矣》,叙述天帝视察并命周王定居岐山和数代周王建设岐山、王季到文王率领族人在岐山砍木开疆,先后打败犬戎、密国、崇国的侵犯,使周人定居在岐山,并成为四方大国的历史。这些讲述都体现出对疆土的执着和强烈的意识。

二、安居和空间意识强烈的讲述者

与土地崇拜意识相关,农夫型讲述者是一个安居意识极强的讲述者。这种安居意识体现在一个最具有代表性的故事组织规则上:

世界处于安宁状态—安宁状态被(恶神或自然灾害)破坏—善神或神性英雄战胜自然灾难或恶神—世界恢复安宁状态

中国上古几个著名的自然和社会性质的灾难性神话传说都是按照这个模式组织的。如后羿射日、女娲补天、大禹治水、黄炎阪泉之战、黄蚩涿鹿之战等,都是这样。关于这个问题的具体叙事分析,我们后面的章节会有展开,此处从略。农业定居型族群,好静恶动、安土重迁、喜定恶徙,世代守着一块土地、一个村落或城邑安定地生活,任何破坏这种安居生活的自然和人类社会现象,都是被否定的。

农夫型讲述者还是一个空间意识特别强烈的讲述者。

这突出地体现在历代神话讲述者特别重视空间性神话和神祇的故事上。自从日本学者大林太良在比较神话学视野中(参见大林太良《神话学入门》)确认鲧禹洪水神话属于东北亚各族乃至欧亚大陆流传广泛的"潜水捞泥造陆神话"(又称之为"大地潜水者神话")型创世神话后[①],相当多研究者都意识到,鲧禹洪水神话最早应该是夏人创世神话。笔者根据现见材料,认为鲧禹洪水神话原初是夏人创世神话,但远比大林太良所说的潜水捞泥造陆神话要丰富得多。鲧—禹—启生殖世系,暗含着夏人"水—地—天"的创世顺序和结构。[②] 也就是说,夏人创世神话创造的是一个由

---

① 参见[日本]大林太良:《神话学入门》,林相泰、贾福水译,北京:中国民间文艺出版社,1989年。
② 参见张开焱:《世界祖宗型神话——中国上古创世神话源流与叙事类型研究》下编《夏人创世神话研究》,北京:中国社会科学出版社,2016年。

水—地—天构成的空间,这个空间创造完成后,禹自己(一说禹令太章和竖亥)还亲自通过步测的方式,从南到北、从东到西丈量大地空间的长度和宽度。而夏人创世神话中并没有独立的创造时间的故事出现。

　　商人也有创世神话,现见有关资料,商人创世神话的核心部分,是天神帝俊娶东方云母羲和生十个太阳、娶西方云母常曦生十二个月亮,娶简狄、姜嫄等众多神女生了四面八方众多族群的始祖,还生了地下世界的主宰晏龙司幽。这是通过生殖行为创造世界各方面的创世神话,主要是空间性的。商人创世神话相比夏人创世神话,时间意识有了发展,那就是有日月创生。日月既是空间形象也是时间形象,这意味着,商人神话在空间创造为主的基础上,有了对时间的关注。甲骨文资料显示,商人每天在不同时段多次祭祀太阳,如早晨"宾日"(迎接太阳日出)、傍晚"饯日"(送太阳入冥),说明商人已有依据太阳运行判断时间的意识。但商人创世神话中,空间创造仍然是主要的工作内容。而且,甲骨文中也提供了这种神话资料。在甲骨文中,商人祭祀的神灵,除了神祖外,自然神方面以山川大地河岳之神即空间神为主。成组的神出现只有经常祭祀的四方神和四方风神,很明显是空间神(有学者认为商人的四方神、四方风神的名字中,内含了四季意识,笔者也认为是这样的,但这意味着商人神话具有以空摄时含时的特征①)。商人还祭祀两个重要的女神,即"东母"和"西母",这两个女神为何神,历来有争议,我觉得那应该分别是生日于东和生月于西的羲和和常曦。但不管何神,这两个神以"东""西"空间方位命名,突出的都是其空间性特征。

　　《楚帛书·甲篇》讲述了一个以楚人神祖天神伏羲和地神女娲开始的创世神话,这是中国上古文献资料中今见最完整的创世神话,这个神话主要叙述楚人神祖和他们的儿子"四子"如何率领禹、冥等创造天地四方空间,并让这个空间畅通和安宁。在这个神话中,有时间的创造,而且是分两阶段创造的。第一阶段叙述天地四方空间初创之后,才有四方空间神通过互相接力步测的方式,绕行四方一周推定一年四季["四神相戈(代),

---

　　① 见张开焱:《楚帛书四神时空属性再探——兼论中国上古神话空间优势型时空观》,《文学遗产》,2021年第3期。

乃步以为岁,是隹四寺(时)"①]的故事。这是初创时间的叙述,这一叙述值得注意的是,时间初创是在空间初创基础上开始的,且是以空间为基本模式推定的,其以空摄时、以空定时的特征十分明显。《楚帛书》创世神话叙述第二次时间创造是在"夋生日月"导致天地空间灾难,四神子平息灾难后,共工和相土才在此基础上先后依据日月运行规则,制定更为精细的历法。这两次时间的创造,都是以空间的创造为前提和基础。

华夏上古农夫型神话讲述者强烈的空间意识,不仅体现在上面几个创世神话中,还体现在许多神话片段中。在《尚书》《管子》《墨子》《山海经》《吕氏春秋》等书中,都有四方或五方组神或神兽的叙述,这显然都是承接甲骨文中四方神、四方风神的原型模式衍生的。这种组神模式的典型表达是战国末期到西汉形成的《淮南子》中记载下来的那个以黄帝为中土主神的五方帝神系统。在这个系统中,中国古代散乱地存在的十个重要大神,以主—佐二神的方式被统合在东南西北中五方之中。

华夏农夫型讲述者不仅在创世神话中突出了空间意识,还将这种空间意识体现在神性著作的结撰中。这里最典型的是《山海经》的组织结构。《山海经》究属何种性质的书,向有歧见,但说是一部有强烈神性的书,大约是所有学者都能接受的。这部神书的讲述者按照神性空间地理位置结构全书,这神性地理中的每一座山、每一条水、每一方海,都有众多神性无机物、植物、动物和神祇。但研究者注意到,这众多的神性对象,各自存在于不同的空间方位,他们之间并无世系关联,也就是说,他们之间是并置性空间存在。有学者认为,《山海经》隐含着中国上古一部创世神话,这些神性山水就是创世的结果。如果真是这样,那意味着这个创世神话是空间性的。比较一下赫西俄德《神谱》和《山海经》两部神书将能见出各种鲜明的结构特征。《神谱》是以时间为经线组织的,以卡俄斯开始的生殖世系和过程暗含世界创造的过程和不同方面,纵向的血缘世系关系被特别突出地显现。但《山海经》则突出的是以昆仑神山为中心的众多神性山水和山水中神性无机物、动植物和神祇的并置性存在关系。前者的时间性和后者的空间性十分突出。

华夏农夫型神话讲述者为何有如此强烈的空间意识?这与定居型农

---

① 饶宗颐、曾宪通:《楚地出土文献三种研究》之二《长沙子弹库楚帛书研究》,北京:中华书局1993年,第240页。

业的聚落方式带来的对世界的感受和认知相关。定居型农业社会,祖祖辈辈守住一方水土,居住在一个村落或城邑,他们最珍视的就是这个栖居的空间。世世代代的更新,年年月月的更替,这些社会性和自然性的重复性时间事件,都是在这个固定空间中发生和被涵容的。同时,农业定居型社会的人们,也必然以自己居住的村社和城邑这个固定的中心视点来透视、感知和认知世界,世界因此必然是以自己居住地为中心的天地东南西北中方位构成的空间世界,时间是在这个空间中发生和运行的。这必然产生空先时后、以空摄时、以空含时的空间优势型时空观。

三、自然崇拜意识强烈的讲述者

这个农夫型神话讲述者还是自然崇拜意识深浓的讲述者。

农业自然经济时代,人类控制自然的能力有限,其生产成败的关键在于顺应自然节律,顺天应天适天崇天(此处"天"乃指自然世界的规律),成为农业社会人们共同的心理认知和行为原则。这样的主体讲述的神话中,必然渗透了深浓的自然崇拜意识。这种自然崇拜意识无意识的体现形式,就是大量物格神和物人混合格神的出现。在《山海经》这样的神性地理书中,弥漫着一种泛灵论意识,所有的山水地理,都有神性,所有的植物动物,都有奇异的灵性,绝大多数神祇,其神格(外在体格)要么是纯动物性的,要么是动物和人混合性的。如东方神句芒鸟首人身,南方神祝融兽身人面,西方神蓐收人面虎身(《山海经》四方神唯有蓐收没有形貌,但《国语·晋语 二》说他是人面虎爪浑身白毛的神,显然是一位人面虎身的神),北方神禺强人面鸟身等,都是如此。另人首虎齿豹尾的西王母、人面虎身的昆仑神山守护神陆吾、人面鸟身的毕方、马身人面的英招,……都是物人混合格神。跳出《山海经》,不难发现华夏上古其他有明显神性的大神,大都是物格或者物人混合格神。《楚帛书·丙篇》提供了一个直观的形象案例:12个月令神大多数都是纯动物神,个别是物人混合格神。中国古代其他大神大都带有物人混合格特征。夏人神祖鲧和禹,在没有被历史化之前,分别是三足神鳖(或黄熊)形象和神龙(一说神熊)形象,商人神祖夋(帝俊、喾),在甲骨文中就是一鸟首人(或猴)身(或猴身)神的形象,楚人神祖伏羲女娲是人首蛇身形象,神农炎帝是牛首人身形象。甚至晚至三国时期被记载的创世神盘古,也被描述为龙首人身的形象。这种物人混合神格,正渗透了上古华夏神话农夫型讲述者对自然的神秘感和崇拜意识。

我们发现,并不仅仅是中国农业社会神话讲述者具有这种自然崇拜意识,农业民族上古神话讲述者都有深浓的自然崇拜意识。他们讲述的神话中的诸神,大都为物格神或物人混合格神。埃及是典型的例证。在埃及神话中,许多神祇都是纯动物神,他们的太阳神形象之一克卜利(Kebli)甚至是蜣螂,鳄鱼是他们一些城市的保护神。他们最高天神太阳神拉(Ra)就是一鹰首人身的形象,其余如鹰首人身的伊西斯(Isis)、荷拉斯(Horus)、豺头人身的安努比斯(Anubis)等,都是物人混合格神。

华夏上古有纯人格神吗?可能有,但不会太多。像中国上古黄帝的形象,作为历史人物是纯人格的。但黄帝当初被创造出来时可能是神话人物,他可能是《山海经》中那个"六足四翼"的混沌神帝江(《山海经·西山经》谓混沌神帝江"状如黄囊,赤如丹火,六足四翼"[1],这个帝江,即帝鸿,杜预注曰"帝鸿,黄帝"[2]),也可能是带有熊或龙蛇神格的神(《史记·五帝本纪》谓黄帝出自有熊氏,即以熊为图腾的部落。又曰其号轩辕,轩辕即"旋圆",龙蛇盘环状,则黄帝原初可能是龙蛇形状[3])。但屈原《九歌》诸神应该是纯人格的。湖南宁乡出土的晚商大方鼎上的人面神应该是纯人格的。也就是说,中国上古有少数神祇可能具有纯人格特征,但大多数神祇都是物格神或物人混合格神,应该是没有疑问的。

一个民族上古神话中主要的神格形态,透露出这个民族神话讲述者们与经济生产方式相关的主体无意识心理。农业民族的神格,大都是物人混合格的,相当部分是纯物格的,纯人格的非常少。这根源于农业社会主体强烈的自然崇拜心理。万物有灵、图腾崇拜,是自然经济的采集、狩猎、农业社会的共有心理和文化现象。中国上古神话农夫型神话讲述者讲述的对象体现的自然崇拜意识,正与其经济生产方式有深层的关联。

四、劳作与创造意识强烈的讲述者

中国上古农夫型神话讲述者还是劳作意识特别强烈的讲述者。

---

[1] 袁珂校注:《山海经校注》,上海:上海古籍出版社,1980年,第55页。
[2] (周)左丘明传、(晋)杜预注、(唐)孔颖达正义:《春秋左传正义》(中),北京:北京大学出版社1999年,第580页。
[3] 参见张开焱:《轩辕之谜》,《广东民族学院学报》,1996年第3期。

他讲述的神性英雄大多是农业劳作型英雄。这首先体现在中国上古最重要的英雄传说,如鲧禹治水的故事;尽管鲧禹神话原初应该是创世神话,①但在后世流传过程中转化为治水英雄神话,这具有特别的历史和文化意义。两希神话中也都有洪水神话,但人类只是这个洪水的牺牲者和受害者,没有人对抗和治理洪水,因为洪水是最高天神惩罚人类罪恶的武器。但中国洪水神话不同,它是恶神(有说是共工)危害人类的武器,或自然形成的灾难。同时,人类并不是逆来顺受地接受洪水泛滥的结果,而是积极治理它们。禹就是人类积极治理洪水的英雄。这个英雄在自己父亲因为治水无效而被尧(或舜)诛杀后,毫无怨言地接受舜的指令继续治水。十三年间,他栉风沐雨,历尽凶险艰难,辛勤劳苦,走遍黄河长江流域,疏浚水道,将洪水引入东海,从而消除了水患,疏浚九州,给人类带来一片可以安居耕作和收获的九州大陆。禹因此受到历代统治者和民众的敬仰和纪念。

洪水神话许多民族都有,有学者统计人类古代有 58 个民族都有洪水神话。但我们在苏美尔、印度、希伯来、希腊等民族神话中,都没有看到人类英雄治理洪水的故事,这是中国独有的洪水神话故事模式。为何中国治水英雄成为最伟大的英雄?早就有很多研究者指出,因为中国是农业国家,涝灾旱灾是农业的大敌,所以,战胜涝灾旱灾是农业民族人们最深切的渴望,大禹治水,正是表达了农业民族的这种深切渴望。同时,农业民族,水又是农业必不可少的关键性资源,如何分配这种资源就成为重要问题,不同部落为水资源而争斗杀戮的事情不绝于史书和地方志。所以,人们也渴望有一个有力的人物,能治水管水合理分配水资源,大禹作为英雄形象的出现,正与这种渴望相关。曾有学者从水资源的管理与分配角度理解中国上古以大江大河流域为核心的民族和国家统一过程,因为只有对江河湖泊的水资源有统一管理和分配权力才能完成这个任务。所以,大禹治水与中国上古酋邦或更大规模的社会共同体的形成有密切关联。农业民族是以血缘村社为单位的,它散漫而星罗棋布于广袤大地,使这些散漫的村社组织成一个整体的重要因素之一,就是洪水的治理和水资源的管理与分配,由此必然需要一个具有强大控制力的集权体制。中

---

① 可参看叶舒宪《中国神话哲学》(北京:中国社会科学出版社,1992 年)和张开焱《世界祖宗型神话——中国上古创世神话源流与叙事类型研究》(北京:中国社会科学出版社,2016 年)中有关夏人神话研究的部分。

国神话传说中的英雄禹,正是因为治理水患而成为天下的统治者。

中国上古神话传说的农夫型讲述者讲述的故事中,许多英雄们的功业是农业劳作,他们可以说都是劳作英雄。这和希腊的冒险征服型英雄大不一样。《尚书·尧典》《史记·五帝本纪·舜本纪》中,舜是一个劳动英雄。多种文献都记载他"耕历山,渔雷泽,陶河滨,作什器于寿丘,就时于负夏"[①]。后世还衍生出舜许多与农业劳作有关的故事,如说他多次移居,每一次移居都有越来越多的民众追随,他带领大家开辟土壤,耕耘种植,制作陶器,辅之以渔猎,过上衣食丰足的生活。中国神话传说讲述者心目中的英雄,就是劳动型英雄。

不仅是舜,古代华夏神话讲述者讲述的许多上古英雄都与农业有关。例如羿射九日,就是因为十日并出导致"草木焦枯,民无所食"。鲧也与农业有关。他本是夏人神话中的水神,但到屈原时代,他已经演化为一个农业神了。屈原《天问》说他"咸播秬黍,莆雚是营"。"秬黍"是农作物(有人认为是黑小米),"莆雚"是一种水草,或说是芦苇。这两句大意是说,鲧(带领人民)将水草丛生的地方都开垦成良田,种满庄稼(这是功劳至大的事)。可见在后世流传过程中,他成了一个劳作型农业英雄。

至于那个汉以后各种典籍中与炎帝合二为一的"神农氏",其劳作型英雄的特征就更不用说了。各种野史或官史都说他亲尝百草,发明用草药治病,发明刀耕火种,创造了翻土农具,教民垦荒种植粮食作物,还说他领导部落人民制造出了饮食用的陶器和炊具。中国上古神话不厌其烦地叙述上古英雄们这些劳动和创造的故事,在其他民族是少见的。

我们发现,农业民族的埃及,历史化的神性英雄奥西里斯(Osiris)也是这种劳作型英雄。有关他的故事说,他发明了农业,教会埃及民众播种谷物,培植葡萄,烤制食品,酿造饮酒。他还教会埃及民众开采铜矿和金矿。还传授给他们医术与城市建造技术,并制定和教会埃及民众各种仪式。他因此获得埃及民众爱戴,成为最早的法老。

在上古华夏,这种劳动型英雄的典型就是周人神祖后稷。《大雅·生民》津津有味地讲述他很小就能种植大豆、粟、麻麦、瓜果、秬子、秠子等五谷杂粮,说他会耕田种地,善辨明土质,去除杂草,挑选嘉禾。说他种的庄

[①] (汉)司马迁撰、(宋)裴骃集解、(唐)司马贞索隐、(唐)张守节正义:《史记》,北京:中华书局,1959年,第32页。

稼长势良好,结实累累,收获满满。很显然,这是一个典型的农作能手。中国上古农夫型讲述者讲述的就是这样的农业英雄。后稷完全没有希腊神话中那些英雄四处漫游冒险、征服强大敌人的故事,他的故事只与农业劳动和祭祀相关。而我们在希腊神话中,即使是农神如德墨忒尔的故事,也只是交代她主管农业和植物盛枯,而没有这么详细而津津有味地叙述她从事农业劳动的能力和过程,希腊水手型讲述者对农作没有兴趣。

与此相关,中国神话中的农夫型讲述者还特别醉心于讲述英雄们的各种制作和创造,这种讲述使得这些英雄都带上了文化英雄的特征。在《国语》、春秋三传、先秦诸子各种文献中散见一些片段性的叙述,讲述某些神性英雄对某物的创造。而产生于秦汉之间的《世本·作篇》则专门将此前各种典籍中的许多文化创造的叙述片段汇集到一起,并加上此前文献未见的许多叙述。通过这些叙述,古人生活中最主要的一些文化创造诸如陶器、车、鼎、弓箭、天文历法、算术占卜、文字绘画、乐器和音乐、各种生活器械用具、战争武器等,都是由特定的英雄们创造的。如此一件件津津有味地叙述各种文化成果的创造者,这在两希神话中是不曾见到的,也是中国早期神话和英雄传说的农夫型讲述者特有的趣味。

五、伦理意识强烈的讲述者

华夏农夫型讲述者还是一个伦理意识特别强烈的讲述者。

所讲述的重要神性英雄,都是家国族群伦理典范。农业定居型族群,世代守着一块土地、一个村落或城邑生活,在个人与家庭、族群和国家关系上,以个体服从家庭、家族和国家,是维系这个群体的重要伦理原则。中国历代家族血缘伦理的核心就是孝悌,国家政治伦理的核心就是以天下为己任,忠君为国为民。中国上古英雄传说人物,几乎在这方面都可圈可点,其中尤其是舜和禹,堪称典范。舜是一个家族血缘伦理的典范,在先秦传说中,他多次无端遭受父母兄弟的虐待甚至死亡迫害,但每一次他都毫无怨恨,孝敬其父母,友爱其兄弟。他的贤孝赢得广泛社会声誉,最终被尧选为王位的接班人。禹父鲧治水九年,虽不成功,但没有功劳也有苦劳,最终却被舜(或尧)下令诛杀。舜还令禹承其父志,继续治水。禹丝毫不因父亲被冤杀而有任何不满、委屈、抗拒或懈怠。他领命远行,抛家弃子,栉风沐雨13年,经历千难万险,终于疏通江河,将洪水成功引导到东海。禹和舜,分别是中国上古夏人商人创世神话中的最高创世大神,在周以后，他们被历史化为传说英雄，成为家族血缘伦理和国家政治伦理的典范。中国上古神话传说的讲述者精心编织他们的故事，正显示出了讲述主体的精神特征。

六、故事意识淡薄的讲述者

最后，华夏上古农夫型神话讲述者还是一个故事意识相对淡薄的讲述者。

这个讲述者讲述了许多神、神性英雄、神性动植物的神话，但这些对象大都没有太丰富复杂的故事情节。许多神话对象只有他们的形貌和某些背景信息，某些神话人物有某些故事情节，但都比较简单。这些都意味着，华夏上古神话的农夫型讲述者故事意识比较淡薄。为何如此呢？从根本上讲，这与农业经济生产方式有深层的关联。华夏农业定居型经济生活，基本是生产活动半径比较有限，生活内容高度重复的，人们较少有在不断变动的广阔空间中的冒险性和奇异性生活经历。这种生活模式和经验从根本上决定了农夫型神话讲述者故事意识相对淡薄。他们当然也能讲故事，但不是编故事的能手。另一个重要原因是，华夏上古巫术长期滞留在实用阶段，它只需要神话提供一些神祇的姓名和形貌以及简单的信息，以为实用性仪式操作提供神圣性观念支持，而不在意神话本身故事的丰富性。这一点与罗马早期神话相似。罗马早期神话也只有一些神祇名称，较少故事。关于这个问题，我们在本章后面论析中国和两希三个民族巫术发展的不同道路时将有展开，此处暂不深论。

在根本的意义上，一个民族神话传说集体性讲述者讲述了什么，就潜在地定位了他具有怎样的社会学特征。华夏上古神话讲述者的这些特征，无意识地显示出，他是一个与农业社会生产主体密切相关的农夫型讲述者。

第四节　经济生产视角中希伯来神话牧人型讲述者

古代希伯来民族长期在西亚北非各地流浪迁徙，过着主要以游牧为主的生活。尽管他们定居在迦南的有限时间里，也曾部分从事过农业，但一是从事农业的时间较短，绝大部分时间，他们还是以游牧为主要生产方式,二是在从事农业生产的时段中,游牧也一直是他们重要的生产方式。

以游牧为基本经济生产方式的神话讲述者,比照本雅明的命名,那就是牧人型故事讲述者。但笔者同时指出,古代希伯来的历史生活并不仅仅与游牧相关,这个弱小的民族四处迁徙流浪的历史也不仅仅是由游牧生活决定的,四面强邻的挤压甚至掳掠圈禁,都是这个民族不断迁徙流浪的原因之一。所以,当本节将希伯来神话传说的讲述主体命名为牧人型讲述者的时候,只是从他们主要的经济生活方式角度着眼的。

希伯来牧人型讲述者的特征,从多个方面体现出与游牧生活方式的关联性。

一、崇天卑地、重牧卑农意识强烈的讲述者

首先,他是有强烈崇天卑地意识的讲述者。

希伯来神话讲述者强烈的崇天卑地意识,在《旧约》首篇《创世记》有关人类神话中就强烈体现出来。人的身体是用泥土造就的,是耶和华朝人的鼻孔里吹了一口气,这个泥巴形体才有了生命和灵魂。这在根本上决定了人的灵肉二元构成:即来自泥土的肉体和由肉体决定的那些以欲望为核心的低级本能、来自天神上帝的气息(灵魂)以及与之相关的人的智慧和理性。前者来自土地,是人身上的大地根性;后者来自天空,是人身上的属灵构成。它们之间展开着永无休止的冲突。人这种内在的冲突外在化为天神耶和华与伊甸园那条象征土地黑暗、邪恶神性的神蛇的冲突。这场冲突以亚当夏娃受神蛇(即人自身的土地根性)诱惑,违背天神禁令被逐出伊甸园到大地上永生永世流浪结束。那条神蛇也受到失去四肢、永远用肚皮在土地上行走的惩罚。这是天空对土地的胜利。人类始祖受神蛇诱惑犯罪,就是受自己土地根性的诱惑犯罪。这也决定了人类永远的原罪。耶和华将亚当夏娃逐出伊甸园时对亚当说:"地必为你的缘故受咒诅。……你本是尘土,仍要归于尘土。"[①]这就突出地表达了希伯来讲述者对人与土地的本质性关联的认定和对土地的卑视态度。整部《圣经》都弥漫着一种对天空神耶和华强烈的崇拜和对土地的卑视情感。

与对土地的卑视相关,希伯来神话讲述者还是个重牧卑农的讲述者。

---

① 《圣经》,中国基督教三自爱国运动委员会、中国基督教协会,南京:南京爱德印刷有限公司,2016年,第3页。

人类第一次兄弟残杀，就与耶和华重牧卑农的选择有关。亚当的一对儿子该隐和亚伯，前者务农后者放牧，他们都将自己的劳动产品向耶和华献祭，但耶和华悦纳了牧人亚伯奉献的祭品羊脂羊肉，却不接受农人该隐的粮食祭品，这导致该隐对亚伯的仇恨，并将弟弟杀死。人类第一次兄弟仇杀隐含的是农业与畜牧业的冲突。这一冲突在苏美尔—阿卡德神话中已经存在，区别只在于，苏美尔—阿卡德的最高天神安启或恩里尔在两者中做了调和的处理，而希伯来天神则做了明确的偏向牧人的选择。农人该隐，也因此受到耶和华的诅咒。耶和华对牧人亚伯和对农人该隐祭品的选择以及对该隐的诅咒，是希伯来讲述者重牧卑农意识的典型表达。在他的讲述中，从挪亚开始，在希伯来历史上有重要地位的先祖们，都是牧人。亚伯拉罕、以撒、雅各、雅各的十二个儿子等，都是牧人。接受耶和华指令，带领希伯来人走出埃及的大英雄摩西也是牧人。《旧约》中的耶和华是游牧人的上帝。

与对游牧的肯定和护佑相对的，是希伯来神话讲述者对农业和农人的敌视。这不仅突出体现在上帝不悦纳农人该隐的供品和对该隐的诅咒上，还突出地显现为《出埃及记》中对于农业国家埃及的敌视。据《出埃及记》叙述，以色列人当初进入埃及，不过70来人，430年后离开埃及时已经60多万人，增长了近九千倍。人口的繁衍速度说明他们在埃及应该未受到特别的虐待残害。这样一个国家，应该是希伯来人感恩的国家，但《出埃及记》却显示，希伯来人对埃及人充满仇恨。为了能离开，他们的上帝将埃及所有的河流都变得发臭，让蝗虫漫天、青蛙满地，还一夜之间将所有埃及人的长子都击杀干净，并最后在红海将几十万追赶的埃及军队葬身海底。……《旧约》的讲述者对此毫无愧疚悔罪或怜悯心，反倒是以这样一个杀气弥漫的上帝为骄傲，一副理所当然、洋洋自得的语气，似乎一切都是埃及人咎由自取。这样的叙述，鲜明地表现了希伯来牧人型讲述者敌视农业和农业国家的立场。

二、流徙漂泊意识强烈的讲述者

这个牧人型讲述者，还是个流徙漂泊意识强烈的讲述者。

这种强烈的漂泊意识，鲜明地体现在三个方面：一是从人类命运的角度对人类漂泊命运的认定。耶和华安排给人类始祖的家园是伊甸园，但因为人类始祖犯罪，被驱逐出伊甸园，到大地流浪，子子孙孙永远如此，永远再回不到曾经的家园。从失乐园角度讲,这个故事认定了人类世世代代永远漂泊的命运。二是希伯来人从赛特开始,或至少从亚伯拉罕开始的历代祖先,都是牧人,都过着漂泊无定的游牧生活,这种生活方式,强化了他们对漂泊宿命的意识。三是希伯来是一个弱小的族群,在历史上不断被周边强邻欺负,不断四处迁徙流浪,这种悲惨处境也强化了他们的漂泊意识。与行无定踪的游牧生活和独特民族命运相关,希伯来神话讲述者甚至将强烈的流徙意识上升到人类命运的高度,这就是人类始祖失去家园的故事。亚当夏娃的家园是伊甸园,那是上帝给人类安排的乐园。但因为人类犯罪了,所以被上帝赶出伊甸园,到大地永生永世流徙,世世代代永劫难归。这就是人类的命运。其实这是希伯来神话讲述者将自己民族不断流徙漂泊的游牧生活方式和民族苦难历程、历史、体验和认知,升华到人类命运高度表述的结果。

三、精神性突出的讲述者

希伯来牧人型讲述者,是一个精神性突出的讲述者。

这突出地体现在其至上神耶和华的超人格神特征方面。如果说物格神和物人混合格神潜含人类自然崇拜意识,那么人格神(神人同形)则潜含人类丰富的主体意识,而超人格神则潜含人类精神至上的意识。希伯来一神教的天神耶和华,就是这种超人格神特征十分突出的神。《旧约》中从来没有对这个至上神的形貌有任何描述,人们只能从上帝按照自己的模样造人这样的故事中推断上帝像人一样的神格。希伯来神话讲述者更强调上帝无具象特征,他没有任何具体的形貌,他偶尔以大黑暗、闪电、彩虹、雷声、烟火等方式显现自己的存在。更多的时候,希伯来讲述者在突出这个至上神的纯精神性。他明令禁止任何偶像崇拜,不仅禁止希伯来人对异教神的偶像崇拜,也禁止希伯来人将他自己具身化为任何可视偶像。他最有代表性的存在方式就是语言。他通过语言指令创造世界,给历代希伯来祖先许诺,下达各种诫令。语言是这位至上神显示自己存在的主要方式。而语言正是一种抽象和纯精神性的形式。

偶像崇拜,主要盛行于狩猎和农业社会,渗透了自然崇拜意识。而希伯来神话讲述者讲述的这个神,主要是精神性存在。他基本不是人格神,而是超人格神。这种超人格神的出现,体现了希伯来神话讲述者与一神宗教相关的强烈的精神性追求。狩猎和农业民族渗透了自然崇拜意识的各种神圣偶像,在希伯来神话讲述者眼中,都被贬低为魔鬼、邪神。伊甸园里的那条蛇,希伯来人曾经崇拜的金牛神、巴力神、亚斯塔禄神,所罗门所立的七十二柱神等,都是带有自然崇拜特征的偶像,在希伯来神话讲述者这里,都是邪神。敬奉他们的,最后都受到惩罚(灭身或灭国)。

希伯来牧人型讲述者的上帝为何是一种精神性存在?这既与《旧约》诸篇成书阶段祭司们发挥了很大作用有关(他们将宗教性精神内容大量地放置进文本中),也与希伯来神话强烈的宗教化有关(神话在发达宗教中,只是负载宗教精神的形式),更与游牧民族需要一个具有抽象性的至上神有关。按照精神分析文化学者白德库克的观点,人类的攻击性本能在狩猎活动对动物的攻击中得到充分释放,但游牧恰恰需要牧人抑制对动物这种强大的攻击性本能,实现本能自弃。而这需要一种强大的超我性至上神存在并被崇拜才能实现。希伯来一神教上帝,正是这种超我为核心的宗教伦理型上帝。因为是他被赋予了绝对力量和绝对真理的伦理性精神存在,他的指令和训诫才产生了巨大的威力;在他面前,牧人才会放弃对他们牧养的动物的攻击性本能。白德库克说:"一神教神的首要特征是一个父性神,他为道德而行使其父性权威……游牧业与'道德的创世神上帝'有极大的相关。"[1]希伯来一神教坚决否定任何偶像崇拜,否定任何对上帝形象的描绘,其强调的也是舍弃外形而重视精神的理念。

四、一神教意识强烈的讲述者

希伯来神话讲述者还是一个一神教意识强烈的讲述者。

他讲述的故事,遵循着一个理念,那就是对一神教上帝违拗者受罚,虔敬者得赏。

违拗者受罚的案例比比皆是。伊甸园里的人类始祖亚当夏娃偷吃禁果被驱赶出伊甸园,并被上帝诅咒;人类因违拗上帝的诫令"行恶"而被上帝释放大洪水全部毁灭。蛾摩拉和所多玛人因为行恶,而被上帝将全城人毁灭。埃及人因对抗上帝的意志、困留以色列人为奴而被上帝施以包含大面积杀戮(一夜间杀死埃及所有家庭的长子)在内的各种惩罚。摩西带领希伯来人出埃及的过程中,以色列人中那些反对摩西的长老们全被

---

[1] [英]C.R.白德库克:《人类文明演进之谜——文化的精神分析》,顾蓓晔、林在勇译,顾晓鸣校,杭州:浙江人民出版社,1992年,第164页。

上帝击杀,乃至耶和华所钟爱的大卫王违背耶和华的诫令(摩西十诫:不可与他人妻子通奸),用残忍手段霸占赫人乌利亚美丽的妻子拔示巴,也受到上帝的惩戒。上帝不仅让他和拔示巴所生幼子夭折,还让他的儿女们乱伦和互相残杀。所罗门违背上帝只能崇拜一神的诫令,竖立七十二柱神,就被上帝警告要将他的国家从他后人那里一分为二。而分裂的以色列国和犹太国又因为其国王不遵守上帝诫令,先后被上帝"夺国",让其灭亡,民众流散或被罚到巴比伦服苦役。

虔敬者得赏的案例也比比皆是。如挪亚就因为是个"义人"(信奉上帝者称为义人),耶和华让他一家造方舟躲过了灭绝所有人类的大洪水;亚伯拉罕虔敬上帝,接受了上帝要他将儿子燔祭的指令,愿意将唯一的儿子以撒献祭,并毫不犹豫地将儿子带到祭坛所在,捆绑放上祭坛,堆起柴火准备焚烧。这样完全违背人性天伦的行为,在《旧约》中是受到赞赏的,因为这体现了亚伯拉罕对上帝的坚执信仰。因此耶和华也给亚伯拉罕赐福,许诺他"流着奶与蜜的"迦南地,许诺他的子孙将繁衍昌盛,后人将遍布大地,万国都将因他的后人受福,等等。这种虔敬者受赏的另一个典型例子就是《约伯记》中讲述的约伯的故事。为了考验约伯,上帝借撒旦之手对约伯施与各种打击、剥夺和苦难,夺走了他的牛羊财产,夺走了他的儿女妻子,还施与他的身体以各种恶疾,让他痛不欲生。在约伯经受了这一切考验而仍然坚信耶和华后,耶和华又让他生养更多的儿女,获得更多的财富、健康和寿命。《旧约》叙述者讲述的所有这些故事,都在传达一个认知,上帝不可违拗,违拗者必受惩罚,虔信者方得赐福。

五、罪孽意识深重的讲述者

希伯来讲述者还是一个罪孽意识深重的讲述者。

在希伯来神话讲述者那里,人类生来有罪,这来源于其始祖亚当夏娃的原罪。这种原罪世世代代相传,永难根绝。所以人类生生世世,必须永远在神面前忏悔赎罪。但希伯来人的罪孽意识并不仅仅是由人类始祖违背神的禁令而来的,还与希伯来人在后世屡屡违背上帝的诫令有关。上帝派摩西去拯救希伯来人脱离苦海,离开埃及,但许多希伯来人一路上怨气冲天,动不动就指责攻击摩西,甚至要砸死他们的拯救者,这是不可饶恕的罪。在漫长的历史过程中,希伯来人经常违背上帝的诫令,经常不崇拜他,怀疑他,甚至背叛他,而去崇拜另外的神,这是不可饶恕的罪。《旧约》的讲述者,不断提醒希伯来人身上的罪孽,有着强烈的罪孽意识。

与罪孽意识相关的,是希伯来讲述者对惩罚型上帝形象的塑造。在人类各族神话中,天神以惩罚为其主要特征,其中以希伯来上帝为最。如前所述,很多研究者都意识到,《旧约》中的上帝,是一个专横、暴戾、惩罚特征突出的神。有关他的故事,固然有他给亚伯拉罕等多位希伯来祖先立约,应许其后代"流着奶与蜜"的迦南地,应许其子孙将遍布大地,成为万国雄主,等等,但更多的则和惩罚相关。这个上帝严厉、嗜杀、血腥、强横、惩罚型特征极其突出。但希伯来神话讲述者是以认可的态度讲述这位上帝的作为的。

希伯来神话表达的人类罪孽意识与这种惩罚型上帝形象正成对照。因为人类有罪,并且还在不断犯罪,所以才需要惩罚型上帝不断给人类以警戒。希伯来神话讲述者何以有这种深重的罪孽意识?这个上帝是人创造的,人为何接受并且赞颂这个上帝专横、暴虐、嗜杀的行为?如前所述,要游牧人抑制甚至放弃自己强大的攻击性本能,必须要有一个强大到绝对的宗教伦理型上帝的存在。希伯来一神教的上帝是父性超我意识的象征,自然就具有专断、严厉、暴虐、惩罚型特征。在这种强大的伦理性精神力量逼压下,其信奉者必然具有强烈的自虐、自贬、自我抑制特征。正如白德库克指出的那样,"信仰一神教的人们具有特别强烈的强迫性倾向"。[①] 在对游牧型生产方式和一神教惩罚型至上神的关系从精神分析角度进行深入分析之后,白德库克说"在这些社会(引者按:指游牧经济社会)中人们的强迫性积习是由超我的惩罚性而来,而超我则隐含于唯一的上帝之中……无论对个体还是对群体而言,超我的报复性和攻击性实际上是转向自我的本我攻击本能,它被体验成内疚和压抑。正因此,游牧者与农耕者相比,神的惩罚性要强得多"[②]。这种神的惩罚性,换一个角度看,表达的就是人的罪孽意识和自虐心理。

但白德库克可能没有完全把握希伯来人神话讲述者强烈罪孽意识的根源。希伯来人的罪孽意识,固然与其游牧经济有密切关系,但还有另一个原因也是不能忽视的。那就是这个弱小族群在古代社会长期被强大族

---

① [英]C.R.白德库克:《人类文明演进之谜——文化的精神分析》,顾蓓晔、林在勇译,顾晓鸣校,杭州:浙江人民出版社,1992年,第168页。

② 同上书,第175—176页。

群欺压。希伯来人在罗马灭国之前,先后经历了周边众多强国的压迫和伤害,埃及人、亚述人、巴比伦人、波斯人、希腊人等,先后将他们劫掠圈禁或奴役,他们经历千辛万苦好不容易建立的国家不过两代就分裂,继而在几十年或一百多年后分别被强大邻国攻灭。这惨痛的历史不能不令希伯来人自省:究竟是什么原因使自己民族命运如此悲惨?是什么原因使他们信奉的神不保佑他们?他们自省得出的结论是:一定是这个族群违拗神意有罪,才受到神的惩罚。然后才以这种认知重新理解、叙述他们民族的历史和命运。

六、时间意识和故事意识强烈的讲述者

希伯来神话讲述者还是时间意识强烈的讲述者。

这首先体现在《圣经》开篇的创世神话中。许多民族创世神话都是先创造空间,后创造时间,但希伯来创世神话是先创造时间,后创造空间。第一天神说要有光,就有了光。有了光区分的是上下四方空间吗?不是。在《创世记》中,光区分的是明暗,是傍晚早晨、白天黑夜,是一天时间的四个时段。第二天第三天神才通过语言指令创造天地空间。第四天到第六天,又是按照先时间后空间的顺序,在更大范围里创造世界。按照人类时空直观意识的发展而言,应该是先有空间直观,后才有时间直观。这个问题研究原始思维的列维—布留尔和卡西尔等都有论述。但希伯来创世神话却是先有时间后才有空间。这是比较特别的。关于这个问题,本书后面将有专节讨论,在此只简要提及。

希伯来神话讲述者强烈的时间意识,还体现在整个《旧约》中,从神创世到希伯来历代祖先的神话传说和历史过程,都有清晰的展示。这一过程的展示,又在深层暗合着人类因始祖被逐出伊甸园后"永劫不归"的命运。

与此相关,希伯来神话讲述者还是一个故事意识强烈的讲述者。

无论希伯来《圣经》《次经》还是《伪经》中,那个牧人型神话讲述者都显示出他们讲故事的强烈意识。他传播宗教信仰尽管也通过上帝直接指令、晓谕的方式,但更多是通过讲故事的方式。他讲的每一个神性故事都比较完整精致,情节丰富,乃至《次经》和《伪经》中的一些故事几乎接近近代小说。相比中国上古神话的简单粗朴自然状态,希伯来神话所讲的故事显系经过精心加工。

希伯来牧人型讲述者较强的讲故事能力,与其经济生产方式和特殊

的历史生活有密切关系。游牧经济的流徙型特征,使得其长期四处迁徙,逐水草而居,其生活必然充满冒险、变化、不可预知的东西以及和异族的冲突。对于希伯来这个弱小族群而言,他们生活的流徙性还与特定的族群历史相关,几千年间的绝大部分时间里,他们都是在和不同族群的不断冲突流徙中度过的,这些生活经验很容易在他们的想象世界中转化为故事情节丰富的神话、史诗和传说。几乎所有的游牧族群都会讲故事,希伯来人神话讲述者的情形只是一个案例而已。

故事情节是在时间中发生、展开和结束的,其基础是时间。因此牧人型神话讲述者必然是一个时间优势型讲述者。他们的流徙生活经验,是以时间的经线贯穿不同空间中的生活经历,他们的故事也是这样。

希伯来神话讲述者的如上特征,显示出讲述者和游牧经济主体的内在关联性。

第五节 经济生产视角中希腊神话水手型讲述者

创造了我们今天所知的古代希腊文化与神话的主要居民,是分多批从北方迁徙到希腊半岛的印欧人。最早一批印欧人大约是公元前2000年前后移居过来的,定居在迈锡尼一带。大约到公元前17世纪,他们摧毁了统治他们的繁盛的克里特文明,创立了迈锡尼文明。大约公元前12世纪前后,从北方迁徙过来的另一支印欧人到达希腊半岛,又摧毁了辉煌一时的迈锡尼文明,建立了自己的统治。这些印欧人原本是游牧或半游牧民族,他们到达希腊半岛,摧毁了迈锡尼文明后的几个世纪中,并没有迅速创立自己辉煌的文明。一直到公元前9世纪的三个多世纪中,希腊几乎处于文明的黑暗状态。从公元前8世纪开始,印欧为主的希腊人经过积累和融合,才开始进入一个新的文明创造阶段。

古代希腊半岛是一个多丘山的地方,平原很少,山坡居多,三面环海,没有广袤的平原和草原,所以不适宜于大规模的农业和游牧业,但适宜航海商贸业。因此,古代希腊人除了极有限的地方可以从事农耕和放牧外,大部分丘陵山地都只能栽种葡萄、油橄榄树一类的经济作物,希腊人将它们酿成酒或榨成油用于与环地中海其他民族进行商贸交换。为此,希腊建立了酿酒榨油以及装载运输葡萄酒与橄榄油工具的手工作坊,生产各种相关器皿和工具,并且建立了船舶制造的工厂。同时,为了商业交换,他们开发矿山,提炼金银以作为货币,使得矿冶业和铸币业得以发展。他们将葡萄酒和橄榄油以及各种手工制品运送到地中海周边地域进行贸易,以换回自己本土需要的粮食和其他生活物质。在这种海洋商贸活动过程中,希腊社会渐渐走向繁荣,城邦开始发达强盛。与此相关,文化也走向一个辉煌的时期。

希腊文化是产生于商贸经济基础之上的,在印欧希腊人之前的克里特文明和迈锡尼文明,也都是建立在商贸活动基础之上的。正如游牧民族为争夺草场必然伴随战争与掠夺一样,海洋商贸活动争夺海洋贸易通道和商贸权力也必然伴随着战争与掠夺活动。在这一点上,游牧和商贸活动两种生产方式之间有内在的相通性。

在希腊文化中,神话是其重要构成。希腊神话传说来源多样,既有印欧人自身从欧亚大草原和巴尔干半岛游牧时期携带过来的,也有希腊本土原住民的,如迈锡尼和克里特,还有来自近东和西亚北非的。这些神话因素进入希腊神话世界,大都经过改造而带上了海洋商贸文化的特征。

古代希腊神话讲述者用本雅明的概念来表述,那就是不管每一则具体神话传说的创作者和讲述者是谁,他们都有一个集体性身份,即都是水手型讲述者,与海洋商贸经济生活方式有内在联系。这个水手型讲述者有如下特征:

一、崇天卑地意识强烈的讲述者

首先,他是崇天卑地意识强烈的讲述者。

赫西俄德《神谱》中,奥林波斯神系从乌兰诺斯开始的神王,都是天空之神,尤其是发展到宙斯这一代后,其光明天神的特征更加明确。在赫西俄德《神谱》中,奥林波斯神系十二大神基本是天神,尽管他们可能主管海洋或者冥界。而与宙斯为主神的十二天神对立的地母该亚所生的提坦神族,则是与奥林波斯天神族对立的地神族,其中除了某些提坦神因为得到宙斯的帮助获得解放而成为宙斯的助手外,其余都是敌视天神族的。这种敌视导致两者之间的冲突,其中最激烈的一次双方大战地动山摇,胜负不分。最后在希腊第一号大英雄、天神宙斯之子赫拉克勒斯的帮助下,天神族才获得最终胜利。那些反叛的提坦诸神被打入黑暗的大地深渊塔耳塔罗斯,永世不得翻身。与地神族相关的另一个神族坦塔罗斯神族,在赫西俄德《神谱》中，也没有好结局，他们要么被宙斯打入地狱，遭受永远的惩罚，如西西弗和坦塔罗斯；要么被罚在大地边缘永远扛着沉重的天空不得解脱，如阿特拉斯；要么因对抗天神族而被射杀，如被阿波罗和阿尔忒密斯射杀的尼奥柏众多的儿女们。

和希伯来神话讲述者一样，希腊神话讲述者崇天卑地的意识也体现在造人神话中。在希腊神话中，人类是由地神普罗米修斯用泥土捏的形体和智慧天神雅典娜给予的生命和灵魂构成的。这个二元构成的人类，土地根性更为强大，所以在得到地神普罗米修斯的钟爱和帮助的同时，也被天神宙斯所厌弃。宙斯对人类的厌弃，根本上是对人类土地根性的厌弃。他和众神通过打造美女潘多拉送给人类的方式，给人类带来无穷灾祸，最后又发动大洪水湮灭了人类，只有普罗米修斯的儿子丢卡里翁和妻子皮拉得以存活，并通过将石头扔到身后变人的方式让人类得以延续。这里石头被忒弥斯女神称为"母亲的骨骼"，即大地的骨骼，人类的土地根性在再生人类那里仍然留存。

希腊神话中，有一个与土地根性相关的城邦和它的主人的系列故事，这个故事暗含着希腊神话讲述者卑视土地的意识。这就是忒拜城的建造者和他们后代的故事。卡德摩斯在寻找妹妹欧罗巴的途中遇到一条恶龙（恶龙在希腊神话中是土地神性的象征），他杀死了恶龙，恶龙的牙齿落到土里生出一茬执盾拿剑的武士（地生人），他们互相残杀到最后只剩下五个人，卡德摩斯阻止了他们之间的继续恶斗，带领他们在此地筑石为城，那即希腊名城忒拜的来历。但卡德摩斯带领地生人建造的这个城邦，像被施与了诅咒一样，一代代城邦主人及其后代都遭受厄运。卡德摩斯和他的妻子哈尔摩尼亚生的女儿塞墨勒成了宙斯的情人，因要看宙斯的真容被闪电击死。忒拜城以后众多国王大都没有好命运，其中最著名的是国王拉伊俄斯及其儿孙的厄运。拉伊俄斯老来无子本已悲催，到神庙求子，神谕说他将有子，但儿子将杀父娶母，则更是厄运。无论拉伊俄斯采取怎样的方法避免这种命运，无论他的儿子俄底浦斯采取什么方式希望逃避神谕预言的命运，但最后还是在双方都不自知中验证了儿子杀父娶母的神谕。俄底浦斯和他的母亲都以惨烈的自我惩罚方式为自己赎罪。但他们的厄运继续下传到他们的两个儿子，他们为争夺王位而互相残杀，双双殒命。建立忒拜城的那些同根相生的地生人互相残杀的命运，在俄底浦斯的儿子们这里又一次重复。这一代代的悲剧缘何而来？有很多分析,而从本章的角度看,这与希腊神话讲述者崇天卑地的意识有根源上的关联。因为卑视土地,所以在这个讲述者那里,具有土地根性的人类在这个地生人建造的城邦里不会有好命运。

希腊神话讲述者的崇天卑地意识有两个基本来源。一是从公元前20世纪开始到前12世纪分多批从北方欧亚大草原上南迁到希腊半岛的这些印欧人,原是游牧族群,他们像其他游牧族群一样崇天卑地。19世纪麦克斯·缪勒通过对印欧各族语言和神话的对比研究,注意到他们都崇拜天空,由此推断这是他们未曾分徙之前共有的信仰。宙斯(Zeus)在印欧语中,正是"天空"之意。他推断,这个名字是在印欧草原就有的。这意味着,希腊神话中主神宙斯的天神属性是他们的祖先从游牧时期带来的。另一个来源是希腊人的海洋经济生活方式强化了他们崇天卑地的意识。跨海商贸,这是希腊经济生活的主要方式;在这种经济生活方式中,土地对于人类的重要性远没有像农业社会这么直接地显现出来。在不同的土地空间中流徙迁移,这是游牧和海洋商贸经济的共有特征。这种生活不容易发展出对土地深固的眷恋和崇拜。而高远的天空,无论走到哪里,无论陆地海洋,它都永远覆盖着所有人。汤因比曾在《历史研究》中论及语言传播与迁徙生活的关系,特别指出,海洋和草原、草原游牧生活和海洋商贸生活有共同的特征。他说草原像"未经耕种的海洋"一样,为旅行、运输和语言传播提供了极大的便利。[①] 其实不只是语言传播,许多方面,这两者的共性都是明显的。

二、漂泊冒险意识强烈的讲述者

这个神话讲述者还是漂泊冒险意识强烈的讲述者。

印欧希腊人,无论是游牧还是以海洋商贸为主的经济活动,都使其习惯了四处流徙冒险的生活,而这种生活又是充满不可预知性的,这当然会影响到其神话讲述者的英雄观。希腊神话讲述者口中的英雄,和农业社会中国神话中的英雄大不一样,他们要么受命运驱遣,要么被迫或主动选择远离家国故土,到异乡异域冒险流徙,寻找建功立业的机会。无论是到遥远的科尔喀斯求取金羊毛的伊阿宋和阿尔戈斯号上的众多英雄,还是一

[①] [英]汤因比:《历史研究》(上),曹未风等译,上海:上海人民出版社,1959年,1986年第4次印刷,第234页。

生被命运驱遣到处游走冒险、建立赫赫声名的赫拉克勒斯，或是联军远征特洛亚的众多英雄，抑或在大海上漂泊十多年才回老家的奥德修斯……等等。几乎绝大多数希腊英雄都是在漂泊流徙生涯中度过生命的主要时光，并且建立功业，获得声名。

水手型讲述者讲述的希腊神话中的神祇和英雄们，大都无意识地选择漂泊与冒险的生活。农业生产方式中的人们，世世代代守住一块土地，居住在一个村社或城邑，守土守家即守根意识特别深固。但海洋商贸文明中生活的人们，他们尽管也有安居的愿望，但贫瘠的土地和恶劣的环境，使他们无法从土地中获得充足的生活资源。他们必须外出四处掠夺、殖民或做生意，以获取基本的生活资料。英雄们几乎无一例外地都体现出强烈的漂泊与冒险意识根本上与此相关。

希腊英雄们的故事中，总有某种力量召唤他们离开故乡故土，到远方去漂泊和冒险。在俄底浦斯那里，是为了逃避杀父娶母神谕中的悲剧命运；在伊阿宋那里，是为了到远方的科尔喀斯求取金羊毛；阿尔戈斯号上那跟随伊阿宋远行的五十位希腊英雄，则是为了证明自己的勇敢和能力而甘愿出生入死地到远方冒险；在赫拉克勒斯那里，则是因为接受了"美德女神"的召唤，注定要在漫游和冒险中建立人间不世的功业；攻打特洛亚的希腊英雄是受斯巴达国王和迈锡尼国王的邀请组成联军远征特洛亚……，这些表层理由其实都源自希腊人商贸为主的基本经济生产方式决定的集体无意识，那就是要生存、要成功，就必须离开家乡到远方去冒险、拼搏、征服或掠夺，机会在远方。在中国这种农业型社会，背井离乡是失败的极点，但在希腊这样的商贸型社会，背井离乡则是获得成功和机会的起点。

在希伯来神话讲述者那里，这种集体无意识，往往以"命运""神谕"这样不可抗拒、无法摆脱的形式出现。漫游、漂泊、冒险，已经成为希腊英雄的宿命。希腊英雄奥德修斯（Odysseus）在经历十多年的特洛亚战争后，又在海上漂泊了十多年。当他九死一生，回到自己的故乡伊萨卡时，已经垂垂老矣，但在和老妻裴奈罗佩（Penelope）相聚之后，却对妻子说自己还得离开家乡到远方去。他说那是他造访地府时，死去的大预言家泰瑞西阿斯（Tiresias）告诉他的未来。泰瑞西阿斯告诉他，他回到故乡和亲人短暂相聚后，还得再次离开家乡到远方去。这就是希腊英雄的命运，不仅是奥德修斯的，也是所有希腊英雄的。

三、原始欲望强烈的讲述者

希腊神话讲述者是一个原始欲望强烈的讲述者。

德国哲学家兰德曼（Michael Landemann）在《哲学人类学》（*Philosophical Anthropology*）一书中指出，马克思、尼采和弗洛伊德分别发现了支配人类生活的三大基本欲求：物欲、性欲和权力欲。[①] 在人类不同民族神话讲述者那里，最直率而充分地表达了这种原始欲求的是希腊和北欧神话的讲述者，希腊神话讲述者讲述的神祇和英雄，可以说是淋漓尽致地体现了这三种欲望的主体。他的神与英雄行为的主要动力就是强烈的爱欲、贪欲和权欲。他们对于这些欲望的表达是赤裸裸的，毫不掩饰，体现出希腊人精神童年时的率真坦诚。希腊神话的世界，是一个欲望喧嚣的世界。相比之下，中国和希伯来古代神话讲述者远没有表现出这么强烈而直率的原始欲望。

希腊神话讲述者讲述的诸神和英雄具有强烈的物欲和情欲，已经是希腊神话研究者的共识，本处不再展开。只特别提出与权力欲相关的征服欲问题，希腊水手型神话讲述者正是征服欲强烈的讲述者。

与漂泊冒险相关，也与权力欲相关，希腊神话讲述者讲述的神祇和英雄，都有强烈征服欲。在各种意想不到的情景中，和强大的对手搏击，不胜则死，这必然激发英雄们强力对抗和征服的欲望，也只有具备这种强力对抗能力和欲望的人才可能胜出。赫拉克勒斯所做的十二件大事，件件都难比登天，件件都考验他超人的强力和征服对手的欲望。阿尔戈斯号上的英雄，在茫茫大海和科尔喀斯遇到无数意想不到的凶险，唯有极其勇敢且具有强力搏击意志的人才能战胜这些凶险和敌手而达到目标。至于特洛亚战场，每一场拼杀和搏击，都是你死我活的关头，唯有勇敢挑战、对抗、进攻、强力搏击的人才可能战胜对手而生还。阿喀琉斯拒绝他的表弟要他重返战场的请求时，他说他愿意看着希腊人都战死。这当然是极度的冷酷。但他说希望只剩下他和表弟两人，让他们登上特洛亚城头，战胜所有特洛亚人，成为最后的胜利者。这种豪情和自私的想法，既体现了他极度的个人英雄主义，也展示了他强大的征服欲望和权力意志。尽管不

[①] ［德］米夏埃尔·兰德曼：《哲学人类学》，张乐天译，上海：上海译文出版社，1988年，第128页。

是所有希腊英雄的征服欲和权力意志都发展到这样极端的程度,但大部分都十分明显突出,令人印象深刻。

勇气和力量,是希腊神话传说中主角们最重视的元素,这种元素既体现在他们的各种冒险活动、互相争斗中,也体现在他们对各种敌人的征服中。商贸活动,无论是货物运输旅程、目的地还是交易结果,都充满无数无法预知的风险。这些风险既来自人类,也来自自然,它们无时无刻不在考验这些航海者的勇气和力量。只有具备过人勇气和力量的英雄,才有较高几率从这种冒险性活动中胜出。因此,希腊神话讲述者讲述的主角们,如英雄赫拉克勒斯、伊阿宋、阿喀琉斯、帕琉斯等,都是这种勇气和力量兼具的主角。希腊神话那个水手型讲述者在充满激情和崇拜地讲述这些英雄的故事。比较一下中国这样的农业民族的神话传说讲述者讲述的主角们,可以很鲜明地看出两者的差异。尽管古代中国神话传说的主角,也有个别以勇气、冒险精神和力量见长,如后羿,但大多数都是伦理型英雄而不是力量型英雄。

四、自我意识强烈的讲述者

希腊水手型神话讲述者还是个人自我意识强烈的讲述者。

他们讲述的神祇和英雄,都是个体意识十分强烈的主体,这在与中国和希伯来神祇和英雄的对比中十分突出地显现出来。中国神话中的神祇与英雄,在根柢上都是集体型的,这在根本上是因为中国古代社会的宗法制度、血缘村社聚落方式和家庭家族为基本单位的农业生产方式决定的。在这种社会制度、聚落方式和生产方式中生活的人,必然是家族、宗族的人,族群意识自然十分强烈。而希伯来社会的游牧生产虽然也是以家庭和家族为基本单位,但其一神教宗教信仰决定了生活于其中的人们必然是有共同信仰的群体,这些决定了其英雄的群体性特征。希腊又有所不同。商业社会的基本生产方式,导致其成员必然从原始血缘关系的家庭和家族中析出,而以个体的身份和方式参与手工业和商贸活动。他们当然也有群体,但这个群体既不是因为他们之间有血缘关系,也不是因为他们之间有共同信仰,而是因为他们之间有共同利益(汤因比《历史研究》对此有深入论析,本书最后一章将有介绍和讨论)。

因此,这是基于利益而集合起来的群体。在这个群体中的每一个个体,都是独立而不是依附性的。这与农业村社和游牧社会的群体组织原则大不相同,因此其个体身份和特征也大不一样,组成这样群体的基本原则也大不一样。农业村社群体的组成原则,是天然的血缘宗法伦理。而希伯来民族群体的组成原则,除了血缘关系,更重要的是共同的一神教宗教信仰。希腊社会群体的组成原则,则是以个体权利和责任为核心的契约意识。无论是在他们居住的城邦,还是在他们参与的商贸或军事团体中,个体的权利和责任意识都是明确而强烈的。他们为了个体的权利而去承担相应的责任,同时,也会因为个体权利被损害而拒绝承担对群体的责任和义务。希腊的神祇和英雄们,都具有强烈的个人主义特征。这里最典型的一个例子就是特洛亚战争中的阿喀琉斯(Achilles)。这位希腊联军中最勇敢的英雄,因为自己的利益和尊严受到联军统帅阿伽门农的伤害,就断然率领自己的部队离开战场,退回海边船上做壁上观。他眼看着希腊联军在敌人的攻击下节节败退,希腊将士像被割草一样被敌人杀害却无动于衷。甚至阿伽门农反思自己所犯的错误,要退回从阿喀琉斯那里得到的一切财富和奴隶,派多位英雄去反复示好和动员阿喀琉斯重返战场,但都被阿喀琉斯坚决拒绝了。

为了自己个人的利益和尊严,可以置集体利益和民族安危于不顾,这算是极端的个人主义者了。不能想象农业民族的埃及和中国神话讲述者会讲述这样的英雄。这是只有商业文明才可能产生的英雄。也许其他希腊英雄没有阿喀琉斯这样极端,但他们的个人英雄主义特征都是明显的。个人主义的价值观、强烈的个人意识,这是商业经济社会的产物。对此许多学者都有深入揭示。而希腊城邦以及希腊之前的迈锡尼和克里特文明,都是以商业贸易为主的经济生产方式,产生于这样经济生产方式基础之上的神话传说,渗透强烈的个人主义意识自是必然。

从这个意义上说,无论赫西俄德、荷马、希腊悲剧作家以及众多神话创造者和讲述者们出于何种动机和价值观来讲述他们的神祇和英雄故事,他们所讲述的英雄和神祇都会带有强烈的个人意识甚至是个人主义特征。这意味着,在他们的身后,都有一个"集体的人"在控制着他们;这个"集体的人"是一个水手型的人,他在通过这些诗人们讲述古代商业社会的神祇和英雄的故事。

有一个重要窗口可以让我们窥探一个民族神话中主体意识发展的程度,那就是神格的形态。如前所述,不同民族讲述者讲述的主导性神格形态,无意识地体现出该民族主体意识的发展程度和特征。以物格神为主导的民族，显示出创它的民族的精神世界整体上处于泛灵论的自然图腾崇拜状态。在这种神格中，人类通过动物、植物甚至无机物等带有图腾性质的神化形式无意识地体现的是其主体意识较为稀薄的精神世界。而在物人混合型神格中，人类主体意识得到了一定程度的丰富和发展，但自然崇拜的意识仍然比较强烈，后者依然抑制着前者的丰富度，这两者的互相渗透、结合和制约，体现在这种神格形态中。在物格神或物人混合格神中，人类对自然的崇拜和神秘感明显体现在其神格中。而神人同形的神格，神以人格的形态出现。这是人的主体意识发展得最充分的形态，神就是人，人就是神；人神无碍，人性即神性，神性即人性。神有怎样的主体性，人就有怎样的主体性的显现方式。神的意识有多丰富，人的意识就有多丰富。这种外在体格上的一致性意味着希腊神话讲述者将人的全部人性和自我意识畅通无碍地体现于神的全部心理和行为中了。神格说到底就是人的自我意识发展程度的无意识显现形式。在希腊，除主导性的纯人格型神之外，还有物人混合格神甚至纯物格神（如恶龙、哺育宙斯的神羊等），但这些神祇在希腊神话中都是低等级存在的神，它们不代表希腊神格发展的主导性形态。

五、时间与故事意识强烈的讲述者

希腊神话讲述者还是一个时间意识强烈的讲述者。

这个时间意识，首先体现在创世神话上。赫西俄德神话中，关于世界的创造，是从混沌神卡俄斯的生殖行为开始的，他（她）生了具有时间特性的黑暗和黑夜神，也生了具有空间特性的地神（该亚），还生了给予这些神爱与生殖动力的神厄罗斯。然后，时间神黑夜和黑暗神生了光明神和白昼神，还生了一系列具有时间特性的抽象神祇。空间神地母该亚生了天神乌兰诺斯，但两人都暗含着时间特性。因为该亚是黑暗性质的地神，乌兰诺斯是"布满繁星的夜空"，都强调了时间的元素。他们生的众多神子中，最小也最强大的儿子克洛诺斯（Cronos）推翻了父亲的统治，自己做了神王。克洛诺斯是何许神明？许多人说他是时间神。但有人不同意，认为他的时间神特性是后世人们将他和俄耳甫斯神教创世神话中的时间元神克罗诺斯（Chronos，又译作科罗诺斯或赫罗诺斯）搅混了的结果。但从赫西俄德神话本身结构看，克洛诺斯（Cronos）本身应该是时间之神。这样说是因为他前面的神王乌兰诺斯是黑夜的天空之神，他的儿子宙斯是光明天空之神，他作为连接两者、推动从前者过渡到后者的神祇，最合适的神性就是时光之神，即时间神。三代神王更替所表达的内在观念，无非是说时间推动了黑夜的天空变为白天的天空。因此，空间神该亚生殖的三代神王都内含着强烈的时间意识。

如果说赫西俄德《神谱》创世神话中的首神是混沌神卡俄斯，时间神还不是首神，那么，希腊另一个神谱即俄耳甫斯神教的神谱则明确将时间神作为创世首神了。因为特定历史和文化原因，俄耳甫斯神教在希腊神话鼎盛的时代受到雅典的排斥和压制，已经被当作"邪教"边缘化和地下化了。因此，其原初神谱未能流传下来。人们现在能找到的只是这个神谱在公元前5世纪到公元2世纪之间多个二手资料的神谱。当然有理由认为这些二手资料是人们通过俄耳甫斯神教秘仪中的诵读和记忆而记录、流传下来的。现在能看到多个二手资料的俄耳甫斯神谱，其创世神话中的首神，都是时间神纽克斯或克罗诺斯。①

希腊神话的时间性，更体现在过程性上，体现在希腊神话人物的行动链和由此形成的故事链上。一个事件的展开和完成过程，在希腊神话和英雄故事中，都有完整的表现。希腊神话传说中的主要大神和英雄，都是充满行动性的主体，他们的行动链构成了丰富多彩的故事过程和故事链。而故事情节的基础，正是时间。在中国和两希三个民族神话中，希腊神话的行动素和故事性应该是最丰富的。希伯来神话尽管也有较丰富的行动素和较强的故事性，但它有相当篇幅用于直接宣示上帝耶和华的许多训示诫令。而希腊神话中，神更多地是行动而不是语言，见不到《圣经》中耶和华那样整页整页甚至整篇整篇的训示性话语。

与强烈的时间意识相关，希腊水手型神话的讲述者，还是一个对讲故事有强烈兴趣的主体。

这个神话讲述者讲述的所有神祇和神性英雄，都有一连串的故事。威尔·杜兰特（Will Durant）在《世界文明史》（*The Story of Civilization*）第二册《希腊的生活》（*The Life of Greece*）中说，希腊人天天在创造神话，也就是说他们天天在编制神或神性英雄的故事。在所有民族早期的神话中，希腊讲述者是最爱讲故事也最会讲故事的主体。他讲述的故事既丰富复杂又动人心魄，富含人性内容和深度。所有阅读希

---

① 参见吴雅凌编译：《俄耳甫斯教辑语》，北京：华夏出版社，2006年，第40页。

腊神话和传说的人，都很难不被它的故事吸引和打动，并为之感动惊奇。

希腊水手型神话讲述者，为何有强烈的讲故事意识和兴趣？这当然和其充满挑战、冲突、冒险、不可预知情况的海洋商贸活动有内在关系。海洋商贸活动，充满着挑战。这挑战不仅来自自然大海的喜怒无常、异域环境和气候的不可预知，还来自异域异族不可预知的劫掠、冲突、战争，当然也有意想不到的奇遇和惊喜。因此，海洋商贸活动是充满冒险性、奇异性和传奇性的活动，这些活动本身就充满着故事性，同时也会激发这些活动的主体广阔的想象空间和想象力。这些在根本上决定了这些水手们对自己生活历史和世界的想象性讲述，充满故事性和强烈的故事意识，同时，也发展了他们编制故事的超常兴趣和能力。

第四章
社会生产结构视角中中西神话讲述者类型（下）

本章将从社会生产结构的社会意识生产层面，分别探讨两个问题：一是从社会意识生产的共时结构和历时流变角度对神话集体性讲述者类型及其地位变化进行研究；二是从早期社会意识生产的重要形式和主体——巫术和巫师——的不同演化路径角度探讨中西三个民族神话讲述主体及其所讲述的内容的差异。

第一节 社会意识生产中的神话讲述者类型与流变

考察社会意识结构中神话讲述者的类型和流变，可以从共时和历时两个维度展开。

一、共时性视角中的神话讲述者类型

从社会意识生产结构的共时向度，我们可以按照社会意识生产结构三层面，将神话讲述者类型分为社会显意识讲述者、社会前意识讲述者、社会无意识讲述者。也有个别超越单一社会意识层面的超越型或混融型讲述主体。

社会显意识神话讲述者和他所讲述的神话在一个社会的社会意识结构中居于主导地位，为了保证自己这种主导地位，它对异己性的社会前意识和社会无意识神话讲述者讲述的神话会采取利用、改写、重组、歪曲、抹除、贬低化、妖魔化、边缘化、无意识化等多种方式处理。上古各民族古代

神话传说讲述者都参与了特定社会意识结构的建构和斗争，他们就是社会意识结构建构的主体。特定时代和民族神话中，一般都会同时存在代表不同社会意识的多个集体性神话讲述者讲述的神话系统。这里一个典型案例是古代希腊的神谱，后世大多数人知道的是赫西俄德的《神谱》，这是因为在当时雅典为主的希腊城邦社会意识结构中，赫西俄德讲述的神谱拥有主导地位和权威性，它居于社会意识结构的显意识层面。而其他神话讲述者讲述的异己性神系则被肢解、贬低、边缘化，压抑到社会前意识和社会无意识层面去了。

与赫西俄德《神谱》讲述者建构的以宙斯为主神的奥林波斯神系前后或同时，希腊还存在多个神系。如坦塔罗斯神系和皮拉斯基人的神系。在社会意识结构中取得显意识主导地位的奥林波斯神系对它们采取了肢解、重组、贬低、边缘化甚至无意识化的处理。坦塔罗斯神系完全被打碎，只有个别神祇被统合进赫西俄德的宙斯神系，成为被惩罚的恶神。希腊土著皮拉斯基人也有自己的神系，其神系中的大母神欧律诺墨曾是"统治冰雪覆盖的奥林波斯山的"女神，但后来她和她的父神奥菲翁被希腊奥林波斯神系的克洛诺斯打败，"他们都被投入了吞噬万物的俄刻阿诺斯"[①]。这象征性地表达了希腊克洛诺斯—宙斯为主神的神系战胜了皮拉斯基人的神系，并将它们在社会意识结构中完全无意识化的事实。

古代希腊还有俄耳甫斯神教和神系。有研究者认为，俄耳甫斯崇拜起源可能早于公元前1000年，其神教创造的神系也较早，至少"早在公元前5世纪左右就存在着某一俄耳甫斯神谱叙事传统"[②]。但这一神谱的原初版本后世已经无法知晓，俄耳甫斯神教只能通过其教徒以秘密仪式的方式传播和存在。其原因在于赫西俄德《神谱》讲述的以宙斯为主神的奥林波斯神系，在雅典为首的许多希腊城邦，已经成为"政制性"的神谱，获得社会显意识的权威地位。雅典人在每年城邦举行的重要节日仪式上都要吟诵它。而其他异己性神谱必然被边缘化或完全无意识化。正如中国研究俄耳甫斯神话的学者吴雅凌所说："荷马、赫西俄德的诗教是政制性宗教，俄耳甫斯秘教则似乎像如今所谓的'民间'宗教。……既然是民

---

① ［古希腊］阿波罗尼俄斯：《阿尔戈英雄纪译文》，罗道然译笺，北京：华夏出版社，2011年，第20页。

② 吴雅凌编译：《俄耳甫斯教辑语》，北京：华夏出版社，2006年，第41页。

间性且秘传的宗教,原始文献在历史中大量失传,就是可想而知的事情。"①在公元前5世纪的雅典等城邦,俄耳甫斯教因其仪式和神话精神不符合希腊社会主导性社会价值,已经被看成一种带有"邪教"性质的宗教,它的神系也被排斥和压抑到社会前意识或无意识中去了。后世研究者只能通过阿里斯托芬的《鸟》等戏剧中嘲讽性的台词片段和柏拉图等人的著作等"二手资料"推知,"在公元前5—公元前4世纪时,古希腊(尤其在雅典)流传着某个俄耳甫斯的神谱叙事"②。而现在所能看到的公元前4世纪以后的多个俄耳甫斯神谱版本片段,都只是这个原初神谱的"二手资料"。

俄耳甫斯神谱尽管原始版本无从得知,但毕竟后世还有一些"二手资料",还有一些神谱连这种"二手资料"都没有流传下来。如卡西尔在《神话思维》中曾说:"在古希腊……叙罗人费雷居德的神谱中,时间、宙斯和地狱之神都是主神,万物均源出于他们。这里,宇宙连同宇宙之中的万物都是时间的产物。"③卡西尔所说的叙罗岛的费雷居德,其生平并不太清楚,传说他是学识渊博的自然科学家和哲学家,曾担任过毕达哥拉斯的老师。他断言火、土和风是世界的构成基础,而这三样元素都源于时间之神赫洛诺斯的精子,因此时间才是万物所赖以产生的原则。④ 费雷居德曾用散文写过一份神谱,但这份神谱已经失传了。只有神谱开始的几句流传下来:"宙斯和时间与大地都是永恒不朽的。"(有学者将这段希腊文译为:"扎斯和赫洛诺斯永在,还有克托尼亚。"⑤)这份神谱为何失传?我们今天已经无法知道原因,也许它与赫西俄德《神谱》讲述了不一样的神系或者观念并因而受到排斥,也许是因为他的学生毕达哥拉斯反对民主制被杀而受到连带压制。尽管已经不知道原因,但费雷居德的神谱在当时很可能不见容于希腊城邦社会显意识,从而被压抑到社会无意识层次,时间既久,而被彻底遗忘。

---

① 吴雅凌编译:《俄耳甫斯教祷歌·出版说明》,北京:华夏出版社,2006年,第2页。
② 吴雅凌编译:《俄耳甫斯教辑语》,北京:华夏出版社,2006年,第38页。
③ [德]恩斯特·卡西尔:《神话思维》,黄龙宝、周振选译,柯礼文校,北京:中国社会科学出版社,1992年,第145页。
④ 参见[美]G. S. 基尔克、J. E. 拉文、M. 斯科菲尔德:《前苏格拉底哲学家——原文精选的批评史》,聂敏里译,上海:华东师范大学出版社,2014年,第87页。
⑤ 同上。

并不是只有希腊神话具有这种多系统特征,几乎人类古老民族神话都有这种特征。古代苏美尔—巴比伦、埃及、中国、印度等民族神话,都是如此。这些民族在上古不同时代,都共时性地存在多个神系,其中某个神系某个时段在社会意识结构中居于主导地位,它既会以各种方法对其他异己和对立的神系进行压制,也会对它们进行拆解、重组、吸纳或贬低化、妖魔化处理。这些处理方式,都和当时社会意识生产结构的内在矛盾、对立、斗争、压制与突出相关。

因此,后世许多人以为上古一个社会只有一个神系,那只是一种幻觉。这种幻觉来自我们今天通过文献资料所看到的一个集体性讲述者讲述的某个神系,但这个被文献记载下来的神系,其实是在产生它的时代与多种异己性甚至敌对性神系的斗争中的胜出者。这个神话讲述者讲述的神系,因符合社会显意识的要求而获得了权威性,其价值和声音被放大。而那些异己性神话讲述者讲述的神系则被肢解、改写、贬低、边缘化或无意识化了。

二、历时性视角中神话讲述者地位的流变[*]

从历时性角度看,我们发现,不同时代神话讲述者都必然参与社会意识结构建构和颠覆的斗争,这导致处于社会显意识层面的神话体系不断改变。很少有一种神话体系能在任何时代都居于社会显意识的统治地位。任何一个民族神话从时间性角度看都是如此。苏美尔—巴比伦神话、印度神话、希腊神话、中国神话,都是典型的例证。笔者曾借用著名历史学家顾颉刚"层累地形成的中国上古史"的说法,提出"层累地形成的人类上古神史"的命题,这个命题内含着任何民族和时代神话谱系的结构必然参与社会意识结构内部的斗争,并且会在这种斗争中不断改变认知。我们不妨以先秦夏商楚各族神话讲述者讲述的神系构成情况为例简要地对此做出说明。

前三代的中国上古文化,正如著名历史学家苏秉琦所说,呈现"星罗棋布"的分散特征。进入上古三代,一些区域性族群强大到可以统合其他许多族群,而形成一个大范围的区域性王国的局面,形成苏秉琦所说的

---

[*] 本小节部分内容以《商人神祖在古代神系中的地位流变——中国古代神系层累性的一个案例》为题,发表于《文学遗产》2023 年第 6 期,收入本书时有较大幅度压缩和修改。

"月明星稀"的状态。同时,三代王朝各族群的关系和地位是此伏彼起的,不同时代不同族群强大成为"月",而其他族群成为"星",几大族群代相更替,构成不断变化的局面。上古三代各王朝的社会意识结构中,统治者族群的社会意识居于社会显意识的主导地位,而其他族群的社会意识则分别被边缘化或无意识化,处于社会前意识或社会无意识的区域。同时,从历时性角度看,由于统治者族群是不断变化的,所以,同一族群的社会意识在不同社会意识结构中会处于不同区域。作为三代社会意识主要形式之一的神话或神话的历史化结果,在特定社会意识结构中因此也会体现出相应的升降沉浮特征。每一时代居于社会显意识地位的统治者族群神话讲述者,都要以自己族群神话为主体而对其他族群神话采取利用、改造、移植、嫁接、融合、贬低、边缘化、无意识化等多种处理方式,由此形成自己的神话系统,这使得每一个时代的神话系统都具有一种"层累性"特征。在这个神系中,越早的族团,其神祖的地位越低;越后起的族团,其神祖的地位越高。这也是世界各民族上古神话历时性发展过程中的必然现象和特征,其中,中国上古神话尤其典型。

夏人族团主导中原时,其建构的神系中,鲧—禹—启是核心,涂山氏女娲作为禹的妻子也是这个神系中的大母神。① 按逻辑推论,商人部落在夏人族团统治黄河流域时,总体上应居于从属地位(夏人与商人究竟是否是统治与被统治关系,学术界有不同意见)。与此对应,在社会意识结构层面,夏人神话讲述者必然以自己族团神祖为核心建构一个神系,先秦资料中仍然能看到的夏人神祖鲧—禹(涂山氏女娲)—启为核心的神系大约是夏人神话遗存下来的。在这个神系中,包括商人在内的各部落或部落族群的神祖,必然成为夏人神系中的神子神裔或属神。商人部落或部落联盟的最高神祖夋(甲骨文中商人神祖夋,即帝俊,繁复化为夔,后世演化为帝喾、历史化为帝舜②),在夏人神系中,必定只能居于这个谱系较低层次的位置。先秦典籍"禹致群神于会稽之山"③的叙述大约是夏人神话

---

① 有关夏人神话鲧—禹—启及涂山氏女娲的研究,有意者可参看张开焱《世界祖宗型神话——中国上古创世神话源流与叙事类型研究》之《夏人神话研究》部分,北京:中国社会科学出版社,2016年,第293—484页。

② 关于商人神祖夋与帝俊、夔、喾、舜的关系,可参阅张开焱《夔、喾、夋、舜的演变关系再检讨》,《湖北文理学院学报》(社科版)2014年第1期。

③ 徐元诰撰,王树民、沈长云点校:《国语集解》,北京:中华书局,2002年,第202页。

系统遗落的碎片,隐含夏人神话讲述者曾建构过以自己族群神祖为首的神系,这个神系通过讲述夏人神祖禹为百族主神的神话确认夏人对诸族的统治权。

但到商人成为统治者族群,而夏人成为被统治者族群时,这个神系中夏商神祖的位置必然被颠覆。大约于春秋晚期形成的《尚书·虞夏书》中,夏人神祖鲧、禹就转化为商人神祖"夋"(帝俊)历史化人物舜下面的臣属,禹成为舜禅位的接班人了。《虞夏书》文本或如顾颉刚、刘起釪等学者的研究是春秋晚期战国早期儒墨文人所编,但其所用材料应该来源遥远,《虞夏书》中舜禹关系应是商人成为中原统治者后神话讲述者编织的新神系在周代历史化的结果。商人成为统治者族群之后,在社会意识结构层面,其神话讲述者自然不可能允许自己的神祖是臣属国夏人神祖的后裔,而要以自己神祖为核心重新编织统率百族的神系。

周人取代商人成为统治者族群以后,在社会意识结构层面,其神话历史化的讲述者自然不能接受商人将自己的神祖后稷讲述为商祖后裔的神系,他们必须重造神系。所以,在周初,他们通过将商人神祖帝俊(夋)转化为帝喾的方式,抹除了商人神祖的痕迹。在周人神话讲述者那里,帝喾是周人的神祖(《礼记·祭法》云:"周人禘喾而郊稷"),且他众多的神子中,"稷维元子"(《天问》),《史记》的《商本纪》和《周本纪》根据周代(主要是战国)资料写成,谓后稷的母亲姜嫄为帝喾"元妃",商人神母简狄则成为帝喾"次妃",商人神祖契则为帝喾"次子"。这样,周人神话讲述者通过重新改写诸神世系完成了对商人神话的颠覆。

周人文化本身是远鬼神而重人事的,周初通过对商人神话的利用、改写完成了对商人统治合法性的颠覆和对周人统治合法性的确认后,很快就远离神话而转向历史。在神话历史化的叙述中,商人神祖帝俊被历史化为帝舜,被叙述成为夏之前的虞代神祖,与商人的关系则被抹杀。但在原商人统治区域,尤其是商人后裔所在地区(宋国为中心),商人神话讲述者讲述的商祖神话仍然在流传,这大约是战国中后期成书的《山海经》中有关帝俊神话的来源。① 古今研究者都很奇怪,为何帝俊神话仅存于《山海经》而不见于任何先秦典籍,其实原因之一可能就在这里。先秦各种官

---

① 有关研究可参看张开焱《夔、喾、夋、舜的演变关系再检讨》,《湖北文理学院学报》(社科版)2014年第1期。

方典籍均出自周人，诸子正如班固所言，亦出自周朝各种官吏文士，他们所接受的正统知识中，不可能有商人神祖帝俊为至上天神、创造世界、生育周祖后稷，为百祖祖先的神话。他们能看到的知识系统中，商人神祖已经转化成了周人神祖高辛氏帝喾或历史人物帝舜，它们属于周人社会显意识层面的东西。但在社会前意识和无意识层面，即在某些诸侯国和民间，商人神话讲述者讲述的商人神祖帝俊创造世界、生育周祖后稷及各族神祖的故事仍然悄然存在，并被某些有心者记载在周代官方和正统文化人不入眼的《山海经》这部民间著作中。

到春秋末年战国初年，齐国田氏的文人集团（应该以稷下学宫文人为主）为田氏篡夺姜氏政权制造合法性，利用或幻构少典帝系神话，将古代神话共名性的"皇天上帝"称号转化为个名性的"黄帝"，将炎黄二帝姓氏分别对应于周人夺取天下的两大联盟族团姜姬二族，并自称黄帝为其"高祖"，即自己是姬姓后裔。又编造曾经统治天下的姜姓炎帝失德、侵扰天下，黄帝为了天下安定而三战击败炎帝的故事。这显然是田齐族群在齐国的社会意识结构中为自己篡权制造合法性的行为。由于周人分封天下，姬姓后裔众多，封地广阔，且姬姓乃奠定周人天下的族团，因而田齐编造的姬姓黄帝主宰天下的故事也为大多数诸侯国所接受，成为周人又一个历史化神系。在这个以黄帝为最高神祖的神系中，夏商神祖鲧禹喾舜等，都被编织到黄帝为始祖的历史化神话系统中，成为他的裔子裔孙（到汉代《史记》中有系统化叙述）。

战国早中期，楚人苗蛮族团神话讲述者也建构了一个创世神话和神系，在《楚帛书·甲篇》中，苗蛮族团神祖伏羲娶了夏人神圣高母涂山氏女娲开始了世界的创造，他们生了各主一方的四方空间神"四子"（四方神来自商人神系），伏羲统率四神子，夏人神祖禹、共工（鲧），商人神祖夋、契、相土，周人少典帝系神族炎帝及其后裔祝融等，开始并完成了世界的创造。在楚国苗蛮族群的神话讲述者那里，先它而存在的夏商周人神祖的地位都被颠覆了，都成了楚国苗蛮族团神祖伏羲的子裔或臣属。①

从上面简述的夏商周齐楚主要的神系不难看出，各时代社会显意识结构中具有权威性的神系，都是当时统治者族团的神话讲述者以自己族

---

① 详见张开焱：《中国上古神系的层累性特征——以楚帛书创世神话神系为例》，《中南民族大学学报》2021年第11期。

团神祖为中心组构的,其他各族神话中的神祖或主要大神,可能经过改造和重构的方式被统合到这个具有权威性的神系中,从而成为那个时代和社会众多族团实际社会地位、关系和秩序的一个神话表征。而随着时代与社会的变化,新的统治者族团的神话讲述者必然以自己族团神祖为中心,重新组构和讲述新的神系。在这个神系中,从前时代居于最高地位的统治者族团的神祖大多会随着该族团中心地位的丧失而降低,成为后起统治者族团神祖的裔子裔孙或臣属。这个神系,会成为新时代社会显意识层面具有权威性的神系,成为新时代各族团实际社会地位、关系和秩序的神话表征。由此,在每一个时代的社会显意识层面,必然形成"层累的中国上古神史"现象。

但还必须注意到,每一时代和社会,社会意识结构都是多层次的构成,社会前意识和社会无意识层面,一定还有和社会显意识层面不一样的其他被统治族群神话讲述者存在。在他们的讲述中,还可能顽强地保存着自己族群的神话叙事,这些神话叙事在社会显意识层面可能被统治者族群神话讲述者们篡改、利用、移植、抹杀、边缘化和无意识化,但在社会前意识或无意识层面仍然可能存在,偶尔还会在某些典籍中留下自己的痕迹。例如《山海经》中商人神祖帝俊创世和"帝俊生后稷"[①]以及生许多族群祖先的神话叙述,就是一个例证。

不难看出,华夏上古神系是层累地形成的神系,不同时代统治者族群建构作为自己社会显意识一部分的神系时,总会通过突出自己族群神祖的方式在神话中确认自己族群统治百族的合法性。而将与之对立和矛盾的神系讲述边缘化或压抑到社会无意识层面。

商人神祖帝俊在不同时代神系中地位的不断下降,是中国古代社会意识生产层面"层累的上古神系"的一个典型例证。在这个过程中,商人神话讲述者的地位在不断降低,到后来完全被遮蔽,几乎不存在了。

这种情形并非只有上古华夏如此,而是普遍现象。古代苏美尔—巴比伦、埃及、印度、希伯来、希腊等民族神话都是如此,限于篇幅,在这里不一一展开。无论从哪个民族早期神话的构成和历时性变化中,我们都能看到其神话讲述者与社会意识结构的关联,看到社会主导性力量的变化必然导致社会意识结构的变化,也必然导致社会意识结构的重要建构主

[①] 袁珂校注:《山海经校注》,上海:上海古籍出版社,1980年,第392页。

体——神话讲述者讲述的神系和故事的变化。而且,从历时性角度看,社会意识结构各层面之间的斗争,在神话讲述者那里,体现为突出—压抑机制的运用,处于社会意识结构不同层面的神话讲述主体及所讲述神话的地位都在不断升沉置换过程之中。

第二节　上古中西巫术与巫师的演化路径比较*

本节我们要从上古社会意识生产结构中最重要的一种形式巫术和最重要的神话讲述者巫师的身份在中国和两希民族历史发展过程中的演化,来探讨不同民族神话讲述者主体身份的变化,以及这种身份对神话本身的影响。

上古神话源头最早可追溯到原始社会,但其大发展,则是在文明社会早期。在文明社会早期,神话是最主要的社会意识形式和类型,这是没有异议的。那么,从社会意识生产者角度看,中国和两希神话讲述者群体有什么类型特征呢?

要回答这个问题,首先我们要研究与三个民族远古神话密切相关的巫术和巫师在上古历史中的发展转化过程。研究中国与两希古代神话叙事传统,会感到它们之间明显的差异。比如,中国古代神话似神话又似历史,两希古代主要神话则与历史区别明显;中国古代神话故事主体似人似神,神人难分,两希神话故事主体则神人两分,不容混淆;中国古代神话文本外在形态一般比较短小、散漫、不系统,而两希尤其是希腊神话文本外在形态则较丰满系统;中国古代神话故事素相对贫乏简单,而两希尤其是希腊神话故事素则相对丰富。那么,这些差异明显的叙事传统又是如何形成的?

一、巫术、巫师与神话

在笔者看来,神话叙事传统是在更大范围的文化传统中发生并深受

---

* 本节部分内容以《巫术转化路径与中希神话差异性叙事传统的生成》为题发表于《中国比较文学》2018 年第 2 期,部分内容以《中国上古创世神话类型研究》发表于《中国社会科学报》,2020 年 1 月 6 日。收入本书时均有增删和调整。

其影响的。故要深刻理解中西神话叙事传统的差异,须将其放置于中西文化传统的差异对比之中进行。关于文化传统,中外都有学者提出大传统(great tradition)与小传统(little tradition)的问题,他们都视文字记载为文化大、小传统的分界线,但对大、小传统的界定则似乎截然对立。①本文借用这一对概念,但对两者的外延则做重新区分。我将古代神话所产生于其中的历史文化(无论字传还是口传)传统称为大传统,神话本身的传统称为小传统。这样区分是希望在与特定民族文化大传统的关联中研究神话叙事小传统的形成。只在神话本身辨识叙事传统,很多问题难以厘清。

　　历史文化大传统广阔丰富,它与神话叙事小传统之间影响和转换的连接点在哪里？从文化人类学(cultural anthropology)角度看,这个连接点之一就是巫术(witchcraft)和巫师(wizard)。文化人类学已充分揭示巫术与人类原始社会、文化和神话的内在关联:一方面巫术连接原始社会的生活和文化,并将社会生活与文化的特征和要求通过巫师转换为神圣叙事;另一方面巫师也通过神圣叙事,对特定社会共同体的生活和文化产生深刻影响。在这双向转化和影响中,巫术和巫师是关键性中介形式和角色。近五十年影响巨大的美国表演学派批评此前结构主义神话学忽视了神话讲述的特定语境,他们认为在口传文化中,每一具体场景中的神话讲述者出于特殊语境需要,都会对元神话的某些方面进行创造性压缩、强化、改变、扩展或衍生性处理,导致其讲述的神话与元神话不完全相同甚至很不相同。因此神话的讲述者就是关键角色。而在原始时代和文明时代早期,最权威、最重要的神话讲述者和讲述场所,当然是各部落的巫师和重大巫术活动场所,以及由巫术和巫师转化的早期各种场所和多种角色。故从巫术和巫师角度切入中希神话叙事传统差异生成研究是合适的

---

① 美国人类学家罗伯特·雷德菲尔德(Robert Redfield)《乡民社会与文化——一种人类学研究文明社会的方法》(Peasant Society and Culture: An Anthropological Approach to Civilization)一书中,将有文字记载的都市文化认定为文化大传统,没有文字记载的乡村民间文化命称为文化小传统。中国学者叶舒宪在《中国文化的大传统与小传统》中,针对罗伯特·雷德菲尔德的观点提出相反观点,认为人类史前文化都无文字记载,那正是后世一切文化之源。所以他将文字记载前的文化命称为大传统,文字记载的文化命之为小传统(载《光明日报》,2012年8月30日,第15版)。两者似乎对立,但实际上与区分角度不同有关。雷德菲尔德是从文字时代的文化共时态角度区分的,叶舒宪则从前文字到文字时代的文化历时态角度区分的。从共时态角度看,雷德菲尔德未必错,从历时态角度看,叶舒宪的区分自有道理。

角度。

不用说,中国和两希在史前社会生活中,巫术和巫师都有重要地位和作用。

中国古代一些重要文明遗址中发现的大量祭祀活动遗迹证明,中国史前文明时期曾盛行巫术祭祀活动。而在古代欧洲各地,丰富的史前文明遗址中也发现了大量巫术活动的痕迹,这些研究成果众所周知,不遑多论。但我注意到美国文化史学家威尔·杜兰特在其名著《世界文明史》之《希腊的生活》一册中说,希腊古典文化中巫术和巫师并不多见且不重要。原因何在?盖因到希腊古典时期,原始巫术已转化为艺术化宗教了。英国学者莱斯莉·阿德金斯(Lesley Adkins)、罗伊·阿德金斯(Roy A. Adkins)所著的《探寻古希腊文明》一书谈到希腊巫术时曾指出,"有资料证实他们(指巫师——引者按)曾在早期存在过。随着希腊文明的进步,巫术的发展似乎受到抑制,但有许多巫术仪式被吸纳进希腊宗教"①。威尔·杜兰特在《希腊的生活》中介绍希腊的各种"神秘仪式""崇拜""迷信"等多与巫术相关,或者说融入了更早的巫术元素。② 古代希伯来民族因其频繁的迁徙流动,现已无法确认其远祖在阿拉伯沙漠及两河流域的史前遗迹,但希伯来人远古应曾一样盛行巫术活动是有证据的。著名外国文学专家朱维之先生曾指出,"只要仔细翻阅一下希伯来的历代文献,就不难看出,希伯来人也同样经历过原始宗教阶段"③。从犹太《圣经》的内容看,影响希伯来人对上帝坚定信仰的,正是异教和巫术。《旧约》上帝多次告诫希伯来人:"不可偏向那些交鬼的和行巫术的,不可求问他们,以至被他们玷污。"④要远离那些"用迷术的、交鬼的、行巫术的、过阴的"人。⑤ 所谓"交鬼""过阴",其实也是一种巫术,是巫师通过特定法术和死人灵魂交流的现象。犹太《圣经》正是将绵绵不绝的灾难视为上帝对希伯来人在各种巫术巫教和上帝信仰之间反复摇摆的惩罚。

---

① [英]莱斯莉·阿德金斯、罗伊·阿德金斯:《探寻古希腊文明》,北京:商务印书馆,2010年,第657页。

② [美]威尔·杜兰特:《世界文明史》第二卷《希腊的生活》,北京:华夏出版社,2010年,第182—192页。

③ 朱维之主编:《希伯来文化》,上海:上海社会科学院出版社,2004年,第57页。

④ 《圣经》之《旧约》:中国基督教三自爱国运动委员会、中国基督教协会,南京:南京爱德印刷有限公司,2016年,第112页。

⑤ 同上书,第184页。

故史前华夏和两希社会,巫术与巫师都扮演着重要角色。巫师既是社会文化生活的主导者之一,也是神话的创造者和讲述者。某种意义上神话是为巫术活动需要而创造的。巫术活动得以展开,需要神灵观念和仪式程序两个基本要素,前者为巫术提供观念支持,后者为巫术提供操作程序。巫师则是集观念创造和仪式操作于一身的角色。神通过巫师到场,巫师被神灵凭附,故仪式操作与言行祈咒才具神圣性。而仪式程序的展开,则使神的存在获得显现方式和场所。神话是巫术的观念系统,仪式是巫术的操作实践系统,二者互相支持配合。

马林诺夫斯基认为,所有巫术都为达致具体现实目标,诚为不刊之论。故巫术活动的目的不是神话,而是现实目标。只是它要达至现实目标,往往必须有神的存在。但巫术的展开只需有若干神祇名字、状貌和简单故事即可,并不在意神话故事的丰富曲折。巫师作为沟通人、神的角色,其主要任务是制造神灵在场的幻觉,以达到认知、预测、控制或诱导具体对象的目的。故各民族史前巫术阶段的神话故事大都不太丰富。这一点一个可靠的例证是古代罗马人。他们在巫术时代产生了很多神的名字,但并没有关于这些神的丰富神话故事。直到建立国家、成为欧洲霸主以后,他们才通过将被征服的希腊人神话转化为自己诸神神话的方式,使得这些神的故事丰富起来。

二、中希巫术三种转化路径对神话发展的影响

总体上看,进入阶级社会早期,不同民族的巫术选择了不同的转化路径,深刻影响了各自神话发展的形态,并形成各自独特的神话叙事传统。归纳起来,这种转化主要有三种路径,中国和两希恰各选其一。

一是巫术宗教化路径,希伯来是典型。进入文明社会早期,其原始巫术升华为宗教。弗雷泽(James George Frazer)将巫术和宗教完全对立过于绝对,原始巫术已潜含原始宗教即信仰成分。但巫术升华为文明社会早期宗教过程中发生了几个质变:一是神的属性由自然为主转为社会为主;二是神由原始巫术的到场角色变成高高在上的绝对存在,其神圣性和神秘性大大强化;三是巫师转化为先知或祭司、神父等僧侣,他们从巫术迷狂的神灵附体者(巫神),转化为宗教冷静的神意阐释者;四是巫术活动对具体现实目的的重视,在宗教这里转化为对具有普遍意义的精神性问题的重视;五是这些问题最合适的载体是神话而不是仪式程序,故神话在早期宗教中大规模增殖,而仪式程序的重要性相对降低。希伯来史前巫术在文明时代正经历了这样的转化路径。

二是巫术宗教艺术化路径,希腊是典型。一些学者将文明早期两希原始巫术转化的路径都归纳为宗教化,这既有道理又稍显简单。两希巫术确实在文明早期都选择了宗教转化路径,这一转化使神话成为宗教的载体,从而获得了特殊的重要地位和发展契机。威尔·杜兰特指出,"希腊的宗教想象遂产生了丰富的神话和无数的万神殿"[1],希腊神话大发展正与原始巫术宗教转化密切相关。但史前巫术在古希腊社会早期不只简单升华为宗教,还升华为艺术,这两者完美结合在一起,才产生了丰富灿烂的神话、史诗、悲剧以及各种神话题材的雕塑绘画。黑格尔认为希腊宗教与艺术结合产生了早期希腊艺术,我将这一路径命之为宗教艺术化,以区别于希伯来相对纯粹的宗教化路径。神话在希腊先民那里,不仅为宗教活动提供观念支持,还从中生发出与宗教信仰结合的审美娱乐功能。一方面,人们在家庭、家族、城邦的许多场合,都设有祭坛祭祀自己信仰的神祇,并虔诚地举行仪式敬献祭品;另一方面,他们对于神祇及神性英雄信仰和崇敬的重要表现形式之一,就是不断编织和讲述他们的故事,刻画他们的形象,并从中获得超出宗教信仰的审美快乐。对此,杜兰特说:"每一位神都有他的神话或故事,……这些神话,多半是同时起因于某一地区或人民的知识,或起因于史诗吟诵者的发明或润饰,……一直迄至希腊文明结束,人们继续创造神话,甚至创造神。"[2]这样的结果就是:"大自然的各处都是神。所有空间简直充满了善恶的各种神祇。"[3]希腊神话故事的丰富发达正有赖于原始巫术的这种艺术性转化。在古代希腊,荷马一类的游吟诗人到处讲述诸神和神性英雄的故事,优秀的戏剧作家们则在每年城邦酒神节上演自己以神或神性英雄为主角的新剧。在此神话已包含远较宗教信仰宽泛的目标,其中最重要的就是通过神话或英雄故事的讲述和表演,而使参与者在观念层面建立共同的趣味、世界观和价值观,并获得情感的宣泄和审美快感。

---

[1] [美]威尔·杜兰特:《世界文明史》第二卷《希腊的生活》,北京:华夏出版社,2010年,第170页。
[2] 同上。
[3] 同上书,第172页。

在巫术的宗教艺术化路径中,原始神话的讲述主体巫师消失了。在一些民族如希伯来和印度,原始巫师在宗教化过程中转化为神庙的牧师或祭司,但杜兰特说,希腊社会小至家庭、大至城邦国家举行的各种神祭中,往往没有专职祭司:"希腊的宗教……任何仪式都不需神职人员:父亲就是家庭的祭司,行政长官就是邦城的祭司。……只要熟悉祭神的仪式,任何人都可被很简易地选派为祭司。"①《牛津古希腊史》(The Oxford History of Greece and the Hellenistic World)的作者也说:"在希腊,宗教事务的权力掌握在那些有世俗权力的人手中:在家庭里,就在父亲手中,在早期共同体里,就在国王手中,在发达的城邦里,就在执政官甚至在公民大会手中。"②所以在希腊,原始社会神话的讲述者巫师,转化为各种临时祭司、游吟艺人、悲剧作家、演员、诗人,以及许许多多创造和讲述神话的普通人,其中尤其是各种诗人。他们讲述和表演神话的目的,不仅为了宗教,还为了更广泛的意识形态功能和审美满足。神话的大发展,正有赖于神话讲述者身份的这种改变。

三是巫术世俗化路径,古代中国是典范。中国上古巫术进入阶级社会早期,没有走向宗教化或宗教艺术化,而是走向世俗化,和世俗政权结合(巫君合一),并继而转化为后者结构中某些特殊职能和角色(以君御巫)。原始巫术可能有过的相对独立甚或凌驾于世俗王权之上的地位彻底失去,并转而成为王权的附庸。原始巫术的主体巫师转化为为王室服务的各种精神生产的司职者——巫史(Shamanism),承担建构以巩固王权为核心的意识形态任务。

李泽厚先生认为,巫史传统(Shamanism rationalized)是理解中国文化史和特征最关键的一个要素:"中国文明有两大征候特别重要,一是以血缘宗法家族为纽带的氏族体制(Tribe System),一是理性化了的巫史传统(Shamanism rationalized)。两者紧密相连,结成一体。"③"更为重要的是,这种'相连'、'相关'和'一体',在远古有其非常具体、实在的实践途

---

① [美]威尔·杜兰特:《世界文明史》第二卷《希腊的生活》,北京:华夏出版社,2010年,第186—187页。
② [英]约翰·博德曼、贾斯珀·格里芬、奥斯温·穆瑞编:《牛津古希腊史》,郭小凌等译,北京:北京师范大学出版社,2015年,第338页。
③ 李泽厚:《历史本体论·己卯五说》,北京:生活·读书·新知三联书店,2008年,第157页。

径,这就是'巫'(Shaman)。"①李泽厚所说的血缘家族的氏族体制是中国古代社会构成的基础,而巫史传统则是中国古代社会意识形态主体的特征,这两者紧密结合,互相支持。

古代部落社会,代表神权的巫师和世俗权力的酋长之间可能有多种关系模式,如巫酋两立、巫酋合一、以巫御酋、以酋统巫等。但到阶级社会早期,华夏诸族选择了巫君合一、以君御巫的模式,君王或是大巫,或由他统领群巫。大量文献和考古资料证明,这种模式至少到夏商基本确立。一些学者在研究夏商巫君关系时,发现从禹启开始,君王往往也是大巫,是群巫之首。周文王也曾是大巫,他拘羑里而演周易的传说,正是明证。但周代大约到周公就废弃了巫君合一而确立以君御巫的关系模式。那以后,巫术及巫师在国家最高政治层面的地位慢慢下降,转化为君王统御之下的具体司职,即转化为巫史。

"巫史"这个概念意味着古代的巫师兼有史官的功能。巫是原始社会百科全书式的神性人,所有重要知识都由他掌管,故有巫史、巫神、巫祝、巫医等多种称谓。典载商代已设史官史职,《尚书·多士》谓"惟殷先人,有册有典"。甲骨学家陈梦家先生研究发现,殷商史官可大体归纳为诸史、多尹、作册三类。周承殷制,史官亦由尹、史、作册三个系统构成。殷周担任这些史官史职者同时也都是巫,史从巫出,祝史巫史皆巫也。巫、筮、史、事、吏、士,原本相通,已是史学界共识。商周"巫史",并不只负责君王生活历史记述,还负责王室贞卜活动及其结果的记载和管理,天意神意的解释,天文及历法的观察和推演、运算和制定,王族大事的记载等等广泛的意识形态事务。这些事务不需要迷狂,而需要冷静理智的观察、计算、推演、记载,因此,以情感迷狂为特征的原始巫师,转化为冷静理性的巫史,并渐渐由巫而史,从而完成了由原始巫师向文明早期的巫史、最后向理性时代史官的蜕变转化。李泽厚对周人文化特征进行研究后特别指出,"中国上古思想史的最大秘密:'巫'的基本特质通由'巫君合一'、'政教合一'途径,直接理性化而成为中国思想大传统的根本特色。巫的特质在中国大传统中,以理性化的形式坚固保存、延续下来,成为了解中国思想和文化的钥匙所在。"②这样,在华夏,原始神话创造者的巫师,最后演

---

① 李泽厚:《历史本体论·己卯五说》,北京:生活·读书·新知三联书店,2008年,第158页。
② 同上书,第162页。

化为文明社会的史官。当然,关于中国早期巫术进入阶级社会的转化路径,这里只是从社会结构上层考察的,还有一条路径我们也必须指出,那就是在民间,巫术基本以其本来的形态长期存在。李泽厚认为民间巫术对于理解中国古代历史和文化意义不大,这是从官方文化角度考察的,如果从神话角度考察,民间巫术的长期存在还是具有重要意义的。中国上古很多在官方巫史文化中遮蔽和扭曲了的某些早期神话的真相,在民间巫术的神话文本如《山海经》中仍然存在,对于研究中国上古神话具有重要价值。

这是中国与两希巫术从史前向阶级社会早期转化过程中的不同路径。这个路径中生成了三个民族神话传说的不同讲述者类型和特征,是影响三个民族叙事传统差异性最主要的方面。

第三节　社会意识生产结构中中希三种神话讲述者类型

三个民族原始神话的讲述者巫师,在希伯来早期文明那里转化成了先知和祭司,在希腊早期文明那里转化成了神话与史诗诗人等,在华夏早期文明那里转化成了官方的巫史—史官(民间神话讲述者主要还是巫师)。就其主要类型特征而言,我们可以分别用巫史(中国)、祭司(希伯来)、神话与史诗诗人(古希腊)三个概念概括他们。由于神话讲述者身份类型的差异,其讲述的神话传说在叙事特征和精神特征上也有所不同,这些不同对各自民族神话传统的形成和延续具有奠基性的意义。

一、希伯来祭司型讲述者特征

祭司(先知、拉比、神父等均可视为同类)型讲述者讲述的对象,当然是其所侍奉崇拜的神和神所眷顾的人间英雄的故事。希伯来祭司与其他许多民族(如苏美尔、阿卡德、亚述、巴比伦、埃及、印度等)祭司讲述的神的故事不一样的地方在于,希伯来是一神教的祭司,只讲述一个神的故事,这个神是唯一的,而其他民族的祭司型讲述者大多会讲述多神的故事,他们是多神教祭司。在希伯来祭司型讲述者那里,这个唯一的神当然是绝对的、崇高的,不容许任何轻慢、违拗和冒渎。他的指令、训谕和召唤,就是对象必须坚决接受和执行的。任何情况下,这个唯一的神都是对的,他奖赏青睐的一定是义人(崇信他的人,因信称义),他惩罚诅咒的一定是罪人甚至是恶魔。希伯来祭司型讲述者讲述的神话,基本就是这个神创造、控制、惩罚和奖赏世界和人类的故事。与此相关的是,希伯来祭司型讲述者重点讲述的是希伯来人与这个神的关系历史,这个关系历史贯穿着一个核心的信念:什么时候,希伯来人信仰耶和华,接受耶和华的召唤和指令行动,他们就会成功;什么时候,希伯来人背离耶和华,拒绝耶和华的训谕和指令,他们就会失败。

从讲述风格角度考察,祭司型讲述者讲述的神话传说,要体现神的绝对性和崇高性,自然必须以一种非个人性叙事主体身份和崇高严肃的文体、语体讲述,犹太教《圣经》诸经尤其是"摩西五经"文本正具有这样的特征。《创世记》讲述耶和华指令创造世界,语言简洁有力,风格庄重严正。其他关涉耶和华的人物故事讲述,也具有相同的特征。而那些圣谕性篇章,其宣示性、指令性语言则体现出一种崇高严肃、不容任何质疑和讨论的绝对性。讲述者的用语特征和风格,强烈地体现出一个神意传达者(祭司)的虔信庄严语调和态度。

顺便提及,尽管基督教《新约》已经不是希伯来民族童年的神话传说,但其讲述的耶稣故事,仍然具有那种简洁有力、崇高庄正的风格特征。其各篇讲述者尽管已经呈现出明显个人化特征,但总体上看,那种祭司型风格特征和语调依然十分明显。无论是叙述耶稣的行迹,还是直接表现耶稣晓谕信众的宣示性、指令性、预言性话语,都体现出一种居高临下、真理在握的姿态。这是祭司型叙事的典型特征,与《旧约》叙事风格具有基本的一致性。

最后,要特别指出希伯来祭司型讲述者语言修辞表意的一个重要特征,那就是他的讲述语言在直陈性的基础上,充满丰富的暗喻性和象征性。这是无论《旧约》还是《新约》语言都具有的一个共同特征。希伯来《圣经》陈述事件和人物行动过程的语言,是以直陈为主的,但在此前提下,也大量使用暗喻性和象征性修辞手法。希伯来祭司是将神意向人间传达的中间性角色,神意的表达有时是直接陈述的,但很多时候是采用隐晦曲折的方式表达的,隐喻和象征就成为实现其表意隐晦曲折的重要修辞方式。同时,语言层面隐喻、象征的大量运用,必然导致形象层面具有相应的特征。希伯来祭司型讲述者,一方面通过直陈性语言讲述故事,另一方面又特别重视通过语言和形象的组织,隐喻性、象征性地表达神意。

这也促成了《圣经》解释学特别重视对其隐喻和象征所指向的深意的掘发和探讨。直到当代叙事学，研究《圣经》叙述表意方式，都无不研究其隐喻和象征的特征。这不仅体现在弗莱《伟大的代码——圣经与文学》(*The Great Code——The Bible and Literature*)这样的著作中，就是西方杰出的马克思主义学者詹姆逊，在建构其叙事政治阐释理论时，还要借鉴《圣经》阐释学的模式，在文本叙事的形象世界与文本所指向的终极"政治无意识"构成（指生产方式）之间，建立一种象征关系。

希伯来《圣经》中，耶和华反反复复训谕希伯来人，不可接近巫术，不可偶像崇拜等。但《圣经》讲述者在语言修辞和形象表意层面丰富的隐喻性和象征性，恰恰说明，他们在无意识思维和表意方式层面，离巫术思维并不太远。泰勒(Edward Burnett Tylor)、弗雷泽(James George Frazer)、布留尔(Lucien Lévy-Bruhl)、卡西尔(Ernst Cassirer)等学者，都在自己研究原始思维和神话思维的著作中，特别揭示，巫术思维重要的一个方面，就是隐喻思维和象征思维。希伯来《圣经》对隐喻和象征等修辞方式的高度依赖，正与这种巫术思维相关。这也证明，希伯来宗教尽管在表层已经脱离原始巫术，但在深层其实都有共同的思维特征。

语言和形象层面直陈为基础而又具有突出的隐喻和象征特征，意味着希伯来神话讲述者在以时间维度为主的基础上，突出表意方式的空间性指向。希伯来《圣经》讲述者很注重简洁而有力地直陈人物行为和事件过程，这是基础。它是在时间性基础之上突出空间性的。

二、希腊宗教诗人型讲述者特征

从社会意识角度考察，希腊神话传说的讲述者，是一个宗教诗人（宗教艺术家）型讲述者。这样确认，是因为这个集体性讲述者一方面是希腊宗教的信仰者（他崇信奥林波斯神系或其他希腊神系），但另一方面，他又是诗人。他不仅通过神话和史诗，讲述了宙斯为首的奥林波斯神系对世界的主宰和控制，还讲述了希腊诸英雄对神的虔敬与对抗，以及体现他们对自己、友人和群体使命、权利与责任意识的故事，由此建构了希腊城邦社会的世界观和价值系统。这个宗教诗人型讲述者还用丰富发达的想象力编织出关于神与神性英雄丰富复杂的故事情节，使他的宗教信仰融于充满诗性和想象力的人物形象和故事之中，从而产生强大的艺术吸引力。他讲述的人物和故事，不仅使人对神虔诚对英雄仰慕，而且无意中还养成了他们的世界观和价值观,刺激了听者的好奇心和想象力,使人心情激荡、愉悦快慰。他将神话和史诗讲成了诗性的艺术。

与此相关,希腊宗教诗人型讲述者的个人性开始凸显出来,在《神谱》《伊利亚特》《奥德赛》中,讲述者甚至一开始就以第一人称"我"的形式出现在文本中,尽管这个"我"还带有明显的程式化和集体性特征,但已经显现出从群体性讲述者中分离和个人化的趋势,这是希伯来和中国神话传说中都没有的。希腊宗教诗人型讲述者的讲述语调和风格也与希伯来大不一样,它既庄重又活泼,修辞手段丰富,远没有希伯来《圣经》叙述风格那么崇高严肃。神话中的神与英雄的语言,并不高高在上、绝对、不可对话、不可协商,而是具有对话性和交互感。这与希伯来神话中神的语言那种居高临下的单向性、指令性、绝对性和不可更易性区别明显。

与希伯来祭司型讲述者语言在直陈基础上的隐喻性、象征性形成很大区别的是,希腊宗教诗人型讲述者更多使用直陈性语言,虽也使用比喻,但大都是明喻、换喻。这也是希腊神话、史诗与戏剧讲述者的语言与希伯来《圣经》讲述者的语言一个十分明显的区别。无论中世纪还是当代,研究《圣经》语言的学者无不研究其隐喻和象征的特征,而研究希腊神话史诗和戏剧讲述语言的学者则更注意其明喻、换喻的特征。这是希腊神话传说脱离巫术时代隐喻性、象征性思维方式影响的一个重要标志。

从叙述话语的时空向度角度讲,希腊神话史诗和悲剧话语,是一种时间优势型话语,有力地陈述了对象的状态和行动过程,即讲故事是希腊宗教艺术家们最为在意的事情。这意味着,希腊神话史诗的叙述者们,是一个时间优势型讲述者。

三、华夏巫史型讲述者特征

中国的华夏民族在进入文明社会早期后,神话讲述者巫师很长一段时间还是以巫师的角色存在,至少到商代中晚期,巫师还是王室神话主要的讲述者。而在民间,巫师作为神话讲述者角色保留的时间更长。汇集有最多上古神话的《山海经》,被鲁迅称为"古之巫书",其成书年代在战国中晚期。当然,更要注意的是,巫师在商周已经开始向巫史转化,他们担任了官方神话主要讲述者的职能。这个作为官方神话传说讲述者的巫史,有哪些最重要的特征?他们对中国神话传说又有怎样的影响?下面给出一个大体概括:

首先,巫史型讲述者讲述的神话主角,由史前自然神为主转化为王族祖宗神为主。巫史服务的对象是王和王族,自然必须将王和王族祖先设定为神话传说的主角。因此,史前自然神或传说的主角,要么转化成为王族的祖先,要么被边缘化。另一个与之逆向的处理方式,是将王和王族的祖先神化为神祇(商王都是太阳神的子孙,他们都按商人十日神话中的十个太阳神的名字命名,如上甲、大乙、帝辛等)。王族如此,各方国或诸侯国也必然如此。一方面,他们会将自己所在的远古地域神话尽量历史化,与自己方国或诸侯首领的祖先相关联;另一方面,会将自己远古祖先神化。在这个基础上,他们还可能在方国或诸侯的神祖与王室神祖之间建立某种血缘关系,将自己的神祖描述为王室神祖的后裔,以此间接地表达他们之间的历史渊源或现实政治等级关系(例如《诗经·生民》叙述周人始祖后稷诞生神话中,后稷是其母姜嫄"履帝武敏歆"而感孕的,这里的"帝",原初当指商人的至上神祖帝俊,所以《山海经》有"帝俊生后稷"的叙述。周初帝俊转化为帝喾,后历史化为帝舜)。从王室到方国或诸侯国,将上古自然神祖宗化或将祖宗神化的处理,必然建立起一个个以王室神祖为源头的诸神世系。这个诸神世系不仅反映了商周王室的承传关系,也反映了宗主国与方国或诸侯国之间的政治等级关系结构。很显然,这种祖宗神话成为确认王族统治者历史的神圣性和统治天下的合法性的重要社会意识形式。这种社会意识形式就是王室和诸侯国巫史们编造讲述的。

同时,由于中国上古社会一直是多族团并立,并且在历史进程中不同地域族团或民族先后成为统治者集团,每一个统治者集团都要以自己神祖为核心对其他族团神祖进行重新组织和排序,这就导致了"层累的神史"即顾颉刚所说的"层累的上古史"现象,同时导致多神系并立现象。例如,我们今天看到的上古神系中,鲧禹神话是夏人神系,尧舜(俊)神话是商人神系,炎黄神话是周人神系,伏羲神话和东皇太一神话是楚人神系等等,它们都和特定族群的兴衰相关。正因为这个原因,下面的事情反复发生:不同时代众多族团中的某个族团成为强势族团,具有对天下的控制力,则这个族团就会以自己的神话体系为主对先前的统治者族团和其他族团的神话体系进行兼容性改造,将其神祖纳入自己神话谱系,成为自己神祖的后裔或臣属,由此形成越早出的神在后来的神系中地位越低,越后起的强势族群的神在后来的神系中地位越高的层累现象。这里有两个典型的例证:一是商人神祖帝俊在后世不同神系中的地位变化,二是战国中期的《楚帛书·甲篇》创世神话中早出的夏商周各族神祖都成为楚人神祖伏羲的后裔的谱系构成。本书作者有专文对此做过清理,有意者可参看。①

其次,与此相关的是,从体裁类型角度讲,中国上古神话到商周巫史那里,其主要的内容,必然转化为神史。任何一个民族,都有多种讲述神话的体裁,不同民族的神话讲述者会选择某种体裁作为优势体裁类型,这是民族历史和文化发展选择的结果。与巫术在文明时代选择不同的转化路径相关,中国和两希古代神话讲述者选择的优势叙事文类有明显差异。在希腊,因原始巫术的宗教性和艺术性转化,其宗教诗人型神话讲述者主要选择了长篇神话叙事诗、史诗、多幕戏剧等大型叙事体裁类型;在希伯来,因为原始巫术的宗教性转化,神话传说的讲述者主要是先知、拉比、祭司等,他们主要选择了宗教神话叙述体与训谕体以及使徒传道书的叙事体裁类型;而中国,在官方巫术的巫史转化路径中,神话传说的讲述者巫史们主要选择了神史叙事作为主要的叙事体裁类型。所谓神史叙事,指的是具有神性的历史叙事。这种神史非可验证的信史,而是神性的历史。因其取了历史叙事形式,故不是典型的神话,《尚书》中的《虞夏书》就是典型的代表。中国后世众多史著或类史著如《竹书纪年》《吕氏春秋》《世本》《史记》《世经》《汉书》《帝王世纪》《三皇本纪》《路史》《绎史》等书中,关于上古三皇五帝、二帝三王的叙事基本如此。这种神史叙事,既非两希典型的神话叙事,又非后世真正的信史叙事,而是兼有某些神话和历史特征的叙事。在民间,尽管神话一定程度上还以其本原的形态存在和发展着,但大都与官方神史叙事混杂并受其影响,因此具有神史叙事特征。神史,这是中国上古神话讲述者选择的最具本土化特征的神话叙事文类。因其独特性,导致中外一些学者将上古神帝神王的叙事看成神话,而另一些学者则将其看成信史。

中国上古神话传说的官方讲述者由原始时代的巫师转化为文明社会早期的巫史,到孔子后基本转化为接近后世信史编撰者的"史官"。与讲

---

① 详见张开焱《商人神祖在古代神系中的地位流变——中国古代神系层累性的一个案例》(《文学遗产》2023 年第 6 期)、《中国上古神系的层累性特征——以楚帛书创世神话神系为例》(《中南民族大学学报》,2021 年第 11 期)二文。

述者"巫师—巫史—史官"的蜕化过程对应的主导性叙事文类,也分别经历了"神话—神史—信史"的发展过程。这种过程,归根到底是中国上古特定社会文化系统对于神话叙事文类的特定选择,但表现在文体层面,则是特定讲述者的选择结果。中国古代大体从孔子《春秋》开始,历史叙事不断追求信史品质,但关于史前历史的叙事却一直保留着强烈的神史特征。这一特征导致一些学者质疑中国上古是否有西方 myth 意义上的神话。其实,研究中国上古神话,必须特别注意这种神史特征,这是它与两希神话叙事文类上的根本区别之一,是巫史叙事产生的特殊叙事文类。

再次,与不同神话讲述者和叙事类型差异相关的是,三个民族神话或神史讲述者选择的叙事对象也有极大差异。两希神话的叙事对象是神,人、神两分,不易混淆。而中国神史主要的叙事对象是各族团神祖,他们既是神又是人,我将他们名之为神人或人神,这与"神史"的叙事类型具有内在统一性。中国史前诸神进入巫史的神史中,除某些自然神多少保留神的特征外,大多数重要神祇都转化为神史中的神人或人神。这是因为,在中国阶级社会早期巫君合一、以君御巫的体制中,神巫即神君,巫君合一也就是神君合一。这种以君王为主要对象的神史,其主角自然是神人或人神。巫史们必将君王和王族祖宗们神祇化,并将史前神祇转化为君王的神性祖先或与神性祖先相关的神人。中国神史叙事的对象神人或人神就是这样形成的。

所以,中国上古巫史讲述的这些圣王神帝当然不是完全真实的存在,而只能是神性的存在。我们现在所知的三皇五帝、二帝三王们的历史,是既有部分真实信息但又高度神圣化了的历史,其主体亦人亦神、神人合一。这个特征,恰是两希神话主体不具备的。那些被历史学家当作真实历史人物的尧舜禹啬、炎帝黄帝、伏羲女娲等,在神话学家眼中,都是神话人物。从20世纪30年代疑古学派产生以来,这种分歧从未间断,且无法有效弥合。症结所在,正与此有关,中国神史主体具备一种亦人亦神、非人非神、神人合一的神人或人神特征。这是历史,但非现代意义上的信史,而是以各族神祖圣君为主要对象的神性历史。这是神话,但又非两希意义上神人两分的神话,而是与各族神祖神君相关、神人合一的神话。准确地说,它们既非历史亦非神话,而是结合了历史与神话的神史。

复次,因为巫史讲述者讲述的是与现实统治者族团神祖相关的神史,所以,他的讲述语言有两大特点:一是冷静,这是为了最大限度地营造客观性的幻觉;二是庄重,因为叙述的对象是与王族远祖相关的神史。与这两个特点相关的是神史都选择以第三人称的方式讲述,这是为了保证讲述对象的可信性和讲述者形式上的非介入性。为了保证讲述的可信性,讲述语调的客观性是必须的。中国古代所有神话文本都没有出现讲述者"我"的身份,其文体和语体也基本是非个人性和非风格化的。

　　最后,熟悉中国和两希古代神话的学者都注意到就外在叙事形态而言,希腊神话最系统、故事情节最丰富、外在形态最丰满。希伯来神话次之,中国古代神话就其外在形态而言,散漫简短,故事性最弱。这与中希原始巫术在文明社会早期转化路径的差异有关,也与由此而导致的特定讲述者有关。在中国,神话的讲述者是巫师巫史,原始神话因受制于巫术实践的需要和制约,一般都较散漫简单,难有(也不需要有)丰富发达的故事和丰满的外在形态。神话的产生得益于巫术,其粗糙简单的状态主要受制于巫术的现实实用指向,这一现实实用指向使其只需要一些神灵的存在和简单的故事即可满足需要,而不是丰富复杂的故事情节,这种情形,古代罗马早期诸神亦如此。脱离原始部落社会不久的罗马人,其神灵主要用于巫术祭祀活动,因此也都没有什么故事情节。罗马神话是在后来的发展过程中,才将希腊神话诸神的故事对应性地转化和嫁接到罗马诸神身上。中国上古巫术进入文明社会早期沿着巫君合一和以巫辅君的世俗化路径转化,其讲述主体由巫师而巫史,使原始时代受制于巫术实践目的的神话在文明时代受制于世俗君王现实实用目的的限制,未能获得相对独立发展的机会,这是中国古代神话讲述者巫师—巫史讲述的神话形成简单、散漫、短小外在形态的重要原因。看看被鲁迅称之为"古之巫书"的《山海经》就会对此有强烈印象。在这部书中,几乎所有的山、所有的水都有神,讲述者也会介绍他们的姓名、模样、神性甚至司职以及繁衍世系,但就是没有丰富的故事情节。这原因和巫师们对神话的需要有关:他们一般只需要一些神的名字、样貌、司职和世系就可以了(有利于巫师模仿或祭祀),至于故事情节是否丰富曲折,则是不重要的事情。由此形成他们讲述的神话简单、粗朴和散漫的特征。

　　当然,需特别指出,中国古代神话外在形态的散漫简短,巫术世俗化并非唯一原因,也并非绝对负面的现象,我们更要重视的是它与中国社会、文化和中华民族心理构造特征的密切联系,以及对后世中国文化符号特征和思维特征的潜在影响。希伯来神话传说的讲述者们是先知、僧侣,他们需要通过比较丰富的神或英雄的人生经历或故事承载宗教理念，并通过讲述这些故事来传播宗教信仰，这往往使得神话故事相对丰富。而那些希腊神话的诗人讲述者就更不用说了。那些游吟诗人靠讲述诸神和英雄的神话传说赚取生活费用，那些剧作家的剧作要能供演员表演，吸引市民观众在剧场流连观看一天（亚里士多德《诗学》说，悲剧长度以太阳绕地球一周即一天为限），这就要求剧作家的剧本必须编织丰富曲折、有一定长度的故事情节。所有这些外在形态上的差异，都与中希三个民族神话讲述者的类型特征有关。这当然不是唯一的原因，但却是直接的原因。

以上从中希三个民族上古巫术转化路径角度讨论了三个民族各自神话讲述主体的类型差异，这种类型差异深刻影响了其神话叙事对象、形态、体裁、风格的差异。当然，也影响着神话文本话语和结构的差异，而这个问题我们放到三个民族神话构形特征部分分析，在此略过。

第五章
中西神话叙事话语构形时空特征比较*

本章将对中西神话叙事话语的时空构形类型进行比较性研究。这是神话叙事研究一直不甚注意的一个层面。尽管结构神话学家如列维—斯特劳斯和格雷马斯等人基本是用语言学的模式来研究神话，从而证明神话的结构与语言的结构具有内在的同一性，但他们关注的重心是故事、表层故事构成及其指向和深层故事结构，而对于文本显层即神话的叙述话语却不甚在意。他们这样处理，是因为他们都认为神话是超语言的，同一神话可以在不同民族语言中传播，而故事基本不变。以语言学作为研究基础模式的结构神话学家尚且如此，其他研究神话的理论对于表层叙述话语的漠视更是必然。要之，中外神话叙事研究一直关注的是故事层面，而话语层面则被认为无关紧要。

但这一认知可能是片面的。神话是语言叙述出来的，语言不仅是神话的基础性载体，在卡西尔这样的神话哲学家看来，还和神话有某种本源性的联系，故而不同语言对于神话的构成有着深层的影响。同时，我们发现，不同民族的神话文本话语构形的时空优势是很不一样的，而这也深刻地影响着神话叙事的故事层面，如形象层面的不同组织向度。所以，本书专设一章，讨论中西神话文本显层叙事话语构形的时空特征问题。

---

* 本章主要内容以《中西神话构形特征与叙事传统》为题发表于《外国文学研究》2018年第3期，收入本章有较大幅度修改。

第一节 关于神话叙事话语构形的理论讨论

话语构形,指的是话语构造的形态,这个问题叙事学关注较少,但其实有特殊的意义。因为叙事故事层面的内容是以话语语义单元为基础构造的,而话语形式组织向度直接影响到话语语义组织的向度,进而影响到故事层面的组织形态。或者反过来,故事层面的组织特征,会体现在话语语义和话语形式的组织特征上。这就是话语构形分析的意义和价值所在。

一、话语组织的两个基本向度

根据现代语言学理论,语言同时存在于聚合轴和组合轴两个向度,它们分别构成空间并列关系和时间先后关系。所有具体文本中成为现实的话语,都是组合关系,但按其句式和组织形式特征,可分出聚合(并列、选择、空间)关系和组合(先后、连接、时间)关系两种不同类型。我们发现,不同文本的话语可能突出其中一个组织向度而弱化另一个向度,即突出空间关系或时间关系。

话语层如此,故事层亦如此。罗兰·巴尔特《叙事作品结构分析导论》将叙事作品故事的基础层面命之为功能层,其构成可分为"fonctions"和"indices"两部分。法语"fonctions"中译为功能,但"indices"的中译有多种义涵,如"迹象""信息""标志"等。笔者从叙事作品基本构成元素角度,在此选择"标志"作为其中译,觉得较适合表达这个概念所指的那些叙事元素。"功能"是构成故事情节的最小单位,一般由对故事情节有推动作用的人物行动单元构成,是动态的,在时间向度上存在和展开。"标志"由人物性格、状貌、身世、情景、心理、处所、环境、议论等信息构成,是静态的,在空间向度存在和展开。巴尔特说"迹象"(indices,"标志")"是一种纵向聚合关系上的裁定。相反,功能的裁定从来只是在'更后面',这是一种横向的裁定。因此,功能和迹象包含着另一个传统的区别:功能包含换喻关系,迹象包含隐喻关系;前者与行为的功能性相符合,后者与状态的功能性相符合"。① 他的"迹象"(indices)即"标志",指称的基本是对叙述对象具有标志性意义的信息,都是空间性的,即它们不是在故事发展链条上存在的,而是在故事发展链条之间存在的,是空间性展开,而不是时间性推进。巴尔特关于故事层这两种叙述信息的区别对应于话语层组织的两种向度的区别(上引巴尔特这段话已经确认了这种关系,"标志"属于聚合关系类型,"功能"属于组合关系类型),就语句、语群、语段或语篇所指向的内容而言,空间(并列、聚合)型话语以标志性信息为主,时间(线性、组合)型话语以功能(行动)性信息为主。

西方语言学理论对中国古代语言描述的有效性,最近几十年受到一些中国学者的质疑,申小龙教授就是其中著名的一位。他认为"汉语具有独特的难以为西方民族所理解的面貌"②,他断言西方现代句法理论难以合适描述中国古代汉语的句法结构。申小龙教授并主张以句型而不是句法作为中国语言学研究的基础,从中国古代语言中归纳出施事、主题和关系三种句型,并认为前两种句型对汉语具有基础性作用(第三种句型是在综合前两种句型基础之上产生的)。他说:"当我们造施事句的时候,我们通常处于一种叙述的心理构架。一个具体的、动态的图象浮现并流过我们的'眼'底。"③"与此相反,主题句的心理图象则是一种'客体+评论'的静态的逻辑意念。当我们造主题句的时候,先提出我们想要说明的一个话题。它可以是一个词,也可以是一个词组,甚至是一个句子形式,总之是一个要说明的'板块',然后对这个话题加以评论。"④他说的施事句,就是叙述对象行动过程和状态的句子类型,他说的主题句,就是介绍和评论某个对象(事件、人、物等)的句子类型,前者是动态的,后者是静态的。中国古代语言是否可为西方现代句法理论完全解释,歧见颇多,暂置不论,但申小龙关于古代汉语两种基础句型的描述,突出的是两种不同的时空向度则是肯定的。他所说的"动态"施事句是叙述某时某地某人做某事的句型,"静态"主题句是对某个对象展开陈述或评论的句型,其所表述的内

---

① [法]罗兰·巴尔特:《叙事作品结构分析导论》,张寅德译,载张寅德编选《叙述学研究》,北京:中国社会科学出版社,1989年,第14页。

② 申小龙:《文化语言学论纲——申小龙语言文化精论》,南宁:广西教育出版社,1996年,第2页。

③ 申小龙:《中国句型文化》,长春:东北师范大学出版社,1988年,第38页。

④ 同上书,第39页。

容也分别大体(不太严格地)对应于巴尔特的"功能"和"标志"指示的内容,前者偏向时间类型,后者偏向空间类型。申小龙在此基础上提出一个重要观点,他认为古代汉语是施事句为主导的,因此是时间性语言。印欧语言则是空间性语言。

当代中国已经有不少学者注意到中西语言组织向度的差异。如王文斌教授长期致力于比较语言学研究,他和他的团队对中国语言组织的空间性特征和印欧语言组织的时间性特征进行了深入研究。发表了一系列论文,出版了一系列著作,完成了若干国家重点和重大课题,在这个领域产生较大影响。他们的基本观点是,汉语从字词句段篇多个层级考察,都是一种空间性主导的语言。而印欧语言(以英语为代表)从字词句段篇等多个层级考察,则基本是一种时间性主导的语言。这种认知意味着,从语言形式角度讲,中西语言时空特性有着深刻差异,这必然影响到各自语言所承载的内容组织特征。① 同时,这种认知也与申小龙的观点截然相反。

上面巴尔特还将话语的纵聚合和横组合关系与两种特定的修辞类型即换喻和隐喻对应起来,值得我们特别注意。他说"功能和迹象包含着另一个传统的区别:功能包含换喻关系,迹象包含隐喻关系;前者与行为的功能性相符合,后者与状态的功能性相符合"。② 巴尔特从两者的指意角度分别用"更远的"和"更高的"来表述它们。所谓"更远的",是从故事发展时间角度理解的,即一种功能单位指向在故事发展的时间链条上的后续单位;而"更高的",则指叙事作品标志单元的作用不是推动故事情节在时间线链上发展,而是为这种发展提供深层性支持的信息。前者是时间接续性的,后者是空间层深性的。与之相关的换喻和隐喻,从话语组织层面讲,换喻是在时间向度上组织话语,而隐喻则是在空间向度上组织话

---

① 可参阅何清强、王文斌:《"be"与"有":存在论视野下英汉基本存在动词对比》(《外语学刊》,2014年第1期),王文斌:《从"形动结构"看行为动作在汉语中的空间化表征》(《外语教学与研究》,2015年第6期),王文斌、赵朝永:《汉语流水句的空间性特质》(《外语研究》,2016年第4期),王冬雪、王文斌:《汉、英、俄存在句表征的时空观对比研究》(《外语研究》,2018年第4期),王文斌、余善志:《汉英构词中的空间性和时间性特质》(《解放军外国语学院学报》,2016年第6期),阮咏梅、王文斌:《汉英进行体标记的语法化差异及其时空特质》(2015年第1期),王文斌、何清强:《汉英篇章结构的时空性差异》(《外语教学与研究》,2016年第5期),王文斌:《论汉英表象背后的时空差异》(《中国外语》,2013年第3期),何清强、王文斌:《时间性特质与空间性特质:英汉语言与文字关系探析》(《中国外语》,2015年第3期)等文。

② [法]罗兰·巴尔特:《叙事作品结构分析导论》,载张寅德编选《叙述学研究》,北京:中国社会科学出版社,1989年,第14页。

语。所以,换喻是时间性的,而隐喻是空间性的。一个语段或语篇的表意方式,是换喻性还是隐喻性的,区别甚大。以换喻的方式表意,意味着作者将要表达的意涵直接呈现在话语的水平组织层面上;而以隐喻方式表意,则意味着作者将要表达的意涵指向话语没有公开呈现的垂直层面。同时,我们还必须注意到,话语的任何隐喻性表意方式都是建立在话语的换喻性表意方式基础之上的,即总需要通过一定的水平向度的话语组织来指向垂直向度的意涵。不仅话语层面如此,故事层面也如此。一部叙事作品,总体表意可能是隐喻指向的,但在叙事层面,它必须有最基本的水平层面即时间层面的故事情节组织作为基础才能实现。

二、文本叙事结构的三个层次

本节将采用格雷马斯对于叙事文本分层划分的一组概念。格雷马斯在《论意义:符号学论文集》(上、下)一书收入的多篇论文中讨论到叙事作品的叙事结构层次问题。他提出了叙事文本三层次结构的重要观点。这三层次分别是:深层结构层次、表层结构层次、外显结构层次。他对三者分别进行了讨论。

什么是深层结构?他说:"深层结构:它定义了个体和社会的存在本质,从而也就定义了符号性产品的生存条件。所以我们说深层结构的基本组件具有逻辑性地位,是可以被定义的。"[①]他所说的深层结构,指的是一切文本意义生成的文化价值结构与规则,它是所有表层结构的依据和基础。作者在谈到叙事语法时,提出了深层"意义的基本结构"问题。在他看来,从基本义素的构成角度看,语言的意义是在一种二元对立的语义轴上生成的,其基本模式就是由两组二元对立义素构成的语义方阵。这个方阵中四个义素之间存在三种二元关系,即反义关系、矛盾关系、蕴含关系[②]。这个矩阵是文本深层文化价值生成的基础性图式,格雷马斯称之为符号活动的"深层语义学"规则。这种深层规则,在叙事作品中转化出了叙事的表层结构,即表层语法。

---

① [法]A.J.格雷马斯:《符号学约束规则之戏法》,载 A.J.格雷马斯:《论意义:符号学论文集》(上册),吴泓缈、冯学俊译,天津:百花文艺出版社,2005 年,第 139 页。

② [法]A.J.格雷马斯:《论意义:符号学论文集》(上册),吴泓缈、冯学俊译,天津:百花文艺出版社,2005 年,第 141 页。

什么是叙事作品的表层结构？在格雷马斯那里，它指的是深层文化价值与规则转化在表层层次的规则与结构，即表层故事语法。"一切语法都或隐或显地呈现出两个组成部分：形态和句法，形态具有分类学特征，其中的各项相互定义；句法是一系列可操作规则的集合，或者说这些规则对形态的各项进行操作。"[①]故事的行动元模式和功能模式，在格雷马斯那里，正是属于表层叙事语法层面的内容。

表层结构之上还有一个表达层面，即显层结构，格雷马斯称之为"外显结构"，或"表达层"。什么是显层结构？他说："表层结构：这是一套符号学'语法'，它把有可能出现在外显层面上的内容组织成有次序的叙述形式。该语法的产品独立于那个外显它的'表达层'：从理论上讲，任何表达层的实体（构成能指的物质材料——译注）都可以成为这些产品的载体，具体到语言，也就是说任何语言都可以被用来表达它们。"[②]格雷马斯的意思是，表层结构还是规则性的，这种规则的感性直观显现，就是显层结构，或者称之为"外显结构"。

那么叙事作品的"外显结构"即"表达层"主要包括哪些东西呢？在格雷马斯那里，主要是由话语组织形态、人物、形象、故事、场景等构成："外显结构：由它生成并组织能指。虽说它也会含有某些类似于普遍现象（quasi-universaux）的东西，但它主要还是依附于某一种个别的语言（准确地说，它定义了各语言的个性）、某一种特别的材料。对它的研究局限在表层的色彩、形式和词素等修辞领域。"[③]

外显结构或曰显示层，它是叙事表层结构获得具体化和外显的一个层次，也是叙事作品最外在的能指层，我们称之为显层叙事层，话语正是这一层次的核心构成。

[①] [法]A.J.格雷马斯：《叙事语法的成分》，载 A.J.格雷马斯：《论意义：符号学论文集》（上册），吴泓缈、冯学俊译，天津：百花文艺出版社，2005年，第170—171页。
[②] [法]A.J.格雷马斯：《符号学约束规则之戏法》，A.J.格雷马斯：《论意义：符号学论文集》（上册），吴泓缈、冯学俊译，天津：百花文艺出版社，2005年，第140页。
[③] [法]A.J.格雷马斯：《叙事语法的成分》，载 A.J.格雷马斯：《论意义：符号学论文集》（上册），吴泓缈、冯学俊译，天津：百花文艺出版社，2005年，第140页。

第二节　两希和北欧神话话语组织的时间优势型特征

　　本节的任务是对两希北欧民族神话文本话语构形(组织形态)的时空优势类型进行考察。为了使考察不至于凿空,故结合具体神话文本话语构形特征的分析展开。笔者选择《旧约·创世记》《神谱》、荷马史诗、《埃达》等为案例,结合其他神话传说文本,描述其叙事话语构形的主导性时空类型。《旧约·创世记》是希伯来神话的核心构成篇章,荷马史诗、《神谱》《埃达》均是记述众多希腊或北欧神祇与英雄故事及其谱系的代表性作品,通过对它们叙事话语的分析,可窥见它们时空向度的特征。

一、希伯来神话叙事话语时间优势型特征

　　先讨论希伯来神话叙事话语组织形态的时空优势特征类型。
　　《旧约·创世记》篇是希伯来典籍最具有神话传说特征的部分,其话语构形具有以时为主、时空兼具的特征。我们看开始这一段叙述话语的时空取向。为了方便抽象化,我们将功能性话语和标志性话语分别用大写英文字母和小写英文字母表示——

　　　　A 起初神创造天地。a 地是空虚混沌,b 渊面黑暗;
　　　　B 神的灵运行在水面上。
　　　　C 神说:"要有光",就有了光。
　　　　D 神看光是好的,就把光暗分开了。
　　　　E 神称光为昼,称暗为夜。a 有晚上,b 有早晨,c 这是头一日。[①]

　　这一段话语构形的逻辑图式是:A(a—b)—B—C—D—E(a—b—c)。总体上看,以动词谓语构成的行动即功能性成分居主导地位,而以交代状态或补充性辅助功能的标志性信息为辅,后者处于次要地位。因此,这段话语很明显是以主体的行动序列构成的功能链为主的,穿插有限的标志性信息或辅助性功能组成的。也就是说,是以时间线链为主组织的,是时

[①] 《圣经》之《旧约》,中国基督教三自爱国运动委员会、中国基督教协会,南京:南京爱德印刷有限公司,2016年,第1页。

间优势型话语。我们发现,《创世记》中第一天的话语组织形态,对其他五天创世过程的话语组织具有标本意义,后者基本是按照这种模式组织的,因此,这些话语总体上是时间优势型的。但是,《创世记》也有标志性信息很多的语群,下面是泥土造人的叙事话语——

　　A耶和华神用地上的尘土造人,B将生气吹在他鼻孔里,C他就成了有灵的活人,名叫亚当。

　　D耶和华神在东方的伊甸立了一个园子,E把所造的人安置在那里。

　　F耶和华神使各样的树从地里长出来,a可以悦人的眼目,b其上的果子好作食物。c园子当中又有生命树和分别善恶的树。

　　G有河从伊甸流出来滋润那园子,从那里分为四道:

　　a_1第一道名叫比逊,就是环绕哈腓拉全地的。b_1在那里有金子。c_1并且那地的金子是好的;d_1在那里又有珍珠和红玛瑙。

　　a_2第二道河名叫基训,b_2就是环绕古实全地的。

　　a_3第三道河名叫底格里斯,流在亚述的东边。a_4第四道河就是幼发拉底河。

　　H耶和华神将那人安置在伊甸园,I使他修理看守。

　　J耶和华神吩咐他说:"园中各样树上的果子,你可以随意吃,K只是分别善恶树上的果子,你不可吃,L因为你吃的日子必定死。"

　　M耶和华神说:"那人独居不好,我要为他造一个配偶帮助他。"①

　　将上面这段话的功能性句子和标志性句子提取出来,即形成了如下的句子结构:

$$A-B-C-D-E-F(a-b-c)-G$$
$$-a_1-b_1-c_1-d_1$$
$$-a_2-b_2$$
$$-a_3$$

---

① 《圣经》之《旧约》,中国基督教三自爱国运动委员会、中国基督教协会,南京:南京爱德印刷有限公司,2016年,第2页。

$$-a_4$$
$$-H-I-J-K-M$$

很明显,这个句群中的句子结构,还是以时间向度为主、空间向度为辅,也就是说,功能性为核心的句子占了大部分,而标志性句子只占了小部分。但和上一个句群相比较,这个句群空间向度(即标志性信息)的句子比上一个句群要多。

《旧约·创世记》也有以空间向度为主的句群,这些句群大量体现在耶和华对以色列各代英雄的圣谕性篇章或段落中。例如《出埃及记》中,耶和华说的话占了至少一半的篇幅,这些人物话语尽管也夹有一些行动性的句子,但总体上讲,空间性信息是越来越多。热奈特在《叙事话语》一书中,从叙述方式角度将直接呈现人物话语的叙述称之为"间接叙述";从叙述速度角度讲,这是一种"等述",即叙事者叙述的时间与故事时间相等。但其实,人物话语中,他的行动往往处于"静止"状态,并且,他话语表述的内容,也往往功能性信息较少,而标志性信息即空间性信息更多。下面摘引一段《出埃及记》中耶和华众多长篇晓谕摩西圣谕中的一段话,这段话的意思,是耶和华要摩西转告以色列人,要为他建造圣所,并对圣所的材料、工艺、形状等都做了特定的安排。这么长的一段话语,浓缩起来可以用一个句子概要性表达(概述):耶和华晓谕摩西为他建圣所。正如热奈特在《叙事话语》中所说的那样,概述是将最核心的行动性信息(核心功能)概要性叙述的语式,是时间性最强的语式。而将这种概述性话语进行扩展的过程,即是将核心功能性信息细化展开的过程,也就是添加空间性信息的过程,后者尤其值得注意。我们很容易发现,摩西向以色列会众传达耶和华要以色列人为他建会幕的指令这段话语中,有大量标志性话语,用本文的核心概念表述,就是表述功能性即时间性信息的话语中,增加了很多标志性即空间性信息的话语。

我们仍然用大写英文字母标识功能性信息,而用小写英文字母标识标志性话语:

A 耶和华所吩咐的是这样:B_1 你们中间要拿礼物献给耶和华。B_2 凡乐意献的,可以拿耶和华的礼物来,就是 a_1 金、a_2 银、a_3 铜、a_4 蓝色、紫色、朱红色线、a_5 细麻、a_6 山羊毛、a_7 染红的公羊皮、a_8 海狗皮、a_9 皂荚木、a_{10} 点灯的油、a_{11} 并作膏油和香的香料、a_{12} 红玛瑙与别样的宝石,可以镶嵌在以弗得和胸牌上。①

将上面的符号集合起来,这段话的基本功能性话语和标志性话语就呈现出来了:

$A - B_1$
$\quad - B_2 - a_1$
$\qquad - a_2$
$\qquad - a_3$
$\qquad - a_4$
$\qquad - a_5$
$\qquad - a_6$
$\qquad - a_7$
$\qquad - a_8$
$\qquad - a_9$
$\qquad - a_{10}$
$\qquad - a_{11}$
$\qquad - a_{12}$

这个图式将上面这一段话语的时间性和空间性构成显示出来了,不难发现,这里的空间性信息比上面一段话有大幅度增加。

而且,如果我们从句子结构角度考察,将发现,这段话语的句子结构基本是以"要+某物"或"要+如何做"两种构成的。而"要"是一个能愿动词,即助动词,基本只表示主体意愿,而行动性很弱,即功能性很弱,所以,即使是上面用大写英文字母标示的那些句子,从更高的层次上看,都不是时间性即功能性很强的话语,而是偏于空间性的话语。从句型角度讲,耶和华圣谕的话语,就是由一个主题性句型构成的:主题(建造圣所)+陈述(用什么建造和如何建造),而主题性句型,从根本上讲是偏向空间性的句型。

这种"要+某物"或"要+如何做"两种句型加上"不可+如何做"的句型,在《旧约》中是大量的,几乎凡是耶和华的圣谕,绝大部分是由这三种

---

① 《圣经》之《旧约》,中国基督教三自爱国运动委员会、中国基督教协会,南京:南京爱德印刷有限公司,2016年,第87页。

句型构成的,即由一种弱行动性或非行动性的能愿动词(助动词)为核心词构成的,它们总体上都属于主题性句型,空间性取向明显。我们不妨以著名的"摩西十诫"为例,耶和华在西奈山上对摩西说:

> 我是耶和华你的神,曾将你从埃及地为奴之家领出来。
> 除了我以外,你不可有别的神。
> 不可为自己雕刻偶像;也不可作什么形像仿佛上天、下地和地底下、水中的百物。不可跪拜那些像;也不可侍奉它,因为我耶和华你的神,是忌邪的神。恨我的,我必追讨他的罪,自父及子,直到三四代;爱我、守我诫命的,我必向他们发慈爱,直到千代。
> 不可妄称耶和华你神的名;因为妄称耶和华名的,耶和华必不以他为无罪。
> 当记念安息日,守为圣日。六日要劳碌作你一切的工,但第七日是向耶和华你神当守的安息日。这一日你和你的儿女、仆婢、牲畜,并你城里寄居的客旅,无论何工都不可作,因为六日之内,耶和华造天、地、海和其中的万物,第七日便安息,所以耶和华赐福与安息日,定为圣日。
> 当孝敬父母,使你的日子在耶和华你神所赐你的地上得以长久。
> 不可杀人。
> 不可奸淫。
> 不可偷盗。
> 不可作假见证陷害人。
> 不可贪恋人的房屋;也不可贪恋人的妻子、仆婢、牛驴,并他一切所有的。①

上面这段著名的圣训中每一段的首句,基本是"不可做何事"或"应当做何事"的指令性句子,这些句子不是叙事性的,而是命令式的。同时,每一段话语之间的关系都是并列关系,没有先后承接的关系,其内容也没有时间性关联如因果关联,空间性是明显的。

希伯来神话传说的主要经典是《旧约》中的《创世记》,《旧约》的话语,

---

① 《圣经》之《旧约》,中国基督教三自爱国运动委员会、中国基督教协会,南京:南京爱德印刷有限公司,2016年,第72页。

第三人称叙事者直接叙述的话语大都具有明显的时间线性特征,其功能性元素也很丰富。而人物话语情况相对复杂。一般人物话语功能性元素也较丰富,但耶和华的话语,尤其是那些长篇圣谕的话语,则功能性元素较为稀薄,而标志性元素更为丰富,且其句子组织,并置性即空间性特征相当突出。《新约》中的话语有什么差异吗?《新约》不同篇章出自不同人物之手,且除部分有关耶稣的行迹或复述《旧约》中的神话传说故事有些神话性外,其余的基本不具有神话性。而有关耶稣的故事叙述,其话语基本是以故事性话语为主的,话语中功能性单位相对丰富,标志性单位处于从属地位,其重要性和数量也远不能和施事性话语比较。但各卷叙述耶稣说的话,其句式则往往有极强的并列性即空间性,例如《马太福音》"山上宝训"一节写道:

> A 耶稣看见这许多的人,B 就上了山,C 既已坐下,D 门徒到他跟前来。E 他就开口教训他们,说:
> a_1 虚心的人有福了,因为天国是他们的。a_2 哀恸的人有福了,因为他们必得安慰。a_3 温柔的人有福了,因为他们必承受地土。a_4 饥渴慕义的人有福了,因为他们必得饱足。a_5 怜恤人的人有福了,因为他们必蒙怜恤。a_6 清心的人有福了,因为他们必得见神。a_7 使人和睦的人有福了,因为他们必称为神的儿子。a_8 为义受逼迫的人有福了,因为天国是他们的。①

将这些标识性代码提取组织在一起,即可见出这段耶稣"宝训"的话语逻辑结构了:

A—B—C—D—E
—a_1
—a_2
—a_3
—a_4
—a_5
—a_6

---

① 《圣经》之《新约》,中国基督教三自爱国运动委员会、中国基督教协会,南京:南京爱德印刷有限公司,2016 年,第 4 页。

$$—a_7$$
$$—a_8$$

很明显,这段耶稣的"宝训"完全采用了同样的复句句式,且每一复句都是"果—因"关系的复句句式,但各个复句之间既没有时间先后关系,也没有因果逻辑关系,它们在话语形式上,是很明显的并列关系即空间关系。在《圣经》两约人物语言中,这种重复性使用同一种句式的情形是大量的。《圣经》的话语有一个基本特征,那就是人物行迹的叙述性语言大体以时间性为主,而人物语言则时空向度兼具,而以空间性为主。

希伯来《圣经》叙述话语还有一个重要特征,那就是在修辞指意上具有丰富的象征和隐喻特征。这个特征所有研究《圣经》叙述话语的学者都注意到了,不少学者甚至专门对它们进行研究。例如弗莱在研究《圣经》叙述特征的名著《伟大的代码——圣经与文学》一书中,就从语词和意象两个层面分别列专章研究《圣经》的隐喻特征。在讨论《圣经》语词层面的隐喻问题时,弗莱说:

> 如果我们按顺序阅读圣经,圣经就成为一个神话。这首先是得之于同义反复,……如果我们把圣经"冻结"为一个同时存在的整体,它就成了一个单一的、庞大的、复杂的隐喻。这首先是靠同义反复,因为所有的词语结构都由于并列出现而成为隐喻性的;其次是由于在更加具体的意义上,它包含了一个有意义地重复的意象结构。按照传统的看法,圣经的故事被认为是"字面的"历史故事,圣经故事的意义被认为是"字面的"教义或说教的意义。本书认为神话和隐喻就是这真正的字面意义的基础。①

弗莱的意思有几点值得注意:一是对《圣经》(乃至所有神话文本)中隐喻的认知与读者的阅读立场和方式有关;二是语词的隐喻不来自文本话语的顺序结构,而来自文本话语的并列结构,也就是不来自话语的时间线性组织,而来自话语的空间并列组织;三是在弗莱看来,神话和隐喻是《圣经》故事的基础。这意味着《圣经》所有的故事和话语都存在隐喻,或者说都是隐喻。阅读《圣经》,会发现它许多话语,尤其是人物的话语,既

---

① [加拿大]诺思洛普·弗莱:《伟大的代码——圣经与文学》,郝振益、樊振帼、何成洲译,北京:北京大学出版社,1998年,第92—93页。

是它直接说出的意思,又远远超出了它说的意思。这些话语直接说出的意思,既是它字面上的意思又远远超出它直接说出的意思,就是隐喻的意思。例如《以赛亚书》中"耶和华对敌人的警告"一节:

> 耶和华说:"现在我要起来,我要兴起,我要勃然而兴。你们要怀的是糠秕,要生的是碎秸,你们的气就是吞灭自己的火。列邦必像已烧的石灰,像已割的荆棘在火中焚烧。"①

这一段话几乎每一句话、每一个关键词语都有隐喻指向和双关意涵。它们表达的意涵,既在字面上,又在字面后面。这种话语和语词,在《圣经》中比比皆是,构成了这部书话语的重要特征。

因此,不难发现,在希伯来神话传说中,其叙事话语就时空取向而言有三种基本类型:一种是功能性较强即时间性较强的话语类型;一种是功能性和标志性并在,即时间性和空间性并在,而以时间性为主的话语类型;第三种则是标志性为主,兼有功能性的话语类型。这三种基本类型中第一种是主导性的。同时,《圣经》的许多话语和语词,具有十分明显的隐喻、双关和象征的意涵。总体上,从时空向度讲,希伯来神话传说叙述话语的构形特征,应该是时间为主、时空兼具的话语类型。

二、希腊神话叙事话语的时间优势型特征

希腊神话传说话语构形的时空取向以时间性向度为主。

赫西俄德《神谱》的叙事话语主要是以动词和动词链为中心的主谓结构句型,人物行动都在线性时间关系中发生和展开。它也有空间性信息即标志性信息,但这些信息往往是放在句子之内表达的,即作为一个单句或复句的修饰成分而表达出来。试看下面一段话语(为分析方便,特对功能性句子以大写英文字母标示,而对标志性信息则以括号括出。以下引文均如此处理,不再特别说明):

> A 大地该亚首先生了乌兰诺斯——(繁星似锦的)皇天,B 他(与她大小一样),覆盖着她,周边衔接。大地成了(快乐神灵永远稳固的)逗留场所。C 大地还生了(绵延起伏的)山脉和(身居山谷的自然

---

① 《圣经》之《旧约》,中国基督教三自爱国运动委员会、中国基督教协会,南京:南京爱德印刷有限公司,2016 年,第 691 页。

神女纽墨菲的)优雅住所。D 大地未经(甜蜜)相爱还生了(波涛汹涌、不产果实的)深海蓬托斯。①

这段诗语主干成分均为名—动结构或曰主—谓结构,几个复句之间的关系是"A—B—C—D"的时间线链关系,"大地该亚首先生了——他覆盖着——她还生了——未经相爱还生了——"这一动词线链的先后时间关系十分清晰。而那些空间性信息则穿插在时间关系句子之间作为句子的一个修饰性构成成分获得表达。下段话语的时间关系就更为严密——

A 这时,宙斯也不再控制自己了。B 他(满腔怒火,立即)使出全身力气,(从天宇和奥林波斯山)抛出他的闪电。C(沉重的)霹雳迅即冲出他(那壮实)的大手,(雷声隆隆,电光闪闪,)卷起猛烈的火焰。D(孕育生命的)大地在燃烧中塌裂,(无边的)森林(在烈火中)发出(巨大的)爆裂声。E 整个地面、(大洋神的)河流、(不产果实的)大海都沸腾了。②

这段话语对整个《神谱》话语组织向度都具代表意义,五个复句构成"A—B—C—D—E"的线链组织形态,其核心成分由"不控制—使出—抛出—冲出—卷起—塌裂—发出—沸腾"等动词链构成,前后时间关系不容错动。而一些标志性信息(用括号括出)则在时间线链之中填充着,时间性是《神谱》话语组织的关键要素。

《神谱》叙事话语中有空间性很突出的标志性句群或段落吗?当然有。上引两段文字动词链间许多修饰性话语成分总体上是标志性即空间性的,但它们都填充于具有严密时间关系的动词链中,是修饰、补充、催化动词链的,不具有独立意义。但《神谱》中也有某些语段,标志性信息是以整句或复句的形式表达的,例如下面这段叙述话语中,除了功能性句子中有标志性信息之外,更多标志性信息就是以单句或复句表达的。下面我们将标志性信息都用括号标出——

(宙斯把提坦们赶出天庭之后,)A(庞大的)该亚(在金色阿佛洛狄特的帮助下,)与塔耳塔罗斯相爱,B 生下(她最后一个孩子)提丰。

---

① [古希腊]赫西俄德:《工作与时日 神谱》,张竹明、蒋平译,北京:商务印书馆,1991年,第30页。
② 同上书,第46—47页。

（提丰身强力壮，干起活来双手总有使不完的力气，双脚不知什么是疲倦。他是一条可怕的巨蟒，肩上长有一百个蛇头，口里吐着黝黑的舌头。在他奇特的脑袋上、额角下、眼睛里火光闪烁；怒目而视时，所有的脑袋上都喷射出火焰。他所有可怕的脑袋发出各种不可名状的声音；这些声音有时神灵能理解，有时则如公牛在怒不可遏时的大声鸣叫，有时又如猛狮的吼声，有时也如怪异难听的狗吠，有时如回荡山间的嘘嘘声。若不是人类和众神之父宙斯及时觉察，有一天真会发生不可挽回的事情，即开始由他统治不死的神灵和会死的人类)。

（但是，）C 宙斯扔出（沉重有力的）霹雳，D（周围的）大地、（上面的）天宇、大海、洋流和冥土都因之震颤。（神王进攻时，高大的）E 奥林波斯山在（他不朽的脚下）摇晃，大地（为之）呻吟。……F 宙斯（使出浑身力气）紧握武器（——雷霆、闪电和惊人的霹雳），G（从奥林波斯山）跳起来轰击这个怪物，灼烧他（所有怪异）的头颅。H 宙斯征服提丰之后，把他打成残废扔下天空，I 大地因之叫苦呻吟。①

这第一段话，构成核心功能的句子只有 AB 两个单句或复句，括号中构成标志性信息的单句或复句则要多得多。从数量角度讲，标志性信息占了主导地位。如果用申小龙的句型指称括号中的这一大段话，它应该是一个主题性语段，即以提丰为主题词，从不同角度对他展开内含评价性的介绍。而第二段叙述话语则主要是由一系列核心功能的话语线链构成。

因此，总体上看，《神谱》叙事话语组织主要是时间优势型的，即由行动（功能）线链构成的话语占据着主导性地位。

那么，希腊上古其他神话传说文本叙述话语的构形也是这种时间优势性类型吗？答案是肯定的。最具代表性的当然是荷马两大史诗了。荷马是运用语言叙事的高手，他的作品更具有标本意义。

我们选择《伊利亚特》第一卷开始部分的几段叙述话语，热奈特在《叙事话语》中也专门从话语语式角度分析过这几个段落。这几个段落叙述的是阿波罗的祭司、克律塞人克律塞斯（Chruses）的女儿克律塞伊丝（Chruseis）被希腊联军掳掠去做了统帅阿伽门农（Agamemnon）的女奴，

---

① ［古希腊］赫西俄德：《工作与时日 神谱》，张竹明、蒋平译，北京：商务印书馆，1991 年，第 50—51 页。

克律塞斯携带大量财物到希腊联军军营请求换回自己的女儿,但遭到阿伽门农(Agamemnon)的拒绝。阿伽门农并且威胁克律塞斯赶紧离开,并且永远不要再来,否则他会受到严厉的惩罚。克律塞斯恐惧地走出军营,走到海边,吁求他的保护神阿波罗惩罚希腊联军,由此导致希腊联军遭受瘟疫,死伤惨重。这几段叙述话语是这样的——

　　A 这人(指克律塞祭司克律塞斯——引者注)来到阿开奥斯人的快船前请求释放他的女儿,B 随身带来无数的赎礼,C 手中的金杖举着远射神阿波罗的花冠,C 向全体阿开奥斯人,特别向阿特柔斯的两个儿子、士兵的统帅祈求,D 这样说:"a 阿特柔斯的儿子们,戴胫甲的阿开奥斯将士,b 愿居住奥林波斯山的天神们允许你们毁灭普里阿摩斯的都城,c 平安回家,d 只请你们出于对宙斯的远射的儿子阿波罗的敬畏,e 接受赎礼,f 释放爱女。"

　　E 所有阿开奥斯人都发出同意的呼声,F 表示尊敬祭司,G 接受丰厚的赎礼;H 阿特柔斯之子阿伽门农心里不喜欢,I 他气势汹汹地斥退祭司,J 严厉警告说:"a 老汉,别让我在空心船旁边发现你,b 不管你是现在逗留 c 还是以后再来,d 免得你的拐杖和天神的神圣花冠保护不了你。e 你的女儿我不释放,f 她将远离祖国,g 在我家、在阿尔戈斯绕着织布机走动,h 为我铺床叠被,i 直到衰老。j 你走吧,k 别气我,l 好平安回去。"

　　K 他这样说,L 老人害怕,M 听从他的话。N 老人默默地沿啸吼的大海的岸边走去,O 他走了很远,P 便向美发的勒托的儿子、阿波罗祈祷,Q 嘴里念念有词,这样说:"a 银弓之神,克律塞和神圣的基拉的保卫者,统治着特涅多斯,灭鼠神,请听我祈祷,如果我曾经盖庙顶,b 讨得你的欢心,c 或是为你焚烧牛羊的肥美大腿,d 请听我祈祷,e 使我的愿望成为现实,f 让达那奥斯人在你的箭下偿还我的眼泪。"①

　　将上面三段叙述话语标识的代码提取出来,将得到下面这样的三段结构图式——

----

①　[古希腊]荷马:《伊利亚特》,罗念生、王焕生译,北京:人民文学出版社,1994年,第1—3页。

A—B—C—D—(a—b—c—d—e—f)
E—F—G—H—I—J(a—b—c—d—e—f—g—h—i—j—k—l)
K—L—M—N—O—P—Q(a—b—c—d—e—f)

上面的代码中,用大写英文字母标示的是叙述者直接叙述的话语的组织形态,而括号内用小写英文字母标示的是人物说的话,即叙述者间接叙述的话语。不难发现,无论是叙述者直接叙述的话语,还是通过人物之口间接叙述的话语,就其功能单位而言,其组接形态都是线性的。这三段话语中,每一句话语中至少有一个动词即一个功能单位,其施事性特征十分明显。那么这三段叙述话语中有标志性信息吗?当然有,但这些标志性信息基本是附着在功能性单句或复句之中的,它们修饰着这些功能性成分,但并不喧宾夺主地成为主要构成。它们要么成为一个单句主语或谓语或宾语的修饰成分,要么成为一个复句中的某个起修饰性作用的分句,基本不独立地构成叙述单位。很显然,这三段叙述话语中,标志性信息十分有限,功能性信息则十分丰富。且功能信息之间构成了前后相接的序列,一个有内在逻辑的行动链,时间性特征很突出。尤其值得注意的是,这里人物语言极具行动性,它们在荷马史诗乃至整个希腊史诗和戏剧中都有特别的代表性。希腊的叙事作品中,人物语言很丰富,但几乎所有人物语言都充满行动性即功能性。

人物语言在《伊利亚特》中占了很大的篇幅,在叙事作品话语中,这是最容易由标志性信息构成的话语类型。但是,荷马史诗中的人物话语大多是施事性话语,而不是主题性话语。它们形成一个以功能性话语为主的话语线链,其时间性特征显而易见。他们可能说很多话,但这些话语中充满了功能性元素,这与希伯来《圣经》人物话语形成十分明显的反差。

遍读荷马两大史诗,无论叙述者话语还是人物话语,以标志性信息即空间性信息为主的话语集群很少。这是很有意思的一个现象。荷马史诗的作者是讲故事的高手,但也是演讲的高手,他笔下的主要人物发表讲话,个个长篇大论,滔滔不绝。但所有人物的演讲话语,都有丰富的功能性信息,标志性信息大都只是镶嵌在功能性话语的线链之中的。比较一下本节上引《圣经》中希伯来上帝的话语,这个特征就更明显了。《圣经》中,希伯来上帝也很喜欢说话,甚至整篇都是他的话语,但他的话语中,功能性成分比较有限,而标志性信息则十分丰富,有大量主题型话语,这些话语就其句式而言,其并列性是明显的。例如《出埃及记》中耶和华对摩西的圣谕,那么多"不可"或"你们要"开头的句子,都是具有并列性特征即空间性特征的句子。相比之下,荷马史诗中的人物话语,具有并列性特征的句子和话语集群很少。

关于希腊神话叙事话语的时间优势类型,还体现在其叙事修辞表意以明喻为主的特征上。荷马和赫西俄德的研究者都注意到,他们作品中的话语大量使用了比喻这种修辞手段,但与希伯来《圣经》叙述话语暗喻为主的修辞形式不同的是,希腊神话作品的叙事话语是以明喻为主的,即本体与喻体都出现在话语层面,而不像暗喻,本体在喻体之下。前者指向先后关系,后者指向层深关系,这个区别,就是时间性与空间性的区别。

正如许多研究者意识到的一样,荷马是创造和使用明喻的高手,他的《伊利亚特》中充满着各种各样巧妙而贴切的明喻,有学者统计,"较长的明喻在《奥德赛》里出现不下四十次。在以描写战争为主的《伊利亚特》里,明喻的出现率更高,达二百次左右。明喻占据了《伊利亚特》第十七卷15.6%的篇幅,在第十一、十二、十五、十六、二十一和二十二卷里亦有高比例的出现。笔者认为,荷马史诗使用了两种语言,一种是就事论事的情节语言,另一种则是与之形成配套的以衬托为主并(可以)与情节的常态发展"无关"的明喻语言。明喻通常解析诗人的叙述,潢饰史诗中占主导地位的情节或叙述语言,它能影响作品的布局,有力地推动篇幅的扩展"[1]。荷马的明喻多种多样,其中有用一句话表达的,如说被阿喀琉斯抓住的特洛亚士兵"像一群被惊吓的仔鹿",勇士的出击被形容为"像生吞活剥的狮子""像成群的苍蝇""像焚扫一切的烈焰"等等。也有几个明喻连用,从而形成一个句群的。例如诗人描写阿伽门农负伤退出战场后,特洛亚英雄赫克托尔鼓动战士向希腊人发起凶猛攻击时连用三个明喻——

> 他这样说,鼓起每个人的勇气和力量。
> 有如猎人催促白牙裸露的猎狗,
> 前去追击凶猛的野猪或强暴的狮子,
> 嗜血的阿瑞斯般的赫克托尔也这样
> 激励高傲的特洛亚人向阿开奥斯人冲击。

---

[1] [古希腊]荷马:《奥德赛·译序》,陈中梅译注,南京:译林出版社,2003年,第52页。

> 他自己斗志高昂地来到阵线前列，
> 冲进战涡，有如一股高旋的风暴，
> 那风暴掀起巨浪搅乱昏沉的海面。①

这一连串明喻的使用，生动而夸张地将赫克托尔的勇敢和巨大战力表现得令人印象深刻。荷马更让人叹赏的是，他为了表现一个对象的某些特征，经常将一个明喻极力扩展，从而形成一个大型明喻句群，例如，第十一章写到阿伽门农身先士卒冲杀在前线，奋力追赶和杀戮着特洛亚人时，荷马这样写道——

> 有如牛群暗夜里被袭来的狮子追赶，
> 突然的死亡降临到其中一头的身上。
> 狮子捉住它，先用尖齿扯断脖子，
> 然后贪婪地吮吸血液，吞食内脏；②

又如荷马描写阿伽门农杀死特洛亚英雄伊索斯兄弟俩，特洛亚人无人敢上前营救的情景时，将一个明喻做了这样大幅度的扩展——

> （阿伽门农）有如狮子蹿进敏捷的母鹿的窝里，
> 用它那强劲的牙齿逮住幼稚的小鹿，
> 轻易地把它们撕碎，夺走柔弱的生命，
> 尽管母鹿就在近旁，也救不了它们，
> 因为它自己也受着强烈的恐惧的侵袭，
> 撒腿穿过茂密的树林和灌木丛迅跑，
> 跑得浑身汗淋，躲避那强兽的攻击；③

这些丰富的明喻的运用，既增加了叙述语言的表现力，又使得《伊利亚特》的语言生动活泼，调剂了史诗直陈性叙述语言可能导致的沉闷。从叙事话语组织的时空向度角度讲，这都是强化时间向度的修辞表意手法。

三、北欧神话叙事话语时间优势型特征

这种以施事性句式为主，按照时间关系或逻辑关系组织叙事话语的

---

① ［古希腊］荷马：《伊利亚特》，罗念生、陈焕生译，北京：人民文学出版社，1994年，第287页。
② 同上书，第282页。
③ 同上书，第280页。

特征,在希腊以后的北欧、罗马和中世纪神话传说作品中,都一直保留着。在罗马时期维吉尔(Virgil)的《埃涅阿斯纪》(The Aeneid)、奥维德的《变形记》、冰岛的《埃达》、中世纪史诗《尼伯龙根之歌》(Das Nibelungenlied)、《罗兰之歌》(La Chanson de Roland)、《贝奥武甫》等作品中,都能看到这种时间优势型叙事话语特征。当然,比起荷马史诗这种极其明显的时间优势型话语,北欧某些神话史诗作品叙事话语的空间性有一定程度增强,例如冰岛的《埃达》,在其35首诗的某些段落中,叙述性话语的空间性有所强化。有的甚至基本以空间性为主。像第二首《高人的箴言》,主要是一种主题性话语,通过高人的箴言,告诉诸神一些重要的行为准则。诗中充满大量并置性话语。例如,这首诗从112节开始,到137节止,26节诗中,绝大部分节首都是下面这样的话语反复重叠——

听着,洛德法弗尼尔:/奉劝你接受这番忠告。/听入耳对你只有好处,/受益匪浅倘若照着做。/……①

这种叠句反复重唱,就给人强烈的并置感。而事实上,每一节在这几句诗语之后的部分,都不存在绝对不可变动的先后关系。所以,这些话语的空间性是明显的。如果说这首诗是偏重行事准则的表述,是主题性话语,所以空间性相对强,而那些以叙述性为主的诗篇中,往往也能见到不同的空间性话语,这些空间性话语有的通过句式的并置性、重复性体现,有的通过标志性信息体现。例如第十首《阿尔维斯之歌》,是雷神托尔(Tor)和一个素不相识的侏儒关于世界知识的对话,这个侏儒叫阿尔维斯(Allis),想娶他女儿。托尔不断向侏儒"讨教"知识,这首诗就主要由两人对话构成。托尔是提问一方,侏儒是回答一方。从第11节到第33节,在托尔反复提问的段落中,每一段开始都是这三句话的复叠:

请你快告诉我,阿尔维斯,/我料定矮子肚里疙瘩多,/世上万物存在你都知晓。②

这首诗一共有17节开始都是这三句的复叠,它们的并置性是显而易见的。而且,如果我们从托尔提问的内容角度看,都是主题性的,各段之间的内容也没有绝对的顺序性和不可颠倒性。因此,这些话语的空间优

---

① [冰岛]佚名:《埃达》,石琴娥、斯文译,南京:译林出版社,2000年,第56页。
② 同上书,第182页。

势性特征是十分明显的。

《埃达》有很多地方使用了这种叠唱手法,强化了诗歌形式总体上的空间性。但还要注意的是,更多时候,这种并置性叠唱手法的运用,与故事推进的叙述巧妙结合在一起,也就是说,时间性向度的组织与空间性形式的结合成为这些叙事诗歌话语组织的特色。像第十一首《巴德尔的噩梦》,叙述光明之神巴德尔做了一个噩梦,即将遭人暗算。奥丁(Oden)乔装改扮,急忙到地狱入口处唤醒已经亡故的女占卜者,想了解即将要发生的灾难及其原因。他与被唤醒的占卜者的对话,既通过他不断的叠唱强化并置感,又通过女占卜者对未来即将要发生的事件的预叙强化时间的延续性,两者在此获得了很好的统一。下面选择其中两节为例加以证明——

奥丁说道:"切莫缄口不语,女占卜师,/我要问话什么都想知道,/刨根究底我要全弄明白。/请问巴德尔是何人暗害,/谁夺去奥丁儿子的性命?"

女占卜者说道:"霍德尔放暗箭射死哥哥。/把出名的英雄送到冥府。/他是暗算巴德尔的凶手,/他夺去奥丁儿子的生命。/我本当守口如瓶不吱声,/泄露了天机已后悔莫及。"

奥丁说道:"切莫缄口不语,女占卜师,/我要问话什么都想知道,/刨根究底我要全弄明白。/有谁能向霍德尔报此仇,/杀巴德尔凶手必遭惩罚。/是谁把他押到火刑堆上?"

女占卜者说道:"林德生个儿子名叫瓦利,/他在西边厅堂呱呱坠地。/奥丁的儿子迎风就长大,/刚过一昼夜能上阵打仗。/他不洗双手也不梳头发,/直到抓住巴德尔的仇敌,/把他押上葬礼的火刑堆。/我本当守口如瓶不吱声,/泄露了天机已后悔莫及。"[①]

这首诗的大部分都是由这一问一答构成的。奥丁问的所有诗节,前四句都是这种重唱形式,女占卜师回答的所有诗节,最后两句也都是同样

---

① [冰岛]佚名:《埃达》,石琴娥、斯文译,南京:译林出版社,2000年,第191—192页。

话语的重唱形式。这种反复的叠唱,强化了诗语形式上的并置感、重复感即空间性,但在问与答的过程中,预叙中未来将发生的事情又在一步步推进,这些诗句内容充满了时间性元素。因此,在这种形式中,诗句的空间性向度和时间性向度都获得了很好的统一。

《埃达》叙事话语中当然主要的还是那种时间优势型话语,看看第一首《女占卜者的预言》中的几段:

巨人布尔的儿子们/开天辟地创造出世界,/他们建造起米德加尔德,/无上荣光归于他们/新世界的创造者!/于是太阳从南面升起,/把石头盖的殿堂照亮,/于是大地上万物滋润,/郁郁葱葱苍翠碧绿油油。

太阳从南面升起,/月亮伴陪在她身边。/太阳伸出她的右手,/一把将天边勾住。/太阳她不知道/自己要住进哪座殿堂。/月亮也不知道/她有哪些权力要掌。/众星星闪烁不定,/弄不清要站在何方。/于是各路神仙一齐出动/来到命运之神宝座跟前,/庄严圣明的各路神仙/聚集到一起共同商议。/他们要给夜晚起个名字,/她的子女也要有个排行,/他们将一天划成几段:/早晨、中午/还有下午和傍晚。/这一来分得清楚明白,/就有了年份和时间。

阿西尔部落的众神祇/麇居在伊达平川上,/他们盖起了祭坛,/还有宏伟神殿高入云霄。/他们架起打铁的锻锤,/敲打出华贵的首饰。/他们做成了钳子,/还有许多别的工具。①

上面这几段诗歌话语,基本是在时间向度上组织的,绝大多数诗句都是施事句,它们组成了行动的线链。这几段诗语中当然也有一些标志性信息,即空间性信息,但这些信息基本是作为功能性单位之间的修饰性成分处理的。所以,这几段诗语是明显的时间优势型话语。

因此,总体上讲,尽管相比荷马史诗的话语组织,北欧人的诗歌《埃达》的叙事话语组织存在着更多的空间性因素,但总体上看,它们仍然是以时间性为主的。

---

① [冰岛]佚名:《埃达》,石琴娥、斯文译,南京:译林出版社,2000年,第2—3页。

综上，希腊神话和北欧神话的话语组织，主要是时间优势型的。希伯来《旧约》叙事话语则是以时间性为主导而时空兼具的话语。

第三节　中国神话叙事话语的空间优势型特征

中国神话文本的话语组织，从时空向度角度看，相比西方神话叙事文本，具有空间优势型特征。下面我们选择几个具有代表性的神话文本话语组织作为范例进行分析。

一、《山海经》叙事话语的主题型组织特征

《山海经》汇集了中国上古最多神话人物和故事，我们将其作为范本，对其话语组织类型进行取样分析。下面选择的《西山经》这段话语对于整个《山海经》话语组织类型最具代表性（画横线的是主题对象，其他为对主题对象的叙评）——

<u>又西三百二十里，曰槐江之山</u>。丘时之水出焉，而北流注于泑水。其中多蠃母，其上多青雄黄，多藏琅玕、黄金、玉，其阳多丹粟，其阴多采黄金银。实惟帝之平圃，神英招司之，其状马身而人面，虎文而鸟翼，徇于四海，其音如榴。南望昆仑，其光熊熊，其气魂魂。西望大泽，后稷所潜也；其中多玉，其阴多榣木之有若。北望诸毗，槐鬼离仑居之，鹰鹯之所宅也。东望恒山，四成有穷鬼居之，各在一搏。爰有淫水，其清洛洛。有天神焉，其状如牛，而八足二首马尾，其音如勃皇，见则其邑有兵。①

这段话语是一个放大了的主题句话语群，由"主题＋介绍性陈述或评价"构成，即以某个山水地理单位为主题对象，围绕这个对象介绍性陈述其存在的神性动物、植物或神祇，以及神祇的状貌、司职，间杂某种评价等。上面用横线画出的部分是这段话语的主题成分，其余都是对于这个主题的介绍性陈述话语。值得注意的是，对这个主题"槐江之山"的介绍性陈述句群是按照空间方位展开的，如"其中—其上—其阳—其阴""南

---

① 袁珂校注：《山海经校注》，上海：上海古籍出版社，1980年，第45页。

望—西望—北望—东望"等。其间间杂着对某些神或其状貌的简单介绍。这种句群组织模式更强化了并列性即空间性特征。

整部《山海经》的基础性句型就是这种"某地有某物（或某神）、某物或某神有某状、某司、某事"的存现式结构，这些话语中基本没有一以贯之的施动者和受动者，也较少施动性动词。这种存现式主题话语，一般不具较强的故事构造能力，它提供的主要不是"功能"序列，而是"标志"性信息，是空间性而非时间性的。

再举一段著名叙述话语为例（画横线的是主题对象，余为对主题对象的叙评）——

<u>海内昆仑之虚，在西北，帝之下都</u>。昆仑之虚，方八百里，高万仞。上有木禾，长五寻，大五围。面有九井，以玉为槛。面有九门，门有开明兽守之，百神之所在。在八隅之岩，赤水之际，非仁羿莫能上冈之岩。

……

昆仑南渊深三百仞。开明兽身大类虎而九首，皆人面，东向立昆仑上。……开明西有凤皇、鸾鸟，皆戴蛇践蛇，膺有赤蛇。……开明北有视肉、珠树、文玉树、玗琪树、不死树。凤皇、鸾鸟皆戴瞂。又有离朱、木禾、柏树、甘水、圣木曼兑，一曰挺木牙交。……开明东有巫彭、巫抵、巫阳、巫履、巫凡、巫相，夹窫窳之尸，皆操不死之药以距之。窫窳者，蛇身人面，贰负臣所杀也。……服常树，其上有三头人，伺琅玕树。……开明南有树鸟，六首；蛟、蝮、蛇、蜼、豹、鸟秩树，于表池树木，诵鸟、鶽、视肉。①

这些话语总体上都是一个扩大了的主题句群。主题词是"昆仑之虚"，其余都是对这个主题词的介绍性陈述。而且这些陈述是由"上有—面有—面有—门有"、"开明西—开明北—开明东—开明南"两组空间方位句群构成的。可见，这是以一个主题词为中心，围绕这个主题词展开介绍性陈述的存现式话语即静态空间性话语。这些陈述基本按照空间方位依序进行，这是《山海经》基本的话语组织模式。这种话语，无论是句子类型组织，还是话语内容的标志性优势，都意味着它们是空间性话语。

---

① 袁珂校注：《山海经校注》，上海：上海古籍出版社，1980年，第294—303页。

《山海经》也有局部施事型话语,举例分析——

又西北四百二十里,曰钟山,其子曰鼓,其状如人面而龙身,是与钦䲹杀葆江于昆仑之阳,帝乃戮之钟山之东曰崌崖,钦䲹化为大鹗,其状如雕而黑文白首,赤喙而虎爪,其音如晨鹄,见则有大兵;鼓亦化为鵕鸟,其状如鸱,赤足而直喙,黄文而白首,其音如鹄,见则其邑大旱。①

这是《山海经》中不多的故事性最强的话语集群之一,比上引"槐江之山"和"昆仑之虚"两段话语集群有更多行动即功能性信息,但总体框架还是主题型的。主题词是画横线句子中的"钟山",后面有关钟山之子鼓与钦䲹杀葆江并被帝所戮等叙述,基本还是对主题词的介绍性话语。整个话语群属《山海经》典型的某地有某神、某神有某形某事的存现式句型结构。在这个前提下,局部看,后面有关鼓与钦䲹杀葆江被帝诛戮然后化作神鸟的叙述,内含故事,还是有一些施事性。从句群组织形态看,这段话语的最大部分是鼓与钦䲹被帝戮后双方化作怪鸟的叙述,总体上看是由两段并列性话语构成的,构成每一段的句群是"某化—其状—其音—见则如何"的结构形态。这种并列性在形式上更加强了其空间特征。故这段包含有一定故事性元素的施事性话语,总体上空间性特征依然较为明显。

笔者粗略统计,这样的局部施事性话语在《山海经》所记山水条目中十不有一,且都镶嵌在"某地有某物某神、某神有某状某事某司"的主题性话语框架即空间性话语总体结构中,不具完全独立的意义。而且,这种局部的施事话语中动词都较少,行动链很短,创构不了具体生动的故事情节,只能简单介绍故事梗概。傅修延教授在《先秦叙事研究》一书中,曾将《山海经》的叙述特征概括为"静态叙述",②甚为得当,静态叙述就是偏于空间性的叙述。

二、商代四神卜辞与《尚书》叙事话语的并置优势型特征

《山海经》空间优势型叙事话语组织原则,在中国上古神话叙事文本话语中有多大的代表性?应该说具有相当的代表性。我们再选择中国上

---

① 袁珂校注:《山海经校注》,上海:上海古籍出版社,1980年,第42—43页。
② 傅修延:《先秦叙事研究:关于中国叙事传统的形成》,北京:东方出版社,1999年,第144页。

古神话一些有代表性的文本话语语段进行分析,以证明中国上古神话叙事话语主要是空间优势型的。

先看商人甲骨文中的神话话语。商人祭祀天地神灵和祖先神的习俗学者已经熟知,他们记载自己祭祀神灵的话语常是并列性的。例如他们祭祀四方神、四方风的话语——

东方曰析风曰඿。
南方曰඿风曰𠒇。
西方曰𠂤风曰彝。
[北方曰夗]风曰伇。①

……贞帝于北方曰[夗]风曰[伇]……
……贞帝于南方曰𠒇,风夷……
贞帝于东方曰析,风曰劦……
贞帝于西方曰彝,风曰𠂤……②

这些祭祀诸神的话语都是并列性即空间性的,话语的并列性,与其祭祀对象的并列性有内在关系。值得深思的一个现象是,我们现在看到的甲骨文有祭祀四方空间神的记载,却无祭祀四季时间神的记载,为何如此?应该说根本的原因是商人那里空间意识比时间意识发达,他们有明确的四方概念,但还没有明确的一年分四季的时间概念。这个问题我们后面的章节还会有讨论,此处只是提及。

西周以来的文献中,有关神话传说部分的叙述话语,多属空间优势型话语,例如《尚书·尧典》中尧命羲和四子分处四方,分管四季的叙述话语,明显是空间并列性话语:

A(尧)乃命羲、和钦若昊天,历象日月星辰,敬授人时。a_1分命羲仲宅嵎夷曰旸谷,寅宾出日,平秩东作。日中星鸟,以殷仲春。厥民析,鸟兽孳尾。a_2申命羲叔宅南交。平秩南讹,敬致。日永星火,

---

① 郭沫若主编:《甲骨文合集》,北京:中华书局,1999年,第5册,第2046页;胡厚宣主编,王宇信、杨升南总审校:《甲骨文合集释文》,北京:中国社会科学出版社,2009年,第2册,第749页。

② 郭沫若主编:《甲骨文合集》,北京:中华书局,1999年,第5册,第2047页。胡厚宣主编,王宇信、杨升南总审校:《甲骨文合集释文》,北京:中国社会科学出版社,2009年,第2册,第750页。

以正仲夏。厥民因,鸟兽希革。a_3分命和仲宅西曰昧谷,寅饯纳日,平秩西成。宵中星虚,以殷仲秋。厥民夷,鸟兽毛毨。a_4申命和叔宅朔方曰幽都,平在朔易。日短星昴,以正仲冬。厥民隩,鸟兽氄毛。B 帝曰:"咨,汝羲暨和!期三百有六旬有六日,以闰月定四时成岁。允厘百工,庶绩咸熙。"①

上面这段著名的神话历史化的话语,主体部分是一个总分式话语结构,将其主要的句群关系标示出来,这个话语结构的空间优势型特征就直观地显现出来了——

$$A — a_1$$
$$— a_2$$
$$— a_3$$
$$— a_4 — B$$

中国上古神话在后世转化为英雄传说,这些英雄传说的叙述性话语,也体现出空间优势型特征。下面两段文字是《尚书·舜典》叙述舜事迹的——

A 帝舜,曰重华,协于帝,濬哲文明,温恭允塞,玄德升闻,B 乃命以位。C_1慎徽五典,五典克从;C_2纳于百揆,百揆时叙;C_3宾于四门,四门穆穆;C_4纳于大麓,烈风雷雨弗迷。D 帝曰:"格,汝舜!询事考言,乃言底可绩,三载。汝陟帝位。"②

············

A 肇十有二州,B 封十有二山,C 濬川。D 象以典刑,流宥五刑,d_1鞭作官刑,d_2扑作教刑,d_3金作赎刑,d_4眚灾肆赦,怙终贼刑。"钦哉,钦哉!惟刑之恤哉!"E_1流共工于幽州,E_2放驩兜于崇山,E_3窜三苗于三危,E_4殛鲧于羽山,F 四罪而天下咸服。③

这是《尚书》对中国上古商人神祖帝俊历史化人物帝舜被帝尧挑选为继承人的过程和继位之后作为的叙述,应该说这是最富于行动性的概述。它将舜在具体情境中的具体言行信息都进行了汰滤,只提取了他所做的

---

① (汉)孔安国传、(唐)孔颖达正义:《尚书正义》,上海:上海古籍出版社,2007年,第38—40页。
② 同上书,第72—73页。
③ 同上书,第88—89页。

主要事情给予概要性叙述。我们将上面两段文字标示的代码提取汇集到一起，就发现了这些叙述话语语句之间形式上的组织形态：

$$A-B-C_1$$
$$-C_2$$
$$-C_3$$
$$-C_4-D$$

$$A-B-C-D$$
$$-d_1$$
$$-d_2$$
$$-d_3$$
$$-d_4-E_1$$
$$-E_2$$
$$-E_3$$
$$-E_4-F$$

有关舜故事的这两段话语组织显示出如下特征：1.这些叙事话语是功能性（动作性）较强的话语，我们用代码标示的每一个句子或句群，都有一个功能性单位，而状态性、修饰性即标志性信息的话语和语词则要少得多。2.按照一般的情形，由行动链构成的话语，其组织形态，应该是线链性很强的话语，但上面两段话语组织，在形式上并列性句子或句群更占优势，而线链性句子和句群反倒偏弱。3.但并列性即共时性句子或句群表达的内容，有些又主要是历时性的。如第一段以四个 C 标识的四个句群之间的关系就是这样的，就其表达的内容而言，是有先后关系的行为，但句群形式上却采用并列性形式。第二段以四个 d 标识的四个句子之间，无论内容还是组织形式，是并列关系无疑。但以 E 标识的四个句子之间在形式上是并列性的，但内容是并列性的还是具有时间先后关系，就比较模糊。如以可换位性作为并列性的标准，则我们不难判断，以 E 标识的四个句子表达的内容之间的关系也是并列性的。

总体上看，上述两段话语的组织形态是并列性即空间性为主的，但所表达内容的时空关系则比较复杂，可能是时间性的，如上面第一段以 C 标识的四个并列句群叙述的内容之间的关系，应该是先后发生的。而第二段话语中分别以 C 和 D 标识的两组四个并列句子所叙述的内容，也是并列性的。这种情形特别值得我们注意，因为它们不仅是《尧典》这篇文献叙事话语组织的特征，而且是中国古代很多文本叙事话语组织的特征。中国先民特别喜欢并列性表达方式，这些并列性句子或句群或句段所表达的内容之间的关系，有时候是并列关系即空间关系，有时候则是先后关系即时间关系。这从话语和内容的时空特性角度看，就是空间性很突出。

三、《史记》五帝叙事话语的主题统摄性特征

《史记》尽管是信史，但其《五帝本纪》部分实际是先秦神话传说的历史化形式。其有关尧舜的叙述，基本转述自《尚书·虞夏书》，我们不再单独分析，这里选取有关黄帝和喾的历史化叙述话语为例加以分析——

<u>黄帝者，少典之子，姓公孙，名曰轩辕。</u>生而神灵，弱而能言，幼而徇齐，长而敦敏，成而聪明。（引者按：此段为"主题对象＋叙评"的主题性话语）

A 轩辕之时，神农氏世衰。B 诸侯相侵伐，C 暴虐百姓，E 而神农氏弗能征。F 于是轩辕乃习用干戈，G 以征不享，H 诸侯咸来宾从。I 而蚩尤最为暴，莫能伐。J 炎帝欲侵陵诸侯，K 诸侯咸归轩辕。O 轩辕乃修德振兵，治五气，艺五种，抚万民，度四方，P 教熊罴貔貅䝙虎，Q 以与炎帝战于阪泉之野。三战，然后得其志。R 蚩尤作乱，不用帝命。S 于是黄帝乃征师诸侯，T 与蚩尤战于涿鹿之野，遂禽杀蚩尤。U 而诸侯咸尊轩辕为天子，代神农氏，是为黄帝。V 天下有不顺者，黄帝从而征之，W 平者去之，X 披山通道，Y 未尝宁居。①

<u>帝喾高辛者，黄帝之曾孙也。</u>高辛父曰蟜极，蟜极父曰玄嚣，玄嚣父曰黄帝。自玄嚣与蟜极皆不得在位，至高辛即帝位。高辛于颛顼为族子。（引者按：此段为"主题对象＋叙评"的主题性话语）

<u>高辛生而神灵，自言其名。</u>普施利物，不于其身。聪以知远，明以察微。顺天之义，知民之急。仁而威，惠而信，修身而天下服。取

---

① （汉）司马迁撰、（宋）裴骃集解、（唐）司马贞索隐、（唐）张守节正义：《史记》，北京：中华书局，1959 年，第 1—3 页。

地之财而节用之,抚教万民而利海之,历日月而迎送之,明鬼神而敬事之。其色郁郁,其德嶷嶷。其动也时,其服也士。帝喾溉执中而遍天下,日月所照,风雨所至,莫不从服。①(引者按:此段亦为"主题对象+叙评"的主题性话语)

上面两位神帝的叙述话语,均取自司马迁《史记·五帝本纪》。关于黄帝的两段话语,第一段明显是一个主题型话语集群,即由"主题+叙评"的方式构成。而"主题+叙评"的话语集群,提供的基本是标志性信息,是偏向空间性的语义集群。有关黄帝叙述的第二段话语,是在第一段"主题对象+叙评"话语统摄之下展开的,这段话语是一个施事性话语集群,即叙述人物行为过程的话语集群,这种话语集群是时间性语义集群。所以,将有关黄帝故事的第二段话语集群的标识代码提取出来,可形成一个明显的线链性行动序列。但值得注意的是,第二段话语是在第一段话语统摄之下展开的,某种意义上,是对第一段主题性叙评提供例证。

至于后面两段关于高辛氏帝喾的话语集群,都是主题性话语集群。第一段话语由"人物+身份信息"构成,身份信息,即标志性信息,属于空间性信息。关于高辛氏帝喾的第二段话语,也基本采取"主题+叙评"的方式构成,尽管某些句子似乎具有某些施事性特征,但这些施事性动词都带有相当虚化的性质,及物性较差,它们组成的动词系列不能创造具体情景,也无法构成更高层次的故事情节。且这些动词之间也不具有十分明显的行动线链性,它们在时间维度上基本不具有行动意义上的先后关系和因果关系(一个动作是引发另一个动作的原因)。因此,尽管这一大段话语中有很多动词,但它们的时间性和关联性却并不明显。同样重要的是,这一大段话语中"叙述"的信息都是携带着评价性信息的,或者说,叙述者意在通过叙述性信息为评价性信息提供前提,后者才是目的。像后面这一段话语中几乎每一个单句都是叙评结合,或叙中有评,或边叙边评:"聪以知远,明以察微。顺天之义,知民之急。仁而威,惠而信,修身而天下服。"所以,总体上讲,关于高辛氏帝喾的两段话语,都是主题性话语集群,其空间性是明显的。

这是十分值得注意的话语组织现象。不仅中国古代神话文本如《山

---

① (汉)司马迁撰、(宋)裴骃集解、(唐)司马贞索隐、(唐)张守节正义:《史记》,北京:中华书局,1959年,第13—14页。

海经》的话语构形具有明显的空间优势型特征,就是《尚书》《史记》这样的历史性叙事著作,有关历史化的神帝的叙述话语也带有明显的空间优势型特征。它们或在历时性中凸显共时性、在线链性中凸显并列性,或者反过来,在共时性、并列性形态中隐含历时性和线链性特征。我们发现,有关上古神帝叙述话语的这种组织特征,在后世《帝王世纪》《三皇本纪》《路史》《绎史》等都一直保留着,从而形成了中国历史著作中神帝叙事在话语组织上的一个明显特色。

四、《穆天子传》叙事话语的复叠性特征

中国上古神话性作品中,有个神话文本话语组织形态值得分析,那就是《穆天子传》。这表面看来似乎是一个历史人物四方巡游的实录文本,但正如许多研究者指出的那样,实际是一部带有虚构性质的神话小说,或者说是具有某些神话性的小说。这部神话小说在叙述话语句群模式组织上十分单调,绝大多数话语句群,被按照同一种模式高度重复地组织在一起,表面遵从时间性(以时间为经线组织话语),实际具有高度复叠性的空间性(话语句群模式高度重复)特征。我们截取《穆天子传》卷一的一段话语作为标本:

> 饮天子蠲山之上。
> 戊寅,天子北征,乃绝漳水。
> 庚辰,至于□,觞天子于盘石之上。天子乃奏广乐。
> 载立不舍,至于钘山之下。
> 癸未,雨雪,天子猎于钘山之西阿。于是得绝钘山之队,北循虖沱之阳。
> 乙酉,天子北升于□。
> 天子北征于犬戎,犬戎□胡觞天子于当水之阳,天子乃乐,□,赐七萃之士戬。
> 庚寅,北风雨雪。天子以寒之故,命王属休。
> 甲午,天子西征,乃绝隃之关隥。
> 己亥,至于焉居、禺知之平。①

---

① 高永旺译注:《穆天子传》,北京:中华书局,2019年,第2—12页。

上面依序截取的是《穆天子传》卷一的一部分,全篇话语模式均是这样,这些话语几乎每一段开始,都首先标明干支纪日时间,然后叙述周穆王到何地做了何事,可以认为这部神话小说是以时间为经线组织的。但就各段话语组织来看,则是高度复叠性的。下面加以分析:

首先,时间在这段话语中成为组织全篇的经线。从依序截取的这些话语顺序不难发现,几乎每一小段开始都以干支纪日,时间顺序是清晰的,这颇有点类似孔子《春秋》的纲要式编年史模式,从这个角度看,线性延伸的时间在话语和故事组织中具有经线的作用;

但全篇绝大部分语段句群模式却具有高度的重复性。这篇神话小说反复使用的话语结构类型是下面这种——

某时+天子至(或于)某地+做某事

叙述话语结构类型的高频率重复,意味着大量话语句子和句群在结构类型上的同质性复叠堆积,这使得这篇神话小说的叙述话语在表面的时间性延伸之下,暗含着空间性的实质。

与叙述话语层面这种高度重复堆积特征相关的是,在故事层面,对主人公周穆王行为过程的记述也带有高度空间性特征。因为后面我们不再分析这个神话小说文本,所以在此予以简单分析。这种空间性体现在下面两个方面:

一是话语层面句段结构的高度重复决定了其内容在句段层面上的高度复叠。如上所述,这部神话小说绝大部分篇幅语段都是按照"某时+天子至(或于)某地+做某事"句型组织的,这个句型的高度复叠意味着其所构造的行为世界必然是高度复叠的。

二是在自然时间链条中记述的周穆王游历过程,是一种孤立、碎片性存在。这个过程被切分为许多孤立的片段,每一个孤立的片段以一个话语自然段为单位,各段之间各自独立,在故事层面没有任何联系。而孤立性正是空间性的重要体现。由于各个自然段中记述的事情各自孤立,没有因果关联,导致整篇作品叙述的许许多多事情都呈现出一种碎片形态。从叙事学角度讲,导致这种碎片性的根本原因,就是作者未能将自然时间中发生的事情转化为故事过程中发生的事情,也就是没有将自然时间转化为故事时间。自然时间在自然中是线性延续的,但在叙事作品中,却可能是孤立、碎片性的,这里的关键是叙事作品中的时间是否转化为具有内在因果联系的故事时间。这种因果关系,既体现在故事中人物自身的行动线链是否具有前后因果关联,更体现在人物之间的行动是否产生交往—应答性的互动和因果关联。只有在这两个方面具有因果关系,人物行动的自然过程才能转化成故事过程,自然时间才能转化成故事时间。因此,故事时间是有整体性和内在因果联系的时间,而自然时间中的行动则多半呈现为无关联的碎片状态。《穆天子传》记述的主人公的行为过程,呈现为一种由自然时间线链贯穿的行为碎片形态,而在故事层面上,这些碎片之间则未能体现出整体性和因果结构关系。

卡西尔在《神话思维》中特别强调,自然时间在神话中转化成了故事时间,自然和人类生活的内在关联性、规律性在这种故事时间中才得以揭示。《穆天子传》的时间性,还是外在的,未能内化为一种形象组织、故事组织的内在时间。因此,从故事层面看,它叙述的人物行为都是孤立的、碎片性的,其有机性未能获得揭示。我们发现,这一特征在中国后世许多志怪、志人、笔记小说中一直存在。一部书搜集记载的许多材料或故事片段,大都是孤立的,互相之间没有一个统一的事件过程统摄。这就发展出了中国后世文化人一种特别的趣味和追求,那就是不讲究故事层面整体结构上的统一性和关联性,而追求在片段性行为和情景中蕴含丰富的意涵和韵味。

《穆天子传》故事层面的空间性,还体现在主人公的游历路线基本是一个固定空间方向的往返,从而形成一个封闭的循环空间。如开始由王都到东到北到西到西南,再从西南回西由西返北由北返王都。这种巡游路线形成一个重复封闭的循环空间。在同一个空间结构中循环往复的行动过程,总体上就具有了空间性,时间过程在这个空间结构中流转。因此,表面上看,是时间的线性过程贯穿始终,但内里这个时间过程却是在一个循环性空间中流转和被容纳的。

基于上面的分析,我们可以得出一个结论,《穆天子传》的叙述话语,表层的时间性特征比此前列举的案例确实是强化了,但这篇神话性作品叙述话语句群结构类型的高频率重复导致的同质性话语堆积、作品主角在时间线链中发生的行为的孤立性和片段性,以及整个游历沿着一个封闭空间循环往返的行动路线,都使得其话语和故事内容具有较高的重复性和循环性,这些都弱化了作品叙事话语的时间线链性而强化了其话语的空间性。

五、《楚帛书》神话叙事话语的时间性特征

在中国先秦神话叙事文本中,一个最具有时间性特征的文本是《楚帛书·甲篇》,这篇神话文本的话语主要是由具有时间性特征的话语构成的:

曰故(古)大熊雹戏(伏羲),出自□(震),凥(居)于睢□。厥□俣俣,□□□女,梦梦墨墨,亡章弼弼。□每(海)水□,风雨是於。乃取(娶)虐(且)□□子之子,曰女□(娲),是生子四。□□是襄(壤),天土戈(践)是各(格),参化□□(法步),为禹为萬(契),以司□(堵)襄谷(晷)天步达,乃上下朕(腾)传(转)。山陵不疏,乃命山川四晦(海),熏(炅)气百(仓)气,以为其疏,以涉山陵,泷、汩、益、厉。

未又(有)日月,四神相戈(代),乃步以为岁,是佳(惟)四寺(时)。长曰青□干,二曰朱四单,三曰翏黄难,四曰□墨干。

千有百岁,日月允(夋)生,九州不坪(平),山陵备峡(逼),四神乃作,至于覆,天旁动,扞蔽之青木、赤木、黄木、白木、墨木之精。炎帝乃命祝融,以四神降,奠三大(天),□思教(保),奠四极。曰非九天则大峡(逼),则毋敢蔑天灵。帝允(夋)乃为日月之行。

共攻(工)夸步,十日四寺(时),□□神则,闰四□,母(毋)思(使)百神风雨、晨(辰)祎乱乍(作)。乃逆日月,以(传)相土,思(使)又(有)宵又(有)朝,又(有)昼又(有)夕。①

《楚帛书·甲篇》的叙事话语,除了"厥□俣俣,□□□女,梦梦墨墨,亡章弼弼。□每(海)水□,风雨是於"几句属于标志性信息话语之外,其余基本是功能性信息为主的话语,而且,这些话语组成的行动链具有明显的线性接续特征,其时间性特征十分明显,值得特别重视。这意味着,中国上古先民在神话叙事活动中,能够使用时间性话语叙述一个有一定长度的有头有尾的神话故事。尽管在中国先秦有关神话传说的叙述性话语中,这种基本由功能性信息话语按照时间线链组织起来的语篇十分稀少,更多是以不同的方式组织起来的空间优势型向度的话语。但这个神话孤

---

① 本文以饶宗颐、曾宪通《楚帛书》(香港:中华书局,1985年)中整理出的《楚帛书·甲篇》为底本,个别地方吸纳其他学者识读成果而成。本书作者有《〈楚帛书·甲篇〉新释》一文(载《湖北师范学院学报》,2012年第5期,第6—14页),可参看。

篇的出现提示研究者,华夏上古先民并非不会使用线链性话语叙述神话故事过程,只是可能出于习惯性的无意识心理和由此导致的趣味,他们更喜欢空间优势型话语组织方式。

六、上古神诗话语的空时兼具性特征

我们还没有涉及先秦神话传说中以诗体叙述的文本的话语构成特征,在先秦神话传说中,这一类作品占了较大比例。例如屈原《九歌》《天问》,宋玉《高唐赋》,《诗经》中有关夏禹、商祖和周祖的十多篇诗歌等,都是中国古代神话传说的重要构成部分,它们话语组织的时空特征如何?这里我们选两个故事性最强的诗歌文本话语片段作为样本对其话语组织的时空特征进行一个大概分析:

首先是叙述周祖后稷传说的诗歌《诗经·大雅·生民》:

厥初生民,时维姜嫄。生民如何?克禋克祀,以弗无子。履帝武敏歆,攸介攸止。载震载夙,载生载育,时维后稷。

诞弥厥月,先生如达。不坼不副,无菑无害。以赫厥灵,上帝不宁。不康禋祀,居然生子。

诞寘之隘巷,牛羊腓字之。诞寘之平林,会伐平林。诞寘之寒冰,鸟覆翼之。鸟乃去矣,后稷呱矣。实覃实訏,厥声载路。①

上面只截取了后稷被姜嫄孕生到三弃三收过程的三个段落。很显然,这首诗就话语叙述的内容而言,是具有很强线链性即时间性的,但在话语形式上,却有很多并置性语句和语词,它们使这首诗的话语层面在时间线链结构中,贯穿着密集的并列性话语组织形式。同时,这些并列性话语组织,尽管形式上是空间性的,但在空间话语形式之内暗含着时间性流动。如"攸介攸止。载震载夙,载生载育"几个并列性很强的句子结构中,行动的连贯性是明显的。句子结构之内和之间看上去都是并置性的,但行动性链条在这种并置性句子结构中获得了实现。《生民》中不仅上面选择的这几句中存在这种情形,整首诗都存在大量的并置性句子,同时这种并置性句子形式内语义的功能性单位也比较丰富,它们构成周人神祖后

---

① (汉)毛亨传、(汉)郑玄笺、(唐)孔颖达疏:《毛诗正义》(下),北京:北京大学出版社,1999年,第1055—1066页。

稷孕生、成长、壮大、建功立业的线链性故事过程。

《诗经》中歌颂商周祖先业绩的几首叙事诗,其话语组织形态,大都具有这种空时兼具的特征。一方面这些话语在叙述一代代先祖出生、创业的辉煌历程时,其时间性是明显的;另一方面,这些话语规整的四言句式形式上的并置性和常见的复叠性又使其显现出空间性。它们大都具有这种空时兼具的特征。

《楚辞》中的《九歌》主要篇目是一组神歌,它们都有一定的叙事性,同时又有较强的抒情性,是将叙事与抒情结合起来的神话诗。这些诗歌话语,具有以空间性为主,在空间性形式中内含时间性的组织特征。这里,我们选其中最具有叙事性的《山鬼》作为案例加以分析:

> 若有人兮山之阿,被薜荔兮带女萝。
> 既含睇兮又宜笑,子慕予兮善窈窕。
> 乘赤豹兮从文狸,辛夷车兮结桂旗。
> 被石兰兮带杜衡,折芳馨兮遗所思。
> 余处幽篁兮终不见天,路险难兮独后来。
> 表独立兮山之上,云容容兮而在下。
> 杳冥冥兮羌昼晦,东风飘兮神灵雨。
> 留灵修兮憺忘归,岁既晏兮孰华予?
> 采三秀兮于山间,石磊磊兮葛蔓蔓。
> 怨公子兮怅忘归,君思我兮不得闲。
> 山中人兮芳杜若,饮石泉兮荫松柏。
> 君思我兮然疑作。
> 靁填填兮雨冥冥,猨啾啾兮又夜鸣。
> 风飒飒兮木萧萧,思公子兮徒离忧。①

这首诗以第一人称手法,叙述一位痴心神女,装扮华美,在山中等待心仪的郎君,但郎君不至,故而内心忧愁伤感,辗转不去的状态。整首诗提供的信息,功能性信息有限,标志性信息丰富。不妨大体做一个分析:从"若有人兮山之阿"到"折芳馨兮遗所思"八句,叙述的是主人公的容貌

---

① (宋)朱熹撰:《楚辞集注》,蒋立甫校点,上海:上海古籍出版社、合肥:安徽教育出版社,2001年,第44—45页。

和装饰。从"余处幽篁兮终不见天"到"石磊磊兮葛蔓蔓",主要叙述的是主人公所处的环境;从"怨公子兮怅忘归"到"君思我兮然疑作"叙述自己对意中人深挚的期待、怨念和理解。最后四句,叙述主人公身处渐趋恶劣的气候环境,但痴心不改,仍然深情地思念意中郎君的感情状态。很显然,从叙事学角度讲,这些信息主要是标志性信息,不是功能性信息。如果从句型角度进行归纳,这既有某些施事句的因素,但更主要的是一种变异了的主题句类型,即"主题+标志性信息"的句型。这种句型基本是以某个人物为主题,对他(她)的形貌、装饰、所处环境、心理状态等因素进行铺叙。这种铺叙中,有某些次弱的功能性(行动性)元素存在,但它们不构成主体部分。这种话语集群是以标志性信息为主体的,内含了某些次弱的行动性元素。正因为如此,尽管这首诗篇幅不算短,但却没有叙述一个连贯的行动系列,而主要提供一些形貌、环境、心理状态信息。尤其是这些次弱的行动没有针对一个具体对象而发,并引发对象回应,由此形成具有因果性的交往性行动链,其孤立性和空间性是十分明显的。

不难发现,《九歌》的话语组织模式,几乎都是这种"主题+标志性信息"为主的空间优势型话语。

上面,我们分别对中国先秦神话存在的多种文本(只有《史记·五帝本纪》中黄帝的材料是西汉的,但其所叙述的内容是先秦流传下来的)的话语形式进行了典型案例的分析,这种分析应该能让我们得出一个结论,那就是先秦神话传说文本的话语,主要是一种空间优势型话语,尽管也有某些时间优势型话语,但这种话语不具有主导性地位。这应该是一个比较合乎实际的结论。

中国神话传说叙事话语的这种空间优势型特征,在秦以后的传说文本如《吴越春秋》《汉武故事》《帝王世纪》《路史》《绎史》等历史化文本、民间神话传说文本如《神异经》《搜神记》《幽冥录》《黑暗传》,以及众多少数民族神话叙事诗中,一方面长期保持着影响,同时也在不断弱化,而时间性向度即施事性话语或者说功能性话语在不断增强,乃至出现一些基本由施事性话语组合的文本。但即使如此,话语的空间性组织原则,在中国后世叙事作品中都长期存在,并具有举足轻重的地位。

七、中国上古神话叙事话语的隐喻性特征

在对中国先秦神话传说叙事话语组织的时空向度进行了大体分析之

后,我们还要讨论一下中国先秦神话传说中话语修辞表意的隐喻性特征。前两节我们分别通过具体文本语段分析得出结论,希伯来神话叙事话语修辞表意兼具直陈和隐喻(时间性和空间性)特征,其叙述者话语往往是直陈性即时间性为主的,但其人物话语则具有丰富而明显的暗喻、双关和象征的空间性特征。而希腊神话和史诗叙事话语,在直陈中往往大量运用丰富的明喻修辞手法,是时间性特征十分突出的表意方式。那么中国神话传说话语表意方面有什么特征?在直陈基础上的隐喻性,是中国神话话语表意的基本特征。

关于中国神话话语的直陈性就不用特别交代了,所有民族神话话语都是建立在直陈性基础之上的。中国神话话语的隐喻性体现在哪里?主要是两方面,一是神祇和英雄名字的隐喻性,二是某些陈述的隐喻性。

中国神话中那些最主要的神祇和英雄,其名字大都具有某种隐喻性,这种隐喻性有时候甚至是在文字的构形中深藏着的。例如,商人至上神祖帝俊,在甲骨文中称作"祖夋"或"夋",而"夋"字的甲骨文构形,是一鸟首人身或鸟首猴身的形象。神鸟正是商人的图腾(商人始祖契乃简狄吞玄鸟卵孕生),商人玄鸟又是太阳神鸟,光明天神。这一根本特征,使得有关他的神话叙事话语都带有一种隐喻特征。例如,《山海经》叙述他娶羲和生了十个太阳,娶常羲生了十二个月亮。这羲和、常羲的"羲",按《说文解字》解释,即云气也。所以,羲和、常羲,都是云气之神,区别在于一是早晨东方的朝云之神,一是傍晚西方的暮云之神。帝俊娶羲和生十个太阳的神话,隐喻的是光明天神黎明在东方天际和朝云结合生了十个太阳。而帝俊娶常羲生十二个月亮的神话,隐喻的是傍晚光明天神在西方天际和暮云结合生了十二个月亮(中国古代神话中,日生于东,月生于西)。这两个神话叙事隐喻的底本,其实是自然现象。与此相关,帝俊与羲和、常羲的神话在后世转化为关于舜与娥皇、女英的传说,这一传说仍然内含着光明之天与云霞的自然关系底本。如舜南巡死于苍梧,二妃追寻而去,闻舜已死,遂在湘江边痛哭,投湘而死。这一神话故事隐喻的一个自然底本就是太阳西沉,暮云化雨的现象。①

---

① 详参星舟(张开焱):《舜与二妃故事的深层真相——中国神话叙事结构研究之一》,《湖北师范学院学报》(哲学社会科学版),1993年第5期,第34—39页。

又如精卫填海的神话，精卫乃炎帝之女所化，《白虎通》谓：炎帝者，太阳也。太阳神之女被大海淹死，化为精卫鸟（鸟乃天神形象），仍然要衔小木石填海。这故事话语深层隐含的是天海之间、水火之间的对立和冲突。又如夏人神祖鲧禹启，其神性本相分别是三足神鳖、句龙（社神）和朝日，他们分别是原始混沌大水—大地—明亮天空的隐喻，所以，夏人三代神祖之间的更替，其内隐喻的是混沌黑暗的原始大水世界生出曙蒙的大地，大地生出高天和太阳的创世过程。在神的名字中隐喻着自然底本，这个神话语言的秘密，中国现当代许多研究者如丁山、童书业、姜亮夫、萧兵、叶舒宪等学者都有大量学术研究成果，笔者也有多篇论文涉及，于兹不赘。

在中国先秦神话话语表层修辞中，隐喻性表意十分丰富。例如上引《山鬼》，叙述山鬼披戴薜荔、石兰，以女萝、杜衡为带，用辛夷装饰车仗，以桂枝装饰旌旗，这些植物都是香草美卉，以之为饰，暗喻着主人公情操的高洁纯美。所谓香草美人，暗喻君子，是中国历代学人已经成为共识的表意修辞方式。故其折芳馨而遗所思，则暗喻所思之人亦为君子。这种暗喻的修辞手法，在神歌系列《九歌》中比比皆是，乃至不了解这些话语修辞的暗喻所指，就无法理解《九歌》所叙之事，所宣之情。至于那些散体性神话传说叙事话语，以直陈为主，但除了神的名称暗喻某种图腾或自然底本外，也时有暗喻修辞手法，例如上引《尚书·舜典》中有关舜的叙述中，有谓舜"濬咨文明，温恭允塞，玄德升闻"，《史记》关于黄帝的叙述中，谓其"生而神灵，弱而能言，幼而徇齐，长而敦敏，成而聪明"等，都充满暗喻，或者说是建立在暗喻基础之上的表述；如果不理解这些词汇本义所指，也就无法理解在这里使用是何意思。但同时也要特别指出，这个意义上的暗喻，已经不只是一种修辞手法的运用，而是汉语更根本的语言特征。

因此，从多方面考察，我们可以认定，中国古代神话传说文本的叙事话语具有空间优势型特征。同时我们也要注意到，先秦神话文本话语不乏某些时间优势型组合。例如，《尚书·虞夏书》中，多见尧或舜与臣下议事的对话，这些对话就语式而言，属于热奈特所谓"等述"的类型，等述的一个基本原则就是按照对象行动或话语的时间顺序和长度来记录和组织话语，其时间性特征是明显的。这说明，中国古人并非完全不会在纯时间维度上组织话语，不会单纯地讲故事。中国上古神话传说文本叙述话语具有空间优势型特征的原因，更可能不是先民没有在纯时间维度组织叙述话语的能力，而是特定的空间优势型思维习惯和文化无意识心理驱遣，导致他们组织叙事话语时，更在意空间维度的组织和凸显，在意话语语义世界组织的空间厚度和广度，而不是时间长度。

第六章
中西神话叙事的形象构造特征比较

本章我们接着上一章继续探讨中西神话显层叙事第二个子层面,即形象层面的构造特征。

笔者使用"形象"这个概念来指称神话叙事话语所构造的对象,会面临来自经典叙事学学者的质疑:经典叙事学不是将叙事话语指向的内容层面用"故事"这个概念而不是"形象"概念来指称吗?经典叙事学这样做的理由众所周知,他们为了最大限度地突出研究对象的客观性而排除心理学因素,所以一般不使用"人物""形象"这样多少带有心理学意味的概念。但即使这样,某些叙事学家仍然在特殊的语境中使用"形象"这个概念,例如,格雷马斯在《叙事的行动元结构·生成方法研究》这篇论文中,就使用了"形象"这个概念。格雷马斯提出了行动元(actant)与扮演者(actor)的关系问题。在这里,扮演者指的是叙事作品中的外显层次中承担特定行动元功能的人物。他将扮演者这个概念的"最小语义内容定义为三个在场义素:a)一个<u>形象</u>(人、动物或别的形象);b)<u>可动</u>;c)可能被<u>个性化</u>(在某些叙事中,尤其是文学作品中,它被具体地赋予一个专有名称)"[①]。扮演者是叙事作品显层的因素,即那些具体个别的行动性人物形象,它是表层结构中行动元在显层的体现形式。

在本章,我们是从话语构形角度借用格雷马斯"形象"这一概念的,它指的是由话语语义构成的具有感性直观特征的对象,这个对象可以是人

---

① A.J.格雷马斯:《叙事的行动元结构·生成方法研究》,载[法]A.J.格雷马斯《论意义:符号学论文集》(上册),吴泓缈、冯学俊译,天津:百花文艺出版社,2005年,第267页。

物、动物,也可以是植物或无机物。为了区别一般性的形象和具有个性化、功能性的形象,我们引入"角色"(role)的概念。我们将那种显示出持续交往—行动特征的形象命之为角色,这与普罗普和格雷马斯对角色的规定有相似之处(都指的是从行动角度定义的人物)但又有差别,在本章,角色还属于形象领域的存在,只是它是那种显示出了持续行动和交往互动特征的形象。角色在这里有几个基本的规定:1.它属于形象领域,但是是具有持续行动和互动能力的形象,以区别于那些基本没有行动或有行动但没有互动的形象。一个形象是否能成为角色,取决于它是否显示出持续交往互动的行动能力和事实;2.他是一系列行动的发送者或承受者,并与其他角色有行动上的交往—应答关系,也就是因果关系;3.他具有个性化特征;4.它指向叙事表层结构的行动元,是行动元的显层存在形式。

  在叙事作品中,话语语义构形指向的基本对象就是形象,一个词或词组或句子就是一个最小的语义单元,这个语义单元可能对应性指向某个形象单元(也可能不指向形象单元)。一个由若干语句构成的话语集群必然形成一个由众多语义单元构成的语义集群,它们可能指向众多形象单元构成的形象集群,依据其组织向度的差异,可能构成具有空间性的形象集群,也可能构成具有时间性的角色。这种不同指向,既显示出话语体裁的差异(如抒情体裁主要通过话语语义集群构成意象集群,而叙事体裁则追求通过语义集群构成的形象生成更高级的角色),也显示出同一体裁内不同作品话语构形形象的时空向度差异。空间性为主的叙述作品,往往以话语的语义集群构成形象集群,这些形象集群往往呈并置性、复叠性、箭垛性存在,不以生成突出的角色性形象为目标。而时间性形象集群,则追求将形象单元作线链性方向的组织,使这些形象单元构成更高层级的具有交往互动特征的行动主体即角色。这种区别,与话语层面话语组织向度的特征相关。空间优势型叙述话语,其语义集群的构形结果往往是形象集群或弱行动性角色。而时间优势型叙述话语,其语义集群构形形象,一般是有较强行动能力的角色性人物。

  本章将从形象与角色的角度,切入对中国和两希神话传说构形特征的比较研究。

第一节　中国上古神话形象构造的空间优势型特征

总体上看,在形象构造方面,中国上古神话传说体现出一种空间优势型构造特征。很多神话传说话语片段或语篇,都创造了比较明显的形象单元和形象集群,但这些形象单元和形象集群往往未能形成比较突出而明显的角色即个性化行动主体。

中国上古神话中形象组织的空间性特征主要体现在如下方面:

一、形象集群组织的并列与复叠优势

我们选择几段有关黄帝的叙事话语,讨论它们构造的形象集群的时空特征:

  A 昔者黄帝合鬼神于泰山之上,驾象车而六蛟龙,B_1 毕方并辖,B_2 蚩尤居前,B_3 风伯进扫,B_4 雨师洒道,B_5 虎狼在前,B_6 鬼神在后,B_7 腾蛇伏地,B_8 凤皇覆上,C 大合鬼神,作为清角。[①]

  A_1 昔者黄帝得蚩尤而明于天道。A_2 得大常而察于地利。A_3 得奢龙辩于东方。A_4 得祝融而辩于南方。A_5 得大封而辩于西方。A_6 得后土而辩于北方。A_7 黄帝得六相而天地治。神明至。B_1 蚩尤明乎天道。故使为当时。B_2 大常察乎地利。故使为廪者。B_3 奢龙辨乎东方。故使为土师。B_4 祝融辨乎南方。故使为司徒。B_5 大封辨于西方。故使为司马。B_6 后土辨乎北方。故使为李。[②]

  A_1 海内昆仑之虚,在西北,帝之下都。A_2 昆仑之虚,方八百里,高万仞。B_1 上有木禾,长五寻,大五围。B_2 面有九井,以玉为槛。B_3 面有九门,门有开明兽守之,百神之所在。在八隅之岩,赤水之际,非仁羿莫能上冈之岩。……B_4 昆仑南渊深三百仞。开明兽身大类虎而九首,皆人面,东向立昆仑上。……B_5 开明西有凤皇、鸾鸟,皆戴蛇践

[①]　(战国)韩非:《韩非子新校注》(上册),陈奇猷校注,上海:上海古籍出版社,2000年,第206—207页。

[②]　(春秋)管仲:《管子》,杭州:浙江大学出版社,2017年,第646—647页。

蛇,膺有赤蛇。……B_6开明北有视肉、珠树、文玉树、玗琪树、不死树。凤皇、鸾鸟皆戴瞂。又有离朱、木禾、柏树、甘水、圣木曼兑,一曰挺木牙交。……B_7开明东有巫彭、巫抵、巫阳、巫履、巫凡、巫相,夹窫窳之尸,皆操不死之药以距之。窫窳者,蛇身人面,贰负臣所杀也。……服常树,其上有三头人,伺琅玗树。……B_8开明南有树鸟,六首;蛟、蝮、蛇、蜼、豹、鸟秩树,于表池树木,诵鸟、鶽、视肉。(《山海经·海内西经》)①

这三段材料虽然都是散体叙述文,但按语义排列,它们都是并列关系即空间关系占优势的话语集群。它们创造的形象集群也是并列性占主导地位的,我们将上面的英文字母标示提取排列,这些话语语义集群组成的形象集群的空间性结构形态就体现出来了:

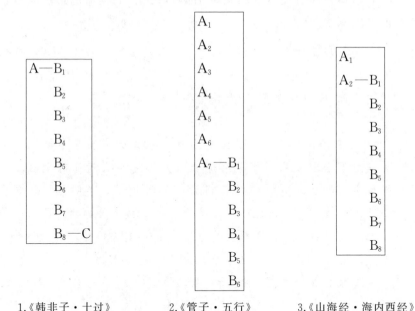

1.《韩非子·十过》　　2.《管子·五行》　　3.《山海经·海内西经》

很明显,这些形象集群是并列性居优势即空间优势型的。由此就形成了一个十分突出的现象:这些语段都在叙事,这些话语都在创造形象片段,但这些形象片段组合的形象集群,却未能创造一个在行动线链中交往互动的个性化角色。

---

① 袁珂校注:《山海经校注》,上海:上海古籍出版社,1980年,第294—303页。

当然中国上古不是所有神话文本或语段都是这种空间优势型的,但这种空间优势型的却很多。我们在上一章也列举了许多类似的文本或文本片段,这些文本或文本片段的形象或形象集群的组织方式,并列性是十分重要的特征。与此相关的是,它们组构的形象片段和集群呈现出相应的空间优势型构形特征。

是什么原因导致上面这些话语构造的形象未能成为角色或者角色化程度较低呢?是因为这些话语没有动词因而对应的形象片段没有行动吗?似乎不是。像《管子·五行》中那个语段,有相当丰富的动词即动作,每个分句都有一个甚至两个动词,但这些动词组合到一起,却不能创造一个处于特定行动线链中的角色。之所以这样,直接原因有四个。一是这些形象片段和单元之间的关系是并列的,即空间性的,而不是先后连接的,即时间性的。所有话语单元中的人物动作都是复叠性和并列性的,他们无法在一种具体情境中构成前后接续的行动线链,行动之间无法构成相互交往—应答关系,因此也就没有内在因果关系,其人物形象无法生成角色。二是这个语段没有创造一个所有形象都参与其中的具体行动环境,所有人物都是各自孤立的,没有交往和互动,这种动词所表达的动作具体性、情境性和及物性都较弱,因而带有相当的抽象性和孤立性。三是就语式而言,这段话语是在一种概述性语式中被叙述的,而不是人物自己在具体情境中主动行动所展示的,这就使人物行动缺乏主动性。第四也是最根本的,《管子·五行》有关黄帝的这个叙述语段中,叙述话语基本是按照两种模式构成的:

  A. 黄帝得某某而能如何; B. 黄帝因某某能如何,故使其司某职;

13个复句,使用前一个句式的有7个,使用后一个句式的有6个。如此高频率使用这两个句式和"得""使"这两个动词,动作的复叠必然难以形成线性延伸互动的行动线链,人物因此难以从一般形象中突出并上升为角色。至于《山海经·海内西经》中关于昆仑虚的叙述,那里面所有的形象片段之间都没有连续性和交往性,自然也不可能形成以某个形象为中心的行动线链。它的叙述角度,是以昆仑虚为中心,按照空间四方的方位分别叙述各方的神物、神兽、神人及其背景性信息的。这种按照空间四方叙述所构造的形象,完全是并列和静态的,它们之间没有发生任何行动上的交集和关联性,也没有一个形象以自己的行动贯穿于四方形象集群之中并和这些形象产生互动。

从叙事学角度讲,上述三个语段和语篇,缺乏的都不是行动,但从推动故事情节发展角度讲,这些行动的功能性却很弱,不能构成交互应答的因果线链,因此,其形象都不能成长为角色。

中国上古典籍神话叙事性话语中,这样的案例很多。如上节例举过的《尧典》中尧命羲和四子分宅四方观象授时制定历法的那一大段话语,一样很典型。甲骨文中没有神性的人物尧在这里被神化为人间君王,商人创世神话中天神俊的妻子、太阳大母神羲和在这里被分化为四个历史人物,受尧指派去主掌四方四时的天文历法。很显然,这其实不过是神话披上了历史外衣而已。这个历史化神话文本中,叙述话语基本按东南西北四方空间神的司职组织;这段叙事话语的语篇结构,总体上是以四组并列性话语语段为核心,且四组话语的句子组织都有对应性关系,总体上形成一种并置关系,其空间组织形态十分明显。这四段话语表达的语义集群及其创造的形象集群基本是并列性的,与话语的并列性空间组织形态正相对应。这四神之间的工作没有行动层面的交集和严格的时间性因果关系,无法组合起一个前后连贯的线性功能系列,它们是空间并列性的,自然也就没有构成角色能产生于其中的故事情景和过程,他们是非角色性人物自是必然。

中国古代大多数神话文本,其话语组织和所塑造的形象,都具有这种空间性特征,其角色化程度都十分有限,很多甚至谈不上角色化的问题。

二、神话语义构形的标志优势性

如上章介绍,罗兰·巴尔特在《叙事作品结构分析导论》一文中,对叙事文的叙事结构所进行的描述,将基础性的层次确定为功能层。功能层是叙事结构的基础性层面,由两类信息构成:一类是功能性信息,一类是标志性信息。所谓功能性信息,是由人物那些对故事情节发展具有推动作用的行动构成的;所谓标志性信息,是由与人物生活的自然与社会环境、身世、外貌、心理状态等为主的信息构成的。一般讲来,功能性信息是时间性的,它基本由人物在时间过程中对故事情节有推动作用的行动和行动线链构成;而标志性信息则是空间性的,它主要为人物提供横向的空间性信息,这些信息包括人物的容貌、身世、心理、司职、身份、环境等。必须特别指出,标志性信息并非完全是非行动性的,作为标志性信息的行动与作为功能性信息的行动的基本区别是,后者是人物行动线链中不可缺少的一环,并且最终指向对故事情节的推动;前者则一般不形成系列性的行动线链,它们是孤立和零散性的,且并不具有直接推动故事情节发展的能力。本节从这个角度,将人物相对区分为侧重功能性和侧重标志性两大类,这两大类人物的根本区别在于,功能性人物具有丰富的行动性和行动线链,并且这种行动直接推动故事情节的发展;标志性人物,则主要由标志性信息环绕并构成主体。不排除这样的人物也有某些行动,但这些行动相对有限,且一般不具有线链性,构不成丰富的故事情节,无法推动故事情节的发展。功能性人物和标志性人物的区别,在西方神话中似乎是多余的,但结合中国神话传说,这种区分就具有特殊的意义。这是因为,中国上古神话传说中,固然有不少功能性人物,但更多的是标志性人物,或者说人物的标志性信息更多而功能性信息较少。这在《山海经》大量神祇的叙事中都有鲜明体现。兹举几例:

> 又西北四百二十里,曰钟山,其子曰鼓,其状如人面而龙身,是与钦䲹杀葆江于昆仑之阳,帝乃戮之钟山之东曰嶕崖,钦䲹化为大鹗,其状如雕而黑文白首,赤喙而虎爪,其音如晨鹄,见则有大兵;鼓亦化为鵕鸟,其状如鸱,赤足而直喙,黄文而白首,其音如鹄,见则其邑大旱。①

> 西南四百里,曰昆仑之丘,是实惟帝之下都,神陆吾司之。其神状虎身而九尾,人面而虎爪;是神也,司天之九部及帝之囿时。有兽焉,其状如羊而四角,名曰土蝼,是食人。有鸟焉,其状如蜂,大如鸳鸯,名曰钦原,蠚鸟兽则死,蠚木则枯。有鸟焉,其名曰鹑鸟,是司帝之百服。有木焉,其状如棠,黄华赤实,其味如李而无核,名曰沙棠,可以御水,食之使人不溺。有草焉,名曰薲草,其状如葵,其味如葱,食之已劳。河水出焉,而南流东注于无达。赤水出焉,而东南流注于泛天之水。洋水出焉,而西南流注于丑涂之水。黑水出焉,而西流于大杅。是多怪鸟兽。②

---

① 袁珂校注:《山海经校注》,上海:上海古籍出版社,1980年,第42—43页。
② 同上书,第47—48页。

又西三百五十里,曰玉山,是西王母所居也。西王母其状如人,豹尾虎齿而善啸,蓬发戴胜,是司天之厉及五残。有兽焉,其状如犬而豹文,其角如牛,其名曰狡,其音如吠犬,见则其国大穰。有鸟焉,其状如翟而赤,名曰胜遇,是食鱼,其音如录,见则其国大水。①

上面三则神话的人物是《山海经》也是中国上古神话中的知名神话人物。这三个语段叙述这些人物有一个共同的特征,都是行动性信息少而标志性信息相对多。

先看鼓与钦䲹的形象。这是《山海经》众多神话人物中比较有故事性的人物。他们的故事中有三个核心的功能性信息:一是二神联手杀了葆江,二是之后他们被天帝戮于钟山之阳,三是二人分别化为大鹗和䲹鸟。这三个核心功能性信息,使二神具有了某些行动性,但围绕他们的标志性信息更多。这个神话语段首先交代了他们是何方之神,接着交代了鼓的形貌,继而交代了二神所化的大鹗和䲹鸟是何形貌,最后交代这两只神鸟如果出现会给天下带来怎样的灾难。这些都是标志性信息。这是《山海经》中不多的几则有一定故事性的神话,故事主角鼓和钦䲹有主动行动,这个行动带来他们被天帝屠戮的结局。但比较之下,这则神话提供的标志性信息更多。因此,我们基本可以将这则神话中的人物定位为功能性和标志性兼具而偏重标志性特征的人物。

第二则有关昆仑之丘主神陆吾的叙述,完全没有任何行动介绍,只有他的形貌和司职的叙述,以及他主管的这个昆仑丘上有何特殊的神性动物和植物,它们有何形貌和特殊的效用,等等,这些完全是标志性信息。所以,陆吾是一个标志性神话人物。

第三则神话是有关大名鼎鼎的西王母的叙述,这段叙述中的西王母也没有任何行动性信息,只有标志性信息。这些标志性信息分为三个部分:一是西王母居住在哪里,二是她形貌如何,三是她掌管什么。至于她做了什么,在这里则完全没有叙述。因此,这则神话中的西王母,也完全是一个标志性人物。

《山海经》介绍了几百位神或神性动物,但真正有故事的很少。上面选择的三篇文本中,第一个文本叙述的主角的相关信息中,部分有极为有

---

① 袁珂校注:《山海经校注》,上海:上海古籍出版社,1980年,第50页。

限的行动,但更多的是标志性信息。另外两个文本则只有标志性信息,而没有任何功能性信息。鼓的形象,代表了《山海经》中极为有限的、有一定故事性的神性主角的基本特征。而陆吾和西王母神话叙述的神话形象,则代表了《山海经》中大量神话主体的特征,即他们都是标志性主体而不是功能性主体。

《山海经》话语与内容组织的空间性特征,也体现在许多中国上古神话或神话的传说化文本中。中国上古神话最多的作品除《山海经》外,还有《九歌》。屈原《九歌》是抒情性叙事诗,若删除句中的语气词"兮",则基本是叙事性作品。后世指认《楚辞》是汉赋这种叙事性文类的源头,就是看到了两者在"铺陈其事"方面的共同性。然而《九歌》中的叙事话语,却编织不出最简单的故事情节,这与荷马史诗形成强烈对比。

《山海经》之外,中国汉代收录神话故事最多的著作《神异经》《淮南子》中,有关神话叙事的片段,其人物也多是标志性主体。试引《神异经》几个有代表性的片段:

> 东荒山中有大石室,东王公居焉。长一丈,头发皓白,人形鸟面而虎尾。载一黑熊,左右顾望,恒与一玉女投壶。每投千二百矫,设有入不出者,天为之譻嘘。矫出而脱误不接者,天为之笑。①

> 东南隅太荒之中,有朴父焉。夫妇并高千里,腹围自辅。天初立时,使其夫妻导开百川,懒不用意。谪之,并立东南,男露其势,女露其牝。不饮不食,不畏寒暑,唯饮天露。须黄河清,当复使其夫妇导护百川。古者初立,此人开导河,河或深或浅,或隘或塞,故禹更治,使其水不雍。天责其夫妻倚而立之,若黄河清者,则河海绝流,水自清矣。②

> 昆仑西有兽焉,其状如犬,长毛四足,似罴而无爪,有目而不见,行不开。有两耳而不闻,有人知往。有腹无五脏,有肠直而不旋,食物径过。人有德行而往牴触之。有凶德则往依凭之。天使其然,名为浑沌。《春秋》云:浑沌,帝鸿氏不才子也。空居无为,常咋其尾,回

---

① (汉)东方朔等:《神异经》,刘泽浩译注,成都:巴蜀书社,2022年,第10页。
② 同上书,第64页。

转仰天而笑。①

　　西海水上有人,乘白马朱鬣,白衣玄冠,从十二童子,驰马西海水上,如飞如风,名曰河伯使者。或时上岸,马迹所及,水至其处。所之之国,雨水滂沱,暮则还河。②

　　上引《神异经》中几个片段叙述的所有神性人物,采取的都和《山海经》一样按"某地有某神(或物),某神(或物)有何貌何习何禀何能"的叙述模式,这种叙述模式中,人物主要不是行动性的,即使有某些行动的叙述,形成和推动故事发展的功能性也较弱。"某地有某神(或物),某神有何貌何习何禀何能",这种叙述内容结构模式,如上节所分析的,是一种主题型话语模式,它提供的基本是人物的标志性信息或叙述者的评价。

　　下面是《淮南子》中几则著名的神话片段,我们边征引边评点——

　　昔者,冯夷、大丙之御也,乘云车,入云蜺,游微雾,骛怳忽,历远弥高以极往。经霜雪而无迹,照日光而无景,扶摇抮抱羊角而上,经纪山川,蹈腾昆仑,排阊阖,沦天门。末世之御,虽有轻车良马,劲策利锻,不能与之争先。③

　　这段文字叙述河神冯夷的行迹情态,由一系列行动构成,但这些行动却构不成一个故事情节片段。何故?原因有三:一是冯夷在这里是一个没有目标(欲望对象)的行动者,因此他的行动是没有方向和对象的;二是冯夷的一系列行动都是平行的,它们没有产生结果,如果产生了结果,则这些系列行动之间的因果关系就出现了,那是故事情节必要的因素;三是与此相关,冯夷在这里是一个孤独的形象,没有与至少一个他者性人物形成互动关系,因此无法角色化。一个人物的角色化意味着他(她)需要在人物关系中存在。按照普罗普的角色理论,主角之所以是主角,那是因为他是一个欲望对象(被寻找者,公主)的追求者或解救者,而且,他的追求必然要有一个对抗性对手(坏蛋、假英雄)存在,这个对手阻碍主角的追求,主角克服了对手的阻碍,获得了自己追求的对象。只有在这种人物关

---

① (汉)东方朔等:《神异经》,刘泽浩译注,成都:巴蜀书社,2022年,第134页。
② 同上书,第167页。
③ 何宁撰:《淮南子集释》(上),北京:中华书局,1998年,第12—17页。

系中,人物的角色化特征才能突出或者说生成。格雷马斯尽管用二元对立模式改造了普罗普的角色模式,但故事性人物只能在角色的结构关系中存在,必须有追求的动力(欲望、意愿、认知)和目标。这一基本认知,格雷马斯和普罗普是一致的。

笔者曾著专文对普罗普和格雷马斯的角色理论和行动元模式进行过检讨,提出叙述作品最基本和原初的行动元范畴和类型是一种三元三维结构模式。所谓三元三维结构模式即最小的故事都有三个原生性行动元:追求者、追求对象(锦标)、敌手,这三个行动元范畴之间构成一种三元三角结构关系。尽管笔者的具体行动元模式和格雷马斯以及普罗普有别,但有一些基本的认知是一样的,即使是一个最小的故事,也总是由一个有内在欲求的主体以某个特定对象为目标发动的行动构成的。这个行动并且总会受到来自对手的阻碍,最后的结果或者成功或者失败。可是在上引关于冯夷的片段中,我们既看不到冯夷行动的目标(为何行动),也看不到冯夷的行动之间有什么因果关系,还看不到冯夷行动的情景(与其他行动者的交往),因此,这些没有目标、没有因果关系、没有行动情景的孤立的个体行动,就构不成任何故事情节。这种个体就是非角色化形象。

下面这个有名的段落叙述了许多神的司职,但这些信息完全不能构成任何故事。它们甚至连标志性信息也不丰富,而且这些信息也并不是以某一个神祇为对象组织的:

> 东方木也,其帝太皞,其佐句芒,执规而治春。其神为岁星,其兽苍龙,其音角,其日甲乙。南方火也,其帝炎帝,其佐朱明,执衡而治夏。其神为荧惑,其兽朱鸟,其音徵,其日丙丁。中央土也。其帝黄帝,其佐后土,执绳而制四方。其神为镇星,其兽黄龙,其音宫,其日戊己。西方金也。其帝少昊,其佐蓐收,执矩而治秋。其神为太白,其兽白虎,其音商,其日庚辛。北方水也。其帝颛顼,其佐玄冥,执权而治冬。其神为辰星,其兽玄武,其音羽,其日壬癸。[①]

这段叙述里,人物完全没有行动,更谈不上系列行动。它只是介绍五方帝神为何,以及他们的司职。组织这些神话人物的框架是空间方位,人物没有行动性,当然谈不上成为角色的问题。

---

① 何宁撰:《淮南子集释》(上),北京:中华书局,1998年,第183—188页。

下面这很长一段介绍性叙述,可以认为是将《山海经·海外经》中一部分异国异域的山水、神性植物、动物和神祇都集合到一起了,这些介绍的信息都是空间并置性的,所有人物都按照东南西北四方组织排列,互相之间没有任何行动上的因果关联和其他关联。所以,尽管这里叙述了很多神祇,但它们没有一个可以成为角色:

> 凡海外三十六国。自西北至西南方有修股民、天民、肃慎民、白民、沃民、女子民、丈夫民、奇股民、一臂民、三身民。自西南至东南方结胸民、羽民、谨头国民、裸国民、三苗民、交股民、不死民、穿胸民、反舌民、豕喙民、凿齿民、三头民、修臂民。自东南至东北方有大人国、君子国、黑齿民、玄股民、毛民、劳民。自东北至西北方有跂踵民、句婴民、深目民、无肠民、柔利民、一目民、无继民。雒棠武人在西北陬。碱鱼在其南。有神二人连臂,为帝候夜,在其西南方。三株树在其东北方,有玉树在赤水之上。昆仑华邱在其东南方,爰有遗玉、青马、视肉、杨桃、甘楂、甘华百果所生。和邱在其东北陬,三桑无枝在其西,夸父耽耳在其北方。夸父弃其策,是为邓林。昆吾丘在南方。轩辕邱在西方。巫咸在其北方,立登保之山。旸谷榑桑在东方。有娀在不周之北,长女简翟,少女建疵。西王母在流沙之濒。乐民、拏间在昆仑弱水之洲。三危在乐民西。宵明、烛光在河洲,所照方千里。龙门在河渊。湍池在昆仑。玄耀不周申池在海隅。孟诸在沛。少室、太室在冀州。烛龙在雁门北,蔽于委羽之山,不见日。其神人面龙身而无足。后稷垄在建木西,其人死复苏,其半鱼,在其间。流黄、沃民在其北方三百里,狗国在其东。雷泽有神,龙身人头,鼓其腹而熙。江出岷山,东流绝汉入海。左还北流,至于开母之北,右还东流,至于东极。河出积石。睢出荆山。淮出桐柏山。睢出羽山。清漳出褐戾。浊漳出发包。济出王屋。时、泗、沂出台、台、术。洛出猎山。汶出弗其,流合于济。汉出嶓冢。泾出薄落之山。渭出鸟鼠同穴。伊出上魏。雒出熊耳。浚出华窍。维出覆舟。汾出燕京。衽出渍熊。淄出目饴。丹水出高褚。殷出嶕山。镐出鲜于。凉出茅卢石梁。汝出猛山。淇出大号。晋出龙山结给。合出封羊。辽出砥石。釜出

景。岐出石桥。呼沱出鲁平。泥涂渊出槓山。维湿北流出于燕。①

以中国古代叙事文字的精练简约，上面这么大的篇幅，是足以叙述一个有比较丰富行动素的故事和塑造几个角色性人物的，但这种可能性却没有出现。

中国上古神话文本或文本片段中，有行动性较强、有一定程度角色化的形象吗？有。如精卫填海、夸父追日、羿射九日、女娲补天、愚公移山等神话都有一定的故事性，人物形象也有一定程度的角色化。这些神话故事中，大都有两个对立的角色，一是主角，一是主角的对手，同时，主角还有自己追求的目标，并为实现这个目标而采取了一系列的行动。人物形象在这种三维结构中被一定程度角色化了。例如著名的女娲补天神话——

> 往古之时，四极废，九州裂，天不兼覆，地不周载，火爁炎而不灭，水浩洋而不息，猛兽食颛民，鸷鸟攫老弱。于是女娲炼五色石以补苍天，断鳌足以立四极，杀黑龙以济冀州，积芦灰以止淫水。苍天补，四极正，淫水涸，冀州平，狡虫死，颛民生。背方州，抱圆天，和春阳夏，杀秋约冬，枕方寝绳，阴阳之所壅沈不通者，窍理之，逆气戾物伤民厚积者，绝止之。……②

这个神话故事片段，大体由三个单元构成，即宇宙大灾难—女娲平治宇宙大灾难—世界恢复从前的常态。三者之间的因果关系十分清楚，宇宙大灾难为因，这个因导致了女娲平治大灾难的结果。这个结果作为下一个系列的原因，又导致了一个新的结果，那就是世界恢复从前的常态。大体分析，这个故事中，有三个角色存在：一是敌手——天地崩裂的灾难和危害人类的水火与神性恶兽；二是主角——女娲；三是她追求的目标——平治灾难。女娲在这个故事中的一系列行动有针对对象，有目标，因而具有一定程度的角色化特征。当然，总体上看，这些行动单元还是十分有限且叙述粗略，尤其是这些行动基本是女娲单方面发出的，没有创造一种多种角色之间互动、交际和应答的环境，人物只有在这种环境中才能较为充分地角色化。所以，在这个神话片段中单面行动的女娲虽然有一

---

① 何宁撰：《淮南子集释》（上），北京：中华书局，1998年，第355—370页。
② 同上书，第479—480页。

定程度的角色化,但仍然不是角色化程度很高的人物形象。

这种情形在中国上古神话中有相当代表性。一部分神话有某种故事性,主角有一定的行动,但这种行动往往是单面的,没有与对方形成丰富的互相交往应答关系。像羿射九日、精卫填海、《楚帛书》创世神话等,都有这个特征。所以,他们一方面有一定程度的角色化,但另一方面角色化程度仍然有限。不过这样的文本或文本片段还是比较少的,大量的还是标志性形象而不是角色化行动主体。

还有一类神话传说作品即诗歌中的神话形象我们没有涉及,下面加以简要讨论。

《诗经》中有多首叙述商周神祖的诗歌,我们分别来看看它们的叙事特征——

> 天命玄鸟,降而生商,宅殷土芒芒。古帝命武汤,正域彼四方。方命厥后,奄有九有。商之先后,受命不殆,在武丁孙子。武丁孙子,武王靡不胜。龙旂十乘,大糦是承。邦畿千里,维民所止,肇域彼四海。四海来假,来假祈祈,景员维河。殷受命咸宜,百禄是何。①

这是叙述商人历史的神性诗歌。其中特别叙述了三位祖先,即生自玄鸟的始祖契、建立商朝的汤武和中兴之主武丁。对他们功业的叙述,完全按照三个祖先的先后顺序组织,其时间性是明显的。商人另一首歌颂祖先历史功绩的叙事诗《长发》,也完全是按照时间先后组织叙事材料的。但另一方面我们也注意到,这两首诗完全是介绍性、概叙性语式,人物在这两首诗中都缺乏自主性的行动,也缺乏和另一个角色的交往行为,因此角色化特征并不明显。

关于周祖的多首诗歌中最有神话性的是《生民》。这首诗先叙述姜嫄如何履帝武而感孕,后叙述她生下一个肉蛋蛋因此将其三弃三收,最后叙述后稷的成长过程和成为农业能手的功业。全诗完全是按照时间线索进行叙述的,而且比较其他商周叙述祖先功业的诗歌,这首诗算是比较具体细致的了。在这首诗中,角色化特征比较明显的首先是姜嫄,其次才是后稷。因为诗中对于姜嫄求子的动机、求子的过程、感孕到生产的过程,以及生出一个肉蛋蛋("居然生子",子者,卵也。)后视为不祥将其三弃三收

---

① 周振甫译注:《诗经译注》,北京:中华书局,2002年,第512—513页。

的行为做了细致描述。这一过程,有动力、有目标、有对象、有系列行动,而且都是姜嫄自己或在她主使下完成的;这些行动,也是在一个特定的角色关系中展开的,即作为求子主体的姜嫄自己,作为求子助手的"帝",作为求子结果的肉蛋蛋,还有使肉蛋蛋裂(孵)化为正常婴儿(后稷)的助手"大鸟"等。姜嫄是在这种由多个人物构成的关系中行动的,所以其角色化程度相对明显。相比之下,后稷在从其母亲神奇感孕,到自己作为一个肉球球被生出来,到被母亲三弃三收,被大鸟孵化成人形婴儿这一系列故事中,都是被动的,是行动的承受者,而不是行动的主动发送者。到他成为行动的主动发送者时,叙述者又没有突出他的行动环境(他在特定角色结构中与其他角色的交往关系),而只叙述了他从事农耕和获得丰收以及祭祀神灵的功业。他缺少在一个特定角色结构中行动的情景,而只是一个孤独的行动者,这使得诗歌主角后稷的角色化程度反而没有姜嫄突出。但总体上看,这首诗在内容的组织和结构上,时间线链还是十分清晰的,人物形象有一定程度的角色化。

汉以前,有四部作品被认为记载了最多的神话,其中之一是《楚辞》,以屈原《九歌》为代表。尽管《天问》中涉及的神话更多,但每个神话只有片言只语,无头无尾,且均以设问形式出现,不是陈述性语式,使人无法知晓该神话的全貌。就叙事性和集中性而言,《九歌》更有代表性。其中,最具叙述性和行动性的当属上章所举《山鬼》。诗歌主要以第一人称手法,叙述一位山中神女盛装打扮,在密林中痴情等候她意中人的状态。全诗叙述的主要内容,一是神女精心装扮自己以及她美丽的身形容貌,二是神女所处的自然环境,三是神女对意中人"公子"的痴情思恋、对公子失约的猜疑怨艾,最后是神女对公子的想象性理解,以及感情的坚执不悔。通过这个介绍,不难看出,这首诗带有一定的叙事特征,它将抒情与叙事结合,塑造了一个痴情神女的形象。但从时空向度角度看,这首诗的形象组织具有空间优势型特征。

首先,这首诗中的诗句组织具有明显的并列性。例若《山鬼》前八句——

若有人兮山之阿,被薜荔兮带女萝。　既含睇兮又宜笑,子慕予兮善窈窕。

乘赤豹兮从文狸,辛夷车兮结桂旗。　被石兰兮带杜衡,折芳馨兮遗所思。①

　　如不考虑押韵,"被薜荔兮带女罗"一句,完全可以颠倒成"带女罗兮被薜荔",也可与后面"被石兰兮带杜衡"置换。这首诗中很多叙述形象装饰、心理状态、自然环境的句子,都可以前后挪动位置而仍然成立。而可逆性、并列性正是空间性话语与形象单元组织形态的特征。

　　其次,更重要的还不只是人物行动之间的空间并列特征,而是大部分行动都不具有构造故事情节的功能。这首诗主要的动词基本用于描绘山鬼的容貌装饰、居处环境、对意中人的思念和猜度心理,这些大体都属空间性的"标志"性内容。全诗的主线,并不是叙述神女行动的过程,而是围绕神女的外貌装扮、生活的自然环境、对意中人失约的怨艾惆怅,以及对意中人痴情眷恋的坚执不悔展开。从叙事信息的功能性质角度讲,这些都是标志性信息,而不是功能性信息。这首诗也表现了神女的一些动作,但这些动作都是围绕上述标志性内容展开的,它们形不成一个及物性行动系列(指作用于另一个或多个行动者并获得他们的行动应答,由此形成一个具有故事性的行动系列),而是一个不及物性行动系列。因此,这首诗的主体,是一个标志性主体或者说弱功能性(行动性)主体。

　　不只《山鬼》如此,《九歌》诸诗都具有这种特征,它们都在叙事,大多数诗中都有一个主要人物,这些人物都有一定的行动,但这些行动都无法组成故事情节所需的丰富功能序列和及物性。它们的动词大都用之于塑造主人公的形象外观,构造场景气象,表达某种心理状态,提供的主要是空间性向度的"标志"性信息,而时间性向度的功能性行动较少,也不存在多个角色,不具有形成多个角色之间行动交际和交集的行动系列和因果链条。屈原被称为中国神话诗人,但和古希腊神话诗人在趣味上区别巨大。前者追求在诸神状貌、装饰、场景、心意等空间性信息展示中抒发某种情感,后者追求客观叙述诸神或神性英雄的诞生、成长、交往、行为、冲突性事件的过程和结果。大相异趣的追求,导致两者的神话诗分别突出了空间性和时间性构形特征。

---

① (宋)朱熹撰:《楚辞集注》,蒋立甫校点,上海:上海古籍出版社、合肥:安徽教育出版社,2001年,第44页。

三、历史化神话文本中形象的角色化

中国上古神话传说中,角色化程度比较高的人物主要出现在历史化的神话文本中。在这些文本中,有些人物的角色化程度相对高一些。《淮南子》中下面这个神话人物历史化的语段中,故事性稍有加强。人物有一定程度的角色化——

> 昔者,夏鲧作三仞之城,诸侯背之,海外有狡心。禹知天下之叛也,乃坏城平池,散财物,焚甲兵,施之以德,海外宾伏,四夷纳职,合诸侯于涂山,执玉帛者万国。①

这个叙事片段虽短,但人物有一定程度的角色化。首先,鲧有一个动作:筑城。城是武力守护的象征,这意味着鲧崇武,背离了以仁德治理天下的大道。鲧筑城这个动作导致一个结果:诸侯背叛,海外有狡心。这里存在一种因果关系。接着,这上一个行动的果又成为下一个行动的因。因为诸侯背叛,海外生狡心,所以禹反父道而行,坏城平池,散财物,焚甲兵,施之以德。这个行动又产生一个新结果,那就是海外宾伏,四夷纳职。然后禹在涂山大会诸侯,万方诸侯都执玉帛前来纳贡。因此,这一段叙述有两个连环性因果关系,并且存在一种人物互动的三维关系结构,即作为反面人物筑城崇武的鲧,作为正面人物毁城平池崇德的禹,他们治理天下的方略和行动是对立的,但他们都追求一个共同目标,就是诸侯宾服。最后实现这个目标的不是鲧而是禹。因此,这一段叙事中的两个人物鲧、禹具有了一定的角色化特征,但因为篇幅太短,他们的行动太少,远远不能构成一个相对丰富的行动系列,所以导致他们虽有一定角色化特征,但这种特征较弱。

有关黄帝、舜、禹等历史化神话人物的叙述文本中,主要人物的角色化程度都较高。我们以中国神话历史化的典型标本《尚书·虞夏书》中最具有故事性的舜作为对象进行讨论。

《虞夏书》的主角是尧、舜和禹。从现存《虞夏书》看,尧是一个没有多少行动的神性人物。《尧典》主要叙述了他两件事,一是命羲和四子分别主管四方四时,厘定历法;二是和众臣商议确定舜作为接班人,并主持对

---

① 何宁撰:《淮南子集释》(上),北京:中华书局,1998年,第29—30页。

舜的考验,将王位传给他。尧只作为一个指令性人物存在,行动单元很少,因而其角色化程度有限。但舜是角色化程度较高的人物,如果将《虞夏书》《孟子·万章》《史记·五帝本纪》《孝子传》等文献中的舜故事综合在一起看,在上古神帝系列中,他的故事应该是最多且最具体的。

　　各种文献都说舜的父亲是个盲人,舜还有一个弟弟象,父母都对舜很不好,经常虐待他,打骂他。小打小骂舜就承受着,实在受不了的凶狠打骂就躲开,等父母气消了再回到他们身边。即使受到这样的虐待,舜对父母还是毫无怨言,非常孝顺,对弟弟也十分友爱。但这些都感动不了狠毒愚顽的父母和弟弟,他们甚至多次试图害死他。他们曾经让舜去修仓廪的茅屋顶,然后撤掉梯子放火焚烧仓廪,要将舜烧死。他们还让舜到井底疏浚,待舜下到井底,父母弟弟在井口割断放他下井的绳索,用大量土石将井填满,将舜活埋在井底。但舜每次都神奇地安然脱险(这种结果保留了舜作为神的特征)。舜回到家里一如既往地对父母弟弟毫无怨恨,孝顺友爱有加。后来因为不愿意自己在父母身边而使父母烦心,所以才很不情愿地离开他们,到离家很远的一个荒凉地方筑室居住。在那里,他心中还是日夜思念父母,为他们担忧,因为他们哭泣呼号。由于他的孝顺贤德,使他在周边地域有了广泛的人望,很多人都追随他,围绕他筑室而居,他居住的地方很快就发展到城邑的规模。舜的孝顺声名远播。而那时候,尧年岁已高,他希望挑选一位有德行能继承自己王位的人。四岳推荐了尧的儿子丹朱,但被尧否定了。有人向他推荐舜,并介绍了舜的孝顺和仁德,尧开始注意这个人选。为了考察舜是否堪当大任,他将两个女儿娥皇、女英嫁给舜做妻子,还派他几个儿子到舜所在的部落居住,目的都是为了就近考察他。经过这些考察,尧对舜作为继任者的品行有了肯定的评价后,就将他召集到王城。尧让舜主持处理五种人伦关系,他将五种人伦关系处理得十分顺畅。让他总理百官,百官都愿意接受他的领导。尧又让舜到王城四门处祭天活动,他将祭祀仪式处理得盛大肃穆,十分得体。最后,尧为了考验他的勇气和清明、神智,在狂风暴雨的天气命人将舜带到深山老林并丢弃在那里。舜在烈风迷雨中无所畏惧,神清智明,最后回到王城。经过一系列考验,尧认定舜可以继承自己的王位。舜在再三推让后,接受了尧的禅让,成为万民之王。①

关于舜成为王以后的作为和故事我们暂置勿论,仅上面介绍的这些他从少年到君王的经历,就可以看出,关于他的故事还是很丰富的。这些故事中,舜都是主角,都是主动或被动的行动者。同时,他是在与多个人物构成的角色结构中展开行动的,这些行动与他人行动之间形成了反复的交往—应答关系,从而获得很高程度的角色化。

先秦至汉代的文献中,关于禹的故事也比较丰富,将有关禹的故事统合起来,其丰富程度不弱于舜。为节省篇幅,此处不展开介绍。总体上看,有关禹的故事中,禹的角色化程度也较高。此外,关于黄帝的故事,如果将先秦和汉代有关资料汇集起来,也比较丰富,主人公黄帝也有一定程度的角色化。在尧、舜、禹和炎、黄二帝的故事中,角色化程度最高的是舜,所以本节以他作为典型对象进行讨论。其他几位神帝神王以及《穆天子传》中的周穆王,其故事的角色化程度,相比舜都弱一些。而《楚帛书·甲篇》中的创世神话,尽管篇幅不算短,但更注重创世的过程性叙述,没有聚焦在一个或两三个主要神祇的创世活动上,所有出现的神祇都比较平面化,他们基本处于形象的层面,还没有升格到角色的层面。

综上,从神话的形象构形层面考察,中国上古神话传说典籍中,大多数神话构形具有空间优势型特征,但也有部分神话传说具有时间优势型特征。比较之下,前者多而后者少。

第二节　两希神话形象构造的时间优势型特征

与中国上古神话传说故事构形的空间优势型特征相比较,两希神话传说显示出明显的时间优势型特征。下面,我们以神话传说文本为依据,从几个方面展开讨论:

一、两希神话功能元素与角色化程度

从功能层面考察希腊的《神谱》和荷马史诗,将发现其功能性单位十

---

① 有关舜故事的文献很多,本处叙述的舜故事,主要依据的文献是《尚书·虞夏书》《孟子·万章》《史记·五帝本纪》《孝子传》等。

分丰富,而且功能组合的线性特征比较突出。本书第五章中引录赫西俄德《神谱》和荷马史诗《伊利亚特》的几段话语,都以人物一连串动作为核心构成一个功能链,在此基础上,更多功能单位就可能构成若干功能序列,从而指向更高层次的大行动序列和故事情节,由此决定了这部神话诗较强的故事性。下面再选一个语段加以分析:

> A 该亚和乌兰诺斯还生有另外三个(魁伟、强劲得无法形容的)儿子,(他们是科托斯、布里阿瑞俄斯和古埃斯——三个目空一切的孩子。他们肩膀上长出一百只无法战胜的臂膀,每人的臂上和强壮的肢体上都还长有五十个脑袋。他们身材魁伟、力大无穷、不可征服。在天神和地神生的所有子女中,这些人最可怕),B 他们(一开始就)受到父亲的憎恨,(刚一落地就)被其父藏到(大地的一个)隐秘处,不能见到阳光。C 天神十分欣赏自己的这种罪恶行为。D(但是,广阔的)大地因受挤变窄而内心悲痛,E 于是想出(一个巧妙但罪恶的)计划。她(即刻)创造了(一种灰色)燧石,用它做成(一把巨大的)镰刀,F 并把自己的计谋告诉给了(亲爱的)儿子们。G 她(虽然内心)悲伤,(但还是)鼓动他们,说道:……①

在赫西俄德的《神谱》中,这一段叙述标志性信息算是相对丰富的,我们用英文大写字母依序标示出具有功能性单位的句子,而用括号标示出标志性信息单位的句子或句子成分。这样的处理显示,这段话语的核心功能组成了一个明显的功能线链,其时间性组织特征显而易见。在这些功能链中,有关于该亚(Earth)和乌兰诺斯(Heaven)生的三个巨人神儿子的标志性信息,它们由多个复句构成。这些信息中特别值得注意的是,它们并不缺乏动词,但这些动词并不具有直接推动故事情节发展的功能性,它们只是为核心功能的展开提供了基础。从这段叙述话语看,所有信息都不是主导性的,都没有直接推动故事情节发展,主导性信息是由用大写英文字母 A−B−C−D−E−F−G 标示出的功能链。

这段叙述中使得该亚成为角色化人物的,不仅是她生了三个大力士巨人,还因为她有一个对手,那就是她丈夫乌兰诺斯。乌兰诺斯要该亚将

---

① [古希腊]赫西俄德:《工作与时日 神谱》,张竹明、蒋平译,北京:商务印书馆,1991 年,第 30—31 页。

她生出的儿子都装进自己的肚子里,这使该亚愤怒而又痛苦不堪,由此形成了一种内在的冲突。她决定要解决这种冲突,她解决的方式就是鼓动儿子和自己联手反抗乌兰诺斯。所以,她用燧石磨了一把巨大的镰刀,并将计划告诉自己的儿子们,希望他们响应自己的计划,反抗父亲。这才有最小也最强大的儿子克洛诺斯响应母亲的召唤,用石镰割断父亲的生殖器,重创父亲的行动。在这个故事片段中,该亚之所以会成为角色化人物,不仅在于她发出了系列行动,还在于她的行动有对手、有目标、有助手响应,最后有结果。正是在这种特定的人物关系中,她的角色特征凸显了出来。

以时间性向度为主的叙事特征,在荷马史诗中也一样突出,甚至更突出。正如本书第五章第二节所引用的那些《伊利亚特》的人物话语显示的那样,荷马史诗中,不管是叙述者直接出面叙述的话语,还是人物话语都具有密集的功能性要素,都充满着行动性和推动故事发展的动能。如《伊利亚特》第一章,当祭司克律塞斯从希腊人那里领回了自己的女儿,然后祈祷护佑他的太阳神阿波罗停止对希腊人的惩罚后,史诗叙述道:

> 当众人作过祷告,撒过祭麦后,他们
> 扳起祭畜的头颅,割断它们的喉管,割去皮张,
> 然后剔下腿肉,用油脂包裹腿骨,
> 双层,把小块的生肉置于其上。
> 老人把肉包放在劈开的木块上焚烤,洒上闪亮的
> 醇酒,年轻人手握五指尖叉,站在他的身边。①

这是以一系列动词为中心的组合性话语线链:作祷告—撒祭麦—扳头颅—割喉管—割皮张—剔腿肉—包腿骨—置生肉—放肉包—烧烤—洒醇酒—握尖叉—站旁边,这个话语线链中每一个动宾结构语词之间都有严格的时间先后关系,不容颠倒。它们在故事层面上,都是一个个功能单位,这些功能单位合在一起组成了一个基本的行动单元链。这种情况在荷马史诗中不是个例而是普遍情形,其话语组织强烈的时间性向度是十分明显的。

因为功能单位丰富,行动素密集,加上这些行动素都是在时间的线链

---

① [古希腊]荷马:《伊利亚特》,陈中梅译,上海:上海译文出版社,2016年,第20页。

上围绕这一个主要事件组织的,所以,在更高的层次上,众多行动单元组成了一个基本故事情节线链。这些行动的主体因此成为一个功能性主体,也就是行动性故事性主体,其角色化特征由此凸显。

并不只是希腊神话史诗中的人物在丰富的功能基础上成为一个行动者,具有鲜明的角色化特征,古代希腊众多有关神祇和英雄的悲剧作品、古代罗马神话与史诗作品如维吉尔的《埃涅阿斯纪》、奥维德的《变形记》、北欧神话《埃达》等,基本都具有这样的特征。这些作品功能层功能要素密集,在它们组成的行动链和由此构成的故事情节中,人物成为具有鲜明角色特征的主体。

希伯来《旧约》中,神话传说元素最丰富的是"摩西五经",尤其是其中的《创世记》。正如第五章分析的《旧约》话语特征,"摩西五经"中关于人物的叙述话语充满丰富的功能性元素,而人物话语(主要是耶和华的圣谕性话语)则功能性元素较弱而标志性元素更强。但因为前者在希伯来《圣经》中占据主导地位,所以,总体上看,"摩西五经"还是有丰富的行动元素的,其主要人物在这种以时间为经线的行动链中的角色特征也十分突出。

在分析两希神话传说形象构成特征的时候,我们还要特别提及的是,事件在他们的故事文本中具有重要作用。大多数时候,人物的行动是围绕着某个中心事件展开的,这个事件将多个人物聚合到一起,大家围绕着这个事件展开交往和冲突;正是在这种交往和冲突中,不同人物的行动有了一个中心,各自的角色特征也突出出来。事件的开端、发展、高潮和结局,都是由特定人物的行动导致和推动的,反过来,事件又为不同人物的行动提供了一个汇聚和交往的枢纽。一个中心事件,围绕这个事件中不同人物展开的行动、交往和冲突显示出的不同立场、目标、性格等,是使人物形象角色化的重要条件。所以,亚里士多德在《诗学》中,将事件以及和事件相关的故事情节的完整性放在悲剧六大要素中的第一位置,是很符合古代希腊神话史诗和对悲剧特征的认知的。

强化叙事的功能素、人物的行动链,以及在这种行动链和故事情节中人物之间的交往和冲突,强化与此相关的事件框架作用和时间过程的完整性,这是在形象构形中强化时间性向度,人物正是在这种关系中成为特定角色的。这与中国上古神话强化空间性向度和大多数人物因此角色化程度较弱区别明显。

二、两希神话文本叙事结构的时间优势型特征

在此基础上,我们要在与中国神话的比较中讨论两希神话和史诗文本叙事内容总体结构的时空特征。

我们还是以《山海经》《神谱》《创世记》作为标本,在与中国神话文本的比较分析中揭示两希神话文本叙事结构的时空特征。

在比较三个文本叙事内容总体结构的时空特征之前,首先要比较一下三部神话书叙事内容构成的差异。三部神话著作在叙事对象选择上差异明显。《山海经》基本叙事对象主要是神性的空间存在——神性的山水、植物、动物、无机物与神性山水中存在的神祇的状貌、形态、司职等,而主要不是神或神性人物的具体行动过程和行为世界。但《神谱》基本叙事对象是神及其所生的人间英雄的行为世界,是神在时间过程中的生殖、活动、交往、冲突和结果,物只是诸神活动的自然空间和工具手段而已。希伯来《创世记》则是叙述神的创世过程、人类祖先,尤其是希伯来历代祖先和神的交往历史,在这个历史过程中人类的罪与罚、义与赏。《山海经》认真叙述各种神物,体现出一种对中国后世文学叙事影响深远的记物博物品物兴趣,而《神谱》和《创世记》则只对神祇和人类的行为世界有兴趣。物是空间存在,而行动则只能在时间过程中发生和展开。叙事对象选择的差异,决定了三部神话书内容层面时空向度的差异。

与此相关,三部作品整体叙事框架也大不相同。《山海经》总体内容不是按时间线链而是按空间方位组织。该书总体板块分为"山经""海经"(包括海外经、海内经)"大荒经"三个并列部分,每个部分又按"南—西—北—东—中"或"东—南—西—北"空间方位结构。整体结构框架的依据是并列性的空间方位而不是时间性线索。故而《山海经》无论叙事话语、叙事内容的组织还是整体框架,都突出了空间向度。与之相比,《神谱》则以时间性为总体结构线索,从混沌之神卡俄斯和地母该亚开始,一直到确立宙斯为首的奥林波斯神系的主宰地位,到诸神通过生殖活动产生世界一切领域主司神祇和人间英雄,以及奥林波斯诸神与人间英雄之间的交往、冲突和生活,诸神生殖世系和相互交往关系在时间线链中连贯而清晰。故《神谱》整体结构框架突出了时间向度。

希伯来《创世记》的整体结构也是以时间线链为基础的。它首先叙述耶和华创造世界的过程,叙述人类始祖被创造出来后在伊甸园中的生活,以及因违禁而被驱赶出伊甸园到大地漂泊的过程,其后叙述亚当一代代子孙的生活,他们的罪恶、他们如何被大洪水毁灭,以及挪亚一家因得到上帝眷顾而成为逃脱洪水毁灭的唯一人类的历程。那以后着重叙述了挪亚子孙中亚伯拉罕、以撒、雅各、约瑟四代人的故事,最后以约瑟将全部家人接到埃及生活作结。很明显,时间是组织和结构《创世记》的总体框架。同时,《创世记》以约瑟全族人到埃及定居作结,又与下一经《出埃及记》中四百年后摩西带领希伯来人出埃及的故事在时间上先后衔接。

符号活动是人类最基本的超现实构形活动,其中积淀和体现着构造者特定的构形心理特征。《神谱》《创世记》和《山海经》的整体结构框架体现了中希初民大不相同的时空优势构形心理。《神谱》和《创世记》显现出强烈的时间优势型构形心理,而《山海经》则体现出强烈的空间优势型构形心理。时间和空间是自然世界存在的形式,本不可分,但在文化世界的建构中,不同民族可能无意中分别选择以时间为基础、以时贯空的原则,或以空间为基础、以空统时的原则。《山海经》选择了后者,《神谱》《创世记》等选择了前者。

中西其他重要的神话与传说作品,都分别具有《山海经》与《神谱》《创世记》这样的作品的总体结构特征吗?答案是肯定的。

希伯来《旧约》"摩西五经"中叙述的希伯来早期神话和神性祖先们的故事,总体结构上体现出明显的时间向度。无论是耶和华创造世界、人类、惩罚人类和毁灭人类的整个过程,还是希伯来神性祖先如亚伯拉罕、雅各、约瑟、摩西等的故事,都是如此。时间,在所有这些神和神性英雄的故事结构中,都是最重要的因素。不仅是"摩西五经",其他后续诸篇,记叙希伯来人的生活历史,在这种历史中希伯来人与上帝的交往、对上帝的信仰与违拗、成功与失败过程,总体上都是依据时间经线组织、结构的。弗莱在谈到《圣经》的总体结构时说:"凡是确实从头到尾读完圣经的人都会发现,这部书有开头,有结尾,有若干线索贯穿书的总体结构。它始于时间的开始,太初创世,止于时间的结束,即《启示录》所叙述的。"①

《旧约》在局部结构上有非时间性的篇章吗?应该也是有的。像著名的《约伯记》所叙,实际是一篇神话性的故事,应该放在希伯来历史时间中

---

① [加拿大]诺思洛普·弗莱:《伟大的代码——圣经与文学》,郝振益、樊振帼、何成洲译,北京:北京大学出版社,1998年,第3页。

的哪一个时段,就是很难确定的事情。《旧约》编辑者将它放置于《列王纪》《历代志》等之后的《诗篇》前,那只是按照主题分类的编排(当然《约伯记》这个文本内的故事,是有始有终、时间性很强的)。还如诗歌诸篇中,主要是署名大卫所作的诗歌,但《诗篇》卷四一开始,突然插进"神人摩西的祈祷"诗篇十首(第 90—99 篇)。此前的《诗篇》诸卷主要是署名大卫和亚萨、可拉后裔等人的诗篇,而从第 100 篇开始,又是署名大卫等人的诗歌。独独中间插入比大卫早几百年的神人摩西的 10 篇诗歌,这就违背了时间先后的原则。

《旧约》某些篇章如果细究,可能还存在这种违背时间先后原则的地方,但这样违背时间原则的组织编排是较少的,总体上看,时间还是这部经典结构的总体框架,各大部分时间先后还是明晰的,其时间优势型特征比较明显。

希腊神话中,《神谱》之外,其他神话与英雄史诗的组织结构都有这样的时间优势型特征吗?答案是肯定的。荷马两大史诗,大多数研究者认为,在其前文本阶段,是分为许多独立的片段在游吟诗人那里被吟唱的。但大体在公元前 8 世纪的"荷马们"手中,这些独立的片段就获得了统合,形成一个完整结构的叙事作品。至少到公元前 3 世纪,亚历山大里亚的文士们进一步整合修改后,它们就是一部具有比较严谨整体结构的史诗。这两大史诗,都有一个共同的特征,那就是各自都有一个核心事件。《伊利亚特》是围绕特洛亚战争展开的,《奥德赛》则围绕特洛亚战争后希腊英雄奥德修斯回到故乡伊大嘉的过程展开。从故事组织角度看,两部史诗核心事件的前奏是什么,如何开始,如何发展,如果结局等过程都十分清晰。所有神祇和人间英雄,都围绕这个核心事件的不同阶段被组织进一个统一的框架中,他们在这个框架中行动、交往和冲突,直到最后结局。核心事件在时间中的发生发展结束过程,是荷马两大史诗结构的基本骨架。

希腊英雄悲剧和喜剧的结构原则都是时间第一的,亚里士多德对戏剧六大要素的总结,以事件和故事的完整性即时间性为第一要素,是建立在对悲剧进行全面考察的基础之上的。但同时,亚里士多德也指出,神话和史诗的结构原则一样,都要以事件为核心,以时间为结构原则。

这个时间第一的原则,在希腊之后的欧洲古代神话和史诗作品中,都得到贯彻和遵守。例如罗马诗人奥维德的神话诗《变形记》,主要是将希腊时代的神话进行改写,从"变形"这个角度重新叙述和组织这些神话。这本来是一个主题性的视角即空间性视角,但作者仍然大体按照时间进程来安排各种神话故事。他从世界混沌初开开始,一直写到诸神诞生,人类诞生,最高大神朱庇特发动洪水毁灭人类,到希腊英雄远征特洛亚,最后从神话角度写到罗马的必然兴起、强盛,写到作者写作《变形记》时当下的罗马。整个过程基本是依从时间顺序来结构的。当然,在这个框架内,有些故事和故事之间时间性的线链不是那么清晰,因为许多具体的变形神话和故事之间无法确定其时间先后。但这样一个以变形主题为基本视角的神话故事集,仍然能大体贯彻时间性的原则,总体上建立一个时间框架,将所有神话传说都组织进这个框架中,这恰恰证明在奥维德的心中时间性原则是多么重要。

至于维吉尔的史诗《埃涅阿斯纪》、北欧神话诗《埃达》,以及中世纪欧洲几部著名史诗如《尼伯龙根之歌》《罗兰之歌》《贝奥武甫》等,总体上都是以时间为经线组织叙事内容的,结构上都具有时间优势型特征。

概观中西上古神话传说文本的叙事结构,会发现希腊和希伯来绝大多数神话文本叙事结构偏向时间性,而中国多数(不是全部)神话文本叙事结构偏于空间性。

就中国而言,汉以及汉代以前最重要的几个神话传说文本中的叙事内容,就其结构形态而言,总体上空间性向度的偏多,而时间性向度的偏少。

神话诗《九歌》中的结构形态总体上偏于空间形态,这在上面分析《山鬼》时已可见一斑。整体而言,《九歌》中的十一首诗歌作为一个组合体,每首叙述的都是一个神偏于空间性的状态,各篇内容之间没有发生任何交往和故事,所以并置性特征十分明显。

《淮南子》中的许多神话片段,都是镶嵌在不同主题篇章中的,这些神话中的神和他们的故事,互相之间没有任何交集。而这部著作是按照主题结构全书的,主题性结构一般都是并置性结构,即空间性结构。

《神异经》完全是模仿《山海经》,按照四方模式组织神性地理、植物、动物和神祇的叙事,其并置性结构即空间性结构特征十分明显。

先秦神话传说文本中,《楚帛书·甲篇》中的创世神话和《穆天子传》的叙事内容具有明显的时间结构特征。神话历史化文本《尚书》中的《虞夏书》的内容结构,也具有一定程度的时间优势型特征。《虞书》《尧典》

与《舜典》)中这个特征相对明显。整个《虞夏书》九篇,如果将内容整合在一起,则从尧、舜到禹、启及五子和仲康这个整体脉络的时间关系大体清晰。但在这个前提下,我们也要指出,就九篇文献的内容而言,各篇之间并无太多关联。另外,《诗经》中叙述商人神性祖先和周人神性祖先诞生和功业的诗篇总体结构上基本是时间优势型的。

因此,中国汉代以前的神话传说文本的总体叙事结构,既有空间优势型的,也有时间优势型的,但空间优势型叙述结构更突出,占比也更多一些。

三、两希神话中自然时间故事化问题

叙事学中,时间有多层含义,大体可以区分出三个基本方面:一是指自然时间,二是指故事时间,三是指叙述者叙述这段故事所用的时间。本处使用的时间概念与此稍有区别,我使用的是卡西尔在《神话思维》中的时间概念。在《神话思维》中,卡西尔设专章讨论神话时空问题,他说"从其基本意义上讲,'mythos'(神话)一词所体现的不是空间观而是纯粹的时间观;它表示借以看待世界整体的一个独特的时间'侧面';当对宇宙及其各部分和力量的直观只被构成确定的形象,构成魔鬼和神的形象时,真正的神话还没有出现;只有对这些形象赋予发生、形成和随时间成长的生命时,才出现真正的神话。只有在……人的意识由神的形象转向神的历史、神的叙述的地方——只有在这种情况下,我们才必须从这个词的严格、特定的意义对待神话。如果我们把'神史'(history of the gods)概念分解成其构成要素,那么,着重点不是第一要素(引者按:指空间直观),而是第二要素,即时间性的直观。"[①]在他看来,神话中的时间直观体现为神或神性英雄的行动过程、互相作用和反作用的过程,以及由这些为核心构成的故事发生、发展的过程。因此,神话叙事话语语义单元和系列指向的形象单元和系列,如果只是静态的、并置的即空间直观性的形象和系列,在卡西尔看来,那还是比较初级的神话思维。而发达的神话思维应该是时间直观的神话,即以故事化的形象系列体现出来的神话。我们不必完全接受卡西尔这种神话时空价值观,不同民族在神话思维乃至在所有文

---

① [德]恩斯特·卡西尔:《神话思维》,黄龙宝、周振选译,柯礼文校,北京:中国社会科学出版社,1992年,第118—119页。

化思维中,在时空维度上可能有所侧重。绝对的空间直观或时间直观很少有,更多的是在空间直观框架中融含时间直观,或在时间直观框架中融含空间直观,即本书作者所说的空间优势型神话思维或时间优势型神话思维。而且在两种思维中做简单的优劣判断也不合适,了解各自差异和特征更有意义。在这个前提下,我们来讨论两希神话中自然时间故事化的特征,即两希神话更多地将丰富的形象元素故事化了,将它们提升进一个由众多人物行动和交往、斗争和冲突、胜利或失败、死亡或新生的发展变化过程构成的故事系列中了。形象的角色化与故事化,是同步共生的。

这里提出一个"自然时间故事化"的概念,它指的是自然时间进入具体神话叙事文本中的故事性转化,即自然时间转化为故事时间,它主要体现为事件展开的过程性、人物行动的线链性、人物行动之间的交互性和因果性。这种因果性关联,是以自然时间中人物的行动和发生的事件为基础而形成的更高意义上的时间形态,即故事(本书将情节和故事合二为一,不对它们做福斯特式的区分)。所谓神话的故事时间,指的是神话作品中,神祇或英雄之间行动、交往、冲突、转化所构成的故事情节发展过程,自然时间转化在这种故事情节发展过程中了。人物只有在这种故事发展过程中才能高度角色化,获得鲜明的特征和独特的位置。故事时间,这是一种因果关系构成的时间,是人类对自然和社会内在因果律认识的结晶。因此,在故事情节链条中,既有自然因果律存在于其中,更有人们对社会因果关系的认知转化于其中。自然时间中发生的自然和社会事件以及人物行为之间可能没有任何因果联系,但故事情节的组织,就是要在表面看来没有因果律的自然和社会现象之内看到因果律,看到它们的内在关联,或者赋予它们某种内在关联。这就将自然存在的时间,转化为故事时间了。这是人类对时间意识和认识的深化形式。

不难发现一个显而易见的事实,两希和其他西方古代神话传说文本中,大多数人物或人物之间的行动链所构成的故事链中,都有一种因果性关联。这一点,希腊神话故事体现得特别突出。在《伊利亚特》中,因为佩琉斯和海神忒提斯的婚礼没有邀请不和女神到场,引起了不和女神的愤怒,所以她决定要给婚礼制造一点麻烦,就不请自到。她手拿一只金苹果,在婚礼现场对三位女神说这枚金苹果只有最美丽的那位女神可以拥有,从而激起了赫拉(Hera)、雅典娜(Athene)和阿佛罗狄忒(Aphrodite)之间的争夺。由于争执不下,所以宙斯决定让她们到人间请一位少年判断谁最有资格得到这枚金苹果,于是她们在山野里找到俊美的牧羊少年、特洛亚王子帕里斯(Paris),请他裁判。三位女神分别给他权力、武功和智慧、美妻的诱人许诺,希望他将这枚金苹果给自己。帕里斯最后将金苹果给了美神阿佛罗狄忒,这导致其他两位女神的嫉恨,发誓要报复帕里斯。帕里斯将金苹果给了阿佛罗狄忒,他后来的经历也印证了这位爱神的承诺,他得到了人间最美丽的女性海伦(Helen)为妻。但因为海伦是斯巴达王的王后,他诱拐海伦的行为导致斯巴达王墨涅拉奥斯和他的哥哥迈锡尼国王阿伽门农联合所有希腊城邦的英雄们组建了一支强大的军队远征特洛亚,要惩罚帕里斯,夺回海伦。特洛亚战争由此开始。这里,所有神和人的行动之间都建立起环环相扣的因果关系链条,这些链条扭结在一起,形成了情节性很强的《伊利亚特》这部大史诗。因此,神话中更高、更具有文化深度的时间意识,不仅是要重视在自然时间线链上发生的事件和人物的行动,还要重视由这些人物行动引发的另一个或另一些人的行动响应,他们的行动响应,又要引发前者或另外的人物新的行动。在这样的交际和交集中,人物行动和由此引发的事件之间的因果链条才得以形成,自然时间在神话传说中转化为内含了社会时间的故事时间。

　　希伯来神话传说中,最基本的一组关系是人与耶和华的关系,两者之间的行为和反应形成了一种独特的因果关系。人类是耶和华用泥土并赋灵的造物,所以,耶和华要人类遵从他的安排和指令去生活。但人类的一半即灵魂和生命来自耶和华,而另一半来自泥土(泥土属性代表人类身上的本能、欲望、冲动等),这决定了人类中一部分被神所感召的人可能遵从耶和华的指令和安排生活,另一部分被泥土根性主宰的人可能违拗耶和华的指令和安排生活。就一个族群而言,可能是此一时刻接受耶和华的指令和安排生活,而彼一时刻又违拗耶和华的指令和安排生活。人类的这些反应,必然激发耶和华相应的反应,那就是接受者是义人要受赏,违拗者是罪人要受罚。同时,这也使得高高在上的耶和华,实际上悄然具备了某种角色化的特性。《旧约》中神话传说故事的因果链,是在两个维度上组织的,一是在人类自己的行为和交往关系中组织,二是在人类(希伯来族群是代表)与耶和华的交往关系中组织,前者往往与后者交织并服从后者,成为后者的体现形式。这种因果关系规则从人类角度概括,就是守戒受赏,违戒受罚。《旧约》中希伯来人,无论个体还是族群,都是从人类与神这个角度看待自己与世界的因果关系的。这就使得希伯来神话传说的自然时间在故事情节中转化为内含着宗教伦理的故事时间，从而大大地强化了其精神深度。

由这里反观中国上古神话传说中那些具有时间性的神话传说，其中最典型的如舜传说、禹传说、黄帝传说、穆天子游历和《楚帛书》伏羲创世神话，我们能发现，它们的自然时间转化为故事时间的程度并不相同。像《穆天子传》中，尽管提供了周穆王十分精细的行程的自然时间记录，简直类似于古代君王的起居录。但这些自然时间中发生的事情转化成故事时间的程度较低，这部作品没有在周穆王游历过程的行为中组织出一个具有内在因果关系的故事链。大部分时间里，人物的行动都是单面的，其行动的各种片段之间大多是孤立无关联的。某时周穆王至某地做某事，这成了《穆天子传》每一时段记载的基本模式，很少有对方和周穆王的反复回应和交往，由此形成一个具有因果关系的故事链。在周穆王的大多数行动线链之间，基本看不到一种故事情节意义上的因果关系。他一路游历，也有许多祭祀、接见、拜谒、赠予等行为，但每一个行为与上一个或下一个行为或行为系列之间有什么因果关系吗？基本没有。严格的自然时间顺序中记载的周穆王西游的历程，没有转化为由行动、交往或冲突构成的故事情节链条即故事时间，因此，社会和历史生活内在的因果联系自然难以在这种纯粹由自然时间贯穿起来的人物游历碎片中获得充分表达。那一条条严格按照自然时间顺序记载的众多"周穆王某日至某地做某事"的起居录式的记载，就成了相互孤立的材料，也就是互相并置的空间性材料，而没有转化为具有内在因果关系的时间性故事过程。

而中国上古神话或神史中，一是人物的行动元素较少，二是有行动元素的大多数人物行动往往只有单面性，而缺乏在与其他人物的反复交往—应答关系中形成因果性的行动链。这就使得其故事性比较弱，自然时间没有充分转化为故事时间。像《尚书》的《虞夏书》中，不乏对尧、舜、禹、启等人物行动的叙述，但大多数人物的行动都是单面的，没有和特定对象形成反复交往—应答的行动链和因果关系，所以故事化程度较低。

在中国上古神话传说中，自然时间转化为故事时间最成功的范例之一大约是舜传说。如将《尚书》《孟子·万章》《竹书纪年》《史记·五帝本纪》的舜本纪、刘向《孝子传》等文献中的碎片材料综合起来，将发现，舜与父母兄弟交往的过程以及被尧选拔和考验并禅位的过程，基本是一个有着内在关联的过程。他们在时间过程中的行动、交往和冲突，构成了具有因果关系的故事链,自然时间在此转化成了故事时间。当然,仅仅在《尚书·尧典》中,这种故事性转化率还是较低的。

此外,如果将禹和黄帝的传说碎片集合起来,他们的主要材料也能大体组合成一个具有内在因果关系的故事线链,这个故事链中自然时间基本转化成了故事时间,他们的角色化程度也因此相对较高。

而像《玄鸟》中的契、《生民》中的后稷、《山鬼》中的山鬼、《楚帛书》中的伏羲等神话人物都有一些行动,但大都没有交往对象,行动没有获得一个对象的行动应答,并由此形成反复交际和冲突,因此也就难以形成具有因果关系的故事链。自然时间没有在神话中转化为故事时间,故而他们的角色化程度也较低。

当然中国先秦神话诸神和英雄角色化程度较低的更重要的原因是他们大多行动素较少,更多的还是一种空间性静态存在,而不是一种时间性动态存在,这是中国神话人物和两希神话人物很大的一个区别。

第七章
中西神话行动元结构与故事类型比较

按照格雷马斯的模式,叙事文本的显层层次指向其下面的是表层叙事结构,表层结构层面核心构成是叙事语法问题,包含两个基本内容,即行动元和功能(类型、数量、组织规则等)。本章将从这个层面对中西神话行动元结构和故事类型进行比较研究。

第一节 原生性行动元三极鼎立结构

格雷马斯用结构二元对立模式对普罗普的角色模式和功能类型与规则进行了简化,概括出著名的两两相对的六个行动元(actant)和二十种核心功能单位。国际国内学术界都对格氏这一学术成果给予了较高评价,但这一成果存在的问题显而易见,故笔者撰写了专文对此进行检讨,并在检讨基础上重新描述了行动元范畴和结构。[①] 为避免重复,本处不再展开详细论析,只将该文研究结论给出,以作为本章研究的前提。

格雷马斯用以切分和组织行动元的理论模式是结构语言学的二元对立模式,按照这个模式,他将神话与民间故事的行动元归纳为主体(subject)/客体(object)、发送者(sender)/接受者(receiver)、助手(helper)/敌手(opponent)六个范畴。笔者认为,结构语言学的二元对立

[①] 张开焱:《格雷马斯行动元模式与理论基础质疑——兼论行动元的三元鼎立结构及其理论基础》,《湖北师范大学学报》2021年第6期。

模式是有问题的,它以"二"为元编码数切分和组织世界,但从文化人类学和历史学角度讲,最简单的原始部落是以"二"为元编码数区分和组织世界的,其社会学基础是二元性(男/女、母/子)的母系社会家庭结构及社会结构。而男权社会是一个复杂化的社会,"二"这个元编码数不能完满切分和表达这个社会"儿/父/母"三元构成的家庭及建基其上的社会结构,只有"三"才能完满切分、组织和表达这个世界的基本结构特征。男权社会中,三元家庭结构作为社会和文化具有基础意义的原型,也会深刻地影响和决定产生于这个社会的叙事作品,将其无意识投射到主体构成之中。我们发现,最简单的叙事作品,其行动元都有三个,缺一不可,即"追求者(欲望主角,主体)/追求对象(欲望对象,客体,锦标)/阻碍者(阻碍主体实现欲望的力量)"。没有欲望主体不可能有行动,没有欲望对象主角也不可能有行动。但只有欲望主体和客体,没有阻碍者,则欲望立即得到实现,也没有故事。只有阻碍性力量存在,主体、客体和阻碍性力量之间形成互动,才有故事。故任何最简单的故事都有这三个基础性行动元,我将其称之为"原生性行动元结构"(original actants structure)。这三个基础性行动元我将其命名为"主角/锦标/对手",对应于男权家庭"父/母/儿"的三元结构,其关系图式如下:

这个图式中三个行动元之间的关系,又可以分为三组:

主角—锦标:具有内在包容性的关系

对手—锦标:具有内在矛盾性的关系

主角—对手:具有内在敌对性的关系

显然,这个三元三维行动元图式,包含了格雷马斯的多组二元对立行动元,但又超越了它们。这个图式将它们提升到一种更复杂也更具有内在关联性的关系中。在这个图式中,"主角—锦标"之间是一种具有伦理合法性的包容关系,"对手—锦标"之间是一种不具有伦理合法性的矛盾关系,"主角—对手"之间则多是内含伦理善恶对立特征的敌对性关系。显然,这个行动元图式充满内在紧张性和冲突性。作为欲望对象的"锦标"是"主角"和"对手"共同追求的目标,这必然导致两个行动元之间的敌对性和冲突性。

这个原生性三元三维行动元结构,可以描述任何故事性作品的基础性行动元构成。在它们之外,随着故事情节的复杂化,可能出现一些次要的行动元(我将之统称为次生性行动元),例如发令者/受令者、帮助者/受益者、仲裁者/被仲裁者,等等,数目多少,以故事情节的复杂性程度而定,但总体看数目比较有限,而且他们都围绕三个原生性行动元而设置。①

原生性行动元三元三维结构理论,容易让人想起杜梅齐尔的神话三元结构理论,所以要略作说明。笔者最早提出这个原生性三元三维行动元理论框架的时间是20世纪90年代中期②,那时候还不了解杜梅齐尔的三元结构理论。我的原生性行动元三元三维结构与杜梅齐尔的印欧神话人物三等级结构也大不相同。杜梅齐尔的三元神话人物结构是建立在对一个民族整个神话体系分析基础之上的,而我的行动元三元三维结构是建立在对神话文本叙事结构分析基础之上的。杜梅齐尔理论的有效性需要一个诸神司职明确分化的神话系统(而且还需要存在相对应的社会现实结构)支撑,而我的理论需要的只是一个最低限度的故事性文本。杜梅齐尔的神话人物三等级结构带有强烈的意识形态特征,而我的行动元三元三维结构理论建基于对神话叙事文本行动主体构成的分析,是相对技术性的(尽管深层也隐含某种伦理意识)。如果一定要在我和他的理论中找到某种相近的基础,也许与社会学相关。但他的等级性三元神话人物结构理论的基础是印欧社会特定的等级结构(未必适用于整个人类社会),而我的原生性行动元三元三维结构的基础则是整个人类男权社会家庭结构。他关注的是社会的阶级结构,而我关注的是社会的家庭结构。与此相关,他的神话三元结构理论只适用于神话分析(而且是否适合非印欧民族神话结构分析还是个疑问,杜梅齐尔多次申明,他的神话三元结构理论只适应于古代印欧民族神话),而我的行动元三元三维结构理论适合分析人类所有故事性叙事作品。

---

① 张开焱:《格雷马斯行动元模式与理论基础质疑——兼论行动元的三元鼎立结构及其理论基础》,《湖北师范大学学报》,2021年第6期。
② 参见张开焱:《角色结构与范畴再描述》(《湖北师范学院学报》,1996年第1期)、《叙事作品三维结构的文化基础与精神特征》(《重庆三峡学院学报》,1997年第2期)等文。

本章将按照上述行动元范畴和结构，对中西神话行动元结构模式和与之相关的主导性故事组织模式进行比较性研究，以见出其异同。

第二节 行动元结构与故事类型和组织规则

从普罗普到格雷马斯，描述叙事作品的主体都是从功能（行动）角度切入的，这体现的是故事中心的观念，当然是可以的。但也许我们可以反过来，从行动元三极鼎立的结构，对处于不同位置的行动元发起的行动的性质来探讨故事的类型和组织规则。这样设想，是建立在一个重要的认识基础上：正如普罗普所说，神奇故事都内含着深刻的民间道德哲学，神话传说也是这样。作为不同民族早期具有意识形态重要功能和性质的精神形式，任何民族的神话传说，都渗透了所在民族的伦理立场和价值观念，而行动元三极鼎立结构，正是渗透了这种伦理立场和价值观念的结构。有关行动元和其结构内在潜含的价值观念，本人在一篇论文中有专门论述，在此只将其核心认知做一个简单介绍。无论普罗普还是格雷马斯的行动元结构，都渗透了统治关系中的社会伦理合法性意识，主角总是具有伦理合法性的行动元，而对手往往是具有伦理非法性的行动元，锦标（客体，"公主"）则往往是判断前二者伦理合法性的关键性因素；在神话传说故事中，锦标在伦理归属上总是属于主角的，是主角追求的对象，也是他的责任、权利和义务所在，这在根本上决定了主角的伦理形象和合法性，同时也决定了主角的对手（恶魔）的伦理非法性，他总是邪恶的、否定性质的。行动元三元结构中这三个范畴所内含的伦理性质，内隐着它们之间交往的过程和结局，也内隐了它们故事总体的类型和组织规则。[①]因此，本节我们将另辟蹊径，不是从功能角度定义行动元，而是从行动元及相互关系角度探讨神话传说故事的类型和组织规则。

我们可以从行动元三元三维鼎立结构中处于不同位置的行动元最先发动的行动和这种行动导致的其他两个行动元的反应和互动角度，来确定神话传说故事的基本类型特征。从不同行动元位置最先发动行动的角度来描述故事类型，将可以得到三种基本类型：

[①] 张开焱、王文惠：《形式—结构叙事学的政治无意识》，《文艺争鸣》，2021年第11期。

英雄求婚型

公主招亲型

恶魔劫夺型

这三种类型的故事组织顺序和规则，从逻辑上和实际上看，也有相应的不同。下面我们对它们加以简单描述。

一、"英雄求婚型"故事及其组织规则

很多神话传说故事，是首先由原生性行动元三元三维结构中处于二号位的主角（英雄）开始发动的，他发动的行动，大都与他欲望或意愿的目标即处于一号位的锦标（公主）相关，我们将由二号位开始发动并由此形成的故事称之为"英雄求婚型"故事。自然，这也是一种比喻性说法。只要是某个主角追求某个对象（目标）的行动和由此导致的故事，都可以由这个模式概括。国内外神话传说中，这个故事类型是大量的，举例如：

伊阿宋求取金羊毛

阿佛罗狄忒求得金苹果

雅各求娶拉结

弗雷求娶冰巨人美丽的女儿吉尔德

姜嫄求子

夸父追日，欲逮之禺谷

愚公欲移走太行、王屋山

那么，"英雄求婚型"故事从逻辑上推导，核心的故事框架是怎样的呢？大体有下面两种主要的组织规则和故事框架：

1.英雄确定目标（"公主"）——英雄发动追求——英雄打败对手——英雄获得锦标（"公主"）

2.英雄确定目标（"公主"）——英雄发动追求——英雄被对手打败—英雄死亡或失败归来

这每一个大环节之中，都可能衍生出许多具体的行动小环节，这里我们都省略掉，只概括出故事逻辑中大的行动单元。第一种类型基本是正剧或喜剧性故事，第二种类型则是悲剧性故事。顺便说一句，我们惊讶地发现，中国先秦神话传说中，"英雄求婚型"故事很少，只有姜嫄求子、夸父追日、愚公移山的故事比较典型，此外，似乎再难找到。为什么会出现这种情况？应该与中国上古先民某种深层心理和故事接受习惯有关。

二、"公主招亲型"故事及其组织规则

这种类型的神话故事，是由处于一号位的行动元"锦标"（格雷马斯的"客体"，普罗普的"公主"）开始发起行动的，处于一号位的行动元，能发出什么行动呢？归纳起来，大约有两类行动：一是如普罗普归纳的31种功能那样，她因为违背了某种戒令，使自己处于危险的境地，从而等待（召唤）主角（英雄）解救；二是她发出某种指令或召唤，指令或召唤处于其他位置的行动元来追求和响应。后面这种情况，使我们想起普罗普"公主及其父王"（锦标及其监护者或原初所有者）的角色范畴，格雷马斯认为普罗普是将两个行动元范畴混为一个了，所以不合适。确实，某些时候公主和她的父王是有区别的，但另外一些时候他们又是没有区别的，因为，很多时候，国王是公主的代言人。如公主招亲型故事中常见的一种是，国王向天下广发布告，公主到了适婚年龄，凡能满足设定的考验的英雄即可娶得公主。在这种情况下，这个召唤，无论是国王还是公主发出的都是一样的，他们其实都处于同一个行动元位置。因此，在很多时候，我们又可以将这两个角色都划分到一号位的"锦标"位置上去。所以，我们也可以将首先从一号"锦标"位置发出召唤的故事类型称之为"公主招亲型"。

所谓"公主招亲型"实际上是一种比喻的命名，因为这个"公主"是可以被很多身份角色替代的。举例如：

　　遮那揭国王为公主息达招亲
　　耶和华召唤摩西带领以色列人离开埃及到迦南地
　　耶和华令亚伯拉罕将独子献祭给他
　　尧令鲧治理洪水
　　帝俊令羿射落十日
　　阿波罗发出俄底浦斯杀父娶母命运的神谕
　　高辛氏诏告天下，能斩吴将军头者可娶公主

在上面这些例子中，发动"招亲"的具体角色各有差异，具体内容也各不相同，但从行动元和基本故事结构角度考察则都是一样的，即一号位上的行动元自己或有人替代她发布"招亲"信息。以这种形式发动行动的故事,后面的发展当然是多种多样的。普罗普在《故事形态学》中归纳出俄罗斯神奇故事的 31 种功能之后,认为它们的组织顺序几乎是完全相同的。但很多研究者已经指出,这种说法也许对俄罗斯神奇故事有效,而对于更广泛的不同民族的神话传说则可能不完全有效。同一民族或不同民族神话传说中,"公主招亲型"故事的组织规则可能是多样的。

布雷蒙(C. Bremond)曾经研究故事组织的逻辑,认为故事在总体框架上有一个三段论式的逻辑框架,这个框架的每一阶段每一环节中,人物行动逻辑上都面临两种对立选择,选择不同的行动就会将故事引向不同的方向,由此形成一个树状行动结构。普罗普从俄罗斯神奇故事的实际结构得出它们都是按照同一种顺序组织的结论,而布雷蒙则从纯逻辑角度推导出故事情节在具体发展过程中存在多种可能。这两者都值得我们重视。对于特定民族的神话传说而言,"公主招亲型"故事的功能可能只有一种或者非常有限的若干种组织模式,但不同民族的公主招亲型神话传说故事,其具体功能组织模式则可能多种多样,这原因当然与不同民族的文化传统、伦理价值观念和习惯性故事接受模式与心理差异有关。在这个前提下,我们可以从纯粹逻辑角度推导出"公主招亲型"神话传说可能存在的几种基本故事组织模式:

　　1."公主"发出"招亲"召唤——主角响应召唤,追求"公主"——主角打败对手——主角赢得锦标(公主)

　　2."公主"发出"招亲"召唤——主角响应召唤,追求"公主"——主角打败对手——主角失去锦标(公主)

　　3."公主"发出"招亲"召唤——主角反抗"公主"召唤——主角失败

上面"公主招亲型"故事的三种组织模式中,前两种比较常见,但第三种就比较少见,它属于一种特殊的故事类型。俄底浦斯的故事基本就属于这一类。这里"公主"(命运之神及其设计的俄底浦斯杀父娶母的目标)对俄底浦斯命运的设计成为一种主人公无法逃避的行动目标,这种命运冥冥之中"召唤"着主人公进入它的圈套。而主人公的显意识是反抗这种"召唤"的,但他反抗的行动恰恰又使自己无意识地落入了命运的圈套,实现了命运之神为他设计的结局,主角反抗失败。这里主角不是顺从一号位的召唤,而是逃避(反抗)一号位的召唤,但最后还是实现了一号位行动元设定的目标。其实,这里的"逃避"(反抗)也可以看成是"响应"的一种独特形式。

三、"恶魔劫夺型"故事及其组织规则

在行动元三元结构中,很多故事是由三号位的"对手"首先发动的。因为各民族古代神话传说都渗透了强烈的伦理意识,三号位上的行动元一般是具有否定性伦理评价的主体,他们的行动基本不具有伦理合法性,往往是邪恶的,所以,普罗普的角色范畴中,将其命名为"坏人""假英雄"。我们不妨用民间文学中一个最具有否定性伦理评价的概念表述这个行动元:恶魔,为的是鲜明地标示他在神话传说中的否定性伦理性质。但如果我们跳出特定伦理立场,将发现三号位的行动元,很多时候其实和二号位的行动元一样,都是一个欲望性主体,都对一号位的"锦标"怀有共同的欲望。之所以各民族早期神话传说将前者做了否定性伦理定位,而对后者做了肯定性伦理定位,完全是基于特定时代特定民族的特定伦理标准。这些标准并不具有超越时空的永远有效性,换一个角度,我们对他们的评价可能就有很大变化。希腊诸神和英雄,都具有强烈的欲望,是主动性强、积极追求的主体,是肯定性主体。但他们的行为在中国古代社会的伦理评价中,可能会完全相反。例如,宙斯无限制地放纵自己的欲望,向神界和人界无数已婚或未婚的美女发动追求(有时甚至使用强暴的方式),将其变为自己的情人,在中国古代的伦理评价中,就很难说不是恶魔的行为。与之相关,像伊阿宋和阿尔戈斯号上的英雄们到远方的科尔喀斯求取金羊毛的故事,在希腊是让人传颂的英雄故事,但在中国的伦理标准中,这种行为显然是一种强盗劫夺行为,更不要说北欧神话中认定的英雄行为了。北欧神话传说中的诸神,几乎都是海盗式的英雄,他们为了权力、异性和财物而赤裸裸地追逐、搏斗、杀戮,赢家最后获得那些追求的对象,他们的行为都被视为是正义的、合乎伦理的。但以中国古代的伦理观透视,他们那些行为都是强盗、恶魔的行为。

因此,如果跳出伦理评价的羁绊,将不难发现,二号位行动元(主角)和三号位行动元(对手)实质上是一样的,他们都是对一号位的"公主"具有欲望的主体。正因为他们有共同的欲望,所以他们具有内在的敌对性。因此,特定民族就会用自己的伦理观对这两个行动元的伦理性质进行定位,尽管这种定位在格雷马斯看来"毫无必要"并且是"陈腐僵化"的,但事实上任何民族的古代神话传说都无法去除这种伦理定位，所有民族的神话都是该民族的先民基于特定的伦理立场编织和讲述的。因为这个缘故，我们姑且将三号位首先发动行动的故事，命之为"恶魔劫夺型"故事。这类故事在各民族远古神话中都大量存在，这里的"劫夺"可以置换成"诱拐""伤害""抢走"等动词，只要是三号位针对一号位"锦标"发动的否定性伦理行为，性质都是一样的。举例如：

　　帕里斯劫走海伦

　　普路同劫走帕尔塞福涅

　　宙斯劫走欧罗巴

　　十日和一群神性恶兽搅乱世界秩序

　　洪水淹没九州大地，给民众带来极大苦难

　　共工争帝撞断天柱，导致天翻地覆的灾难

　　炎帝欲侵凌诸侯破坏天下安宁

　　这些故事的一个共同点，都是具有否定性伦理定位的三号位行动元率先发动对一号位的攻击、劫夺、伤害或引诱的行动，这些行为都具有否定性伦理特征。因此，在逻辑上也一定会引起一号位尤其是二号位的对抗和反击。从逻辑上看，"恶魔劫夺型"故事组织的大体规则和框架是这样的：

　　　　1. 对手劫夺公主（"锦标"）——"公主"或其监护者发出召唤——主角响应召唤——主角打败和惩罚对手，救回"公主"——主角得到奖赏

　　　　2. 对手劫夺公主（"锦标"）——"公主"或其监护者发出召唤——主角响应召唤——主角打败和惩罚对手，救回"公主"——主角没得到奖赏

　　　　3. 对手劫夺公主（"锦标"）——"公主"或其监护者发出召唤——主角拒绝召唤——主角被惩罚

　　　　4. 对手劫夺"公主"（"锦标"）——"国王"求救被拒绝——仲裁者出面调停——"国王"有条件地找回"公主"

　　上面"恶魔劫夺型"故事四种基本组织规则和模式中，第四种比较特殊，举例略加说明。希腊神话中，农神德墨忒尔的女儿帕尔塞福涅

(Persephone)被冥神哈得斯(Hades)抢到地狱里去了,德墨忒尔求助众神却无人援手。她悲伤而愤怒地离开奥林波斯山,披头散发哭泣着到处寻找女儿。因为她离开后世界丧失生机,诸神恐惧,这才请最高大神宙斯出面调停,宙斯找哈得斯说明利害,最后达成协议,帕尔塞福涅半年在阳间和母亲生活在一起,半年在冥界做冥后。在这个故事中,宙斯承担了"仲裁者"的功能,用自己的权威,逼迫对手哈得斯接受他的调解和裁决。这个故事的行动元结构可以分解为两个三元三维结构:第一个三元三维结构是哈得斯劫走帕尔塞福涅这一故事单元,在这一故事单元中,帕尔塞福涅、德墨忒尔和哈得斯三人,分别处于一、二、三号位,这是一个变异了的"恶魔劫夺型"三元三维结构,解救锦标的英雄主角缺失,德墨忒尔承担了追回锦标的责任,且与劫夺者具有内在的敌对性;随着故事的发展,宙斯出面调停,故事进入第二个以调停为核心的行动元三元三维结构。这个结构中,一号位变成了调停者宙斯,二号位和三号位的两个人物仍然没有变,他们在这里是被调停的对立双方。这种由原生性三元三维冲突结构转化成调停性结构的故事,在希腊神话中还有不少。最著名的就是阿佛罗狄忒英俊的少年情人阿多尼斯(Adonis)被冥后帕尔塞福涅抢到地府做情人的故事,最后也是宙斯出面调停,让阿多尼斯在两个女人处各住半年以解决纠纷。这个故事显然来自西亚印南娜和冥后分享共同情人塔模斯的故事。在后面这个故事中,最后也是最高大神安启出面调停裁决才解决了纠纷。

在从原生性三极鼎立结构的三个行动元角度对神话传说的主要故事模式、组织原则进行概要描述之后,笔者要特别说明两点:

一是这三大类型的故事及其组织模式,并未概括尽一切神话叙事作品的故事类型和组织规则,它们只是最主要的故事类型和组织规则,而不是全部;二是这三种故事类型并不是完全互相隔绝的,在复杂的神话传说中,他们往往是互有关联甚至串联的。例如,"公主招亲型"故事经常会和"英雄求婚型"故事的某些情节有串联关系,还会和"恶魔劫夺型"故事有某些串联关系。这种串联性体现出神话传说故事组织的复杂性和可变移性。当然,这三种类型的故事和组织规则从逻辑角度讲,它们各自的区别也是明显的。

第三节　希伯来神话行动元结构特征和故事组织规则

在上节行动元和故事类型分析的理论基础上，我们具体进入三个民族行动元结构和类型的异同比较分析。这个比较要结合神话显层的角色和故事进行。尽管在表层结构层次，行动元的基本结构和范畴是三元三维的，但不同民族神话中，进入这三个范畴和结构中的人物角色类型是不一样的，整体结构所体现的主题指向、核心故事结构都可能有差异。这里首先分析希伯来神话传说的行动元三元三维结构特征和故事组织规则。

一、希伯来创世神话行动元的三元三维结构

《旧约·创世记》有关人类始祖的叙事，对于整个《旧约》的基本故事结构都具有原型意义，值得分析。《创世记》中关于人类始祖的故事，基本角色是上帝—人类—魔鬼（蛇）三个，他们构成了一个行动元的三角结构：

上面第一个行动元的三角模型中，处于一号位的是锦标即格雷马斯的"客体"，处于二号位的是被给予正面评价的追求者（英雄）即格雷马斯所谓的"主体"，处于三号位的其实也是一个锦标的追求者，相对于二号位而言，他的伦理评价往往是负面的，是格雷马斯所谓的"敌手"，二号位和三号位两者内在的对立性是显而易见的。第二个三角模型是《旧约》创世神话人物的一组基本关系，这个三角结构的行动主体，分别由人类始祖（亚当、夏娃）、神耶和华和蛇（魔鬼）三个角色构成。从创世过程而言，处于一号位的锦标是人类始祖，处于二号位的耶和华是锦标（人类）的创造者，因而也追求对锦标天然的控制权和所有权，他具有伦理合法性。但处于三号位的魔鬼（蛇）也想控制影响一号位的人类始祖，他在挑战和破坏二号位耶和华对人类的所有权和控制权，这种挑战在伦理上不具有合法性，所以他在《创世记》神话中被赋予了邪恶的伦理特征。

普罗普《故事形态学》中，曾说俄罗斯民间神话深藏"最有意思、最意

味深长的民间哲学和民间道德的世界"①。其实,所有民族的神话传说都是这样。上面第二个三元三维结构的基本角色关系中,深藏私有制社会的伦理合法性意识。人类作为创造物其所有权是属于神的,这确定了基本的伦理合法性。而蛇作为神的对手,也希望影响和控制人类,这就挑战了神对人类的伦理合法性,本质上被赋予了邪恶特征。神控制人类的方式,就是不可置疑和违拗的指令、圣谕。但蛇争夺人类的方式,则是针对人类感官欲望的诱惑,并从人类心底消除被惩罚的恐惧。这要比神居高临下的指令更具有亲切感、渗透力、诱惑力和征服力。正是这种方式,使蛇挑战神的伦理合法性获得成功。但蛇与人类因此也遭受了神沉重的惩罚,从惩罚这个行动来讲,人类和蛇都成了神的对头。

进一步分析将发现,上面第二个三角模型中二号位和三号位两个角色的特性,其实都是内在于人自身本性结构中的两个基本构成基因,即天神的基因和地魔的基因。在耶和华造人的时候,他将两种基因赋予了人自身:一是泥土的基因,即土地的基因,它构成了人类的身躯,也就是人类全部的生物学结构,以及从这种生物学结构产生的感觉、欲望和冲动等;二是天神的基因,这就是神吹进人类鼻孔中的那口气。在希伯来语中,气息、灵魂、生命是同义词,因为有了这口气,泥巴捏的人的躯壳才具有生命和灵魂。问题是,构成人类的这两种基因是来自不同对象的:灵魂来自耶和华,他是天神;而欲望和冲动的基因来自人的泥土躯壳,也就是大地。而蛇正是大地的象征,也就是说,在《创世记》神话中作为魔鬼的蛇,其实是内在于人类本性中的泥土基因的。天神的基因与地魔的基因在人类这里同时存在,但它们是互相冲突的,这决定了人类本性的内在分裂。或者说希伯来人创世神话中对人的来源的这种设计,体现了他们对人类灵肉分裂的认知。因此,第二个三角模型与第三个三角模型中的三个范畴,具有内在的对应关系,即第二个三角模型中外在于人类的神与蛇的对立和冲突不过是第三个三角模型中人类自身本性中的两种对立元素冲突的转换罢了。这也意味着,伊甸园中神与蛇的冲突,其实归根结底,是人性自身天神基因与地魔基因的冲突。西方进入理性时代以后哲学上设想的所谓灵与肉的分裂、理性与感性的分裂,都来自神话时代人类本性构成中天

---

① [俄]弗拉基米尔·雅可夫列维齐·普罗普:《故事形态学》,贾放译,北京:中华书局,2006年,第195页。

神基因和地魔基因的分裂。

顺便说一句,这种天神和地魔基因同存于人的本性中的神话,在希腊神话中也以差不多的方式表达出来。地神普罗米修斯用泥土捏了人的身躯,智慧女神雅典娜朝人的鼻孔里吹一口气,使泥巴人成为有生命的活人。这意味着,人的本性里同时有天空和土地的属性,人强大的欲望本能来自泥土,而人的智慧则来自天空。这和希伯来创世神话中人的本性构成是一样的。两希神话为何在造人神话上如此一致,对人的本性的认知如此一致?这也许要追溯到他们共同的源头之一——苏美尔(Sumer)神话中去。在苏美尔神话中,人类的身躯正是海洋女神宁马赫用海底的泥土创造的,而她的儿子天神安启则朝泥巴人鼻孔里吹了一口气,使人具有了生命。这同样表达了人类的本性中有天地两种基因的认知。这个神话显然与两希造人神话有一种传播学上一脉相承的关系。从这里回到《旧约·创世记》神话中那一组基本相同的角色结构,我们将不难发现,体现于外在神话故事中的天神与地魔(蛇)的冲突,其实是人类内在两种分裂本性的冲突,所以,上面第三个三角形中的关系,与第二个三角形中的角色关系是具有内在对应性的。

二、《旧约》神话行动元的三元三维结构与故事组织规则

伊甸园故事中这种行动元的三角模型也是希伯来神话传说故事中最基本的一个原型模式,《旧约》中的主要故事主体,基本可以代入这种三角模式中。例如,大洪水神话,主要的行动元其实就是三种,即惩罚者耶和华、人类中的恶人、人类中的义人。耶和华惩罚前者,护佑(奖赏)后者。他们的关系可以用下面这个三角图式表达——

这个图式是《旧约》各经,尤其是"摩西五经"中故事行动元的主要关系图式,在不同的故事和故事阶段中,处于这个三角图式不同位置的角色各不一样。例如亚伯兰到埃及故事的不同阶段,人物分别进入这个三维角色图式的不同位置。这种角色位置的变化与故事情节的发展相一致。

下面我们以此为例稍加分析。关于这个故事,在《旧约》中是这样叙述的——

> 那地遭遇饥荒。因饥荒甚大,亚伯兰就下埃及去,要在那里暂居。将近埃及,就对他妻子撒莱说:"我知道你是容貌俊美的妇人。埃及人看见你必说:'这是他的妻子',他们就要杀我,却叫你存活。求你说,你是我的妹子,使我因你得平安,我的命也因你存活。"及至亚伯兰到了埃及,埃及人看见那妇人极其美貌。法老的臣宰看见了他,就在法老面前夸奖她。那妇人就被带进法老的宫去。法老因这妇人就厚待亚伯兰,亚伯兰得了许多牛羊、骆驼、公驴、母驴、仆婢。
>
> 耶和华因亚伯兰妻子撒莱的缘故,降大灾于法老和他的全家。法老就召了亚伯兰来,说:"你这向我作的是什么事呢?为什么没有告诉我她是你的妻子?为什么说她是你的妹子,以致我把她取来要作我的妻子?现在你的妻子在这里,可以带她走吧!"于是法老吩咐人将亚伯兰和他妻子,并他所有的都送走了。①

这一段故事中的行动元的三元三维结构,正是下面两个:

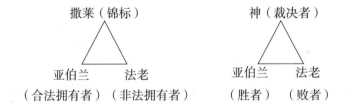

第一个行动元的三角结构由亚伯兰(Abram)、法老和他的妻子撒莱(Sarai)构成。因为撒莱貌美,亚伯兰害怕他们到埃及后,埃及人为了夺取他的妻子而杀他,所以和妻子商量,公开场合以兄妹关系相称相处。结果他妻子被法老看中,召入宫中,因为亚伯兰是撒莱的哥哥,所以获得了法老的许多赏赐。在这个故事中,撒莱作为锦标处于三角结构的一号位,而亚伯兰和法老分别处于三角结构的二号位和三号位。尽管亚伯兰和撒莱对法老撒谎了,但他们内在的对立是必然的。这种对立都因撒莱而生。故事发展到法老受到亚伯兰的保护神耶和华的惩罚,迫使法老将撒莱还

---

① 《圣经》之《旧约》,中国基督教三自爱国运动委员会、中国基督教协会,南京:南京爱德印刷有限公司,2016年,第10页。

给亚伯兰,这个阶段故事的行动元关系就进入另一个三角形结构中,即裁决者耶和华、耶和华护佑的亚伯兰和他警告的恶人法老。

这种原生性行动元三元三维结构在罗德(Rode)一家那里再一次被重复。罗德一家是义人,居住在所多玛(Sodom)。两位神的使者到所多玛,得到他的款待,但因此受到所多玛城里人的责难和围攻,他们不允许罗德一家款待和容留两位外地人在家。罗德则宁愿将自己两个未出嫁的女儿交给所多玛人凌辱,也绝不让两位客人受到伤害。但所多玛人仍然要攻击罗德,索要他接待的两位客人。两位天使于是将罗德一家带到城外,让他们逃到另一个小城琐珥(Zoar),然后耶和华用硫磺和火将所多玛和邻近的蛾摩拉(Gomorrah)两城及城里的所有人都烧灭了。在这个故事的发展过程中,耶和华(及其天使)、义人罗德(及其一家)、罪人所多玛人之间,构成一种行动元的三元三维结构。这种行动元结构各位置的角色经历了两个阶段,他们各自的角色特征和位置在不断变化置换,我们分别用下面两个三角形来表示——

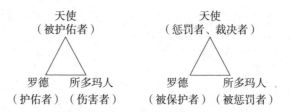

这种原生性行动元三元三维结构,在《旧约》神话传说故事中广泛存在,是基本的结构模态。我们下面再举摩西故事为例:

摩西受耶和华神的召唤,接受他的指令,动员并带领希伯来人离开他们居住了400年的歌珊地(Land of Goshen),回到祖先居住、耶和华应许之地迦南。这一路上经历千辛万苦,最核心的故事总是由摩西兄弟和阻挠希伯来人回迦南的力量之间的冲突构成,这种冲突性敌对力量,既有埃及法老、埃及军队、仇恨摩西兄弟并想砸死他们的希伯来长老们、怨恨摩西兄弟让他们在迁徙途中受苦受难的希伯来民众,也有对耶和华的信仰不坚定、经常改信巫术或异教偶像神的会众等。在这些冲突中,耶和华总是站在摩西兄弟一边,惩罚他们的对手,或显示神迹大能启示他们的对手,使他们改变态度,相信和追随摩西。整个迁徙过程中所有的人物,他们所扮演的角色基本都形成一种三元三维的三角结构。尽管代表耶和华意志的摩西在这个过程中遇到的具体对手并不一样，但这些故事的基本行动元结构却是一样的，他们都属于下面这个行动元结构：

《出埃及记》中摩西受耶和华召唤和指令，动员和带领以色列人离开埃及到耶和华给以色列祖先的"应许之地"迦南的过程中，最主要的故事情节中核心的行动元类型和结构就是上面这个。尽管故事不断变化和反复，但基本的行动元类型和故事类型是一样的。这个过程中反复发生的故事基本是这样的：神耶和华设定了一个行动目标，主角受召唤和指令成为这个目标坚定的追求者，他的追求被一系列反对者阻挠。这个故事模式反复发生，每一次都是耶和华通过惩罚阻挠者、保护追求者的方式推动故事情节的发展。这当然是摩西带领以色列人出埃及到迦南的漫长历程中故事模式的一个最高程度概括。事实上，如果仔细分析，将每一个重复性事件细化，就会有一些不一样的地方。在此我们只是从最基本的故事框架角度概括它的基本行动元范畴和结构。

上面只是就核心的原生性行动元范畴和结构进行的勾勒，事实上，一些次生性行动元也存在于这个过程中。例如，摩西在放羊时，耶和华召唤他去拯救以色列人，带他们离开埃及，去耶和华给他们祖先的应许之地。摩西接受了这个召唤和使命。这个以"召唤和指令"为核心动词的施受双方，就是发令者和受令者。发令者—目标（任务）—受令者，这三个行动元构成了一个链式结构。又如，摩西作为主角在追求目标的过程中，反复遇到各种困难，总是耶和华用他的神能予以解决。这种关系中，耶和华往往充当了助手的角色。有时候，耶和华也充当裁决者的角色，例如在摩西和亚伦等就某些事情产生分歧的时候，他们通常会通过请求神判的方式解决，这种时候，耶和华就充当了裁决者的角色。因此，在摩西带领以色列人离开埃及前往应许之地的过程中，尽管原生性三元三维三角结构在反复运用，但除此之外，一些次生性行动元范畴也在这个故事系列中出现了。

与这种三元三角结构相关的，是《旧约》故事语法规则的基本构成。

我们可以从《旧约》不同的故事中寻找到多种故事组成的规则即故事语法，但有两个相互关联的故事组成规则是最基本的，它们是这样的：

1. 耶和华与人类立约——人类守约——人类获得奖赏
2. 耶和华与人类立约——人类违约——人类受到惩罚

上面的故事规则，在《旧约》的大部分经卷中，"人类"置换成了以色列人，但这个基本的故事组织规则没有改变。这两个相互关联的故事组织规则与上面行动元结构分析中反复出现的那个神耶和华—义人—恶人三个行动元构成的三元三维结构具有一种内在的对应关系。

第四节 希腊神话的行动元结构特征和故事组织规则

在中国和两希三个民族神话中，希腊神话传说就故事性而言，是最为丰富的。它既不像中国神话传说那样，不在意故事情节的编织，也不像希伯来神话传说那样，充斥着大量的宗教性圣谕、戒律和教诲一类的内容。那么，希腊神话传说的行动元范畴和结构是怎样的？

一、希腊神话传说故事行动元的三元三维结构

首先，在希腊神话传说中，行动元范畴一样存在原生性和次生性两大类，原生性行动元也是由锦标—主体—对手三个范畴构成的。希腊创世神话中三代神王的故事就是典型案例。这三代神王的故事就行动元而言，基本是由两个三角结构构成的：

三代神王更替的基本故事主体，就是这三个行动元，他们构成了一个三元三维结构。上图第一个原生性行动元结构内，存在着一个锦标（目标），它是引发主体和敌手冲突的根本原因。这个锦标在三代神王的故事结构中，是与人物欲望相关的一个目标，主体和敌手就是围绕这个目标展开冲突的。第二个三元三角行动元结构中，构成锦标（目标客体）的是该

亚的希望：乌兰诺斯要她将所有儿女都装进肚子里，她实在承受不了这么沉重的负担，她希望解除这个负担，将肚子里的儿女释放出来。这个目标恰恰是乌兰诺斯不允许的，两者之间内在的冲突由此而生。冲突过程中，出现了该亚的帮助者，那就是他们的小儿子克洛诺斯，因为有了克洛诺斯的帮助，这场冲突最后以该亚实现自己的目标为结局。第三个三元三角结构的行动元关系也基本是在重复第二个。克洛诺斯得到乌兰诺斯的预言——他将被他的儿子推翻，因此克洛诺斯将妻子该亚所生的孩子都吞进自己的肚子里。但该亚强烈希望有一个儿子不被丈夫吞噬，这成了她欲望的目标。所以，她又一次怀孕后东躲西藏，最后悄悄在大海中的克里特岛的山洞里生下宙斯。回到陆地之后，她将包着石头的襁褓交给克洛诺斯让他吞下，这才骗过丈夫。作为锦标（目标客体）的追求主体，她实现了自己的目标，最后还成功地欺骗和诱惑丈夫收养了宙斯。宙斯长大后，打败父亲，逼迫他吐出他所吞下的所有儿女，并将父亲打入塔耳塔罗斯，由此建立了以自己为中心的奥林波斯神系。

由上可以很清楚地看出，希腊三代神王的故事，其实是典型的弗洛伊德式的儿—父—母之间冲突的故事，这个故事中角色构成的三方面与弗洛伊德的三元家庭结构的区别，只是角色位置置换了。在弗洛伊德式家庭结构中，敌对双方主要由父—子构成，母亲成为双方争夺的锦标。而在希腊三代神王的故事中，儿女被放置于锦标的位置，主体和对手的位置则置换成了妻子和丈夫。但这个结构的基本范畴和模式都没有变化。

希腊神话中另一个有名的故事，是普罗米修斯和宙斯关于人类的故事。这个故事的基本行动元范畴和结构也是原生性的三元三维结构，人类、创造和保护人类的主体普罗米修斯、普罗米修斯的对手即厌恶人类的宙斯，这三个角色分别扮演了三个原生性行动元中的客体（锦标）—主体—对手角色。处于客体位置的是普罗米修斯创造的人类，处于主角位置的是护佑和帮助人类的普罗米修斯，处于对手位置的是厌恶人类、想危害人类的宙斯。构成直接冲突的双方，是居于主角位置的普罗米修斯和居于对手位置的宙斯。这个冲突最后不是以主角胜利和对手失败为结局，而恰恰相反，是以主角失败受处罚结局。在行动元三元三维结构中，如果主角胜利，那这个故事就是正剧或喜剧，如果主角失败而对手胜利，那这个故事就是悲剧。普罗米修斯和宙斯为了人类的冲突，最后以主角失败受惩罚告终，其悲剧的崇高特征十分明显。

比较希腊造人神话和希伯来造人神话的行动元结构以及故事规则十分有意思。在两个民族神话中，都有一个天神，也都有一个地神。希腊神话中普罗米修斯是地神伊阿佩托斯（Iapetus）的儿子，他的母亲忒弥斯（Themis）也是古老的地神，他自己则是一个具有土地神性的提坦小神。《旧约》中也有一个具有土地神性的神蛇。但这个地神在两个民族神话中的评价并不完全一样。在《旧约》中，地神蛇是完全妖魔化和否定性的角色，与其对立的天神耶和华则是绝对肯定性的角色。但在希腊神话中并非如此。地神普罗米修斯基本是肯定性的（这种肯定也不绝对，神话叙述他受惩罚的直接原因是欺骗宙斯，欺骗毕竟是否定性品质和行为）角色，而天神宙斯在关于人类的故事中基本是一个否定性角色，但也不是绝对否定性的（他惩罚普罗米修斯有某种合理的理由），这是两个民族关于人类神话故事行动元结构的异与同。与此相关的是，人类最后都受到了天神的惩罚，而且都是因为人类自己的堕落和罪恶。

二、希腊神话传说故事的组织模式

希腊神话传说中，英雄传说是最重要的构成部分。希腊英雄传说所有的故事中，最基本的一个行动元结构还是那种原生性的三元三维结构。但在英雄传说中，这种行动元三元三维结构承担的角色类型和关系是不同的。在希伯来神话和英雄传说中，最基本的冲突都发生在天神与人类、义人与恶人之间，两者之上总有一个绝对的主宰性力量神耶和华作为裁判。主角总是顺从和崇拜天神的义人，对手总是违拗和对抗耶和华的恶人，因此，前者最后大都得到天神的奖赏，后者大都得到天神的惩罚。但希腊英雄故事中的行动元类型和性质就大不一样，这些故事中有几种三元三维行动元模式及其相关的故事组织规则值得特别加以总结：

（一）英雄求婚型

这个类型的神话传说故事中，往往有一个神或英雄，基于自己的某种欲望（爱欲、物欲、权力欲，或兼而有之），而去追求某种欲望的目标。这种追求一般会遇到强大的阻碍，他的追求可能成功，也可能失败。最典型的就是伊阿宋远征去求取金羊毛的故事，这个故事中不同阶段不同的人为了自己的目标有不同的追求，但从行动元角度看，他们基本是在不同的故事阶段扮演这个原生性行动元结构中的不同角色。下面从这个角度透视几个主要人物不同故事阶段在这个原生性行动元三元三维结构中角色位置和功能的变化：

上面这五个三元三维结构关系，基本将伊阿宋的故事过程以及和其他角色之间的关系表述出来了。第一个三元三维结构是原生性行动元三元三维结构的典型模型，后面四个三元三维结构中，每个三元三维结构都概括了故事构成的一个特定阶段最核心的目标和为实现这个目标而必需的角色关系。每一个目标都与特定追求者的特定欲望相关，都在人类的三大基本原欲之间转换。每一阶段，欲望追求者都会遇到强大的对手，追求者要么战胜对手，要么毁于对手，或者共同毁灭。最后一个三元三维结构中的角色关系，就属于后者。其实这五个三元三维结构关系内在的重复性是明显的。在几个三元三维结构中处于同一位置的三个行动者的特征也是相同的，变化的只是显层叙事结构中的角色，不变的是（第一个）表层结构中的行动元。

例如第二个三元三维结构中的三个行动元，是主角（追求者，伊阿宋）首先向对手伊俄尔科斯国王裴利阿斯（Pelias）发动对目标（王位）的诉求，理由是，这个王位本是伊阿宋的父亲埃宋（Aison）的，是被裴利阿斯篡夺的，所以，伊阿宋才是这个王位的合法继承人。而裴利阿斯是当下王位的实际拥有者，两者之间的对立是明显的。裴利阿斯向伊阿宋提出一个条件，就是如果他能将在遥远的科尔喀斯的佛里克索斯的遗骸和金羊毛取回，就将王位还给他。从行动元结构而言，这里出现了一个行动元系列，就是指派者（发令者）将一个任务（目标）给了接受者（受令者）。这也是一种契约行为，裴利阿斯提出条件，伊阿宋接受条件，等于双方立约了。后面伊阿宋和阿尔戈斯号船上所有英雄获取金羊毛的全部过程，都可以归纳到一个行动范畴中，那就是"践约"。这个立约也是一个欲望目标的转换形式，将伊阿宋关于索还王位的诉求，转换为索取金羊毛的诉求。因此，这个行动元三元三维结构中的角色，就由上面第二个转换为第三个。目标由王位转换为金羊毛，主角还是伊阿宋，但对手已经由裴利阿斯变成埃厄忒斯（Aietes）。

在这个故事行动元之间的冲突过程中，有一个重要的角色进入，那就是美狄亚。从伊阿宋的角度看行动者关系,则美狄亚只是一个主角的帮助者,但从美狄亚追求爱情的角度看行动者关系,则她成为主角,一个为了爱情而背叛父亲和祖国的疯狂的追求者,她追求的目标是伊阿宋。而这个伊阿宋正是他父亲的死敌。这也意味着,伊阿宋与埃厄忒斯的敌对关系,在美狄亚对于爱情的疯狂追求中,已经转化为美狄亚与埃厄忒斯的敌对关系。在这种冲突中,美狄亚最后胜利了。她的胜利也是伊阿宋的胜利,是他们爱情的胜利。因此,在2、3、4三个行动元三元三维结构中,作为目标的行动元,从权力置换成了宝物,又从宝物置换成了爱欲,而这些正是人类学家兰德曼(Michael Landmann)所谓的人类三大原欲(爱欲、物欲、权欲);在这个故事中,这三大原欲先后成为故事中主角追求的目标。

这突出地体现了希腊神话传说中人物行动的内在动力所在。而最后一个行动元范畴,也与这三大原欲相关。伊阿宋取回金羊毛,但裴利阿斯却没有践约将王位让给他,裴利阿斯的儿子们甚至要害死伊阿宋,迫使伊阿宋远逃他乡。从整个故事的整体结构看,这是一个践约者未得奖赏而违约者未得惩罚的结局。这和希伯来契约类神话传说故事的故事组织规则是大不相同的。在希伯来神话传说中,契约具有极大的权威性,立约双方都必须践约,践约者最后必获奖赏,违约者最后必遭惩罚。但希腊神话并不总是这样。裴利阿斯和他的儿子们违约并未受到惩罚,伊阿宋践约也没有得到奖赏。

但有关伊阿宋故事的结局,倒是违约者受到了惩罚。上图最后那个三角形中三个角色之间的关系,就是他结局故事中的三个核心行动元的关系。主角是伊阿宋,他的目标是伊俄尔科斯国王的王位,阻碍他获得王位的力量是美狄亚。在裴利阿斯儿子们的死亡威胁之下,他带着美狄亚移居科任托斯,在那里他与美狄亚恩恩爱爱地生活了十多年,并且有了两个孩子。但一直对权力有着贪恋的伊阿宋,为了获得科任托斯国王克雷翁的王位,背着美狄亚向国王的女儿克劳格求婚。这当然是背叛他当年对美狄亚爱情誓言的行为。美狄亚在保卫自己的爱情和婚姻的努力无效后,实施了残忍的报复,这个报复的结果,使得国王和他的女儿以及伊阿宋和她的两个孩子都命丧黄泉,伊阿宋也在绝望和巨大的悲痛中自刎而亡,而美狄亚则绝望地逃离。大家都是失败者。

从契约故事的语法角度讲,这是一个立约—违约—惩罚的故事,违约的伊阿宋受到了最严厉的惩罚,但美狄亚何尝没有受到一样残酷的惩罚?为了伊阿宋的爱情,她背叛了自己的父亲和祖国,依从伊阿宋的计谋害死了自己的弟兄,最后不仅失去了伊阿宋,还将自己的两个儿子都杀死了,她什么也没有得到。回看上面有关伊阿宋故事的四个三元三维行动元结构图,我们发现,处于顶端"目标"位置的内容,都是欲望的对象,权欲、物欲、爱欲,构成了人物行动的目标和行为动力。所以,这是一个有关欲望的追求、实现和落空的悲剧性英雄故事。

伊阿宋的故事,是一个比较典型的"英雄求婚型"故事。归纳这个故事的基本组织规则大体是这样的:

> 主角选定锦标并展开追求——主角与锦标拥有者(对手)立约——主角经历艰险完成任务——锦标拥有者违约——主角未获锦标

希腊英雄大都是欲望型英雄,这和希伯来宗教伦理型英雄在精神特征上有很大区别。除了伊阿宋的故事外,宙斯对许多神界和人间美女的追求和占有的故事,以及希腊众多英雄追求异性、权力、财富、名誉的故事,大都属于这种"英雄求婚型"故事类型,其故事组织规则也大体如上面所归纳的那个框架。这个框架中的每一个环节,在实际的故事中都可以衍生出许多复杂的情节,像伊阿宋率领阿尔戈斯号上的众多英雄离开希腊到遥远的科尔喀斯去求取金羊毛的过程中,经历了无数的惊险和奇遇,而在我们上面归纳的故事组织规则中,都以"主角经历艰险完成任务"一句囊括了。如果需要下沉到下一个层次,我们可以对这个过程中的功能单位或类型进行更加细致的归纳提取。这并不困难,但对于本章而言,却没有必要。本章只从大的故事框架角度讨论不同神话故事类型的基本组织规则和程序。

(二) 恶魔劫夺型

希腊神话传说中,也有不少"恶魔劫夺型"故事。这种故事的基本特征,就是原生性行动元三元三维结构中,处于三号位的"对手"首先对"锦标"发动劫夺性行动,由此导致英雄主角的惩罚性行动,最终的结果多半是劫夺者受到惩罚。

希腊史诗《伊利亚特》就其核心故事情节而言,应该属于典型的"恶魔劫夺型"故事。故事是从希腊英雄帕琉斯与海神忒提斯的婚礼上三位女神为争夺不和女神的金苹果开始的。这个故事单元中,赫拉、雅典娜、阿佛罗狄忒三位女性为金苹果而发生争夺行为,金苹果在这里代表的是"最美女神"的评价。而希腊神话中,女性美恰是与爱欲相关的,或者说是爱欲对象的必要特质。由于三位女神争执不下,宙斯让她们到人间寻找牧羊少年帕里斯,让他决定谁最有资格得到这个金苹果,帕里斯的选择为后面发生的一切埋下了祸根。这是故事的第一个单元。

但这个单元只是一个序幕。故事真正的开始是帕里斯诱拐海伦的事件。帕里斯率领舰队到希腊去迎接姑妈,但在斯巴达遇到海伦,两人坠入爱河,帕里斯诱拐海伦离开斯巴达。这是故事的第二个单元。

接着一个故事大单元是希腊联军为夺回海伦远征特洛亚,这是故事主体,这个故事主体的基本行动元结构与前面两个都是一样的。在这个故事大结构中,最核心的一个小故事结构是阿喀琉斯和阿伽门农为一个女奴而发生的冲突与和解。所有这些,都是以欲望为目标的故事。我们不妨将这几个主要故事单元的行动元结构开列如下并略加分析。

上面这几个故事单元的核心行动元结构,都源于第一种最经典的行动元模式,即以欲望为内在动力的原生性三元三维行动元结构模式,而且这些欲望主要以爱欲为核心内容。几个核心的故事单元,不过是在不同的人物中转换这种行动元范畴和结构而已。第一个故事单元中,三位女神争夺的金苹果,在故事的语境中,成了最美女人的代名词。而这个"美"的标准,当然是外形的优势了。女性在男权社会最大的资本和追求,就是外形的美丽,这是男性眼中女性价值的核心内容。女性外形的美丽,满足的是男性的色欲和情欲,同时,在男权社会,也成了显示男性自身价值的标尺之一。因此,三女神追求最美女神象征的金苹果,潜在的原因也正在这里。当她们到人间寻找少年帕里斯作为裁判者时,帕里斯也因为色欲而选择了阿佛罗狄忒,因为美神不仅自己美得让帕里斯目眩神迷,还给了帕里斯最具有诱惑力的许诺:将娶世界上最美丽的女人为妻。在这双重色欲的诱惑下,他将金苹果给了阿佛罗狄忒,因此招致了雅典娜和赫拉的愤恨和发誓报仇的报复威胁。这种色欲的诱惑最终恰恰成了特洛亚城毁人亡大悲剧的原因。

在第二个故事单元中,最核心的行动者应该是由帕里斯、海伦和墨涅拉奥斯三者构成。海伦作为"锦标",是两个男人的欲望对象,这也内在地决定了帕里斯和墨涅拉奥斯(Menelaos)两者的敌对关系。同时,在这种三角关系中,处于二号位的墨涅拉奥斯是海伦的丈夫,他对海伦具有伦理的合法性。而处于三号位的帕里斯则是这种伦理合法性的破坏者,是个具有否定性伦理特征的角色。他是"恶魔劫夺了国王的公主"这个故事命题中的"恶魔"。但在这个单元的故事中,他却是故事的发动者,而"公主"海伦的合法拥有者墨涅拉奥斯则未直接出场,只是潜在地存在着。

第三个故事单元是最大的,它逻辑上包含了整个特洛亚战争的全过程。如果要对这个全过程中的行动元结构做一个最宏观的描述,则这个大单元的故事,总体上由三个行动元构成,即作为一号位(客体)"锦标"的海伦;作为"锦标"合法拥有者,也是向特洛亚人追讨海伦的英雄主角,则是整个希腊联军,他们处于三角结构的二号位;而处于三号位的则是整个特洛亚人,他们总体上扮演了"恶魔"的角色。这个故事单元的行动元与前一个故事单元的行动元具有内在的同一性。当希腊众英雄将墨涅拉奥斯的耻辱和损失当成整个希腊人的耻辱和损失,并愿意遵守他们当初向海伦求婚时立下的盟誓,响应阿伽门农的召唤,和墨涅拉奥斯一起组织强大的联军远征特洛亚,夺回海伦时,则他们整体上都进入二号位"英雄"主角的行动元。而当海伦被帕里斯带入特洛亚城,当特洛亚人从国王到众王子到普通战士,都被海伦的美丽所迷倒,都宁愿冒着城毁人亡的结局而拒绝交还海伦给希腊人时,也就意味着他们都进入了三号位,即"恶魔"的角色位置。这个特洛亚战争宏观结构的故事,也是以欲望(色欲)为目标的。第二单元的欲望双方(墨涅拉奥斯和帕里斯)是两个个体,但到第三单元这两个欲望个体就转化成了两个欲望群体,个体的敌对转化成了群体的敌对。

有学者曾经认为,希腊联军远征特洛亚,苦战十年,付出巨大牺牲,只是为了一个海伦,这是绝不可能的事情。在这个故事中,海伦不过是一个寓言性符号,这个符号实际上指代的是巨大的财富。如果真是如此,则故事中作为双方色欲目标的海伦,就转换成了物欲对象。海伦不管是美女形象还是作为巨大财富的寓言性形象,她在这个故事中,都是欲望的对象。

从上面的行动元结构和故事单元划分角度看,《伊利亚特》的核心故事是"恶魔劫夺型"的,这个故事框架的基本组织模式是:

  恶魔劫夺了公主(锦标)——英雄主角(个体和群体)接受召唤出发去找回公主——英雄和恶魔争斗——英雄主角打败恶魔夺回公主

作为巨型史诗,这个故事组织模式的每一个环节都衍生出了许多分支性故事环节和故事组织亚规则,但总体上的故事组织模式是上面这个框架。

(三)公主招亲型

希腊神话传说故事中,也有属于"公主招亲型"的。这种故事,最先发出行动召唤的是处于一号位"锦标"上的"公主"或者其拥有者。这类故事的发展和结局,又可分两种类型:第一种是英雄主角响应"公主"召唤去行动,从而完成任务,得到"公主"或其拥有者的奖赏;第二种是主角拒绝"公主"的召唤,但最后仍然无意识地实现了"公主"设计的目标。

第一种比较好理解。例如在《神谱》三代天神的故事中,地母该亚因不堪忍受丈夫乌兰诺斯要她将所有儿女都装在肚子里的沉重,于是对肚子里的孩子们抱怨,说你们的父亲太横蛮,我实在受不了,总要有一个解决办法。这其实是在向肚子里的儿女发出"召唤",希望儿女们能帮她获得解放。所有的儿女因为恐惧父亲都不敢应声(拒绝响应召唤),只有最小的儿子克洛诺斯响应了母亲的召唤,和母亲合谋,用一把燧石磨制的镰刀重创了父亲,让母亲获得了解放,也让他的哥哥姐姐们得见天日。他自己因为是解放母亲和哥姐们的救星,所以获得了丰厚的奖赏,做了第二代神王,并娶姐姐瑞亚为妻。这是个变相的"公主招亲型"故事。这种类型的"公主招亲型"故事的基本组织规则是:

  "公主"(或其所有人)发出"招亲"召唤——英雄主角响应召唤——英雄主角完成任务——英雄主角获得奖励

希腊大英雄赫拉克勒斯一生的历程,总体上可以说容纳在一个"公主招亲型"故事大框架里,在这个大框架中,链接着许多局部的故事。从总体框架角度讲,赫拉克勒斯少年时选择"美德"女神的"召唤",决定过一种对国家、对朋友有贡献、有信义的高尚生活。然后所有人生历程中的故事,基本是对这种选择的践履。他的目标就是做一个有"美德"的高尚、勇敢、正义的人,他也确实做到了。他所有的英雄业绩,都属于"响应召唤完成任务"这个环节的工作。尽管这个过程中,他也有许多失误、失意和痛苦,但他最终还是获得了所有人的认可。死后他也获得了最高的奖赏,宙斯让他成为永生不死的神人,将不老的青春女神赫柏(Hebe)嫁他为妻,让他在大洋彼岸的极乐世界享受永远的幸福。赫拉克勒斯的人生故事概貌,基本可以用上面概括的那个故事组织模式表述。

但"公主招亲型"故事在希腊神话中有一类特殊的类型,那就是反抗(拒绝)召唤型,这正与前面的响应召唤型完全相反。在这种类型的故事中,处于一号位的"公主"或其所有人也向"英雄"发出"召唤"(或指令),但这"召唤"的内容恰恰对英雄是不利的,因此,"英雄"反抗(拒绝)召唤(或指令),但这种反抗最终无效:"英雄"的"反抗"行为恰恰无意识地成了"响应"的行为,最后在无意识之中完成了"公主"召唤"英雄"承担的任务。这里最典型的就是俄底浦斯父母和他自己的故事。

忒拜王拉伊俄斯(Laius)因为年过50还无子嗣,去德尔福神庙求神谕,希望了解是否有子。得到的神谕是,他们将有一个儿子,但这个儿子将杀父娶母。相当意义上,这个神谕可以认为是处于一号位的"公主"(神)发出的召唤(神谕)。拉伊俄斯妻子不久果然怀孕生子,为了逃避儿子杀父娶母的结局,所以拉伊俄斯让宫人用铁钉钉穿刚出生婴儿的脚板,并抛到城外荒野喂野兽。但这个婴儿被路过此地的邻近城邦的牧人捡走并送给自己的国王为子,这个孩子就叫俄底浦斯。俄底浦斯长到15岁,在决定自己今后人生道路时,也到神庙求神谕,得到的神谕也是说他将杀父娶母。这可以看成是"公主"对俄底浦斯发出的召唤。不知身世的俄底浦斯为了避免这个结局,于是离开自己的国家,到外面漫游。但在漫游的路上,他无意中与自己的亲生父亲发生冲突并将其杀死,又因在忒拜城外猜破了斯芬克斯之谜,娶了久出不归的国王的妻子伊俄卡斯忒(Jocasta,也就是他的生母),并与她生了两儿两女。最后他的真实身世被揭破,他母亲自杀,他自己挖瞎自己的双眼,自我放逐,在流浪过程中受尽侮辱,最后在圣林中跳进大地深渊。

俄底浦斯和他父母都在了解神谕后努力逃避神("公主")的召唤、拒绝实现神的安排。但他们拒绝"公主"召唤的努力,却在冥冥之中变成了响应召唤的行为,最后在不自觉中实现了"公主"召唤的安排和结局。这个结局不是奖赏,而是毁灭。他们的故事框架和组织规则,可以概括如下——

"公主"发出"招亲"召唤——英雄主角反抗召唤——英雄主角无意中落进"公主"设计的结局——英雄主角被毁灭

"公主招亲型"第二种故事模式是一种悲剧性故事模式，这种悲剧性故事模式在希腊还不少，它的主角都是反抗命运的英雄。20世纪法国哲学家加缪（Albert Camus），有一篇著名的小文《西西弗神话》，从存在主义哲学角度阐释古代希腊神话之一西西弗（Sisyphus）的神话。这个神话的故事梗概大体是这样的：西西弗是科任托斯的国王，因为生前蔑视天神，所以被天神厌弃，死后在地狱被神惩罚将一块巨石从山脚推到山顶。当他费了九牛二虎之力，将巨石推到山顶后，神又让巨石滚下山脚。西西弗又要重新回到山脚，将巨石再往山顶推，但终于推到山顶后，同样的事情再一次发生，他又得从山脚开始将巨石往山上推，循环往复，永无尽期。这就成了西西弗必须接受的命运，加缪称这是"无用又无望的劳动"，是一种最为"可怕的惩罚"[①]。他将西西弗称为"荒诞的英雄"，说"这个诸神的无产者，无能为力却叛逆反抗"，不接受失败。[②] 加缪在这篇小文中，对西西弗神话做了存在主义式的解释。不过，他的解释抓住了这一类神话故事的一个核心因素，就是主宰性的天神安排的命运和主角对命运的反抗。从故事模式角度讲，这就是"公主招亲型"故事的亚类型"反抗召唤型"，其故事组织模式、主要环节基本相同。

在古代希腊神话传说中，命运是作为一种连神都无法抗拒的宿命式力量存在的，许多神和英雄的处境和结局都被这种神秘的力量所主宰。但希腊的神和英雄，大多数对命运采取了一种反抗的态度，这种反抗尽管无望无用，却显示出反抗者一种超强的坚韧和意志，具有一种尼采在《悲剧的诞生》中所赞赏的"悲剧精神"。笔者曾经在早期的一篇论文中，将中外文学和文化史上这种明知无望但仍决绝追求或反抗的主体，称之为"绝望的追求者"或"绝望的反抗者"，这种主角和他们的追求或反抗的故事有下面几个特征：一是他们追求的目标或反抗的力量太过高远或巨大，与他们的能力和力量形成明显的反差；二是追求者或反抗者有着超绝的意志

---

① ［法］阿尔贝·加缪：《西西弗神话》，沈志明译，上海：上海译文出版社，2010年，第117页。
② 同上书，第117页、119页。

和决心;三是结局是失败的,但这种失败反衬出意志和精神的崇高。① 无论中国还是希腊神话中,都有这种类型的神话,相比之下,希腊神话中这种"绝望的追求者"或"绝望的反抗者"英雄的故事更加丰富,形象更加鲜明生动,精神内涵也更加丰富。

第五节　中国神话行动元结构与故事组织规则

那么,中国上古神话传说故事结构中的行动元结构和故事组织规则又是怎样的呢？它们有某些类型特征和故事组织规则吗？

在讨论这个问题之前,需要说明的是,中国上古神话传说中,有较为完整故事的并不多,笔者统计,大约只有二十个(包括某些复原性处理的神话传说)。中国上古神话传说并不以时间性特征见长,它更突出的是空间性特征。但毕竟有一些重要的神或传说性英雄已经发展出一些故事来,虽然故事长度和复杂性比较有限。这个原因,我们在前面已经分析过,后面还会有专门分析。在这个前提下,我们来分析中国上古神话故事行动元的构成特征。

首先,中国上古多数神话故事的行动元,主要是由原生性行动元构成的,而次生性行动元则相对有限,大多数神话故事,次生性行动元或者基本没有,或者较少,这与中国神话故事的丰富性、复杂性程度有限正好是对应的。

其次,从故事类型角度考察,中国上古神话故事,大都是"恶魔劫夺型"的,即一种肯定性状态被作为对手的"恶魔"的"劫夺"行为所打破,故事主角(英雄)力图通过努力恢复原初的平静状态,争取达至一种新的平衡状态。因此,他要么接受请求(或指令),要么主动出手,打败恶魔,恢复平衡。最后的结局,大都是作为主角的英雄获得胜利。

中国上古神话故事首先主动打破作为故事原初状态(平衡态)的,往往是处于三号位的"对手"(坏人,恶魔),而处于二号位的主角(英雄)往往是被动性的应答者。他被动地应对对手的挑战,最后战胜对手,达成目

---

① 见星舟(张开焱):《屈原大悲剧——屈原精神形象结构分析》,《湖北师范学院学报》,1990年第3期。

标,使世界恢复原初的平衡态或达至新的平衡态。这与两希神话传说的英雄故事有较大不同。在两希神话传说中,更多的时候,是主角去主动追求某个目标,或接受指令去追求某个目标,在追求过程中战胜对手,实现目标。所以故事原初的平衡态往往是主角的追求行动打破的,他的目标也往往不是回复到原初的平衡状态,而是达到一个新的平衡状态。这种故事组织语法,往往是托多罗夫在归纳《十日谈》故事语法时所使用的那种三段论,即"(旧)—平衡—不平衡—(新)平衡"。但中国上古神话故事组织语法往往是"(旧)平衡—不平衡—(旧)平衡"。

下面我们来分析中国上古几个神话传说故事的行动元结构和故事组织规则:

一、案例分析1:羿射十日

羿射十日的故事有多个版本,《淮南子》中的这个文本比较完整——

> 昔容成氏之时,道路雁行列处,托婴儿于巢上,置余粮于畮首,虎豹可尾,虺蛇可蹍,而不知其所由然。逮至尧之时,十日并出,焦禾稼,杀草木,而民无所食。猰貐、凿齿、九婴、大风、封豨、修蛇皆为民害。尧乃使羿诛凿齿于畴华之野,杀九婴于凶水之上,缴大风于青丘之泽,上射十日而下杀猰貐,断修蛇于洞庭,禽封豨于桑林。万民皆喜,置尧以为天子……①

这个故事的行动元结构是这样的:

上引后羿射日的故事,是商人创世神话中的世界劫难与平复一环在后世的历史化形式。本人在《世界祖宗型神话》一书中对此已有详细研究,在此不重复,只是给出一个结论,有意了解者请参看拙著有关章节。②

---

① 何宁撰:《淮南子集释》(中),北京:中华书局,1998年,第574—577页。
② 参看张开焱:《世界祖宗型神话——中国上古创世神话源流与叙事类型研究》第七章,北京:中国社会科学出版社,2016年,第247—264页。

后羿射日这个故事,是处于对手(坏人,恶魔)位置的十日首先发动破坏性行动打破了世界原初平衡的,他们并出天空,使得大地干涸,禾苗枯死,民无所食,而且大地上一些神性恶兽如大风、封豨、猰貐、凿齿、修蛇等也都出来危害民众。平衡状态变成不平衡状态了。这些神性恶兽在行动元结构中,都与十日一样,处于与英雄主角相对的对手位置。接下来故事的发展,逻辑上就必然是恢复平衡的努力。于是就出现了一个指令性故事程序:在历史化传说中,尧令后羿平息宇宙灾难,拯救万民。这个传说性情节,应该是更早的神话中的一个情节,即《山海经》所说的,"帝俊赐羿彤弓素矰,以扶下国,羿是始去恤下地之百艰"[①]。不管是尧还是帝俊,他们指令羿去平息灾难,救世救民。这里就有一组三个行动元的线性结构:发令者——目标(任务)——受令者。这个程序的功能就是让受令者获得恢复原初平衡的任务和合法性。接下来就必然出现上面那个三角形三元三维结构图式,恶魔十日与众神性恶兽要危害大地上的民众,而后羿则要保护民众。因此主角后羿与十日及众多神性恶兽必然进入互相对立冲突的两类行动元。这个冲突的结果是,主角打败了对手,实现了目标。此后,他将一个平安世界(灾难前的世界)还给发令者,结果是"万民皆喜,置尧以为天子",世界恢复平衡。这个故事的核心功能基本是由下面这些单位构成:

世界平安——(一个或一群)恶魔给平安世界带来灾难——世界领袖令某个英雄救世救民——英雄接受指令——英雄和恶魔搏斗——英雄战胜(一个或一群)恶魔——世界恢复平安——领袖(或英雄)得到奖赏(万民拥戴,置为天子)

继续进行抽象,这个故事功能的核心结构大体是这样的:

世界原初存在一个平衡态(美好世界)——恶魔破坏了平衡态——英雄接受指令打败恶魔——世界恢复平衡态(回到美好世界)

普罗普从俄罗斯民间故事中归纳出31个功能单位,格雷马斯通过削减不重要的功能单位,保留了20个,认为那是一个完整故事最核心的功能系列。但中国大多数神话传说远没有这么多的功能单位。上面这个后

[①] 袁珂校注:《山海经校注》,上海:上海古籍出版社,1980年,第466页。

羿射日的故事,其核心的功能单位相比普罗普和格雷马斯提取的功能数目,要少得多。整个故事是完整的,但功能单位却很少,原因就是中国神话故事采取的是概叙的方式,以最简短的话语将故事梗概提取和表达出来,而这个过程中具体的场景和细节则完全舍弃了。

因此,就后羿射日的神话故事而言,有三点是与两希神话故事比较有明显区别的地方,值得研究者特别注意:

首先,后羿射日的故事,表层看是一个英雄救世救民的故事。这个英雄救世救民的故事是从主角的对手对世界发动邪恶的攻击行为开始的,因此它基本是一个"恶魔劫夺型"的故事。在这一类型的故事中,三个原生性行动元中,最早发出行动的是对手即坏人。坏人造成损失或灾难后,英雄才会接受使命出发去救世救民。最后的结果,中国上古神话基本是英雄胜利,坏人被消灭,天下重回安定状态。中国上古神话传说中,英雄主动发动追求性行动的很少出现,总是坏人首先造成灾难,然后他们才承担使命出来救世救民。

其次,这种故事中的英雄主角,他们行动的目标和原则不是个人欲望满足,而是社会伦理责任。他们总是基于社会伦理原则而承担救世救民责任的,个人欲望在中国上古神话传说英雄故事中,不具有基本推动力的作用。为个人的权欲、物欲和情欲而发动的行动,不具有伦理正当性,因而也不是英雄主角行为的基础性动力。一个人,即使前期他因社会伦理原则的行为而成为英雄,后期如果为了满足个人欲望而行动,他也会成为反面角色。后羿就是典型例证。前期,他为了救世救民而上射十日、下杀各种神性恶兽,因此成为人民拥戴的大英雄。但后期他却为了个人的情欲而强夺河伯的妻子宓妃,溺于田猎之乐而不理政事,最后正妻嫦娥偷吃他的灵药离他而去,另一妻子玄狐则和人合谋暗害他于密室。一代大英雄落得如此窝囊离世的结局,这是对他偏离社会伦理责任,而追求个人欲望满足的惩罚。

我们发现,在希腊和北欧神话中,那些英雄基本是欲望型英雄,他们为满足个人权欲、物欲和情欲的行为并不受过分谴责,甚至正是这种欲望满足的追求过程使他们成为英雄。但中国神话中,几乎没有英雄不是社会伦理型英雄,唯有后羿的后半生成为欲望型英雄,且因此被赋予否定性形象和评价。在这一点上,中国上古神性英雄与希伯来上古神性英雄的特征倒是有些相近。希伯来上古神性英雄也是伦理性英雄,他们只有成为"义人"(信仰耶和华之人)并在追求这种信仰的过程中才能成为英雄。区别只在推动他们行动的伦理是宗教伦理,推动中国上古神性英雄行动的伦理是世俗伦理。

最后,从叙事性角度而言,中国上古神性英雄的神话故事,大都比较简短,行动单元有限,构不成一个漫长的故事系列。而两希神话中神性英雄的故事,大都很长,都能形成丰富的行动(功能)链。这固然可能和某些学者所说中国上古时代的先民还不是虚构故事和讲故事的能手有关,但应该还有更复杂的原因,其中最重要的原因之一,可能就是中国上古先民集体无意识中的空间意识远远超过了时间意识。所以,以时间为基础的故事情节的编织没有成为上古中国先民最关注和最有兴趣的事情。这可能是中国与两希神话传说故事相比情节长度有限的深层原因之一。

二、案例分析2:鲧禹洪水神话

在对后羿射日神话叙事问题进行了上面的分析和总结后,我们继续选择大禹父子治水的神话传说对其行动元结构和故事结构进行分析。

将先秦有关资料汇集到一起,将发现,鲧禹治水的故事有多个版本。其中有两个版本最值得提出,一是神话历史化的版本,一是相对神话化的版本。

归纳各种鲧禹神话历史化的版本,大体故事梗概如下:

> 尧之时,洪水荡荡,天下皆成泽国,人民皆为所害,故尧接受四岳推荐,令鲧治理洪水,鲧治理洪水九载,虽尽心竭力,但效果不佳。鲧治水的办法是堕高埋庳,致使洪水更加泛滥,故舜令祝融将其诛杀。其后舜又令鲧的儿子禹继续治水。大禹无怨无尤,心怀天下,临危受命。他栉风沐雨,四处奔波,十三年间足迹踏遍黄河长江。他采用疏浚之法,引导洪水沿江河入东海,终于治水成功。禹因有大功于天下,故舜将王位禅让给他。

综合鲧禹洪水相对神话化的各种版本,可大体得出故事梗概如下:

> 水神共工因为与高辛氏(帝喾、帝俊、舜)争帝,故发动大洪水给天下带来巨大灾难。天帝令鲧治理洪水。鲧不得允许,偷窃天帝可以无限生长的神土息壤,投入茫茫洪水中湮填洪水,结果洪水更加汪洋浩大,天帝于是令火神祝融将鲧诛杀于羽山。鲧死后三年尸身不

腐,并孕生大禹。大禹成人后,舜令他继续领命治水。禹栉风沐雨,历尽艰辛,诛杀水神共工的部下相柳和蜉蝣,最后驱逐共工,成功将水患治理。禹将天下区分为九州,并给山川河流命名。他命竖亥和太章步量大地南北东西,确定空间长度。又根据太阳运行区间区分宵朝昼夕,确定时间运行规律。因禹救世救民,有功天下,因此成为九州之主。死后封为地神后土,形象是一条神龙。

鲧禹治理洪水的第二个版本更有神话性。但不管是更加历史化还是更加神话化的版本,其核心的行动元结构和类型都是下面这种:

目标(锦标,治理水患,救世救民)

英雄主角(鲧、禹)　　恶魔对手(洪水或共工等)

鲧禹治水故事类型和组织模式,与后羿射日故事是一样的,它属于"恶魔劫夺型"故事,首先发动行动的是处于三号位的对手(恶魔),他发动的洪水对世界和民众造成巨大危害,破坏了世界和民众安宁生活的状态。这里,原初状态的平衡被恶魔的行为打破了,不平衡状态出现。于是主角接受发令者救世救民的指令出场了,他的任务就是打败恶魔,恢复平衡状态。鲧没有完成这个任务,因此他被诛杀。禹完成了这个任务,因此获得了奖赏(王位)。所以,鲧禹治水故事的核心功能和组织顺序,分别是下面这样的:

鲧故事:(世界平安)——对手(洪水,恶魔)发起劫持行动,锦标(世界和民众)受到危害——主角得到并接受指令,履行职责——主角犯错,解救锦标失败——主角遭到惩罚

禹故事:(世界平安)——对手(洪水,恶魔)发起劫持行动,锦标(世界和民众)受到危害——主角得到并接受指令,履行职责——主角历经磨难——主角打败对手——主角解救锦标,世界重获安宁——主角将锦标(平安世界)交还发令者,获得奖赏

我们发现,鲧禹治水神话传说也是由一个"恶魔劫夺型"故事构成,即由行动元三元结构中处于三号位的"对手"对"锦标"发动攻击,造成伤害,然后主角得到指令,发动对恶魔对手的反击。鲧的故事中,他反击失败

了,从而受到发令者惩罚。而主要故事集中在禹治水的神话传说中,他战胜了恶魔对手,解救了锦标(被恶魔破坏的世界与民众的平安状态),最后获得了奖赏(舜禅让王位或成为大地神主)。从故事结构角度看,这个故事的结构与托多罗夫归纳的故事结构类似,即从平衡状态开始,某个人物的行动打破了平衡,出现了不平衡的状态。于是,主角接到指令,开始了恢复平衡的努力,最后他成功了,平衡得以恢复。不过,这个故事的结构与托多罗夫归纳的故事组织规则相比,又有差异。这个差异就在于,托多罗夫归纳的《十日谈》故事语法以旧平衡为起点,以新平衡为终点。但中国神话传说无论是后羿射日还是鲧禹治水的故事,其内在的组织规则都是以"旧平衡"被破坏开始,以旧平衡被恢复结束。

三、案例分析 3:黄帝传说

上述后羿射日和鲧禹治水故事的基本行动元结构和故事组织规则,也是黄帝与炎帝、蚩尤冲突故事的组织规则。根据司马迁《史记·五帝本纪》对先秦有关炎黄材料综合选择后的记述,黄帝与炎帝和蚩尤的冲突是这样的——

> 轩辕之时,神农氏世衰。诸侯相侵伐,暴虐百姓,而神农氏弗能征。于是轩辕乃习用干戈,以征不享,诸侯咸来宾从。而蚩尤最为暴,莫能伐。炎帝欲侵陵诸侯,诸侯咸归轩辕。轩辕乃修德振兵,治五气,艺五种,抚万民,度四方,教熊罴貔貅貙虎,以与炎帝战于阪泉之野。三战,然后得其志。蚩尤作乱,不用帝命。于是黄帝乃征师诸侯,与蚩尤战于涿鹿之野,遂禽杀蚩尤。而诸侯咸尊轩辕为天子,代神农氏,是为黄帝。天下有不顺者,黄帝从而征之,平者去之,披山通道,未尝宁居。[①]

先秦和汉初许多炎黄故事碎片,大都互相矛盾,司马迁对这些碎片进行整理,综合出一个关于炎黄关系的故事叙述。在这个叙述中,神农氏比黄帝更早(炎帝与神农合一是汉代的事),据有关神农氏的资料,他体恤民情、刻苦为民,创造了和平安宁的天下。《五帝本纪》叙述神农氏晚期控

---

① (汉)司马迁撰、(宋)裴骃集解、(唐)司马贞索隐、(唐)张守节正义:《史记》,北京:中华书局,1959年,第3页。

力衰弱,于是诸侯并起侵凌征伐,暴虐百姓。黄帝因此修德振兵,先后打败危害天下的炎帝("侵陵诸侯")和蚩尤,使天下重归安宁,遂被诸侯尊为天子,代神农氏统治天下。有关黄帝传说的故事组织规则,仍如前面两个神话:

> 旧平衡(神农氏时代天下安定)——不平衡(神农氏晚期天下大乱)——主角出场打败对手,恢复平衡——主角得到奖赏(黄帝取代神农氏被诸侯尊为天子)

这些故事中的核心行动元也和后羿射日和鲧禹治水中的行动元结构一样,是由三个原生性行动元构成的:

《五帝本纪》中黄帝的故事,基本也是一个"恶魔劫夺型"的故事,这个故事中最先发动行动、打破平衡的是对手位置的"诸侯"及炎帝和蚩尤,他们互相侵伐,暴虐百姓,神农氏因力衰而无力征讨。然后才有主角黄帝振德修兵、以征不享的行动。当黄帝发动救世救民征讨活动时,大多数诸侯"咸来宾从",唯有炎帝和蚩尤不愿归顺。于是黄帝进行了充分准备,先后与炎帝和蚩尤决战,打败或擒杀了他们,完成了神农氏指令的救世救民的任务。因为他的大功大德,所以获得奖赏:"诸侯咸尊轩辕为天子,代神农氏,是为黄帝。"这个神话传说的基本故事组织规则依然是前面那个"恶魔劫夺型"。

四、案例分析4:女娲炼石补天神话

著名的女娲炼石补天神话也属这种类型。《淮南子》这样叙述这个故事:

> 往古之时,四极废,九州裂,天不兼覆,地不周载,火爁焱而不灭,水浩洋而不息,猛兽食颛民,鸷鸟攫老弱。于是女娲炼五色石以补苍天,断鳌足以立四极,杀黑龙以济冀州,积芦灰以止淫水。苍天补,四

极正,淫水涸,冀州平,狡虫死,颛民生。背方州,抱圆天……①

这也是一个极度浓缩的故事,将大量细节都省略了。故事一开始就叙述宇宙和人类出现巨大灾难(省略了一个世界与民众平安的前提叙述),这个灾难由谁发动?《淮南子》没有交代。笔者研究认为,这场灾难是由那个著名的恶神共工所致。他在和祝融或高辛氏或禹的争斗中失败,从而撞断不周山,造成天柱折,地维绝的巨大宇宙灾难。②《淮南子》叙述的这个宇宙灾难,即由此导致。灾难发生后救世救民的英雄女娲立即行动,"炼五色石以补苍天,断鳌足以立四极,杀黑龙以济冀州,积芦灰以止淫水"。战胜了灾难,完成了救世救民的目标。这里的神鳌、黑龙都属水神共工的水神族,是导致宇宙与人类灾难的重要罪魁祸首。因此,在这个故事中,最基本的行动元范畴和结构也是那个原生性三元三维范畴和结构:

从故事结构角度讲,这里和上面黄帝故事一样,缺少一个由"指令"或"请求"或"委托"构成的故事单元,因而也缺少一个指令者和受令者构成的行动元系列。主角是在没有任何人指令的前提下,自己主动承担救世救民责任并开始行动的。她战胜了对手,平息了灾难,拯救了宇宙和人类。

五、案例分析5:舜神话传说

舜故事是中国上古商人神祖帝俊神话在后世历史化的结果。汇集先秦有关舜故事的资料,他的故事也是一个"恶魔劫夺型"故事。如本书前面所叙,这个故事中,最早发动行动的是舜的父母弟弟,他们多方虐待、折磨舜,并多次设计要害死舜。但舜总是以极度的孝敬对待父母的死亡迫

---

① 何宁撰:《淮南子集释》(上),北京:中华书局,1998年,第479—480页。
② 见张开焱:《共工触山与夏人创世神话中的宇宙大灾难》(《长江大学学报》,2015年第1期)、《涂山氏与女娲及其在夏人创世神话中的地位和作用》[《徐州工程学院学报》(社会科学版),2013年第3期]等文。

害。最后，舜感天动地的孝顺友爱终于感动了父母兄弟。同时他的贤孝使他获得良好社会声誉和众多民众的追随拥戴。尧要选择王位接替者时，有人推荐舜，尧于是将二女娥皇、女英嫁给舜，还派几个儿子住到舜的附近，就近观察舜的行为。所有反馈的信息都令尧满意后，他将舜召进王都，对他进行多方面的考察后，确信他会是一个合适的接班人，便将王位禅让给他。司马迁《史记·五帝本纪》的《舜本纪》叙述得要比这详细得多。本书前面章节曾经说过，有关舜的资料汇合起来，会组合出一个比较长的故事。这里只是对舜故事做一个简要概括，这个故事中的功能大约是中国上古神话传说中最为丰富的，有超过15个核心功能。从行动元角度考察这个故事，它也是一个"恶魔劫夺型"故事，只是在这个故事中表现得特殊一些，恶魔是他的父母弟弟。舜从小受迫害到最后代尧为王的故事我们可以简化成下面几个环节：

   恶魔（对手）迫害英雄主角——主角逃脱死亡迫害——主角感动恶魔——主角遇到考验——主角经受考验——主角得到奖赏（神圣婚姻与王位）

  总体上看，舜故事是"恶魔劫夺型"中较特殊的一种类型，最后以英雄主角与恶魔对手和解来解决冲突，并因此得到奖赏。它基本是将"恶魔劫夺型"故事和格雷马斯的考验类故事结合起来的一个故事组合。这个故事的行动元结构可以这样描述：

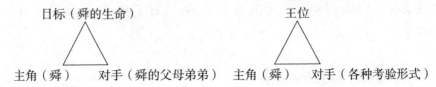

主角（舜） 对手（舜的父母弟弟） 主角（舜） 对手（各种考验形式）

  这两个三元三维行动元结构中，前一个是舜在家庭生活中经受迫害的行动元结构，后一个是舜在国家政治生活中经受考验的行动元结构，两个行动元结构其实差不多，只不过具体故事内容略有区别，前者以死亡迫害的方式进行，后者以考验能力和品质的方式展开。日本学者伊藤清司曾经将舜在家庭经受的迫害和在王朝经受的考验，都当成同样的性质，即成丁过程中的不同考验方式。这个判断将舜在家庭生活中受到的迫害确定为成丁仪式的性质，不合乎文献本来的记载。但说所有这些迫害和舜进入王朝的经历都具有"考验"性质，则有一定道理。

六、中国神话传说的行动元结构与故事类型的几个特征

总结上面中国上古五个有名神帝的神话传说故事，我们发现相比两希神话传说的行动元结构和故事组织规则，中国上古神话传说故事有如下比较明显的特征：

首先，从行动元结构角度讲，中国古代神话传说行动元三元三维结构中，处于一号位"锦标"的内容，都是关乎天下政治伦理或家族血缘伦理的对象，救世救民是所有英雄承担的任务和追求的伦理目标。而希伯来英雄追求的是宗教伦理目标，所以处于一号位的人物往往是神和他的圣谕和由其所体现的宗教伦理。希腊英雄主要追求的是个人原始欲望和尊严、荣誉与权利的满足，所以，处于一号位的基本是这些欲望、尊严和权利的象征物，如金苹果、海伦、王位、财富等，这是三个民族处于行动元三元三维结构一号位行动元在内容上最大的区别。

其次，在三个原生性行动元结构中，原初平衡状态的打破者、行动的最初发动者，在三个民族神话传说中不大一样。中国神话传说中，基本是处于三号位的对手（恶魔，坏人）首先发起行动，是他打破了原初平衡态，劫夺或危害处于一号位行动元的"锦标"，这个行动使三号位的行为天然具有邪恶的伦理特征，他的行为是非法的。由此导致一个指令性故事情节单元的发生。在这个故事单元中，"锦标"的原始拥有者（具有伦理合法性）指令或委托主角去救世救民。一些故事中，也可能没有这个环节，主角直接发起救世救民的行动。这个行动的结果，总是主角打败对手，完成救世救民的任务，并获得奖赏。因此，中国上古神话传说故事类型中，最主要的一种是"恶魔劫夺型"；这种类型的神话传说，是处于三号位的具有伦理非法性的敌手首先对处于一号位的"锦标"发起危害或劫夺行动。

但在希伯来神话中，主要人物的故事，大都是由处于一号位的行动元发动的，神耶和华通过圣谕的方式指令或召唤处于二号位的主角去追求某个具体目标；在后面故事情节的发展中，这个具体目标一般是耶和华的意志，以及主角对耶和华的绝对服从和信仰。因此，希伯来神话传说原生性行动元中处于一号位的"锦标"实际上可分为两层。第一层是具体显在的目标，如耶和华对人类始祖亚当夏娃的圣谕，这个圣谕需要亚当夏娃绝对服从和接受，接受这个圣谕，也就是显示了对耶和华绝对的、毫无保留的信仰和服从。又如耶和华要亚伯兰将自己的独生子献祭给耶和华。再如耶和华指令年过 80 的摩西承担带领希伯来人走出埃及、重回迦南的重任。第二层是在这个显在目标后面潜隐着的一个更根本的目标,即亚当、亚伯兰、摩西对耶和华指令的绝对服从和信仰。亚当、亚伯兰和摩西是否接受和实践指令,就成了他们对耶和华是否绝对服从和信仰的标志。

因此,在希伯来神话传说中,最主要的故事,基本是由一号位的召唤和指令发动的。一号位的召唤和指令必定得到二号位主角的响应,也引发三号位对手的阻挠和反对。故事的发展,总是沿着主角响应"锦标"的召唤、追求"锦标"或"锦标"设定的目标发展,这种追求必然遇到不同对手的反对和阻挠,但大多数时候的结果是主角在一号位"锦标"的帮助下,战胜对手,最后完成一号位的指令。这种故事,如果要细分,当然还可以在这个原生性三元三维结构基础上,衍生出一个以"召唤"或"指令"为故事单元的行动元结构,由"召唤者—任务—响应者"或"发令者—任务—受令者"构成。如果粗略地归纳,则可以直接归纳到那个原生性三元三维行动元结构中。正如前面所分析的,从一号位上首先发起行动的故事类型,我们可以称之为"公主招亲型"故事。希伯来上帝召唤型或指令型故事,可以看成"公主招亲型"故事的变异形态。

而希腊神话传说的故事类型,又有不同。首先是希腊神话传说故事类型比较齐全,三种故事类型都有。其次是希腊神话传说故事最主要的一种类型是主角基于自己的欲望或尊严、荣誉而发动的,其主动性是十分明显的。宙斯对所有神界和人间美女的追逐,都是这种类型的典型形式。希腊英雄们的故事中许多也是这种形式。我们上面分析的伊阿宋先后追求的王位、金羊毛,美狄亚追求的爱情,奥德修斯经历千难万险、追求回到阔别二十多年的故乡,赫拉克勒斯为了尊严、荣誉和友情而做出的许多英雄壮举和功业等,总体看,都属于这一类型。这一类型的故事,从原生性行动元结构角度看,都是从处于二号位的主角首先主动发起行动、追求"锦标"开始的,我们将这种类型的故事称之为"英雄求婚型"故事。希腊神话故事当然不止这一种类型,它的类型比较丰富,三种类型都有,但最有代表性和最主要的一种,还是这种"英雄求婚型"类型。

三种故事类型可能导致故事组织原则的某些差异,这本章第一节已经有大体分析。中国和两希神话传说故事,从三元三维结构不同行动元位置角度考察,分别侧重从不同的位置发动最初的行动,由此也导致不同的故事类型和组织规则。这是我们需要特别注意的。这当然不是说三个民族神话传说故事就只有那一种故事类型，只不过是就主要故事构成而言，这种差别是明显的。

最后，中国与两希神话传说故事因为最初发动行动、打破原初平衡态的行动元不同，所以，故事组织的基本规则和发展路径也相应会有一定区别。中国主要的神话传说故事，从行动元结构角度讲，主要是"恶魔劫夺型"，处于三号位的对手首先发动劫夺或危害一号位"锦标"的行为，打破了原初的平衡态。因为这是一个不合伦理的行动元发起的不合法行为，所以，其邪恶的伦理性质就被确定了。在故事逻辑上，必然有一个代表伦理正义性、合法性的行动元发动行动，将不平衡的状态消除，使世界重回平衡态。这个行动可能由两个行动元发起，一是"锦标"的合法拥有者出场或指令或请求或派遣或召唤主角承担拯救"锦标"、消除不平衡状态的任务。在相当意义上，这也是"锦标"的合法拥有者将伦理合法性转授给主角的行为。主角由此开始了解救"锦标"、打败对手（恶魔）的行动过程。二是天然具有伦理合法性的主角直接发动解救"锦标"、打败对手、消除灾难的行动。不管哪种行动，核心的故事情节都是主角打败恶魔对手，解救"锦标"，将"锦标"归还其所有者。然后，多数情况下，主角会受到奖赏。"恶魔劫夺型"故事，其组织规则基本是：

（平衡态）——平衡态被（恶魔）打破，出现不平衡——英雄主角开始努力恢复平衡态——英雄主角打败恶魔对手，恢复平衡态

这一过程继续简化，可以得出一个类似托多罗夫三段论式的故事组织规则：

平衡态——不平衡态——恢复平衡态

需要说明的是，"恶魔劫夺型"是中国上古神话传说故事最重要的一种类型，但不是唯一的类型。中国上古神话也有某些"英雄求婚型"故事，如姜嫄求子、夸父逐日、愚公移山等故事，这都是由处于二号位的英雄主角主动发起追求某个"锦标"的故事类型。至于"公主招亲型"故事，先秦神话传说中似乎还没有看到，但稍后一些的神话传说故事中就有这种类型的故事了，例如范晔的《后汉书·南蛮传》叙述高辛氏手下吴将军反叛，高辛氏公告天下，有能杀死吴将军者，即将女儿许配予他。这就是一个典型的"公主招亲型"故事。不过总体上看，在先秦神话传说中，最重要、最

多也最有影响的,还是"恶魔劫夺型"故事。所以在本节,我们着重分析了属于这种故事类型的几个重要神话文本,并分析它们的基本组织规则,同时分析了中国先秦"恶魔劫夺型"故事模式成为主要类型的原因。

比较中国和两希神话,我们发现,三个民族神话传说中,各种类型的故事都存在,但都有自己最有代表性和典型性的类型。希伯来神话传说中,"公主招亲型"故事类型最多也最典型;而希腊神话传说中,"英雄求婚型"故事最多也最具有代表性;但中国神话传说中,则是"恶魔劫夺型"故事最多也最具有代表性。这三种故事类型在三个民族分别成为各自民族主导性的神话传说故事类型,这与这三个民族的集体性民族心理和性格也许有某种内在关系。

第八章
中西神话创世叙事内含的时空优势意识

本章我们要选择一个独特的题材即创世神话作为案例,具体探讨中西创世神话叙事中内含的时空意识。神话学界的共识之一是,创世神话是一个民族最重要的三大神话题材之一,其中蕴含了创造它的民族最丰富的集体无意识信息,最突出地表现了创造它的先民对于世界与人类起源、构成、历史发展过程的想象性认知,并且作为原型对该民族后世文化的创造具有无意识的规定和引导作用。本章笔者关注的是,中国和两希创世神话叙事中内含着怎样的时空优势意识?这个问题的讨论与本书一个基本视角有密切关系,即中西神话叙事传统有怎样的时空优势意识类型?我们选择中国和两希创世神话来讨论这个问题。

第一节　中国神话创世叙事内含的空间优势型意识[*]

中国古代有创世神话吗?很长一段时间里,面对这个问题人们想到的就是见之于三国时期吴国徐整的《三五历纪》和《五运历年记》中的盘古神话,但日本学者高木敏雄在1905年出版的《比较神话学》中已经明确断言,盘古神话乃从印度传入,不具有中国本土特征。尽管一些中国学者极力证明盘古神话源自中土,但外国学者和相当一部分中国学者普遍接受

---

[*] 本节与下一节内容以《楚帛书四神时空属性再探——兼论中国上古神话空间优势型时空观》为题发表于《文学遗产》2021年第3期,收入本章时有增删调整和修改。

了盘古神话外来说。这意味着,在他们看来,中国古代并没有本土的创世神话。① 美国学者杰克·波德认为,除了盘古神话之外,"中国在世界几大古文明之中可能是唯一没有创世故事的"。② 另一美国学者克雷默专门编了一部《世界古代神话》,其中核心的内容就是民族创世神话。他也认为"中国还没有发现任何可构成创世神话的情节"。③ 美国学者雷蒙德·范·奥弗也很奇怪,中国这个古代文学十分卓越的国度,"竟没有具有明确定义的关于宇宙起源的中国神话"④。著名美国汉学家杜维明在《试谈中国哲学中的三个基调》一文中,也认同性地引述道:"美国学者牟复礼指出,在先秦诸子的显学中,没有出现'创世神话',这是中国哲学最突出的特征。这个特征虽在西方汉学界引起一些争议,但它在真切地反映中国文化的基本方向上,有一定的价值。"⑤

但中国上古无创世神话的断言无论逻辑上还是实际上都不能成立。如说几乎所有民族都有创世神话,唯独中国是个例外,在逻辑上说不通。从实际看,这个论断也是错误的。20 世纪 40 年代出土的楚国帛书,经过学者们深入研究认定,其中《甲篇》正是完整的创世神话。⑥ 最近二十多

---

① 关于盘古神话的来源问题,笔者先后著有若干篇论文论述其起源中的中国元素和外来诱因,以及流传中的本土化过程,有意者可参阅《盘古创世神话外来说文献证据再检讨》(《贵州师范学院学报》,2013 年第 5 期)、《盘古创世神话的异域影响与本土元素》(《湖北师范大学学报》,2013 年第 3 期)、《从尸化型和宇宙卵型到世界祖宗型神话——盘古创世神话流传过程中类型转变的考察》(《民族文学研究》,2013 年第 3 期)、《盘古创世神话起源本土说证据再检讨》(《宗教学研究》,2014 年第 4 期)等文。笔者的基本观点是,现有文献资料都不能绝对证明盘古神话起源于本土还是来源于印度,从多种角度考察,盘古创世神话是本土元素和外来诱因激发结合的产物,并且在其流传的过程中,迅速地本土化了,其最根本的标志就是,盘古由吴整笔下孤独的创世巨人神变成了有家室有子嗣有后代的创世祖宗神,并且和中国古代最重要的一些神祇建立了血缘关系,从而成为中华民族的创世神和始祖神。

② [美]杰克·波德:《中国古代神话》,转引自叶舒宪:《中国神话哲学》,北京:中国社会科学出版社,1992 年,第 319 页。

③ [美]塞·诺·克雷默:《世界古代神话》,魏庆征译,北京:华夏出版社,1989 年,第 363 页。

④ [美]雷蒙德·范·奥弗编:《太阳之歌——世界各地创世神话》,毛天祐译,北京:中国人民大学出版社,1989 年,第 346 页。

⑤ [美]杜维明:《试谈中国哲学中的三个基调》,《中国哲学史研究》,1981 年第 1 期。

⑥ 位于帛书中部有方向互倒的两篇文字,分别为 8 行和 13 行,四周排列附有图形的十二段文字,被学者们视为第三篇(《丙篇》)。但楚帛书中间分别为 8 行和 13 行的两段文字,何为《甲篇》,何为《乙篇》,学者认定尚有不同:蔡季襄、饶宗颐、巴纳德等人以 8 行一段为先即《甲篇》;而董作宾、商承祚、陈梦家、陈公柔、严一萍、李学勤、李零等人则以 13 行一段为先即《甲篇》。李学勤先生称中部 8 行一篇为《四时》,13 行一篇为《天象》,四周的为《月忌》。本书以饶宗颐等先生的划分为准,即以 8 行一段为《甲篇》。

年来,中外学者已有不少研究这份创世神话的成果问世。① 这些成果彻底否定了中国古代无创世神话的断言。但在我看来,《楚帛书》中以楚人远古始祖伏羲为源头的创世神话并不是原生性的,因为参与这个创世神话的诸神中,有夏人神祖共工(鲧)、禹、女娲,有商人神祖夋(即俊、喾、舜)、契、相土等,且他们与伏羲并无血缘世系关系。这一组合型创世神话的特点强烈暗示,楚人创世神话是在整合此前夏商始祖创世神话基础之上创造出来的。这意味着在《楚帛书》创世神话之前,夏商两代已经有各自独立的创世神话。

20世纪90年代以来,中国学术界对中国上古创世神话的研究成果陆续出现,其中叶舒宪教授《中国神话哲学》一书影响最大,他通过深入清理和研究,还原了中国上古六个创世神话。笔者也曾著专书《世界祖宗型神话——中国上古创世神话源流与叙事类型研究》,对中国上古创世神话进行过深入研究,它们最重要的是夏商创世神话和楚人创世神话。② 夏人创世神话由于年代久远,已不以本原状态存在,它们既历史化,也碎片化了。但通过深入研究,还是能大体还原出其原初概况。鉴于笔者已经就此发表过多篇研究性论文,所以在此就不再重复展开,只简要将有关研究成果陈述如下:

一、夏人创世神话的空间优势型特征

夏人始祖鲧、禹、启等,自《尚书》以来,人们一直将其当作真实存在的历史人物,但20世纪初,日本学者白吉鸟库却提出鲧、禹是神不是人的观点。20世纪20年代顾颉刚先生在国内学术界率先提出鲧、禹是神话人物,后来转化成传说性历史人物的颠覆性看法,③由此揭开了20世纪中国历史学界影响巨大的疑古思潮。20世纪60年代以来,日本学者大林太良在《神话学入门》一书中,从比较神话学的角度,证明鲧禹治水神话原

---

① 有关《楚帛书·甲篇》创世神话研究概述,可参看张开焱《世界祖宗型神话——中国上古创世神话源流与叙事类型研究》之《楚帛书甲篇创世神话研究述评》(北京:中国社会科学出版社,2016年,第34—45页)。
② 详见张开焱:《世界祖宗型神话——中国上古创世神话源流与叙事类型研究》,北京:中国社会科学出版社,2016年。
③ 顾颉刚:《鲧禹的传说》,《顾颉刚古史论文集》第2册,北京:中华书局,1988年,第88—138页。

初是创世神话,属于东北亚以及欧陆许多古代民族都有的"陆地潜水型"创世神话(又作"捞泥造陆型"创世神话)。不少中国学者如胡万川、叶舒宪、李道和、吕微等都接受了这个观点,并在此基础上对鲧禹神话传说原初的创世神话性质做了拓展性研究。他们在比较神话学的视野中,运用历史还原与原型重构等多种方法,逐步还原了今见文本中鲧、禹、启、女娲等夏人祖先的形象和故事后面,其实潜含着前文本时代夏人创世神话中的人物和故事,后者是前者历史化、伦理化和碎片化的结果。① 叶舒宪在《中国神话哲学》一书中,专辟《息壤九州》一章,论述鲧、禹息壤神话的创世性质。他认为,鲧、禹息壤和洪水神话,在原初并不关乎治水,而是关于大地如何被创生的神话。后世所流传的关于鲧、禹治理洪水的神话,应该是在更早的时代(夏代甚至先夏时期)存在的关于创世神话故事的变形形式,在这个神话故事中,我们仍然能窥见远古华夏创世神话的踪影。今见大禹治水的传说,当是更早夏人创世神话在后世演变的结果。关于鲧禹治水神话的创世神话性质及有关夏人创世神话前文本原初形态的复原性研究,本人也先后发表十多篇论文,最核心的研究结论如下:

> 夏人创世神话是由鲧—禹—启三代完成的。鲧的神性本相是一只三足神鳖,在后世是主管北方大水世界的玄冥神。在夏人原初创世神话中,他是原始大水神,他生了大地神禹。鲧禹曾经就用可以无限生长的神土息壤创造大地的模型和方案发生了冲突,冲突的结果是禹战胜了父亲,用自己设计的大地模型(洪范九畴)创造了九州大地。禹的神性本相是一只神龙,即古籍中所说的句龙,句龙乃是后土神,创造和主管大地之神。禹娶了妻子涂山氏女娲,她是山神,生了光明天神启,世界初创得以完成。夏人创世神话中的世界是由水—地—天三层次构成的,他们也分别与鲧禹启的神性相关。夏人创世神话属于生殖创世类型神话,即所有的神都代表世界的一个方面,诸

---

① 中外学者关于夏人始祖鲧禹启非历史人物而是夏人创世神话人物的有关研究成果及其述评,可参看大林太良:《神话学入门》(林相泰、贾福水译,北京:中国民间文艺出版社,1989年,第51—52页)、李道和:《昆仑:鲧禹所造之大地》(《民间文学论坛》,1990年第4期)、叶舒宪:《中国神话哲学》之下编《九州方圆——神话的生命哲学》(北京:中国社会科学出版社,1992年,第317—357页)、吕微:《神话何为——神圣叙事的传承与阐释》有关部分(北京:社会科学文献出版社,2001年,第58—94页)等。笔者《世界祖宗型神话——中国上古创世神话源流与叙事类型研究》(北京:中国社会科学出版社,2016年)一书也有较深入的还原性研究,可参看。

神通过生殖代表世界不同层面的后裔完成世界的创造。鲧禹启，都是夏人文化上认定的神祖，他们既可能是真实的夏人多代神祖神话化的结果，也可能是夏人神话人物在后世被历史化的结果。夏人生殖型创世神话也是世界祖宗型神话，即创世神也是特定族群祖宗神。夏人神话中，世界初创后发生了一次宇宙大灾难（《淮南子》中所叙述的"四极废、九州裂……"的灾难是原初夏人创世神话在后世遗落的碎片），涂山氏女娲通过炼石补天等多种努力，战胜了宇宙大灾难。夏人三代神祇中，禹具有中心地位，有关他的神话碎片在后世也流传最多，禹在世界创造完成后，曾经自己（或令竖亥和太章）分别从南到北、从东到西步量大地，确定了大地的面积和距离。他也根据太阳循环运行的区间和路径，确定了四时和一天的宵朝昼夕。①

很显然，夏人创世神话最核心的过程，是由水—地—天构成的空间世界如何初创、世界空间初创后遇到怎样的宇宙大灾难以及灾难如何平息。在夏人创世神话中，空间最先出现，且成为创世神话的核心内容，时间是最后出现的。完全可以认定，夏人创世神话体现的是空间优势型时空意识。

二、商人创世神话的空间优势型特征

商人有创世神话，但一直未得到学术界重视。任何民族创世神话中，宇宙何来、日月星辰何来、人类始祖何来，都是最重要的内容。而中国先秦文献中，有关商人创世神话的内容拥有较为丰富的资料，只不过是以碎片化和历史化的方式存在。对这些初文本进行还原性清理和组织，即可复原出一个商人神话的概貌。有关商人神话的研究，本人已经先后发表过近十篇论文，为避免重复，在此不详细展开，只将这些研究成果与本章相关的部分概述如下：

> 混沌黑暗元神鼚叟夫妻生光明天神俊和黑暗神象。鼚叟夫妻和象反复迫害俊，俊战胜、杀戮或流放他们。天神帝俊娶云神羲和、常羲等生了天上的十个太阳、十二个月亮、众多星辰和"八元"等众神，

---

① 笔者发表了夏人创世神话还原性清理的论文十多篇，均收集在专著《世界祖宗型神话——中国上古创世神话源流与叙事类型研究》之《夏人创世神话研究》（北京：中国社会科学出版社，2016年，第293—484页）中，可参看。

生地下世界和其主管者晏龙,(晏龙生了主管地下黑暗世界的)司幽,生了人间商周始祖契稷及其他许多族团的始祖,初步完成世界的创造。帝俊命令羲和根据日月运行的区间和规则制定了最初的历法(这在《尚书·尧典》中历史化为尧令羲和四子分宅四方观象授时、制定历法的历史传说)。

后来,(大约是羲和主使)十个太阳违反依序轮值的天规,并出天空,造成宇宙大灾难,同时地上众多神性恶兽肆出危害人类。俊令其儿子羿拯救世界,羿得到帝俊赐予的彤弓素矰,射杀天上九日和地下神性恶兽,世界恢复安宁(羿射九日的行为隐含他与太阳母神羲和冲突的情节,羿最后打败羲和并惩罚了她,《尚书·胤征》载"后羿代夏"的仲康时代胤候奉命率领六军征讨羲和,其神话底本即此)。羿因其拯救了天下,消除了宇宙大灾难,被西王母赐予长生不死药。但这药被他妻子嫦娥偷吃,嫦娥因此飞升月宫,化为蟾蜍,成为月神。羿后因耽于田猎,被另一妻子玄狐和寒浇所害(一说被其徒弟逢蒙所谋杀)。①

很显然,商人初创和再创世界的神话,也主要是关于空间的神话,时间是在空间初创、十日出生之后才被确定的。不过,商人神话中,时间意识可能比夏人神话要强一些。有关羿射十日的神话,有学者解释为是商人废除太阳历的历法改革神话(太阳历是根据太阳运行规则而制定的历法),若如是,则商人神话中的宇宙灾难与此相关。

因此,商人创世神话中内含的也是空间优势型时空意识。

三、楚人创世神话的空间优势型特征

春秋战国时代,楚国也有自己的创世神话,这个创世神话记载在一份楚国帛书之中。《楚帛书》是 20 世纪 40 年代初在长沙子弹库楚墓中出土的,因《楚帛书》年代久远,一些文字缺损或字迹漶漫不清,加上楚文字构形与秦统一后文字书写的差异性,学者们对《楚帛书》某些文字识读和含义训释还存在分歧,但大部分文字的识读和训释已经趋于一致或相当接

---

① 笔者发表近十篇研究商人创世神话的论文,收集在《世界祖宗型神话——中国上古创世神话源流与叙事类型研究》之《商人创世神话研究》(中国社会科学出版社,2016 年,第 265—292 页)中,可参看。

近。其中8行一篇的内容已经被确认为是一部创世神话，许多学者已经对这部创世神话的基本构成进行了研究。在此基础上，本书作者发表了一篇探讨《楚帛书》四神时空属性的论文，确认《楚帛书》创世神话是一篇空间优势型神话，体现出一种空间优势型时空观。这样判断的主要依据在于：

《楚帛书》创世神话的过程，是先创造空间后创造时间。这个创世神话一开始就叙述，在黑暗混沌的原始大水世界，产生了"天熊伏羲"，很显然伏羲是天神（"天熊"称谓可证），他娶了女娲为妻，而女娲是地神、地母，这在古代已有定论（晋代典籍有"女娲地出"的明确说法）。所以，混沌大水世界最早出现伏羲女娲二神，其实是说最早形成的是天地空间。《楚帛书·甲篇》叙述伏羲女娲生了四个神子，四神何神？应该是天地之间的空气神、四方空间神。四神为四方神的体制由来已久，最早见于商代甲骨文中四方神、四方风神的记载。延续至春秋战国各种典籍中，都有大量四方神或四方灵兽的记载。《楚帛书》四神体制明显继承商人神话中四方神和四方风神体制而来，他们是空间神。这四个神子命令禹和冥堙填洪水，创造和扩大大地，他们自己则上下腾挪，规天测地，扩大天地空间。当沧热二气不通、山川河流淤堵，四神又令沧热二气融通，山川四海通接，河水得以畅流。所有这一切，都是创造空间的工作。

在空间初创后，四神才开始确定时间："未有日月，四神相代，步以为岁，以为四时。"这意思是说，天地空间初创后，当时还没有时间坐标日月出现，于是，四神就用步推的方式，按照空间四方的长度和结构推定和切分一年四季时间的长度和结构。这一叙述内含着中国上古先民对时间和空间关系的基本认知：空间先在，时间后出。且时间的长度是根据空间长度推定的，时间的切分模式（一年分为四季）是按照空间的切分（一圈分为东南西北）模式进行的。那以后过了一千几百年，炎才生了日月。大约是日月并处或者别的原因，导致天不兼覆、大地坼裂、山陵倾覆的巨大灾难。四神于是展开拯救宇宙大灾难的工作，他们令天盖顺向旋转，用五种神木的精华加固天盖，捍蔽大地，让世界复常。这些都是创造和拯救空间的工作。《楚帛书·甲篇》最后，才由共工通过观测日月运行的规律推算和创造历法，确定一年十二月和闰月，让世界万物按照历法有秩序地运行的叙述。其后相土又按照共工传授给他的方法，对一天时间进行更仔细的切分，才有了宵朝昼夕的区别。

很显然,《楚帛书》这个创世神话中,内含着空先时后、以空摄时的空间优势型时空观。这里,最关键的是四神时空属性的认定,此前,学者们基本认定他们是时间神,但笔者经过仔细研究,认为四神首先是空间神,然后才兼时间神。① 有关详细分析可参见拙作《楚帛书四神时空属性再探——兼论中国上古神话空间优势型时空观》一文,本处不再赘复。

因为盘古神话有明显的异域文化影响,且出现时间很晚,所以我们不作为典型的中国上古创世神话详细分析。

第二节 中国神话空间优势型时空观的哲学转换

任何民族文化中,神话既是文化的源头也是文化的构成部分,早期神话时空观都对后世文化有潜在而深远的影响。中国文化进入先秦理性时代,其哲学对于宇宙时空的理解与神话时空观一脉相承,无意识地显示出先空后时、以空统时、时空循环的空间优势型特征,下面我们对几种有影响的哲学模式稍加分析。

一、《周易》八卦宇宙论模式的空间优势型特征

先秦对中国文化和哲学具有深远影响的宇宙论模式之一是《周易》八卦。《周易》以八经卦为基础,衍生出六十四卦,由此组成一个复杂的卦象结构图式,用以解释、预测自然和人类社会。在一代代易学家的解释中,大千世界到人类社会万事万物,都被组织进八卦系统中加以解释和预测,由此产生无数学说。但不管这个系统和这些学说多么复杂深奥,其基础是八经卦。而八经卦构成的图像结构,有如下几个特征:

(1)空间性的"象"是八卦的基础。八卦中的每一卦由阴阳两种爻象为基础的三爻构成,三爻类型和排列位置的变化产生不同的卦象。这种组合变化的极限是八种,由此生成乾、坎、艮、震、巽、离、兑、坤八种卦象,即八经卦。构成八经卦的基础是"象",即爻象和卦象,我们将其统称为八卦符象(符号形象)。"象"是一种视觉性空间形象概念,其空间性基础显

---

① 详见张开焱:《楚帛书四神时空属性再探——兼论中国上古神话空间优势型时空观》,《文学遗产》,2021年第3期。

而易见。

（2）客观万象及其规则是八卦符象的来源。据《周易·系辞下》的解释，八卦符象是伏羲"观象取物"的结果："古者包牺氏之王天下也，仰则观象于天，俯则观法于地，观鸟兽之文，与地之宜，近取诸身，远取诸物，于是始作八卦，以通神明之德，以类万物之情。"[①]就是说，八卦符象是自然与人类万象及其内在规则归纳提取的结果。对此，《周易·系辞上》言："圣人有以见天下之赜，而拟诸其形容，象其物宜，是故谓之象。"[②]既然八卦符象是自然和人间万象及其规则的符号化提取物，必然内含后者，故也可从八卦符象窥见和预示后者。

（3）八卦结构图的空间性和封闭循环性。总体上八卦图是一个由八经卦构成的平面空间图式，且这个图式是封闭循环的。八经卦的每一卦都代表或暗喻自然或人类社会的某种现象、状态或元素。无论对应于什么现象或元素，每一卦都是空间性符象，八卦图就是由这种空间性符象组成的一个封闭循环的空间图式。

（4）封闭循环的八卦空间图式内，隐含着变化和运行规则即时间性。这时间性既隐含在每一卦不同爻象的排列变化中，也体现在八经卦之间的排列组合变化中。符象的这些变化暗含和预示着其所指向的世界的运行和变化。而事物运行和变化的过程就是时间。故空间性的八卦图式中，隐含着时间性因素和其运行规则。同时，由于八卦空间图式是封闭循环的，总体上也决定了这个空间图式所表述和隐喻的世界的内在运行规则和结构也必然是循环封闭的。

以上简要勾勒，揭示了八卦宇宙论模式的空间优势型特征，空间先在、以空摄时、时空循环是其内含的基本特征。

二、五行宇宙论模式的空间优势型特征

众所周知，春秋战国之交产生的五行模式，是有关宇宙万物结构和运行规则的哲学模式，对中国文化影响深远而巨大。五行模式将世界万物和人类社会都按金木水火土五种元素进行比附性切分组织，并按照相生

---

① （魏）王弼注、（唐）孔颖达疏：《十三经注疏（标点本）·周易正义》，北京：北京大学出版社，1999年，第298页。

② 同上书，第274—275页。

相克、循环往复的原理理解它们的相互关系和运行规律。《楚帛书》创世神话中的四神四色四方四时等都与这个模式内在相关。但很少有人意识到五行模式的空间性基础。五行中的五种元素金木水火土都是空间物象，它们组成一个首尾相接、相生相克、循环往复的封闭性空间圈链图式。以它们为基础组成的宇宙论模式意味着，世界在根本上以空间性为基础，或者说都带有空间性特征。即使是时间，按照五行模式切分和组织，也具有明显的空间性特征。五行本身的运行过程意味着时间，但这个时间是周而复始的，永远在一个封闭的空间环链中运行和循环，起点即终点，终点又是起点，时间的运转，不过是空间的重复。意识到这一点十分重要，它意味着五行如八卦一样，所表述的世界的基础是空间性结构及其运行规则。五行模式如五方模式一样，是封闭的、自我循环的，以之为基础组织的文化世界也必然带有这种封闭循环的特征。

三、先秦"宇宙"观念隐含的空间优势型特征

何谓宇宙？先秦两汉对这个概念的解释是，"宇"指空间，"宙"指时间："往古来今谓之宙，四方上下谓之宇……"①"宇宙"连用，意味着中国古人的时空观，是先空而后时的。故而准确地表达中国古人的时间和空间关系的概念，应该是"空—时"而不是"时—空"。以"世界"这个概念表达中国人眼中的时空构成，那是到佛教传入中国之后，"世"即绵延的时间，"界"即多层的空间，这个概念才是先时后空的。佛教的时空观，源自古代印欧民族，与中国古代时空观区别明显。

同时，"宇宙"称谓不仅表达了古人的空—时先后意识，还表达了空间是时间原型的意识和它们封闭循环的特征。作为空间表达的"宇"字金文构形为🏠，是外围封闭的房屋框架象形，《说文解字》谓"宇，屋边也"②。而"宙"亦房屋也。"宙"字的甲骨文构形为🏠或🏠。两字外面的"宀"，是房屋框架外观，故"宙"之本义亦与封闭空间相关。《说文》谓"宙，舟舆所极覆也"，③也是指的空间广度。古人将"宙"专指时间，内含以空间广度推断时间长度之意（"推步"）。同时，"宇宙"二字的甲骨文、金文构形，都突出了

---

① 何宁撰：《淮南子集注》（中），北京：中华书局，1998 年，第 798 页。
② （汉）许慎撰、（宋）徐铉等校定：《说文解字》，北京：中华书局，2013 年，第 147 页。
③ 同上书，第 148 页。

封闭空间的特征。而先秦哲学家们用"宙"代指"古往今来"的时间,无意识地暗含这个时间是在空间框限内循环往复的意识,以及这种时间模式对空间结构的依赖。它是一个闭合性空间中以空间为原型的循环性时间。

四、《道德经》中的空间优势型时空观

《道德经》是道家哲学的经典,也是中国先秦哲学中最有哲学本体论意味和高度的哲学著作。《道德经》设定的宇宙本体是"道","道"不可言说,它化生宇宙万物,但它自己永远不多不少,不盈不亏。道的本体是虚静、虚无的。道化生世界的顺序是:"道生一,一生二,二生三,三生万物。"①这里一、二、三各指什么,诸说不一。但不管将它们解释成什么,相对道本体的"虚静""虚无"而言,它是"无"所生之"有"、"虚"所生之"实"、静所生之"动"。道不可被视听搏思,人的感官和思考都无法把握它;"视之不见,……听之不闻,……搏之不得"②,就是说它没有任何感性特征。但水"几于道",水甘处卑下、藏纳污秽、知白守黑、柔弱不争、善利万物而不居功,故"上善若水"③。道是万物本原,其如玄牝:"玄牝之门,是谓天地根"④,天地万物所从出。道运行的规则是"反者道之动",反者,返回也。道有往必有返,故"周行而不殆"⑤。周行,环行,即循环往复。也就是说,道是在一个封闭的圆圈中环行的,故必有复。人欲观道,即可根据万物循环往复的运行规则掌握之,是以观道又言观复。人以悟道遵道为根本,悟道遵道的路径是:"人法地,地法天,天法道,道法自然。"⑥

在上面对老子《道德经》有关宇宙本体"道"的简单概括中,我们可以得到下面几点认知:

A."道"首先化生的是宇宙万物:一生二,二生三,三生万物,这化生的主要是空间构成。但《道德经》没有地方说到道化生日月季年。这当然不是说道与时间无关,而是说时间在老子哲学中不是优先于空间,也不是

---

① 陈鼓应注译:《老子今注今译》(参照简帛本最新修订版),北京:商务印书馆,2016年,第233页。
② 同上书,第126页。
③ 同上书,第102页。
④ 同上书,第98页。
⑤ 同上书,第169页。
⑥ 同上。

并立于空间的。时间在老子哲学中体现为道,道就是空间从无到有、从一到万物,又由万物到一、由有归无的循环往复的运行过程,这个过程的表述就是道"强为之名曰大。大曰逝,逝曰远,远曰反"①。逝者,往也;反者,回也。道就是这样"周行不殆"的,所谓"周行",就是环行,就是往返循环的圆圈运动。道在往返循环的过程中就暗含了时间。但这个时间是在封闭的空间框架中重复运行的结果。

B. 人要悟道"为道",为道的路径就是以大地运行的规则为规则,大地则以天运行的规则为规则,天则以道运行的规则为规则,道则以自然的法则为规则。这些都是内含时间性的空间性构成。

C. 《道德经》尽管一开始就说道不可言,不可名,但通篇其实都在言道。只不过它不是运用逻辑推理的方式直接陈道,而是通过隐喻、暗示、象征的方式喻道。从修辞表意方式角度看,这是一种空间指向性修辞表意方式。

D. "道"本体的根本状态是空间性的。《道德经》用"虚静""虚无"来表达道本体的根本状态。尽管道会化生万物,周行不殆,有自己的运行规则,这些分别是空间和时间的元素。但道在其最高层面,根本之处,其实是不多不少、不动不躁的"虚静"状态,这种状态在本质上就是一种空间性存在状态。因此,人要悟道体道,就应该"致虚极,守静笃。万物并作,吾以观复。夫物芸芸,各复归其根。归根曰静,静曰复命。复命曰常,知常曰明"②。万物之根在道,而道虚静不变,这就强调了道本体的空间性存在状态。其实,当老子将道的运行规则确定为"周行""往返",即在封闭的空间中周而复始地循环时,就暗含了在更高层面上看,这种运动其实是未动。故他以虚静作为道本体最根本的状态。而"静"正是事物的空间存在状态,一如"动"是事物的时间运行状态,时间永不止息。但在《道德经》中,时间是由空间统摄的:"静为躁君。"③躁者,动也。而动的极致和根本则指向"静",即不动,"动"最终被"静"统摄。

E. 同时,《道德经》喻道的喻体经常借用的是空间性意象,或者是空

---

① 陈鼓应注译:《老子今注今译》(参照简帛本最新修订版),北京:商务印书馆,2016年,第169页。
② 同上书,第134页。
③ 同上书,第176页。

间物存在的形态或状态。如"道""玄牝""天地""谷""水""雌""雄""母"，这些意象，是《道德经》反复用以喻道的关键性空间性意象。《道德经》也经常用空间性存在物的状态来喻道，如"刚强""柔弱""冲""盈""若谷""绵绵"等。以这些空间物的形态或状态喻道，意味着其哲学表述的基础是空间性物象。

综上可见，作为中国先秦哲学最高表达的《道德经》，体现了突出的空间优势型特征，时间暗含在道在空间中运行的过程中，即万物化生和变化的过程中。

五、楚简《太一生水》中的空间优势型时空观

1993年，荆门市博物馆在对辖区内一座楚墓进行考古发掘时，发现了大批竹简，其中有一篇以前典籍未见的文献，研究者将其命之为《太一生水》，这其实是一篇关于世界起源的由神话向哲学转化阶段的文献，主要内容是介绍世界的空间和时间是如何形成的。现将《太一生水》原文部分抄录如下：

　　大（太）一生水，水反楠（辅）大（太）一，是以成天。天反楠（辅）大（太）一，是以成陞（地）。天陞（地）□□□也，是以成神明。神明复相楠（辅）也，是以成侌（阴）昜（阳）。侌（阴）昜（阳）复相楠（辅）也，是以成四时。四时复相楠（辅）也，是以成仓（沧）然（热）。仓（沧）然（热）复相楠（辅）也，是以成湿澡（燥）。湿澡（燥）复相楠（辅）也，成戠（岁）而止。古（故）戠（岁）者，湿澡（燥）之所生也。湿澡（燥）者，仓（沧）然（热）之所生也。仓（沧）然（热）者，四时者，侌（阴）昜（阳）之所生。侌（阴）昜（阳）者，神明之所生也。神明者，天陞（地）之所生也。天陞（地）者，大（太）一之所生也。是古（故）大（太）一赞（藏）于水，行于时，迻而或□□□□璃（万）勿（物）母。……①

这篇文献，基本将上一节中夏人和楚人创世神话中的世界出现顺序用接近哲学的语言表述出来。在这篇文献中，世界最早存在的是"太一"，即宇宙本原，相当于老子哲学中的"道"。"太一生水"一句可有两解，一解为太一生于水，一解为太一生了水。参照第三段首句"是故太一藏于水"，

---

① 荆门市博物馆整理：《郭店楚墓竹简》，北京：文物出版社，1998年，第125页。

应该是说太一与水,是一而二、二而一的存在,也就是说,水是世界上最早和太一一起的存在。水之后,出现了天,天之后出现了地,然后天地相辅,才依序出现了神明—阴阳—四时—冷热—燥湿—岁。《太一生水》篇第二节由此从岁开始反向追踪根源,得出的结论是,岁与四时最终都是天地交感所化成,天地则是太一(水)所化生。这段接近哲学语言表达的宇宙生成论,与夏、楚创世神话的"水—地—天"或"水—天—地"的空间观和先空间后时间的创世过程是完全一样的。而且,其哲学思想与老子《道德经》颇多相近之处,"太一生水"与老子的"道几于水",都在强调水对世界的本源性。从文化渊源角度讲,我们可以认为,《太一生水》和《道德经》的时空观,与夏、楚创世神话的空间优势型时空观是内在相承相通的。

综上,中国先秦哲学中的宇宙观,也是空间优势型宇宙观。何以中国古代哲学的时空观中,也具有先空后时、以空摄时、时空循环的空间优势型特征呢?这是因为哲学世界观同其所出的上古创世神话世界观具有本源性联系,前者从后者出,是后者在哲学时代的演化形式。文化人类学和文化哲学有关原始思维的研究早已揭示:原始先民的空间意识产生得比时间意识要早。这是因为,空间意识是任何一个个体在当下存在中随时随地都能产生的,它是具体而感性的当下意识。但时间意识则要抽象得多,且要有反复的经验积累、记忆、归纳和抽象才能产生。文化哲学家卡西尔在《神话思维》中论及神话中人类的时空意识时指出,先民最早产生的是空间意识,时间意识产生相对较晚,并且"时间关系的表达也只有通过空间关系的表达才发展起来……,所有时间取向都以空间定位为前提"[①]。他说"神话空间与感觉空间都是意识的彻底具体的产物"[②]。原始先民的空间意识是一切神话世界观的基础:"神话世界观也发端于极有限的、感性—空间存在,后者只是被逐步地扩展开的。"[③]中国古代神话和文化中的时空关系特征,也证明卡西尔有关原始文化中时空关系的观点是有道理的。这当然不是说夏商神话和《楚帛书》神话被创造的时代,华夏

---

① [德]恩斯特·卡西尔:《神话思维》,黄龙宝、周振选译,柯礼文校,北京:中国社会科学出版社,1992年,第121页。
② 同上书,第95页。
③ 同上书,第102页。

先民还处于原始状态,而是说进入文明时代以后,原始时代的时空关系和模式特征在华夏早期文化中还基本保持和延续着。

空间优势型时空观,意味着华夏先民是在空间框架中感受、对待、理解和建构时间的,空间成了时间的原型和中心。因此,在华夏神话和哲学中,先空间后时间,以空间统摄时间,时空循环,这是最基本的特征。

但其他民族创世神话中的时空观都是这样的吗?不一定。从原始思维角度讲,各民族时空意识的产生也许都经历过一个先空后时的阶段,但进入文明社会早期,不同民族文化和历史发展的不同道路,使他们形成了不同的时空观。神话中的时空是文化时空,不是自然时空,故在不同民族神话中,它们可能一体,也可能分离。可能空先时后,也可能时先空后;可能以空摄时,也可能以时贯空;可能时空循环,也可能时空开放。从地球人生活经验角度看,自然时空确实具有循环性,原始时代各民族神话中的时空也确实都有某种封闭循环性。但不同民族在文化发展过程中,这种循环性可能被突出强调,也可能被相对淡化。例如希伯来和希腊创世神话,突出强调的不是时空封闭循环性而是开放线性箭型特征。而中国神话中,时空的封闭性循环性被大大强化。这凸显出中国与两希神话和文化时空在文明时代形成的差异性。何以有这种差异性呢?这要从不同民族特定的地理环境、生产方式、聚落形态、文化模式、历史道路、心理特征等多方面寻找原因,我们将这个问题放到本书最后一章讨论。

第三节 希伯来神话创世叙事内含的时间优势型意识

希伯来创世神话广为人知。研究者发现,《旧约》不同地方以及《新约》某些章节有关创世神话的叙述也不完全一样。为节省篇幅,本书跳过对这些资料的辨析,而选择对创世过程叙述最完整详细的《旧约·创世记》篇一开始"神的创造"那段关于七天创世过程的文本作为对象进行研究。这个创世神话叙事中体现出怎样的时空观?我们通过文本分析来讨论这个问题。基督教两约中,有多处叙述到耶和华最初创造世界的事情,但最详细具体的还是《旧约·创世记》中耶和华七天创世的神话叙述,故本书以之为依据讨论希伯来创世神话的时空观。现将文本引录如下:

起初神创造天地。地是空虚混沌,渊面黑暗;神的灵运行在水面上。

神说:"要有光",就有了光。神看光是好的,就把光暗分开了。神称光为昼,称暗为夜。有晚上,有早晨,这是头一日。

神说:"诸水之间要有空气,将水分为上下。"神就造出空气,将空气以下的水、空气以上的水分开了。事就这样成了。神称空气为天。有晚上,有早晨,是第二日。

神说:"天下的水要聚在一处,使旱地露出来。"事就这样成了。神称旱地为地,称水的聚处为海。神看着是好的。神说:"地要发生青草和结种子的菜蔬,并结果子的树木,各从其类,果子都包着核。"事就这样成了。于是地发生了青草和结种子的菜蔬,各从其类;并结果子的树木,各从其类,果子都包着核。神看着是好的。有晚上,有早晨,是第三日。

神说:"天上要有光体,可以分昼夜,作记号,定节令、日子、年岁,并要发光在天空,普照在地上。"事就这样成了。于是神造了两个大光,大的管昼,小的管夜,又造众星,就把这些光摆列在天空,普照在地上,管理昼夜,分别明暗。神看着是好的。有晚上,有早晨,是第四日。

神说:"水要多多滋生有生命的物,要有雀鸟飞在地面以上,天空之中。"

神就造出大鱼和水中所滋生各样有生命的动物,各从其类;又造出各样飞鸟,各从其类。神看着是好的。神就赐福给这一切,说:"滋生繁多,充满海中的水,雀鸟也要多生在地上。"有晚上,有早晨,是第五日。

神说:"地要生出活物来,各从其类;牲畜、昆虫、野兽,各从其类。"事就这样成了。于是神造出野兽,各从其类;牲畜,各从其类;地上一切昆虫,各从其类。神看着是好的。

神说:"我们要照着我们的形像,按着我们的样式造人,使他们管理海里的鱼、空中的鸟、地上的牲畜和全地,并地上所爬的一切昆虫。"神就照着自己的形像造人,乃是照着他的形像造男造女。神就赐福给他们,又对他们说:"要生养众多,遍满地面,治理这地;也要管理海里的鱼、空中的鸟,和地上各样行动的活物。"神说:"看哪,我将遍地上一切结种子的菜蔬,和一切树上所结有核的果子,全赐给你们作食物。至于地上的走兽和空中的飞鸟,并各样爬在地上有生命的物,我将青草赐给它们作食物。"事就这样成了。神看着一切所造的都甚好。有晚上,有早晨,是第六日。

　　天地万物都造齐了。到第七日,神造物的工已经完毕,就在第七日歇了他一切的工,安息了。①

《旧约·创世记》中这个创世叙事文本,已经有无数研究成果。本处只从创世神话体现的时空意识角度讨论这个文本。

一、神创世前提:世界混沌

首先,我们要面对一个问题,那就是这个创世神话神最早创造的是什么?这个文本第一段说:"起初,神创造天地。地是空虚混沌,渊面黑暗;神的灵运行在水面上。"但接着又说,第一天是神在黑暗混沌的渊面上指令要有光,就有了光。有了光就区分了光暗,白天和黑夜,于是有晚上,有早晨的区别。按照这个叙述,神第一天创造和区分的是时间。然后第二天和第三天开始通过指令形成上下天地空间以及这个空间中的动植物。那么,神最早创造的究竟是天地空间,还是昼夜时间呢?这是研究《创世记》的学者们经常聚讼的问题之一。中世纪著名神学家在奥古斯丁《〈创世记〉字疏》上册中,逐字逐句地疏解《创世记》前三章的字面(而非隐喻)意思。他对"起初,神创造天地"一句中"天地"的理解是:

　　　　或许我们应该把"天"理解为从被造之初起就始终处于完全(perfecta)和幸福(beata)状态的属灵造物,把"地"理解为还没有完成和完全的属体资料(corporals materies)?因为《圣经》说:"地是空虚混沌,渊面黑暗。"这话似乎是指物质实体的混沌无形状态。或者后半句暗示着两种实体的混沌无形状态,这样,"地是空虚混沌"指物质实体,而"渊面黑暗"指属灵实体?在这种解释中,我们应当把"黑渊"理解为一种暗喻,即生命若不转向它的造主,就是混沌无形的生命。唯有转向造主,它才能成形,不再是深渊;并且得到光照,不再是

---

① 《圣经》之《旧约》,中国基督教三自爱国运动委员会、中国基督教协会,南京:南京爱德印刷有限公司,2016年,第1—2页。

黑暗。①

奥古斯丁的疏解是从宗教角度做出的解释，属灵的存在才是真实的存在，非属灵的存在实质是不存在。"天"是属灵的造物，是真实的存在；而"地"是非属灵的造物，是"还没有完全的属体资料"，是没有形状的，因此实际是不存在的。但这样区分天地的属性，完全是从基督教崇天抑地的宗教角度做出的判断和读解，从逻辑角度无法讲通。天地是同时被叙述为上帝创造的，无天则无地、无地则无天，无论从《创世记》实际情形还是从逻辑上讲，都是如此。何以同时被创造的天地，一个是属灵的存在，一个是非属灵的存在？从逻辑上讲应该这样理解才合适：神从第一天开始创造之前的所有存在物，都是前创世阶段的存在，都是"混沌无形状态"，即未有状态。只有神指令创造的一切，才是属灵的存在。那就是第一天开始创造的世界。所以，最合适的理解是，在神第一天开始世界创造之前，天地都是"混沌无形的"，即未存未有状态，只有一片混沌黑暗的原始大海。

如果将"起初，神创造天地"当成实指，即神在第一天创世之前就创造了天地，那逻辑上就面临着如下不可解决的困难：首先，天地创造在任何民族的创世神话中，都是最重要的活动之一，当然应该在整个创世过程之中。但上引《创世记》最后一段明确说："天地万物都造齐了。到第七日，神造物的工已经完毕，就在第七日歇了他一切的工，安息了。"这就意味着，天地万物，所有的一切，都是在六天之中创造的，不是六天之前创造的。如果天地是六天之前创造的，那就与后面这个表述矛盾了。其次，六天创世很明确叙述了天地是如何被创造出来的。第二天神指令创造了天，第三天神指令下面的水要聚集到一起，让陆地露出来。天地就是这样形成的。如果将第一段"起初，神创造天地"当成实陈，那就和后面第二天第三天的创世活动重复了，第二天和第三天又创造了一次天地，这样说当然是不可以的。又其次，《创世记》第一段第一句说："起初，神创造天地。"又接着说："地是空虚混沌，渊面黑暗。"这个叙述说明，当时世界上只有一片混茫的原始混沌大水，之外再无其他，无天亦无地。所谓空虚混沌，即天地未分、万物未有的状态。空虚，即指虚无，即一切未存。若已有天地，

---

① [古罗马]奥古斯丁：《〈创世记〉字疏》(上册)，石敏敏译，北京：中国社会科学出版社，2018年，第23页。

则必不空虚,更不是混沌状态。因此,如果将第一段第一句理解为神在六天之前就已经创造了天地,必然面临着多方面无法解决的矛盾。所以,"起初,神创造天地"一句,在逻辑上不可以理解为神在六天创世之前,就已经创造了天地,也不宜理解为天是属灵的,因此是存在的,地是非属灵的,因此是未形未存的。若将第一段理解为天地在第一天创世之前就已经存在,必然导致无法解决的矛盾。

笔者的理解是这样的:《创世记》中耶和华神的创世活动是从第一天开始的,第一天开始创世之前第一段"起初,神创造天地"一句,是叙述者的一个概预叙。所谓"概预叙"即概要性预叙,意即将神创世的全部对象和过程都以这一句概要性预叙了,指"当初神准备创造天地万物的时候"。伯曼指出,希伯来人早期语言中,"天和地"是"宇宙"的同义词:"希伯来语中称呼宇宙的常用表达是'天和地',*hashshamayim weha' arets*。"[①]所以,"起初,神创造天地"一句,即"起初,神创造宇宙"之意,是一句预叙,即对之后即将发生的行为和生成的宇宙的预叙。因为是概预叙,意味着第一天开始创世之前一切未形,一切未有,只有一片混沌黑暗的原初大水。所以,第一段下面这样理解才合适:

> 起初,神准备创造宇宙的时候,只有空虚混沌。渊面黑暗。神的灵运行在水面上。

第一天创世前的这个概预叙,交代的是神创世前的一个存在状态:在神创世前,只有黑暗混沌的原始大水的世界,天地时空未分,没有万物,一切未形未有。

希伯来创世神话这个前提状态就其来源而言,应该是受了苏美尔—巴比伦和埃及创世神话影响的结果。在苏美尔—巴比伦和埃及多个创世神话中,有时空区分的世界出现之前,都只有一片黑暗混沌的原始大水,世界就是从这片原始混沌大水中逐步产生的。例如在巴比伦创世史诗《埃奴玛·埃立什》(*Enuma Elish*)中,世界最早就是一片黑暗混沌汪洋的原始海水:

> 上界,天尚未命名,

---

① [挪威]托利弗·伯曼:《希伯来与希腊思想比较》,吴勇立译,上海:上海书店出版社,2007年,第202—203页。

> 下界,地尚无称谓之名,此时
> (只有)他们原初之父阿普苏,
> 木恩木生养他们全体之母蒂阿玛特
> 他们的水(淡水与盐水)合为一体。①

这里所谓"未命名""无称谓之名",指的是还没有被创造出来。对此,《吉尔伽美什——巴比伦史诗与神话》一书的翻译者注释曰:古巴比伦人的观念是,"事物有了名字就意味着被创造出来,无名,即尚未被创造"②。所以,上面的叙述前两句的意思是说,世界最初没有天地上下的存在和区别,只有一片混沌黑暗的原始海水。原始海水之神是阿普苏(Abzu)和蒂阿玛特(Tiamat)。他们开始结合才创生了最早的海底双神卢奇姆和拉查姆,这双神结合生了上方世界和下方世界的双神安舍尔和奇舍尔,到这一代,世界才有上下区分。而最早的混沌黑暗的海洋双神阿普苏和蒂阿玛特,只代表混沌黑暗的原始海洋,在它们之前和之外,不存在天地及任何他物。

希伯来《旧约》中的创世神话将世界的原初状态描述为混沌的原始大水,明显受了巴比伦创世神话《埃奴玛·埃立什》的影响。希伯来人祖先曾经先后两次进入苏美尔—巴比伦生活,尤其是犹太人在公元前586年被巴比伦人攻灭其国,将他们的精英们羁押到巴比伦城外一个地方圈禁服苦役五十多年,到公元前532年,巴比伦被波斯人征服,犹太人才有机会重回故国。在巴比伦服苦役的五十多年间,受统治者文化与神话的影响,是很自然的事情。而且,犹太人整理《旧约》文献,也正是从巴比伦返回故国之后开始的。因此,他们的创世神话受巴比伦创世神话的影响,毫不奇怪。《旧约·创世记》第一段的那几句叙述,应该化自上引巴比伦创世神话。希伯来语"混沌之水"一词"特霍姆",研究者一般认为是巴比伦神话中那个原始黑暗的海洋之神蒂阿玛特的讹用。这也侧证了笔者的上述理解:在希伯来创世神话中,黑暗原始的混沌大水之前,世界上并无天地先创。

在埃及创世神话中,世界最初也是一片原始混沌的古海,其后才有一

---

① 佚名:《吉尔伽美什——巴比伦史诗与神话》,赵乐甡译,南京:译林出版社,1999年,第178页。

② 同上。

枚金色的圆球浮上海面,那就是太阳神拉(Ra),那以后世界才有上下天地之分。

希伯来人在自己的创世神话中,显然是借用了巴比伦和埃及创世神话关于世界原初状态是一片黑暗混沌的原始海洋的说法,他们将这种状态作为自己创世的前提借用过来了。因此,第一段第一句"起初,神创造天地",只能理解为叙述者对耶和华其后六天开始的创世活动的预叙才合适。

二、神创世顺序:先时后空

希伯来创世神话中,神真正开始创世工作,应该是第一天到第六天。我们下面来分析这六天创世过程和结果中所体现的时空意识特征。

首先,这六天创世过程,是先时间后空间的模式。

神第一天创世的工作,就是指令要有光。有了光,混沌状态就被破坏了,就分清了明暗与昼夜。那么,光区分的是时间还是空间?《创世记》已经说得很明白:"神称光为昼,称暗为夜。"白天与黑夜,这是时间。也就是说,因为有了光,区分了明暗,所以混沌的世界才有了白天黑夜的时间区别。因为有了白天黑夜的时间区别,所以才第一次"有晚上,有早晨",这都是在强调时间的区分。很明显,希伯来创世神话中,光是作为时间区隔的标志物被强调的。

但卡西尔的《神话思维》认为,按照原始人类的神话思维,时空意识产生的先后顺序应该是先有空间直观然后才有时间直观。时间意识是在空间意识基础之上发展起来的。同时,光也是空间现象,甚至光区分的明暗首先就是空间现象。所以,卡西尔在谈到先民神话思维时特别指出,原始神话思维中:"光明与黑暗、昼与夜的交替,构成最初空间直观和最初时间结构的基础。"[1]也就是说,神话中不仅最初的时间直观来自光,而且最初的空间直观也来自光,因为有了光,才能区分空间的明暗,所以,他说,"神话空间感的发展总是发端于日与夜、光明与黑暗的对立"[2]。"空间区域的每一划分,以及从而整个神话空间之内的每一种构造,都与这种对比相

---

[1] [德]恩斯特·卡西尔:《神话思维》,黄龙宝、周振选译,柯礼文校,北京:中国社会科学出版社,1992年,第121页。

[2] 同上书,第108页。

关。"①同时,卡西尔还特别指出,这种区别,也是时间区别的开始。光明与黑暗,白天与黑夜,早晨与傍晚,这是先民最早的时间意识,在此基础之上,才发展出更复杂的时间观念系统。而这种时间意识的产生,取决于光的产生。他在《神话思维》中讨论神话时间问题,还特别说到光对于区分时间的关键作用:"时间整体所呈现的格式塔,取决于宗教意识如何区分光与阴影。"②他在论及创世神话中光的作用时特别介绍到太阳与世界创生的关系,"在几乎所有氏族和宗教的创世传说中,创世的过程与光明的破晓溶为一体。在巴比伦人的创世传说中,世界生成于由旭日和春日之神发动的对魔鬼蒂玛特所代表的混沌和黑暗的战争。光明获胜是世界及世界秩序的起源。埃及人的创世传说也被解释成是对每天日出的模仿"③。他说的旭日和春日神,指的是马尔杜克,马尔杜克当然不只是早晨的太阳和春天的太阳,但这个时间身份的强调是在突出时间神对创世的特殊作用。

在希伯来创世神话中,光更被强调的是它的时间属性,或者说区隔时间的作用。白天与黑夜、晚上与早晨的时间区分和意识,都因为有光暗的区别而形成。

需要稍加分辨的是,在许多民族创世神话中,对光的崇拜和对太阳的崇拜并不完全等同,或者说两者不是同时产生的。其中古代波斯的密斯拉教(Mithraism)最为典型。这种区分对于理解犹太教《创世记》第一天创世神话的来源有十分重要的意义。从现代自然科学角度讲,人类地球世界的光源来自各种恒星,尤其是离地球最近的太阳,以及地球的卫星月亮。但在古代神话和宗教中,并非都是如此。光的来源不只是太阳和月亮,还可能有其他物象,比如火。密斯拉教神话就讲述,最早落下来和区分世界的是天火,那是光之源。拜火教正与此神话相关。崇拜火(光),这是密斯拉教的一个基本特征,他们的创世神叫阿胡拉·马兹达,这个名字就是光的意思,他是光之神,也就是说,世界是光创造的。拜火教首先直接崇拜的是火,是光,然后才是太阳和其他发光的星辰。正如卡西尔所

---

① [德]恩斯特·卡西尔:《神话思维》,黄龙宝、周振选译,柯礼文校,北京:中国社会科学出版社,1992年,第110页。
② 同上书,第134页。
③ 同上书,第109页。

说,因为这种以火为源的光明崇拜,"在波斯人的宗教中,从对光的普遍崇拜中发展出对时间、时间片段、年、四季、十二个月,以及个别日子和时刻的崇拜,尤其是在密斯拉教的发展中,这种崇拜具有极大的重要性"①。从当代自然科学角度讲,人们区分时间的坐标物是太阳和月亮的运行及其规则。但在古代波斯神话中,他们区分时间的坐标首先是火光。

还需要稍加分别的是,卡西尔认为光是区分空间和时间的基础,从自然的角度讲是如此,但从神话的角度讲未必全是如此。中国夏人创世神话中,空间的创造并没有出现光,光明神启是最后才出现的,他也是世界创造的最后完成者。在中国《楚帛书》创世神话中,空间的区分也不以有光为前提,神话至少没有特别强调这个条件。在没有光之前(夋生日月之前),天(伏羲)地(女娲)四方(四神子)空间就生成了,且通过四神步推(以空间推定时间)的方式,产生了最早的一年四季的时间模式。因此,从自然观察角度讲,光是区分世界空间和时间的前提;但在文化层面,不同民族神话中创世的顺序和强调的因素并不一样,这是需要注意的。

与此相关的是,不同民族的创世神话,空间和时间出现的顺序是不同的,中国夏人创世神话就是先创造空间的。夏人创世神话属于那种生殖创世的类型。鲧—禹—启分别代表的是水—地—天,三者的生殖世系暗含的是世界产生的顺序和结构。《楚帛书》创世神话中,最早的时间概念(一年四时)的出现也是在空间创造完成之后,但有些民族可能并不如此,或者说他们强调的方面并不总是先空间后时间的创造顺序。例如我们现在讨论的希伯来创世神话就存在这种情况。一方面,神第一天用指令创造了光,有了光,最早获得区分的是什么呢?在不同神话中,会强调不同方面。希伯来神话强调了光对时间区分的重要意义。神说要有光,就有了光,"神看光是好的,就把光暗分开了。神称光为昼,称暗为夜。有晚上,有早晨,这是头一日"。这里,神区分的"光暗"已经说得很清楚,就是昼夜晨昏。这是空间吗?当然不是,这是时间的基本单位:一天的四个时段。如犹太教神话要强调光对空间区分的意义,首先区分的是空间,那么,它就应该叙述神指令有了光后,光把天地四方区别开了。但犹太教创世神话不是这样叙述的,它强调的是光对于区分白天黑夜、傍晚早晨的作

---

① [德]恩斯特·卡西尔:《神话思维》,黄龙宝、周振选译,柯礼文校,北京:中国社会科学出版社,1992年,第122页。

用,而这些都不是空间概念而是时间概念。

　　古代波斯的密斯拉教将火当作创世光源,他们的创世神话也叙述,最早是光区分了混沌世界的明暗昼夜,如上面卡西尔所说,他们并从这种光崇拜中区分出了日、月、季、年、世纪等时间单位。而希伯来神话第一天通过光区分一天日夜晨昏的创世叙事,多半是受了波斯神话的影响。波斯文化有着遥远的历史,并且对西亚各国文化都产生了重要影响。古代波斯人曾经多次进入西亚,尤其是公元前532年,波斯大军进入两河流域,打败了新巴比伦人,摧毁了新巴比伦城,并且控制了整个西亚甚至埃及达二百年之久。被巴比伦人掳掠到巴比伦城外服苦役的犹太人,因为是波斯人攻打新巴比伦城的帮助者,所以,在波斯新统治者的允诺和帮助下,他们回到自己的故地迦南,建立起承认波斯最高统治权的新圣殿和国家。一直到公元前330年前后波斯人被亚历山大打败,两百多年间,他们都是波斯的附庸国,必然受波斯文化的深刻影响。同时,《旧约》中最早确定的文本是"摩西五经",那是犹太人的波斯大臣尼希米派巴比伦的犹太学士以斯拉向犹太人宣读的律法书,为犹太教确立了第一部神圣经典。所以,希伯来人《创世记》的第一天,在没有日月的前提下,以光区分白天与黑夜,强调光对于时间而不是空间的区分意义,应该是受到波斯神话影响的结果。

　　从卡西尔的理论讲,先有时间,这是违背人类一般神话思维的时空意识形成规律的,说明希伯来创世神话是后起的,已不是原始状态,它也表明希伯来神话在时空建构选择方面的独特性。

　　《创世记》神话叙事中,第二天才叙述神通过指令创造空间。神通过指令创造空气以区分世界的上、下,第三天继续指令下面的世界要将水归为一处,于是有了陆地和海,指令陆地上要生长植物,植物要结果实。这两天的工作就是创造上、下空间和空间中的植物的工作。因此,从第一天到第三天,神创造的是世界的时间和空间,但是是先创造的时间后创造的空间。

　　而第四天到第六天的创世工作,基本是在重复和扩大前三天的工作成果,即继续扩展时间和充实空间。第四天"神说:'天上要有光体,可以分昼夜,作记号,定节令,日子,年岁'"。这是继续第一天的工作,第一天的工作只能区分每一天的昼夜晨昏,但月、季节、年这些更大的时间单位,只根据能区分白天黑夜的光是无法完成的,而要根据日月这些天体运行的规律来判断。因此,日月就这样被创造出来了。人们根据日月的运行能确定天、月、季、年这样的时间系列。第五天神通过指令创造水中的生物,又是继续充实空间。第六天继续充实陆地上的动植物,"神说:'地要生出活物来,各从其类;牲畜、昆虫、野兽,各从其类。'事就这样成了。"然后创造人类管理这空间中的一切。这些工作,都是充实空间的工作。

因此,《创世记》六天的创世,可以分为两个阶段:第一个阶段是初创世界,这是前三天的工作;第二阶段是充实、发展和丰富初创的世界,这是后三天的工作。前三天的工作是先时间后空间,后三天也是这个模式,先时间后空间。

通过上面的清理和分析,应该能看出,希伯来创世神话是时先空后的时空创造顺序。这与中国《楚帛书》创世神话的时空出现顺序恰恰是颠倒的,中国《楚帛书》中,世界的创造是先空间后时间的。

三、神创世叙述:强烈的时间秩序感

我们发现,希伯来创世神话中时间单位出现的结构顺序,是由小到大的顺序。第一天创世,神用光区分的是一天的四个时段,即昼夜晨昏。第四天才通过创造日月光体,区分日、月、季、年这些更大的单位。这和中国《楚帛书》创世神话中时间结构的创造是完全相反的。中国《楚帛书》中最早被创造的时间单位是年和季,"四神相戈(代),乃步以为岁,是隹四寺(时)"。待俊生日月后,共工再根据日月运行规则推定十天干、一年四季和闰月,制定系统的历法。最后,接手共工主管历法的相土才在此基础上推定一天时间并将一天区分为宵朝昼夕四个时段。中国《楚帛书》中创世神话时间的创造顺序是年—季—月—日(四时段),希伯来创世神话的时间创造顺序恰恰相反:一天四时段—月—季—年。中国与希伯来创世神话中这种时间结构的逆向形成顺序,具有十分深远的文化意义和影响。杨义先生在《中国叙事学》中特别指出中国和西方文化在时间顺序结构方面的一个重要区别:"时间观念上的整体性和生命感,使中国人采取独特的时间标示的表现形态。它不同于西方主要语种按'日—月—年'的顺序标示时间,而是采取'年—月—日'的顺序。……在中国人的时间标示顺序中,总体先于部分,体现了他们对时间整体性的重视,……这种以时间整体涵盖时间部分的思维方式,深刻地影响了中国叙事文学的结构形态

和叙述程式。"①杨义先生指出的中国和西方主要语种在时间标示顺序上体现出的时间观的差异,可以用整体时间观和具体时间观来区别。而这种区别最早的体现,是在各民族创世神话中。可以说,各民族创世神话叙事中的时间结构形态,对于其后世文史叙事的时间结构形态具有原型意义。但更有意义的是,中国创世神话是先空后时、以空摄时的,而希伯来创世神话是先时后空、以时贯空的。这体现了很不相同的时空观。

希伯来创世神话体现出十分精确严密的时间意识和秩序感。世界被神创造开始到完成,一共七天(实际上只用了六天),神每一天创造什么,都有精确严格的记录,形成一条精确的时间线链,体现着强烈的时间意识。这和中国、希腊创世神话相比,是十分不同的,中国、希腊以及其他古代文明民族的创世神话,都没有这么精确严格的时间过程的记载和时间构成的线链。在中国和其他许多民族神话中,神创造了什么,可能有记载,但神什么时候创造什么,却没有希伯来这样精确的记载。这突出地体现了古希伯来人强烈而精确的时间意识。与这种时间顺序相关的,是创世过程体现出一种强烈的秩序感。神在六天创造的一切,从时间到空间,从天地到天地间的植物,到陆地和海中的动物,最后创造管理这个世界的人类,而且反复提示所创造的动物植物等都"各从其类",体现出一种强烈的内在秩序感和逻辑感。

因此,我们可以做出一个基本判断,希伯来创世神话在时空关系上,最强烈地突出了时间意识,可以将其确认为时间优势型创世神话。

顺便指出,不仅是创世神话体现出强烈的时间意识,希伯来神话传说中人物的世系也体现出强烈的时间意识。从亚伯拉罕一直到希伯来十二支派的形成,这个生殖链中所有的重要人物的世代关系都记录在案,十分清楚。在《旧约》中,叙述到某一个重要人物时,经常会追溯从他的祖先到他的生殖世系链的每一环节中的人物。甚至到了《新约》时期,这个世系链仍然被追溯。例如《马太福音》叙述到耶稣的诞生,就将其祖先的世系链一直追溯到很远:

亚伯拉罕的后裔、大卫的子孙、耶稣基督的家谱……:
亚伯拉罕生以撒,以撒生雅各,雅各生犹大和他的弟兄;犹大从

---

① 杨义:《中国叙事学》,北京:人民出版社,1997年,第122页。

他玛氏生法勒斯和谢拉,法勒斯生希斯仑,希斯仑生亚兰;亚兰生亚米拿达,亚米拿达生拿顺,拿顺生撒门;撒门从喇合氏生波阿斯,波阿斯从路得氏生俄备得,俄备得生耶西,耶西生大卫王。

大卫从乌利亚的妻子生所罗门;所罗门生罗波安,罗波安生亚比雅,亚比雅生亚撒;亚撒生约沙法,约沙法生约兰,约兰生乌西亚;乌西亚生约坦,约坦生亚哈斯,亚哈斯生希西家;希西家生玛拿西,玛拿西生亚们,亚们生约西亚。百姓被迁到巴比伦的时候,约西亚生耶哥尼雅和他的弟兄。

迁到巴比伦之后,耶哥尼雅生撒拉铁,撒拉铁生所罗巴伯;所罗巴伯生亚比玉,亚比玉生以利亚敬,以利亚敬生亚所;亚所生撒督,撒督生亚金,亚金生以律;以律生以利亚撒,以利亚撒生马但,马但生雅各;雅各生约瑟,就是马利亚的丈夫。那称为基督的耶稣,是从马利亚生的。①

这个耶稣家谱的生殖世系,带有《旧约》整理者和《新约》耶稣门徒很多的虚构,至少在摩西带领希伯来离开埃及之前的生殖世系有许多虚构。但我们应该注意的是,带有虚构性的家谱,能拟构得如此严密,似乎一代不少,一环不缺,人人有名,这不仅体现了希伯来人对家族绵延历史过程极其重视和认真,也说明他们的时间意识极其谨严和强烈。这在中国和希腊上古神话传说中都无有其匹,中国只在后世辑录的《世本》之《氏姓》篇中有这样严密清晰的人物谱系,这种人物谱系将春秋战国时代某些重要人物的姓氏一代代追溯到上古神话传说时代众多神帝中的某一个那里。但现见多种《世本》均清人的辑录之作,其原始性若何尚有存疑,不少学者认为这部书中许多内容都带有后人的拟构特征。《山海经》中也经常有某些神祇生殖世系的片段,但远没有这么详细精确和绵长。诸神和英雄世代关系就是时间关系,这种关系是否清晰,体现出创造神话的主体对时间意识的强烈程度。

四、《圣经》整体叙事的时间感与空间作用

希伯来创世神话中强烈的时间意识,对于其以后的神话传说而言具

---

① 《圣经》之《新约》,中国基督教三自爱国运动委员会、中国基督教协会,南京:南京爱德印刷有限公司,2016年,第1页。

有普遍性吗？回答是肯定的。对希伯来人而言，"摩西五经"是最富于神话传说性质的篇章，其中所有人物和故事情节，都严格地按照时间顺序展开，这在形式上使这种人物和他们的故事情节具有一种历史记载的性质。其实，学者们研究证实，这五经的人物和他们的故事充满虚构。但因为其强烈的时间意识和严格按照时间顺序展开的特征，使得这种叙述又充满历史真实感。所以有人将"摩西五经"中除神创世之外的其余部分视为以亚伯拉罕、以撒、雅各、约瑟、摩西等几个人物为核心的祖先史诗。

时间意识在《旧约》全书中还有一种特殊的体现方式，那就是与上帝相关的强烈的民族命运感。希伯来《旧约》将希伯来人一切的处境、遭遇、磨难、痛苦，都视为上帝设计好的安排，是这个民族必须经受的命运和过程。这使《旧约》的叙事充满一种非此不可的必然感和悲剧感。在《旧约》叙事中，时间是线性展开的，从亚当夏娃被从伊甸园驱逐到大地开始，人类始祖和他们的后裔希伯来人，就在一条无限延伸的线性时间链中过着一种"永劫不归"的生活。一代代希伯来人挣扎、奋斗、追求的生活历史，一个个不断变换和更替的生活空间，都被这样一条清晰的时间线链所贯穿。

那么，在希伯来《旧约》的神性叙事中，特定空间具有重要的结构意义吗？当然有。这其中有两个特定空间对希伯来人的现实生活和精神世界具有结构意义。一是叙事层面上，耶和华对希伯来历代祖先说的"应许之地"迦南，是希伯来人生活的核心空间。这个空间在叙事结构中的意义，不仅在于希伯来多代祖先和子裔都生活于其中，更在于它成为希伯来人的向往之地、安居之地。希伯来人大卫之前的传说史和之后的信史，可以说就是围绕着这个核心空间展开的。尽管希伯来人不断转换生活空间，但迦南是他们向往和命定的神赐之地、应许之地。因此，不管他们在哪个空间中生活，这个神赐之地一直影响着、牵绊着他们。一部《旧约》，最重要的那些人物和故事，可以认为都是直接或间接围绕着这个"流着奶与蜜"的迦南地展开的。或者叙述他们从耶和华那里获得这个"应许之地"的许诺，或者叙述他们进入、获得这个应许之地，或者离开、失去这个应许之地，或者为了这个应许之地而迁徙、征战、奋斗，或者表达对这个应许之地的思念和怀想。

潜隐在《旧约》之内的另一个空间就是伊甸园，这个空间是存在于希伯来人的精神世界中的。它作为一个象征之地，与人类始祖单纯、浑朴、天真、美好的理想生活记忆相关,也与人类始祖的罪恶和堕落相关,同时,这个理想世界还和上帝耶和华居住的天堂相关。伊甸园相当意义上成了上帝天堂在人间的一个投影和象征。希伯来宗教中,人类的原罪就是始祖在伊甸园中犯下的。人类的现实生活历程,都被描述为一种接受上帝惩罚、失去乐园的生活过程。在这个过程中,人类只有在上帝面前不断忏悔自己的罪恶,净洁自己的灵魂,死后其灵魂才可能重回上帝身边,重归乐园。所以,作为上帝天堂象征的伊甸园,是《旧约》叙事中精神层面潜隐的一个核心空间,它和《旧约》叙事现实层面存在的迦南这个空间一起,在叙事结构上起着重要的作用。而且,伊甸园的作用,在精神层面上,也一直延伸到《新约》中,《旧约》的最后几书和《新约》的全书,都在通过耶和华或耶稣的话,以及耶稣门徒的话,反复预示或昭告拯救者的降临,人类天国的降临,即所谓千禧年的降临。按照《新约》的叙事,耶稣将在人类最后的一千年降临人间,真正做地上的王,拯救人类脱离灾难苦海,过上天国般的生活。这就等于是在精神层面给人类许诺了一个最后的类似伊甸园的理想世界。人类的始祖和历史最早从伊甸园开始,最后终结于类似伊甸园的世界。可见伊甸园式的理想之地在希伯来《圣经》的叙事层面和精神层面具有多么重要的结构作用。

但需要特别指出的是,单就《旧约》而言,其叙事中的时间基本上是线性延伸,体现在对一代代希伯来先祖生活过程和命运的衔接中,就像一支从伊甸园中射出的箭,永远朝前飞,没有回转的时候。一代代希伯来人,他们生活的一个个不同空间,都被这支时间之箭所贯穿,构成一个面向无限未知的未来"永劫不归"的历程,这个历程充满浓重的悲剧色彩。是《新约》基督复活、千年盛世的未来叙事,将这支射向无限深渊的时间之箭引向射出之地,从而构成一个结构上的圆圈。

综上,《圣经·创世记》神话叙事和希伯来人历代祖先的传说以及真实记录的生活历史叙事中,时间具有最基本的结构意义,是最基础性的结构经线。因此总体上可以认为,希伯来创世神话和祖先传说的叙事是时间优势型的,尽管空间的作用一样不能忽视。

第四节　希腊神话创世叙事内含的时间优势意识

那么,希腊创世神话的时空意识是怎样的呢?讨论这个问题,首先要确认希腊有哪些创世神话。有资料显示,创造我们今天所见的古代希腊神话的印欧人在进入希腊之前,希腊的原住民如皮拉斯基人已经有了自己的创世神话,它的创世母神是欧律诺墨,她被认为是一个时间神。同时,与奥林波斯神系同在的希腊人还有俄耳甫斯教神系和以德墨忒尔崇拜为中心的厄琉西斯神系。只是因为赫西俄德的《神谱》流传广远,并且将其他两个神系的重要大神统合其中,以宙斯为中心的奥林波斯神系才成为众所周知的神系。从现有资料看,至少俄耳甫斯神系曾经有一个以时间为起点的神谱。

一、俄耳甫斯创世神话的时间优势型时空观

俄耳甫斯神系曾被西方学者认为是希腊化时期甚至罗马时期才虚构出来的一个神系,但经过学者们的不断研究,已能证明俄耳甫斯神教和其神系起源很早。公元前6世纪就有诗人在其诗歌中提到"俄耳甫斯的美名"。考古学家在大约公元前560年的古代希腊神庙檐壁上,发现刻有俄耳甫斯站在阿尔戈斯号船上演奏音乐的画面。在公元前5世纪的古墓中,发现许多俄耳甫斯教徒的铭文。中国俄耳甫斯神教和神谱的研究者吴雅凌在《俄耳甫斯教辑语》(Les Fragments orphiques)中指出,"从这些古墓的分布情况来看,自公元前5世纪起,俄耳甫斯教的影响就遍及从阿提卡到西西里、从南意大利到罗马的广大地区"[①]。公元前5—前4世纪的柏拉图的许多作品中,都提到俄耳甫斯及其秘仪。考古还发现,公元前4世纪的多个陶瓶上都有俄耳甫斯演奏音乐的绘画。而公元前3世纪出现的《阿尔戈斯英雄纪》中,被伊阿宋邀请参加远征的50位英雄中,第一位就是俄耳甫斯,第二位才是鼎鼎大名的赫拉克勒斯。而研究者已能认定,阿尔戈斯号远征的英雄故事,起源应是迈锡尼文明时期。因此正如《俄耳甫斯教辑语》一书作者所说,"可以由此猜测,俄耳甫斯生活在颇为

[①] 吴雅凌编译:《俄尔甫斯教辑语》,北京:华夏出版社,2006年,第9页。

古远的年代"。① 俄耳甫斯教起源于什么时代呢？不同学者有不同推断。最远的认为应在公元前1000年前，也有学者认为大约与荷马—赫西俄德的时代不相上下。一般认为，大约在公元前7—前6世纪他就已经存在了。不管哪种说法，都意味着俄耳甫斯和以他为核心的宗教出现年代是比较早的。

尽管俄耳甫斯教起源很早，但是人们却尚未发现俄耳甫斯教最早的神谱文本，即其初文本。现在所见资料都带有"二手"性质，即是其续文本。这个原因吴雅凌说应该与俄耳甫斯教的"民间性"有关，即荷马—赫西俄德的神话和史诗是"政制性"的，即它们已经纳入了当时雅典等希腊城邦的政治生活体制中（重大政治和宗教活动中要演唱他们的神谱或史诗，或者以之为基础的戏剧），获得了权威地位，所以能获得高度重视，并被整理和保存。而俄耳甫斯教和厄琉息斯秘仪一类的宗教和仪式，则只在民间流传，且其秘密仪式、祷歌等只在民间特定信仰人群和场合中秘密传授和表演。《俄耳甫斯教祷歌》的原始文本未能流传下来应当与此相关。这是可能的解释之一。不管什么原因，我们现在能见到的有关俄耳甫斯的神谱资料都是"二手"的，而且有多个来源。研究者发现，古希腊戏剧作家阿里斯托芬（Aristophanes）公元前414年的作品《鸟》（The Birds），以戏谑的语调引述了一个神谱的一部分，颇有俄耳甫斯神教的味道。这个神谱片段稍后（前405年）在欧里庇得斯的一部戏剧作品以及柏拉图和亚里士多德著作中也被分别提及，研究者称这个神谱叙事为俄耳甫斯诗教神谱的"古版本"。这个版本说明大约最迟在公元前5世纪俄耳甫斯诗教神谱就已经存在。这个版本中的创世元神是时间之神、夜神纽克斯。另一个俄耳甫斯诗教神谱是大约产生于公元前5世纪的"二十四叙事圣辞"（Discours sacrés en vingt-guatre rhapsodies），这个神谱是流传最广的一个神谱，它在纽克斯之前又加了一个时间神克罗诺斯（Chronos，又译赫洛诺斯或柯罗诺斯），认定时间之神克罗诺斯是最早的创世神。到公元1—2世纪，又出现了两个俄耳甫斯诗教关于创世的神谱版本。这三个版本是目前认为比较可靠的有关俄耳甫斯诗教的神谱。关于这三个版本神谱的确认情况颇为复杂，有兴趣者可参看吴雅凌《俄耳甫

---

① 吴雅凌编译：《俄尔甫斯教辑语》，北京：华夏出版社，2006年，第4页。

斯教辑语》的有关介绍。① 这些版本都不是俄耳甫斯诗教神谱的原初版本，都是后人传抄的"二手"资料。1962年研究者发现了年代约为公元前4世纪名为德尔维尼（Derveni）的一份俄耳甫斯神谱手抄本，内容包括以夜神纽克斯为主的某个俄耳甫斯诗教的神谱说，以及对这个神谱说的注疏。② 由于德尔维尼手抄本文字的识读和文献整理问题尚未结束，这份手抄本神谱尚未公开发表，其具体内容如何尚不可知。但研究者认为，这都不是俄耳甫斯教神话的较初文本，都只是一些"二手"资料，即本书所说的"续文本"。不过可以相信这些后出的俄耳甫斯神谱文本，都在一定程度上保存着早期文本的某些基本特征和内容，当然也会有许多变化。进入公元以后，还产生了不少俄耳甫斯神谱，但一般认为这些神谱后人臆造居多，其可靠性存疑。现在西方学界比较认可的是上面说的那三个"二手"文本，被认为保留有较多俄耳甫斯神教的原初信息。国外学者经研究得出一个基本结论："早在公元前5世纪左右就存在着某一俄耳甫斯神谱叙事传统，在接下来的时代里，这一传统随着信仰和知识氛围的变迁而产生出不同的版本。"③

下面将中国学者吴雅凌整理的三个俄耳甫斯神谱版本中的核心人物世系，转录如下：

古版本：纽克斯（Nuit）—卵（Oeuf）—爱若斯—乌兰诺斯和该亚（Ouranos & Gaia）

"圣辞"版本：时间之神克罗诺斯（Chronos） 纽克斯（Nuit）—爱若斯—法那斯（Eros-Phanès）—乌兰诺斯和该亚（Ouranos & Gaia）—克洛诺斯和该亚（Kronos & Rhéa）—宙斯和德墨特尔（Zeus & Déméter）—狄俄尼索斯（Dionysos）

Hiéronymos和Hellanikos版本：水＋土（Eau＋Terre）—时间之神克罗诺斯（Chronos）—后面和上一"圣辞"版本神系大体差不多④

上述三个版本，古版本最早，"圣辞"版本稍晚，第三个版本最晚。第三个版本明显受了古希腊哲学的影响。古希腊从第一个哲学家泰勒斯

---

① 吴雅凌编译：《俄尔甫斯教辑语》，北京：华夏出版社，2006年，第38—39页。
② 同上书，第9页。
③ 同上书，第41页。
④ 同上书，第40页。本书作者将原文的表格形式做了转换。

(Thales)开始,将某种元素看成世界的本原,直到公元前5世纪,毕达哥拉斯(Pythagoras)学派和恩培多克勒(Empedocles)等先后整合前人不同说法,归纳出土、水、风、火四元素的宇宙本体论。上述第三个版本将水和土作为宇宙最原初的元素,很明显是受了四元素哲学的影响。因此,从神话角度看,恰恰应该去除这个哲学的元素。

在这个前提下,我们来讨论俄耳甫斯神谱的时空意识。很显然,这三个神谱有一个共同特征,就是都将时间设定为宇宙的源头。

古版本神谱中最早的神是夜神纽克斯。纽克斯代表的是世界产生之前的黑夜,无边无际的雾。她生了一枚具有混沌宇宙意义的卵,卵里产生了爱若斯(最早的欲望之神),爱若斯生了乌兰诺斯与该亚。比较赫西俄德《神谱》会发现,这里几位神的关系出现了很大的变化。在赫西俄德《神谱》中,除神卵以外的这几位神都是混沌神卡俄斯生的,就是说他们是平辈。但在这里却成为具有代际关系的神。而混沌神卡俄斯和混沌神卵,其实是同一个神。究竟这个俄耳甫斯神系更早还是赫西俄德神系更早,无法断定,因为我们不知道最早的俄耳甫斯神谱的初文本。现在看到的都是这个初文本的"二手"资料。我们要研究的是,在这个神谱中,作为宇宙源头的黑夜神纽克斯的时空属性。一般神话中,神卵指的是孕育宇宙神的最早混沌状态,时空是混沌初开后才出现的。但古版本的俄耳甫斯神谱却在这个混沌之前安排了一个更早的夜神纽克斯。因为她是夜神,所以,她内含着时间的元素(夜神是与昼神相对的)。以她为这个神谱的源头,实际内含着时间创世的理念。而且,她所生的混沌神卵,在俄耳甫斯神话中也不是无秩序和无所指的对象,而是一片只有夜和雾的深渊,这些雾凝聚为卵形,分而为二,成为天和地,分别代表天地空间的乌兰诺斯和该亚由此而生。①

这个时间创世的理念在第二个俄耳甫斯神系版本即"二十四叙事圣辞"版本神系中,得到了更明显的体现。这个神谱在前一个神谱版本的首神纽克斯之前,又多了一个时间之神克罗诺斯。克罗诺斯(时间之神,与赫西俄德《神谱》中的天神乌兰诺斯的儿子Cronos——中译作克雷诺斯或克洛诺斯——常常混淆,后者也多被认定为时间之神)是这个版本神谱

---

① 见[苏联]M. H. 鲍特文尼克、M. A. 科甘、M. Б. 帕宾诺维奇、Б. П. 谢列茨基编著:《神话辞典》,黄鸿森、温乃铮译,北京:商务印书馆,1985年,第164页。

的首神,他更明确地表达了一个认知,时间是世界之源,是时间开启了对世界的创造。

第三个版本的神谱基本只是在第二个版本神系基础之上增加了水和土两个哲学性的世界元素,我们可以肯定这个后起的神谱基本是将希腊哲学四元素宇宙论中的两个元素加之于第二个神谱的结果。因此,去除这个哲学元素,其世界源头还是时间神克罗诺斯。

虽然俄耳甫斯神教多种神谱的创世首神不尽相同,但他/她们有一个共同特征,即最早的神都是时间神,世界从时间开始,而空间神则是后生的。很显然,这是典型的时间优势型宇宙起源神话。

二、赫西俄德创世神话的两分性时空观

正如希腊历史学家希罗多德所说,是荷马和赫西俄德一起决定了希腊诸神的形象。因为赫西俄德的《神谱》在广大的希腊地区传播,所以俄耳甫斯教神系被遮蔽和边缘化。那么赫西俄德《神谱》中有创世神话吗?一些学者认为没有,说世界的创造在《神谱》诸神诞生之前已经完成了,所以,《神谱》不再讲述创世神话。但这其实是错误的说法。赫西俄德《神谱》不仅存在创世神话,而且它的主体部分其实都属于创世神话。只是赫西俄德《神谱》创世神话的类型不是苏美尔和埃及早期那样的原始大水中生出陆地、陆地生出高山、高山生出天空这样的自然生成型神话,也不是希伯来那样的至上神创世神话,更不是印度梵天金蛋创世的宇宙卵型或布尔夏身化万物的尸化型,而是生殖创世型,即诸神通过生殖行为创造世界的各部分。这种类型的创世神话中,诸神代表着世界的某些部分,通过具有特殊自然性质的神和神之间的生殖关系来体现世界的创生过程。对于人类创世神话类型的研究,20世纪已经有丰富成果,《新大英百科全书》"人类创世神话类型与理论"词条,将人类创世神话一共概括为五类,其中"天地父母型"就是生殖创世型,赫西俄德创世神话就属于这种类型。

作此厘清之后,我们来分析《神谱》创世神话叙事中隐含的时空意识特征。

赫西俄德《神谱》除去那些叙述者的仪式性话语,他叙述的希腊诸神世系是这样的——

最先产生的确实是卡俄斯(混沌),其次便产生该亚——宽胸的大地,所有一切以冰雪覆盖的奥林波斯山峰为家的神灵的永远牢靠的根基,以及在道路宽阔的大地深处的幽暗的塔耳塔罗斯、爱神厄罗斯——在不朽的诸神中数她最美,能使所有的神和所有的人销魂荡魄呆若木鸡,使他们丧失理智,心里没了主意。从混沌还产生出厄瑞玻斯(引者按:厄瑞玻斯为黑暗的化身)和黑的夜神纽克斯;由黑夜生出埃忒耳和白天之神赫莫拉,纽克斯与厄瑞玻斯相爱怀孕生了他俩。①

这个叙事中,有几点需要注意,最早出现的是混沌神卡俄斯(Chaos),卡俄斯之后,出现了五个神和神性区域,即地母该亚(Earth)、大地边缘深处的塔耳塔罗斯(Tartarus)、原始爱欲之神厄罗斯(Eros)、黑暗神厄瑞玻斯(Erebus)和黑夜神纽克斯(Night);这五个神和神性区域可分为三类:一类是空间神(地神该亚)或神性空间区域(塔耳塔罗斯),一类是时间神(黑暗神厄瑞玻斯和黑夜神纽克斯),一类是诸神生殖行为的动力基础(爱欲之神厄罗斯)。这意味着,在希腊创世神话中,隐含着一个基本认知,世界一开始时空是同时出现的,并且它们是分离的(不是同一个神兼具时间和空间神属性)。然后空间神和时间神分别开始了自己的生育行为,他们分别生育了掌管这个世界不同部分和领域的神。

那么,《神谱》接着叙述哪个神的生育行为呢?首先叙述的是时间神黑暗和黑夜神的结合生了光明神和白天神:"黑夜生出埃忒耳和白天之神赫莫拉,纽克斯与厄瑞玻斯相爱怀孕生了他俩。"②黑夜产生了光明,夜神生了光明神,这使我们想起希伯来创世神话神第一天的工作,用光区分黑暗与光明、白天和黑夜,时间产生了。《神谱》尽管更多的是叙述空间神地母的生殖世系,但它却首先叙述黑暗和黑夜神相爱生殖了白天和光明神。这似乎也有时间优先的意味。这是否潜在地受了俄耳甫斯教创世神话时间优先的影响?或者更早的印欧创世神话就是时间优先的,我们不得而知。但先叙述时间的产生,后叙述空间的产生,这个顺序安排,至少说明赫西俄德《神谱》对时间的重视。下面,为了论析的连续性,我们暂时不按《神谱》的叙述顺序,先来看看这时间神生的神有什么特征:

---

① [古希腊]赫西俄德:《工作与时日 神谱》,张竹明、蒋平译,北京:商务印书馆,1991年,第29—30页。

② 同上书,第30页。

夜神纽克斯生了可恨的厄运之神、黑色的横死之神和死神,她还生下了睡神和梦呓神族。尽管没有和谁结婚,黑暗的夜神还生了诽谤之神、痛苦的悲哀之神和赫斯佩里得斯姊妹。赫斯佩里得斯看管着光荣大洋俄刻阿诺斯彼岸好看的金苹果和果实累累的树林。黑夜还生有司掌命运和无情惩罚的三女神——克洛索、拉赫西斯和阿特洛泊斯。这三位女神在人出生时就给了他们善或恶的命运,并且监察神与人的一切犯罪行为。在犯罪者受到惩罚之前,她们决不停止可怕的愤怒。可怕的夜神还生有折磨凡人的涅墨西斯,继之,生了欺骗女神、友爱女神、可恨的年龄女神和不饶人的不和女神。

恶意的不和女神生了痛苦的劳役之神、遗忘之神、饥荒之神、多泪的忧伤之神、争斗之神、战斗之神、谋杀之神、屠戮之神、争吵之神、谎言之神、争端之神、违法之神和毁灭之神,所有这些神灵本性一样。此外,不和女神又生了誓言女神,如果世人存心设假誓欺骗别人,她会纠缠不止。①

时间神生的这些神具有几个特征:一是他们主管的都是一些抽象的领域,这正与时间的抽象特征相关。在时间和空间中,空间是直观的、感性的,但时间则是抽象的、超感性的。它们的出现表明了当时的希腊人已经在神话中思考时间的抽象特征问题了。二是夜神生的这些神中许多(不是全部)都内含着时间的特征,如厄运、死亡、睡眠、梦呓、命运、年龄、违法等,都是在时间过程中出现的现象,主管这些的神,因此都内含有时间的特征。尤其是令所有希腊诸神和英雄都无法摆脱其控制的命运三女神,分别主管的是过去、现在、未来,这完全就是指的全部时间和时间过程。命运是在时间过程中形成和印证的。夜神所生诸神的第三个特征是,他们大都是主管负面价值的神祇,这既与黑暗和黑夜在希腊文化中的负面价值有关,更与时间的消极本质有关。在时间面前,一切伟大、崇高、恒久、美好的事物都会慢慢消失其原有的价值,而变得无足轻重,甚至消失和成为其反面的东西。时间的这个消极特征和负面价值,是夜神所生的儿女们大都具有负面价值的根本原因。反过来,这些神的价值特征,也反证了其时间神的属性。

---

① [古希腊]赫西俄德:《工作与时日 神谱》,张竹明、蒋平译,北京:商务印书馆,1991年,第33页。

《神谱》在叙述黑暗神和黑夜神结合诞生了白天和光明神后,接着叙述空间神该亚开始的生殖行为。空间神该亚开始的生殖世系在《神谱》中占据主要位置,他们人数众多,该亚生下了天空之神乌兰诺斯(Heaven)、海洋之神蓬托斯(Pontus)和山脉之神乌瑞亚,以及其他的众多神灵。空间一切方面的主管神,都是该亚和其后裔生的。《神谱》叙述道——

> 大地该亚首先生了乌兰诺斯——繁星似锦的皇天,他与她大小一样,覆盖着她,周边衔接。大地成了快乐神灵永远稳固的逗留场所。大地还生了绵延起伏的山脉和身居山谷的自然神女纽墨菲的优雅住处。大地未经甜蜜相爱还生了波涛汹涌、不产果实的深海蓬托斯。后来大地和广天交合,生了涡流深深的俄刻阿诺斯、科俄斯、克利俄斯、许佩里翁、伊阿佩托斯、忒亚、瑞亚、忒弥斯、谟涅摩绪涅以及金冠福柏和可爱的忒修斯。他们之后,狡猾多计的克洛诺斯降生,他是大地该亚所有子女中最小但最可怕的一个,他憎恨他那性欲旺盛的父亲。①

这些神大都带有空间神性质,他们主管的区域也基本是不同的空间。赫西俄德《神谱》中神界生殖世系以该亚一脉为主,她和后代主要生殖的是空间神,主管世界各个方面、领域的神祇,都是经过生殖行为创生的。

值得注意的是,在该亚和其后裔生殖的空间神中,不少都内含时间特性,其中,希腊三代神王内含的时间神性特别值得注意。《神谱》讲述,地母该亚最早生的是天神乌兰诺斯,这意味着最早的天地空间形成。但很有意思的是,这个乌兰诺斯并不是全部时间的天空之神,他只是"繁星似锦的皇天"即夜间的天空,而白天的天空之神,则是乌兰诺斯的孙子宙斯(Zeus)。麦克斯·缪勒早在《比较神话学》(Comparative Mythology)和《宗教学导论》(Introduction to the Science of Religion for Lectures)中就说道,在古印欧语中,"Zeus"一词就指的是"天空",这个词的主要含义是明亮的天空,意即白天的天空。这意味着,赫西俄德创世神话中,黑夜的天空之神与白天的天空之神是不一样的神,这一区别内含着时间的差异。很有意思的是,推动这黑夜的天空向白天的天空转换的中间性也是

---

① [古希腊]赫西俄德:《工作与时日 神谱》,张竹明、蒋平译,北京:商务印书馆,1991年,第30页。

决定性的力量,即第二代神王克洛诺斯,也就是时光之神。

关于克洛诺斯(Cronos)是否时间神的问题,西方学界有歧见。有说他原不是时间神,是后来人们将俄耳甫斯神谱中的时间神克罗诺斯(Chronos)和他混淆,将他也当成时间神了。这也有可能。在俄耳甫斯神教中,克洛诺斯和时间元神克罗诺斯都是时间神。公元2世纪俄耳甫斯神教的一首专门献给克洛诺斯的祷辞中就称他为"时间的恒主"①。基尔克(G. S. Kirk)谈到俄耳甫斯神教中克罗诺斯和克洛诺斯的关系时,说两者的同一关系是在俄耳甫斯教团中形成的,"这两个名称的同化曾经是一次明显的运动"。② 意思是在更早的赫西俄德《神谱》中,克洛诺斯并非时间之神。也许是这样。但在赫西俄德《神谱》的三代神王中,乌兰诺斯是夜空之神,宙斯是明空之神,都有特定的神性,克洛诺斯当然也有确定的神性。但如果他不是时间神,那他的神性如何定位?如果他定位为时间神,那就能合理地解释赫西俄德三代神王之间暗含的创世关系。世界从天地不分的夜空(乌兰诺斯)统治到天地分开的明空(宙斯)统治,之间正是时间(克洛诺斯)推动的结果。因此,从创世神话的内在结构角度理解,不管从字源角度看Cronos是否是时间之意,在神话故事结构中,他是时间之神才最合乎三代神王之间神性发展的内在逻辑。也许正是由于这种内在的逻辑,人们才将俄耳甫斯神教中的克罗诺斯(Chronos)和赫西俄德《神谱》中的克洛诺斯(Cronos)合二为一地理解为时间之神。希腊神谱中,从卡俄斯到宙斯的更替过程,内含的是世界从混沌、黑暗到光明的过程。那以后,诸神还通过生殖行为生殖了许多掌管不同空间和时间的神祇,那基本就是在已经完成的大框架中丰富细节的工作。

希腊创世神话的时间意识,不仅体现在时间或是创世元神的根本特征(俄耳甫斯神系的首神纽克斯或克罗诺斯),或是三代神王内含的元素(赫西俄德神系)中,还体现在三代神王的命运都在时间神即命运女神(主管过去、现在、将来的女神)的掌管这一事实中。命运,是希腊所有神和英雄都逃不脱的最终极的掌控力量。克洛诺斯推翻了父神之后,该亚预言了他也将被一个更强大的儿子推翻的命运。宙斯推翻父亲当了天王后,

---

① 见吴雅凌编译:《俄耳甫斯教祷歌》,北京:华夏出版社,2006年,第30页。
② [美]G. S. 基尔克、J. E. 拉文、M. 斯科菲尔德:《前苏格拉底哲学家——原文精选的批评史》,聂敏里译,上海:华东师范大学出版社,2014年,第44页。

该亚又曾对他说过一个预言,说他的命运是将被一个更强大的儿子所推翻。宙斯想摆脱这个命运,所以将他怀孕的妻子墨提斯活活吞进自己肚子里。克洛诺斯的命运已经应验,如果希腊神话时代继续下去,宙斯也将应验命运的安排。希腊历代神王乃至诸神,都摆脱不了命运力量也就是时间力量的掌控,或者说他们摆脱不了对时间的恐惧。

赫西俄德《神谱》创世神话的时间优势型特征,还表现在下面两个方面:一是在赫西俄德神系中,诸神世系是基本清晰的。从混沌神卡俄斯开始,由黑暗神厄瑞玻斯和夜神纽克斯生殖的神祇和由地神该亚生殖的神祇世系都比较清晰。世界的创生与诸神的诞生具有内在的同一性。二是故事链清晰。《神谱》创世叙述中有比较丰富的功能(行动)元素,这些元素组成了比较丰富的行动系列,在此基础上形成了比较丰富的故事情节。那些重要的神祇之间,都充满了交往、冲突、和解、胜利、失败或死亡的行为,世界就是在这样的情节中创生和扩展的。对于神话而言,外在的自然时间和社会时间如何转化为故事情节时间,是一个重要问题。赫西俄德《神谱》中,外在的自然时间转化为故事内在时间的程度较高。卡西尔在《神话思维》中就特别讲到,故事情节对于神话时间具有重要的意义,它使事件的内在关联和规律得以揭示。

因此,希腊俄耳甫斯创世神系(不管哪一个版本)是时间优势型的,赫西俄德神系创世神话则分别沿时空两条线索发展,而以该亚开始的空间性神系为主。但在这种空间性神系中,潜含着明显的时间意识。

从现见古希腊一些文献的零碎记载看,赫西俄德《神谱》和俄耳甫斯神教神谱之外,希腊大约还有另外一些神谱,但这些神谱都没有流传下来,应该是赫西俄德《神谱》获得权威性以后,其他同类型的神谱就被排斥和压抑的缘故。卡西尔在《神话思维》中曾说,"在古希腊哲学伟大创造开始之际,在叙罗人费雷居德的神谱中,时间、宙斯和地狱之神都是主神,万物均源出于他们。这里,宇宙连同宇宙之中的万物都是时间的产物"[①]。卡西尔所说的叙罗岛的费雷居德,其生平并不太清楚,传说他是学识渊博的自然科学家和哲学家,曾担任过毕达哥拉斯的老师。他断言火、水和风是世界的构成基础,而这三样元素都源于时间之神赫洛诺斯的精子,因此

---

① [德]恩斯特·卡西尔:《神话思维》,黄龙宝、周振选译,柯礼文校,北京:中国社会科学出版社,1992年,第145页。

时间才是万物所赖以产生的原则。① 这意味着在他那里,时间是世界的始源。有人说他曾用散文写过一份神谱,但这份神谱已经失传了。神谱开始的几句一直流传下来:"宙斯、和时间与大地都是永恒不朽的。"(有学者将这段希腊文译为:"扎斯和赫洛诺斯永在,还有克托尼亚。"②)黑格尔在《哲学史讲演录》第一部《希腊哲学》中,曾引用过这句话(中译文稍有不同)③,这个判断将时间的重要性极度突出出来了。

因此,综合赫西俄德神系、俄耳甫斯神系和可能曾出现过的费雷居德神系看,希腊创世神话总体上还是时间优势类型的。在确认希腊创世神话总体上还是表现为时间优势型意识的同时,我们也要注意到,赫西俄德创世神话的空间意识也很强烈。在中国和两希三个民族创世神话中,希伯来是时间意识最强烈的,希腊稍次,中国最次。中国创世神话,是空间意识最强烈的神话。

三、希腊早期哲学从重时到重空的转向

我们注意到希腊文明进入哲学时代后对于时间、空间的不同取向。

希腊第一个哲学家是公元前6世纪的泰勒斯,他和他开创的米利都学派都强调一切皆在变化、运动。亚里士多德在《论灵魂》中介绍泰勒斯的灵魂观时说:"就连泰勒斯也主张灵魂是某种能够运动的东西。"④亚里士多德认为泰勒斯主张万物都有灵魂,"万物都有神",万物都在运动和变化。认为水是世界的本原,这是泰勒斯著名的宇宙观,他认为水是不断流动变化的,世界一切都在运动变化。米利都学派的其他哲学家如阿那克西曼德(Anaximander),认为"运动是永恒的"⑤,他宣称毁灭和生成"循环不已"⑥。诸存在物的毁灭与生成都互相转化,都是在时间中发生和完成

---

① 参见[美]G. S. 基尔克、J. E. 拉文、M. 斯科菲尔德:《前苏格拉底哲学家——原文精选的批评史》,聂敏里译,上海:华东师范大学出版社,2014年,第87页。
② 同上。
③ [德]黑格尔:《哲学史讲演录》(第一卷),贺麟、王太庆等译,上海:上海人民出版社,2013年,第206页。
④ 转引自[美]G. S. 基尔克、J. E. 拉文、M. 斯科菲尔德:《前苏格拉底哲学家——原文精选的批评史》,聂敏里译,上海:华东师范大学出版社,2014年,第144页。
⑤ [美]G. S. 基尔克、J. E. 拉文、M. 斯科菲尔德:《前苏格拉底哲学家——原文精选的批评史》,聂敏里译,上海:华东师范大学出版社,2014年,第162页。
⑥ 同上书,第163页。

的,都是"按照时间的安排"进行的。① 米利都学派另一个哲学家阿那克西美尼(Anaximenes)认为世界的本原是气,而气是在不断凝聚和疏散中生成和变化出世界万物的:"无限的气是本原,从其中方生者、已成者、将在者、诸神和神圣者被生成,其余的东西从它的这些产物中被生成。……它总在运动。"②西塞罗(Marcus Tullius Cicero)在《论诸神的本性》中转述阿那克西美尼有关"气"的思想:"气是一个神,它生成,是不可量的、无限的、总是在运动中。"③可见米利都三杰都在强调世界的变化、运动、生灭不已,而这恰是时间的本质。因此,米利都学派思想的核心是强调时间在宇宙万物生产过程中的关键作用。

米利都学派,是古代希腊由神话时代向哲学时代转化的第一个学派,这个学派所使用的概念和表述,关于宇宙生成的思想留下神话时代突出时间意识的特征自不奇怪。

古代希腊早期还有一个哲学家十分看重时间在世界构成中的作用,那就是赫拉克利特(Heraclitus)。他的"万物皆流""人不能两次踏入同一条河流"的著名命题,都在强调世界的变化性和时间性。他说:"对于踏入同样河流的人们,不同而又不同的水流流过。"④他用带着隐喻性的表述表达他对事物间生灭相继相循的认知:"灵魂之死就是变成水,而水之死就是变成土。但从土生成水,从水生成灵魂"⑤,这些表述,都在强调生成、变化、时间等世界的特征。

因此,可以作这样一个结论,米利都学派和赫拉克利特都在强调时间对宇宙生成的重要性。这一点,中国研究早期希腊哲学的重要学者聂敏里在《西方思想的起源——古希腊哲学史论》一书中有很好的概括。他说——

> 识别早期希腊宇宙生成论的关键之点并不在于它对宇宙起源的追溯,而在于它对世界变化的关注。同后来的形而上学的思维方式相比,早期希腊宇宙生成论处理的主题是世界的变化,它不是把世界

---

① [美]G.S.基尔克、J.E.拉文、M.斯科菲尔德:《前苏格拉底哲学家——原文精选的批评史》,聂敏里译,上海:华东师范大学出版社,2014年,第178页。
② 同上书,第218页。
③ 同上书,第225页。
④ 同上书,第291页。
⑤ 同上书,第304页。

看成静止不变的,有一个永恒的世界模式;相反,在它看来,整个宇宙充满了变化,不仅不存在一个恒常的世界,而且甚至连世界存在的基本模式都是在不断发生变化的。这是一个从早期神话诗的宇宙生成论传统延续、变化而来的思想传统,发展到米利都学派的哲学之后,一个根本的变化是,米利都学派企图在这个传统内部以理性的方式来理解世界的变化,把握世界的变化之道。从而,变化和变化的原则就是我们把握早期希腊宇宙生成论的关键。肯定世界是变化的,并且肯定世界的变化是有其原则的,这就是从米利都学派的宇宙生成论哲学一直到赫拉克利特的宇宙生成论哲学所达到的最根本的理论见解和理论成就。①

聂敏里这个表述确认:首先,希腊神话的宇宙生成论强调的是世界变化不居,而不是固定不变,这也就是强调了其时间性。其次,早期希腊米利都学派和赫拉克利特等人的哲学思想,继承了希腊神话宇宙生成论的强调生成、变化、发展的时间性思想,他们只是在希腊神话强调宇宙生成、变化、发展的思想基础上,强调了其生成变化的规则。

伯曼在《希伯来与希腊思想比较》一书中有一个基本观点,即认为希伯来语言是动态的,而希腊语言是静态的。与之相关,希伯来思想是时间性的,而希腊思想是空间性的。他借用多布舒茨(E. von Dobschütz)一篇文章中"希腊思想是空间性的,希伯来思想是时间性的"的观点,认为"这个论点单独地看是正确的,但应该用另一种完全不同的方式来阐明和论证"②。他整本书就是以这个基本认知作为基础的。

这个观点有一定的道理,这道理主要是能比较合适地解释希伯来语言和思想的时间性方面有合理性,但将两希语言和思想完全作对立性认知,认定希腊语言是空间性语言那就片面了。这片面性在伯曼著作的基本布局中就有明显的体现。例如他分析希伯来思想,使用的基本是《旧约》的案例,包括其中的神话故事,但他论及希腊思想,却基本不涉及希腊神话的宇宙生成论(因为只要涉及这个领域就将显示,希腊神话的宇宙生

---

① 聂敏里:《西方思想的起源——古希腊哲学史论》,北京:中国人民大学出版社,2017年,第36页。
② [挪威]托利弗·伯曼:《希伯来与希腊思想比较》,吴勇立译,上海:上海书店出版社,2007年,第4页。

成论体现了强烈的时间优势型特征),他甚至在全书的章节安排上,对希腊哲学的第一个学派米利都学派的三位杰出哲学家采取完全回避的态度,而直接从走向形而上学的爱利亚学派开始。这样安排的不得已,是因为只要展开对米利都学派的介绍研究,就无法回避这个学派强调生成、变化即强调时间性的思想特征。对待毕达哥拉斯学派,在强调其数是世界的终极本原,强调数的和谐完整的同时,还要特别强调宇宙的流动变化性。他的门徒们宣称"'万物类似于数'。……'它拥有永恒流动的自然的泉源与根苗'"[①]。在毕达哥拉斯学派那里,宇宙是和谐的,但这和谐不是凝固不变,而恰恰是多种元素互相作用变化,在变化过程中构成的动态和谐的整体。

早期的爱利亚学派(Eleatic School)的世界观和米利都学派、赫拉克利特等人的宇宙生成论思想基本是对立的。后者认为世界是生成的、变动的,这等于说,存在的本质是变化,是时间。但爱利亚学派则认为世界的本原是一,一是不变的,这就是在强调世界在根本上是静态的、空间性的。这个学派的先驱克塞诺芬尼(Xenophanes)认为只有一个神,一个唯一的神,他是不死不动的。这个神"总是待在同一个地方不运动,对于他在不同时候不同地方来回并不合适,而是远离辛劳以心思摇动万物。他全视,全思,全听"[②]。这种将世界一切归源于唯一的一个全知全能的神的主张,必然得出这个神是覆盖一切、永恒存在、永远不变的结论。爱利亚学派的巴门尼德(Parmenides of Elea)则在这一观点的基础上,发展出更具有哲学高度和抽象性的思想,他提出哲学以认识"存在"为最高目标,他根据自己的思考,给"存在"做了一系列规定,如存在是唯一的、连续不断的、不生不灭的、永恒的、不动的、圆满的等等。值得特别注意的是,"存在"在巴门尼德这里具备了一种静态的、不变的空间性特征。"存在;其上的标志有很多,它是无生无灭的存在者,完整、单一、不动而又完满。"[③]巴门尼德的哲学思想对后世西方哲学影响巨大,苏格拉底、柏拉图和亚里士多德的形而上学存在本体论,就是沿着这个思路建构的。

  [①] 转见[美]G.S.基尔克,J.E.拉文,M.斯科菲尔德:《前苏格拉底哲学家——原文精选的批评史》,聂敏里译,上海:华东师范大学出版社,2014年,第354—355页。

  [②] 同上书,第253页。

  [③] [美]G.S.基尔克,J.E.拉文,M.斯科菲尔德:《前苏格拉底哲学家——原文精选的批评史》,聂敏里译,上海:华东师范大学出版社,2014年,第383页。

形而上学本体论是具有静态空间特征的哲学模式,这种模式对欧洲后世哲学有长期影响。但值得注意的是,苏格拉底、柏拉图显然意识到绝对静态的存在本体论也是有问题的,它无法解决世界的变化问题。所以,他们通过灵魂轮回说将理式与现象世界联系起来,也就是将空间与时间联系起来,而以空间为基础。而亚里士多德在他的《形而上学》和《物理学》中,也对时间问题做了超越此前所有哲学家的深入研究。

从内容角度讲,伯曼说建基于希腊思想的西方哲学是空间性的,这仅仅指的是从爱利亚学派开始,由苏格拉底—柏拉图和亚里士多德等人一起完成的形而上学哲学。它们对西方后世哲学有深远影响。因为西方哲学就其主流而言,从苏格拉底—柏拉图到黑格尔,长期追求对世界本原获得一种超越时空的恒定不变的绝对认知,追求建构一个这样的本体论框架。在这个意义上,他们主导的哲学确实有空间优势型特征。但这样的说法,有几点需要区分:

首先,这是从哲学话语的语义即思维对象角度说的。在思维对象即思维内容方面,从巴门尼德、苏格拉底、柏拉图、亚里士多德到黑格尔的哲学,都在追求建构一个静态的形而上学存在论、本体论框架,这个框架的空间性特征是明显的。但这只是一部分哲学家和思想家如此,还有一些思想家并非如此。上面说的古代米利都学派、赫拉克利特等就强调时间的重要性。而且,不管是苏格拉底—柏拉图,还是亚里士多德,他们对时间的关注一点也不少,他们的著作中都有对时间丰富的思考和讨论。而在康德哲学中,时间和空间都被认定为人类"先天"和"先验"地获得的感知和组织世界的基本范畴,但在两者中,他明确强调时间范畴更重要。即使是黑格尔,尽管他将"绝对精神"看作存在的本原,但这种绝对精神不是一成不变的,而恰恰是在辩证发展的过程中不断丰富和变化的。辩证法内含的就是过程性和历史性,即内含着时间性。所以,即使是形而上学的本体论哲学,发展到后来,也不得不认真面对时间性问题。

其次,从19世纪克尔凯郭尔、叔本华、尼采等存在主义哲学家对形而上学哲学的拒绝和对生命过程的强调,到20世纪柏格森(Henri Bergson)的生命哲学对时间和"绵延"的强调,以及海德格尔(Martin Heidegger)对存在的时间性的强调,萨特(Jean-Paul Sartre)对个体生命过程性的强调等,都是在突出存在的时间性维度的思考。

再次,也是最重要的,上面都是从语义维度来讨论不同哲学的时空特征,对本书而言,语言形式组织的维度更具有基础性意义。语言形式组织的优势型时空向度是深潜在一种语言形式构造内的无意识思维取向,从根本上限定着使用者思维的无意识时空特征。对这个问题下一章有专节讨论,不在此展开。概要而言,希腊语言及其所在的印欧语言在形式构造上是一种外在形态比较丰满的语言,其语言组织在这种外在形态的制约和规定下,具有较高的定向性、不可逆性的线性组织特征,这就是时间性特征。这种语言形式的时间性特征体现在神话思维上,就是对行动性、过程性、因果性也就是故事性的特别重视。因为行动性、过程性、因果性,在神话中都要体现在对故事链的组织构造中。而这种时间性特征表现在哲学思维上,主要不是直接影响哲学讨论的内容,而是哲学论证的形式。形式逻辑作为最强调过程性、推理性、因果性、分析性的规则体系,其理论尽管是到亚里士多德才正式总结和提出的,但至少从苏格拉底—柏拉图开始,就已经成为希腊哲学研究的基本思维和表述规则。这绝非偶然,它是建立在希腊语言组织规则基础之上的。所以,尽管苏格拉底—柏拉图和亚里士多德哲学在语义内容上构造了一个以形而上学空间性为主的宇宙论体系,但他们的哲学论析形式表现出的论证推理的深入性、严密性、逻辑性、过程性,则在形式上显示出强烈的时间性特征。也就是说,在哲学研究内容上不管是强调空间性还是强调时间性,在思维形式上,希腊语言体现出的特征都是时间优势型的。

希腊哲学思维形式的这种时间优势型特征,与希腊神话丰富的故事性和故事因果性之间有一种内在的同一性。在神话时代,希腊人想象形式中对时间性的无意识追求,体现在对神祇和英雄故事情节的完整性、丰富性和因果性的讲究上,在希腊哲学时代,则体现在对思维形式的逻辑性的重视上。

综上,我们可以得出一个基本结论,从创世神话体现的时空意识角度看,中国创世神话叙事内含的空间意识更突出,两希创世神话叙事体现的时间意识更强烈。其中,希伯来神话的时间意识尤为精密和强烈。

希腊创世神话叙事体现的时间优势型特征,在其他神话传说作品中有重要作用和体现吗?答案也是肯定的。希腊神话传说,无论是荷马两大史诗还是三大悲剧作家的剧作以及晚出的《阿尔戈英雄纪》,都具有强烈的时间性特征,这种时间性体现为完整的人物命运过程和故事情节。亚里士多德在《诗学》中,总结希腊悲剧的六大要素,其中第一就是故事情节的完整性。

　　希腊神话传说叙事中空间有重要作用吗？当然有。例如赫西俄德《神谱》中的奥林波斯山，《伊利亚特》中的特洛亚城、《奥德赛》中的伊大嘉王宫、《俄底浦斯王》中的忒拜城等等，都在故事结构中起着重要作用。但比起故事发展过程而言，这些空间的作用是第二位的。这些空间都无法将故事发展的所有过程全部框范其中。以事件或人物命运为核心的故事情节发展过程，总体上是以时间贯穿空间的过程。事件或人物命运会在不同空间中发生发展和结束，以时贯空，是事件性和命运性神话故事的时空组织模式。时间，这才是希腊神话史诗和悲剧结构的第一要素。应该说，悲剧作为舞台表演艺术，空间是最重要的要素之一，但亚里士多德却没有将空间放到他的悲剧六要素之中。如果表演性的悲剧中空间都不具有第一性的地位，那神话史诗中的空间在故事结构中就更不是第一要素了。

　　事实也正是这样。所有希腊神话传说中的神或英雄人物的故事都不是在一个空间中发生和完成的，所以，空间就无法成为故事结构的框架性要素。希腊神话传说的结构框架是人物命运过程或事件过程，它们展开和完成的过程构成了故事情节。而故事情节的基础是时间，人物行动的所有空间都由时间贯穿着。如果说中国神话大都有以空间统摄时间的特征，那么，希腊神话史诗则是以时间贯穿空间的结构模式，我们可以简称为以时贯空的模式。

第九章
中西神话圣数叙事比较

本章要讨论一个特殊的问题,在中西神话中,有哪些神圣数字存在并对叙事世界(叙事话语、形象和故事)的组织起着重要的作用,三个民族神话叙事中为何特别重视某些特殊的神圣数字?

卡西尔(Ernst Cassier)在《神话思维》(*Mythical Thought*)中确定神话思维研究的三个核心范畴是,时间、空间和数字。他在《神话的数和圣数体系》一节开始就说:"除了空间和时间,数是决定神话世界结构的第三个重大形式主题。"[①]他断言"在神话思维中同在其他领域中一样,数充当一种首要的、根本的形式"。[②] 当然,在原始思维、神话思维中的数概念,和在现代数学中的数概念是有很大不同的。卡西尔指出,现代数学中的数概念,是汰除了事物的感性直观性和差异性之后的统一性概念,而神话思维中的数概念则始终是同具体感性、直观性和差异性事物相联系的概念。列维—布留尔(Lucien Lévy-Bruhl)在《原始思维》(*La mentalité primitive*)中专列一章(第五章)讨论原始人的数概念及其重要性问题,也特别谈到原始人数概念的感性直观特征。尽管如此,在将数概念作为切分和组织人类自然、社会和文化世界这一点上,原始思维和现代思维对数概念的作用都有类似的认知,那就是,人类的世界是以数来切分和组织的。原始人如此,文明时代的人也如此。古希腊数学家哲学家毕达哥拉

---

① [德]恩斯特·卡西尔:《神话思维》,黄龙宝、周振选译,柯礼文校,北京:中国社会科学出版社,1992年,第158页。

② 同上书,第161页。

斯认为,世界是由数构成的。中国古代神话思维和哲学对数与世界的关系也一样重视。老子说"道生一,一生二,二生三,三生万物",就是将数作为世界基本构成的代码。而《周易》就更是一个数字的体系了,无论爻象、卦象,都与特定的数字相关,而且这些数字又与世界的不同方面相关,后人在此基础上专门发展出一套《周易》象数体系,并用这个体系来表述和指代世界的不同方面。因此,无论中国和西方,对数与世界的关系都有共同的确认。这使我们研究数与中西神话叙事世界的构成问题具有了理论基础。

我们发现,在人类文化世界和现实世界的组织中,某些数字会起着基础性的作用,笔者将之称为文化元编码数。这种元编码数既是自然数字本身,又远远超出了自然数字的意义,而成为一个民族切分世界和自然、组织自己文化世界的基础性数字。各民族早期神话作为其最重要的精神文化符号,其叙事世界的组织如对象命名、编组,故事情节设计,文化元编码数的作用在其中都有最集中的体现。

我们发现,神话时代的中西文化元编码数字有异有同。所谓同,如数字三、十二,无论在中国还是两希神话时代,都是最重要的编码数字之一。但差异也是明显的。中国神话时代,"二"及其倍数"四""八""十"和数字"五",都是很重要的数字;但在两希和罗马及北欧神话中,这些数字远不具有它们在中国神话中的重要性。而两希神话,尤其是希伯来神话中最重要的数字之一"七",在中国神话中就不那么重要了(这只是相对希伯来神话而言)。因此,不同民族的古代神话,由于不同的历史和文化原因,用以组织叙事世界的元编码数字基本是有同有异、同中有异的。

第一节　中西文化元编码数及其生成模式[*]

文化人类学和文化符号学提供的资料证明,人类早期文明中,总是把世界作为一个总体,以当时当地所崇尚的某些神圣数字为模式数对它进行切分。例如无论是把时空切分成昼夜、春秋、东西、天地,还是切分为早

---

[*] 本节部分内容曾以《夏商创世神话的宇宙圣数与中国文化元编码刍议》发表于《民族文学研究》,2016年第2期。收入本书时有较大增删。

中晚、天地水、昼昏夜、天地人，抑或切分为子午晨昏、春夏秋冬、东南西北，显然与所使用的模式数字是"二""三"或者"四"有关。根据列维—布留尔《原始思维》的观点，在人类早期文明中，从"一"到"十"（乃至更大）数概念的出现经历了一个漫长时期，十个自然数中，几乎每一个数概念都在世界的切分上留下了或深或浅的印痕。[①]

但这十个自然数在人类文化世界切分过程中的作用并不一样。大量文化现象表明，在各民族文化的奠基阶段，某些数概念具有特别重要的地位，是圣数中的圣数，它们被作为切分、组织自然、人类社会和文化世界的基础性数字（即元编码数）广泛运用，并对后世产生深远影响。荣格把这种数字称为原型圣数。我则称之为文化元编码数。我所谓文化元编码数是指在一个民族文化的奠基定型阶段被当作原型圣数来切分人类与自然世界，并由此组构起自己独特文化世界和符号体系的那些数概念。在那以后，不管数的概念发展出多少内涵，不管文化的形式和内涵有多少增删补益，繁复变化，那一套奠基期所使用的文化元编码数字始终具有基础性的地位，它按照一定规则转换和衍生出新的文化编码数，并以此组织每一阶段的文化世界乃至现实生活世界。

一、中国上古文化元编码数字

关于中国古代文化世界的组构与某些特殊数字关系的研究，在中国学术史上源远流长。最早可以追溯到汉代的谶纬学和宋代的象数学，那以后绵延不绝。现当代学人在这个领域的研究更是成果众多，如郭沫若、杨希枚、赵国华、叶舒宪等著名学者都在这个领域留下了重要的研究成果。仅最近三十多年，大陆以专著形式出版的成果中，比较有影响的就有台湾学者杨希枚的《先秦文化史论集》[②]，赵国华的《生殖崇拜文化论》[③]，叶舒宪、田大宪的《中国古代神秘数字》[④]，杜贵晨的《数理批评与小说考

[①] 参看［法］列维—布留尔《原始思维》第五章，丁由译，北京：商务印书馆，1987年。
[②] 杨希枚：《先秦文化史论集》，北京：中国社会科学出版社，1995年。杨希枚先生从20世纪60—70年代开始研究中国文化中的神秘数字问题，收入该书的有关这个主题的多篇论文，主要是在那个时期撰写的。
[③] 赵国华：《生殖崇拜文化论》，北京：中国社会科学出版社，1990年。
[④] 叶舒宪、田大宪：《中国古代神秘数字》，北京：社会科学文献出版社，1998年。

论》①等。另外曲彦斌的《神秘数》②，吴慧颖的《中国数文化》③，张仲谋的《中国神秘数字》④，王晓澎、孟子敏的《数字里的中国文化》⑤，位同亮的《中华数字文化》⑥等，在这个主题的研究方面也多有创获。

归纳上述学者的研究，可以得出这样几点认识：

1.中国文化世界中某些数字具有超过其作为自然数的特殊意义和作用；

2.这些数字中，从"一"到"十"（或到十二）具有最重要的意义，它们成为中国社会组构自己的文化世界乃至现实世界的基础性数字，或曰神秘数字、神圣数字等；

3.不少学者的研究揭示，以《周易》八卦为代表的神秘数字系统对中国后世文化世界的组构具有源头和基础的地位；

4.某些学者（如杨希枚先生）的研究认为在中国古代各种各样的神秘圣数中，"二"和"三"两个数概念具有基础性的地位。一方面，它们被作为神秘数字来切分和组织人类的生活和世界；另一方面，它们本身成了其他许多神秘数得以衍生的基础，其他许多神秘数都可以以各种方式简化、还原成"二"和"三"。如在中国古代文化和文学中经常出现的几个神秘数字四、六、八、九、十、十二、二十四、三十六、七十二、九十九、一百零八、一百二十、三百六十……，都是"二"或"三"的倍数或"二"和"三"的公倍数。在这个认识基础之上，这些学者还总结出中国古代形成神秘数字的基本公式（即小衍神秘数求算公式与大衍神秘数求算公式，见下页）。

上述基本见解中，杨希枚先生关于"二""三"两个数字在中国古代神秘数字中具有基础性地位的认识值得特别注意。检索近百年，尤其是最近六十多年我国学术期刊上发表的有关中国古代神秘数字的研究成果会发现，几百篇论文中相当多集中在对"二""三"及其倍数的研究上。这突出地显示出学者们普遍地意识到了"二"和"三"这两个数字对中国文化和文学特殊的重要性，同时也侧证了杨希枚先生观点的正确性。故本文以

---

① 杜贵晨：《数理批评与小说考论》，济南：齐鲁书社，2006年。
② 曲彦斌：《神秘数》，石家庄：河北人民出版社，1997年。
③ 吴慧颖：《中国数文化》，长沙：岳麓书社，1995年。
④ 张仲谋：《中国神秘数字》，徐州：中国矿业大学出版社，1996年。
⑤ 王晓澎、孟子敏：《数字里的中国文化》，北京：团结出版社，2000年。
⑥ 位同亮：《中华数字文化》，济南：泰山出版社，2002年。

杨先生的相关成果为基础进行更深入的讨论。

杨希枚先生于20世纪60年代开始撰写多篇重要论文,对中国古代神秘数字与中国文化的关系进行探讨。这些论文中的若干篇收入他在大陆出版的《先秦文化史论集》,他在这些论文中明确指出,至迟到春秋时代,中国文化就形成了对某些神秘数字的崇拜现象,尤其对"二""三"的崇拜。而这两个数字的特殊重要地位,在《周易》中就已经形成了:

天一,地二,天三,地四,天五,地六,天七,地八,天九,地十。①

杨先生指出,《周易》中这许多表示天地宇宙的神秘圣数的一个基础数即"天三地二"(亦即《易经》中所谓的"参天两地",参者,叁也)。中国文化中主要的神秘数都以这两个数字为基础形成。据此,杨先生推演出中国文化制造圣数的大衍神秘数和小衍神秘数的求算公式:

$$X=n(3\times4)=2n(3\times2)②$$
$$X=n(9\times8)=n\times72=6n(3\times4)=12n(3\times2)③$$

在杨先生看来,由于中国文化信奉天地交感而生万物、阴阳交泰乃有世界、男女交合乃有人类社会,因此这两个圣数之积(交合)便是创生新的圣数的基础,也是用以组织中国文化的基数。由这两个演算模式演算出的神秘数字,成为中国古代社会制度、思想以及一切生活方式的基础,也即基本的文化模式。这一文化模式可以代表,因此也可以解释中国古代的思想和文化形态,他们本身也含有丰富复杂的神秘意义。

杨先生的这一见解基本符合中国古代社会形态与文化模式的实际状况,有大量事实可以验证。当然,他的公式也不能完全囊括中国文化所有的神秘圣数,例如"五"和"七"两个数字就曾经在中国文化中具有重要的作用,但杨先生那个公式就不能将其囊括。另外,杨先生这个公式似乎太过繁复,故我对之进行简化和修正,得出中国古代文化制造神秘数字的三个公式:

$$1. X=2n \qquad 2. X=3n \qquad 3. X=(3\times2)n$$

---

① 佚名:《周易》,郭彧译注,北京,中华书局,2006年,第371页。
② 杨希牧:《先秦文化史论集》,北京:中国社会科学出版社,1995年,第633页。
③ 同上书,第634页。

按照这三个公式计算的所有数字不一定都是神秘数字,但大多数神秘数字都是依此推演出来的。

那么,"二"和"三"这两个数字成为中国文化元编码数是什么时候形成的呢?杨希枚先生追溯到《周易》当然有道理。但《周易》以"二"和"三"作为元编码数的源头在哪里呢?杨希枚先生却没有论及。这恰恰是十分重要的问题,毕竟就遥远漫长的中国文化历史而言,《周易》还是比较晚出。从这个角度而言,赵国华先生的研究成果值得特别注意。赵国华先生的《生殖崇拜文化论》将《周易》八卦阴阳二爻的符号形式和"以一为三""合三为一"计数方式的源头追溯到以半坡、姜寨、庙底沟等为代表的仰韶文化,并对八卦符号和组合形式的起源演变进行过细致深入的研究。他的成果在此不能详细引述,只介绍其中一个基本观点:他认为,所谓先天八卦符号并非来源于伏羲创制,而是起源于仰韶文化半坡先民的鱼祭活动。各种陶器上的鱼形象或抽象鱼纹,即由其产生,它们是后天八卦产生的来源和基础。半坡文化的抽象鱼纹具有表示数字的作用,先民曾以之计数。其计数的方式首先是"以一为一",其后发展为"以一为二","合二为一"(即以"二"为元编码的二进制计数法),最后发展到"以一为三"和"合三为一"的方式。从此半坡鱼纹——

> 平直线的合"三"为"一"、以"一"代"三",成了半坡抽象鱼纹中一种通用的重要密码……①

赵先生在这一研究成果的基础上,进而揭示半坡先民对三以上数目的计数方法和新数概念的确定,均以"三"为最基础的元编码数。

赵先生的这一成果具有重要的学术价值。他揭示了《周易》的文化元编码数"三"的来源和生成过程。但赵先生的成果仍然存在两个问题:1. 在半坡文化计数密码与《周易》计数密码之间,隔着三千多年这样很长一个时间段,这个时间段中是谁承上启下,将半坡文化密码继承下来并传给周人?2. 按照赵国华先生的研究,半坡文化计数密码中,"二"已经是一个被超越和放弃了的计数密码,但为何在《周易》中却成为最基本的计数密码之一?《周易》对"二"这个元编码数的倚重来自哪里?故尽管赵先生的研究成果十分重要,但却并没有完全解决《周易》计数密码的全部来源

---

① 赵国华:《生殖崇拜文化论》,北京:中国社会科学出版社,1990年,第58页。

问题。

迄今所有研究中国古代神秘数字的著作,对这两个问题都未能给予合理解决。

从直接承传的意义上讲,《周易》的两个基本计数密码"二"和"三"从哪里来?周人文化有两个源头,一是地处西北的周人所继承的是曾经也起源于西北的夏人文化,一是曾经长期作为周人宗主国的商人文化。因此,弄清楚夏商文化的元编码数是什么,对于了解周人文化元编码数的传承所自至关重要。

夏人文化元编码数是什么?是"三"和以之为基础的倍数"九"。如何证明?我们现在所能看到的文献中,有关夏人神话的叙事世界基本是由这两个数字组成的,这个问题我们放到下节展开,此处只给出结论。

商人的文化元编码数是什么?是"二"以及以此为基础的倍数"四"及"八""十""十二"等数字。如何证明?我们现在看到的商人的神话、神性器物的性质和纹饰等,都体现了"二"及其倍数在商人的文化世界乃至现实生活世界中的重要性,这个问题我们也放到下节讨论,此处也只给出结论。

除此之外,数字"五"在中国上古文化和神话中,也是十分重要的一个编码数字,这个数字从哪里来?它应该来自人以自己为中心加前后左右四方(东西南北)的空间直观感受。中国古代符号"十"字的本意就是"五",这个符号很明白地将以人为中心加前后左右四方的空间直观感受表达出来了。那么另一个重要的编码数字"七"源自哪里?"七"其实一样源自人们的空间直观,就是以自己为中心加平面四方(前后左右、东西南北),加上下(天地)两方构成;简单地说,数字"五"是平面空间的表达,数字"七"是立体空间的表达,所以"七"是人的整个完整空间、完整宇宙,它所具有的神秘性来源于此。

二、古代希伯来文化元编码数字

那么,西方上古文化与神话中的文化元编码数是什么?这个问题要分两方面回答:一是希伯来的文化元编码数字是什么,二是希腊文化与神话的元编码数字是什么。

从《旧约全书》看,古代希伯来文化与神话的元编码数字是"三""七"与"十二",希伯来文化和神话中,这三个数字具有重要意义。那么这三个数字从何而来？应该是从苏美尔—巴比伦和埃及文化中来。远古希伯来人在形成自己的文化与神话和一神宗教之前，曾经在两河流域居住过一段时间，他们主要的居地是乌尔(Ur)一带，那正是苏美尔文化的发源地。后来，他们的精英两万(一说五万)多人，又在新巴比伦时期被掳掠到巴比伦城外服苦役五十多年。同时，他们长期生活的西亚全境，都深受苏美尔—巴比伦文化的影响。因此，苏美尔—巴比伦文化对希伯来文化有重要影响不言而喻。另外一个影响源就是埃及文化。不仅希伯来人曾经在埃及歌珊地生活了四百多年，就是希伯来人居住的西亚，也一样长期深受埃及文化的影响。所以，古代希伯来人文化和宗教神话中的神圣数字，应该来自苏美尔—巴比伦和埃及文化。马克斯·韦伯(Max Weber)在《古犹太教》一书中也特别谈到苏美尔—巴比伦和埃及文化对希伯来文化的影响。他在该书第二章《一般历史条件和气候条件》中，专门讨论古犹太教产生的地理、历史和气候条件，特别说道：

> 叙利亚—巴勒斯坦山地轮番遭受到美索不达米亚和埃及的影响。来自美索不达米亚的影响，首推古代同时支配着叙利亚与美索不达米亚的亚摩利人的部族共同体，其次是公元前三千年末期抬头的巴比伦的政治势力，然后是作为初期资本主义业务形态发源地的巴比伦商业的长期影响。来自埃及的影响，首先是基于埃及古王国时期以来与腓尼基海岸的通商关系，以及基于埃及在西奈半岛的矿山和地理上的接近……
> ……
> 埃及首先便以巴勒斯坦为攻略对象。第十八王朝并不以从西克索人的支配下——"雅各"之名的首次出现大概就是在此一支配的治下——解放出来为满足，而且还将远征军开到了幼发拉底河。①

韦伯这里还只谈到古希伯来人定居的巴勒斯坦地区长期在苏美尔—巴比伦和埃及文化的影响之下，如果再考虑到希伯来从远祖亚伯拉罕公元前3000年前后曾经在苏美尔人统治时期的乌尔居住过几百年，公元前6世纪又被掳掠到巴比伦城外有过几十年服苦役的历史，当更能清楚地了解苏美尔—巴比伦对古代希伯来文化的影响。巴勒斯坦地区曾长期受

---

① [德]韦伯：《古犹太教》，康乐、简惠美译，桂林：广西师范大学出版社，2007年，第17—18页。

到强大邻国埃及的压力和影响,但后来希伯来人随西克索(Hyksos)人一起入侵埃及,并在那里羁留超过四百年。这四百多年,埃及文化对古代希伯来人的影响更是直接。像弗洛伊德这样的学者,甚至认为希伯来宗教的核心一神教观念,就是来自埃及法老埃赫那顿(Ikhnaton)时期的一神教改革。他认为摩西是埃及人,信仰一神教,是他将希伯来人带离埃及并创立希伯来人的一神教的。① 这一说法尚属猜测,但居住埃及四百多年,希伯来人深受埃及文化影响是必然的。

那么,从神圣数字角度讲,古代苏美尔—巴比伦和埃及文化会给古代希伯来带来怎样的影响?

首先,古希伯来文化的神圣数字"三"应该来自苏美尔—巴比伦和埃及人。苏美尔—巴比伦的多个创世神话中,都有关于世界三分的神话思想。亚述人创世史诗《埃奴玛·埃立什》(Enuma Elish)中,世界就是由三层次构成的,即由阿普苏(Abzu)和蒂阿玛特(Tiamat)代表的黑暗深海世界、由安舍尔(Anshar)和奇舍尔(Kishar)代表的地平线与埃阿(Ea)代表的淡水和大地层面、由光明神马尔杜克(Marduk)代表的天上世界三层次构成。"三"是这部创世史诗中世界基本构成的元编码数字。在阿卡德神话中,阿努(Anu)、恩利尔(Enlil)、埃阿就被合称为天、地、水三位大神。至于埃及文化,几乎在它的宗教和神话中都能发现"三"的重要作用。埃及宗教中,各大城市都按照三联一体的模式组织自己的主神。如在孟斐斯(Memphis),就是由火神卜塔(Ptah)、战争女神塞赫美特和他们的儿子那夫特姆(Nefertum)组成三联神;在下埃及第十八省府布巴斯梯斯(Bubastis),猫头女神巴斯特(Bastet))与孟斐斯的塞赫美特和那夫特姆组成三联神;卡特拉克特地区羊头神克赫努姆(Khnum)和他的两个妻子塞蒂(Setet)与海窟特(Heket)组成一个三联神系统。在赫里尤布里斯(Heliopolis)太阳城神系中,奥赛里斯(Osiris)和他的妻子伊西斯(Isis)以及他们的儿子荷鲁斯(Horus)组成三联神……古希伯来文化中的神圣数字"三"显然与苏美尔—巴比伦和埃及文化有关。

其次,古希伯来文化中的神圣数字"七"也来自苏美尔—巴比伦文化。古代巴比伦人重要的宗教性质的崇拜就是星辰崇拜。他们将他们最崇拜

---

① 参看[奥]弗洛伊德:《摩西与一神教》,李展开译,北京:生活·读书·新知三联书店,1989年。

的天上七颗最重要的星星合称为"七曜"(太阳、月亮、金星、木星、水星、火星、土星),这每一颗星都是一个神。因为巴比伦人宗教神话中最重要的大神都与天体相关,所以,这种七曜崇拜就成为它们宗教崇拜中最重要的构成。数字"七"因此而神圣化和模式化了。例如,他们在宗教活动中,造七座坛、献七份祭礼、行七次叩拜之礼等等,就是他们祭神的塔庙也建在七层塔顶,他们神话中的地狱有七重门。古巴比伦人这种"七"崇拜,应该来自更早的苏美尔文化。在苏美尔大史诗《吉尔伽美什》(The Epic of Gilgamesh)中,"七"也是一个神秘的模式数字,如史诗叙述,著名的乌鲁克(Uruk)城是由七贤奠基、驯服恩奇都(Enkidu)野性的神妓陪他们睡了七夜、吉尔伽美什谴责女神伊什妲尔(Ishtar)的残暴,说她"七个又七个"地将那些她爱的情人狮子们都丢进陷阱;天神阿努(Anu)对伊什妲尔说,若将你求我的事情办了,天下必有七年歉收;乌特纳比斯提牟讲述大洪水到第七天才止息、他到第七天之后才放出鸽、他祭祀天神"放上七只又七只酒盏"、吉尔伽美什昏睡了七天七夜……,都是以"七"为神圣的模式数字的表现。由此,不难得出结论,古犹太文化中对数字"七"的崇拜,特别与苏美尔—巴比伦文化相关,中译本《吉尔伽美什——巴比伦史诗与神话》的翻译者赵乐甡在总结了《吉尔伽美什》中大量与"七"相关的数字后也说:"这跟后来的《旧约全书·创世纪》里的'七',有着密切的联系。"[①]

  犹太教的神圣数字"十二"也来自苏美尔—巴比伦和埃及文化。在苏美尔文化中,"七曜"之首就是太阳,是一切光明之源,太阳一年在宇宙间的运行路线被划分为十二个区间,也就是所谓的"黄道十二宫"。由于苏美尔人的星辰崇拜宗教意识,所以,太阳运行区间的这个数字"十二"就成为神圣数字运用到生活的许多方面,例如,他们按照月亮盈亏的规律,将一年划分为十二个月,将一天划分为十二等分(相当于中国古代的时辰,一个时辰2小时),他们在两河流域建造了十二座城市……在埃及文化中,"十二"一样是一个神圣的数字。埃及神话中,太阳神拉(Ra)每天乘坐太阳船在宇宙环行。它白天要穿过天空,夜晚也要穿过十二个凶险的黑暗国度,这显然是与苏美尔—巴比伦宗教中的"黄道十二宫"对数字"十二"的崇拜有内在联系的神话。因此,古犹太文化中神圣数字"十二",其

---

  ① 佚名:《吉尔伽美什——巴比伦史诗与神话·译序》,赵乐甡译,南京:译林出版社,1999年,第14页。

来源也应该在苏美尔—巴比伦和埃及文化之中。

三、古希腊文化元编码数字

从神话时代的作品看,古代希腊文化的元编码数字应该是"三"、"九"和"十二",其中"三"和"三"的倍数对于组织古希腊文化和神话叙事具有最重要的意义。赫西俄德《工作与时日》最后特别谈到不同时日的吉祥与凶险,极像中国古代的历法庆忌知识,他说,"无所不知的宙斯定下的","每月的第一、第四、第七天皆是神圣之日"①。"在伟大的第十二天,聪明人应该诞生……"②为什么这些时间对于希腊人而言是"神圣"或者"伟大"的时间?赫西俄德也说不清楚。他在《工作与时日》最后一节说,"以上说的这些日子对大地上的人类是一大恩典,……但几乎没有人能说出究竟为什么"③。从来源上看,这些数字的神圣性应该有多个不同的源头。其中,最主要的应该一是古希腊人所属的远古印欧文化,二是印欧人入主希腊后通过环地中海贸易活动从西亚北非借鉴的文化(主要是苏美尔—巴比伦和埃及文化)。这两种文化中,有些文化元编码数字是一样的,有些则有区别。

18世纪以来,欧洲一些学者根据有关语言学、神话学和文化学的比较研究,发现古代欧洲某些民族和古代印度人、波斯人的语言有许多共同的词汇、词根、发音和语言结构,他们由此推断,这些人群在远古曾经属于同一个游牧群体即古印欧人。大约在距今5000年前,古印欧人中的一支雅利安(Aryan)人曾经是生活于欧亚大草原上的一个游牧群体,由于环境的变化以及其他尚不知道的原因,这个群体中不同的分支先后开始了向各地的迁徙(说明:雅利安人与古印欧人的关系究竟如何,有多种观点,难以统一,此取其一)。其中一支在公元前1500年前后向南亚迁徙,进入波斯和印度,征服了那里的原住民,建立了雅利安人的统治。现见以古梵语写就的"吠陀"为代表的文化,就是这些入侵南亚的雅利安人创造的。而另一些则向中南欧各地迁徙,其中有些人先后多批次到达希腊半岛,现

---

① [古希腊]赫西俄德:《工作与时日 神谱》,张竹明、蒋平译,北京:商务印书馆,1991年,第23页。
② 同上书,第24页。
③ 同上书,第25页。

在所知的在公元前 1700 年到前 1200 年之间取代米诺斯文明的迈锡尼文明,就是公元前 2000 年左右先到达希腊半岛的一群古印欧人创造的(克里特岛米诺斯文明的创造主体是谁,一直有歧见。一种观点认为是西亚北非人,但有异议)。但迈锡尼文明后来又被公元前 1200 年左右进入希腊半岛的另一支印欧人所征服。在经历了几个世纪的文明黑暗期之后,从公元前 8 世纪开始,印欧希腊人的文明开始绽放出花朵,这些文明的花朵在公元前 6—前 5 世纪达到最灿烂的状态,并在其后的希腊化时期,被传播到欧亚非更广大的区域。

比较语言学和文化学研究发现,"吠陀"时期的古印欧文化中,"三""四""七""九""十""十二",都是被特别崇拜的数字。杜梅齐尔发现,古印度"吠陀"神话中,有一个三位一体的神祇结构:"在这三个神圣的最高级别中出现了至高无上的神,米特拉和瓦鲁纳。……这两位神的特征是,它们是婆罗门种姓的投影或集体表征,当然,婆罗门种姓处于人类社会体系的顶点。"① 在他们之下,是代表战争和世俗权力的神如神王因陀罗(Indra)等,最下面一个等级是负责为众神生产生活供品的神如制酒神苏摩(Soma)等。这三种神之间有明显的等级关系。第一类神等级最高,第二类神等级稍次,第三类神等级最低。神界这三类神的等级结构,又正好对应于印度社会现实中的三种阶级(婆罗门—刹帝利—吠舍与首陀罗)。而在众多《往世书》(Purana)记载的印度教神话中,"三"是一个最神圣的数字。其最高大神由梵天(Brahma)、毗湿奴(Vishnu)、湿婆(Shiva)三人构成,且三人中创造宇宙的神梵天为四面(由 3+1 的方式构成),而最具神力的创造与毁灭、苦修与舞蹈之神湿婆乃三面人形。更重要的是,在印度文明中,"三"不仅本身是一个圣数,而且还是产生与确定新的圣数的基础。例如"四""七""十"三个数在印度文明中具有神圣性,均是以"三"为基数加"一"(或三的倍数加一,如"3+1"或"6+1""9+1"等)的方式产生。古印度文化研究专家金克木先生曾专门谈到古印度文化许多神圣的语言、典籍、神祇等都是按照"三"分或"四"分(3+1)构成的。② 因此,"三"

---

① C. Scott Littleton, *New Comparative Mythology: Anthropological Assessment of the Theories of Georges Dumezil.* Berkeley:University of California Press, 1966. p. 8.

② 见金克木:《〈蛙氏奥义书〉的神秘主义试析》,载金克木《印度文化论集》,北京:中国社会科学出版社,1983 年,第 24—48 页。

"四""七""十"等数字,都是古代印度文化中的神圣数字。

这里当然存在一个问题了,就是以"三"作为最神圣的基础性数字,以3n+1的方式生成新的圣数的模式,是古代欧洲人和印度人的共祖时代就有的,还是迁徙到印度一带的雅利安(Aryan)文化先产生然后传播到希腊人那里的呢？笔者倾向于第一种,即以"三"为神圣数字,应该是印欧各族的共祖时代就已经确定了的。至于古代印欧各分支各自在分徙之后的历史发展过程中产生新的神圣数字,那就要在对比中确定其异同了。比如对于印度文化很重要的数字"四""七""十",在希腊文化中就没有显示出那么重要的地位。而在希腊文化中很重要的数字九,在印度文化中也没有十分重要的地位,这都可以认为是在两者分徙之后确认的。

至于古代希腊神圣数字与西亚和埃及文化的关系就不需要特别强调了,众所周知,从米诺斯文明开始到印欧人创造的希腊文明,整个爱琴海文明都与环地中海文明如波斯、腓尼基、赫梯、巴比伦、叙利亚、埃及等区域的文明有频繁的交流关系,并深受后者影响。希腊文化中对"三""九""十二"的崇拜,应该也和西亚和埃及文化有密切关系。

当我们大体清理了中国和两希文化中的神圣数字即文化元编码数字之后,我们能清楚地看到,三个民族的文化元编码数字有同有异。最基本的一个共同元编码数字是"三",这在三个民族是共同的。在"三"的倍数中,三个民族有同有异。例如"十二"这个数字是三个民族都特别重视的,但"九"这个数字在中国和希腊文化中有十分重要的地位,希伯来文化中它却不那么重要。在中国文化中另一个具有重要地位的元编码数字"二",两希文化则都不那么重视。而"二"的倍数"四"和"八",在中国文化中的重要性也远超两希。另一个对于中国上古文化有较重要意义的数字"五",在两希文化中也没有多么重要的地位。而希伯来文化中特别重视的数字"七",在希腊和上古中国,则没有那么重要。尽管中国上古"七"这个数字也有一定地位,但其重要性远不如希伯来。当然,这里更重要的是生成圣数的基础数字和生成模式的差异。中国上古文化中,神圣数字是以"二"和"三"两个数字为基础构成的,并且是按照各自的倍数或者两者的公倍数这样的模式生成的。但两希文化中,最基础的圣数只有"三","二"则不具有特殊的神圣性。同时,它们生成新的圣数的模式也与中国有别。

那么,为何中国和两希、古代印度、古代北欧等区域,乃至所有文化和社会进入复杂化阶段的人类各民族都崇尚一个共同的数字"三"呢？列维—布留尔在《原始思维》第五章中考察原始人神秘数字发展情况的时候,特别注意到很多原始部落,其最大的数概念只有"二",它们长期停留于以"二"计数的时代,以"二"为最大数字来切分和组织自己的现实和文化世界。他说从"二"到"三"这个数概念的发展要经历漫长的时间。为何如此呢？本书作者的研究是,以"二"为最大数概念的社会,只能是一个最简单的社会。而进入"三"及更大数概念的社会,才是慢慢走向复杂化的社会。"三"这个数字的出现,是一个由简单社会迈进复杂社会门槛的标志。几乎所有复杂化文明都崇拜"三"这个数字,绝不是偶然的事情。因为这些文明都是以"三"为文化元编码组织的,它们都曾经在"三"为最大数字的时代停留了很久。曾以这个数字为最大和最神圣的数字来切分和组织自己的生活世界和文化世界,并且在以后的文化和历史进程中,这个数字也具有基础性元编码的作用,衍生出一系列用以切分和组织文化与现实时间的元编码数字,可以认为"三"是圣数中的圣数。

那么,在众多的社会、历史、心理与文化原因中,有没有一个最基础的因素是决定一个时代和社会以"二"或"三"为文化元编码的？本书作者前期的研究中曾经对此有一个推测,在众多原因中,母系社会和父系社会家庭结构特征可能是最根本的原因。原始母系大家庭只有"男/女""儿/母"二维关系和身份,"二"这个数字能准确而圆满地表现这种基本关系。而男权家庭中,自然的"男/女"关系转化为社会化的"夫/妻"关系,家庭成员关系由母系社会极其简单的"儿/母"关系,复杂化为"儿/父/母"关系,"二"这个数字已经无法圆满概括和表达这种家庭关系的成员基本构成状态了,只有"三"才能合适地表达这种家庭结构中的基本角色和关系。而任何社会,家庭都是社会的基础,家庭结构模式也会成为社会结构的原型模式。故而以三为大,以三为圆满,以三为神圣,必然成为男权社会组织自己现实和文化世界的共同原则。这大约就是我们现在看到人类所有复杂化社会都以"三"为最神圣文化元编码的原因。[1]

在大体清理了中国和两希三个民族主要文化元编码数字之后,我们下面来研究这些元编码数字在各自神话叙事世界建构中的作用和体现。

---

[1] 参见张开焱:《中国文化元编码的形成及其历史基础》,《东方丛刊》,2000年第4辑。

第二节 中西神话叙事中数字"二"的组织作用

总体上看,在中西神话叙事中,神秘数字的作用主要体现在两个方面:一是器物、地理、人物个象和群象——我们统称为形象——的组织上;二是故事情节的组织上。下面我们从这两个方面考察三个民族神秘数字对神话叙事的组织作用。

一、数字"二"在中国神话叙事中的组织作用[*]

我们发现,神秘数字"二"及其倍数"四"和"八"在两希神话叙事没有特殊的重要性,但在中国神话叙事中则具有重要地位,其中,尤以商人神话最为突出。

商人神话叙事世界基本是以"二"和"二"的倍数组织的。

商人神话中世界的诞生是二阶段性的:"瞽叟生舜",暗含的就是混沌黑暗的世界中诞生光明世界的二阶段论神话表述。而且,每一代神祇的构成都是以"二"编组的:瞽叟是夫妻神,他们生了两个儿子,即舜和象。舜又娶了两个神妻羲和和常羲,她们分别生了十个太阳和十二个月亮。甚至商人至上神帝俊(即"夋")的历史化人物舜原初的妻子也是二位:娥皇和女英。

不仅神话世界中天神帝俊的妻子、日月是以"二"为基数或其倍数构成的,商人神话世界重要的星宿也是这样构成的:

> 昔高辛氏有二子,伯曰阏伯,季曰实沈,居于旷林,不相能也,日寻干戈,以相征讨。后帝不臧,迁阏伯于商丘,主辰。商人是因,故辰为商星。迁实沈于大夏,主参,唐人是因,以服事夏、商,其季世曰唐叔虞。[②]

高辛氏、帝喾、帝夔、帝舜等,都是由商人甲骨文中反复提及的至上神祖"夋"在后世衍生出来的不同神帝或历史化人物,对此,许多学者都有共

---

[*] 本节乃笔者前期发表的论文《夏商创世神话的宇宙圣数与中国文化元编码刍议》的一部分(《民族文学研究》,2016年第2期),收入本书时有增删。

② 杨伯峻编著《春秋左传注》(四),北京:中华书局,1990年,第1217—1218页。

识,笔者本人也有专文研究①。高辛氏生的两个儿子参商二星,分别主商和夏。这在原初其实应该是商人创世神话的一环,讲述参商二星的来历。根据杨宽先生的研究,所谓"实沉",其实是夏人始祖神鲧。如果这样,商人神话将自己从前宗主国的始祖神叙述为自己至上神高辛氏的小儿子,则暗含了商人成为宗主国之后进行意识形态整合的痕迹。

商人至上神帝俊在后世转化为高辛氏帝喾,他还娶了其他妻子(古籍载"帝喾有四妃")生了一大堆儿子,他们都以"二"的倍数命称:

> 帝喾卜其四妃之子,皆有天下。②

> 帝喾之妃,邹屠氏之女也。……女行不践地,常履风云,游于伊、洛。帝乃期焉,纳以为妃。妃常梦吞日,则生一子,凡经八梦,则生八子。世谓为"八神",亦谓"八翌",翌,明也,亦谓"八英",亦谓"八力",言其神力英明,翌成万象,亿兆流其神睿焉。③

这里帝喾有八个儿子与《山海经·海内经》"帝俊有子八人"、《左传·文公十八年》"高辛氏有才子八人,……谓之八元"的记述应该是一回事,讲的是帝俊生了八个儿神,这里"八"是"二"的倍数。

帝俊所有的神性后裔驱使的神兽都是"四鸟",这在中国上古所有神话系统中,是独一无二的现象,可以看成帝俊神话系统的标志性配置:

> 有中容之国。帝俊生中容,中容人食兽、木实,使四鸟:豹、虎、熊、罴。④

> 有司幽之国。帝俊生晏龙,晏龙生司幽,司幽生思士,不妻;思女,不夫。食黍,食兽,是使四鸟。⑤

> 有白民之国。帝俊生帝鸿,帝鸿生白民,白民销姓,黍食,使四鸟:虎、豹、熊、罴。⑥

> 有黑齿之国。帝俊生黑齿,姜姓,黍食,使四鸟。⑦

---

① 参见张开焱:《夒、喾、夋、舜的演变关系再检讨》,《湖北文理学院学报》,2014年第1期。
② 张澍稡集补注本:《世本·帝系篇》,(汉)宋衷注,(清)秦嘉谟等辑:《世本八种》,北京:中华书局,2008年,第87页。
③ 王兴芬译注:《拾遗记》,北京:中华书局,2019年,第33页。
④ 袁珂校注:《山海经校注》,上海:上海古籍出版社,1980年,第344页。
⑤ 同上书,第346页。
⑥ 同上书,第347页。
⑦ 同上书,第348页。

由此可见，帝俊所创造的世界中，不管是日月星辰，还是神性妻儿，抑或他们驱遣的神兽，均是以"二"和其倍数来构组和命称的。据此，我们可以断定，在商人神话显层叙事中，"二"是其宇宙圣数，是基础性元编码数字。在"二"的倍数中，"四"和"八"在商人神话显层叙事世界的组织中具有重要的作用。二、四、八，是商人创世神话的宇宙圣数。

进一步研究发现，商人神话也是按照"二"和其倍数来组织自己的自然世界的。下面列举几个方面：

他们先将世界的空间切分为两方（东、西，甲骨文有"东母""西母"称谓，未见"南母""北母"称谓），后又切分为四方，并分别配置四方神祇予以祭祀，甲骨卜辞中，有"四土""四方""四方风"等词汇。

> 东方曰析。
> 风曰𠭯。
> 南方曰𡗗风曰㞢。
> 西方曰𠂤风曰彝。
> ［北方曰夗］风曰伇。①
> ……贞帝于北方曰［夗］风曰［伇］……；
> ……贞帝于南方曰㞢，风𡗗……；
> 贞帝于东方曰析，风曰劦……；
> 贞帝于西方曰彝，风曰𠂤……②

甲骨文中关于四方神的祭祀占卜有多条，各条名字不完全统一，但都按照"二"的倍数"四"配置则没有变化。对甲骨文中四方、四方神、四方风的研究，从1940年胡厚宣先生根据一片甲骨上的卜辞在《责善半月刊》二卷十九期上发表《甲骨文四方风名考》一文后，遂成为甲骨学研究的热点之一，许多著名学者如陈梦家、郑慧生、于省吾、李学勤等都撰文参与讨论。不管学者们之间的具体观点有多少分歧，但有一点是共同的，那就是确认了商人对空间方位及方位风四分的模式。

商人神话和现实生活世界不仅按照"二"及其倍数来切分空间，也按

---

① 郭沫若主编：《甲骨文合集》第5册，北京：中华书局，1999年，第2046页。胡厚宣主编，王宇信、杨升南总审校：《甲骨文合集释文》第2册，北京：中国社会科学出版社，2009年，第749页。
② 郭沫若主编：《甲骨文合集》第5册，北京：中华书局，1999年，第2047页。胡厚宣主编，王宇信、杨升南总审校：《甲骨文合集释文》第2册，北京：中国社会科学出版社，2009年，第750页。

照"二"及其倍数来切分时间。他们将一年切分为春秋两季,并在四季风的称谓中隐含了一年四季的时间意识。资料显示,华夏民族大约到西周才明确发展出春夏秋冬四季四时的观念,上古典籍中,第一次出现四季划分的是《尚书·尧典》,根据今人研究,《尧典》是春秋末期人所作。该篇将商人羲和神话做了历史化的分解处理,遂有尧命羲和四子分宅四方主管四季的故事。

有学者认为,商人尽管对一年时间的切分是春秋二季,但四方的空间切分和"四方风"的命名以及四方神的配置,已经暗含了春夏秋冬四时的时间切分模式。但商人甲骨文中,尚无标示季节的"夏""冬"二字(甲骨文"Ⴕ"非指季节,而是指绳子末端),亦未见"四季""四时"的称谓,所以,商人有丰富的四季感性经验自不待言,但尚无明确的四季概念和划分(中国是季风大陆,他们很可能将不同季节的感性经验表达在"四季风"的命名中了)。他们先使用太阳历将一年划为十月、后使用太阴历将一年划为十二个月(有学者认为羿射十日神话就是商人废除一年十月的太阳历,改用一年十二月的太阴历的象征表述);同时,他们将十个天干、十二个地支数结合在一起纪日,形成六十日为一循环的甲子纪日模式(为后世甲子纪年模式奠定了基础)。他们将一月确定为三十天,以十日为一旬,并分别按照干支顺序命称该日。我们还不能断定天干和地支数字和符号系统是商人制定的,但现在最早发现关于天干地支符号系统的完整记载是在商代的甲骨卜辞中。他们将一天时间(24小时)切分为日(白天)、夕(夜晚)两部分,将"日"部分再大体切分为六个时间段(武丁时期的卜辞和武丁以后的卜辞对这六个时间段位的命称稍有区别),尽管甲骨卜辞中还未见将夜晚也对等地切分为六个时间段位的记载,但将白天切分为六个时间段位的体制也暗含了可以对晚上的时间段位做这样区分的可能,因此,这种时间段位的区分模式也就隐含了后世用十二地支符号来区分一天(24小时)的计时模式。

在与神话密切相关的文化生活中,特别要提及的是商人祭器的特征。夏人的九鼎是三足圆鼎的形状、以九成列的体制,突出的是以"三"为文化元编码的崇天崇男的内涵(详后论)。而商人最有特征的礼器鼎却不是这种形制,商人最著名的大鼎是四足方鼎,妇好墓发掘出来的大方鼎、武丁纪念其母铸造的司母戊大方鼎、湖南宁乡出土的晚商人面大方鼎等,是最突出的代表。现在发掘出来的商代青铜鼎,有三足圆形的,也有四足方形的,其中,四足方形最为突出有名,对于商代礼器也最具有代表性。四足方鼎是以"二"的二倍数为其形制特征的,无论是其四足,还是方形,均是如此,体现着商人以"二"为文化元编码的规则和意识;甚至商人彝器最典型的饕餮纹(今称为兽面纹)也是二分性的,饕餮纹主图的兽面正如列维—斯特劳斯所说,都是"拆分性"(即二分性)处理的结果,主图上下左右的辅助性纹饰,也都严格地遵循着二分对称的原则处理。

其次,天圆地方的观念,在商代已经确认,最重要的鼎以方形定制,体现出商人的崇地文化特征。一般认为,商人崇天,这是不错的,但商人也同样崇地,甚至更崇地,这种四足方形鼎的形制就是标志。古人意识中,天圆地方,以鼎之四方象征地之四方,与女性相配,正是商人四足方鼎的文化寓意。与商人崇地特征相关的是,在商代,女性有较高社会地位,妇好墓大方鼎、司母戊大方鼎,均是商王为纪念自己的妻子或母亲而铸造的。"二"(及其倍数四)为地数,为女性的标志数,这在商代大约就确立了。郭沫若认为,商人离母系社会相去不远,女性在社会中仍然有很高地位:"据殷墟书契的研究,商人尊崇先妣,常常专为先妣特祭(自周以后妣不特祭,须附于祖)。"①"从这些事实上看来,商代尚未十分脱离母系中心社会。"②

张光直发现,殷人的礼制中存在一种二分现象,或曰二分规则。据他介绍,董彦堂先生与瑞典的汉学家高本汉都发现了殷人的政治体制与文化传统中存在一种二分现象,对他们的观点,张光直表示:"董、高二氏所发现的殷礼二分现象,不但在大体上本身可以成立,……很可能的,二分制度是研究殷人社会的一个重要关键。"③

综上,商人神话中,是以"二"为宇宙圣数,按照"二"及其倍数组构其创造的神话世界的,同时,商人也将这一创世神话中的宇宙圣数模式用之于自然、现实生活和文化世界的组构。在商以后,这种以"二"及其倍数为元编码数字组织神话世界的,比比皆是。例如,《尧典》中的羲和四子主宅

---

① 郭沫若:《中国古代社会研究》,北京:人民出版社,1954年,第9页。
② 同上书,第10页。
③ 张光直:《中国青铜时代》,北京:生活·读书·新知三联书店,1983年,第198页。

四方主管四季;《山海经》中的四方神;《楚帛书·甲篇》创世神话中的伏羲女娲二神结合,生四神子,率领禹契(夏商二神祖)创造世界,共工相土(夏商二神祖)等制定历法,将一年分为十二月、一天分为宵朝昼夕四个时段等;《楚帛书·丙篇》中十二月令神按照四方排列的模式,都是以"二"及其倍数为文化元编码数字切分和组织神话世界的结果。

二、数字"二"在两希神话叙事中的组织作用

两希神话叙事世界组织中,"二"及其倍数具有重要作用吗?这要分两个方面说。

就"二"及其倍数直接出现在话语层面角度看,其作用比起中国上述神话来讲,明显要弱得多。较少神或神性英雄的故事直接以"二""四""八""十"为编码数字组织,只有"二"的倍数"十二"在两个民族神话中具有重要作用。但"十二"既可以看成"二"的倍数,也可以看成"三"的倍数,从两个民族神话对"三"特别崇拜角度考虑,"十二"成为神圣数字,主要应该从它是三的倍数角度确认。

除了"十二"之外,"二"的倍数中的任何其他数字,都没有在两希神话中获得很高地位,被作为组织神话显层叙事世界的重要编码数字高频使用。但这只是就直接出现"二"和"二"的倍数角度而言的,如从神话叙事的基本思维方式角度考察,二分性思维依然高频地显现在两希神话显层叙事组织中。例如希伯来创世神话中,神用光区分了明暗,然后说有傍晚、有早上,这就是二分时间。又如六天中神创造了世界的所有一切,这"六"既是"二"也是"三"的倍数。又如伊甸园里最早的人类是亚当和夏娃,一分为二的特征也很明显。亚当夏娃被逐出伊甸园后,先生了两个儿子该隐和亚伯,也是以"二"划分的。在"摩西五经"的叙事中,这种暗里以"二"为切分单位的思维随处可见。例如亚伯拉罕有一妻一妾,她们各生了两个儿子以撒和以实玛利;以撒又生了两个儿子以扫和雅各;雅各娶了两妻两妾,他们一共生了十二个儿子(以色列十二支派由此产生)。以色列人是摩西和亚伦两兄弟带出埃及的,耶和华在西奈通过摩西晓谕以色列人的著名戒律十条(摩西十诫)……从二分性思维角度讲,希伯来神话也在无意识地按照二分性思维组织叙事世界。所以,尽管从显层叙事结构角度看,"二"这个数字直接在《旧约》中显示其组织功能的地方不多,但实际上它无意识地影响着古代希伯来人神话叙事世界的组织。

在希腊神话中也是这样，就拿《神谱》显层叙事看，明确以二、四、六、八、十命称或组织人物和故事的并不多，但人物神性和关系的设定之间，依然会无意识地显现出二分性思维的影响。例如，赫西俄德《神谱》中地母该亚生了乌兰诺斯并和他结成夫妇，他们暗喻的就是夜天和大地之间的结合。又如混沌中产生了黑暗神厄瑞玻斯和黑夜神纽克斯，他们结合生了光明神埃忒耳和白天之神赫莫拉。这每一代都是由两个神构成，同时两代神之间的神性由黑暗和光明、黑夜和白天的对立神性构成，这种二分性也是很明显的。

另外，《神谱》中最基本的一组对立，就是以光明天神宙斯为首的奥林波斯神族与提坦神族的对立，两者不仅个体之间经常发生冲突（如宙斯与普罗米修斯的冲突），而且整个群体也经常发生冲突，最激烈的一次冲突双方打得山摇地动、昏天黑地，最后以奥林波斯神族战胜黑暗的提坦神族结束。并不只是《神谱》中存在这种二分性神祇的阵营，实际上，希腊所有的神话和英雄史诗在显层叙事结构中，都存在这样的二分性结构。例如，有日神必有月神，有纵欲的阿佛洛狄特必有禁欲的阿尔忒密斯，有天神必有地神，有幸运之神必有厄运之神，有和平之神必有战争之神，有英雄必有妖魔，有先觉者普罗米修斯必有后觉者厄庇米修斯……这种二分性现象存在于希腊神话和传说中人物神性、故事情节的设计之中。

尽管两希神话传说显层叙事结构中明显存在着这种二分性现象，显示神秘数字"二"还是体现在人物神性和故事情节设计中。但总体上看，这些大都是无意识的，比起中国神话有意识地以"二"为元编码数字来组织神话与传说的显层叙事，两希神话对这个数字的重视程度要低得多。至于"二"的倍数如"四""八""十"编码数字，在中国上古神话叙事显层有十分明显的体现，但在两希神话叙事显层，它们几乎没有什么重要意义。这是中国与两希神话传说叙事中圣数选择的一个重要区别。

第三节 中西神话叙事中数字"三"的组织作用

数字"三"是中国和两希文化都特别重视的一个数字，在三个民族神话显层叙事结构中有十分重要的组织作用。

一、数字"三"在中国神话叙事中的组织作用*

中国上古神话中,数字"三"是最重要的两个元编码数字之一。尤其在夏人神话中,它有极其重要的作用。

首先,夏人三代大神的形象都与"三"及其倍数"九"相关。据典籍资料,鲧的神性本相是一只"三足神鳖";①"禹"字在金文和篆文中的书写形式,由"虫"(蛇)和"九"字组合而成,内含有"九虫"即"九龙"之意,故禹的神性本相是一条九首龙神(或曰九首蛇神);禹妻涂山氏的本相是一只九尾白狐;启的神性本相是一只九首神虎,启即最早的祝融神,夏人的光明神(祝者,朱也,融者,明也。祝融即朱明,即东方早晨的太阳神。祝融后世被楚人视为先祖,可能暗含了楚文化与夏文化的某种渊源联系)。后世神话中从鲧分离出的水神共工,其臣子相柳也是九首蛇身的形象。夏人称自己的敌族苗黎族团为"三苗"或"九黎",等等,都是例证。②

其次,中外许多学者的研究证明,鲧—禹—启神话传说,暗含原初夏人创世神话,他们是原初夏人创世神话在后世的传说化人物(可参见大林太良《神话学入门》,中国学者胡万川、李道和、叶舒宪等人的有关研究成果)。笔者也对今见文本中夏人神话传说隐含的远古创世神话进行过深入研究,确认夏人神话中世界的创造是经过鲧—禹—启三代神祇完成的,他们生殖世系的神话暗含了他们所创造的世界分别由水—地—天三层构成。夏人三代神祇本身,就分别暗含着这样的神性,鲧是原始大水之神,禹是原初大地之神,启是光明天空之神。他们的生殖世系暗含的是世界的创生经历了三个阶段,世界的结构由三个层次构成。③

再次,夏人所创造的神话世界都是以"三"及其倍数"九"命名的:禹创造的大地被称为"九州"或"九有""九土",这个神性大地上的具体地名多以"九"称。《国语·周语》谓禹治水曾经"封崇九山,决汩九川,陂障九泽,

---

* 本小节乃笔者前期发表的论文《夏商创世神话的宇宙圣数与中国文化元编码刍议》的一部分《民族文学研究》,2016 年第 2 期),收入本书时有增删。

① (战国)左丘明著、(三国吴)韦昭注:《国语》,上海:上海古籍出版社,2015 年,第 320 页。

② 详见张开焱:《世界祖宗型神话——中国上古创世神话源流与叙事类型研究》之下编《夏人创世神话研究》,北京:中国社会科学出版社,2016 年,第 293—484 页。

③ 详见张开焱:《鲧禹创世神话类型再探——屈诗释读与夏人神话还原性重构之三》,《民族文学研究》2007 年第 3 期,第 157—164 页。

丰殖九薮,汩越九原,宅居九隩,合通四海"①。《史记·夏本纪》谓禹治水"开九州,通九道,陂九泽,度九山"等,②均以"九"命称,乃至后世传说中授予禹河图的女神叫"九天玄女"、河图又称之为九宫图等。

最后,夏人神话世界中的神物都按照"三"及其倍数制造和命称:禹创造大地的模型被称为"洪范九畴";启铸造的用以象征对九州大地主宰权的神鼎取三足圆腹形态,而且以"九"成制;启为庆贺创世完成而创制的神歌神舞被命之为《九辩》《九歌》,或作《九代》《九韶》。

上述材料之外,凡是古代文献中涉及夏人的神话传说,多有以"三"或其倍数"九"命称的:

> 鲧死三岁不腐,剖之以吴刀,化为黄龙。③
>
> 昔者,夏鲧作三仞之城。④
>
> 禹耳参漏。⑤
>
> 先儒说.夏禹时.天雨金三日.⑥
>
> 舜禅天下而传之于禹,……而国之不服者三十三。⑦
>
> 禹治水,为丧法曰:毁必杖,哀必三年。是则水不救也。故使死于陵者葬于陵,死于泽者葬于泽。桐棺三寸,制丧三日。⑧
>
> 共工之臣名曰相繇,九首蛇身,自环,食于九土。其所歍所尼,即为源泽,不辛乃苦,百兽莫能处。禹湮洪水,杀相繇,其血腥臭,不可生谷,其地多水,不可居也。禹湮之,三仞三沮,乃以为池,群帝因是以为台。在昆仑之北。⑨
>
> 昔禹会涂山.执玉帛者万国.防风氏后至.禹诛之.其长三丈.其骨头专车.……越俗祭防风神.奏防风古乐.截竹长三尺.吹之如嗥.

---

① (春秋)左丘明撰、焦杰校点:《国语》,沈阳:辽宁教育出版社,1997年,第20页。
② (汉)司马迁撰、(宋)裴骃集解、(唐)司马贞索隐、(唐)张守节正义:《史记》,北京:中华书局,1959年,第51页。
③ 袁珂校注:《山海经校注》,上海:上海古籍出版社,1980年,第473页。
④ 何宁撰:《淮南子集释》(上),北京:中华书局,1998年,第29页。
⑤ 何宁撰:《淮南子集释》(下),北京:中华书局,1998年,第1335页。
⑥ 任昉撰:《述异记》(卷下),载钟铭辑:《丛书集成初编》,北京:中华书局,1991年,第17页。
⑦ (战国)韩非著:《韩非子新校注》(全二册),陈其猷校注,上海:上海古籍出版社,2000年,第221页。
⑧ (战国)尸佼:《尸子译注》,(清)汪继培辑、朱海雷撰,上海:上海古籍出版社,2006年,第62页。
⑨ 袁珂校注:《山海经校注》,上海:上海古籍出版社,1980年,第428页。

三人披发而舞。①

　　禹东教乎九夷,道死,葬会稽之山,衣衾三领,桐棺三寸,葛以缄之。②

　　大运山高三百仞,在灭蒙鸟北。大乐之野,夏后启于此儛九代;乘两龙,云盖三层。左手操翳,右手操环,佩玉璜。在大运山北。一曰大遗之野。③

　　开上三嫔于天,得《九辩》与《九歌》以下。④

　　这些叙述中,"三"及其倍数"九"以极高频率出现,这意味着,尽管夏人创世神话的完整原貌已经淹失,变成碎片在后世流传并被严重历史化,但组织这些神话传说片段的最重要编码数字"三"和其倍数"九"的重要作用,还是保留了下来,成为后世关于夏人神话显层叙事中最具有特征的一个方面。

　　这还只是夏人神话显层叙事的部分片段中"三"及其倍数的使用,如果将视野放到整个中国上古神话,将发现,以"三"及其倍数"九""十二"等组织叙事片段之处更多。集合了中国上古最多神性事物与神祇的《山海经》中,这样的片段非常多。为了节省篇幅,此处不拟赘举,台湾学者杜而未 20 世纪专门出版了一部书名为《山海经神话系统》的书,其中第三篇《论神话数字》详尽地统计了《山海经》这部书的神性叙事中与"一""三""四""五""九"几个数字相关的对象和有关片段,他的统计揭示,《山海经》中,与"三"和"三"的倍数"九"相关的对象和叙述片段,占了极大的比重,在所有数字中是最多的。它遍布《山海经》各经各方中有关神性地理(山水)、动植物、神祇、神族的命名和叙述中。⑤ 除了这部书外,中国上古其他神话作品中也常见数字"三"及其倍数的运用。如楚人源于本地巫祭活动的神歌神乐神舞称之为"九歌""九代""九辩""九招""九章"等。尤其值得一提的是《诗经·生民》中有关周祖后稷出生后三弃三收的叙述:

　　　　诞寘之隘巷,牛羊腓字之。诞寘之平林,会伐平林。诞寘之寒

---

① 任昉撰:《述异记》,载钟辂辑:《丛书集成初编》,北京:中华书局,1991年,第1页。
② 王焕镳撰:《墨子集诂》(上),上海:上海古籍出版社,2005年,第610—611页。
③ 袁珂校注:《山海经校注》,上海:上海古籍出版社,1980年,第209页。
④ 同上书,第414页。
⑤ 见杜而未:《山海经神话系统》,台北:台湾学生书局,1984年,第34—50页。

冰,鸟覆翼之。鸟乃去矣,后稷呱矣。①

在中国上古神话叙事中,包括"三"在内的神秘数字的运用,大都是运用在神圣地理、天文、时间、事物、神祇的命名中,运用到人物行动和故事情节的设计中较为少见,上面一例三弃三收的三复情节之外,还有如相柳被诛杀后因"其血腥臭,不可生谷,其地多水,不可居也。禹湮之,三仞三沮,乃以为池"的叙述,以及《史记·五帝本纪》中叙述黄帝"以与炎帝战于阪泉之野。三战,然后得其志"的叙述。最后一条资料虽然晚至汉代,应该源出先秦。

综上,不难看出,数字"三"在中国上古神话叙事中起着重要的作用,是高频率使用的元编码数字之一。

二、数字"三"在希伯来神话叙事中的组织作用

在两希神话显层叙事中,数字"三"及其倍数是否具有重要的组织作用?答案是肯定的。先看希伯来神话叙事结构"三"及其倍数的存在和作用。

毫无疑问,"三"及其倍数是希伯来神话叙事中最重要的数字,这里仅以《创世记》一经为例稍加搜罗。大体清理一下,不难发现,《创世记》一篇叙事中"三"和其倍数在许多地方都存在:耶和华创世是六天完成的,而这六天创世的内容又是由两个"三"天的创世工作重叠构成的。第一天到第三天,耶和华完成了时间空间即世界初创,第四天到第六天,耶和华在初创的天地世界里继续充实了其内容,如天上的日月星辰(以及以此为基础的历法),地上和海中的动植物,以及管理这一切的人类。同时,耶和华创造的世界也是由三层即天—地—水(海)构成的。亚当生了该隐、亚伯和塞特三个儿子;挪亚方舟长300肘、宽50肘、高30肘,分上中下三层;大洪水那年,挪亚整600岁,洪水整整淹了大地150天;挪亚生了闪、含、雅弗三个儿子,这三个儿子以后成为中东三个重要族群的祖先;耶和华要亚伯兰用一只三年的母牛、一只三年的母山羊、一只三年的公绵羊祭祀他;耶和华与亚伯兰立约,许诺他的子孙将拥有许多土地和国家耶和华要亚伯兰改名亚伯拉罕时,他99岁;雅各生了十二个儿子,他们分别成为以色

---

① 《诗经》,王秀梅译注,北京:中华书局,2006年,第333页。

列十二支派的始祖;约瑟到法老那里给法老的酒政和膳长解梦,说酒政的梦中梦见葡萄树的三根枝子开花结果,三根枝子代表三天,表明三天后法老会让他官复原职;说膳长梦见顶着三筐白饼,三筐代表三天,这个梦意味着三天后法老将会杀他的头,将他挂在树枝上让飞鸟啄食。……

仅仅是在《创世记》一经的显层叙事中,就能看到这么多的"三"及其倍数的存在,它们在显层叙事中起着相当重要的作用。如果我们对《旧约》各篇都做详尽的统计,将一样能发现各篇中无论人和物,还是事件与行动领域,"三"和其倍数都起着重要的作用。

神圣数字"三"在《旧约》表层叙事的人物结构组织中起着更重要的作用,几乎在整个《旧约》各篇的故事中,都存在一种基本的角色结构,那就是由神耶和华—人类—魔鬼,或耶和华—义人—恶人三种角色构成的一种三维三元结构。而在《新约》中,圣父—圣灵—圣子,或圣父—圣母—圣子三位一体的观念同样显现出以"三"为元编码数字的作用。同时,数字"三"在《圣经》人物行动即故事情节的编织中也起着重要作用,这就是三复行为和情节的设计。例如,雅各给舅舅拉班放羊有三次约定,一次约定放羊七年将拉结嫁给他;娶拉结后又按约定再给拉班放羊七年,最后又和拉班约定再干六年。这约定一共发生了三次。又如摩西受上帝指令,要带希伯来人离开埃及,但法老不放行,摩西先后三次面见法老,并显示神力大能,惩罚法老,终于使法老因恐惧而答应放希伯来人离开埃及。又如上帝呼唤了撒母耳三次;耶稣在被捕之前对发誓追随他的彼得说,鸡叫之前你要三次说不认识我,结果法利赛和罗马兵士来带走耶稣,并审问其门徒时,彼得果然先后三次说自己不认识耶稣……数字"三"在《圣经》故事情节的设计上起着重要作用,这也是西方后世民间故事中三复情节的重要来源之一。当然,在《圣经》整体叙事结构上也隐含着数字"三"的重要组织作用,那就是,整个《圣经》的故事情节和希伯来人(代表着人类)的命运和道路要经历三个阶段;第一个阶段是伊甸园即乐园阶段,这是人类开始时代最美好的一个阶段;第二个阶段是从亚当夏娃被逐出伊甸园、人类世世代代到大地痛苦生活的阶段,这是失乐园的阶段,是人类现实的历史和处境阶段;第三个阶段是复乐园的阶段,也就是《旧约》最后部分反复暗示、《新约》将其具体化为耶稣复活回到人间、带领人类进入美好的千年盛世(重归乐园)的阶段。整个《圣经》对人类命运的设计,由此生发出的整体故事情节的编织,就是按照这个三阶段设计的,很显然,"三"这个神圣数字,在这种设计中无意识地起着基本的作用。

三、数字"三"在希腊和北欧神话叙事中的组织作用

在希腊神话传说的显层叙事结构中,"三"及其倍数"九""十二"的存在和作用一样十分明显。我们仅以《神谱》为例做一个大体的综合性清理:希腊神话世界的创生从暗夜的天神乌兰诺斯到时光之神克洛诺斯到光明天神宙斯,一共经历了三代神王;希腊神话在混沌中产生大地神该亚、塔耳塔罗斯到最后产生光明天神,暗含的是世界是由地下世界—地面世界—天空三层构成的,大洋和大海是和地面世界处于同一平面的。奥林波斯神系中,世界三分即地下世界(地狱)和环绕地面的海洋以及天空三层次,分别由宙斯三兄弟主管,即宙斯主管天空,波塞顿主管海洋,哈得斯主管地狱。该亚和乌兰诺斯结合生了以克洛诺斯为最小的提坦十二神;该亚还生了三个独眼巨人神(库克洛佩斯三神),她和乌兰诺斯结合还生了三个强劲无比的、分别长着一百只手、五十个脑袋的巨人神;记忆女神谟涅摩绪涅和宙斯同寝九夜,孕生了九个缪斯女神;夜神纽克斯生了多个三神组,有厄运神、横死神、死神,还有司掌命运和无情惩罚的三女神;陶马斯和厄勒克特拉结合生了快速的伊里斯和两位长发的哈耳皮厄三神;克律萨俄耳和卡利罗厄生了长着三个脑袋的巨人革律翁;提丰和厄客德娜结合生了三个凶残的后代,即革律翁的牧犬、五十只头的地狱看门狗以及毒蛇许德拉;厄客德娜还生了长有狮子、山羊、毒蛇三只头的客迈拉(他的身躯是狮、羊、蛇三部分的组合);忒修斯和大洋神生了有三千个美踝的女儿;忒亚与许佩里翁相爱生了赫利俄斯(Helios)(太阳)、塞勒涅(月亮)和厄俄斯(黎明)三神;欧律比亚和克利俄斯相爱生了三个高大智慧的儿子;厄俄斯和阿斯特赖俄斯结合生了三位勇敢的风神;瑞亚和克洛诺斯生了六个伟大的儿女(其中包括宙斯);宙斯娶了忒弥斯为妻,生了时序三女神、命运三女神;宙斯和欧律诺墨结合生了美惠三女神;宙斯和赫拉结合生了青春(赫柏)、战争(阿瑞斯)和生育(爱勒提亚)三神……①

很显然,在《神谱》的显层叙事结构中,"三"及其倍数"九"和"十二",是最重要的数字。除了上面那些外,如宙斯为首的奥林波斯神山的十二

---

① [古希腊]赫西俄德:《工作与时日 神谱》,张竹明、蒋平译,北京:商务印书馆,1991年,第26—56页。

大神、十二提坦神、赫拉克利特为其堂兄做的十二件大事等,都是"三"的倍数,它们在组织神话显层叙事方面发挥着重要作用。在这里要再次提及法国比较神话学家杜梅齐尔的一个观点,他认为,同出远古雅利安人的古代印欧民族神话中,都有一种三联神的模式,就是由三个神组成一个神的群体。这种三联神模式确实是印欧各民族神话的重要特征。上面介绍的希腊古代神话的三联神众多,就不用再赘述了。其他印欧民族,如印度教神话中最高大神为梵天、毗湿奴和湿婆,罗马神话十二大神中,神后朱诺、智慧女神密涅瓦、爱神维纳斯,北欧神话中奥丁和妻子弗丽嘉与儿子雷神托尔等,都分别组成一组三联神。在荷马史诗和希腊悲剧中,数字"三"在组织人物和故事方面,也起着重要作用,我们在此不详细罗列,看过这些作品的人对此都会有深刻印象。

顺便讨论杜梅齐尔三元结构理论对中国神话解释的效度问题。杜梅齐尔的研究专家斯科特·利特尔顿(C. Scott Littleton)曾说,"也许杜梅齐尔的再研究最重要的普遍意义是他在古代印欧语系使用者中发现的现象可能不是独一无二的。如果不是所有主要的语言群体,最有可能从非裔亚洲人到汉藏人(或者在他们历史的某个时刻)也以基因相关的意识形态结构为特征"①。这个判断的有效性尚需证明。尽管日本、韩国和中国都有学者以三等级结构模式分析过各自国家早期神话,但其解释的恰当性和有力程度仍然可能面临质疑。中国学者傅光宇在《三元——中国神话结构》一书中试图证明中国古代也有三等级结构神,并且列举了一些例证。② 笔者感到,这个观点用之于中国上古神话人物关系模式描述,尽管具有一定启发性,也多少能找到一些证据,但说服力还不够强,比较牵强。原因有二:一是中国上古神话在叙事层面没有得到充分发育,诸神专职化程度很低,且体系化程度较为有限,所以很难清晰地辨识出这种三等级结构;二是古代中国社会结构与印欧社会结构差异明显。例如,对于古代印欧民族各支都很重要的处于社会顶端的祭司阶层,在可以考证的中国上古社会中,似乎从未以一个独立的阶层处于社会顶端位置。如前所述,中国上古巫术走了一条以王御巫的世俗化道路,最后宗教人士衍化成为王

---

① Georges Dumezil: *Gods of the Ancient Northmen*, "Introduction", Part I, by, C. Scott Littleton, Berkeley: University of California Press, 1977, p. 17.

② 参见傅光宇:《三元——中国神话结构》,昆明:云南人民出版社、云南大学出版社,2014年。

权服务的各类"士",这与印欧社会完全不同。因为社会结构中不存在一个处于顶端的宗教阶层,自然在神话中,也很难找到一个与处于社会顶端的祭司阶层对应的代表最高真理的神祇(这一掌管世界最高真理的神祇在神话体系中还需要另外两个层次的神祇与之构成三层次结构才能成立)。利特尔顿在对杜梅齐尔的三元神话结构理论进行总结时,特别提到其中三层次要素的对应性:"一组常见的神话,在功能上与一组共同的社会制度和一种共同的意识形态相互关联。"① 这就是说,神话中的三元结构与社会制度和社会意识形态中的三等级结构之间,具有内在一致性,后两项是第一项得以产生和存在的基础。正因为这样,所以杜梅齐尔反复申明,他的神话三元结构理论对印欧之外的民族不具有有效性。这个申明值得我们重视。在中国上古,要找到这种三个层面都具有内在一致性的三等级结构是困难的。倒是中古以后中国某些少数民族社会,存在着一种巫师主导,或巫酋合一的状态,有发育得较为充分和体系化特征较强的神话,以及相关的三层次社会结构,这种三层次神话的结构特征稍微明显。傅光宇在《三元——中国神话结构》一书中对某些少数民族神话结构的解释有一定道理。

我们要顺便介绍欧洲文化的另一个重要源头北欧神话叙事中数字"三"及其倍数的作用。北欧神话文本《埃达》中,宇宙的构造和诸神的组构中,"三"及其倍数发挥着最重要的作用。

首先看其宇宙的构成。《埃达》第一首歌《女占卜者的预言》唱道:

> 记得那时有九个世界,九个女巨人各踞一方,还有一株古梣皮树,名叫伊格德拉西尔。硕大无朋,擎天撑地,划分出天、地和下三界,虬根直插到地层深底。②

北欧神话中的宇宙是由九个世界构成的,九个世界有九个女巨人主管,宇宙树将世界划分出天上、地面和冥府三层。宇宙树下有三条粗大的树根,分别通向三个世界。第一根树根深入众神居住的阿斯加尔德(Asgard),第二根树根深入冰巨人的居所约顿海姆,第三根树根深入阴森寒冷的地府尼弗尔海姆。整个宇宙都在这棵宇宙树之中。

---

① C. Scott Littleton, *New Comparative Mythology: Anthropological Assessment of the Theories of Georges Dumezil*, Berkeley: University of California Press, 1966. p.3.
② [冰岛]佚名:《埃达》,石琴娥、斯文译,南京:译林出版社,2000年,第1页。

再看其诸神世界的构成。《埃达》诸神大体可以分为三个类型,即冰巨人、神祇、精灵和矮人(有将精灵和矮人分为两种)。世界最早出现的是冰巨人,冰巨人中最重要的是伊米尔(Ymer)和他的儿子布里、孙子布尔(Bur)三代人。布尔娶女巨人贝斯塔拉(Bestla)为妻,生下了奥丁(Oden)、洛基(Loke)和汉尼尔(Höner)三个最早的神祇。神界神祇很多,但最主要的有十二个大神,其中有三个最重要(也最符合杜梅齐尔三等级功能神的结构),即主管世界的最高大神奥丁,保卫神界的雷神托尔(Tor),主管丰饶、爱情和生殖的弗雷(Frej),他们是北欧各地都祭祀的神。奥丁生了三个儿子;奥丁和众神给自己建造了众神乐园阿斯加尔德,里面有十二座宫殿,十二大神每一个都有自己的宫殿。北欧也有执掌(过去、现在和未来)命运的女神,她们和希腊一样有三个,她们掌管着三条圣泉……很显然,在北欧神话中,"三"及其倍数在诸神世界的组织中具有重要的作用。

第四节　中西神话叙事中数字"五"和"七"的组织作用

在"二"和"三"及其倍数之外,中国和两希三个民族中,还有两个数字比较重要,那就是"五"和"七"。在三个不同民族,这两个数字被重视的程度也不一样。

一、中国神话叙事中数字"五"的组织作用

中国上古社会,春秋以后,数字"五"成为重要的文化元编码数字,这与五行世界观模式产生并且获得权威性密切相关。事实上,中国文化对"五"的意识起源很早。早期刻符中的符号"十",就沉淀着"五"的意识,表示一个人以自己为中心,前后左右延伸即为五方。商人尽管多有祭祀四方神和四方风的记载,但实际四方观念产生的前提是有一个中心即坐标点存在。商人四方的观念,是以商人所在地"中商"为坐标点形成的,"中商"之外均称"方国"。因此,五方观念,隐在于商人的四方观念中。但在商人文化的显在层面,五方观念还没有成为最重要的时空组织模式,"五"也没有成为最重要的文化元编码数字。"五"成为最重要的文化元编码数字,应该是在战国五行学说出现前后。五行学说将世界的构成区分为金

木水火土五种基本元素，以它们为基础编组出一个相生相克的循环结构，然后将世界万事万物都纳入这个模式中予以叙述，"五"因此成了春秋以后文化建构中重要的元编码数字之一。这当然不是说是先有五行学说，然后"五"才成为重要的文化编码数，"五"成为重要的文化编码数完全可以在五行学说出现之前，是多个重要的文化编码数字之一，只是五行学说出现后使这个数字更具有重要性。

从《尚书·虞夏书》开始，我们就能看到不少与"五"相关的命称和叙述。因此，从语篇用词角度，我们可以判断，《虞夏书》中以"五"作为重要模式数字的语篇，多半是春秋前后人所撰写或改写。关于《虞夏书》诸篇的真伪，近人研究，有多篇是春秋晚期人撰写的。但同时，笔者认为，《虞夏书》中某些被证明是春秋时期撰写的篇章，其所据之事应该来源很早，只是在撰写者那里进行了改造罢了。例如《尧典》篇中，尧命羲和四子分居四方主管四季的叙事，很明显来自商人创世神话中的羲和神话，是对这个神话历史化改写的结果。这样的例子还有不少。如《洪范》篇，就语篇行文而言，带有春秋甚至更晚时代的某些语言特征，但它所叙述的事情应来源于遥远的夏人鲧禹创世神话，是对这些神话的历史化改写。《尧典》中叙述舜"慎徽五典，五典克从"①。《舜典》有"辑五瑞"②、"修五礼"③、"如五器"④、"流宥五刑"⑤、"五载一巡守"⑥、"五品不逊，……敬敷五教"⑦、"五刑有服。五服三就。五流有宅，五宅三居"⑧。《大禹谟》中有"水、火、金、木、土、谷惟修"⑨一句，除加"谷"外，其余五种元素都是五行的基本构成元素。又如"皋陶，……明于五刑，以弼五教"⑩。"百工惟时。抚于五辰……敕我五典五惇哉！天秩有礼，自我五礼有庸哉！……天命有德，五服五章哉！天讨有罪，五刑五用哉！"⑪《益稷》篇有"以五采彰施于五色，……予

---

① （汉）孔安国传、（唐）孔颖达正义：《尚书正义》，上海：上海古籍出版社，2007年，第73页。
② 同上书，第76页。
③ 同上书，第82页。
④ 同上。
⑤ 同上书，第88页。
⑥ 同上书，第82页。
⑦ 同上书，第100页。
⑧ 同上书，第100—101页。
⑨ 同上书，第126页。
⑩ 同上书，第130页。
⑪ 同上书，第149—151页。

欲闻六律、五声、八音,……以出纳五言……"①。《洪范》篇有"初一曰五行,次二曰敬用五事;次三曰农用八政;次四曰协用五纪;……次九曰飨用五福"②……至于《吕刑》中,更有"两造具备,师听五辞。五辞简孚,正于五刑。五刑不简,天于五罚。五罚不服,正于五过"③。的叙述。以"五"成制、以五成体,就成了春秋以后很多表述中的普遍情形。《尚书》中的这些表述,不少与神话历史化改造相关,尤其是《虞夏书》中的部分。

数字"五"直接和神话显层叙事相关的资料,还鲜明地体现在《山海经》以及战国至西汉初年形成的五方帝神系统中。

《山海经》神话叙事构成中,从具体神性地理、事物,神祇的命名、行为,到总体结构框架,"五"都是最重要的数字之一。杜而未在《山海经神话系统》第三篇《论神话数字》第四章《论五数字》中,专门搜集了《山海经》中与"五"有关的叙事片段,如谓凤凰"五采而文""丹木五岁,五色乃清,五味乃馨""西王母……是司天之厉及五残""有木焉,……其枝五衢""有桑焉,大五十尺""大华之山,其高五千仞"……④这还只是"五"用之于具体神人神物的命名或形容的例子。对于《山海经》而言,最关键的是,整部《山海经》的显层叙事结构,是按照南西北东中五方组织的。而《海内经》《海外经》《大荒经》三部分的显层叙事结构,尽管是按照南西北东四方组织的,但实际上,这种四方空间结构本身就暗含了一个处于四方中心的"中土"的空间位置,在隐性层面,仍然是以"五"为组织模式的。因此很明显,数字"五"在《山海经》总体叙事结构上,起着关键性的组织作用,是总体结构层面组织这部奇书神性叙事的两个关键性模式数字。

到了战国时期,因为五行学说的兴起,一些典籍也开始将此前出现的一些重要神祇按照五方模式配置,由此形成了一个新的帝神系统,即五方帝神系统。这个五方帝神系统是在商代开始的四方神系统基础之上扩展形成的,具体神祇不完全一样,但编码原则没有改变,即都是按照空间系统编组。四方神系统是以"四"为编码数字组织的,五方神系统是以"五"为编码数字组织的。在多种五方神系统中,《淮南子·时则训》中的

---

① (汉)孔安国传、(唐)孔颖达正义:《尚书正义》,上海:上海古籍出版社,2007年,第166—167页。
② 同上书,第449—450页。
③ 同上书,第782—783页。
④ 杜而未:《山海经神话系统》第三编第四章《论五数字》,台北:台湾学生书局,1984年,第44—46页。

最著名、影响也最大：

> 东方之极：自碣石山过朝鲜，贯大人之国，东至日出之次，榑木之地，青土树木之野，太皞句芒之所司者万二千里。①
>
> 南方之极：自北户孙之外，贯颛顼之国，南至委火炎风之野，赤帝祝融之所司者，万二千里。②
>
> 中央之极：自昆仑东绝两恒山，日月之所道，江、汉之所出，众民之野，五谷之所宜，龙门、河、济相贯，以息壤堙洪水之州，东至于碣石，黄帝后土之所司者万二千里。③
>
> 西方之极：自昆仑绝流沙、沈羽，西至三危之国，石城金室，饮气之民，不死之野。少皞、蓐收之所司者万二千里。④
>
> 北方之极：自九泽穷夏晦之极，北至令正之谷，有冻寒积冰，雪雹霜霰，漂润群水之野，颛顼玄冥之所司者万二千里。⑤

战国以后，中国神话和文化中，以五行模式将世界万象纳入其中进行解释的随处可见。举凡自然界的空间、时间、颜色、气味、声音、事物形态，人类社会各领域中的不同构成，都被纳入五行模式中，足见"五"作为文化元编码数字在中国文化世界编组中的巨大作用。

中国上古神话中，另一个有一定重要性的编码数字是"七"。"七"作为神圣编码的来源是以人为中心加前后左右上下（东南西北天地）六方的感知和意识，并用来代指整个世界，这个数字的神秘性正来源于此。但比起表示平面空间的数字"四"和"五"，立体空间数字的"七"在上古神话中并没有太多的体现。我们现在能找到的只有混沌神话中，南海北海大帝给中土混沌大帝七日凿七窍而混沌死的故事。此外尚未看到其他神话中"七"有特殊的组织作用。北斗七星又称为轩辕星，在战国时期对它的崇拜似乎开始形成，但在神话叙事中却没有太多体现。

二、两希神话叙事中数字"七"的组织作用

两希神话中，"五"似乎不是一个十分重要的数字，至少在神话的显层

---

① 何宁撰：《淮南子集释》（上），北京：中华书局，1998年，第432页。
② 同上书，第433页。
③ 同上书，第433—434页。
④ 同上书，第434—435页。
⑤ 同上书，第436页。

叙事中,较少看到以"五"成制的表述。偶有也不具有特殊的模式数字的意义。"七"在希腊神话叙事中,似乎也没有什么重要性。但在希伯来神话中却是一个重要的编码数字,下面我们仍然以《旧约·创世记》篇为例,对其中存在的以"七"为编码数字的叙事进行一个清理。

首先当然是耶和华创世的时间模式。耶和华在六天中完成了世界的创造,第七天他就安息了,第七日成为圣日,因为那是神创世完成的标志日,同时也内含着以后影响人类的一个基本的生活节奏模式:人类应该以神七日创世的工作和作息模式去生活,在六天紧张的工作之后,第七天应该是休息的一天。对于人类,这一天当然不只是休息,还有一个重要的工作,就是到神面前礼拜、祷告、忏悔,以获得灵魂的安宁和净洁。

该隐杀死弟弟亚伯之后,耶和华诅咒他,该隐因此不敢到外地去,说所有见到他的人都会杀他。耶和华说,凡杀该隐的必遭七倍报应。《创世记》叙事中有关"七"及其倍数作用的语段还很多,现辑录如下:

> 凡杀该隐的,必遭报七倍。杀拉麦,必遭报七十七倍……
> 拉麦共活了七百七十七岁……

耶和华发动大洪水之前晓谕挪亚说:

> 凡洁净的畜类,你要带七公七母;不洁净的畜类,你要带一公一母;
> 空中的飞鸟也要带七公七母。可以留种,活在全地上。
> 因为再过七天,我要降雨在地上四十昼夜,把我所造的各种活物都从地上除灭。……
> 过了那七天,洪水泛滥在地上。……
> 七月十七日,方舟停在亚拉腊山上。……
> 他又等了七天,再把鸽子从方舟放出去。
> 他又等了七天,放出鸽子去,鸽子就不再回来了。
> 到了二月二十七日,地就都干了。……
> 洪水以后,挪亚又活了三百五十年。……
> 雅各爱拉结,就说:"我愿为你小女儿拉结服侍你七年。"
> 雅各就为拉结服侍了七年。他因为深爱拉结,就看这七年如同几天。……
> 拉班说:"大女儿还没有给人,先把小女儿给人,在我们这地方没

有这规矩。

你为这个满了七日,我就把那个也给你,你再为她服侍我七年。"

雅各就如此行。满了利亚的七日,拉班便将女儿拉结给雅各为妻。

雅各也与拉结同房,并且爱拉结胜似爱利亚。于是又服侍了拉班七年。……

他(雅各)自己在他们前头过去,一连七次俯伏在地,才就近他哥哥。……

过了两年,法老作梦:梦见自己站在河边。

有七只母牛从河里上来,又美好又肥壮,在芦荻中吃草。

随后又有七只母牛从河里上来,又丑陋又干瘦,与那七只母牛一同站在河边。

这又丑陋又干瘦的七只母牛吃尽了那又美好又肥壮的七只母牛。法老就醒了。

他又睡着,第二回作梦:梦见一棵麦子长了七个穗子,又肥大又佳美。

随后又长了七个穗子,又细弱又被东风吹焦了。……

约瑟对法老说:"法老的梦乃是一个,神已将所要作的事指示法老了。

七只好母牛是七年;七个好穗子也是七年。这梦乃是一个。

那随后上来的七只又干瘦又丑陋的母牛是七年;那七个虚空、被东风吹焦的穗子也是七年,都是七个荒年。

这就是我对法老所说,神已将所要作的事显明给法老了。

埃及遍地必来七个大丰年。

随后又要来七个荒年,甚至在埃及地都忘了先前的丰收,全地必被饥荒所灭。……

法老当这样行,又派官员管理这地。当七个丰年的时候,征收埃及地的五分之一。

叫他们把将来丰年一切的粮食聚敛起来,积蓄五谷,收存在各城里作食物,归于法老的手下。

所积蓄的粮食可以防备埃及地将来的七个荒年,免得这地被饥荒所灭。……

七个丰年之内，地的出产极丰极盛。

　　约瑟聚敛埃及地七个丰年一切的粮食，把粮食积存在各城里。各城周围田地的粮食都积存在本城里。

　　埃及地的七个丰年一完，七个荒年就来了，正如约瑟所说的，各地都有饥荒，惟独埃及全地有粮食。……

　　雅各住在埃及地十七年，雅各平生的年日是一百四十七岁。……

　　约瑟吩咐伺候他的医生，用香料薰他父亲，医生就用香料薰了以色列。

　　薰尸的常例是四十天，那四十天满了，埃及人为他哀哭了七十天。……

　　他们到了约旦河外、亚达的禾场，就在那里大大地号啕痛哭。约瑟为他父亲哀哭了七天。①

上面仅仅是《创世记》一经中存在的与"七"有关的数字，这些数字也构成了这部经典最核心的几个叙事板块。由此可见在希伯来神话显层叙事中，"七"这个数字具有的特殊作用。

本章对中西三个民族神话显层叙事结构中神秘数字的存在和作用进行了一个大体的清理，可以得出如下结论：

1. "二"及其倍数"四"在上古华夏神话叙事中具有重要意义，出现频率也很高。尤其是商人神话世界，几乎都是以"二"为元编码数字组织的。但这两个数字在两希神话叙事显层的作用和影响却要小得多；

2. "三"及其倍数在中国和两希神话叙事显层都具有重要地位和作用。其中，中国神话叙事中，"三"和其倍数"九""十二"最受重视；这一点希腊神话叙事也大体相同。但在希伯来神话叙事中，"九"却不是一个多么重要的数字，"三"和它的倍数"十二"具有最重要的意义和作用。

3. 数字"五"在中国春秋以后的神话叙事中具有重要意义，但在两希神话中，这个数字却不太受重视。而数字"七"在中国战国以前的神话和希腊神话中较为少见，组织叙事的作用有限，但在希伯来神话中，却是最

---

① 本段所引文字，均辑自《圣经·创世记》各篇，见《圣经》，中国基督教三自爱国运动委员会、中国基督教协会，南京：南京爱德印刷有限公司，2016年，第1—52页。

神圣的数字之一,在叙事中具有十分重要的作用。

4.三个民族神话叙事中这些重要的编码数字存在的方式略有侧重。尽管卡西尔在《神话思维》中借用一个西方学者有关原始文化中神秘数字的研究成果,认为数有时间性和空间性的差别,即有些数字起源于空间直观,有些数字起源于时间直观,但在神话叙事中,这种固定的区别并不明显。我们看到的是,不同民族神话中同一个数字既可以用以命称和组织空间性存在,也可以用以组织时间性过程。

总体上看,中国神话中,上古神秘数字主要用于组织空间性存在(地理、自然物、器物、人物、社会存在物),希腊神话中,神秘数字也主要用于组织空间性存在(主要是人物)。但希伯来神话显层叙事中,神秘数字则主要用于组织事件和行动过程。这特别值得注意。像《创世记》一篇中,数字"七"主要用于几个故事板块的组织和叙述。一是七天创世的整个过程的组织和叙事;二是大洪水过程的组织和叙述;三是雅各给拉班放羊二十年的过程的组织和叙述;四是约瑟到埃及从囚徒到宰相的过程的组织和叙述。这些事件和过程,占了整个《创世记》篇的主要内容。这与中国和希腊神话显层叙事中神秘数字主要用于空间性存在的组织和叙述有很大区别。尽管中国和希腊神话中,也偶见神秘数字用之于事件过程的组织和叙述,如中国古代《诗经·生民》中后稷被三弃三收的三复情节,古代希腊赫拉克勒斯为满足堂兄给他解除奴役而做的十二件大事,但这样的情况是较少的。最常见的还是以神秘数字命称和叙述空间性存在对象。这种区别对于各自民族后世叙事中数字的运用有潜在影响。

第十章
中西神话叙事优势时空类型差异原因探讨

本书对中国和西方早期神话叙事特征的比较研究，特别突出了对神话叙事文本流变过程、存在形态、讲述者类型特征、话语特征、形象构成特征、行动元结构与故事模式、创世神话叙事等的时空特征研究，总体上得出一个基本结论，中国早期神话叙事体现出一种空间优势型特征，而西方（两希为主）早期神话叙事则体现出一种时间优势型特征。本章我们要继续探讨，为何如此？这是一个十分复杂且难度超高的问题，非本书作者所可完全解答。但因为这个问题对本书，以及对于理解中国和两希早期神话叙事特征具有重大意义，故笔者不揣浅薄，尝试进行一些探讨，希望这些探讨能引发学界同仁更有价值的讨论和见解。

第一节　神话叙事特征与先民神话时空思维特征

在本书作者看来，神话外在文本体现的叙事时空特征，与创造它们的群体深层时空思维特征有一种内在关联，这种关联尤其值得注意。因为，就人类文化发展而言，外在文化现象中的神话时代会过去，但其神话所体现或者说所根源的深层时空思维特征，却会长期无意识留存，并深远地影响其后时代民族各种叙事形式中的时空特征，所以值得认真研究。

一、神话叙事的时空优势类型

在进行了漫长的讨论之后，我们要在本书《绪论》关于神话叙事的时空优势类型概念基础之上,继续提出一个概念:神话思维的优势时空类型。

首先,本书所说的神话叙事的空间优势型和时间优势型的基本内容是什么?

这是本书对中西神话叙事从文本流变与存在方式到文本话语组织形式、形象、故事结构多层面存在形态和组织向度以及创世神话的优势时空特征的一种概括,它指的是在上述方面对时间向度或空间向度的特别倚重,由此显现出的总体时空优势特征和类型。一般而言,具有时间优势型特征的神话叙事文本,其文本形态往往呈杉木型且具有完整性,文本内话语组织突出了其线链性、不可逆性、直陈性、转喻性、行动性(功能性)特征;其形象组织层面,突出了其主体的行动性和主体行动间的交互性,事件的过程性,故事情节结构的因果性和完整性。而具有空间优势型的神话叙事文本,其文本形态往往呈灌木型且具有碎片性、散漫性、箭垛性、交叉性特征;其文本内话语层面突出了静态性、并置性、重复性、隐喻性特征;其形象组织层面,则突出了主体的非行动性或弱行动性、非交互性或弱交互性;形象材料组织及结构的孤立性、并置性或交错性、复叠性,事件与故事的碎片性和非因果性或弱因果性等特征。

在这个前提下,需要特别说明的是,时间优势型神话并非不存在空间性元素,一如空间优势型神话并非不存在时间性元素一样,这里只是就两种类型神话叙事的侧重点而言有这样的区别。所有叙事,都会面临时间和空间问题,这两者本不可分。但不同时空优势类型的神话,对两者的倚重和组织处理原则不一样。时间优势型神话,是以时间为基础来理解、处理和组织空间的。而空间优势型神话,则是以空间为基础来理解、处理和组织时间的。因此,不是说空间优势型神话中没有时间问题,时间优势型神话中没有空间问题,只是它们的重心不一样和处理时间与空间的原则不一样。这一特点,以当代空间叙事学兴起为背景就比较容易理解。

在做了如上简单区分后,笔者要引用美国当代著名空间理论家罗伯特·塔利(Robert T. Tarlly Jr.)在《空间性》(*Spatiality*)这部专门介绍和讨论空间性问题的专著中特别交代的一句话:"空间性如时间性,都是极其宽泛的话题,无法在一本书中作出清晰概括,或有效呈现其全貌。"[①]

[①] [美]罗伯特·塔利:《空间性》,方英译,北京:北京大学出版社,2021年,第4页。

以整部书讨论空间性问题的塔利,尚且做如上特别说明,本书以区区数百字自然更难全面呈现这个问题的全部方面,而只能就其主要方面做简要概括。

关于中国上古神话的空间性特征问题,并非笔者在这里首次提出,加拿大学者浦安迪在《中国叙事学》中谈到西方和中国神话的一个根本区别时说:"前者以时间性(temporal)为架构的原则,后者以空间化(spatial)为经营的中心"①,这是符合中西神话的判断。由此他从思维层面上做出的一个判断:"希腊神话的'叙述性',与其时间化的思维方式有关,而中国神话的'非叙述性',则与其空间化的思维方式有关。"②这个判断也大体中肯,但需要稍作辨析。浦安迪说的"叙述化",指的是故事化,他以西方叙事学对"叙述"这个概念的界定,将其理解为叙述就是讲故事,而中国上古神话不追求讲故事,所以它是非叙述化的。首先,中国上古也有一些神话具有故事性,笔者统计,这样的神话传说大约有二十个。还有一些神话包孕着某些故事元素,但不丰富而已。其次,对叙述(narration/narrative)就是讲故事这个命题也可以稍做讨论。叙述是不是一定要讲一个有头有身有尾的故事?这个界定可能太严苛了一些。当代小说的非故事化、非情节化状态,已经对这个定义提出了挑战。一些小说只是叙述一个情景片段、一种心理状态,甚至只是对一个或一些对象的描述,没有故事情节,它们也是叙述。只是这种叙述是弱故事性甚至非故事性的,可以将其称为弱叙述或泛叙述。中国上古神话,在这个意义上是叙述性的。又其次,如果结合中国古代"序事"的概念理解"叙事",则叙事表述的并不只是时间性对象(人物行为过程、事件发展过程、故事情节发展过程等),也可以是空间性对象(并置性、片段性、交错性的形象、人物、场景片段等),后者恰恰是非故事性的,这对于我们理解和认识中国上古神话尤其重要。最后,十分重要的是,浦安迪说中国上古神话是空间性的,西方神话是时间性的,其实是不准确的。很少有一个民族神话是纯时间性或纯空间性的,只是某一个维度更突出,具有基础性地位而已。任何民族神话,在时空二维中,都只会以其中一维为基础而统摄、容纳另一维。因此,有时间或空间优势型神话,但没有纯时间性或纯空间性神话。浦安迪的表述和认知

---

① [美]浦安迪:《中国叙事学》(第 2 版),北京:北京大学出版社,2018 年,第 47—48 页。
② 同上书,第 51 页。

在这个问题上欠缺斟酌和准确性。

二、神话思维的时空优势类型

在对神话的叙事(叙述)性问题做了如上辨析后,我们回到本章的基本问题:为何中国早期神话叙事和西方早期神话叙事分别具有空间优势型特征和时间优势型特征?

这首先要追溯到先民主导性思维方式的差异。

早期神话作为先民最早和最主要的精神文化符号,其外在符号特征是其创造主体内在神话思维特征的体现,我们从中西神话传说叙事的符号特征中,能推断出中国和两希三个民族早期先民在神话思维方面不同的优势型特征。一般讲,中国先民的神话思维中,空间性思维居于主导地位,而两希先民的神话思维中,时间性思维居于主导地位。

那么,空间优势型思维和时间优势型思维有什么区别?

我们也许可以简单地这样区分:空间优势型思维更关注思维形式自身、思维对象和符号表达形式的广度、宽度、厚度和深度,并有意无意地强化这些方面;时间优势型思维则更关注思维形式自身、思维对象和符号表达形式的长度、过程性、连续性、线链性、因果性等,并有意无意地强化这些方面。在符号表达层面,空间优势型思维习惯以空间性原则为基础组织话语和对象,并在空间框架中容摄和组织时间。时间优势型思维则相反,更习惯在时间性框架中组织话语和对象,并以线链性、连续性形式贯穿和组织不同空间。这里涉及三个方面:一是想象对象的存在状态是静态还是动态;二是思维对象的符号(话语)表达和组织状态,其中最核心的区别还是符号的线链性原则和并置性原则的区别;三是涉及叙事内容的组织框架,是以空间为框架还是以时间为框架。我们分别予以讨论。

关于空间性思维,最关注的是对象在空间中的位置、体积、形态和背景。用一个句式表达,空间性思维关注的是对象"有什么""是怎样",即形貌、性状、身世、位置处境等信息。对象如果不在行动中,那他就是静态存在,即空间性存在;形貌,即其外在体积、面貌和形象;性状,指对象特有的司职、神性和状态,这状态逻辑上包括内在和外在两方面;身世,指他的谱系或过去历史;位置处境,包括对象在自然和社会两个领域中的位置,如方位、环境、地位、界限、身份、职能等。空间性叙事思维主要关注的是对象组织的这些方面,至于对象的行动性、行动主体的交互性和行为的因果性,尽管空间性想象也关注,但不是重点。在叙事学中,空间性思维关注的主要是标志性内容。

时间性思维,则主要关注对象在线性时间中发生发展变化的过程。时间性思维关注的对象用一个句式表达,对象在什么时间、哪些地点做什么,如何做,过程和结果如何?如果说叙事对象"是怎样""有什么"是空间想象特别关注的,那么,叙事对象"做什么""如何做"则是时间性想象特别关注的。当然,这只是就主导性思维方向而言,很少有完全没有时间因素的空间性想象,也很少有完全没有空间因素的时间性想象,只是思维在时间和空间两个维度中主导性方向有所强化和弱化罢了。

关于如何呈现对象,这是符号(话语)形式的组织问题。它和话语组织形态、故事结构形态以及语篇组织形态相关。空间优势型思维和时间优势型思维在这个层面上的处理原则区别也是明显的。空间优势型符号(话语)形式组织规则,突出的是并置、错置、复叠、闭环、隐喻、象征等一切聚合向度的因素,它的符号组织具有块状性、离散性、可挪位性、可逆性等特征;时间优势型符号形式组织规则,突出的是线链、连接、变化、转喻等一切组合向度的要素,它的符号组织具有单向性、线链性、不可挪位性、不可逆性等特征。这是空间性思维和时间性思维在符号形式组织上的基本区别。

正如此前不少章节分析所示,中国古代神话传说在故事层面和符号表达层面的组织方面,主要是空间优势型的,而两希神话传说在故事层面和符号表达层面,主要是时间优势型的。我们接着要讨论的问题是:为什么中国的神话叙事偏爱空间优势型思维,而两希神话叙事偏爱时间优势型思维?为什么在神话想象中,中国先民特别偏重空间性,而两希先民特别偏重时间性?

这个问题可能与语言有关,当然又不只和语言有关。

第二节　古汉语与两希语言的时空优势差异

语言与思维的关系,一直是学者们关注的重要问题,在这个问题上见解多样,但到当代,逻辑学、逻辑实证哲学、分析哲学、符号哲学、解释哲学、文化哲学、新媒介理论、思维科学等各种理论,其主导性的观点,大都认为语言和思维存在双向影响关系和总体上的相关性。语言一方面是人类思维的创造物,因此,语言是思维的物质形式;另一方面语言又反过来影响和制约着人类思维的发展。语言的结构和组织特征,既是思维结构和特征的符号形式,同时也无意识地影响着思维结构和组织特征的形成和固化。在这个意义上,思维和语言具有相当的内在同一性。

一、洪堡特等有关语言与思维关系的见解

语言与思维的关系,最早可以追溯到希腊"逻各斯"(logos)这个概念那里去。这个概念在古希腊有许多义项,其中,语言、规则、理性、逻辑等是最基本的。古希腊哲学家赫拉克利特(Heraclitus)最早将这个概念引入哲学,在他那里,它指的是隐藏在万物之内的一种微妙的准则和尺度。其后亚里士多德将逻各斯分为内在的和外在的构成,逻各斯的内在构成指的是准则和理性,外在的构成指的是传达这种准则和理性的语言。到这里,逻各斯最核心的两个方面即内在的理性和外在的语言就基本被确立了。那以后,西方哲学家对逻各斯的讨论,都与这两个方面相关。后世英语的 logic(逻辑)一词就是从 logos 一词中衍生出来的。而逻辑指的是人的思维与语言表述的内在规则,逻辑学就是研究这种规则的理论。所以,尽管 logos 这个概念在两千多年间,先后和同时包含有很多义项,但语言、理性、规则、思维、逻辑等,是其中重要的义项。这意味着,至少在许多使用这个概念的学者那里,外在的语言与内在的思维是相互关联的。

西方较早对语言与思维同一性问题有深入探讨的是 18 世纪德国著名学者洪堡特(Wilhelm Von Humboldt),在他的名著《论人类语言结构的差异及其对人类精神发展的影响》(*Ueber die Verschiedenheit des Menschlichen Sprachbaues und Ihren Einfluss Auf die Geistige Entwicklung des Menschengeschlechts*)一书中,就重点探讨了语言与人类精神世界的关系,他的著名论断众所周知:"语言与人类的精神发展深深地交织在一起,……在远古的某个时期,除了语言之外尚不存在任何文化,语言不仅只伴随着精神的发展,而是完全占取了精神的位置。语言产生自人类本性的深底,……语言不是活动的产物,而是精神不由自主的流射。"①

---

① [德]威廉·冯·洪堡特:《论人类语言结构的差异及其对人类精神发展的影响》,姚小平译,北京:商务印书馆,1997 年,第 19—20 页。

这就是说，语言不只是表层的东西，更是深层的东西，是和深层心理、思维密切相关的东西："语言对人的主要影响施及他的思维力量，施及他在思维过程中进行创造的力量，因此，在更深刻的意义上说，语言的作用是内在的(immanent)和构建性的(constitutive)。"①在这个基础上，洪堡特特别指出，一种语言对于使用它的人对世界的感知和思维有深刻影响，人们将观察和感知的世界转移到语言中时，语言本身的特质影响甚至决定着这种转移的成功和完满程度。"思维和感知方式的这些以及其它许多方面，包含着一种因素，正是这种因素构成了语言真正的优点，并且决定着语言对精神发展的影响。而这种因素本身则取决于语言原本固有的全部特质，取决于语言的有机结构和特殊形式。"②洪堡特这是在明确肯定，语言的有机结构和全部形式，对人类精神世界、人类思维、感知和表达具有决定性的作用。

这意味着使用不同语言的民族，各自对世界的感知、思维的深广度和精神世界的深广度是大不一样的。洪堡特当然也注意到所有民族的思维能力和精神文化世界以及语言都是在历史过程中不断发展的，但他特别强调，一个民族早期语言的基本构成特征很难完全改变，它只能在原初语言的基础上进行一定程度的改变和进化。这意味着，一个民族语言早期形成的特征和内在结构对这个民族语言的发展有深远影响，从而也对这个民族感知和思考世界的方式和结果有深远影响。对此他说："当然，后来形成的文明和文化也对语言产生积极的影响：语言被用于表达丰富、崇高的思想，它由此获得了明晰性和准确性；……但属于语言高度发展阶段的所有这些进步，只有在原本就有的语言特质所规定的界域内才能够取得。一个民族可以将一种不大完善的语言用作工具，构成它起初并非想到要形成的思想，然而，一个民族不可能超越已经深深扎根于语言之中的内在规约。在这一点上，即使是最发达的教化(Ausbildung)也起不了作用。一种原初的语言，甚至可以控制以后的岁月从外部添加进来的东西，并按照自身的规律予以改造。"③

---

① [德]威廉·冯·洪堡特：《论人类语言结构的差异及其对人类精神发展的影响》，姚小平译，北京：商务印书馆，1997年，第34页。
② 同上书，第35页。
③ 同上。

洪堡特的这个思想似乎有点宿命论的意味，这是确认一个民族早期语言所形成的有机结构和全部形式特征，一旦形成，就深刻地影响着这个民族以后的语言特征和思维特征，很难从根本上予以改变。他并不否认语言总会随着社会和文化的发展而发展，会有许多新的因素进入语言，由此使得一种语言不断丰富和完善，但这些都是在这种语言原初的基本结构和形式特征基础之上所做的改变和丰富完善，并且前者控制着对新语言元素的吸取和融合。

我们在洪堡特的理论基础上也许可以补充一点，即一个民族原初的语言结构和形式特征如果在后世发生超出这种内在规定性的巨大改变，一定是与使用这种语言的民族历史生活的巨大改变相关。例如古代埃及、巴比伦、古代印度等，其语言在历史发展过程中都曾经发生过相当巨大的变化，这与这些民族历史上频繁地发生巨大的社会变更相关。它们不断被强大的异族所击破、征服、奴役，不得不接受征服者的文化、制度和语言，或者做出巨大改变以适应这种历史巨变。如果不是出现这种巨大的历史改变，如果一个民族在历史进程中保持着总体上的连续性，那么这个民族原初语言的有机结构和主要形式特征，会长期潜存于这种语言之内，并深刻地影响这个民族语言的渐变过程和渐变限度，这里最典型的一个案例就是汉民族的语言结构和它形式特征的极大继承性。

洪堡特认定："一个民族的精神特性和语言形成这两个方面的关系极为密切，不论我们从哪个方面入手，都可以从中推导出另一个方面。这是因为，智能的形式和语言的形式必须相互适合。语言仿佛是民族精神的外在表现；民族的语言即民族的精神，民族的精神即民族的语言，二者的同一程度超过了人们的任何想象。"[①]洪堡特以后两个多世纪，许多语言学分支以及与语言有关的文化哲学、人类学、符号学、思维科学等都涉及人类语言结构和思维结构之间关系的研究，尽管在不同的问题领域，不同学者的具体见解会有差异，但总体上他的这个基本观点还是被相当多的人接受并且被发展。语言不仅是一个民族群体和个体思维的外在体现形式，语言也影响、制约，并内在地规定着这个民族群体和个体的思维方式和特征。

---

① [德]威廉·冯·洪堡特：《论人类语言结构的差异及其对人类精神发展的影响》，姚小平译，北京：商务印书馆，1997年，第50页。

与此相关,洪堡特对古汉语与古代印欧语的代表之一梵语结构差异的比较分析特别值得我们注意。他在研究人类语言结构与精神发展的关系时,分别探讨过许多民族的古代语言,其中也重点讨论到中国古代汉语与印度梵语在语言结构上的巨大差别。他很强烈地感到,在语音、词汇、句子结构形式和组织特征等方面,汉语和梵语处于两极,如汉语的书面文字是建立在象形基础之上的表意性文字,但梵语文字是完全表音性的;汉语词是孤立的,且是单音节的,但梵语词是组合性的,且是多音节的;汉语在组成新词时其基础词的语义一直携带着,梵语组成新词时旧词的含义一般不携带进新词;汉语句子的组织几乎没有外在形态的规定和变化,而梵语句子的组织则具有极强而丰富的外在形态规定和变化……他甚至认为,人类迄今其他所有语系,都处于汉语与梵语构成的两极之中。① 尽管这不是从时空角度比较古代汉语与古代印欧语系的标志性语种梵语的差别,但这种比较其实已经涉及这两大语系的时空差别。

　　洪堡特之后,沿着这个基本认知研究语言问题的学者很多,其中美国语言学家萨丕尔(Edward Sapir)和其弟子沃尔夫(Benjamin Lee Whorf)提出的、被称为"萨丕尔—沃尔夫假设"(Sapir-Whorf Hypothesis)的理论影响最大。这个理论的核心要点是语言决定论和语言相对论。语言决定论强调人类语言决定着人类思维。语言相对论与语言决定论有内在联系,既然语言决定思维,使用不同母语的民族的思维就不一样,他们感知这个世界的时候,会无意识地突出那些和其语言与思维特征相关的信息,而遮蔽那些与其语言和思维不相关的信息。这种选择性是由其语言和思维的特性天然导致的。由此,有怎样的语言就有怎样的信息和文化世界。"萨丕尔—沃尔夫假设"既激发了许多创造性思想——如麦克卢汉(Marshall Mcluhan)的"媒介即信息""人类世界即信息的世界"等认知显然与语言相对论相关,也引发一些质疑,这里都不展开介绍和讨论。对语言与思维关系同一性最彻底的坚持,应该体现在19世纪后期到20世纪影响深远的逻辑实证主义哲学和分析哲学之中。在这个学派哲学家那里,思维必借语言进行和展开,语言的结构和思维的结构有对应关系。本书作者认为:人类不是所有思维领域和类型都与语言直接相关,如与图像

----

① 详见[德]威廉·冯·洪堡特:《论人类语言结构的差异及其对人类精神发展的影响》有关论述,姚小平译,北京:商务印书馆,1997年。

符号相关的人类思维领域和类型与语言的关系可能就没有那么直接和密切(当然也可能有某种联系)。同时,与语言相关的思维领域和类型中,也未必是语言决定思维这样的单向关系。在这些领域中,语言与思维的关系可能是双向互动、互相影响和改变的。在此前提下,我们有必要充分吸纳洪堡特以来强调语言与人类思维一致性的那些观点的洞见。以语言为主的符号世界与人的内在思维世界总体上具有统一性,它们相互影响和相互促进提升。语言的状态和特征,表达的是使用它的主体的思维状态和特征,同时,也会强化或改变其主体的思维状态和特征;反过来也一样,它们之间一直处于一种动态平衡和对应状态。

在这个认知基础上,我们来讨论古代汉语的时空优势特征。

二、国内学界关于汉欧语言时空优势问题的讨论

首先说明,标题中的"欧"指"印欧",既指古印欧各分支也指近现代欧洲各国。本节中近现代欧洲语言又是以英语为代表的。尽管印欧内部各民族语言自身也有差异,但在与汉语的比较中,其共同特征还是明显的。所以,本节综合相关学者的研究成果,以时间特征最突出的英语作为印欧语的代表,以和空间性突出的汉语进行一个大体比较。从现有语言学成果看,中国语言学界从时空差异角度切入中欧语言差异的比较研究较少,只有个别学者对此有正面关注并取得具有影响的成果。这少数学者中,申小龙与王文斌等的研究最值得注意。申小龙教授认为,汉语是一种时间性语言,而印欧语是一种空间性语言。[①] 三十多年来,他的相关研究成果已在国际国内语言学界产生广泛影响,也引发广泛争议。与他对汉语时空属性认识相反的是王文斌教授及其团队。他认为汉语是空间性语言,而印欧语是时间性语言。[②] 王文斌教授及其团队对于汉语和英语、俄语之间从词、词组、句子、句型、语篇等层面的对比研究认为,汉语是一种空间性语言,而印欧语系的英语、俄语等则是时间性语言。在英语和俄语之间,英语的时间性又更突出。

---

① 详见申小龙:《中国文化语言学》(长春:吉林教育出版社,1990年)、《中国句型文化》(长春:东北师范大学出版社,1988年)等书。
② 详见王文斌:《论英汉的时空性差异》,北京:外语教学与研究出版社,2019年。王文斌认为印欧不同民族语言的时间性也存在差异,英语时间性最为突出。

申小龙认为西方形式化的语法理论无法完满覆盖古代汉语,汉语语法不是关键,句型才是关键,所以他主张从句型角度对汉语展开研究,将古代汉语为基础的文化称之为"句型文化"。他归纳出古代汉语有三种基本句型,即施事句、主题句、关系句三种基本句型,每种基本句型下面又可分为若干子句型。三种基本句型中,前两种具有基础地位,第三种是在综合前两种的基础上产生的。他说的施事句,即叙述对象行为过程的句型,在他看来是时间性突出的句型,其中又以流水句最为典型。流水句是由语言学家吕叔湘确认的。吕叔湘发现汉语中有一类句子,"一个小句接一个小句,很多地方可断可连"①,他将这种多个小句和短语接续的句子或句群定名为"流水句"。王文斌专门就流水句的时空特征进行研究,证明汉语流水句其实是空间性特征很明显的句型:"流水句带有明显的空间性特征,具体表现为块状性、离散性和可逆性,这是汉语空间性特质在句法层面的集中体现。"②

十多年来,王文斌和他的合作者们承担了多项国家哲学社会科学的一般、重点和重大项目,集中研究汉语的空间性特征,取得了令人瞩目的成果,他们发表了一批学术论文,出版了《论英汉的时空性差异》等学术著作,其观点引发学术界高度关注。笔者仔细研读他们的大部分论文和论著后,比较认同其基本观点。同时,在他们观点的基础上,我略加修正,笔者认为汉语不是纯空间性语言,而是具有空间优势型特征的语言。这个修正意味着,汉语从字词到句子到句群到段篇组织,空间性特征居于主导性地位,但时间性构成元素依然存在。例如上面举例说的流水句,这是汉语句子组织很重要和常见的一类,就既有时间性特征又有空间性特征,究竟是时间性占据优势还是空间性占据优势,还要依据具体的话语语句判断。申小龙等学者看到了这种句子的时间性因素,王文斌等学者看到了这种句子的空间性因素,其实都有道理。这也恰恰说明两者都存在于这种语言组织中,他们各自突出了其中的一种向度。同时,还要看到,就是流水句这种类型的句型,也可以细分为好多种类型,其中有些亚型时间性更强一些,有些亚型空间性更强一些。没有纯时间性或纯空间性语言,只有时间优势型或空间优势型语言。我注意到王文斌近期关于汉语时空特征的讨

---

① 吕叔湘:《汉语语法分析问题》,北京:商务印书馆,1979年,第27页。
② 王文斌、赵朝永:《汉语流水句的空间性特质》,《外语研究》,2016年第4期,第17—21页。

论中,开始使用"主导性原则"这个概念,认定汉语语序遵循空间主导性原则,而时间性原则则是次要的,且服从于空间性原则。① 这样的表述可能更妥帖一些。

三、汉欧语言时空优势特征的分层描述

笔者认为汉语是一种空间优势型语言,时间性语言(语言结构、语序、语义等)特征也部分存在,但总体上看,空间性特征更具有优势。王文斌将汉语称之为"强空间性语言",与之相对,印欧语言就应该是一种强时间性语言了。下面以英语为印欧语言的代表,结合相关学者的研究,从几个层面概要性讨论汉欧语言的时空优势型特征。

(一)汉欧语言字词构形的时空优势型特征

古汉语字词一体,汉字符形符序有明显空间优势型特征。人类所有文字都是以线条为基础的,而线的意象是时间性意象。但汉字以线条为字素组成了封闭、孤立的框块状空间文字符象和符序,这与印欧语系以线条为基础的字母构成的线链性文字符象符序区别甚大。汉字构形以象形为基础,象形以空间性存在物为模拟对象,所构成的文字也是空间性符象。印欧线性文字则是纯表音的字母文字,它脱离了外在空间物象的参照和制约,只以与时间过程中发出的声音语言的符合度作为参照,其文字形态由字母组构成线链状符象符序。汉字造新字通过在旧字空间性框块中上下左右内外的空间方位中增减字素的方式,或将两个或多个字或字的部首构成新框块结构的形式完成,它总体上不突破已有的空间性框块形态;而印欧语系造新字/词则通过多个字素或词素前后线性拼接,形成更长线链性文字组合的时间性符象符序方式完成。汉字的框块结构遵循上下、左右、内外对称二分的空间结构原则,英语文字构造则遵循符合口头语声音结构的连续性和连贯性原则。王文斌等在比较英汉语言构词差异时有如下归纳:"汉字的空间性体现为构字部件的离散性和二维方位制约,汉字结构中的这种制约与句法层面句法成分之间的块状性、离散性和可逆性具有同构性质。英语构词中的时间性表现于字母或语素之间的一维线序制约,该线序是英语句法中显性时制制约的形态基础和英语时间

---

① 王文斌、艾瑞:《汉语语序的主导性原则是"时间顺序"还是"空间顺序"?》,《世界汉语教学》,2022年第3期,第319—331页。

性特质的一种隐性表征。"①这种归纳大体是合适的。

汉字构形有一个十分明显的特征,就是十分讲究对称性、并置性。在一个有限的框块内的各个字素之间基本按照对称并置方式组织结构,这是典型的空间组织原则。在汉字总量中占比超过80%的是形声字,它们大都是按照左右、上下、内外对称并置的原则组织的。这种空间性结构原则也会无意识地投射到词、词组、句子、句群和句段的组织中,汉语各个层面特别突出的各种对仗、骈偶、复叠等现象,即这种并置对称原则的体现之一。

文字的构形,无意识表达了创造它的主体的思维特征,同时,人们对它的反复使用书写又反过来确认和强化了使用者的这种思维特征。汉民族文字构形,既无意识体现了先民的空间优势型思维特征,它的长期使用,又反过来强化了这种空间优势型思维特征。而印欧民族线链型文字构形,则无意识体现了其时间优势型特征。这种文字的长期使用,也反过来强化了这种时间优势型思维特征。

(二)汉欧语句组织的时空优势型特征

汉语句子的组织也呈空间优势型特征。因无外在性、数、格、态等形态定位、定性、定向、定义的限制,语句成分之间存在明显的离散性、可逆性和可变位性特点。举例如"固本宁邦"这个短语中的所有动词之间和名词之间或词组之间,都可以位置互换而意义可通。如可以换组成宁邦固本、本固邦宁、固邦宁本、本宁邦固等几个短语,这些短语之间义近而词位大异。并且这几个短语中的每一个顺读逆读意义均通顺。这种极大的可挪移度、顺读逆读都可通的句子,在被丰富外在形式限定的英语句子中绝无可能。之所以如此,与汉语语词的孤立性、可挪位性和语句结构的离散性、可逆性具有内在关系。而英语语句词序的不可逆性、固定性和极低的可挪位性,又恰恰与其语句组织上丰富的外在形态的限定性和句子成分之间的关联性所形成的单向性有内在关系,它只能沿着一个方向组织和发展,句子中的某些次要成分虽然有一定可挪位性,但总体上可挪位性十分有限,远不如汉语的可逆性和可挪位性程度高,且其主干成分基本没有可挪位性。汉语句子中不仅次要成分具有极强的可挪位性,就是主干成

---

① 王文斌、于善志:《汉英词构中的空间性和时间性特质》,《解放军外国语学院学报》,2016年第6期,第1页。本节有关汉欧构词差异性比较的内容多参照此文。

分也有相当的可挪位空间。如"你干吗去了?"可以说成"干吗去了你?""去干吗了你?""你去干吗了?"等,而这在英语中是不可能的。汉语可逆性的极致体现之一,就是中国古代的回文诗。一首五言或七言律诗,组成一个封闭的首尾相接的回字形空间框架。这首诗可顺着从第一句读起一直到最后一句,也可从最后一句逆着读,一直到最开始的一句,意义都可通。某些对联,可从第一个字往后读,也可从最后一个字往前读,意思都可通。这在印欧语言中是不可想象的。可挪位性、可逆性,这恰恰是汉语空间优势型特征最突出的体现。又如杜牧《清明》这样的绝句,随着断句的不同,可以组成多种作品,但意义都可通。这个原因乃在于汉语句子结构超强的离散性和意合性,即空间优势型特征。而这种极强的可挪位性、可逆性和灵活性,是英语所不具备的。

郭绍虞、王文斌等确认汉语组句是按照名词中心原则,印欧语组句是按照动词中心原则,申小龙在《中国句型文化》中也有类似认定。名词是静态的、空间性的,动词是动态的、时间性的。汉语叙事以名词为中心进行铺陈,由此组成语群系列。上古神话文本中,《山海经》是最典型的代表。后世叙事文本中,语句或语群亦常见名词中心组织原则,如"那猴在山中,却会行走跳跃,食草木,饮涧泉,采山花,觅树果;与狼虫为伴,虎豹为群,獐鹿为友,猕猿为亲;夜宿石崖之下,朝游峰洞之中"①。这段流水句群环绕"那猴"吃喝住行铺陈,虽动词不少,但许多并列性短句的位置都有可挪移,相当灵活,不具绝对时间先后关系。这在中国古代叙事话语中非常常见。名词中心性叙事话语,更存在于写景叙物活动中,话语围绕某个名词主语(景或物)组织展开,话语形式和叙述对象都具空间性。印欧动词中心性语句中,句子的不同成分尽管也有一定的可挪位性,但句子主干、分句之间的可挪位性程度就很低。

(三)汉语主要叙事句型的空间优势型特征

语言学者申小龙将句型作为建立汉语理论的基础。他的"句型"概念,范围从单个句子到若干单句组成的一个句群。他归纳出汉语施事句、主题句、关系句三种句型,其中,前两种是基础且占比最大,第三种则是从前两种中衍生出来的。施事句是叙述性的,由"时间语+地点语+施事语+动作语"构成,动词是关键;主题句是判断和评价性的,夹叙夹议,由"主

---

① 吴承恩:《西游记》,北京:人民文学出版社,1955年,第3页。

题语+评论语"构成,名词或名词性短语是中心。他选取《左传》和当代作家陆文夫的小说《井》作标本详尽统计,《左传》施事句 14381 例,主题句4146 例,施事句占比最大。而《井》施事句占比为 26.2%,主题句占比为49.6%,主题句占比最大。他以此为例总结道,"据我们的抽样统计,上古汉语动词句占 71.71%,名词句占 20.67%。现代汉语动词句占 26.2%,名词句占 49.6%。"①由此他得出结论:汉语古今发展存在以动词为重点到名词为重点的转变。从本书主题角度看,施事句主要是叙述性的,时间性较强;主题句可以包含一定的叙述性,但主要是介绍性、评价性的,空间性明显。笔者认为,申小龙以《左传》句型统计数据代表先秦汉语句型状态,取样不足,因而代表性存疑。笔者分取《穀梁传》《公羊传》《尚书》《国语》《穆天子传》《山海经》等文本中的一部分为样本粗略统计,发现除《穆天子传》外,其余主题句占比都超过施事句,或与施事句大体相当。《山海经》存现式主题句比例最高。如统计先秦诸子那些著作中夹叙夹议的话语和诗骚等抒情性叙事文本,将发现主题句比例一样超过施事句。而且施事句中的一些子句型如对比性、并列性施事句,也有一定空间性。即使是汉语施事句中最具时间性和代表性的流水句,据王文斌等学者的研究,其三类小句型逐步呈现出由时间性见长到空间性增强的特点。②故古代汉语中,大多数叙事文本的主题句都超过施事句,空间性句型超过时间性句型。汉语并非现代才以主题句为主,古代亦如此,只是到现代更强化了这个趋势。施事句型由动词主导,有较强的时间性,主题句型由名词、名词性短语或句子主导,夹叙夹评,评论为主,空间性明显。故从句型角度考察,汉语是空间优势型语言。

主题句这种"主题语+评论语"的结构模式,不仅存在于语句和语段中,也会扩大为不少叙事作品语篇结构的基本模式,《谷梁传》的一个个语篇基本是这种模式。如该书第一卷首句"元年,春,王正月。"③是《春秋》的经文,作为一个主题性句群,后面有一大段谷梁解经的话,这段话是对这个话题进行解释、介绍、评论的:"虽无事,必举正月,谨始也。公何以不

---

① 申小龙:《中国句型文化》,长春:东北师范大学出版社,1988 年,第 530 页。
② 王文斌、赵朝永:《汉语流水句的空间性特质》,《外语研究》,2016 年第 4 期,第 17—21 页。
③ (晋)范宁集解:《春秋谷梁传注疏》,(唐)杨士勋疏,夏先培整理,杨向奎审定,北京:北京大学出版社,1999 年,第 1 页。

言即位？成公志也。焉成之？言君之不取为公也。君之不取为公,何也？将以让桓也。让桓正乎？曰不正。《春秋》成人之美,不成人之恶。隐不正而成之,何也？将以恶桓也。……可谓轻千乘之国,蹈道则未也。"①这个语篇是典型的将主题句结构扩大化的模式。这种解经模式是《穀梁传》全部句型和语篇都采用的模式。《公羊传》的语篇也是这种模式,都是由典型的主题句构成。并不只是这两个文本,《国语》中的很多篇目也是将主题句扩大为语篇模式,即先提出一个话题,然后某人就这个话题发表见解和评论。如首篇《周语·穆王将征犬戎》一开始提出一个话题:"穆王将征犬戎",对于这个话题,周穆王的臣子祭公开始分析评论:"祭公谋父谏曰",然后语篇的主体就是谋父谈论分析如何不可征犬戎(本处省略引文),是典型的评论语。谋父说完后,文章只在最后用一个简单的施事句语段陈述结果:"王不听,遂征之,得四白狼四白鹿以归。自是荒服者不至。"②整个语篇就结束了。这种将主题句型扩大的语篇模式,是《国语》也是《左传》很多篇的标准模式。这使上述叙事文本的叙述句型和语篇结构都具有空间优势型特征。

粗略统计《尚书·虞夏书》会发现,"主题语+评论语"的主题句居于主导地位,施事句较少;另一部重要的神话性叙事作品《山海经》的《山经》部分最主要的句型就是"某地有某物(神)+某物(神)有某形+某形能如何"的存现句型,在申小龙那里,这种存现句型应该属于主题句型即空间性句型。

申小龙没有从施事句和主题句角度对英语语言的句型进行归纳性分类,但英语也包含丰富的句型。这些句型中,以动词为中心的原则基本都保留着或者内含着行动性,也就是说,它们是以时间为主导的。王文斌专门举例分析过汉语存现句型与英语"there be"句型时空特征的差异。它们都是陈述存在某个对象的句型,但汉语存现句是静态的,陈述的是"已有""在那里"的对象,而英语"there be"句型是内含生成过程的句型,是动态的,也就是说前者是空间性的而后者是时间性的。

(四)汉欧话语组织的时空优势特征

汉语由于字词一体和单音节结构特征,很易形成音节、字词、词性、句

---

① (晋)范宁集解:《春秋谷梁传注疏》,(唐)杨士勋疏,夏先培整理,杨向奎审定,北京:北京大学出版社,1999年,第2—3页。
② 徐元诰:《国语集解》,王树民、沈长云点校,北京:中华书局,2002年,第1—9页。

式都大体或严格对偶并置的话语组织,并扩展为多句排比的话语形式,而多音节词的印欧语则很难如此。汉语叙事话语并置性的运用,发生在词组、语句、语群、语段各个层次。如围魏救赵、戒骄戒躁、人穷志短、沉鱼落雁等,每个短句由两个词性和结构相同的词组并置构成,这是词组短句层次的并置形式。吕叔湘、申小龙等语言学家都指出汉语四字句特别多,语词结构多用并置形式。汉语句子并置的极致形式当然是骈对和排比。在古代叙事话语中并置性句子和句群是大量的。如《舜典》有"流共工于幽州,放驩兜于崇山,窜三苗于三危,殛鲧于羽山,四罪而天下咸服"①。前四句以完全相同的结构排比叙述。上面《西游记》中"那猴"那段话语,由三组具有高度并置性的分句构成,这是语群层面的并置形式。再如《尧典》尧命羲和四子分宅四方、主管四时的叙述,构成四个语段,每段首句分别用"乃命羲和""分命羲仲""分命和仲""申命和叔"开头,每个语段由若干语句组成,四段的语句结构多有明显对应性,构成句段层面的并置性。

并置的另一种形式是语段语篇模式高度复叠。如《山海经·南山经》:"又东三百八十里,曰猨翼之山,其中多怪兽,水多怪鱼,多白玉,多蝮虫,多怪蛇,多怪木,不可以上。"②这种"又某方多少里,曰某山,其中有某物"的模式,几乎是整个《山经》五篇分叙几百座山的共同语段和语篇模式。《海经·大荒经》各篇,几乎所有语段和整个语篇也大都有相同的话语组织模式。这种高度重复并列的语段和语篇形式上强化了其并置性。又如最具线性叙事特征的《穆天子传》,绝大多数语段模式高度重复反复叠加使用,如开始第二段:"庚辰,至于□,觞天子于磐石之上。天子乃奏广乐。"③用的是"某甲子日+天子至某地+做某事"的语段组织模式,这也是整个《穆天子传》占比最高的语段组织模式(超过90%)。汉及以后许多叙事作品语段的组织形式都有高度复叠性。赋这种叙事文类最典型。司马相如《上林赋》全篇15个自然语段,12段首句都用"于是乎"开始,保持高度的复叠性和并列感。这并非个例,汉至清许多赋体乃至其他

---

① (汉)孔安国传、(唐)孔颖达正义:《尚书正义》卷二,上海:上海古籍出版社,2007年,第88—89页。
② 袁珂校注:《山海经校注》,上海:上海古籍出版社,1980年,第3页。
③ 高永旺译注:《穆天子传》,北京:中华书局,2019年,第4页。

文类语段语篇,都有类似特征。

英语在话语组织层面当然也可以有并置性、复叠性特征,但相比汉语的话语组织,其并置性和复叠性使用的程度就要低得多。

(五)汉欧语言透视方式的时空优势型差异

一些语言学者如申小龙认为,汉语是散点透视(简称"散视")的无中心语言,是时间性的;英语是动谓中心的焦点透视(简称"焦视")语言,是空间性的,并且以视觉艺术作为参照佐证。本书作者认为,将汉语、英语的透视方式,分为散视和焦视大体正确,但由此判断汉语是时间性语言而印欧语是空间性语言则不然。语言本是时间中的线性组织符号,所谓语言透视的时空特性,当指相互关联又有区别的两个方面:一指透视者位置内含的时空性,固定的焦视是空间性的,散视内含移动过程因而是时间性的;二指从语言透视角度所呈现出的语义线延伸的时空形态。语言在焦视中语义线呈直线延伸形态,是最长时间形态;语言的语义线在散视中随视点位置的转换呈曲折、回环、复叠、跳断线型,强化了空间广度而缩短了时间长度,是偏空间性形态。上面举例《西游记》"那猴"的流水句群就是典型案例之一。考量语言透视的时空属性,应从第二种意义即透视角度呈现出的语义线形态切入。汉语散视中,视点位置的不断转换,恰恰导致其语义线的屈折、回环、复叠甚至跳断状态,弱化了其线链长度而强化了其空间宽度,因而是偏空间性的。反之,英语焦视的语义线是线链性组接和延伸的,这强化了其语义链的线性长度即时间性。语言符号与绘画符号时空性质差别极大,不宜以绘画的透视时空特征理解语言的时空特征(为节省文字,此不展开表述)。

古代汉语叙事主要是散视性的,这使叙事话语不受固定视点约束局限,而可自由游走跳跃,回环曲折,从而导致话语语义宽度、广度和厚度增加,而线性长度缩短。例:"话表美猴王得了姓名,怡然踊跃,对菩提前作礼启谢。那祖师即命大众引孙悟空出二门外,教他洒扫应对,进退周旋之节。众仙奉行而出。悟空到门外,又拜了大众师兄,就于廊庑之间,安排寝处。"[①]这段叙事话语,转换了四个视点:美猴王—那祖师—众仙—悟空。话语语义线链在这种视点的不断转换中呈一种曲线形态,即偏空间形态。但在这个前提下,我们需要注意,这叙事语段的几个分语段中,视

---

① 吴承恩:《西游记》,北京:人民文学出版社,1955年,第3页。

点则是集中的,例如"话表美猴王……作礼启谢"。这一分语段中的几个分句,话语视点都集中在美猴王身上,其他几个分语段视点则分别集中在不同的主语上。因此,就一个大语段而言,是不断转移的散视,但其中某些分语段则是焦视。这种总散分焦、总空分时的特征在中国古代话语中极有代表性。

而英语因是动词中心的焦视型语言,且其语言构造外在形态受性、数、格、态的限制和规定,其话语语义线屈折、跳跃、回环、并置的空间就受到相当的限制,相比汉语,它的语义线主要呈线性前延的特征。

上面我们通过几个方面的简要分析,论证了汉欧语言总体上分别呈现出较强的空间优势型和时间优势型特征,因为本书的目标是以西映中,所以对印欧语的分析比较简略。如果说一个民族的语言和思维保持着大体的一致性,那我们就可以认为,汉欧语言的时空特质既是创造它的主体时空优势型思维特征的外化形式,同时,这种语言的反复使用,也互为因果地强化了使用者的时空优势型无意识思维方式。洪堡特认为一个民族的语言发展变化是有规律和轨迹可循的,其早期语言的基本结构和各种形式特征会深远地影响、选择和规定着这种语言的后世发展,这个论断应该相当有道理。

四、两希语言的时空特征问题

本节的目标是研究中西语言的时空特征,上面我们分别从语言的不同层面对中国和印欧语言外在形式特征的差异进行了一个概要描述,但还没有正面涉及古代希腊语言和希伯来语言的时空特征问题,这里做一个简要介绍。

(一)希伯来语言的时间优势型特征

古希伯来语属于闪米特语系的一支。从纯形式角度看,希伯来文字是纯表音字母文字,这也使这种文字完全脱离了以外界空间物象为参照对象表意的状态,而是以抽象的音素、语素组织表达意义。希伯来文字的构形也是线链性结构而不是块状结构,其句子中的词有一定的时态变化和外在形式规定。最值得注意的是,这也是一种以动词为中心的语言,而且其动词还有多种时态和形态,甚至句子中作为主语的人称代词,都是以动词的前缀或后缀方式出现的。动词是词根,人称代词只是作为词根的附属部分缀合在词根上。而正如前面所述,动词指向的是行动过程,内含时间性。动词中心，也就是时间中心，这与汉语的名词中心即空间中心形成很强烈的对比。

关于古代希伯来语言突出的行动性即时间性特征，挪威学者托利弗·伯曼在《希伯来与希腊思想比较》一书中通过对《圣经》语言的语义分析得出了同样的结论。他指出，希伯来语最主要的特征就是行动性："希伯来语动词的基本意义总是表达一个运动或一种效果，就是这样的动词特别凸现了希伯来人动态的思想特征。"①不仅是一般的动词，他特别深入分析了希伯来语的静态动词的动态特征，他说："即便静态动词也不意味着静止不动。它们所以被称作静态动词，是因为它们标识了一种状态（状况）；这种状态并非是固定的、僵死的，而是流动的；它是一种存在，更是一种生成。"②在伯曼看来，希伯来语言本质上充满行动性，静止不变对于使用这种语言的人而言不可想象。一切都是运动的，而不是静止的。静止的东西是虚假的、不存在的。伯曼在对希伯来语静态动词语义的行动性特征进行深入分析后得出结论说："这样的分析告诉我们，无运动、固定的存在对希伯来人来说是一种虚无，在他们看来并不存在。他们认为只有与某个活跃的、运动着的事物发生内部联系的存在才是现实。"③

伯曼还专门分析了希伯来语中使用最广泛、最复杂的动词 $hayah$ 在各种使用组合中的意义。在各种复杂的组合中，这个词最核心和基础的语义是"生成""存在"和"生效"，"生成"和"生效"都内含变化性和运动性，$hayah$ 表达"存在"语义的句子组合中，也往往内含着运动性和变化性的含义。④

而事物的运动，必然是在时间过程中发生、展开和完成的，时间性和运动性具有内在的同一性。所以，伯曼分析希伯来思想时指出，希伯来民族语言强烈的运动性特征，与其思想突出的时间性意识是同一的。正如缪勒所言，语言中有一种石化的世界观，即无意识沉淀于其中的世界观。伯曼指出，希伯来语的动态特征，意味着其表达的世界观也是充满动态性的，这是它最突出和引人注目的特征。他说："从这里我们同样可以更好

---

① ［挪威］托利弗·伯曼：《希伯来与希腊思想比较》，吴勇立译，上海：上海书店出版社，2007年，第18页。
② 同上书，第26页。
③ 同上书，第23页。
④ 同上书，第33—40页。

地理解以色列人的世界观的一个方面。事物并不拥有我们看来的不可更改的确定性和一成不变的意义，它们是可变的、运动的。"①语言中的这种动态性指向的是使用这种语言的主体心理上的动态性："希伯来人的思想方式是彻头彻尾动态的。"②伯曼由希伯来人语言和思想的这种特征扩及整个东方（指西亚北非）语言和思想的特征，他指出，包括希伯来在内的东方各族的语言和言辞，诚如赫尔德所说，都具有"强大的动态的力量"③。列维纳斯（Emmanuel Levinas）曾通过对希伯来《塔木德》（Talmud）等文本的分析得出结论：以色列人首重行动，其次才是理解。伯曼通过对希伯来《圣经》丰富语言案例的论析揭示，希伯来人这种首重行动的民族性格，就渗透在其语言的"动态特征"中。

　　这种充满动态性的语言，也是时间性特征突出的语言。他说"希伯来语言和总体上的以色列思想一样都是完完全全动态的。……而动词的内容——行动，更多的是与时间相关，而不是与空间相关"④。伯曼对希伯来语的动词、副词、介词、时态特征的语用和语义分析，都揭示了它们充满时间性或内含时间性。甚至名词在希伯来语中都内含时间性元素。他说"希伯来语中相当于'永恒'的词都是时间性的"，这个词内含着隐藏、隐匿、看不到边的意思。⑤ 这些动作性意涵就将"永恒"这个名词动词化了。他举的另一个更典型的例子是希伯来语关于"宇宙"这个名词的时间特征："希伯来语中称呼宇宙的常用表达是'天和地'，*hashshamayim weha'arets*；但即使这个表达也是时间意义的，因为它有其开端（创造）也有其历史（创世记2:4）。"⑥所以，伯曼认为，在希伯来语言中，没有静态的、僵化不动的事物（名词），所有的事物在时间的过程中都是变化的，因此也都是动态的。这也意味着希伯来语中时间元素无处不在。如果说希伯来语言形式上具有强烈的行动性即时间性，伯曼的分析则从语义分析角度论证了这种语言极强的时间性特征。

---

　　① ［挪威］托利弗·伯曼：《希伯来与希腊思想比较》，吴勇立译，上海：上海书店出版社，2007年，第50页。
　　② 同上书，第53页。
　　③ 同上书，第62页。
　　④ 同上书，第198—199页。
　　⑤ 同上书，第199页。
　　⑥ 同上书，第202—203页。

不过在这里笔者要强调的是,尽管语义特征很重要,但从对思维形式的深层影响角度而言,更值得重视的是语言的形式组织结构特征,而不只是具体语词的语义和语用分析。因为语词、词组甚至语句的含义在不同的语境中都可能发生一定程度甚至很大程度的改变。所以,要研究一个民族语言对其思维的无意识影响,不仅语义特征,而且包括语言组织结构体现出的形式特征都具有最为可靠而深层的作用。伯曼对希伯来语言动态性和时间性的认知,基本是从语义和语用分析角度展开和得出的,这种认知,虽然总体上和希伯来语言形式结构特征是吻合的,但这一角度的分析并不总是如此,也可能存在另一种情形,即具体语言应用和语义层面内含的特征,与这种语言总体形式结构层面的特征并不完全一致。伯曼对希腊语言语义的时空分析就存在这个问题。

(二)希腊语言的时间优势型特征

古代希腊语本属古印欧语的一部分,它们的基本时空特征大体相同,希腊语言以不同方式影响后世欧洲各族语言和文字,以及基于语言文字的世界观和思维特征。伯曼在谈到欧洲近代思想的时空意识时就说:"我们(引者按:这里的'我们'指现代欧洲人)的时间概念与希腊的时间观念是一致的,……我们的时间概念在我们的动词中得到了形象化的表达。我们欧洲人把时间想象为一条直线,在这条直线上我们的目光投向了前方。"他谈到希腊语言也具有相同的特征:"希腊语言中也有可以用完全相同的方式表现在一条笔直的时间线上的相关动词形式。所以希腊大众的时间概念和我们的时间概念一样都是直线式的。"①这个说法尽管是从时间概念的语义分析角度出发的,但也基本揭示了同属印欧语系的古代希腊人与近现代欧洲人语言形式组织规则上的共同时空意识和特征。

尽管欧洲不同民族语言各有差异,但如果与汉语比较,总体上外在形态和组织规则上的共同性还是十分明显的。例如,它们都属于字母为基础的线性文字,它们的语言都有比较丰满的外在形态,大都有性、数、格、态的限制和规定,都是动词中心型语言等,这些大体相同的特征其源头正在古代希腊语言和更早的印欧祖先语言中。而这些方面,也正与古今汉语形成明显差异。例如古希腊组成文字的字素即字母,它们不是像甲骨

---

① [挪威]托利弗·伯曼:《希伯来与希腊思想比较》,吴勇立译,上海:上海书店出版社,2007年,第163页。

文那样呈空间平面布局，而是呈现为时间先后线链连接的形态（线链是时间的意象）。根据英国语言学者莫里斯·巴尔姆（Maurice Balme）和吉尔伯特·拉瓦尔（Gilbert Lawall）以及其他学者对古希腊语一般特征的描述，古希腊语具有较为细密的外在形式构成特征。其句子结构中的名词有多种性（阴性、阳性、中性）、格（主格、宾格、属格）之分，且不同名词词格都有不同的冠词加以修饰限定，在具体语境中都有变格。相比之下，古代汉语名词完全没有这样形式化、细密性的性、格区分。而且，古希腊所有名词词格在具体语句中都有变格，变格中又结合有现在和过去两种基本类型区分，现在与过去两种类型中还能再分出多种主动和被动形式。在古代希腊语中，动词还有细致的时态区分，古希腊语动词有现在、过去、将来三种基本时态，在这三种时态之内，再分出不定过去时、过去完成时、现在完成时、将来完成时等多种次级时态。同时，每一种时态中又再分出主动、中动、被动三种语态。① 这种动词时态的细致区分，也是古代汉语完全没有的。古希腊语这些细致的区分使得语言表述形式上的规定性大大强化，在这种比较丰满的外在形式限制的语言结构中，语言单位之间的关联性、定位性、定向性和不可逆性就十分突出，这与古代汉语句子结构中语言单位位置的相对灵活性和较高程度的可逆性都大不相同。而不可逆性，正是时间形式的基本特征。

本书作者判断两希语言都有明显的时间优势型特征，而汉语有明显的空间优势型特征，主要是从它们的外在形态和组织特征对语义生成的总体限定角度做出的。

古希腊语进入理性时代，其逻辑性得到极大增强。不少学者都曾指出，古希腊逻辑学、修辞学、雄辩术的出现和发展，与希腊民主政治、广场演说、哲学论辩活动的需要密切相关，都是为了增强演说或表述的力量以达到预期效果而发展出来的。但这只是直接表面的原因，而不是终极深层的原因。如果我们深入探究，将会发现，古希腊神话和哲学都体现出一种和其语言有深层相关性的特征，那就是对于过程性和对象各部分内在关联性的高度重视。这种过程性和关联性，在神话中体现在诸神之间关系和故事的生成发展演变过程以及相互交往的因果关系上，在哲学中则

---

① 参见 Maurice Balme and Gilbert Lawall, *Athenaze——An Introduction to Ancient Greek*, Book1—2, New York, Oxford: Oxford University Press, 2003.

表现在对于哲学命题的辨析、推理、论证过程和命题之间的逻辑关系上。在根本上,语言的时间性就是过程性,语言外在形态上性、数、格、态的精确性和各成分之间的关联性、限定性,与其创造和使用主体思维特征上对过程性、关联性、限定性高度重视是同一的。因此,尽管神话和哲学各是形象和抽象的两极,但体现在这两极中的思维特征和思维结构却是同一的,而连接两个时代精神形式的一个共同要素,就是语言。

王文斌和他的团队成员对汉语和印欧语的英语和俄语(英语为主)时空特性的比较研究系列成果,从文字、词和词组、句子和句式、语段和语篇组织结构规则等多个层面,全面论证了汉语和英语为代表的印欧语系的时空差异。他的研究揭示,英语乃至印欧语系的各支系,在结构形式上基本都是动词中心性语言,它在词、词组、句子、句段和语篇的组织等多个层面,都具有时间性特征。而汉语以名词为中心,名词指示的是空间性存在。王文斌等还有一个观点值得特别提出,汉语以名词为基础衍生出动词和形容词等,而印欧语系则以动词为词根衍生出名词和其他词汇。这从词的起源角度证明,空间性是构成汉语的基础性特征,而时间性是构成印欧语系的基础性特征。①

这些研究成果在某个角度和前述洪堡特对汉梵语言的比较研究是相关的。洪堡特也看到了两者在词语、句子和语篇组织方面的明显差别,他甚至在所有民族语言中,将汉语与古印欧语系的典型代表梵语作为两极对待,例如他说到汉语孤立、象形、无外在性、数、格、时态等形态区别等,其实都内在地和汉语的空间优势型特征相关。只是他没有从这个角度讨论罢了。

但我们也要面对某些学者如伯曼《希伯来与希腊思想比较》一书中与本书相抵触的一个基本观点。在该书第一页,伯曼就提出自己的观点:犹太语和希腊语"不仅在本质上不同,而且与它们各自相关的观念和思想方

---

① 可参看王文斌等如下论文:王冬雪、王文斌:《汉、英、俄存在句表征的时空观对比研究》(《外语研究》,2018年第4期),王文斌、余善志:《汉英构词中的空间性和时间性特质》(《解放军外国语学院学报》,2016年第6期),阮咏梅、王文斌:《汉英进行体标记的语法化差异及其时空特质》(《解放军外国语学院学报》,2015年第1期),王文斌、何清强:《汉英篇章结构的时空性差异》(《外语教学与研究》,2016年第5期),王文斌:《论英汉表象性差异背后的时空特性》(《中国外语》,2013年第3期),何清强、王文斌:《时间性特质与空间性特质:英汉语言与文字关系探析》(《中国外语》,2015年第3期)等文。

式也迥然不同。这种差异延展到了灵魂生活的深处；犹太人自己决定了他们的精神气质是反希腊的。"①在伯曼看来，犹太人的语言是动态的、时间性的，希腊人的语言是静态的、空间性的。他关于希伯来语言的时间性特征的研究，我前面已经对其代表性思想进行了介绍，此处不重复。在他那里，希腊语言和思想呈现出一种与希伯来语言和思想完全相反的"静止、安详、中庸、和谐"②的特征，而这正是空间性的。为节省篇幅，此处不详细介绍其具体的论证和案例。对于伯曼这个观点该如何看呢？笔者觉得他为了达成自己特殊的目的，过度强化了两希语言的差异性特征（他整本书都是从对立性角度研究两希语言和思想的差别），而对于希腊语言的时间性特征有意忽略了。例如，他不无洞见地看到希伯来静态动词其实内含着动态即时间性意涵，但他却有意忽略了静态动词至少在直接和表面看，其行动性不如动态动词明显而强烈这一常识。动态动词的行动性义项已经呈现在其动词表层了，而静态动词的行动性义项还需要深入分析发掘才能揭示。伯曼也意识到，希腊语言动态动词更丰富而静态动词相对较少这个事实，承认"在我们的语言中，我们和希腊人的静态动词都相对少了一些，希伯来人却有很多"③。这本身就更突出地显示出希腊语言是充满动作性和时间性的语言。但他却做出了希腊语言具有静止、中庸、安详的特征，而希伯来语言充满行动性的判断，这多少是为了实现自己的学术目标（强调希伯来语言富于行动性、时间性）而削足适履的判断。尽管静态动词可能内含行动性，但动态动词已经将行动性直接呈现在语词表面了，这一基本事实无论如何是不能忽略的。我发现，伯曼书中有意无意地回避了对希腊神话史诗文本中叙述语言的征引，这大约是因为只要一面对希腊神话史诗文本的具体叙述，就会面对丰富的动态动词和由它们构成的充满行动性的句子，他要将这样的语言说成是静态的语言就很困难。

更重要的是，本书更重视的是语言形式和组织规则对语言语义总体特征的潜在限定作用及其时空特征，这是因为，语言形式化的组织规则最

---

① ［挪威］托利弗·伯曼:《希伯来与希腊思想比较》,吴勇立译,上海:上海书店出版社,2007年,第1页。
② 同上书,第17页。
③ 同上书,第27页。

能无意识体现创造和使用这种语言的主体的优势性时空取向。我们发现,在这个层面上,希腊语言因其丰富的外在形态尤其是时间形态限定,使其组织的限向性、不可逆性、线链性、过程性等时间性特征得到强化和保证,在这个层面上,两希语言有大体相同的特征。

综上,不难看出,古代两希语言都是时间性特征比较突出的语言。它们和汉语的空间优势型特征正好形成对比,这种语言特征既与创造它们的三个民族先民的思维特征相关,也当然会深刻地影响和强化使用它们的主体的相应思维特征。而三个民族早期神话中表现出的时空优势型特征,肯定和各自语言以及相关的思维特征有内在一致性。

第三节 中西神话思维时空优势类型的选择

人类思维经历了不同的发展阶段,这个阶段当然不是简单线性的,从18世纪的维科到20世纪的卡西尔乃至列维—斯特劳斯,两百多年间,许多学者都对人类处于原始社会后期和文明社会早期的思维特征有过较多关注和研究,这些研究各自的观点也不完全相同。例如,列维—布留尔在其名著《原始思维》一书中,将原始人的思维确认为与科学思维很不一样的"元逻辑思维""表象思维",但列维—斯特劳斯(Clude Lévi-Strauss)在《野性的思维》(La pensée sauvage)一书中,却证明原始人和文明人一样有分类能力和习惯,文明人有的思维能力类型他们都有,区别只是程度和侧重点的差别而不是本质的差别。这就是很不相同的认知。但总体上讲,人类思维能力经历过一个从低级到高级的发展过程,原始人的思维与文明时代人的思维,有一些共同的构成,但差异也是明显的。在这个认知的前提下,我们来讨论神话所体现的人类早期的思维特点,并由此切入中西神话所体现的思维特征。

一、神话思维中的时空意识问题

关于人类早期神话的思维特征,恩斯特·卡西尔《神话思维》(Mythical Thought)一书有较好的阐释。苏联著名神话诗学家叶·莫·梅列金斯基(Е. М. Мелетинский)在《神话的诗学》(ПОЭТИКА МИФА)一书中,对卡西尔关于神话思维的哲学理论给予了很高的评价:"我们如此详尽地阐述恩·卡西勒的体系,其原因之一在于:它是独树一帜的体系,是久经磨砺的神话哲学。"①这个评价应该是恰如其分的。卡西尔后半生执着于对人类文化的哲学思考,无论其三卷本《符号形式哲学》(*Philosophie der symbolischen Formen*),还是《语言与神话》(*Sprache und Mythos*)、《人论》(*An Essay on Man——An Introduction to a Philosophy of Human Culture*)等,都一以贯之地将神话问题作为核心对象之一思考,而且,他的哲学思考极富深度和独特性。在此,我们只回顾和讨论他与本章主题相关的有关神话思维中空间思维和时间思维的相关论述。在晚年写作的《人论》中,卡西尔断言:"空间和时间是一切实在与之相关联的构架。我们只有在空间和时间的条件下才能设想任何真实的事物。"②这意味着,在人类文化世界中,时间和空间问题,是我们建构文化世界的基本要素,因此,也必然是对人类文化源头的神话进行哲学研究的核心问题。他在《神话思维》一书第四章《神话形式理论的基础——空间、时间和数》中,专门讨论了空间、时间和数字对于神话形式的重要性。他首先讨论神话的空间问题。在他看来,神话的第一要素就是空间的直观。人类最先发达的就是空间意识,然后才是时间意识。因为空间是直观的、当下的感知,而原始人的时间意识尽管也是直观的,但需要在反复的经验积累和记忆基础上才能形成,故而时间意识的发展相对晚后一些。我们按照他这一章的顺序讨论神话思维总的时空问题。

首先要解决的一个问题是,神话空间和知觉空间以及数学几何空间有怎样的关系。卡西尔指出:"神话的空间直观居于知觉空间和纯认知(几何)空间之间。"③他这里说的知觉空间,是指个人通过身体的五官感觉尤其是视觉和触觉感知到并被大脑统觉整合的感性直观空间。他说的纯认知空间,则是指人类通过极其抽象的思辨能力建构起来的几何空间。他说神话的空间处于两者之间是什么意思?就是神话空间中既有人的感性直观空间的因素,也有指向认知空间的因素。

当然,也可以反过来说,神话空间既不是简单的生物感知空间,也不

---

① [苏联]叶·莫·梅列金斯基:《神话的诗学》,魏庆征译,北京:商务印书馆,1990年,第53页。
② [德]恩斯特·卡西尔:《人论》,甘阳译,上海:上海译文出版社,2004年,第58页。
③ [德]恩斯特·卡西尔:《神话思维》,黄龙宝、周振选译,柯礼文校,北京:中国社会科学出版社,1992年,第94页。

是单纯的理性认知空间,而是融合了二者又不同于二者的一个人类符号空间,或者说,神话空间是介于两者之间的一个空间。卡西尔说:"总的说来,神话世界观形成一种空间结构,它虽然在内容上远不是同一的,但在形式上却与几何空间和经验的、客观的'自然'构造相类似。"①卡西尔指出,越是早期的神话,人类越会将所有复杂的差异关系表述在空间关系中。空间形式,这是"真正原始的神话形式和构型"②,他举例说,"我们在图腾制中见过这样一种原初构型,这是把所有存在区别和分列成严格确定的类和群的最原始的形式。"原始社会将社会生活中一切最复杂、差异极大的社会生活的方方面面,"个体的、社会的、精神的和物质—宇宙的实在编织成最多样的图腾亲缘关系,一旦神话思维对它加以空间表达,这种关系马上就变得比较明朗了。于是按照主要的空间方位和分界线,这种整体的复杂的种类划分变得更加精细,从而获得了直觉的明澈性"③。他还借用一个人类学者库欣的成果,说在"祖涅斯人的神话—社会学式世界观中,那种遍布全世界的图腾组织的七重形式,尤其反映在空间概念方面。作为整体的空间被分为七个区域,南北,东西,上下,最后一个是世界之中央;每一实在都占据它明确的位置,即在这种普遍性分类中被明确限定的位置。自然之诸要素、物质的实体以及世界进程的诸阶段,都有相应的区分"④。

卡西尔看来对中国古代神话和文化的空间性特征比较熟悉,所以他说:"在中国人的思想中,我们也遇到这样的观念:所有质的差别和对立都具有某种空间'对应物',形式不同但却演化得极为精妙和准确。万事万物又是以某种方式分布在各种基本点之中。每一个点都有特殊的颜色、要素、季节、黄道标志、人类身体的一特定器官、一种特定的基本情绪,等等,它们与每个点都有特殊的从属关系;借助于这种与空间中某个确定位置的共同关系,一些最具有异质性的要素似乎也彼此发生接触。一切物种在空间某处都有它们的'家',它们绝对的相互异在性因而被一笔勾销:空间性媒介导致它们之间的精神性媒介,结果是把一切差异构造成一个

---

① [德]恩斯特·卡西尔:《神话思维》,黄龙宝、周振选译,柯礼文校,北京:中国社会科学出版社,1992年,第97页。
② 同上。
③ 同上书,第98页。
④ 同上。

宏大整体,一种根本性的、神话式的世界轮廓图。"①对此,卡西尔总结道,在神话思维中,"空间直观的普遍性一再成为世界观达到普遍性的工具"②。

在神话空间思维的模式中,先民将世界中的一切都纳入空间关系之中感受和表达,甚至包括时间。卡西尔讲到"世界历史的进程""季节"等社会时间和自然时间进程,在空间神话观中,都会被纳入空间模式中处理,也就是空间化了。他说:"空间具有它自己的确定结构,这结构重现在空间的一切各别构造之中,没有什么特殊之物或过程能够与整体的确定性、命运相脱离,或是相背离。我们也许能考察自然要素的秩序、四季的秩序、人体中的混合程度或人的标准气质,但是我们在其中总是发现同一的原初图式,同一的构造(articulation),借助这种构造,整体的印记烙在每一物体之上。"③卡西尔这里说的"原初图式",指的就是一个民族神话思维中基础性的空间结构,而事物的过程、四季的秩序等,都将在这种具有原型意义的空间结构模型中获得表达。

在有关神话空间思维的分析中,卡西尔特别论及宇宙空间结构与人体结构之间的对应性,他提到印度神话中原始巨人布尔夏身化宇宙万物的例子,也提到基督教—日耳曼神话观念中,人类原始始祖亚当像布尔夏一样,身体每一部分都精确地对应于世界不同存在物的观念。这些神话思维其实都在强调人体与世界空间起源和结构上的同一性。这种对应性正是空间思维的产物。其实中国神话中,这种身体与世界结构的对应性一样被强调,甚至到了理性时代仍然是这样的认知。不要说《山海经》中的烛龙、混沌神话中的混沌、三国时期盘古尸化世界万物的神话,就是汉代的《黄帝内经》《春秋繁露》等书中,都充满着人体结构与宇宙空间结构内在对应同一的认知。中国上古神话思维中,空间性特征突出,是符合人类神话思维一般规律的。

对空间在人类神话中的作用,各民族都有大量的例证。坎贝尔在《千面英雄》第二部分《宇宙演化周期》第一章《发生》中,列举了从中国到亚非拉美许多国家和地区的创世神话和人类诞生神话,这些神话都强调空间

---

① [德]恩斯特·卡西尔:《神话思维》,黄龙宝、周振选译,柯礼文校,北京:中国社会科学出版社,1992年,第99页。

② 同上。

③ 同上书,第102页。

对于世界的基础性作用①。这在实证角度给了卡西尔有关空间对人类神话重要性观点以有力支持。

但卡西尔下面的思想特别值得重视。他认为神话的时间思维比空间思维更重要。在"神话的时间概念"一节中，他一开始就说，"尽管空间形式对于神话的客观世界结构很重要，不过看起来，如果我们到此止步，我们便无法深入真正的存在，即这个世界的真正'核心'。单从用来标明这个世界的术语来看，就暗示出这一点，因为从其基本意义上讲，'mythos'（神话）一词所体现的不是空间观而是纯粹的时间观；它表示借以看待世界整体的一个独特的时间'侧面'；当对宇宙及其各部分和力量的直观只被构成确定的形象，构成魔鬼和神的形象时，真正的神话还没有出现；只有对这些形象赋予发生、形成和随时间成长的生命时，才出现真正的神话。只有在人不满足于对神的静态沉思的地方，神性及时地展现其存在和本性的地方，人的意识由神的形象转向神的历史、神的叙述的地方——只有在这种情况下，我们才必须从这个词的严格、特定的意义对待神话。如果我们把'神史'(history of the gods)概念分解成其构成要素，那么，着重点不是第一要素，而是第二要素，即时间性的直观"②。这段关键的表述，就强调了在神话思维中，时间意识是更为重要的。这不是要否定空间思维的基础性，而是强调神话必须在此基础上突出时间思维才能表达宇宙、人类和个体生命发生、发展、变化过程的真谛。

在神话思维中，时间的直观是如何体现的呢？就是通过神性对象的活动、变化和过程即历史来体现。神只有通过活动、交往、变化和过程，才能将其与构成其背景的一般静态空间对象区分开来，才能体现世界运动、变化的独特本源。因此，过去、现在和将来，这些范畴对于神话是重要的。所有的神性事物都有一个绝对的过去，都有一个生成、发展、变化的过程，世界正是在这个过程中被揭示其本源意义的。卡西尔也指出，神话中时间和空间具有一种内在的关联。如果要追溯神话的"原始时间"是如何变成神话的实在时间的，就一定会追溯到神话空间中去。在原初，时间关系

---

① 参见[美]约瑟夫·坎贝尔：《千面英雄》，张承谟译，上海：上海文艺出版社，2007年，第261—288页。
② [德]恩斯特·卡西尔：《神话思维》，黄龙宝、周振选译，柯礼文校，北京：中国社会科学出版社，1992年，第118—119页。

的表达也只有通过空间关系的表达才能发展起来,两者之间起初没有鲜明的区别。所有时间取向都以空间定位为前提。并且,在神话发端的原初,空间中就包含着时间,或者说它们有同一发端。像光与暗,是空间起点,但更是时间起点。神或神性事物在空间中的位移就内含着时间的过程。

从叙事学角度看,在神话的发展过程中,体现时间直观最重要、最关键的形式还是事件、事件中人物的生命节律和过程、人物的行动和行动链、由行动链构成的故事情节发生发展的过程,等等。卡西尔主要是从哲学层面对神话通过生命节律和过程这种时间直观来表现宇宙自然和人类历史时间的。他理论的基础之一就是他后来在《人论》中所说的先民"世界一体化"或者叫作"宇宙生命化"的观念。卡西尔特别强调,"对于神话意识和情感来说,一种生物学时间、生命的有节律的涨落和流动,先于对严格宇宙时间的直观。实际上,神话首先是以这种特殊的生物形式理解宇宙时间本身,因为自然过程的规则性,行星和季节的周期性被神话意识完全呈现为一种生命过程"[1]。只有在这种生命过程中,自然和人类的时间秩序、节律的真谛才能被揭示和表达,这就是神话时间的重要价值。同时,发达的宗教和神话中,宇宙时间和人类历史时间以及个体生命时间等多重因素浑整地融合在一起,从而具有多重深刻的意义。"在几乎所有伟大的宗教中,都发现了制约所有事件的普遍时间秩序与同样主宰所有事件的外在的正义秩序之间的相同关系——天文宇宙与伦理宇宙之间的相同关联。"[2]

从神话叙事角度讲,叙事中的时间直观,也就是神话人物的生命过程、行动、故事、事件的展现。卡西尔所说的宇宙时间和人类历史时间都只有融入神话叙事中具体个体的生命时间中才能获得表达。因此,神话的时间思维至关重要。

二、中西神话思维基本时空类型特征与选择

下面,我们可以对神话中空间直观思维与时间直观思维从载体、载体

---

[1] [德]恩斯特·卡西尔:《神话思维》,黄龙宝、周振选译,柯礼文校,北京:中国社会科学出版社,1992年,第124页。

[2] 同上书,第129页。

特征、组织规则三个方面做一些归纳性总结，以使问题更加简明清晰：

神话中空间思维的载体是直观性的形象对象，即直观性的神性人物、事物的形貌、状态、位置以及背景信息等。这些载体的基本形态特征是静态的、孤立的、平面的或立体的。其形式的核心组织规则是神性形象的并置、区隔与聚合。神话时间思维的基本载体是什么？是直观性的神性人物与事件的行动、变化与过程。这个载体的基本形态特征是动态的、关联的、线链的。神话符号时间形式的基本组织规则是神话故事的连接与组合。

这是神话直观性思维中时空向度的差异。但要特别注意的是，没有一个民族的神话是纯空间性或者纯时间性的，这里只是就整个民族神话的主导性倾向而言的。例如不同民族神话中，有的神话人物行动要素十分丰富，行动过程充满变化；而有的神话则行动要素较少，只展示了神性人物和事物的姓名、状貌、身世和职能。这两者对比起来区别就十分明显，前者的时间性很强而后者的空间性很明显。但即使是后者这样的神话，也可能内含着某些较弱的行动元素，也就是时间元素。

尤其需要注意的是，很多时候，在神话空间结构中，内含着时间的结构。例如中国商代到汉代的四方（或五方）神模式，如前所述，就在空间结构中内含了时间变化的元素。因此，空间优势型神话不是说完全没有时间因素，而是大多数时候是空主时次、空中含时、以空摄时的。杜而未这样的神话研究者，甚至在《山海经》这样纯粹从东南西北这样的地理空间维度组织叙述对象的文本结构中，发现这些空间方位的转换，其实暗含了春夏秋冬时间四季的更替。同样地，时间性神话也并不意味着没有空间性元素。正如卡西尔所说，神话中一切时间意识都是以空间意识为基础发展起来的。人物的行动、事件的发生发展和变化以及结局，都是需要在特定空间中展开和完成的。因此，时间优势型神话，不是说不要空间，而是说在时空关系上，它是时主空次、以时贯空的。

因此，本书认为中国上古神话是空间优势型，而两希上古神话是时间优势型的，这当然不是说中国先民在神话阶段其思维水平还停留在空间直观状态，而两希神话思维则进入到时间直观阶段，两者之间存在思维水平的差异，事情不是这么简单。卡西尔没有注意到的一个重要问题是，从原始人思维进化角度讲，人类思维可能经历过空间为主和时间为主的阶段，但进入文明社会早期的人类族群，其实都已具备了比较发达的空间思维和时间思维，只是因为特定历史生活和发展路径的选择差异，中国社会在文明社会早期更重视空间思维,在空间中统摄时间。而两希社会在文明早期更重视时间思维,以时间贯穿空间。由此形成中西神话叙事中不同的时空优势特征。所以这并不纯是一种自然发展的结果,还内含着特定历史和文化阶段不同民族有意无意的主动选择。

但这就提出了一个问题,为何会有如此有意无意的选择?

这首先涉及本书前面讨论过的中国与两希神话巫术发展的路径问题。

在起源阶段,神话总是与巫术密不可分。神话就是巫术的观念系统,而巫术通过巫师的在场(空间)表演,达到影响对象的目的。这需要以某些神的观念存在作为前提,这些神灵观念能赋予巫师的表演以神圣性和权威性。巫师通过制造神灵附体的在场感,通过交感形式的表演影响他者。在巫术表演中,空间性、状态性、隐喻性、暗示性等,是巫术取得效果的必要创作形式和思维形式。这一点我们看看《楚辞》的《九歌》就很清楚。

《九歌》都是巫歌,即巫师降神或曰神灵附体时唱的歌。这些歌表达的都是神灵降临出场的某种状态,里面过程性(时间性)行为元素较少,状态性(空间性)元素是主要的。至于巫师行巫时他的形象以及行为的暗示性、隐喻性更是不言而喻,他必须通过在场形象和行为,暗示和隐喻一个不在场的神秘对象(神或魔鬼或人或自然物)的存在。这一切使得巫术活动中神灵的名字、形象、装饰、特征、职能等因素,比神灵的故事更重要。

因此,作为人类早期巫术结构的神灵观念,神话被突出的是空间形象(名字、状貌、特征、职能),而不是复杂的故事情节。巫师通过当下空间的交感式在场表演,暗示性、隐喻性地指向另一个神秘空间中神秘力量的存在和对他们的影响。

这种巫术活动中神的名字、相貌、职能、状态等因素远比丰富复杂的故事情节重要的典型例证,既可见于著名的《山海经》,也可见于著名的《九歌》。《山海经》被鲁迅称之为"古之巫书"那是有道理的,那里所有的山水河海都有神,所有的神都有名字、状貌、职能,但很少有故事,尤其没有很长的故事链。这部书在介绍每一座山神后,都要特别交代"祠"用何物,即祭祀他们用什么物品供奉。《九歌》也是巫歌,主要的几首歌主角都有名字或者职能,都有大段关于其出场状态的描写,关于其外貌和修饰的描写,还有其心理状态的描写,但基本没有故事情节。这种情形其实也存在于早期罗马神话中。早期罗马神话基本没有多少故事,但有很多神的名字。罗马人需要这些神的名字来完成他们频繁的巫术祭祀活动,至于这些神有没有丰富复杂的故事情节,那并不影响巫祭活动的效果。

所以,正如本书作者前面已经讲过的,神话如果仅仅被巫术捆绑,只停留在为巫术提供简单神性观念的阶段,神话就不会有大发展,它就主要是空间性的。神话要获得大发展,必须脱离巫术的捆绑,和精神性需求或者宗教艺术化审美化需求结合,它们才会有大发展,才会在空间性基础之上突出发展时间性因素,即行动和故事情节。但中国上古官方巫术并没有走这条道路,它走了以王御巫、为世俗王权控制下的政权政治服务的道路,并最后基本退出上层政治活动领域,被贬入民间。在官方,其活动主体巫师也转化为巫史并最后演化成王朝掌管各种精神生产的史官和士。只有在民间,巫师还在巫术活动中以其史前的方式存在。因此,华夏在官方巫术早期的发展转化路径,使中国早期的神话大部分(不是全部)停留在巫术或泛巫术阶段,而未能进化到宗教化和艺术化阶段。在这个意义上,与其说中国神话是早熟的神话,不如说是早萎的神话。但中国神话的早萎,并不意味着中国神性叙事的枯萎,而是转化成神史叙事了。早期社会的巫师转化成了夏商时代的巫史,继而转化成了周代的史官和士。巫术在中国上古社会向世俗化路径转化后,其主体也经历了"巫师—巫史—史官"这样的转化过程,与这三种身份对应的叙事形式是"神话—神史—信史"这样的类型,中国神话思维的时间意识,在早期的巫师神话中没有得到充分发展,但到先秦《虞夏书》《世本》等神史中得到了一定程度的发展,到信史时代,时间性思维就更发达了。

在相当意义上,我们有理由将神史划入神话的范围。这里的神史,不是指的卡西尔所说的神的历史(history of the Gods),而是"神性的历史"。神史中的主角,都带有某些历史痕迹,但又不完全是真实的历史人物,他们是带有极大神性的历史人物。这些人物究竟是由更早的神话人物转化为历史人物的,还是历史人物神话化的结果,学术界多有歧见,此处不卷入这种争论,只是指出他们既有历史因子更有神话元素。在比较宽泛的意义上,可以纳入神话之中加以研究。像尧舜鲧禹、商契后稷、炎帝黄帝、伏羲女娲等,都是神史人物,他们的最早创造者,应该是巫史,或具有巫史意识的人们。在神史中,神性人物是有自己生命历史的人物,行动性、过程性等神性时间形式在他们的故事里基本具备。自然,相比希腊英雄史诗人物,中国神史人物的行动和故事性还是有限的,但相比中国早期神话阶段的人物,他们的时间特征则明显增强了。

中国先秦至汉代,神史叙事的另一种重要体现是神谱。这里说的神谱,并非纯粹由神祇构成的谱系,而是包括了亦人亦神的神人或人神的谱系。我们发现,中国上古到汉代,这样的谱系有好几个,如帝俊神系、少典神系、二昊神系、五帝神系、伏羲为首神的三皇神系等。这些神系,不一定有很丰富的故事,也不一定很漫长,不少甚至只有一个名字,但这种神谱的出现,恰恰体现了中国先民神话思维中时间意识的存在和发展。

两希神话和神史人物具有丰富的行动性、事件性和故事性,这确实是中国神话和神史所不及的,这意味着,在两希神话中时间思维比较发达了。这与他们早期巫术转化的路径有密切关系。希伯来早期巫术进入文明社会早期经历了宗教性转化,希腊早期巫术在文明社会早期经历了宗教艺术性转化,这两种精神形式都需要神或神性人物丰富曲折的行动和故事来承载其宗教伦理理念或构成其宗教艺术内容,满足人们的宗教信仰或审美娱乐需求。由于这个问题前面已经有相关表述,此处不展开。

为什么在早期神话和神史中,中国先民的空间性思维相对发达,而两希先民的时间性思维比较发达?这还和另一个更基础性的原因相关,那就是和三个民族上古长期的经济生产方式、聚落方式和建基于其上的社会生活方式有关。

第四节 经济生产方式和聚落方式对时空思维的潜在影响

经济生产方式和聚落方式密切相关,因为聚落方式与生产方式有很大相关性,所以我们放到一起讨论。农业生产方式与定居性聚落方式有内在关系,因为农业生产是祖祖辈辈以相对固定的空间中的土地为生产对象进行的活动,这种活动的半径是极其有限的。这种活动中的人们,最适合以家庭或家族为单位的血缘性定居聚落方式。而商贸活动、游牧活动,都是流动性很大的经济活动,他们不同的时间要在不同的空间寻找贸易对象或者牧场,因此经常性地迁徙流动是他们必然的居住方式。只有在商贸或游牧群体发展到相当规模时,才可能在某些地方建立城邦或王都,但大多数人不会长期定居在城邦或王都,他们还要不断离开这里到远方谋生,只在一定的时候才会归来。相比农业社会的人们终年、终生乃至祖祖辈辈厮守在同一个空间中的同一块土地和同一座村庄或城邑,商贸和游牧是流动性大得多的经济生产方式和聚落方式。

如前所述，在本雅明看来，不同经济生产方式中生活的人们，所讲的故事是不一样的，这个和他们各自经济活动以及在这种经济活动中的见闻、感受和想象相关。农夫型讲述者、水手型讲述者、牧人型讲述者，各自讲的故事不会一样。但本雅明这里只讨论了不同讲述者因为其生活方式的不同而讲故事的内容不一样，他没有讨论到不同生产方式中的讲述者讲故事的能力有强弱之分，并且所讲故事的时空特征大不一样。比较而言，农业社会的讲述者讲述的一般是一块比较有限的空间中发生和完成的事件，这个事件大都是在一个有限的空间中发生和完成的。而商贸和游牧社会的讲述者，讲述的则是由比较广阔空间发生的事情，这些事情大都是在不同空间发生的，贯穿这不同空间的是一根时间的线链。尽管本雅明也说到，在一些农夫和水手混杂的地方（例如学徒作坊之类），双方会从对方那里知道很多异己性的故事并加以传播[①]，但这是较为局部的现象，一般不会影响到各自讲述的故事的主要内容。这些故事是由各自基本生产方式和建基于这种生产方式基础之上的生活方式总体上限定的。

我们要探讨的是，生产方式以及由此决定的聚落和相关生活方式对各自民族的时空感知和思维有重要影响吗？这是一个较少人讨论的问题，但对本书却是一个十分重要的问题，所以，有必要加以探讨。

一、聚居性农业生活与空间优势型思维

首先，我们看到的一个基本事实是，上古社会，不同民族由于其生产方式和生活方式的巨大差异，导致其讲故事的能力产生较大差异。一般而言，定居型聚落方式的农业社会如埃及和中国（埃及与中国不一样的是它濒临地中海，海洋贸易比上古中国相对发达），上古神话都不很发达，神话的故事性也较弱，都没有产生巨型史诗。这个原因应该在其基本生产方式和聚落性生活方式中找到答案。例如中国，考古学证明，距今8000年的大地湾、距今4600多年的良渚等地先民，都已经进入以农业为主的经济生产方式中；与之相关的，这些遗址也都发现了定居性住宅群甚至早期城邑，说明中国史前很早就进入农业为主要生产方式的社会。农业社

[①] ［德］瓦尔特·本雅明：《本雅明文选》，陈永国、马海良编，北京：中国社会科学出版社，1999年，第293页。

会,是变动性最小的社会,在一块有限的空间中,祖祖辈辈千年如斯地重复着基本同样的生产和生活,很少变动。所有的自然、个体生命和社会生活时间都重复地发生和结束在一块固定有限的空间中,活动半径十分有限。

这种生活状态对于神话叙事活动必然会产生深刻影响。一是生活的高度重复性、单调性,会导致感知的习惯化和钝化,从而缺乏感知的新鲜性和讲述的兴趣,也缺乏丰富的生活、行为和奇遇可以讲述。

二是长期生活在一个固定的空间地点如家庭家族所在的村社或城邑,必然形成以这个村社或城邑为中心看世界的世界观和宇宙观。世界和宇宙,是以他们生活的空间为中心而形成的东南西北中五方或东西南北上中下七方构成的。"中国"这个概念最早在周初的青铜器上出现时,就强调了周人这种以洛邑为中心划分四方,居于国之中而控摄四方天下的意识。这是中国先民看世界、看天下的一个固定视点,即自己所居住的空间点就是观察和确定天下世界的焦点,自然也会在他们的眼中成为世界的中心。

三是农业社会定居性生活的聚落形态中,人们从其所居住的空间点看,一切自然、个人和社会生活时间过程,都是在极其有限的固定空间周而复始地发生和完成的。因此,在先民的感知和记忆中,其生活的空间就成为容纳和框限这些自然、人生和社会历史时间的基本框架。以空统时就成为无意识的处理模式和原则。

四是祖祖辈辈生活在这个固定空间、活动半径十分有限的人们,其生活内容基本是由没有什么大起大落大变化的日常生活碎片构成,很难组织起多少完整的、充满丰富曲折行动和故事情节的过程。重复性、碎片化是他们生活最基本的特征。这必定影响到其思维特征和神话产品。

五是农业社会的人们,因其自给自足的生活方式和十分有限的活动半径限定,对外在世界实际的感知经验和见闻了解相对贫乏,因此也限制了其想象力发达的程度,同时也限定了其想象的对象世界。心理学早已揭示,不管一个人想象力多么奇幻,人们都是以自己过往实际的生活经验为依据来想象未知世界的。所以,农业社会的人们,想象的对象世界,也必然是与自己生活相关的空间构成的世界。古代中国和埃及这样典型的农业社会,都没有产生荷马那样以事件过程或人物命运为时间线链来贯穿不同人物在不同空间的行为世界和故事情节的巨型史诗,绝非偶然。

以上归纳的农业民族早期先民的几点心理和神话思维的特征,都是基于农业生产方式和固定的聚落方式的。这种生产方式和聚落方式,都在强化居住于其中的人们的有限空间经验和意识。那么,问题也随之而来,农业民族的人们没有时间意识吗？当然有。这主要体现在对一天晨昏昼夜、一年春夏秋冬的自然节候轮回的记忆,对一个个人生老病死的生命过程的记忆,对一个个家庭和家族祖祖辈辈生殖链的记忆,对一个个王朝兴衰更替过程的记忆,这些都是农业民族最基本的时间感知和记忆。这些感知和记忆,在早期也分别表现在不同的神话中。

中国商人神话中,对一天时间过程的神话表述为东海神树扶桑上有十日栖息,每天一日从树顶起飞,循环飞行一周重回东方海洋中扶桑神树下栖息的故事。对一年四季的感知和记忆,暗含在商代四方神和四方风神的名字里,以及春秋时代历史化的羲和四子主管四方四时的神话中。一个人生老病死的生命历程,体现在神史中那些神性英雄个体的生命过程中。一个家庭、部落或民族的生殖谱系,体现在那些神帝圣王的生殖谱系中。《山海经》《世本》《帝王世纪》中都有这样的谱系。因此,农业民族并非没有时间感知和意识,一样有,某些方面甚至比较发达。只是有两点要特别强调,一是这种时间意识与空间意识相比,在神话中表现得弱一些,空间意识表现得更强烈一些;二是很多时候(不是一切时候),时间意识是在空间意识框架之内表达或受空间模式框限的。例如,商代开始的四方神、四方风模式直接表达的是空间四方的意识,但也内含着时间四季的经验和意识,一直到春秋两汉,无论四方还是五方模式中,都在空间模式框架中同时表达了四季或五季的时间划分。空先时后、以空摄时、空中含时,这是农业民族表达空间意识和时间意识的重要特征。甚至神帝神王们自己的生命历程或他们的生殖谱系中,都内含着这种空间方位意识。如"帝出乎震"(震,东方也)、"石破北方而生启""帝颛顼生自若水、实处空桑"(若水,西方神水;空桑,西方神树),帝令祝融殛鲧于羽山"(羽山,西方神山,太阳沉落之所)等记载,都暗含着这些神帝神王生命历程的不同时段与不同方位密切相关。

如果我们深入研究,将会发现,中国上古神帝谱系大都与神话空间构成密切相关。例如夏人鲧—禹—启的生殖世系中,暗含着夏人创世神话中空间生成的过程和结构。根据文献资料看,鲧的神性本相是一条三足神鳖,在原初夏人神话中是原始混沌大水之神。而他生了儿子禹,禹的神性本相是一条神龙,即句龙,社神(《淮南子》谓禹死为社,社神是一条龙,句龙)。社神,即土地神。禹娶了妻子涂山氏,从名字就知道涂山氏是一个山神。她生了儿子启,启者,开也,明也。启是光明天神。从以上简单的提示不难发现,夏人鲧—禹—启的生殖世系,其实原初暗含的是夏人世界诞生和结构的创世神话,即世界原初是一片黑暗混茫的大水(鲧代表),黑暗混茫的大水中诞生了九州大地(禹代表),大地与高山(涂山氏代表)结合生了明亮的天空。所以,鲧—禹—启的生殖世系,对应的是水—地—天的宇宙空间结构。① 因此,中国神话中诸神帝的生命历程或者谱系的时间过程和线链内部,其实都潜含着一个东南西北的四方平面空间结构,或者水—地—天的上下立体空间结构。

因此,不难看出,在中国上古这些神帝生殖链神话中,空间结构暗含在时间结构之内,或空间结构中暗含着时间结构,两者之中,空间结构具有更基础性的意义,它构成了上古神帝世系深层的原型所指。这种深层空间原型对于中国后世文化和文学叙事,具有基础性的意义,也就是元叙事的意义。

在这里,要就中国上古神话的元叙事模式问题再进行一些探讨。中国上古神话元叙事,目前在中国学术界比较受关注的,是叶舒宪在《中国神话哲学》中提出的那个按太阳运行的线路,将空间的东南西北上中下与时间的一年四季和一天四时统合起来的时空模式②,他绘制的图示如下——

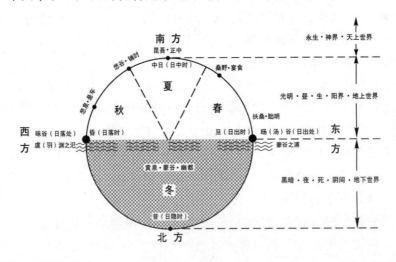

---

① 详参张开焱:《世界祖宗型神话——中国上古创世神话源流与叙事类型研究》下编《夏人创世神话研究》,北京:中国社会科学出版社,2016年,第293—484页。
② 叶舒宪:《中国神话哲学》,北京:中国社会科学出版社,1992年,第16页。

这个模式对中国上古神话和文化的宇宙时空观有较大解释力量。叶舒宪对中国上古几个创世神话的还原性拟构是从太阳创世角度出发的。这个太阳沿天—地—水垂直空间循环运行的圆形模式,在中国古代神话的四方或五方神帝系统中,又转换成以中土为核心的东南西北平面空间的循环运行模式。无论是垂直运行模式还是平面运行模式,大地都是中心。傅修延《中国叙事学》第一章《元叙事与太阳神话》中,则在这个模式基础上强调了以太阳运行形成的循环圆形模式以及其中内含的规则为中国神话和后世文学的元叙事模式。① 应该说,叶舒宪和傅修延二人对中国上古神话叙事的原型模式的提炼已经相当有概括力了。在这个基础上,笔者想进一步讨论中国上古神话元叙事的时空基础问题。

笔者早年撰写的一些神话研究论文中,也有以太阳神话解释中国上古神话深层循环结构的。现在看来,这仍然有相当道理。但后来笔者意识到,太阳神话也有解释盲区。这主要是因为不同民族神话太阳崇拜的意识强弱并不一样,埃及神话是典型的太阳崇拜神话,而苏美尔—巴比伦神话中,最高大神是天神,而不是日神。古波斯宗教和神话中,最崇拜的不是太阳,而是火。而中国神话中,太阳在不同时代获得的对待并不一样,在神话中的地位也不一样。如在商代宗教和神话中,尽管对太阳神的崇拜十分明显,但有学者对甲骨卜辞祭祀的自然对象进行研究,发现商人尽管祭天祭日,但祭祀土地、山川河岳的数量更多②。在西方,自从19世纪麦克斯·缪勒在《比较神话学》中首次以太阳运行模式解释印欧神话以来,西方学界对太阳神话的原型意义和解释覆盖力多有争议,认同者和批评者都不少。利特尔顿说在20世纪上半叶,"麦克斯·缪勒的'太阳神话'在人类学家和其他人的手中迅速消亡,"③这样说也许言过其实,实际上太阳神话仍然是神话学家们研究神话原型的重要角度,但肯定不是唯一角度。本书作者注意到,从中国上古神话的实际发展过程看,很多神话现象与太阳相关,但也有不少不相关或相关性较弱的。从农业民族角度讲,土地和太阳对农业民族有同等重要性,甚至土地更加重要,中国先民

---

① 参看傅修延:《中国叙事学》,北京:北京大学出版社,2015年,第3—35页。
② 见晁福林:《论殷代神权》,《中国社会科学》,1990年第1期。
③ Georges Dumezil, *Gods of the Ancient Northmen*, "Introduction", Part I, by C. Scott Littleton, Berkeley: University of California Press, 1977, p. 10.

将国家称为"社稷",就很突出地将土地的重要性体现出来了。

　　从本书角度讲,中国古代以土地神话为主还是以太阳神话为主,涉及神话思维以空间意识为主还是以时间意识为主的问题。土地是空间意象,而太阳尽管也是空间意象,但其运行是时间坐标。这两者对农业民族当然都重要,但相比海洋和游牧民族,土地对农业民族更重要。这也得到中国古代神话材料的证实。前述晁福林的《论殷代神权》一文,发现甲骨文中商王祭祀最多的是祖先和土地山川河岳(山川河岳其实也是大地的一部分,都属于广义的土地),而不是天空太阳。这也可以从本书前引的商人歌颂其神祖的诗歌《玄鸟》《长发》等得到印证,这些诗歌颂的都是那些神祖们开疆拓土的英雄业绩。而且,从甲骨文记载来看,商人对世界具有体系性的认知是以商都为中心的天地四方,所以,他们祭祀四方神和四方风神,他们的世界主要是由天地四方构成的。而在中国古人的意识中,"天圆地方"意味着只有大地才有"方",故而四方正是大地的空间方向。在甲骨文中,除了四方神、四方风神外,我们还看到许多自然神,此外再看不到体系性的自然神组。

　　上面转引的叶舒宪根据中国古代神话和神性时空观描绘的太阳运行图,是按照天—地—水的垂直空间还原的,在这个垂直空间中,大地正是中心,其上是天空,其下是黄泉大水,中心是大地。太阳就环绕着以大地为中心的空间循环运行。而大地又分四方,太阳在天—地—水垂直空间中的循环运行,在五方帝神模式中,又转换为以中土为中心的四方循环模式。太阳早上(春季)出于东方,中午(夏季)运行到南方,傍晚(秋季)运行到西方,晚上(冬季)运行到北方。然后重新回到东方。这就将太阳沿天—地—水垂直空间的循环运行,与沿着大地四方的平面空间的循环运行统一起来了。但不管是垂直空间的运行模式,还是平面空间的运行模式,还是以平面空间统摄垂直空间的运行模式,大地都是中心,这是特别需要注意的。以空摄时、以空含时,在上面太阳环绕大地的运行模式中,转换成了以日环地的时空模式。

　　如本书前面所述,商人四季的经验和意识是隐含在四方神名和四季风名中表达的,这种以天地和大地四方空间为主体和原型统摄时间的模式在周人那里被继承和发展,像《尧典》中的羲和分宅四方确定四季的叙述、《山海经》中四方神的叙述,以及整个《山海经》以大地四方或五方为框架结构全书的叙述、《楚帛书》中的四神根据四方空间确定四季时间的叙述、《淮南子》中的五方神暗含四季时间的叙述等等，都一以贯之地以大地四方为基础，组构东南西北四方或东南西北中五方或东南西北上中下七方的神话世界。这很典型地体现了中国上古神话对于以大地为核心的空间结构的特殊重视。如果我们重构夏人鲧—禹—启为核心的创世神话系统，将会发现他们创造的世界是由水—地—天构成的三层空间，而时间的创造基本未在这个创世神话中述及。先秦文献中，禹所做的主要工作就是创造大地，给大地河流山川命名，他自己或他命竖亥和太章通过步行的方式丈量大地东西南北的长度，以此为基础区别和命名九州等，都是创造以大地空间为中心的工作。《楚帛书》创世神话中，伏羲女娲四神等主要的工作也是创造空间，在创造和疏通了天地山川河海后，四神才根据四方长度和界线，通过步推方式切分一年的时间长度和四季。所有这些，都在强调大地为核心的空间对于中国神话的重要性。

中国上古当然有时间神话，这里最典型的就是《山海经》中帝俊娶羲和、常羲生十日、十二月亮的神话，扶桑树上十日有序飞行轮值的神话，以及羿射九日的神话等。这些神话是以时间为主的神话。但有两点需要特别注意，一是这些神话远不如前面空间神话多和早，二是在神话中作为时间坐标的太阳是以地球为中心沿着上—中—下（天—地—水）环行的，大地为中心的空间结构仍然在太阳环行中具有总体上的统摄作用。

故而，尽管中国神话的元叙事确实具有封闭圆圈的特征，但这个循环圆圈的原型不只是太阳的循环运行模式，更是平面空间中的四方循环平移或垂直空间中的三层次之间的封闭性循环圆圈构成的。太阳是环绕垂直空间运行的，并且这种垂直空间与平面空间之间构成内在的同构和转换关系。因此，在这种圆圈模式中，一方面存在太阳的线性运动关系，即时间关系；另一方面这种时间运行又是以封闭的圆形空间为原型和模式循环完成的。而这个空间原型又是静态并置、对称、复叠的，也就是说，以太阳为代表的时间是在空间框架中运行的，被空间框限和统摄。

因此，本书作者的宇宙论模式，更强调以大地为核心的平面空间和垂直空间的原型作用，时间是被统摄在这个空间框架中的。

农业民族的华夏神话中，空间意识和空间结构具有基础性的意义，时间意识和时间结构是在空间结构的框架中展开和表达的，或者暗喻性地指向后者。之所以产生这种以空摄时、空中含时的时空思维模式，既与人类原始社会普遍的心理意识有关（列维—布留尔在《原始思维》、卡西尔在

《神话思维》和《人论》《语言与神话》等著作中,都对此有所涉及),更和特定民族早期基本生产方式和聚落方式以及在此基础上形成的强烈的空间感觉和意识有关。

那么,农业民族难道没有流动性吗?当然有。无论三代以前还是夏商周三代,东亚大地上居住的华夏先民都有一定的流动性。但总体上看,大规模迁徙流动是暂态,而长期定居则是常态,这是由华夏先民以农业为主的基本经济生产方式和聚落方式决定的。

上古华夏神话叙事体现的先民空间优势型神话思维,其最重要的基础应该在这里。

二、商贸和游牧生活与时间优势型思维

两希神话思维中强烈的时间意识,也与其经济生产方式和聚落方式相关。下面我们稍加讨论:

(一)古希腊先民生产方式和聚落方式的流动性

现在我们知道的爱琴文明主要是由克里特、迈锡尼和希腊文明构成,尤其是希腊文明。位于爱琴海中间的克里特岛上的居民创造了被称为米诺斯的文明。他们属于哪个民族还有异见,但历史学家认定他们以海上贸易为主要经济生活方式应该是没有问题的,因此,其生活是高度流动性的。迈锡尼文明基本只是米诺斯文明和希腊文明之间的一个过渡性阶段,存在时间较短。创造它们的主体是印欧人种中的一支。尽管迈锡尼是陆上定居的民族,但希腊多丘陵少平原和三面环海的地理环境,决定了他们政治经济生活中扩张、殖民、掠夺、贸易、征服等主要内容,这些生活内容都是充满流动性的。当代研究者大都认为,荷马两大史诗的故事和阿波罗尼俄斯《阿尔戈英雄纪》关于希腊英雄跨海远征获取金羊毛的故事,都产生于迈锡尼时期。至于后来创造希腊文明的印欧人,他们大约是在公元前12世纪从北方亚欧草原迁徙而来的游牧民族的一支,可能是他们摧毁了迈锡尼文明,使得爱琴海区域进入了一个几百年的黑暗时代(关于迈锡尼文明因何衰落有不同观点)。一直到公元前9世纪以后,印欧希腊人才开始使这地区的文明慢慢重放光芒。到公元前8世纪左右,荷马史诗、赫西俄德《神谱》等重要的文学作品才得以形成。直到前6世纪以后近两百年间,以雅典为中心的希腊文化才进入鼎盛时期,并且被其殖民地民族继承和发扬光大。

创造了希腊文明的这一支印欧人有怎样的经济生产方式和聚落方式？这本是在欧亚大草原上游牧的民族，进入多山多丘陵少平原的希腊半岛，游牧的生活因没有自然条件只能放弃了。他们曾经从事农业，但希腊少平原而多山陵，干旱贫瘠的土地使得农业无法养活不断繁殖的人口。对他们生活的环境，汤因比（Arnold J. Toynbee）在《历史研究》（A Study of History）中说："阿提卡的土壤异常硗薄，冲刷山上的土壤并携之入海的所谓剥蚀过程，使得处处都是嶙嶙的山骨。"① 在这种环境的挑战下，他们会如何应答呢？

雅典人对他们的苦地方怎么办呢？我们知道他们干了一些什么事，把雅典变成"全希腊的模范"。当阿提卡的牧场上的水分少了、他们的农田失去了养分以后，它的人民抛开了畜牧和农业——这是当时希腊人的主要生活来源——而去改行经营橄榄种植业和利用表土下面的底土。雅典的鲜果不但长活了而且还在光秃秃的岩石上繁殖起来。但是人们却是不能单靠橄榄油为生的。为了从橄榄林里解决生活问题，雅典人一定要用他的阿提卡油去换来西徐亚粮食。为了把他的橄榄油送到西徐亚市场上去，他们必须用罐子把它装起来，用船把它送过海去——这些活动建立了阿提卡的陶瓷业和阿提卡的商船运输队，除此而外，因为商业需要货币，还发掘了阿提卡的银矿。②

汤因比这里还没有提到希腊另一个很重要的产业就是葡萄种植和葡萄酒的酿制与贸易，这是希腊另一个重要的贸易产品。一件古希腊陶瓶上有一幅著名的画，画面上酒神狄俄尼索斯乘坐一艘载着葡萄酒罐的船，船的桅杆上绕着葡萄藤。那是象征性地表达希腊人将葡萄酒运送到环地中海各国进行贸易的一幅瓶画。

雅利安希腊人这种以商贸为主的经济生产方式，决定了他们聚落的基本特征。如果说中国上古三代的农业生产方式决定了以血缘为纽带的村社聚居方式，那么，商贸生产的基本经济模式也决定了希腊人（雅典是范例）以城邦为中心的聚居方式，以及具有高度流动性的生活方式。因为商贸活动需要的交换市场，榨油、酿酒需要的相关设备和罐装油酒的器

---

① ［英］汤因比：《历史研究》（上册），曹未风等译，上海：上海人民出版社，1959年，1986年第4次印刷，第111页。

② 同上书，第111—112页。

皿，运送这些产品到爱琴海周边以及环地中海周边航行需要的船舶制造，还有交换所需要的作为货币的银币等条件，大量的手工作坊、造船业、制陶业、冶炼及铸造业都出现了，这些作坊和工厂当然设置在城邦内或城邦周围比较方便。又由于这些产业和交换活动，不可能只在具有血缘关系的人们之间完成，所以血缘关系必然被打破，血缘聚居的原则必然被放弃（最初的城邦往往是由若干有血缘关系的家族组成，但在其发展过程中，为了适应商贸活动的需要，血缘聚居原则必然被放弃。雅典就经历过这个过程，它在希腊城邦中很有代表性），而基于职业、商业利益、城邦公共事务的非血缘关系成为城邦社会生活中更重要的关系。

但是如果仅仅是城邦聚居的生活方式，希腊人看世界一样会在一个固定的空间视点中展开，一样可能形成一个空间优势型的宇宙观和社会观。希腊人的生活不同于中国之处在于充满了流动性。这种流动性来源于三个方面：

一是进入希腊半岛的这一支印欧雅利安人原本是欧亚大草原的游牧人，他们的生活特点是无固定居所，驱赶牛羊逐水草而居。不断变换居住地点，不断迁徙，是他们生活的常态和特征，这种特征会深刻地烙在族群的文化记忆中，并且影响民族性格和心理追求。

二是他们进入希腊半岛后，由于这里土地贫瘠，既不适合大规模放牧，也不适合大规模农业，他们只能以种植、手工作坊和海洋商贸作为自己主要的经济生产方式，而后者是一种流动性很强的生活方式。早在公元前3000年的克里特人就以商贸活动为主要经济生产方式，后来的迈锡尼人也以商贸为主，而雅利安希腊人至少从公元前9世纪开始，就以商贸活动为主要经济生活方式。他们必须不断地离开居住的城邦，将产品运送到遥远的异乡（如居住在黑海一带的西徐亚、沿爱琴海的各城邦国家，以及地中海对岸国家腓尼基、埃及等地）进行交换。希腊人的经济生活中最重要的部分是商业贸易。

希腊人生活流动性的第三个方面是四方殖民。正如汤因比所说，随着人口不断增长，贫瘠的希腊半岛已经无法养活更多的人了，这迫使希腊人开始以爱琴海为中心四方迁徙殖民，在几百年间，希腊人在爱琴海甚至地中海沿岸通过殖民活动建造了许多城邦，"亚加亚人在大希腊（意大利南部和西西里)的殖民地变成了热闹的商业地区和灿烂的思想中心"。①他们的另一部分甚至深入西亚腹地,成为影响该地域社会变动的重要力量。因此,希腊人的生活方式,流动性是其重要特征。其中尤其值得注意的是,海上流动(不管商贸还是迁徙)的生活更具有特殊意义,汤因比在《历史研究》中专门对海上迁徙和留居原地的人们不同的结果做过比较:

> 如果象我们的证据所说明的那样,新地方比旧地方具有更大刺激力量的话,那么我们还发现,凡是在新旧两地之间隔了一段海洋的,刺激力就更大。这种远洋殖民的特别刺激性,在公元前1000—500年的地中海历史上看得更为清楚。这时候在地中海西部沿海地区有三种不同的文明从利凡得来到这里开展了殖民竞争。例如,两个最大的殖民地,叙利亚的迦太基和希腊的叙拉古远远超过了它们的老城推罗和科林斯。亚加亚人在大希腊(意大利南部和西西里)的殖民地变成了热闹的商业地区和灿烂的思想中心,而在伯罗奔尼撒北方海岸的那些亚加亚老区却一直到古代希腊文明已经过了黄金时代的时候,始终还是处于止水状态。同样地,住在意大利的西方罗克里斯人远远地胜过了留居希腊的罗克里斯人。②

汤因比意在证明,环境的挑战和居住于其中的人类的应战,形成了文明进步的历史。一种太过安逸的环境,往往不利于生活于其中的文明的进步。而较为恶劣的环境,反倒激发了生活于其中的人们的应战意识和能力,使得他们要么在本地、要么通过迁徙的方式寻找和创造新的生活环境,文明的进步就来自这种动力。就迁徙这种应战方式而言,他指出,陆地迁徙和跨海迁徙两种方式中,海上迁徙带给迁徙者的变化最大。对于本书而言,特别重要的是,汤因比论述了世界性神的概念的出现、史诗等英雄传奇和丰富的故事的出现以及流传,都和这种海上迁徙相关。

(二) 古希腊先民商贸生活与时间优势型思维

笔者概括汤因比有关海上迁徙对文化与社会带来的几个巨大变化的论述要点大体如下:

首先,海上迁徙对一个族群原有的一切,都有一种必然的选择和淘汰

---

① [英]汤因比:《历史研究》(上册),曹未风等译,上海:上海人民出版社,1959年,1986年第4次印刷,第128页。
② 同上书,第127—128页。

作用。族群已有的一切不符合、不方便海上迁徙的工具、技术、关系、制度等,都会被放弃,只有那些最符合海上迁徙的东西才会被打包带走。"所有各种工具——人和财产,技术、制度和观念——都不能违背这一法则。凡是不能经受这段海程的事物都必须留在家里,而许多东西——不仅是物质的——只要携带出走,就说不定必须拆散,而以后也许再也不能复原了。在航程终了打开包裹的时候,有许多东西会变成'饱经沧桑的,另一种丰富新奇的玩意了'。"①这意味着,跨海迁徙的族群在新地方建立的从工具、技术到制度、观念的所有文化,都与其原居地文化既有部分保留又有很大不同。同时,在新的定居地重新打量和回忆过去的东西,沧桑感和新奇感就会产生,这正是想象性作品创作所必要的时空距离感。很多新的神话与传奇作品由此产生。

其次,与此相关,海上迁徙的经历对于超越旧的地域神祇、接受或创造新的世界性宗教神祇具有重要意义。对此汤因比转用格伦贝赫在《条顿人的文化》一书中的一段话说:"(在长途航海以后)这种眼光的改变产生了关于神和人的一种新观念。原来是地方性的神,他们的权力和他们的信徒同属于一个地方,现在却出现了统治世界的一群神。原来作为一个大杂院中心的一间小破屋的圣地现在也抬高了地位,变成了一所庄严的圣殿。多少年来流传下来的彼此无关的神的事业,现在也编成了富有诗意的神话集、神圣的英雄故事,象早期的北欧海盗、荷马时代的希腊人一样。这个宗教创造了一个新神:奥丁,他是人类的领袖,战场上的主宰。"②这就是说,因为跨海迁移,地方性的神升华为世界性的神,与此相关的神话和英雄故事也因此获得发展和整合的机会。

再次,跨海迁徙导致了不同种族体系的大混合,原始社会的血族关系和原则因此必须抛弃。汤因比说:"因为必须抛弃的第一个社会组织是原始社会里的血族关系。一个船只能装一船人,而为了安全的缘故,如果有许多船同时出发到异乡去建立新的家乡,很可能包括许多不同地方的人——这一点同陆地上的迁徙不一样,在陆地上可能是整个的血族男女

---

① [英]汤因比:《历史研究》(上册),曹未风等译,上海:上海人民出版社,1959年,1986年第4次印刷,第129页。

② [丹麦]格伦贝赫:《条顿人的文化》,转引自[英]汤因比:《历史研究》(上册),曹未风等译,上海:上海人民出版社,1959年,1986年第4次印刷,第129—130页。

老幼家居杂物全装在牛车上一块儿出发,在大地上以蜗牛的速度缓缓前进。"①海上迁徙或商贸的生活,必然打破血缘家族的界限,而在超血缘关系的人们中建立起更紧密的共生性利益和情感关系。所以,在汤因比看来,这种跨海迁移的活动带来的一个直接后果就是以血缘关系为基础的"原始社会制度的萎缩"②;而陆地迁徙,则可以以整个族群的形式,携老带幼慢慢迁移,整个过程中,原先族群的血缘关系和血缘生活规则都会保留。汤因比这个比较不仅对理解希腊社会特征,而且对理解中国古代社会特征都极有意义。中国社会,按照汤因比的说法,是人类六个直接从原始社会进入文明社会的社会之一,原始的血缘关系在中国进入文明社会后一直保持到近代。这与以农业生产方式为基础的定居性生活方式相关。

中国社会难道没有族群大规模迁徙吗?当然有,但那一是暂态,不是常态,二是这种迁徙基本是在陆地上进行和完成的,基本是以族群为基本单位的。因此,这使得原始社会的血缘和泛血缘关系和生活原则一直在中国社会的各个层面保留并起着关键性的作用。③ 而在汤因比看来,跨海迁移的苦难产生了一个新的政治原则,"这种新的政治不是以血族为基础,而是以契约为基础"④。从这里也可以理解为何古代希腊社会的城邦生活规则与中国社会村社生活的规则有极大的区别。

最后,我们要特别介绍汤因比从跨海迁徙的角度谈论神话与史诗的有关思想。在汤因比看来,因为远距离迁徙,尤其是跨海迁徙,为了适应多族群融合的需要,所以原先的地方性神祇经过改造和升华后变成新的世界性神祇,也产生了荷马史诗和《老埃达》这样的传奇英雄故事和史诗。"英雄故事和史诗的出现是为了满足一种新的精神需要,因为人们这时感到需要一种强有力的个人性格和不比寻常的丰功伟业。……到了这个较晚的时期,史诗和英雄故事才达到它们文学上的顶点;可是,如果没有原来那些跨海迁移时期的苦难所产生的刺激,这些规模宏大的作品却无论如何也不会出现。我们到此就接触到了这样一个公式:'戏剧……发展

---

① [英]汤因比:《历史研究》(上册),曹未风等译,上海:上海人民出版社,1959 年,1986 年第 4 次印刷,第 130 页。
② 同上。
③ 可参看[美]孙隆基:《中国文化的深层结构》,桂林:广西师范大学出版社,2004 年。
④ [英]汤因比:《历史研究》(上册),曹未风等译,上海:上海人民出版社,1959 年,1986 年第 4 次印刷,第 132 页。

在本土,史诗则产生在移民当中。'"①

汤因比为什么说戏剧产生于本土呢?这是因为他基于古代希腊和北欧原始巫术和宗教仪式表演的考察,北欧和希腊本土的古代戏剧起源于巫术与宗教仪式的表演活动,并且与之密切相关。但在迁徙的过程中,这种巫术和宗教仪式很难带走,而在原先表演活动中产生的诸神和英雄的故事则可以通过口耳相传的方式带到新地方。这样说似乎理论上说服力不足,但汤因比说历史事实就是如此。他说:

> ……斯堪的纳维亚诗歌在冰岛写成文字的一个诗集,叫《老埃达》。它的原文都是根据口传的原始的斯堪的纳维亚丰富的戏剧文学记录下来的——这是移民们唯一能够从它根深蒂固的故土里掘起来放在船上带走的宗教仪式的一个组成部分。根据这个理论,原始的宗教仪式在那些移殖到海外的斯堪的纳维亚人当中是不能发展成为戏剧的;这个理论在古代希腊史里也有个同样的证据。因为这已经是人人承认的事实,虽然古代希腊文明是首先在海外的爱奥那开花,而从原始宗教仪式发展出来的古代希腊戏剧却是在大陆上的希腊半岛这边出现的。在古代希腊,同挪威的乌普萨拉的神殿相对应的是雅典的狄俄尼索斯的剧场。在另一方面,则是在爱奥那、在冰岛、在不列颠,跨海的移民——希腊人、斯堪的纳维亚人、盎格鲁撒克逊人——产生了"荷马式的"史诗——《埃达》和《贝奥乌夫》。②

不过我们不在戏剧艺术究竟需要怎样的社会历史土壤上费力讨论辨析,因为这不是本书的任务。本处我们注意的是汤因比的一个基本观点:英雄史诗这一类故事性很强的文学作品,产生于跨海迁徙的民族历史生活之中。这个观点可以做一点点修正:不一定是跨海迁徙,一切频繁且长距离流动的民族生活,如商贸生活和游牧生活,都可能产生英雄史诗,这在古代许多有英雄史诗的游牧民族那里,都可以得到印证。

频繁而长途的流动生活,最关键的是对流动过程的记忆和对未来的想象,在这个过程中,会遇到无数无法预料的环境、人物、事物、事件,会经历很不相同的空间,对不同空间的丰富经验,以及对未来空间的好奇和想

---

① [英]汤因比:《历史研究》(上册),曹未风等译,上海:上海人民出版社,1959年,1986年第4次印刷,第131—132页。

② 同上书,第131页。

象，必然是这种生活中人的共同特征。时间过程是在不同空间的转换中被体验、经历和把握的，没有任何一个空间能容纳这种时间的经验和经历。因此，这样的民族创造的神话和史诗，必然是在时间的过程中去经历不同空间，以时间贯穿空间，也是必然的结构模式。几乎古代所有著名史诗的主人公，都是有不同空间经历的主人公。这反映的是频繁而远距离流动的人们的时空经验和想象。在这种时空经验和想象中，时间是贯穿空间的红线，是基础性的。海洋商贸和游牧民族的时间优势型思维模式的形成与此有内在的关联。

（三）古希伯来人流动性生活与时间优势型思维

那么，希伯来呢？古代希伯来神话和英雄史诗的产生也与迁徙的生活有关吗？答案是肯定的。古代希伯来人生活的流动性是由两个原因决定的：一是他们游牧的基本生产方式，二是这个民族在地域族群竞争中的不断流徙迁移。

先说第一个。根据希伯来史学家研究，希伯来远祖本是在阿拉伯大沙漠南部的一个游牧家族，后来迁徙到两河流域的乌尔，在那里他们居住了几个世代后，又离开两河流域到西亚其他地域游牧。其后，他们在各地流徙游牧，一直到他们在迦南建立独立国家，才部分地放弃游牧生活，过起半游牧半农业的生活。

再说第二个原因。希伯来是一个弱小的游牧家族发展起来的，他们在各地流动的游牧生活，既是生产方式所决定的，也是族群竞争和战争所决定的，后者的影响至少与前者一样大。希伯来人是一个人数有限的弱势族群，在和别的族群的冲突中，大多数时候结局都是失败迁徙。有研究说他们可能随着西克索人入侵过埃及，后来西克索人被埃及人赶走，希伯来人却被羁留在下埃及歌珊地。他们在那里生活了约四百年，在民族英雄摩西带领下离开埃及，重新进入西亚。经过几十年与众多部落和族群艰苦激烈的竞争和战争，最后终于在所谓"流着奶与蜜的"迦南地定居下来。经过许多代松散的部落联盟式的生活后，他们联合起来建立了自己的国家。但百余年后，这个统一的国家分裂成以色列和犹太两个国家。由以色列十部落构成的北国几十年后被强大的亚述帝国击破，其族群几乎全部消失（消融于周边各民族之中）。由犹太国两个部落构成的南国一百多年后也被新巴比伦所灭，几万精英被掳掠到巴比伦城外服苦役近五十年，这就是著名的"巴比伦之囚"。在新巴比伦被波斯人攻灭后，犹太人经过波斯统治者允诺,重回祖先故地建立了新的圣殿和依附于波斯统治者的国家。这个国家也没有存在多久,希腊人亚历山大率领大军横扫西亚北非,希伯来人的迦南地又成了希腊人的附属国。后来罗马人来了,希伯来人的迦南地干脆成了罗马人的一个外地行省。最后在多次反抗失败后,希伯来人从迦南地流落四方,很大一部分迁徙到遥远的欧洲。

因此,在希伯来人的古代历史上,最主要的游牧生产方式是具有最大流动性的陆地生产方式(希伯来人在迦南和埃及歌珊地都有过短暂的农业生产历史,但游牧历史更长);而且,其漫长的历史生活过程中充满了到处流徙的事件。如果要比较古代希腊和希伯来人流动性的区别,那可能最大的区别就是汤因比所指出的陆地上的迁徙和跨海迁徙。而且,这两个族群也正好印证了汤因比的那个观点,即跨海迁徙的族群必然要淡化血缘关系,而陆地迁徙的族群仍然能保持着血缘族群的特性。希腊人四方跨海迁徙的结果,最后和各殖民地居民结合,慢慢形成了各种新的族群。而犹太族群,从遥远的古代一直到罗马时代迁移到欧洲甚至到近现代,都始终保持着自己鲜明血缘族群的特性。当然,能在如此漫长的流徙历史过程中始终保持鲜明的血缘特性,除了汤因比说的他们主要是陆地迁徙因而保持着族群密切的联系外,还有很重要的原因就是他们以《旧约》为圣经的犹太一神教宗教信仰。

古代两希人充满流动性的生产方式和生活历史,对他们的时空观和思维特征有什么影响吗?这影响是肯定的。

首先,长期大规模、远距离流徙的人们,他们的世界不会是以自己居住的固定空间为中心构成的,固定空间不是他们感受和形成世界观的框架与视点。他们的世界经验,远远地超越了固定空间框限的经验。在时间中不断变动的空间,才是他们经验和感受中的世界,这个世界是由时间经线贯穿起来的众多空间构成的,而不是在一个固定空间框架中容纳和框限的有限时间构成的。这正是海洋和游牧民族的世界观与农业民族的世界观的基本区别。

其次,这种阔大时空范围中的经验和感受,也大大激发了流徙者的想象力和想象空间,成为他们较为发达想象力的经验基础和心理基础。

又次,正如汤因比所说,因为大规模流徙和族群接触与融合的缘故,一个民族宗教中的神祇会超越其原有的地域性和血缘性,而升华为覆盖众多地域和族群的共认性神祇,即世界性和人类性神祇。《旧约》中那个开始主要是希伯来族群的上帝耶和华,到后来慢慢成为整个人类的上帝,正与这种长期流徙有关。

最后,无论是商贸、殖民、游牧还是战争导致的大范围流动,整个过程中都充满意想不到的事件、遭遇、变故、强大敌人、艰难困苦,这也激发了迁徙者超常的勇气、毅力、坚韧和对抗与征服意志,从而产生带领族群克服艰难险阻、走向胜利和成功的强力型或智能型或宗教型英雄。与此相关的是,这样的族群想象中的神祇与英雄,必然是充满行动性和故事性的主体,也就是时间优势型主体。这种时间优势型神话体现的创造者的思维特征,就是过程性、关系性思维,也即时间优势型思维。

两希和北欧神话传说,体现的就是这种时间优势型思维。从经济生产方式角度讲,这种时间优势型思维应该与商贸、游牧,或者北欧海盗那种四海劫掠的经济生活方式有内在联系。事实上,这种思维特征,都可以在两希和北欧神话和传说中得到印证。

上面,我们从语言、民族心理、经济生产方式与聚落方式三个方面探讨了上古神话时代一个民族优势型时空思维特征产生的可能原因,也许还可以找到其他一些原因,但笔者认为这三个方面是基本的。

中国上古神话传说所体现的空间优势型思维方式,与中国上古语言和文字空间优势型构成特征、中国早期巫术世俗化的特殊演化路径、上古华夏先民历史意识的过早觉醒和神话思维的过早结束、祖祖辈辈固定于同一块土地上的源远流长的农业生产方式和村社聚落方式的固定而有限的空间经验和感知等原因,有最深刻的关联。它们对于形成中国先民空间主导型思维类型具有最重要的意义。在这种思维类型中,思维对象的表象性、类比性、隐喻性、方位性、并列性、定位性等空间性特征得到特别关注和突出,在这个基础上形成了以空间含摄对象的变化性、延续性、过程性等时间性特征的认知和表达特征。本书所讨论的中国上古神话的空间优势型特征都源于这种空间优势型神话思维。

而两希上古神话相对发达、故事性相对丰富复杂的原因,也与其时间优势型思维方式有密切关系。这种时间优势型思维方式,与两希上古语言与文字的时间性特征、早期巫术的宗教化或宗教艺术化衍化路径、由这一路径导致的对神祇和英雄行动性和故事性的要求,以及他们跨海商贸、游牧、海盗式劫掠、大范围迁徙等经济生活方式和聚落方式构成的历史生活等,有一种内在的联系,这些都是形成、促进和强化其时间优势型思维的深层原因。两希神话传说所突出体现的比较丰富的行动素和故事链、过程性和因果关系、具有强烈行动性的神话传说人物等,都是这种时间优势型神话思维的外在体现。

结语
中西神话叙事优势时空类型与民族叙事传统

本书从纵向(文本历时形态：前文本—初文本—续文本)和横向(文本共时形态：讲述者类型特征—话语组织特征—话语构形特征—故事组织类型特征—神秘数字在神话叙事中的组织作用)两个向度对中西神话叙事构成和特征进行了概括性比较描述和分析,在这个描述和分析过程中,特别突出从优势时空类型角度切入相关问题的探讨。神话叙事传统,就在神话文本共时性的叙事构成中凸显,在神话文本历时性过程中生成、发展、传承和变异。我们发现,无论纵向还是横向,中西(两希为代表)神话叙事都存在一个一以贯之的特征,这就是它们分别呈现出空间优势型特征和时间优势型特征。

在此基础上,本书又通过对三个民族具有特殊意义的创世神话叙事中体现出的时空优势意识的分析,进一步确证这一特征。创世神话是一个民族童年时期在神话中整体性想象和组织世界起源和结构的神话,在这种神话中最能无意识地体现不同民族先民对时间和空间的特殊感知和重视,因而具有特别重要的文化意义。在这种比较分析中,我们再一次发现三个民族很不相同的时空优势意识,这种不同的时空优势意识在它们各自神话发展的历史和文本结构中,都一以贯之地存在。因此,我们可以得出一个结论：中国早期神话具有空间优势型特征,而两希早期神话具有时间优势型特征。当然,在两希神话自身,希腊神话的时间优势型特征更为明显,而希伯来神话在时间优势型特征前提下,其话语组织、修辞指意和形象意涵体现出比较突出的空间性指向(重复、并置、隐喻与象征)。在本书作者看来,外在文本形态体现出的时空优势特征,根源于创造它们的主体内在的民族无意识思维特征,所以在本书最后一章,我们从时空优势类型角度对三个民族神话所体现的优势型神话思维特征进行了初步探讨,这个探讨涉及三个民族的语言时空特征、与早期巫术发展阶段与路径相关的神话发展状态和神话思维、由特定经济生产方式和聚落形态构成的生活方式等更为基础性的构成对民族时空优势思维的深刻影响等问题,它们共同决定了中国和两希先民早期神话时空思维的无意识优势类型。而在本书《结语》部分,我们要概略地谈谈中国和两希神话叙事的优势时空思维类型对各自后世文学以及其他叙事形式的影响,当然,我们的重心仍然在中国。

一、中西神话叙事优势时空类型对后世叙事的影响

由此再次回到本书关键词组:神话叙事传统。在笔者的理解中,这个关键词组有两个基本内涵:一是在各自民族神话发展历史和文本结构中,一以贯之地存在的主要特征;二是指这些外在特征所根源于其内的优势性神话思维特征。传统的这第二个内涵,人们较少注意,但这恰恰是根本所在。体现于外在文本中的神话叙事特征,来源于其创造主体的相应思维特征。所以,我们可以提出一个概念:神话的思维传统。所谓思维传统,指一个群体因为各种复杂社会历史因素积淀而形成的、内化于群体成员头脑中的无意识思维习惯。它表现为习惯性的思维角度、思维方向、思维线路、思维框架所固定的思维定式和过程。神话的思维传统,指的是不同民族先民创造神话的历史过程中体现出的习惯性的、无意识的思维定式、思维特征和过程。这种习惯性的无意识思维定式、特征,潜在地限制着、规定着、引导着特定民族先民的神话创造活动。卡西尔《神话思维》重点研究了人类神话思维涉及的几个基本方面,尚未论及思维传统问题。而要理解特定民族神话的外在叙事特征和传统何以如此,一定要理解其内在的习惯性思维特征和传统。拿本书比较的中西神话叙事传统而言,中国和两希上古神话在各自历史发展过程中,之所以分别持续地突出着空间或时间优势型特征,与中希三个民族长期的空间或时间优势型思维定式相关。如果说人类表层叙事的话语、形象材料等因受特定历史时空的影响会不断改变,那么更深层的思维传统发生巨大变化则较为困难和缓慢。它会在后神话时代的各种叙事活动中保留其早期神话叙事活动中形成的基本思维特征和取向,从而使后神话时代叙事与神话时代叙事体现出某些深层的一致性。

在讨论神话叙事传统对后世叙事影响的时候，神话思维这个层面的传统至关重要，而这又恰恰被大多数讨论神话与后世叙事关联性的人们所忽略。大多数学者只从符号甚至具体神话的构成层面观察分析神话与后世文学的联系，而忽略了更深层的思维传统之间的关联。从神话叙事角度来观察它对后世叙事传统的影响，就不能不涉及两个层面，即外在的符号化层面和内在的思维传统层面。在后世的文史叙事活动中，早期神话表层的符号特征固然会被无意或有意继承和发展，但更重要的是，神话时代形成的深层思维传统会无意识地影响和制约着后世叙事文本创造的取向。虽然某些元素会有改变，且在不同时代叙事文类中隐显程度各不一样，但它一直存在着，这就构成了各自后世叙事文类叙事传统的基础性部分。当然，正如艾略特《传统与个人才能》一文所说，文学史传统总是在不断发展变化中，随着新作家、新作品的进入而不断调整和改变。希尔斯在《论传统》中也表达了类似的看法，他谈论的是更大范围的文化和社会传统，一样是在不断变化和改变。在文学、文化与社会的发展过程中，根据当下的需要，构成传统的那些要素，都在或缓慢或剧烈地淘汰一些旧元素，吸纳一些新元素，从而保持自己的活力，以适应当下文化与社会发展的需要，同时保持自己对后者的影响力。但另一方面，从神话时代形成的那些叙事传统中最基础性的构成特征，尤其是深层思维特征，总会倔强地以各种方式保留和显现，并体现在各种叙事文类之中。从叙事传统角度讲，中西后世文史叙事传统都深受各自神话叙事特征和优势型神话思维类型的影响。

从思维的无意识倾向角度讲，不同作家个体和群体如果受某种优势型思维类型主导，在构想和建构特定文本时，就会无意识地强化这种思维类型的指向。例如受时间优势型思维主导的作家，在构思和写作文本时，会从文本各层面无意识地强化话语和形象的线链性、因果性特征。而受空间优势型思维特征主导的作家则会从话语组织到形象组织的各个层面突出并置性、复叠性，无意识地加宽加厚话语和形象，强化其块状性。无论哪种优势型时空类型，在不同民族那里，都会相应形成对文类、话语和形象组织的特殊审美趣味和评价标准，从而无意识地驱使作者创造出具有相应特征的叙事作品。

希腊、希伯来和北欧神话叙事体现的时间优势型构形心理和思维特征,直接影响到西方后世文史叙事形式。建基于时间优势型思维基础之上的史著、史诗、传奇、戏剧、小说等叙事性文类,一直占据西方文学坐标的中心位置,抒情文学这种偏向空间形态的文类则长期处于相对次要位置。直到19世纪其地位才逐渐提高,但总体上仍无法与叙事文类的地位争雄。在叙事文类之内,西方时间优势型思维特征在叙事文本的话语、故事和整体结构层面都有充分体现,并构成西方文学的叙事传统。无论是中世纪各种英雄史诗、各种罗曼司(Romance),还是从流浪汉小说开始的各种小说,都是如此。这种时间优势型思维对历史叙事文本的组织影响一样明显。希腊希罗多德(Herodotus)的《历史》(*Historiae*)、修昔底德(Thucydides)的《伯罗奔尼撒战争史》(*History of the Peloponnesian War*),作为西方历史叙事的开源之作,体现出明显的时间优势型思维特征。它们都严格按时间顺序叙述希波战争和伯罗奔尼撒战争的发生、发展和结局,并将相关国家、民族和特殊人物的相关传说、历史渊源和命运变化纳入这个庞大而统一的事件过程的叙述之中(《伯罗奔尼撒战争史》最后部分可能因作者修昔底德突然离世而未完成)。

西方文学叙事开始重视空间性基本是从19世纪开始的,这既体现在作家对环境、建筑、器物、心理、相貌、衣饰等对象做直接静态描写的兴趣日渐强烈,诸如巴尔扎克(Honoré de Balzac)对伏盖公寓环境客观精细的描绘、雨果(Victor Hugo)对法国国民公会大厅长达数页的夸饰性描绘等,也体现在对人物心理静态描写分析的兴趣日渐深浓,如司汤达(Stendhal)对人物心理大段的静态分析,还体现在整体结构上对小说场景化、对位性、并置性原则的特别倚重,如陀思妥耶夫斯基的复调小说等方面。到20世纪,更出现了以某个空间点作为整部小说结构框架的作品,如布托尔(Michel Butor)《变》(*La Modification*)、伍尔夫(Virginia Woolf)《墙上的斑点》(*The Mark on the Wall*),或干脆以某些空间性静物作为描绘对象,如法国新小说派某些静态描写的纯物小说,或通过视角转换、事件并置等方式创造并置性结构框架如福克纳(William Faulkner)《喧哗与骚动》(*The Sound and the Fury*)等形式的小说。这与20世纪以来西方文化的空间转向有关。但20世纪之前,西方文学叙事的核心要素是时间。时间优势型思维一直主导着古希腊以来西方文学的主要类型和历史。

中国神话叙事对后世文学叙事有深远影响吗?中国学术界不少学者

并不完全肯定。鲁迅在《中国小说史略》第二章中专列《神话与传说》一篇,谓中国小说"探其本根,则亦犹他民族然,在于神话与传说",神话"实为文章之渊源"①。但鲁迅这个观点似乎得不到文学发展史的有力证明。因为中国先秦到汉魏叙事文类发展的脉络,不是像西方那样,经历了一条神话—史诗—英雄传奇—小说这样主线突出的转换路径。作为文学主要叙事文类的小说,在中国古代它更多、更直接地受史书、诸子和诗歌影响,神话只是其中之一。所以,杨义在审视中国古代小说祖源时,将神话、史书、子书等都当作后世小说的起源。他有一个重要观点,中国小说的祖源是多源的:"从文体发生学的角度看,中国古典小说存在'多祖现象'。"②这就是说,作为叙事文类主体的小说,其源头并非仅仅只有神话,还有诸子、史书、诗歌等。他显然是将神话作为先秦多种叙事文类之一对待了。于是这里就存在一个问题,神话究竟是一切语言符号样式,尤其是叙事性语言符号样式的共同源头,还是众多语言符号之一种?杨义从典载先秦文献角度看到了神话、子书、史书、诗骚等众多语言文类的共时性存在状态。在这种共时性存在中,神话只是众多语言文类之一,这些文类对后起的小说文类都有影响。所以,他说小说具有多祖性是有道理的。但另一方面,杨义回避了文化人类学和文化哲学一个共同的认知,即一个民族的远古神话是后世一切语言符号性叙事文类共同的来源,且对其他叙事文类乃至一切文类都有源头和原型意义。在逻辑上,人类一切语言叙事文类的源头都可以追溯到原始神话中去。

正是在这个意义上,傅修延在《中国叙事学》中,第一章即为《元叙事与太阳神话》,这对杨义先生的小说溯源具有补充和延展的意义,其目的是想从上古神话中寻找后世一切叙事,尤其是文学叙事的共同源头和原型所在。对于"元叙事",傅修延解释说:"汉语'元'的要义有'首位的''本原的''基本的''大的''头部的'等,它们与日行周天都可以构成联想关系,本章使用的'元叙事'囊括了这些内涵,又突出了太阳神话是后世叙事的本原。"③傅修延的"元叙事",指的是后世一切叙事之后、之初的

---

① 鲁迅:《中国小说史略 汉文学史纲要》,《鲁迅全集》第九卷,北京:人民文学出版社,1991年,第17页。
② 杨义:《中国古典小说史论》,北京:中国社会科学出版社,1995年,第20页。
③ 傅修延:《中国叙事学》,北京:北京大学出版社,2015年,第36页。

那个最早的、唯一的叙事,叙事原型,这个元叙事是神话提供的,这不仅是所有后世叙事的最早形式,还是众多神话之后的太阳周期性运行的神话原型模式。这自然使人想起弗莱《批评的解剖》中的"神话原型模式"和坎贝尔(Joseph Campbell)《千面英雄》中的"元神话""元英雄""元故事"这样的概念,这些概念无非是在说,早期神话是后世一切叙事的唯一源头和原型。

至于中国上古的一切神话的"元神话",一切叙事的"元叙事",是不是太阳运行的神话,当然还有讨论空间,无论国际神话学界还是中国神话学界,坚持和反对太阳神话理论的学者都很多。在中国学界,萧兵、叶舒宪等,基本是太阳神话的主张者,但杜而未则认为中国神话中星辰更具有原型意义,例如汇集最多上古神话和神性地理的《山海经》,在杜而未那里,其神话的深层原型是月亮神话。而杨义在《中国古典小说史论》中则认定《山海经》表达的是上古中国先民的"大地崇拜"情节。本书作者认为弗莱在《批评的解剖》一书中提到的"循环七意象"比较全面。自然、人类社会、个体生命现象中都存在基本的循环过程,由此构成循环意象,这种循环意象构成了人类世界、社会和自我认知中的循环思维模式,神话以及以神话为原型的所有文学中的循环意象都由此而来。在这个前提下,笔者要特别强调大地空间的循环结构在中国神话和文化元叙事中的特殊作用。中国远古神话元叙事具有以空摄时的特征,在这种模式中,空间方位为主的垂直(上中下)和平面(东南西北)循环模式可能比时间过程为主的太阳循环模式更重要。而且在这两种模式之间有一种内在的一致性,这种一致性是以空间循环模式统摄和内含时间循环模式为特征的。这在商代甲骨文有关四方神、四方风的祭祀仪式中就有明确体现。商人在四方神、四方风名中含摄了由太阳运行周期而形成的四季时间的经验和意识,是以空摄时的最早宇宙时空模式。而这种以空摄时的时空模式,在后世许多神话宇宙模式中都有所体现,如《尧典》羲和四子分宅四方依据不同方位天象测定四时的叙述,《楚帛书》创世神话中四神子以四方空间测定和划分四时的叙述,《淮南子》中五方空间帝神内含五季时间划分的叙述,都是以空摄时的神话。这些在本书前面的有关章节中都有深入研究,此处只是提及。不管太阳神话是不是元神话,傅修延教授从早期神话探寻中国后世叙事最早源头的思路,在世界范围都具有广泛共识。这种共识,在弗莱的名著《批评的解剖》一书中得到充分体现。

但另一方面,我们又确实注意到一个显而易见的事实,中国古代最重要的小说叙事类型与中国上古神话的关联性确实不像西方那样明显和直接。例如,从文类、题材、人物和故事角度看,中国小说与中国历史(史书)的关联性明显要高过和上古神话的关联性,很多时候上古神话只是小说的一份佐料,而历史故事和人物则成了小说的主干。要像西方文学那样,在人物形象、故事情节、文体类型等方面论证中国小说的源头直接上承神话而来,且神话是唯一的源头,那还真不是一件容易的事情。

我们必须承认,从直接来源角度看,中国古代小说确实是多源多祖的,杨义的判断正是基于这一事实。而且,如果从题材、事件、故事、人物等方面来看,中国古代大多数小说作品更多地来源于历史著作和野史。历史叙事而不是神话叙事,是中国古代小说叙事的最重要的直接源头。

那么,中国上古神话叙事对后世文史叙事没有根本性影响吗？这是个值得深入研究的问题。笔者认为,现存中国上古神话作品还不能覆盖后世文史叙事的全部,甚至主要的文类、题材、人物、故事。这主要是因为中国上古神话或者发育得不算充分,或者是经商周之变后曾经有过的许多神话湮灭了,碎片化、边缘化、历史化了,在符号表层,它们对中国后世文史叙事的影响不那么全面和巨大。但在深层,即思维的层面上,这个影响和覆盖面却是无处不在的。中国上古神话的空间优势型思维特征,在进入文明时代后,依然保留着,并深远地影响着中国后世文史叙事的各个层面。神话叙事传统,并不仅仅停留在符号层面,它更深的基础在思维层面。中国神话的空间优势型思维,作为一种思维传统,深远地影响着中华民族符号创造的各个方面。

二、中国神话叙事空间优势型思维对后世叙事的影响

总体上看,中国文学长期以抒情为主,而叙事文学在大部分时间一直处于边缘位置,这与中国神话思维时代形成的空间优势型思维传统有关。以诗词曲歌为主的抒情文类,无论从表现的情感状态还是从话语组织的特征,总体上看都是典型的空间性文类。而相比之下叙事文学则更偏重于时间性。中国漫长的古代社会一直到元代,文学世界中,抒情文学一直是正宗,而叙事文学则长期得不到合适发展,应该说与无意识思维层面空间优势型思维有关。抒情正宗,正是空间优势型思维生成的结果。尽管董乃斌认为中国文学有抒中叙、叙中抒的特点,但诗词曲主要抒情,散体

文主要叙事这个分工总体上看还是明确的。

　　单就叙事文类而言,空间优势型叙事思维也深远地影响了中国文史叙事的基本构成,其中,尤其体现在几大叙事文类编撰体例和总体结构原则之中。下面我们就几种主要的叙事文类的编撰体例和总体结构原则的空间性特征分别简要予以描述。

　　（一）史著主导性叙事模式的空间优势型特征

　　主题元素之间的关系,基本是空间性关系,如果细分,还可以分为并列式、总分式、层深式等多种。但不管哪一种,它们之间的关系都是空间性关系。中国古代历史文本的主导性编撰模式就是以主题为总体叙事框架,在这个框架中展开对历史事件和人物生平的叙述的。

　　中国古代历史叙事编撰模式有学者分为七类,有学者分为六类,笔者从总体编撰的时空原则角度分为两大类:一是以时间先后为经线的编撰体例,如孔子编年体《春秋》、司马光通史体《资治通鉴》、袁枢纪事体《通鉴纪事本末》等,均属此类;二是以空间为总体框架的编撰体例,如《国语》《战国策》《史记》《汉书》以及所有其他断代史均属此类。第二种体例影响最为深远,成为中国历史叙事著作编撰的主导性模式。熟悉中国古代史编撰的学者都很清楚,从先秦的《国语》《战国策》《吕氏春秋》到汉代司马迁的《史记》和班固的《汉书》开始的历代断代性历史编纂体例,基本属于此类,它们在中国史书编撰模式中占主导性地位。

　　先秦两汉除《春秋》按时间经线结构叙事外,其余重要史著均按总空分时、以空统时的原则组织。所谓总空分时、以空统时的模式,指一部著作总体结构框架是空间性的,在其内各部分则以时间性为原则组织。《国语》分别记述春秋周王室和鲁、齐、晋、郑、楚、吴、越诸国重大历史事件中人物的言行,《战国策》分别以战国二周、秦、齐、楚、韩、魏、赵、燕、宋、卫、中山等国各自的重大历史事件和人物行为为叙述对象组织全书,总体框架都属典型的空间并列性结构。《吕氏春秋》这样意欲比肩孔子《春秋》的著作,全书总体结构却不采用编年体的方式,而采用主题框架组织全书。该书由"十二纪"与"八览""六论"三大主题板块并列构成,明显体现出以空统时、总空分时的特征。

　　《史记》总体结构框架也是空间并列性的。该书总体结构由人物纪传、十表、八书三个并列主题构成。其主体部分人物纪传,又分本纪、世家、列传三大并列板块,只在三板块之内才大体按人物年代先后处理叙事对象。故《史记》的总体结构也是以空统时、总空分时的。班固《汉书》总体结构框架由十二纪、七十传（含班固自家叙传）、十表、十八志三大板块构成。三大板块之间没有时间先后关系，是空间并列关系，因此总体框架上的空间性是明显的。而在三大板块中的十二纪这个板块内的叙事内容，大体按照西汉君王世系组织，七十叙传中的人物也大体按照时间顺序组织，七十叙传中的人物也大体按照时间顺序组织，但表和志两大板块各自的内部结构，则是按照并列关系组织。这意味着，《汉书》这样的历史叙事文本，总体结构的空间性也显而易见。

《史记》和《汉书》对中国以后所有断代史的总体编撰体例都有深远影响，可以说，其后的各朝断代史都是按照这种总空分时的叙事体例编写的。尽管中国古代历史撰写方式在总体结构上有编年体、通史体、纪事本末体这三种以时间为总体结构框架的叙事体例，但主导性的却是《史记》《汉书》这样以主题为总体结构框架的空间优势型叙事体例。相比之下，西方历史源头的两部著作希罗多德的《历史》和修昔底德的《伯罗奔尼撒战争史》则是以事件始末过程即事件的时间过程作为总体结构框架的，并且这种纂史模式对西方后世历史编纂模式有奠基意义，深刻地影响了西方后世历史编纂的基本理念和叙事结构。希罗多德和修昔底德的历史著作，是典型的时间优势型结构框架，和中国古代主导性的历史编纂模式在时空特征上形成鲜明对照。

但需要指出的是，这并不意味着中国上古和中古的文人们在历史叙述中不会以人物生命过程或事件过程为总体框架叙述历史人物和事件。先秦两汉的《晏子春秋》《吴越春秋》《燕丹子》等别史类或曰杂史类著作，基本是以人物生命过程或事件始末过程为结构框架，时间性是这类杂史著作结构的基本框架。因此并非中国古人在历史叙事时不会以时间为结构框架，而是他们更习惯于在空间框架前提下容纳时间性叙事，即总体上的以空摄时的模式。这种习惯模式，既与历史学家对特定历史叙事内容的组织和呈现目标相关，也与无意识地继承了空间优势型思维传统有关。

（二）辞赋主导性叙事模式的空间优势型特征

中国古代叙事文类中的另一大类是赋。自汉代以来，赋就成为中国文学中重要的一种叙事文类。傅修延教授在《中国叙事学》中，专列《赋与古代叙事的演进》一章，对赋在中国古代叙事发展历史上的作用给予了高度肯定，他指出："在叙事生长发育的关键时期，赋体文学曾经发挥了比其他文体更为重要的作用。"①这是很正确的判断。20世纪90年代马积高先生曾邀集全国六十多位古代文学学者,在前人基础之上,对中国古代自先秦迄清各种典籍中散落的辞赋进行全面搜集校订,编成26册大型文集《历代辞赋总汇》,全书共2800多万字,收录7391位作者的辞赋作品30789篇,展现出中国古代赋这种文体的繁盛概貌。前人谓赋乃"铺陈其事"的文体,即是对其叙事特征的认定。但赋的话语组织和总体结构框架基本是空间优势型的。它基本是围绕某一个主题性对象对其形、属、状、貌、背景等进行铺张扬厉的夸饰性描绘,这些描绘基本是空间性的标志性信息,而不追求在行动链基础上编织生动复杂的故事情节。如司马相如的名篇《子虚赋》的主体部分由对云梦泽中的一小山分别从"其土""其石""其东""其南""其西""其北"等不同空间层次和空间方位进行极尽夸饰的描绘构成。②不唯《子虚赋》,当时名赋《上林赋》《甘泉赋》《西京赋》等,话语和叙述对象的组织都显现出强烈的空间性特征。如《上林赋》一共12自然段,其中10个自然段都以"于是乎"开头,其语段之间并列性特征已通过引导词强烈显现。还要特别指出汉赋记物博物品物炫物的强烈兴趣。汉代大赋叙事的对象,基本是空间性的山水林泉、器物建筑、动物植物、日月星辰等,粗略统计费振刚等《全汉赋校注》收集的319篇赋,近80%均为此类,这种兴趣正与《山海经》一脉相承。静态叙事对象的选择,往往潜定了空间性表现角度和整体结构框架。而六朝以后兴起的抒情小赋,空间性特征一样明显。抒情小赋着眼于感情状态的抒发,作者内在情感空间及其表达,成为作品结构的基本框架,这种情感空间的表达往往与外在的空间性的人、事、物、景描绘相结合。同时,抒情小赋的骈文形式更在话语结构上强化了空间性特征。因此,赋这种叙事文类总体结构上空间优势型特征是十分明显的。

(三)笔记小说主导性叙事模式的空间优势型特征

空间性也成为中国古代另一大叙事文类笔记小说的总体性结构特征。中国古代最大量的小说作品之一是笔记小说,有人粗略统计超过三千部,比以后的话本、拟话本小说和文人小说的总量还多得多。而笔记小说就其总体结构和局部结构而言,都是并列性、主题性的构成。

---

① 傅修延:《中国叙事学》,北京:北京大学出版社,2015年,第189页。
② 费振刚、仇仲谦、刘南平校注:《全汉赋校注》上册,广州:广东教育出版社,2005年,第70页。

中国古代笔记小说,目前流行的还是鲁迅在《中国小说史略》中的志人、志怪两类的划分法,在两类之下,可再划分出多个次级子类。志人小说的代表作如《世说新语》、志怪小说的代表作如《搜神记》,总体结构框架都是以若干主题性内容作为编撰原则的。不管哪一类笔记小说,很少有从头到尾由一个人物、一个事件、一根时间经线一以贯之的。甚至一篇之内,也是由许多在时间、空间上互不相关的人物或故事内容按照主题原则拼组到一起的。如《搜神记》卷一开始的几段叙述:

> 神农以赭鞭鞭百草,尽知其平毒寒温之性,臭味所主。以播百谷,故天下号"神农"也。
>
> 赤松子者,神农时雨师也。服冰玉散,以教神农。能入火不烧。至昆仑山,常入西王母石室中,随风雨上下。炎帝少女追之,亦得仙俱去。至高辛时,复为雨师,游人间。今之雨师本是焉。
>
> 赤将子舆者,黄帝时人也。不食五谷而啖百草华。至尧时为木工。能随风雨上下。时于市门中卖缴,故亦谓之"缴父"。
>
> 宁封子,黄帝时人也。世传为黄帝陶正,有异人过之,为其掌火,能出入五色烟,久则以教封子。封子积火自烧,而随烟气上下。视其灰烬,犹有其骨。时人共葬之宁北山中,故谓之"宁封子"。①

这里,神农、赤松子、赤将子、宁封子几人互不相属相交,关于他们的记述均寥寥数语,基本是碎片式的。又如《世说新语》,总体结构按德行、言语、政事等36个并列主题分类,每一类中记述的内容也是各自独立的。如卷一《德行》开始几段文字:

> 陈仲举言为士则,行为世范,登车揽辔,有澄清天下之志。为豫章太守,至,便问徐孺子所在,欲先看之。主簿白:"群情欲府君先入廨。"陈曰:"武王式商容之闾,席不暇暖。吾之礼贤,有何不可!"
>
> 周子居常云:"吾时月不见黄叔度,则鄙吝之心已复生矣!"
>
> 郭林宗至汝南,造袁奉高,车不停轨,鸾不辍轭;诣黄叔度,乃弥日信宿。人问其故,林宗曰:"叔度汪汪如万顷之陂,澄之不清,扰之不浊。其器深广,难测量也。"
>
> 李元礼风格秀整,高自标持,欲以天下名教是非为己任。后进之

---

① (晋)干宝著:《搜神记全译》,黄涤明译注,贵阳:贵州人民出版社,1991年,第1—3页。

士有升其堂者,皆以为登龙门。①

这里记载陈仲举、周子居、郭林宗、李元礼四人的言行也各自独立,互不相属,没有故事层面的任何关联,只有该卷第一个分主题"德行"可以覆盖。

两晋六朝小说,除志人、志怪一类外,记物也是重要的一类。记物类小说,源头可上溯至先秦《山海经》和《尚书·禹贡》。汉晋六朝记物小说如《博物志》《洛阳伽蓝记》等可为代表。记物小说总体结构方式不一,但按照物类或空间方位结构全书者较有代表性。如《洛阳伽蓝记》即按城内、城东、城南、城西、城北五空间方位结构全书。纵观纪昀《四库全书》所集子部小说,关乎人神鬼妖的异闻杂录,多以主题分类;关乎地理、动植物、建筑的记述,多以物类或方位结构。两者总体上均呈典型空间型结构特征。中国古人并非不会从时间角度结构小说,但他们更习惯于从空间角度结构小说。

中国笔记小说具有文辞简约、文体混杂、灵活随意、长短无拘、自由零散的碎片化特征,所叙之事、物、人皆不求相属相交,更不求产生漫长的故事因果链,没有结构上鸿篇巨制的约束,如风行水上,随起随止,瞬起瞬息,不需太费心力精神,但往往言辞精练,情味隽永,意蕴丰富,因此深得历代文人喜爱。故晋宋以来,踵继者众多,蔚成小说大类。虽后世文人之作如宋洪迈《夷坚志》、清纪晓岚《阅微草堂笔记》等,单篇叙事篇幅稍有拉长,但早期笔记小说基本结构特征在后世大体无甚改变。

中国笔记小说作为叙事文类一大宗,长期得到各代文人喜爱,绝非无稽,除其短小灵活,随性随意,无拘无束,意味隽永外,其总体和局部结构突出的空间性特征与神话时代形成的深层空间优势型思维传统相关,这种思维传统无意识地潜导着、影响着不同时代笔记小说作者的叙事思维、结构意识和材料选择以及话语组织的趣味与倾向。

(四) 戏曲主导性叙事模式的空间优势型特征

中国戏曲是否是叙事的,或者是否有很强的叙事性?这在学术界某些学者那里尚有疑问。这个疑问来自两方面。一是基本理论方面。"叙事"这个概念内含着叙述者这个主体,叙事是一个叙述者通过话语的组织

---

① 刘义庆:《世说新语》(上),朱碧莲、沈海波译注,北京:中华书局,2011年,第1—4页。

叙述一个故事的行为。戏剧如果是叙事文类,那么它的叙述者是谁?无论中国还是西方戏剧文本,这个叙述者似乎都很难直接看到。二是中国戏曲的独特性产生的问题。中国戏曲话语的主要组成部分是由一组组套曲构成的唱词,人物对话性话语(宾白)则很少。而那些套曲主要用于描物写景抒情,属于抒情文学的文类。以这种套曲为主体的戏曲,是否是叙事性的因此就可能有疑问。

在本书作者这里,戏剧的叙事性从纯理论角度看不是问题。无论中国戏曲还是西方戏剧,都有一个较完整的故事作为框架,这个故事都是被一连串话语呈现出来的,这一连串话语当然不可能自动生成,而是作者设置的一个文本内的主体即叙述者叙述出来的。只是这个主体在戏剧或戏曲中基本不露面,他隐藏在话语后面,以间接叙述的方式组织着话语和故事。在某些特殊的情形中,这个叙述者会直接出面显现自己的存在,例如曹禺《雷雨》中经常有大段大段对场景和人物的介绍性甚至评价性文字,这些文字就是叙述者直接显身的形式。因此,戏曲或戏剧文本中,叙述者仍然是存在的,只是这个叙述者在绝大多数作品中,都深隐不出,造成人物和事件自动呈现的幻觉。至于中国戏曲,因主体构成是主角吟唱,因而极大地淡化了故事的重要性,这确实是中国戏曲的重要特征,这个特征正好显示了其叙事的空间优势型特征。但这并不意味着中国戏曲不是叙事的。因为一部完整的戏曲都有一个故事框架,这个故事框架整体上决定了中国戏曲是叙事性的。从戏曲作品具体构成角度看,一方面人物之间的宾白是推动故事发展的重要方式,另一方面,套曲尽管抒情特征十分突出,但它们也具有一定的叙事功能。在套曲唱词中,隐含着主角的行动元素甚至事件过程,因此,中国戏曲整体上仍然具有叙事特征。

中国戏曲尽管是叙事性的,但相比西方戏剧,它的空间性特征更为明显。西方戏剧人物对白充满动作性和冲突性,故事情节在其中快速推进。西方戏剧是等述的典型代表,中国戏曲有许多却不是等述性的,它们人物宾白很少,更多的是主角吟唱,话语主体是套曲形式。这些唱词尽管也暗含着某些动作和情节成分,但更多的是抒情表意,用叙事学术语讲,这些套曲提供的主要是标志性信息而不是功能性信息。从故事情节推进和叙述方式角度讲,如果说宾白是等述方式,套曲吟唱则是扩述甚至静止方式。在这种极其缓慢婉转的吟唱中,故事推进和人物行动往往静止了,或者极度延缓了。在相当意义上,戏剧的故事框架,不过是给人物的抒情性吟唱提供一种特定的时间、地点、故事场景和氛围而已。观众最在意、最能给人带来强烈审美快感的,主要不是故事情节,而是人物吟唱。中国戏曲的这一特征,与中国文学向以抒情为宗为要相关,也与中国戏曲的起源相关。中国戏曲成熟于元代,其来源是宋金时代的杂剧即"院本",而院本的主体则是诸宫调,即由多首曲子组成的套曲。金院本主要是唱的,是人物借以抒情表意的,故事情节的框架作用较弱。

因此,中国戏曲如和西方戏剧比较,将发现它们的抒情性比故事性更重要,故事只是提供人物进行抒情性表演的一个框架而已。而抒情无论就其内容还是话语组织而言,都是空间优势型的。

(五)长篇小说主导性叙事模式的空间优势型特征

中国古代文学叙事的另一大类即话本、拟话本和文人长篇小说,这应该说是在文学叙事性文类中时间性特征最为突出的一类。但我们发现,中国传统的空间优势型思维依旧悄然影响和体现在这种小说的总体结构层面。首先我们应该看到,话本、拟话本和文人长篇小说中,时间性维度的重要性慢慢在强化,小说的故事性、过程性、人物的命运轨迹等这些时间性因素慢慢成为这类小说的重要结构元素。故从唐宋以后,中国小说由之前的空间性主导慢慢转向时间性主导,此乃总体趋势。但仍须注意,空间型结构优势传统依然影响深远。限于篇幅,本处无法详论,只概陈如下:

首先,明清话本、拟话本、文人长篇小说在总体结构上,很明显地经历了一个从缀段性到有机性的过程。像"三言""二拍"这样的小说,只是短篇小说集,而不是长篇小说自不待言,就是那些以长篇小说命名的许多小说如《儒林外史》《贪欢报》等,其实也不过是由若干短篇小说连缀而成的,基本是一个短篇小说为一章两章,全书各章之间在故事、事件、人物上基本互无关联。所以,鲁迅谓《儒林外史》"惟全书无主干,仅驱使各种人物,行列而来,事与其来俱起,亦与其去俱讫,虽云长篇,颇同短制"[1]。尽管杨义认为《儒林外史》具有"超出常态的结构艺术以及它不同凡响的时空操作和叙事谋略方面的智慧"[2],并从小说的目标是对百年科举制度和文

---

[1] 鲁迅:《中国小说史略 汉文学史纲要》,《鲁迅全集》第九卷,北京:人民文学出版社,1991年,第221页。

[2] 杨义:《中国古典小说史论》,北京:中国社会科学出版社,1995年,第412页。

化人的生活进行反思的主题角度分析论证其内在的整体性,确实有助于矫正鲁迅和胡适当年对《儒林外史》结构缺陷的认知和评价,显示出独特的感知和分析眼光与能力。但小说整体叙事结构上没有一以贯之的事件、人物和故事,只是由各自独立的多个人物和故事构成的这一显而易见的事实则无须回避。主题结构的统一性,与叙事结构的缀合性并不矛盾,正是前者保证了后者内在意义的整体性。但在整体叙事结构上,这部小说中人物和故事各自的独立性和并列性即空间优势型特征却是显而易见的。杨义对《儒林外史》结构的分析也证明这部小说整体结构是空间优势型的。他将《儒林外史》的整体结构称之为"叶子式"结构,"其结构形态有点类乎我国唐宋旧籍装帧形制中的'叶子',……以长幅之纸反复折叠,有若原、反、正、推的文章理路一样,往复回旋,是相当严谨而舒展自如的。"①按照他的这种分析,这种反复折叠的叶子式结构,正是一种将时间屈折的空间优势型结构。

明清另外几部长篇小说中,《水浒传》是一部整体结构上有着明显空间优势型特征的长篇小说。这部小说的重心在前70回各路英雄汇聚梁山的过程。这些人上梁山的道路和过程各不一样,小说对其中的主要人物如晁盖、宋江、武松、林冲、杨志、鲁智深、卢俊义等各人以若干章构成一个板块,叙述他们被逼上梁山的过程;前70回中,这每一个板块之间并无纯粹的先后线性时间关系,它们之间以并列关系为主,兼具一定的时间先后关系。这种结构,有学者形象地比喻为扇子式结构或折扇式结构。这种扇子式结构,与《水浒传》成书历史有关。众多研究者指出,在《水浒传》正式成书之前,它主要的人物故事,早已以各自独立的故事形式流传于宋元的勾栏瓦舍,施耐庵的重要工作就是将这些独立的故事搜集到一起加以重新组织和缀合,而并没有从根本上破坏这些故事的相对独立性。所以,我们现在所见前70回基本是由若干个各有较强独立性的板块缀合而成,这些板块之间的并立性超过了连续性。《水浒传》研究专家们都很清楚这种由不同板块缀合而成的"板块结构",并对其进行了深入研究。②同时,众多英雄的归宿又都先后指向和汇集在同一个地方——梁山泊,这

---

① 杨义:《中国古典小说史论》,北京:中国社会科学出版社,1995年,第414页。
② 可参看马成生:《水浒通论》第十三章,杭州:浙江古籍出版社,1994年,2020年第2次印刷,第273页—283页。

又使这些并立性的故事板块之间具有某种意义的时间关系。如果从 100 回或 120 回本的《水浒传》看,这部小说从"洪太尉误走妖魔"、36 天罡、72 地煞来到人间开始,到征方腊和吴用携宋江骨灰回梁山的过程中众天罡地煞重新归位,总体上还是有个清晰的时间经线,但作为主体的前 70 回构成的扇子结构弱化了时间经线的作用。如果说水浒众英雄从四面八方汇集梁山的故事构成了一个圆形芭蕉扇的扇面结构形态,那么他们从受招安走出梁山到征田虎、打方腊到封官各地、最后死伤殆尽的过程,好比是这个圆形扇面的长长的扇柄,主体结构的空间优势型特征还是突出的。而且通观 120 回本《水浒传》,将发现这部小说总体结构上,有一个空间点对全书具有结构基点的作用,那就是梁山泊。该书前 70 回各路英雄从不同途径欢聚梁山,后 50 回各路英雄从这儿走向凋零,最后梁山灵魂人物吴用带宋江骨灰重回梁山安葬,自己也吊死于梁山,梁山泊这个空间点对《水浒传》结构上的枢纽意义就十分明显。在这个意义上,空间点的梁山泊统摄着全书主要英雄人物的生命时间和整个作品的故事时间,其以空摄时的结构特征十分明显。

并不只是《水浒传》在总体编撰结构上呈现空间优势型特征,就是一些看似时间主导的长篇小说,如果细细品味,会发现其时间过程仍然是在特定空间框架中发生和完成的。

在故事层面明清长篇小说总体结构渐渐转向对时间的倚重,但空间仍然起着特殊结构作用。如世情小说《金瓶梅》,尽管作者严格按时间顺序叙述主要人物的生活历史,但由西门庆府上、玉皇庙、永福寺三个地点构成的空间框架不仅在故事情节上,也在深层意义上起着重要的结构作用。所以,张竹坡在评点《金瓶梅》时,特别提醒读者注意以西门庆府为中心的这部小说中玉皇庙和永福寺的重要结构作用:"起以玉皇庙,终以永福寺,而一回中已一齐说出,是大关键处"[①],"玉皇庙、永福寺是一部大起结"[②]。也就是说,这部小说人物活动的主要场所是这三个地方,并且玉皇庙隐喻着世俗生活的"热",而永福寺隐喻着世俗生活的"冷",在两者中的西门庆府上的生活和人物命运,从热开始,由热趋冷,以冷作结。作品

---

① 张竹坡批评第一奇书:《金瓶梅》(全二册),王汝梅、李昭恂、于凤树校点,济南:齐鲁书社,1987 年,第 25 页。

② 同上书,第 715 页。

整体意图和主题正由这三个空间点及其相互关系体现。

至于《三国演义》这样的历史小说,总体上虽以百年间中国历史"合—分—合"的时间性模式演化,但这部历史演义的故事情节框架中,几个空间点起着重要的结构作用。全书从汉末的汉都洛阳这个空间点为中心开始,缓慢地走向三国首都(许昌、建业、成都)为中心,最后重回洛阳(西晋首都)这个空间点结束。因此,《三国演义》总体时间结构上的"总—分—总"(汉—三国—晋)的历程,与空间结构点"洛阳—三国国都—洛阳"的位移具有内在的对应关系。

《西游记》应该说是最具有时间性的小说,但这部小说时间的叙事形式即故事情节模式却是高度重复的。这种重复主要体现在孙悟空等辅佐唐僧西天取经的过程中故事模式的重复;对这种重复,研究者都有强烈意识。所谓九九八十一难的故事情节,其结构的核心环节是:唐僧遇妖——悟空识妖驱妖——悟空蒙冤——唐僧遭劫——悟空除妖救师——师徒和好继续西行。这个核心结构的每一个环节,都可以衍生出许多更小的枝节,但大的结构模式基本不变。《西游记》主要的故事都是反复重复运用这一模式的结果。而重复,正是空间性的重要特征。时间是线性延伸的,永远不会重复。但《西游记》中,故事发展的时间性,却被情节组织的重复即空间性所破坏、扭转和改变。如果我们将《西游记》的主体即后90回唐僧师徒取经过程的故事用一个模式表达,它基本是一个"公主招亲型"故事模式的演绎。或者用格雷马斯的功能组合三大主轴类型表达,即那种"离合型"故事模式的演绎。这个故事模式的核心构成是:某神圣力量发出召唤——英雄接受召唤和任务——英雄离去——英雄遇到厄难——英雄得到帮助——英雄完成任务——英雄胜利归来并得到奖赏。中间英雄遭受的九九八十一难故事的组织模式,就是这个大的故事类型中间环节的展开形式。一般的故事,只会一次性地叙述这个过程,但《西游记》则反反复复地重复这个过程。在这个意义上,它是将一个长时段的过程高度重复屈折了。重复屈折,是压缩时间长度而增加空间厚度和广度的形式。《西游记》主体的故事情节组织正具有这样的特征。

这就更不要说《红楼梦》这样的叙事作品了。《红楼梦》不仅在故事结构上多线交互缠绕构成一个网状结构,与(单线或双线的)线性结构比较,网状结构大大强化了故事情节结构的横向扩展和关联,强化了故事空间的宽度和广度而不是长度。而且所有故事情节的发生发展和结束,都与两个最关键的空间点相关,是在这两个空间之内和之间完成的。因此这两个最关键的空间位置对于整个作品而言具有基础性的结构框架意义。这两个空间点一是神话空间大荒山青埂峰,一是世俗生活空间宁荣二府尤其是大观园。作品中主要人物的主要生活就是在这两个空间中转换展开和完成的。这两个空间,无论对作品叙事的形象构造还是对作品的深层内涵生成,都具有关键性意义。作品主要人物的生命时间、人物所属的贾家由盛转衰的家族兴衰过程,都是在这两个空间构成的整体框架中被结构和完成。以贾宝玉为核心的人物生命运行的时间历程,就是从神话空间大荒山青埂峰上那块顽石幻形入世(投胎到贾府),到从世俗世界的贾府"悬崖撒手"重归神话世界的大荒山青埂峰的空间位移。因此,这部小说一方面看,个人和家族命运的发展过程获得了有力的展示,即时间性特征得到有力表现,但另一方面看,个人和家族命运都在两个互相转换的空间框架中发生、发展和完成,空间的框架作用是十分明显的。

  上面的简单勾勒已经可以看出,尽管中国古代叙事越到晚近,其时间意识越得到增强,与之相关的故事情节在作品中的整体性和结构作用也在慢慢强化,但神话时代的空间性思维依然有意无意倔强地显现着自己对叙事作品的强大影响。由此我们可以窥见,一个民族在早期神话时代形成的神话思维传统多么深固倔强,它深刻而无意识地影响着后世叙事作品的总体时空特征。

三、中国神话空间优势型思维对后世叙事话语的影响

  在对中国古代主要叙事文类编撰模式和总体结构原则的空间优势型特征进行了概要勾勒后,我们还要对中国古代各类叙事文本话语的空间优势型特征进行一个勾勒。就文本话语构成而言,中国各类文史叙事文本,尤其是小说文本的叙事话语,都在语言本有的时间性基础之上有意无意地强化着空间性。这主要体现在下面几个方面:

  1. 在叙事话语句型上,空间优势型的主题性句型占有相当比例,夹叙夹议(评)、叙中有议(评)、议中有叙(评)成为许多叙事文本的主导性句型;而时间性特征突出的施事句型中,由于汉语叙事总体上的散视特征,语法结构和句子逻辑关系松散,其语词、分句的可挪位性、跳跃性等十分明显,总体上缩短了其时间长度而拓展了其空间宽度。

  2. 中国古代大量叙事文本的话语组织规则,有意无意地强化了骈偶、

对仗、排比、复叠手法的使用,这些手法都在强化话语形式与内涵的空间宽度和厚度,而弱化时间长度。这在中国重要的叙事文类之———赋中体现得最为明显。即使是散体性叙事文类话语,作者也经常会无意识地使用这种并列性句式和句群,从而弱化语言的时间线链形态,而强化语言组合中的空间块状聚合特征。话语中从句子到语篇结构各个层面并置、复叠手法大量使用,使语群、语段、语篇的宽度和厚度被无意识地强化了,而线性特征则在一定程度上被弱化。

3. 中国古代叙事文类,尤其是小说文类的杂体性特征,导致小说话语在文体意义上的杂语性构成。巴赫金曾经断言"长篇小说是各种基本言语体裁的百科全书"①,如果说这个命题对西方小说基本有效,那对中国小说则是特别有效。冯梦龙在谈到中国古代小说的范围时有一个著名的命题:"六经国史而外,凡著述皆小说也。"②这意味着小说就体裁话语而言必定极其驳杂,逻辑上具有极大的包容性。中国小说可以说是一个各种文体的大熔炉,几乎中国古代所有文体都被熔进这个大熔炉里了。像四大名著这样的小说,各种文体话语频繁地互相混合、搭配、切换,被错落地组织在一起。就散体叙事话语与其他各种文体话语的关系而言,后者在大多数时候都起到截断或弱化正在线性展开叙述的散体话语流而拓宽加厚话语块的作用。在中国小说中,散体话语主要承担叙事功能,诗词曲赋谣诔奏议策等文体话语主要承担写景抒情和议论评价功能,前者偏重话语的时间性,后者突出话语的空间性。

必须看到,上述在叙事话语层面强化空间性的行为,并不仅仅是中国叙事文类作者有意为之,很多时候,这种强化叙事话语空间性的行为源于一种无意识思维传统产生的习惯和趣味。如果阅读《水浒传》《西游记》《红楼梦》等作品,将发现骈对、排比、复叠性句式话语,以及镶嵌在散体话语之中的各种诗词曲赋铭诔歌奏议等驳杂的文体话语,会频繁出现。这意味着中国小说话语并不仅仅以干净纯粹地讲述一个故事的线性发展过程为唯一目标,还抱有创造一种有宽度和厚度的话语空间的无意识追求,

---

① 巴赫金:《〈言语体裁问题〉相关笔记存稿》,载 М. М. БАХТИН《巴赫金全集》第四卷《文本 对话与人文》,钱中文主编,白春仁、晓河、周启超、潘月琴、黄玫等译,石家庄:河北教育出版社,1998年,第218页。

② (明)可一居士(冯梦龙):《醒世恒言叙》,丁锡根《中国历代小说序跋集》(中册),北京:人民文学出版社,1996年,第779页。

从而携带和创造出很多与故事若即若离的丰富复杂的信息、功能和趣味。这样的叙事话语并非作者有意为之,很多时候,都是受习惯性心理和趣味驱遣的行为,即无意识层面的空间优势型思维作用的结果。

四、中西近现代叙事时空意识的逆向对行

当然,我们应该特别注意到,传统更多的是一种无意识的惯性,并非只能如此。中国古代叙事文类的空间优势型特征,其思维层面显然与从遥远的神话时代形成的空间优势型思维有明显的继承关系。之所以这种空间优势型思维模式在几千年的过程中获得无意识继承,与汉语语言时空特征的继承性、叙事思维的继承性以及人们生产方式、聚落形态、生活方式等基础性构成的继承性有关。思维传统和与之相关的叙事传统体现的正是对这种无意识习惯的继承,它有强大的惯性。但这种思维传统并非一成不变,当一个民族面临强大异质性文化的时空观念和模式冲击时,这种集体无意识传统会被反思和检讨,并可能逐步改变。中国古代叙事思维或者说叙事传统在几千年的发展过程中,遭逢过两次具有重要意义的与异质性文化思维和传统的对话机会和过程:一是伴随佛教一同传入中土的印度文化的思维传统,这次对话强化了中国文化人的时间意识,促使中国文化人开始将主要注意力从空间性的抒情文学形式慢慢转向时间性的叙事文学形式,由此产生了唐宋传奇和变文,并为以后叙事文学的大发展提供了契机;二是近代与时间优势型的西方文化的全面对话,这次对话使中国文史叙事思维中的时间意识大大强化,从而促使中国文史叙事模式完成了现代转型。现当代中国作家的叙事思维中,时间优势型思维已经成了主导性的思维。比较严格地按照自然时间和事件过程结构叙事作品,已经成为一种19世纪后期以来形成的新的叙事思维传统,空间化思维在叙事活动中被大大弱化了。这典型地证明,一个民族的思维传统不是一成不变的,而是可以改变的。

与中国文史叙事在近现代不断强化时间性相反,西方叙事在近现代则不断强化空间性。这种强化,既有西方文化对长期被时间性主导的思维方式和叙事方式的厌倦、反省和批判,也与中国为主的东方文化的影响相关。众所周知,19世纪后期开始,中国和日本重视空间性意象和象征的抒情文学深刻地影响了西方文学尤其是现代意象派和象征派诗歌的产生和发展,并且这种强调意象和象征的原则从诗歌领域蔓延到整个文学叙事的各个文类尤其是小说和戏剧中。有学者如叶廷芳曾指出,西方现代派文学都渗透着一种"泛象征性"特征。泛象征性,当然并不仅仅是中国为主的东方文学的影响结果,正如本书前面分析的,以《圣经》为代表的希伯来神话叙事本身就十分重视象征和隐喻这种空间性表意方式。以中国为主的东方文学的意象与象征特征是激发西方意象派和象征派产生的重要影响源之一,这是不争的事实。西方现代派文学叙事一个重要的转向,就是从传统的时间优势型转向空间优势型。这并不只是在20世纪60年代以后的后现代文化空间转向中发生的,它的发生要早得多,从20世纪初就开始了。在叙事结构中强化空间位置的作用、强化主题的结构作用、打乱线性叙事的故事进程、叙事视角的多角度转换、故事和事件的碎片化与弥散性、追求叙事表意的隐喻性和象征性……都是强化空间性和弱化时间性的体现。

于是,我们发现了中西叙事走向中一个十分有趣的现象:就各自远古神话叙事思维传统而言,中西神话叙事思维分别突出了空间性和时间性,在本不可分的时空二维中,以一个维度为主统摄另一个维度,从而形成了自己独特的神话叙事传统。这种叙事传统对后世各自各类叙事符号都有深远影响。总体上看,中国古代叙事偏重空间性构形原则,到明清以后,尤其是近代才缓慢地转向以时间性构形原则为主。而西方古代叙事活动偏重时间性构形原则,到19世纪后期,尤其是20世纪,才转向以空间性构形原则为主,中西叙事活动优势时空构形原则几乎逆向对行,饶有趣味,令人深思。

对中西古今叙事的时空优势特征做更全面和深入细致的描述,不是本结语的任务,我们将它们留给其他课题完成。

附录 1
本书前期发表的论文

1.《楚帛书四神时空属性再探——兼论中国上古神话空间优势型时空观》 (《文学遗产》2021 年第 3 期　人大复印资料《中国古代、近代文学研究》分册 2021 年第 9 期全文转载)

2.《商人神祖在古代神系中的地位流变——中国古代神系层累性的一个案例》 (《文学遗产》2023 年第 6 期　人大复印资料《中国古代、近代文学研究》分册 2024 年第 3 期全文转载)

3.《中国上古神系的层累性特征——以楚帛书创世神话神系为例》 (《中南民族大学学报》2021 年第 11 期　人大复印资料《中国古代、近代文学研究》分册 2022 年第 3 期全文转载)

4.《中西神话构形特征与叙事传统》 (《外国文学研究》2018 年第 3 期)

5.《巫术转化路径与中希神话差异性叙事传统的生成》 (《中国比较文学》2018 年第 2 期　人大复印资料《外国文学与比较文学研究》2019 年第 5 期全文转载)

6.《神话叙事批评传统发微:概念生成与批评实践》 (《天津外国语大学学报》2023 年第 1 期　人大复印资料《外国文学研究》分册 2023 年第 6 期全文转载)

7.《中国上古创世神话类型研究》 (《中国社会科学报》2020 年 1 月 6 日)

8.《格雷马斯行动元模式与理论基础质疑——兼论行动元的三元鼎

立结构及其理论基础》 （《湖北师范大学学报》2021 年第 6 期）

9.《夏商创世神话的宇宙圣数与中国文化元编码刍议》 （《民族文学研究》2016 年第 2 期）

附录 2
本书主要参考文献

国内文献

1. 岑家梧:《史前艺术史》,长沙:商务印书馆,1938年。
2. 陈鼓应注译:《老子今注今译》(参照简帛本最新修订版),北京:商务印书馆,2016年。
3. 陈恒:《希腊化研究》,北京:商务印书馆,2006年。
4. 陈建宪:《神话解读》,武汉:湖北教育出版社,1997年。
5. 陈建宪:《神祇与英雄——中国古代神话的母题》,北京:生活·读书·新知三联书店,1994年。
6. 陈钧:《中国神话新论》,桂林:漓江出版社,1993年。
7. 陈梦家:《殷虚卜辞综述》,北京:中华书局,1988年。
8. 陈奇猷校释:《吕氏春秋校释》,上海:学林出版社,1984年。
9. 陈中梅:《柏拉图诗学和艺术思想研究》,北京:商务印书馆,1999年。
10. 程志敏:《荷马史诗导读》,上海:华东师范大学出版社,2007年。
11. 崔述:《补上古考信录》,上海:商务印书馆,1937年。
12. 邓启耀:《中国神话的思维结构》,重庆:重庆出版社,1992年。
13. 丁锡根:《中国历代小说序跋集》(上、中、下),北京:人民文学出版社,1996年。
14. (汉)东方朔:《神异经》,见《丛书集成初编》,北京:中华书局,1991年。
15. 杜而未:《山海经神话系统》,台北:台湾学生书局,1984年。
16. 杜贵晨:《数理批评与小说考论》,济南:齐鲁书社,2006年。
17. (晋)范宁集解:《春秋谷梁传注疏》,(唐)杨士勋疏、夏先培整理、杨向奎审定,北京:北京大学出版社,1999年。
18. 费振刚、仇仲谦、刘南平校注:《全汉赋校注》(上、下册),广州:广东教育出版社,2005年。
19. 冯时:《中国天文考古学》,北京:社会科学文献出版社,2001年。

20. 傅光宇:《三元——中国神话结构》,昆明:云南人民出版社、云南大学出版社,2014年。
21. 傅修延:《先秦叙事研究:关于中国叙事传统的形成》,北京:东方出版社,1999年。
22. 傅修延:《中国叙事学》,北京:北京大学出版社,2015年。
23. (晋)干宝:《搜神记全译》,黄涤明译注,贵阳:贵州人民出版社,1991年。
24. (东晋)干宝撰:《搜神记》,钱振民点校,长沙:岳麓书社,2015年。
25. 高永旺译注:《穆天子传》,北京:中华书局,2019年。
26. 葛洪撰:《抱朴子》,上海:上海古籍出版社,1990年。
27. 龚维英:《女神的失落》,开封:河南大学出版社,1993年。
28. 顾颉刚:《顾颉刚古史论文集》,北京:中华书局,1988年。
29. (春秋)管仲:《管子》,杭州:浙江大学出版社,2017年。
30. 郭恒:《英语世界的中国神话研究》,北京:中国社会科学出版社,2020年。
31. 郭沫若:《卜辞通纂》,北京:科学出版社,1983年。
32. 郭沫若:《中国古代社会研究》,北京:人民出版社,1954年。
33. 郭沫若主编:《甲骨文合集》,北京:中华书局,1999年。
34. (战国)韩非:《韩非子新校注》,陈奇猷校注,上海:上海古籍出版社,2000年。
35. 何宁撰:《淮南子集释》(上、中、下),北京:中华书局,1998年。
36. 何鹏:《北欧神话》,西安:陕西人民出版社,2015年。
37. 何新:《诸神的起源》,北京:生活·读书·新知三联书店,1986年。
38. 贺学君、蔡大成、[日]樱井龙彦:《中日学者中国神话研究论著目录总汇》,北京:中国社会科学出版社,2012年。
39. 胡厚宣主编,王宇信、杨升南总审校:《甲骨文合集释文》,北京:中国社会科学出版社,2009年。
40. 胡万川:《真实与想像——神话传说探微》,新竹:"国立"清华大学出版社,2004年。
41. 黄宝生:《〈摩诃婆罗多〉导读》,北京:中国社会科学出版社,2005年。
42. 黄怀信、张懋镕、田旭东撰:《逸周书汇校集注》(修订本),黄怀信修订、李学勤审定,上海:上海古籍出版社,2007年。
43. 黄晖撰:《论衡校释》(全四册),北京:中华书局,1990年。
44. 黄陵渝:《犹太教》,北京:中国社会科学出版社,2008年。
45. 金克木:《印度文化论集》,北京:中国社会科学出版社,1983年。
46. 金荣华:《中国民间故事集成类型索引》,台北:台湾中国口传文学学会,2000年。
47. 荆门郭店楚简研究(国际)中心编:《古墓新知》,香港:国际炎黄文化出版社,2003年。
48. 荆门市博物馆整理:《郭店楚墓竹简》,北京:文物出版社,1998年。
49. (汉)孔安国传、(唐)孔颖达正义:《尚书正义》,上海:上海古籍出版社,2007年。
50. (宋)李昉等撰:《太平御览》,北京:中华书局,1960年。
51. 李辉、金力:《Y染色体与东亚族群演化》,上海:上海科学技术出版社,2015年。
52. (唐)李冗、(唐)张读撰:《独异志 宣室志》,张永钦、侯志明点校,北京:中华书局,

1983年。
53. 李扬:《中国民间故事形态研究》,北京:中国社会科学出版社,2015年。
54. 李泽厚:《历史本体论·己卯五说》,北京:生活·读书·新知三联书店,2008年。
55. 令狐若明:《埃及学研究——辉煌的古埃及文明》,长春:吉林大学出版社,2008年。
56. 刘惠萍:《图像与神话——明神话研究》,西安:陕西师范大学出版社,2019年。
57. 刘魁立等:《民间叙事的生命树》,北京:中国社会出版社,2010年。
58. 刘魁立:《刘魁立民俗学论集》,上海:上海文艺出版社,1998年。
59. 刘魁立、马昌仪、程蔷:《神话新论》,上海:上海文艺出版社,1987年。
60. 刘勤:《性别文化视域下的神话叙事研究之一:女神论》,北京:中国社会科学出版社,2013年。
61. 刘守华:《比较故事学》,上海:上海文艺出版社,1995年。
62. 刘守华、陈丽梅主编:《中国民间故事》(上、下),武汉:长江文艺出版社,2018年。
63. 刘守华:《故事学纲要》(修订本),武汉:华中师范大学出版社,2006年。
64. 刘守华、黄永林主编:《民间叙事文学研究》,武汉:华中师范大学出版社,2005年。
65. 刘守华:《民间故事的比较研究》,北京:中国民间文艺出版社,1986年。
66. 刘守华:《中国民间故事史》,北京:商务印书馆,2017年。
67. 刘晓东等点校:《二十五别史》,济南:齐鲁书社,2000年。
68. 刘义庆:《世说新语》(上、下),朱碧莲、沈海波译注,北京:中华书局,2011年。
69. 刘宗迪:《失落的天书——〈山海经〉与古代华夏世界观》(增订本),北京:商务印书馆,2016年。
70. 鲁迅:《中国小说史略 汉文学史纲要》,《鲁迅全集》第九卷,北京:人民文学出版社,1991年。
71. 吕叔湘:《汉语语法分析问题》,北京:商务印书馆,1979年。
72. 吕微:《神话何为——神圣叙事的传承与阐释》,北京:社会科学文献出版社,2001年。
73. 马成生:《水浒通论》,杭州:浙江古籍出版社,1994年,2020年第2次印刷。
74. 马承源主编:《上海博物馆馆藏战国楚竹书》(一),上海:上海古籍出版社,2001年。
75. 马承源主编:《上海博物馆馆藏战国楚竹书》(二),上海:上海古籍出版社,2002年。
76. 马承源主编:《上海博物馆馆藏战国楚竹书》(三),上海:上海古籍出版社,2003年。
77. (汉)毛亨传、(汉)郑玄笺、(唐)孔颖达疏:《毛诗正义》,北京:北京大学出版社,1999年。
78. 《穆天子传 神异经 十洲记 博物志》,上海:上海古籍出版社,1990年。
79. 聂敏里:《西方思想的起源——古希腊哲学史论》,北京:中国人民大学出版社,2017年。
80. 祁连休:《中国古代民间故事类型研究》(修订本),石家庄:河北教育出版社,2007年。
81. 曲巍巍:《希腊神话传说的母题研究》,成都:电子科技大学出版社,2015年。
82. 曲彦斌:《神秘数》,石家庄:河北人民出版社,1997年。
83. 饶宗颐、曾宪通:《楚帛书》,香港:中华书局香港分局,1981年。
84. 饶宗颐、曾宪通:《楚地出土文献三种研究》,北京:中华书局,1993年。

85. 任昉撰:《述异记》,见钟辂辑:《丛书集成初编》,北京:中华书局,1991年。
86. 申小龙:《文化语言学论纲——申小龙语言文化精论》,南宁:广西教育出版社,1996年。
87. 申小龙:《中国句型文化》,长春:东北师范大学出版社,1988年。
88. (战国)尸佼:《尸子译注》,(清)汪继培辑、朱海雷撰,上海:上海古籍出版社,2006年。
89. 史忠义、户思社、叶舒宪、刘越莲主编:《比较神话学与文明探源诗学研究》,郑州:河南大学出版社,2012年。
90. (汉)司马迁撰、(宋)裴骃集解、(唐)司马贞索隐、(唐)张守节正义:《史记》,北京:中华书局,1959年。
91. (唐)司马贞:《补〈史记·三皇本纪〉》,景印文渊阁四库全书·史部一·正史类,台北:商务印书馆,1986年。
92. (汉)宋衷注、(清)秦嘉谟等辑:《世本八种》,北京:中华书局,2008年。
93. 覃乃昌、覃彩銮、潘其旭、郑超雄、蓝阳春:《盘古国与盘古神话》,北京:民族出版社,2007年。
94. 唐仁虎、魏丽明等:《中印文学专题比较研究》,太原:北岳文艺出版社,2007年。
95. 陶阳、钟秀编:《中国神话》(全三册),北京:商务印书馆,2008年。
96. 陶阳、钟秀:《中国创世神话》,上海:上海人民出版社,2006年。
97. 田兆元:《神话叙事与社会发展研究》,西安:陕西师范大学出版社,2019年。
98. 万建中:《解读禁忌——中国神话、传说和故事中的禁忌主题》,北京:商务印书馆,2001年。
99. (魏)王弼注、楼宇烈校释:《老子道德经注校释》,北京:中华书局,2008年。
100. (魏)王弼注、(唐)孔颖达疏:《十三经注疏(标点本)·周易正义》,北京:北京大学出版社,1999年。
101. 王焕镳撰:《墨子集诂》(上、下),上海:上海古籍出版社,2005年。
102. 王焕生:《古罗马文学史》,北京:人民文学出版社,2006年。
103. 王立新:《古代以色列历史文献、历史框架、历史观念研究》,北京:北京大学出版社,2004年。
104. 王明:《抱朴子内篇校释》(增订本),北京:中华书局,1985年。
105. 王宁等编:《弗莱研究:中国与西方》,北京:中国社会科学出版社,1996年。
106. 王倩:《20世纪希腊神话研究史略》,西安:陕西师范大学出版社,2011年。
107. 王文斌:《论英汉的时空性差异》,北京:外语教学与研究出版社,2019年。
108. 王宪昭:《中国各民族人类起源神话母题概览》,北京:民族出版社,2009年。
109. 王宪昭:《中国神话母题W编目》,北京:中国社会科学出版社,2013年。
110. 王晓澎、孟子敏:《数字里的中国文化》,北京:团结出版社,2000年。
111. 王孝廉:《中国的神话世界》,北京:作家出版社,1991年。
112. 王兴芬译注:《拾遗记》,北京:中华书局,2019年。
113. 王秀梅译注:《诗经》,北京:中华书局,2006年。

114. 王以欣:《神话与竞技:古希腊体育运动与奥林匹克赛会起源》,天津:天津人民出版社,2008年。
115. 王以欣:《神话与历史:古希腊英雄故事的历史和文化内涵》,北京:商务印书馆,2006年。
116. (汉)王逸:《楚辞章句》,黄灵庚点校,上海:上海古籍出版社,2017年。
117. 位同亮:《中华数字文化》,济南:泰山出版社,2002年。
118. 吴慧颖:《中国数文化》,长沙:岳麓书社,1995年。
119. 吴雅凌编译:《俄耳甫斯教祷歌》,北京:华夏出版社,2006年。
120. 吴雅凌编译:《俄耳甫斯教辑语》,北京:华夏出版社,2006年。
121. 萧兵:《中国文化的精英——太阳英雄神话比较研究》,上海:上海文艺出版社,1989年。
122. 谢选骏:《空寂的神殿》,成都:四川人民出版社,1987年。
123. 谢选骏:《神话与民族精神——几个文化圈的比较》,济南:山东文艺出版社,1986年。
124. 徐元诰:《国语集解》,王树民、沈长云点校,北京:中华书局,2002年。
125. (汉)许慎撰、(宋)徐铉等校定:《说文解字》,北京:中华书局,2013年。
126. 晏立农、马淑琴编著:《古希腊罗马神话鉴赏辞典》,长春:吉林人民出版社,2006年。
127. 杨伯峻编著:《春秋左传注》,北京:中华书局,1990年。
128. 杨伯峻译注:《孟子译注》,北京:中华书局,1960年。
129. 杨伯峻撰:《列子集释》,北京:中华书局,1979年。
130. 杨利慧、张成福:《中国神话母题索引》,西安:陕西师范大学出版社,2013年。
131. 杨希枚:《先秦文化史论集》,北京:中国社会科学出版社,1995年。
132. 杨义:《中国古典小说史论》,北京:中国社会科学出版社,1995年。
133. 杨义:《中国叙事学》,北京:人民出版社,1997年。
134. 杨玉成:《奥斯汀:语言现象学与哲学》,北京:商务印书馆,2002年。
135. 杨真:《基督教史纲》,北京:生活·读书·新知三联书店,1979年。
136. 叶舒宪编选:《神话—原型批评》(增订版),西安:陕西师范大学出版社,2012年。
137. 叶舒宪:《金枝玉叶——比较神话学的中国视角》,上海:复旦大学出版社,2013年。
138. 叶舒宪:《千面女神——性别神话的象征史》,上海:上海社会科学院出版社,2004年。
139. 叶舒宪、田大宪:《中国古代神秘数字》,北京:社会科学文献出版社,1998年。
140. 叶舒宪:《文学与人类学——知识全球化时代的文学研究》,北京:社会科学文献出版社,2003年。
141. 叶舒宪:《英雄与太阳——中国上古史诗的原型重构》,上海:上海社会科学院出版社,1991年。
142. 叶舒宪:《中国神话哲学》,北京:中国社会科学出版社,1992年。
143. 叶舒宪主编、马昌仪选编:《中国神话学百年文论选》(上、下),西安:陕西师范大学出版社,2013年。

144. 佚名:《穆天子传》,高永旺译注,北京:中华书局,2019年。
145. 佚名:《圣经后典》,张久宣译,北京:商务印书馆,1987年。
146. 佚名:《周易》,郭彧译注,北京:中华书局,2006年。
147. (汉)应劭撰:《风俗通义校注》,王利器校注,北京:中华书局,1981年。
148. 游斌:《希伯来圣经导论》,上海:上海三联书店,2015年。
149. 游斌:《希伯来圣经的文本、历史与思想世界》,北京:宗教文化出版社,2007年。
150. 郁龙余、孟昭毅主编:《东方文学史》,北京:北京大学出版社2001年。
151. 元文琪:《二元神论——古波斯宗教神话研究》,北京:商务印书馆,2018年。
152. 袁珂:《古神话选释》,北京:北京联合出版公司,2017年。
153. 袁珂校注:《山海经校注》,上海:上海古籍出版社,1980年。
154. 袁珂:《中国神话传说词典》,上海:上海辞书出版社,1985年。
155. 袁珂:《中国神话史》,上海:上海文艺出版社,1988年。
156. 张光直:《中国青铜时代》,北京:生活·读书·新知三联书店,1983年。
157. 张洪友:《好莱坞神话学教父约瑟夫·坎贝尔研究》,西安:陕西师范大学出版社,2018年。
158. 张久宣译:《圣经后典》,北京:商务印书馆,1987年。
159. 张开焱:《世界祖宗型神话——中国上古创世神话源流与叙事类型研究》,北京:中国社会科学出版社,2016年。
160. 张寅德编选:《叙述学研究》,北京:中国社会科学出版社,1989年。
161. 张永春、阴玺、冯晖:《合不上的圣经——伊甸园的美梦和罪恶》,长春:长春出版社,1995年。
162. 张正明主编:《楚史论丛》(初集),武汉:湖北人民出版社,1984年。
163. 张仲谋:《中国神秘数字》,徐州:中国矿业大学出版社,1996年。
164. 张竹坡批评第一奇书:《金瓶梅》(全二册),王汝梅、李昭恂、于凤树校点,济南:齐鲁书社,1987年。
165. 赵国华:《生殖崇拜文化论》,北京:中国社会科学出版社,1990年。
166. (汉)赵晔撰:《吴越春秋》,(元)徐天祜音注、苗麓校点、辛正审订,南京:江苏古籍出版社,1999年。
167. (汉)郑玄注、(唐)贾公彦疏:《周礼注疏》,北京:北京大学出版社,1999年。
168. (汉)郑玄注、(唐)孔颖达正义:《礼记正义》,吕友仁整理,上海:上海古籍出版社,2008年。
169. 钟敬文:《钟敬文民间文艺学文选》,合肥:安徽教育出版社,2010年。
170. 朱立元主编:《现代西方美学史》,上海:上海文艺出版社,1993年。
171. 朱维之:《圣经文学十二讲——圣经、次经、伪经、死海古卷》,北京:人民文学出版社,1989年。
172. 朱维之主编:《希伯来文化》,上海:上海社会科学院出版社,2004年。

173. (宋)朱熹撰:《楚辞集注》,蒋立甫校点,上海:上海古籍出版社、合肥:安徽教育出版社,2001年。

174. 朱晓曦:《一个现代神话的构筑——从〈尤利西斯〉到〈布卢姆〉》,北京:中国电影出版社,2009年。

175. 祝重寿:《欧洲壁画史纲》,北京:文物出版社,2000年。

176. (周)左丘明传、(晋)杜预注、(唐)孔颖达正义:《春秋左传正义》,北京:北京大学出版社,1999年。

177. (战国)左丘明著、(三国吴)韦昭注:《国语》,上海:上海古籍出版社,2015年。

国外文献

178. [法]A.J.格雷马斯:《结构语义学:方法研究》,吴泓缈译,北京:生活·读书·新知三联书店,1999年。

179. [法]A.J.格雷马斯:《论意义:符号学论文集》(上、下册),吴泓缈、冯学俊译,天津:百花文艺出版社,2005年。

180. [古希腊]阿波罗尼俄斯:《阿尔戈英雄纪笺注》,罗逍然译笺,北京:华夏出版社,2011年。

181. [古希腊]阿波罗尼俄斯:《阿尔戈英雄纪译文》,罗逍然译笺,北京:华夏出版社,2011年。

182. [法]阿尔贝·加缪:《西西弗神话》,沈志明译,上海:上海译文出版社,2010年。

183. [美]阿尔伯特·贝茨·洛德:《故事的歌手》,尹虎彬译,北京:中华书局,2004年。

184. [美]阿兰·邓迪斯编:《西方神话学读本》,朝戈金等译,刘魁立主编,桂林:广西师范大学出版社,2006年。

185. [德]埃里希·弗洛姆:《在幻想锁链的彼岸——我所理解的马克思和弗洛伊德》,张燕译,长沙:湖南人民出版社,1986年。

186. [德]埃利希·诺依曼:《大母神——原型分析》,李以洪译,北京:东方出版社,1998年。

187. [古希腊]埃斯库罗斯、索福克勒斯、欧里庇德斯:《古希腊悲剧经典》(上、下册),罗念生译,北京:作家出版社,1998年。

188. [德]艾伯华:《中国民间故事类型》(修订版),王燕生、周祖生译,北京:商务印书馆,2017年。

189. [美]爱德华·萨丕尔:《语言论——言语研究导论》,陆卓元译,陆志韦校订,北京:商务印书馆,1985年。

190. [古罗马]奥古斯丁:《〈创世记〉字疏》(上册),石敏敏译,北京:中国社会科学出版社,2018年。

191. [古罗马]奥维德:《变形记》,杨周翰译,人民文学出版社,1984年。

192. [以]巴埃弗拉特(Shimon Bar-Efrat):《圣经的叙事艺术》,上海:华东师范大学出版社,2011年。

193. [美]巴特·埃尔曼:《错引耶稣——〈圣经〉传抄、更改的内幕》,黄恩邻译,北京:生活·读书·新知三联书店,2013年。

194. [美]本杰明·李·沃尔夫:《论语言、思维和现实》,约翰·B.卡罗尔德编,高一虹等译,北京:商务印书馆,2012年。

195. [英]C.R.白德库克:《人类文明演进之谜——文化的精神分析》,顾蓓晔、林在勇译,顾晓鸣校,杭州:浙江人民出版社,1992年。

196. [美]C.S.霍尔、V.J.诺德贝:《荣格心理学入门》,冯川译、陈维政校,北京:生活·读书·新知三联书店,1987年。

197. [美]查尔斯·西格尔:《〈奥德赛〉中的歌手、英雄与诸神》,杜佳、程志敏译,北京:生活·读书·新知三联书店,2020年。

198. [法]茨维坦·托多罗夫:《散文诗学——叙事研究论文选》,侯应花译,天津:百花文艺出版社,2011年。

199. [日]大林太良:《神话学入门》,林相泰、贾福水译,北京:中国民间文艺出版社,1989年。

200. [美]大卫·科泽:《仪式、政治与权力》,王海洲译,南京:江苏人民出版社,2015年。

201. [美]戴维·李明:《欧洲神话的世界》,北京:生活·读书·新知三联书店,2010年。

202. [美]戴维·利明、埃德温·贝尔德:《神话学》,李培茱、何其敏、金泽译,上海:上海人民出版社,1990年。

203. [法]德勒兹(G. Deleuze)、加塔利(F. Guattri):《资本主义与精神分裂(卷2):千高原》,姜宇辉译,上海:上海书店出版社,2010年。

204. [法]迪迪耶·埃里邦:《神话与史诗——乔治·杜梅齐尔传》,孟华译,北京:北京大学出版社,2005年。

205. [美]丁乃通:《中国民间故事类型索引》,郑建威、李倞、商孟可、白丁译,李广成校,北京:中国民间文艺出版社,1986年。

206. [美]E. A.华理士·布奇:《埃及亡灵书》,罗尘译,北京:京华出版社,2006年。

207. [美]E.希尔斯:《论传统》,傅铿、吕乐译,上海:上海人民出版社,1991年。

208. [德]恩斯特·卡西尔:《人论》,甘阳译,上海:上海译文出版社,2004年。

209. [德]恩斯特·卡西尔:《神话思维》,黄龙宝、周振选译,柯礼文校,北京:中国社会科学出版社,1992年。

210. [德]恩斯特·卡西尔:《语言与神话》,于晓等译,北京:生活·读书·新知三联书店,1988年。

211. [古罗马]斐洛:《论〈创世记〉——寓意的解释》,王晓朝、戴伟清译,温司卡校,北京:商务印书馆,2012年。

212. [瑞士]费尔迪南·德·索绪尔、沙·巴利、阿·薛施蔼:《普通语言学教程》,高名凯译,岑麟祥、叶蜚声校注,北京:商务印书馆,1980年。

213. [俄]弗拉基米尔·雅可夫列维奇·普罗普:《故事形态学》,贾放译,北京:中华书局,2006年。

214. [俄]弗拉基米尔·雅可夫列维奇·普罗普:《神奇故事的历史根源》,贾放译,北京:中华书局,2006年。

215. [美]弗兰克·戈布尔:《第三思潮:马斯洛心理学》,吕明、陈红雯译,上海:上海译文出版社,1987年。

216. [法]弗朗索瓦·多斯:《从结构到解构——法国20世纪思想主潮》(上、下册),季广茂译,北京:中央编译出版社,2004年。

217. [奥]弗洛伊德:《摩西与一神教》,李展开译,北京:生活·读书·新知三联书店,1989年。

218. [美]G. S. 基尔克、J. E. 拉文、M. 斯科菲尔德:《前苏格拉底哲学家——原文精选的批评史》,聂敏里译,上海:华东师范大学出版社,2014年。

219. [日]高木敏雄:《比较神话学》,东京:博文馆,明治37(1904)年。

220. [匈]格雷戈里·纳吉:《荷马诸问题》,巴莫曲布嫫译,桂林:广西师范大学出版社,2008年。

221. [英]H. D. F. 基托:《希腊人》,徐卫翔、黄韬译,上海:上海人民出版社,2006年。

222. [英]哈夫洛克:《希腊人的正义观——从荷马史诗的影子到柏拉图的要旨》,程志敏编,邹丽、何为等译,北京:华夏出版社,2016年。

223. [古希腊]荷马:《奥德赛》,陈中梅译注,南京:译林出版社,2003年。

224. [古希腊]荷马:《伊利亚特》,陈中梅译注,南京:译林出版社,2000年。

225. [古希腊]荷马:《伊利亚特》,罗念生、王焕生译,北京:人民文学出版社,1994年。

226. [古希腊]赫西俄德:《工作与时日 神谱》,张竹明、蒋平译,北京:商务印书馆,1991年。

227. [德]黑格尔:《哲学史讲演录》(第一卷),贺麟、王太庆等译,上海:上海人民出版社,2013年。

228. [美]James Phelan、Peter J. Rabinowitz主编:《当代叙事理论指南》,申丹、马海良、宁一中、乔国强、陈永国、周靖波译,北京:北京大学出版社,2007年。

229. [美]吉瑞德:《早期道教的混沌神话及其象征意义》,蔡党敏译,济南:齐鲁书社,2017年。

230. [英]加斯帕·格里芬:《荷马史诗中的生与死》,刘淳译,张巍校,北京:北京大学出版社,2015年。

231. [英]杰克·古迪:《神话、仪式与口述》,李源译,北京:中国人民大学出版社,2014年。

232. [瑞士]卡尔·古斯塔夫·荣格:《荣格文集》第五卷《原型与集体无意识》,徐德林译,北京:国际文化出版公司,2011年。

233. [法]克琳娜·库蕾:《古希腊的交流》,邓丽丹译,桂林:广西师范大学出版社,2005年。

234. [法]克洛德·列维—施特劳斯:《列维—斯特劳斯文集》第 3 卷《神话学:生食和熟食》,周昌忠译,北京:中国人民大学出版社,2007 年。

235. [法]克洛德·列维—施特劳斯:《列维—斯特劳斯文集》第 4 卷《神话学:从蜂蜜到烟灰》,周昌忠译,北京:中国人民大学出版社,2007 年。

236. [法]克洛德·列维—施特劳斯:《列维—斯特劳斯文集》第 5 卷《神话学:餐桌礼仪的起源》,周昌忠译,北京:中国人民大学出版社,2007 年。

237. [法]克洛德·列维—施特劳斯:《列维—斯特劳斯文集》第 6 卷《神话学:裸人》,周昌忠译,北京:中国人民大学出版社,2007 年。

238. [英]莱斯莉·阿德金斯、罗伊·阿德金斯:《探寻古希腊文明》,北京:商务印书馆,2010 年。

239. [美]雷蒙德·范·奥弗编:《太阳之歌——世界各地创世神话》,毛天祐译,北京:中国人民大学出版社,1989 年。

240. [英]雷蒙德·福克纳编:《大英博物馆藏图本亡灵书》,文爱艺译,合肥:安徽人民出版社,2013 年。

241. [俄]李福清(B. Riftin):《中国各民族神话研究外文论著目录——1839—1990(包括跨境民族神话)》,北京:北京图书馆出版社,2007 年。

242. [俄]李福清:《神话与鬼话——台湾原住民神话故事比较研究(增订本)》,北京:社会科学文献出版社,2001 年。

243. [苏]李福清:《中国神话故事论集》,马昌仪编,北京:中国民间文艺出版社,1988 年。

244. [法]列维—布留尔:《原始思维》,丁由译,北京:商务印书馆,1987 年。

245. [法]列维—施特劳斯:《野性的思维》,李幼蒸译,北京:商务印书馆,1987 年。

246. [法]列维—斯特劳斯:《面具之道》,知寒等译,桂林:广西师范大学出版社,2004 年。

247. [法]路易·阿尔都塞:《论再生产》,吴子枫译,西安:西北大学出版社,2019 年。

248. [美]罗伯特·C.塔克:《卡尔·马克思的哲学与神话》,刘钰森、陈开华译,天津:天津人民出版社,2018 年。

249. [美]罗伯特·阿尔特:《圣经叙事的艺术》,章智源译,周彩萍、梁工校,北京:商务印书馆,2010 年。

250. [美]罗伯特·雷德菲尔德:《乡民社会与文化——一种人类学研究文明社会的方法》,陈睿腾译,台北:南天书局,2020 年。

251. [美]罗伯特·塔利:《空间性》,方英译,北京:北京大学出版社,2021 年。

252. [美]罗伯特·肖尔斯:《结构主义与文学》,孙秋秋、高雁魁、王焱译,沈阳:春风文艺出版社,1988 年。

253. 罗兰·巴尔特:《符号学原理——结构主义文学理论文选》,李幼蒸译,北京:生活·读书·新知三联书店,1988 年。

254. [苏联]М. Н. 鲍特文尼克、М. А. 科甘、М. Б. 帕宾诺维奇、Б. П. 谢列茨基编著:《神话辞典》,黄鸿森、温乃铮译,北京:商务印书馆,1985 年。

255. [英]M. I. 芬利:《奥德修斯的世界》,刘淳、曾毅译,北京:北京大学出版社,2019年。
256. [俄]Михаил Бахтин:《巴赫金全集》,钱中文主编,白春仁、晓河、周启超、潘月琴、黄玫等译,石家庄:河北教育出版社,1998年。
257. [英]马丁·贝尔纳:《黑色雅典娜:古典文明的亚非之根》第一卷《编造古希腊:1785—1985》,郝田虎、程英译,南京:南京大学出版社,2020年。
258. [英]马林诺夫斯基:《巫术 科学 宗教与神话》,李安宅译,北京:中国民间文艺出版社,1986年。
259. 麦克斯·缪勒:《比较神话学》,金泽译,上海:上海文艺出版社,1989年。
260. 麦克斯·缪勒:《宗教的起源与发展》,金泽译、陈观胜校,上海:上海人民出版社,1989年。
261. [英]麦克斯·缪勒:《宗教学导论》,陈观胜、李培茱译,上海:上海人民出版社,1989年。
262. [罗马尼亚]米尔恰·伊利亚德:《神圣与世俗》,王建光译,北京:华夏出版社,2002年。
263. [德]米夏埃尔·兰德曼:《哲学人类学》,张乐天译,上海:上海译文出版社,1988年。
264. [德]尼采:《悲剧的诞生》,李长俊译,长沙:湖南人民出版社,1986年。
265. [加]诺思罗普·弗莱:《批评的解剖》,陈慧、袁宪军、吴伟仁译,天津:百花文艺出版社,2006年。
266. [加]诺思洛普·弗莱:《诺思洛普·弗莱文论选集》,吴持哲编,北京:中国社会科学出版社,1997年。
267. [加]诺思洛普·弗莱:《神力的语言——"圣经与文学"研究续编》,吴持哲译,北京:社会科学文献出版社,2004年。
268. [加拿大]诺思洛普·弗莱:《伟大的代码——圣经与文学》,郝振益、樊振帼、何成洲译,北京:北京大学出版社,1998年。
269. [美]诺特维克 Thomas Van Nortwick:《不为人知的奥德修斯——荷马〈奥德赛〉中的交错世界》,于浩、曾航译,安蒨、刘禹彤校,北京:华夏出版社,2018年。
270. [印]毗耶娑天人:《薄伽梵往世书》(上、下册),徐达斯编译,西安:陕西师范大学出版社,2017年。
271. [美]浦安迪:《中国叙事学》(第2版),北京:北京大学出版社,2018年。
272. [美]乔纳森·卡勒:《结构主义诗学》,盛宁译,北京:中国社会科学出版社,1991年。
273. [法]乔治·杜梅齐尔:《从神话到史诗:哈丁古斯的萨迦》,施康强译,北京:生活·读书·新知三联书店,1999年。
274. [法]热拉尔·热奈特:《叙事话语 新叙事话语》,王文融译,中国社会科学出版社,1990年。
275. [瑞士]荣格:《心理学与文学》,冯川、苏克译,北京:生活·读书·新知三联书店,1987年。

276. [美]瑞查德·鲍曼(Richard Bauman):《作为表演的口头艺术》,杨利慧、安德明译,桂林:广西师范大学出版社,2008年。
277. [美]萨缪尔·诺亚·克拉莫尔:《苏美尔神话》,叶舒宪、金立江译,西安:陕西师范大学出版社,2013年。
278. [美]塞·诺·克雷默:《世界古代神话》,魏庆征译,北京:华夏出版社,1989年。
279. 《圣经次经》(全五册),赵沛林、张钧、殷耀译,长春:时代文艺出版社,2011年。
280. 《圣经》,中国基督教三自爱国运动委员会、中国基督教协会,南京:南京爱德印刷有限公司,2016年。
281. [美国]斯蒂芬·米勒、[美国]罗伯特·休伯:《圣经的历史——〈圣经〉成书过程及历史影响》,黄剑波、艾菊红译,北京:中央编译出版社,2008年。
282. [美]斯蒂·汤普森:《世界民间故事分类学》,郑海等译,上海:上海文艺出版社,1991年。
283. [美]苏珊·S.兰瑟:《虚构的权威——女性作家与叙述声音》,黄必康译,北京:北京大学出版社,2002年。
284. [英]苏珊·伍德福德:《剑桥艺术史:古希腊罗马艺术》,钱乘旦译,南京:译林出版社,2009年。
285. [印度]苏西玛·K.巴尔:《印度艺术五千年》,张霖源、欧阳帆译,汪泷校译,成都:四川美术出版社,2017年。
286. [美]孙隆基:《中国文化的深层结构》第二版,桂林:广西师范大学出版社,2004年。
287. [英]汤因比:《历史研究》(上、中、下),曹未风等译,上海:上海人民出版社,1959年,1986年第4次印刷。
288. [英]唐纳德·A.麦肯齐:《克里特岛迷宫:希腊罗马神话起源之谜》,北京:新世界出版社,2006年。
289. [挪威]托利弗·伯曼:《希伯来与希腊思想比较》,吴勇立译,上海:上海书店出版社,2007年。
290. [英]W. A.坎普:《维吉尔〈埃涅阿斯纪〉导论》,高峰枫译,北京:北京大学出版社,2020年。
291. [德]瓦尔特·本雅明:《本雅明文选》,陈永国、马海良编,北京:中国社会科学出版社,1999年。
292. [美]威尔·杜兰特:《世界文明史》第一卷《东方的遗产》,北京:华夏出版社,2010年。
293. [美]威尔·杜兰特:《世界文明史》第二卷《希腊的生活》,北京:华夏出版社,2010年。
294. [美]威尔·杜兰特:《世界文明史》第三卷《恺撒与基督》,北京:华夏出版社,2010年。
295. [德]威廉·冯·洪堡特:《论人类语言结构的差异及其对人类精神发展的影响》,姚小平译,北京:商务印书馆,1997年。
296. [德]韦伯:《古犹太教》,康乐、简惠美译,桂林:广西师范大学出版社,2007年。
297. [古罗马]维吉尔:《埃涅阿斯纪》,杨周翰译,北京:人民文学出版社,1984年。

298. [日]武田雅哉：《构造另一个宇宙：中国人的传统时空思维》，任钧华译，北京：中华书局，2017年。
299. [美]西奥多·H.加斯特：《死海古卷》，王神荫译，曹兴治、莫如喜校，北京：商务印书馆，1999年。
300. [英]西蒙·戈德希尔：《奥瑞斯提亚》，颜荻译，北京：生活·读书·新知三联书店，2018年。
301. [古希腊]希罗多德：《历史——希腊波斯战争史》，王嘉秀译，北京：商务印书馆，1959年。
302. [日]小南一郎：《中国的神话传说与古小说》，孙昌武译，北京：中华书局，1993年。
303. [古希腊]修昔底德：《伯罗奔尼撒战争史》，谢德风译，北京：商务印书馆，1960年。
304. [美]亚伯拉罕·马斯洛：《动机与人格》，许金声等译，北京：中国人民大学出版社，2012年。
305. [英]亚当·尼科尔森：《荷马3000年：被神话的历史和真实的文明》，吴果锦译，南京：江苏凤凰文艺出版社，2016年。
306. [古希腊]亚里士多德：《诗学》，陈中梅译注，北京：商务印书馆，1996年。
307. [古希腊]亚理斯多德：《诗学》，罗念生译，上海：上海人民出版社，2006年。
308. [苏联]叶·莫·梅列金斯基：《神话的诗学》，魏庆征译，北京：商务印书馆，1990年。
309. [日]伊藤清司：《中国古代文化与日本——伊藤清司学术论文自选集》，张正军译，昆明：云南大学出版社，1997年。
310. [美]伊万·斯特伦斯基：《二十世纪的四种神话理论——卡西尔、伊利亚德、列维—斯特劳斯与马林诺夫斯基》，李创同、张经纬译，北京：生活·读书·新知三联书店，2012年。
311. [冰岛]佚名：《埃达》，石琴娥、斯文译，南京：译林出版社，2000年。
312. [英]佚名：《贝奥武甫——古英语史诗》，冯象译，北京：生活·读书·新知三联书店，1992年。
313. [印]佚名：《薄伽梵歌》，张保胜译，北京：中国社会科学出版社，1989年。
314. 佚名：《吉尔伽美什——巴比伦史诗与神话》，赵乐甡译，南京：译林出版社，1999年。
315. [印]佚名：《〈梨俱吠陀〉神曲选》，巫白慧译解，北京：商务印书馆，2010年。
316. [法]佚名：《罗兰之歌》，杨宪益译，上海：上海译文出版社，1981年。
317. [德]佚名：《尼伯龙根之歌——德国民间史诗》，曹乃云译，上海：华东师范大学出版社，2005年。
318. [冰岛]佚名：《萨迦》，石琴娥、斯文译，南京：译林出版社，2003年。
319. [英]约翰·博德曼、贾斯珀·格里芬、奥斯温·穆瑞编：《牛津古希腊史》，郭小凌等译，北京：北京师范大学出版社，2015年。
320. [英]约翰·德雷恩：《旧约概论》，许一新译，北京：北京大学出版社，2004年。
321. [美]约瑟夫·坎贝尔：《千面英雄》，张承谟译，上海：上海文艺出版社，2007年。

322. [英]詹姆斯·乔治·弗雷泽:《〈旧约〉中的民间传说——宗教、神话和律法的比较研究》,叶舒宪、户晓辉译,西安:陕西师范大学出版社,2012年。
323. 中共中央马克思恩格斯列宁斯大林著作编译局:《马克思恩格斯选集》,第四卷,北京:人民出版社,2012年。
324. Alan Dundes, *Sacred Narrative: Readings in the Theory of Myth*, Berkeley: University of California Press, 1984.
325. Albert Bates Lord, *Epic Singers and Oral Tradition*, Ithaca and London: Cornell University Press, 1989.
326. Albert B. Lord, *The Singer of Tales*, New York: Atheneum, 1971.
327. Algirdas J. Greimas, *Of Gods and Men——Studies in Lithuanian Mythology*, Bloomington: Indiana University Press, 1992.
328. Algirdas Julien Greimas, *On Meaning: Selected Writings in Semiotic Theory*, F. H. Collins Trans., Minneapolis: University of Minnesota Press, 1987.
329. Anna Lefteratou, *Mythological Narratives: The Bold and Faithful Heroines of the Greek Novel*, Berlin and Boston: De Gruyter, 2018.
330. Antti Aarne, *The Types of the Folktale: A Classification and Bibliography*, Stith Thompson Trans., Bloomington: Indiana University Press, 1961.
331. Carolynn Dyke, *The Fiction of Truth: Structures of Meaning in Narrative and Dramatic Allegory*, Ithaca and London: Cornell University Press, 1985.
332. Catharina Raudvere, Jens Peter Schjodt, *More than Mythology: Narratives, Ritual Practices and Regional Distribution in Pre-Christian Scandinavian Religions*, Lund: Nordic Academic Press, 2012.
333. Christopher Collins, *Homeland Mythology: Biblical Narratives in American Culture*, University Park: The Pennsylvania State University Press, 2007.
334. Claude Lévi-Strauss, "The Structural Study of Myth" in *The Journal of American Folklore*, 1955, Vol. 68, No. 270.
335. C. Scott Littleton, *New Comparative Mythology: Anthropological Assessment of the Theories of Georges Dumezil*, Berkeley: University of California Press, 1966.
336. Egbert J. Bakker, *Poetry in Speech: Orality and Homeric Discourse*, Ithaca and London: Cornell University Press, 1997.
337. Georges Dumezil, *Archaic Roman Religion*, Philip Krapp Trans., Baltimore: Johns Hopkins University Press, 1970.
338. Georges Dumezil, *Gods of the Ancient Northmen*, Berkeley: University of California Press, 1977.
339. Georges Dumezil, *The Destiny of the Warrior*, Alf Hiltebeitel Trans., Chicago: University of Chicago Press, 1970.

340. Georges Dumézil, *La religion romaine archaïque*: *Avec un appendice sur la religion des Etrusques*, Paris: Payot, 1966.
341. Georges Dumézil, *Mythe et Épopée II*, Paris: Gallimard, 1971.
342. Gerard P. Luttikhuizen ed., *The Creation of Man and Woman*: *Interpretations of the Biblical Narratives in Jewish and Christian Traditions*, Leiden: Brill, 2000.
343. Irene J. F. De Jong, *Narratology and Classics*: *A Practical Guide*, Oxford: Oxford University Press, 2014.
344. Irene J. F. De Jong, Rene Nünlist & Angus Bowie, *Narrators, Narratees, and Narratives in Ancient Greek Literature——Studies in Ancient Greek Narractive*, Leiden: Brill Academic Publishers, 2004.
345. Irene J. F. De Jong, *Space in Ancient Greek Literature*: *Studies in Ancient Greek Narrative*, Leiden: Brill, 2012.
346. Jan N. Bremmer Edited, *Interpretations of Greek Mythology*, London and New York: Routledge, 1987.
347. Jo-Ann A. Brant, Charles W. Hedrick & Chris Shea ed., *Ancient Fiction*: *The Matrix of Early Christian and Jewish Narrative*, Atlanta: Society of Biblical Literature, 2005.
348. Joseph Campbell, *The Masks of God*: *Oriental Mythology*, London: Viking Penguin Inc., 1962.
349. Karl Reichl, *Singing the Past*: *Turkic and Medieval Heroic Poetry*, Ithaca and London: Cornell University Press, 2000.
350. Koen De Temmerman, *Characterization in Ancient Greek Literature*, Leiden: Brill, 2005.
351. Lee Haring, "The Types of International Folktales: A Classification and Bibliography", in *Marvels & Tales*, Volume 20, Number 1, 2006.
352. Maurice Balme and Gilbert Lawall, *Athenaze——An Introduction to Ancient Greek*, Book 1—2, New York、Oxford: Oxford University Press, 2003.
353. Michael Fishbane, *Biblical Myth and Rabbinic Mythmaking*, N. Y.: Oxford University Press, USA, 2003.
354. Michael Grant, *Myths of the Greeks and Romans*, New York: Plume, 1995.
355. Mike Dixon-Kennedy, *Encyclopedia of Greco-Roman Mythology*, Santa Barbara: ABC-Clio, Inc., 1998.
356. Northrop Frye, *Anatomy of Criticism*: *Four Essays*, Princeton: Princeton University Press, 1957.
357. Northrop Frye, *Fearful Symmetry*: *A Study of William Blake*, Princeton: Princeton University Press, 1947.

358. Northrop Frye, *The Great Code: The Bible and Literature*, New York: Harcourt Brace Jovanovich, 1982.

359. Northrop Frye, *Words with Power: Being a Second Study of "The Bible and Literature"*, Toronto: University of Toronto Press, 2008.

360. Otto Seemann, *Mythologie der Griechen und Römer*, New York: Harper & Brothers, 1892.

361. Paul Murgatroyd, *Mythical and Legendary Narrative in Ovid's Fasti*, Leiden: Brill, 2005.

362. Pierre Commelin, *Nouvelle mythologie grecque et romaine*, Paris: Garnier frères, 1888.

363. Richard P. Martin, *The Language of Heroes: Speech and Performance in the Ithaca and London*: Cornell University Press, 1989.

364. Roger D. Woodard, *The Cambridge Companion to Greek Mythology*, Cambridge: Cambridge University Press, 2009.

365. Roma Chatterji, *Graphic Narratives and the Mythological Imagination in India*, London and New York: Routledge, 2020.

366. Sheila J. Nayar, *Before Literature: The Nature of Narrative Without the Written Word*, London and New York: Routledge, 2020.

367. Stith Thompson, *Motif-Index of Folk-Literature: A Classification of Narrative Elements in Folktales, Ballads, Myths, Fables, Mediaeval Romances, Exempla, Fabliaux, Jest-books and Local Legends*, Bloomington: Indiana University Press, 1955.

368. Tzvetan Todorov, "La grammaire du récit", in *Language*, Vol. 3(12), 1968.

369. William Hansen, *Handbook of Classical Mythology*, Santa Barbara: ABC-Clio, Inc., 2004.

370. William Hansen, *The Book of Greek & Roman Folktales, Legends & Myths*, Princeton: Princeton University Press, 2017.

371. William M. Schniedewind, *How the Bible Became a Book: The Textualization of Ancient Israel*, Cambridge: Cambridge University Press, 2004.

372. Xander Kirke, *Hans Blumenberg: Myth and Significance in Modern Politics*, London: Palgrave Pivot cham, 2018.

后　记

　　这部书稿从写作到完成,整整经历了七年时间。

　　承担这个子课题,我原以为应无很大难度。我从20世纪80年代中期切入小说叙事问题研究,90年代初期就开始研究神话问题,先后出版了《神话叙事学》(1994)、《世界祖宗型神话——中国上古创世神话源流与叙事类型研究》(2016)二书,其间还发表了有关这个领域的论文四十余篇。在这个先期成果基础上,再承担一个中西神话叙事传统比较的研究课题似乎问题不大。但真正进入研究过程中才发现,难度远超我的预想。这不仅因为发现自己对有关资料的了解还有很多欠缺,更因为意识到中国上古神话叙事特征与西方叙事学已有理论有较大错位,如果简单搬用后者,很难有效覆盖和呈现前者。

　　当代西方叙事学是以有较大篇幅和丰富故事为基础的完整文本为对象建立起来的,而中国上古神话恰恰在这两方面没有优势。众所周知,中国上古神话文本大都是一些散漫、零碎、短小的碎片性话语,它们大部分原本镶嵌在各种其他性质的文本中。这些文本碎片有一定故事性的较少,有丰富故事素的就更是稀见。但中国众多零碎、短小、故事性较弱的片段性神话文本确实在叙事,只不过它与西方上古神话叙事的形态和特征很不一样罢了。同时,中国上古神话叙事的这些特征对后世文化与文史叙事又有深远影响,如果将其简单当作一种缺点对待,很难深刻理解中国古代整个文化、哲学和文史叙事的特征与传统所在。

　　但要有效地将中国上古神话叙事特征和传统表达出来,已有西方叙事学的理论范畴、模式和分析方法的效度又十分有限。这意味着要完成对中西神话叙事特征和传统进行有效分析的任务，就必须在有限化用西方当代叙事学的某些理论、概念和分析方法的同时，更注重结合多种相关学科知识和自己的思考，有针对性地引进或创造一些理论范畴和分析模式，这当然不是一件容易的事情。迄今中国上古神话研究的著作汗牛充栋，但我尚未看到一部基于中国神话的文本形态、叙事话语、形象组织、行动元和故事模式特征进行较为全面研究的著作，我想这原因是研究者都意识到，如果简单搬移西方已有叙事理论必然无法展开研究，但如果要创新性地提出一套神话叙事研究的概念、范畴和方法，在理论上又有极大难度。所以，迄今对中国上古神话的研究性著作，大都避开以话语、文本形态和结构为基础的叙事研究这个难题。本书《绪论》部分概述中国学者的研究成果主要是从故事类型学、故事原型角度对中国神话和民间传说展开研究的，且都是以故事为对象。而少数从形态学角度的研究，基本不是针对中国上古神话的，且同样是以故事为对象。就我所知，本书大约是第一部在比较神话学视野中，基于中西神话文本流变、讲述者特征、叙事话语、形象构造、行动元结构和故事模式、创世神话叙事的时空意识、神秘数字对叙事世界的组织作用等问题进行叙事研究的著作。

理论上，本书在部分借用西方叙事学和我前期神话叙事学研究的某些范畴和方法的同时，更从相关学科移植和化用以及自创若干概念和范畴。在这个基础上，本书的分析才得以展开和完成。这种努力是否有价值，有待出版后学术界检验。我感到欣慰的是，在这些借用、化用和自创的概念基础之上，自己终于可以在比较视野中独立地展开对中西（主要是中国）神话叙事特征和传统的研究。

本书写作过程中，基本概念、范畴和章节纲要反复斟酌，反复修改，书稿的某些章节写了又放弃，放弃又再重写，前后多达七稿之多。尽管已经写作和修改了七年时间，但如果不是本书所在的多卷本著作到了向出版社交稿的最后期限，我还不愿意将它出版，因为总觉得其中的许多地方都有再斟酌的必要。既然不能再拖了，就只好将它交付出版社，接受同行的检验。

本书原计划还应该有一章专门讨论中西神话叙事的社会功能，但后来我发现这个问题虽然很有意义，但至少近三个世纪以来，西方一批宗教社会学和比较神话学学者在这个问题上有丰富的研究成果，我要切入这个问题很难有新见，故而放弃了。

单就本书而言,这部著作若取名《空间优势型神话和时间优势型神话——中西神话叙事传统比较研究》是最能突出表达其核心内容和作者认知的。但因为它是多卷本著作中的一卷,所以只能按照现在这样的命名表达了。我希望它有出单行本的机会。

中西神话叙事的时空特征和传统,是贯穿本书主要章节的核心问题。这个问题不仅涉及叙事学,也涉及历史、哲学、文化学、语言学、符号学和思维科学等众多学科,因而对人文社会科学具有普遍意义。从神话叙事时空角度比较研究中西神话叙事特征和传统,除了浦安迪在《中国叙事学》中略有提及外,尚未见更多学者论及,更未有详细展开的研究专著。本书通过多方面比较研究,得出中国上古神话叙事与叙事思维具有空间优势型特征,西方神话叙事和叙事思维具有时间优势型特征的结论,在我这里,这是解释中西神话叙事特征、叙事传统和思维传统比较有价值和解释力的一个基点。从这个角度透视中西神话,许多问题都呈现出独特的价值和意义,甚至包括中国神话散漫、短小和零碎的文本和话语形态本身,也成为中国神话空间优势型特征的突出表征而具有特殊的文化学和叙事学意义。中西神话叙事各具空间优势型和时间优势型特征,这个结论不仅对于理解中国和两希古代神话叙事形态和思维传统,对于各自民族后世的哲学、文化和各体文类的叙事和思维传统可能都具有较大解释力和洞见,对我自己而言,这也是超越了我以前认知的一个具有全局意义的结论。

因此,这个课题的研究和写作,对于我而言,既是辛苦的,更是快乐的。快乐在于当我以这个具有全局性的观点面对中西神话传说叙事的方方面面时,会有许多新的发现和收获,研究和写作的过程因此变得较有兴趣、快乐感和收获感。我当然也意识到本书的基本观点必然会产生争议,且分析和论证过程可能也非无懈可击。我期待与有兴趣的同行对话。

在此,我要再次强调在《绪论》中的一个特殊选择:无论国际国内学术界,对西方神话叙事问题的研究已经有很多学术成果,所以本书的重点不是对西方神话叙事问题的研究,而更在意以中为主、以西映中、在比较视野中展开对中国上古神话叙事特征和传统的研究。因为这个目标选择,所以,凡是西方神话突出而中国神话没有或无法比较的叙事特征,本书基本放弃,只选择中西神话都有的,或者可比较的那些方面和特征进行比较研究。所以，如果有读者觉得本书对西方神话叙事的许多方面都没有涉及，那是很正确的感觉和判断。

另外，从文化论、社会论角度研究叙事问题，是我从1985年发表第一篇叙事研究论文以来一以贯之的研究视角，我的所有论文和几部论著都贯穿了这一视角。我大约是国内最早从文化与社会角度研究叙事问题的少数学者之一了。在当年形式—结构主义大行其道的时候，这个视角的合法性曾经遭受质疑。但20世纪末到21世纪初，西方后现代叙事学崛起，重要的角度就是从文化、社会、意识形态、政治等叙事文本之外的领域切入对叙事问题的研究，这一转向证明我当年的选择是有理由和价值的。但同时，我还要说的是，不管当年还是现在，我一直高度重视形式—结构叙事学的有关成果，我的目标从来不是要抛开它们，否定它们在文本叙事分析方面的洞见和价值，而是希望从文化与社会论的视角透视它们，将两种视角结合而拓展研究领域。这部中西神话叙事传统的比较研究专著，也是这一理念的持续实践之一。有耐心读完它的读者，将会发现，本书借用了不少形式—结构叙事学的基本概念和方法，同时又渗透了文化—社会研究的视野和眼光。至于是否成功，也要由读者评判了。

承担这个项目，对我而言还有一个特殊的意义，那就是弥补了我的一个遗憾。2000年沈阳中外文艺理论学会年会上我和傅修延教授面识，那时他担任江西师范大学副校长，正在组织文艺学申博团队，故邀我加盟。其后，在其他场合，江西师大赖大仁和陶水平教授都发出了同样的邀请。我知道江西师大文艺学有一支学术力量很强的团队，能加盟这个团队也是我之所愿。但此前先后有福建师大、湖南师大等多所大学邀我加盟，都因湖北师范学院校领导王念孔、刘孔皋等的友好挽留，加上我自己对长期生活和工作的学校的感情难以割舍而放弃。那一次谋调江西师大的结果也是一样，故而留下一份遗憾。这次通过承担修延教授主持的重大项目子项目研究的方式，部分地弥补了这个遗憾，令我欣慰。

六年间，在与修延教授的频繁接触中，对这位学者温和宽厚的良好印象和感觉与日俱增。他曾先后担任过江西师范大学校长、党委书记，江西省社科院院长等职务，但却使人丝毫感受不到任何学官气息，倒是温厚和婉，浑身透出当今许多学者难有的儒雅和书卷气，给我印象深刻，令人愉快，这也是承担这个课题一份额外的收获。

本书部分内容前期以论文形式分别在《文学遗产》《外国文学研究》《民族文学研究》《中国比较文学》《中国社会科学报》等刊物发表,并有多篇被人大复印资料全文转载,这多少使我对这份成果的学术质量抱有一点儿信心。

　　本书研究过程中,得到许多学界朋友的帮助,不能一一列举致谢。但有几位学者是不能不特别提出感谢的。著名希伯来文化研究专家、南开大学王立新教授对我帮助颇多。我在研究希伯来神话和文化问题时,多次通过微信向他请教,他每次都回拨电话特别热情和耐心回答我的问题,并赠我大著予以支持。还必须感谢北京外国语大学王文斌教授,他对汉语空间性和英语为代表的印欧语时间性特征的研究,与我多年来对中西神话时空优势型特征的认知不谋而合。为此我和他建立了微信联系,互相交流中,获益良多。

　　还要感谢的另一位学者是福建师大彭建华教授,这位通晓多国外语、学养扎实深厚的学者是我 2018 年在现工作单位主办的中国叙事学高端论坛上结识的。彭教授浑身的书卷气和广博的阅读与深厚的学养令我特别心仪,故几年来微信交往颇多,也从他那里得到许多资料帮助。此外本课题也得到项目组成员多方面的支持,我的朋友和同事陈春生、胡光波、谢龙新等教授也给本书的写作很多帮助,在此一并感谢!

　　还要感谢江西师范大学陈茜教授,整个研究过程中,她在项目资料和各种信息的传递、书稿的技术性处理方面,做了很多细致耐心的工作,让我感到特别温暖。

　　非常感谢兆元兄为拙著作序。兆元兄是中国神话学研究领域的著名学者,在历史、民俗、文化、神话的结合中研究神话,成果丰硕。他将神话叙事与历史叙事、民俗叙事、景观叙事结合,大大拓展了神话叙事的研究空间,并由此切入当代文化与社会建设,是颇有价值的学术路径,其研究已产生了广泛的学术与社会影响。同时,兆元兄醇厚朴实温和,给我的印象极好。邀他作序也是表达我对他学术成就和品格的心仪和敬意的形式。本书大约是我在中国神话研究领域的封笔之作,此后将转入其他研究领域,故兆元兄赐序对我更有特殊意义。

　　还要特别感谢本书的责任编辑张凤珠和刘虹女士,她们为本书编辑所做的细致工作让我深为感动。张凤珠副总编担任本书编辑工作中体现出的专业、认真、细致的精神,让我见识了一个高水平的编审令人钦佩的职业能力和追求。本书所引每一条资料,她都要核对原书原文,也因此校正了书稿中存在的不少技术性失误。本书交稿前,我已反复审读多遍,也许是长期写作导致的感知疲劳,居然还存在那么多技术性错误没有发现和校改。看到张凤珠编审给我寄来的初校和二校稿上有那么多校改之处,真令我惭愧汗颜!常听人说,一本书的共同作者中,有一个没署名的人,那就是编审。诚哉斯言!本书能避免许多技术性失误,编审贡献至大,特别感谢!

还要感谢本书课题组成员,感谢华中师大王文惠教授和福建师大历伟博士,她(他)们承担了本书的部分撰写和审核工作。

本书撰写人员承担工作如下:华中师范大学外语学院王文惠教授承担了本书全部外文资料的审查、核对和校正工作;福建师范大学外语学院历伟副教授承担了《绪论》第一节1.2万字左右的撰写工作,其余部分全部由我本人撰稿。

我妻子王爱香女士一如既往地给了我全面支持。她不仅承担了大部分家务,还对本项目资料搜集、借阅、书稿引文的核实,以及一些技术性处理问题提供了很大帮助。这份大半生如一日的支持已经不是感谢可以表达的。我们结伴走过春夏,现已走进秋天,苦乐都成过去,相携笑对未来。

书稿最终杀青,正逢我68岁生日。曾经满头乌发,今已秋霜覆鬓,难免感慨良多。回望黄金岁月,固生无限留恋,面对满眼晴秋,尚有几分逸兴。曾经楚地赏月,如今闽海听涛,杏坛书山,读写教思,一样醉人。向闻人语,心葆诗意,处处有风景。有此心境者,虽老之将至,亦有何伤?!

张开焱

2023年9月6日结稿于厦门湾南岸鹤庐